Les personnages cités dans cet ouvrage ainsi que certains lieux ne sont que fictions. Toute ressemblance avec des personnages existants serait évidemment purement fortuite.

CHRISTINE BRUNET

MALFARAT

DU MÊME AUTEUR

Aux Éditions Chloé des Lys (+ réédition des publications aux Éditions De Pierregord)

- Nid de vipères, Ed. Chloé des Lys 2011
- Quand tout bascule, Collectif, Ed. Chloé des Lys, 2011
- Dégâts collatéraux, Ed. du Pierregord, 2012
- Dragon bleu, Ed. du Pierregord, 2013
- Dégâts collatéraux, Réédition Dégâts collatéraux + Dragon bleu en 1 volume, Ed. Chloé des Lys Collection, 2018
- E16, Ed. Chloé des Lys, 2013
- Tribulations d'auteurs, Collectif, Ed. Chloé des Lys, 2023

Aux Éditions Gascogne

- Non Nobis Domine, Ed. Gascogne, 2014 (Petit format)
- Non Nobis Domine, Ed. Gascogne, 2015 (Grand format)
- Poker Menteur, Ed. Gascogne, 2015
- Convergences, Ed. Gascogne, 2016
- Vénus en Ré, Ed. Gascogne, 2017
- Gwen, Adieu…, Ed. Gascogne, 2018
- HX13, Ed. Gascogne, 2019
- La Roche des Corbeaux, Ed. Gascogne, 2021

⋆

- Malfarat, France Libris, 2023

Ceyreste. Février 1943

Il fait nuit. Il gèle à pierre fendre dans les ruelles pavées du petit village provençal. Toutes les fenêtres sont tendues d'un lourd tissu noir ou barricadées derrière les volets en bois. Pas une lumière ne filtre. Tout semble endormi. Pas un bruit.

Pourtant, en y regardant de plus près, une ombre rase les murs, avance avec circonspection, oreille aux aguets. Elle s'arrête sous un balcon, observe à droite puis à gauche, se déporte dans une zone plus éclairée et observe ce premier étage : un mouchoir esseulé et raidi par le froid pendouille sur une corde à linge. C'est le signal : la voie est libre.
Agile comme un singe, l'ombre grimpe le long de la gouttière, passe la rambarde, retire le mouchoir et tape le volet du bout de l'index. Le battant s'ouvre puis se referme immédiatement sur le visiteur.

L'intérieur de l'appartement est commun à toutes les maisons de village : tommettes en terre cuite rouge au sol, murs blanchis à la chaux, chaises en paille installées autour d'une lourde table ronde. Sur la droite, le coin cuisine avec sa pile en pierre de Cassis et le poêle à bois qui ronronne doucement. Dessus, un poêlon en terre garde au chaud le repas de la semaine.

Une jeune femme se jette au cou de l'homme, l'embrasse avec emportement :

— Joseph ! Mon Dieu ! Tu es là, enfin ! Ce que j'ai eu peur ! s'exclame-t-elle en détaillant le petit gabarit fluet aux courts cheveux noirs plaqués sur le crâne. Tu en as mis du temps !

Elle regarde le pantalon, élimé comme sa parka, l'écharpe tricotée, les bottines usées, remonte vers la ceinture et devine la présence rassurante du Lüger qu'il trimbale partout.

— Ça a été chaud… Hum, ça sent bon ! Les enfants ?

— Au lit.
— Les boches ?
— Rien d'inhabituel. Tu as tes instructions ?

Il élude les questions pour ne pas mettre son épouse trop en danger.
— Je mange et je repars.
— Tu rentreras quand ?
— J'en sais rien…

Il hésite et décide de lui en dire plus : elle est forte.
… Je dois partir sur Lyon…
— Lyon ! Oh Bonne Mère ! Mais…
— Chut… Ultra secret.

Elle essuie ses mains tremblantes à son tablier : elle est plus pâle que d'habitude.
— Et j'aurai des nouvelles ?
— Tu sais bien que non…

Il évite son regard et s'installe à table sans aller voir ses deux gosses : pas l'envie qui lui manque, mais la pudeur peut-être, ou la crainte de ne plus avoir le courage de repartir.
— Je te sers tout de suite…

Empressée, elle court vers l'évier, sort de dessous un bol puis se déporte vers le poêle et remplit l'écuelle qu'elle pose devant son mari avec un morceau de pain noir.
— Des rutabagas… Rien trouvé d'autre.

Il grogne, mais enfourne la nourriture à toute allure.
— Au fait, Mireille, fais attention aux Figuières. Ils fricotent avec les schleus.
— Très bien… Mais notre Victor et leur fils jouent ensemble à la sortie de l'école. Je fais quoi ? Difficile de les en empêcher sans qu'ils posent tout un tas de questions…
— Je sais… Mais tu dois être très prudente avec ce que tu dis aux enfants… Tu m'as compris ?
— Je sais, mon chéri… murmure-t-elle en s'essuyant à nouveau les mains à son tablier fleuri. Tu sais que le père Figuières a disparu ?

Joseph acquiesce et passe simplement l'ongle de son pouce en travers de la gorge : exécuté.

— Sur les ordres d'en haut... Un collabo de moins, c'est toujours ça... siffle-t-il, les sourcils froncés, mauvais.

Un caillou contre le volet. Il bondit comme s'il est monté sur ressort.

— Il est temps, ma chérie. Fais bien attention à toi et aux gosses.

— Attends ! J'ai quelque chose pour toi...

Elle sort d'un tiroir un papier plié avec un mot écrit à l'encre bleue qu'elle lui tend... « Llm Malfarat »

Il prend la missive[1], contemple l'écriture, fronce vaguement les sourcils très noirs, l'ouvre, en parcourt le message et empoche le papier sans plus d'explication.

— Sois prudent !

— Évidemment...

Il se lève, la prend par la taille, l'embrasse avec emportement et quitte le petit logement pour le balcon. En un clin d'œil, il a disparu dans la nuit.

Texte de l'ordre de mission

« Pour la Question de font Chapelle ji serai le Samedi 9 Courant 13h
Ne manqueS paS di Etre ce Jour
GilReilGer »

---

[1] Cette lettre existe vraiment avec ses fautes... Seule la signature a été modifiée... Et ce n'était pas un ordre de mission... Du moins a priori !

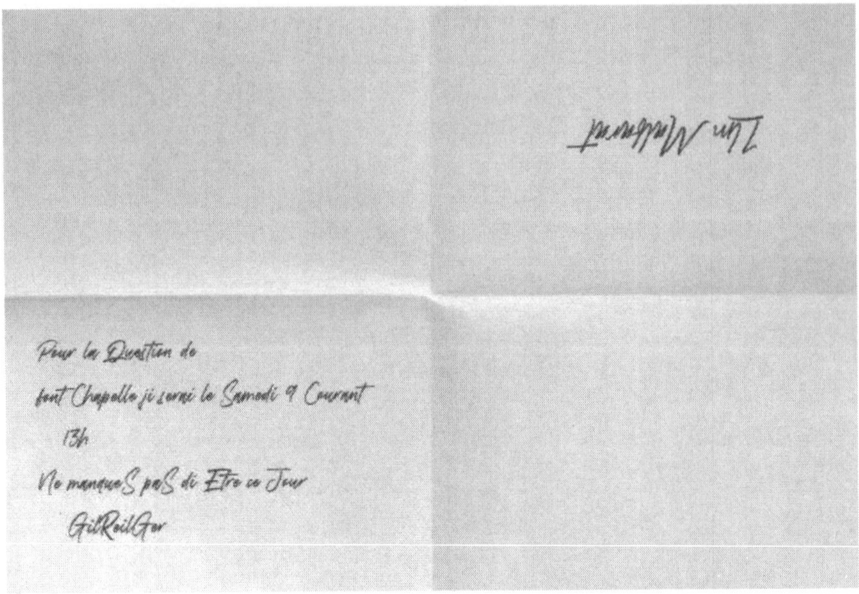

Pour la Question de
font Chapelle ji serai le Samedi 9 Courant
13h
Ne manqueS paS di Etre ce Jour
GilReilGer

Mars 1943

Des hurlements, des pleurs, des supplications… Au premier étage de la maison de village, quatre agents de la Gestapo mettent le petit appartement provençal à sac. À leurs côtés, deux Français de la Milice en long manteau noir, croix gammée au bras, montrent un empressement suspect. Une paire de boucles d'oreille en or disparaît dans l'une des poches avec quelques pièces de monnaie et deux tickets de rationnement découverts dans l'un des tiroirs renversés au sol. Les deux enfants et la femme sont poussés sans ménagement sur le palier puis dans les escaliers.

En bas, une voisine pomponnée, en robe fourreau décalée pour l'endroit et talons hauts, petit chapeau perché sur une coiffure sophistiquée, observe la scène, sourire mauvais aux lèvres : elle a dénoncé ses voisins sans états d'âme. Des communistes à ce qu'on dit, peut-être même des juifs… Le mari est toujours absent, dans le maquis à ce qu'on raconte.

Elle est du côté de la loi. Son mari l'était aussi ! Un bon Français éliminé par ces traîtres à leur Patrie, ceux qui se disent 'Résistants'... Résistants à quoi, on se le demande !
Elle regarde la femme et ses deux rejetons partir vers la place où un camion bâché les attend. Enfin débarrassée... Enfin vengée !

Son regard croise celui de Mireille, haineux, puis celui de l'aîné, Victor, le copain de classe de son fils Paul et enfin les yeux noir charbon de la cadette. C'est une autre étincelle qu'elle y décèle, frissonne puis se reprend : quelle importance ? Ceux qui partent avec la Gestapo disparaissent à jamais.

Elle peut dormir sur ses deux oreilles...

Presque 80 ans plus tard...

Comment sa mère l'a-t-elle retrouvée après toutes ces années ? Et pourquoi seulement maintenant ? Quelle importance, en fin de compte ? Son rêve se réalise enfin !
Elle lit et relit la lettre manuscrite, l'écriture élégante sur un papier épais d'un rose poudré luxueux et se prend à imaginer une belle femme mince, bien habillée, talons hauts et chignon chic, attablée devant un bureau immense, plume en main.

Elle sourit, heureuse... Elle embrasse la feuille, tourbillonne, aux anges. Puis elle se fige et réfléchit, regarde autour d'elle, se jette sur son sac de fringues qu'elle dévaste à la recherche d'une tenue digne de son rêve. Rien de rien. Elle soulève le matelas mité, déchire un coin et en sort un petit rouleau de billets, sans doute un peu maigre et insuffisant pour acheter quelque chose de plus... raffiné que des jeans troués et un T-shirt élimé. La friperie du coin fera l'affaire ! Elle s'élance, le cœur en fête. Elle passe sa journée dehors, évite consciencieusement le junky qui l'a recueillie à la mort de son père, un psychotique qui l'a enlevée à la naissance et amenée dans un squat à Montreuil pour mourir quelques jours plus tard, un couteau entre les omoplates pour quelques

billets. La suite, elle l'a vécue entre rêves et cauchemars, plutôt cauchemars, d'ailleurs. Si elle s'en est sortie, c'est grâce à une fille en cavale avec son petit copain : bizarre, mais si gentille avec elle…
Lorsqu'elle rentre enfin, son « protecteur » est complètement stone : rien à en tirer. Elle s'allonge, les yeux rivés sur le plafond fissuré et se laisse gagner par son imagination.
Impossible de s'endormir. À l'aube, elle se pomponne, enfile ses nouveaux vêtements, passe devant le vieux drogué éberlué par cette apparence à laquelle il ne s'attend pas, son esprit embrumé. Elle a pensé à tout : un peu d'argent et le billet de bus low cost qui l'amènera jusqu'à sa mère. Sa mère…

C'est le bonheur par procuration… Depuis qu'elle a reçu la lettre, le temps passe trop lentement. Elle a encore plus d'une heure, mais elle se presse : pas question de rater le car.
Sur le quai d'embarquement, les gens se bousculent pour faire rentrer dans la soute leurs maigres bagages. Elle n'a que son petit sac à dos ; elle monte et s'assoit contre la vitre, anxieuse, mais le cœur léger. Un homme s'installe à côté d'elle sans prononcer un mot, concentré sur la musique de ses écouteurs qui, trop forte, suinte de l'appareil. Il sent un peu fort, mais elle n'en a cure. Elle contemple le décorum extérieur, tournée à la fois vers son passé et un avenir qu'elle entrevoit plus réjouissant, plus normal.
Elle sourit et s'enfonce dans la rêverie. Elle a le temps jusqu'à Lyon où elle devra changer pour un bus en direction de Charlieu… Elle sera attendue…

On la secoue : elle regarde autour d'elle, interrogative, et comprend qu'elle est arrivée. Son voisin est déjà sorti. Elle s'extirpe du siège, et quitte le véhicule, son sac serré contre elle. Elle doit attendre un peu plus d'une heure son transport, contemple les stands de vente à emporter, mais s'abstient : elle doit garder un peu d'argent, juste au cas où…
Second bus. Elle est fébrile à présent : le moment de découvrir sa mère approche et elle doit avouer qu'elle a peur. Et si ça se passait mal ? Et si elle n'était pas à la hauteur ?

Le bus roule trop lentement… ou trop vite. Son cœur cogne douloureusement dans sa poitrine. Elle ne voit pas le paysage à peine vallonné.

Ça y est, c'est le moment… Elle s'excuse en bousculant sa voisine, passe dans la coursive étroite, salut le chauffeur dans un murmure et sort sur la place de la Bouverie avec trois autres passagers qui s'éloignent avec leurs valises. Le bus redémarre. Elle reste seule dans cet endroit inconnu, entourée de bâtiments uniformes qu'elle ne voit même pas. Un homme sort d'un gros 4x4 Mercedes noir aux vitres teintées, vision tellement convenue qu'elle reste figée.

— Vous êtes Nina, n'est-ce pas ? lâche le personnage aux cheveux gominés, et visage émacié aux pommettes saillantes.
— Oui, c'est moi, acquiesce-t-elle en s'approchant, intriguée.
— Votre mère m'a demandé de venir vous chercher. Un imprévu de dernière minute.
— Vraiment ?

Nina détaille le complet veston, les chaussures bien cirées, vaguement méfiante. Elle a l'habitude des coups tordus. Pourtant, là, à cet instant, rien ne titille sa méfiance. Il lui ouvre la portière. Ultime hésitation, mais elle monte dans la voiture aux sièges en cuir pleine fleur. La porte claque. Le gominé monte à l'avant. Le moteur vrombit et la voiture s'enfonce dans le centre-ville…

Elle est trop stressée pour regarder les rues et les boutiques qui ferment à la nuit déjà tombante.

— On a un peu de route, fit son chauffeur d'une voix douce en l'observant dans le rétroviseur. Vous devez avoir faim ou soif… Regardez dans le panier à côté de vous… Servez-vous…

Elle murmure un merci à peine audible en apercevant ledit panier qu'elle n'avait même pas remarqué : sa mère pense à tout.

Elle retire le torchon blanc et contemple les sandwiches puis la bouteille d'eau. Sans y penser, elle débouche la Vittel et la boit d'un trait, assoiffée.

Le roulis aidant, elle s'endort rapidement, terrassée par la fatigue ou peut-être autre chose…

CE JOUR-LÀ, DANS LE SUD DE LA FRANCE…

— Moi, je ne suis pas d'accord. On peut pas lui faire confiance ! Franchement ! Tu as vu sa dégaine ? Quoiqu'elle ait le look de l'emploi, hein…

Marlène Roquet, une petite brune pétillante et dynamique déjà maquillée alors qu'elle était encore en déshabillé sexy, et son partenaire, Manuel Orphys, grand balèze tout en muscles saillants, ancien patron du GIGN, buvaient leur café sous la tonnelle de la maison de repli de la FSE, impasse Maturo. Depuis la veille, ils squattaient les lieux avec la seconde équipe, Glenn Mortimer, un Anglais « so frenchy », mal rasé, cheveux longs, dégaine décontractée, et son nouveau binôme dont il était justement question, la légiste Gwen Saint-Cyrq.

… Tu en penses quoi, toi, de cette nana ?

Il haussa les épaules en engloutissant une madeleine entière avec gourmandise.

… C'est tout ? Eh ben, à moi, elle me fout la trouille : pas normal tous ces tatouages bizarres et ces piercings. Le patron se plante, cette fois ! Elle est pas nette… Moi je te le dis, pas question de lui faire confiance…

— On a tous quelque chose à cacher, tu crois pas ? marmonna l'ancien gendarme, la bouche pleine. Si on est passés de l'autre côté du miroir, c'est peut-être parce que toi comme moi ou elle, ben on est plus utiles à la FSE morts que vivants, hein…

— T'es du genre crédule, mon chou, ironisa la jeune femme en éloignant avec grâce une mèche rebelle de son front. Cette nana, elle a plus que des casseroles aux fesses, tu peux me croire, et je me trompe rarement, tu peux pas le nier…

— T'en sais rien, Marlène. Tu peux pas juger les gens sur leur apparence ! D'accord, elle a un look pas commun et elle est pas du genre causant, mais même son ennemi juré, le commissaire

Signac, était le premier à reconnaître ses compétences et son professionnalisme !

— Mais il disait aussi qu'elle était complètement ingérable… Tu crois que c'est vraiment ce dont on a besoin, surtout maintenant qu'on doit jouer en sous-marins ? Moi pas !

— Laisse Glenn la gérer. Ils trouveront leurs marques comme nous, on les a trouvées, il y a deux ans, et c'était pas gagné, t'en conviendras…

Il observa son équipière avec un petit sourire amusé et lui resservit un café tandis qu'elle tapotait, agacée, la surface décapée de la table de jardin de ses longs ongles manucurés.

… Allez, Choupinette, zen… Bois un autre café et goûte ces madeleines : elles sont à tomber !

Il savait que ce doux surnom la calmerait et agraferait sur son visage un joli sourire. De fait, elle étira presque immédiatement ses lèvres, amusée.

— Tu sais comment me prendre, mon Choupinou… Mais tu verras ce que je te dis… Cette fille nous apportera que des embrouilles…

★

Gwen Saint-Cyrq s'écarta de la fenêtre ouverte de la chambre, le regard noir des mauvais jours, passa devant le miroir de l'armoire, se jeta un œil et sourit froidement à l'image peu séduisante qu'il lui renvoyait. Décidément l'avenir s'annonçait compliqué… Mortimer sortait de la salle de bains. Elle prit la place sans répondre à son sourire, ravie de trouver un petit espace éloigné du trio. La maison était petite : elle allait avoir du mal à les éviter.

23h30. Cette journée abominable touchait à sa fin… Enfin ! Gwen Saint-Cyrq, ancienne légiste du SIRC et plus récemment de la FSE, venait de passer de longues heures éprouvantes ponctuées de rebondissements macabres. Tout avait commencé par cet échange peu amical entre ses équipiers capté en catimini et avait continué par une longue conversation privée avec Sheridan, le patron de la Force Spéciale Européenne, un peu moins difficile que ce qu'elle avait cru de prime abord. Sa vie, très compliquée, ne pouvait se satisfaire d'une disparition pure et simple de la surface de la Terre : elle ne pouvait faire une croix sur ses obligations, oublier la Confrérie à laquelle elle était liée jusqu'à la mort. L'Écossais, qui connaissait une grande partie de la vérité la concernant, avait tergiversé avant d'accepter un compromis satisfaisant pour elle ***et*** pour le service. Puis elle avait continué par ses propres funérailles couplées avec celles de ses trois autres désormais compagnons, Glenn Mortimer désigné comme son équipier, Manuel Orphys, un ancien du GIGN et Marlène Roquet, une hackeuse de génie, l'autre équipe d'un désormais service ultra confidentiel. Pour passer de l'autre côté du miroir et jouer incognito sur des affaires ultra-sensibles, pas le choix que de disparaître définitivement.

Pénible d'assister au discours convenu du préfet, du chef de la police puis de Sean Sheridan, leur nouveau commissaire dans la clandestinité. Triste de constater l'indifférence marquée du chef légiste de son ancien service, le dandy antipathique Pierre Sierviens, l'absence d'Yvon Signac, son ancien patron et équipier sur de nombreuses affaires et la gêne des autres membres du service. Quelques vagues amis pour les trois autres, personne pour Gwen qui avait une vie sociale plus aride que le Kalahari. Si encore il avait plu ! Si la nature avait versé une larme, ils se seraient moins sentis abandonnés. Même pas : un soleil radieux inondait le cimetière donnant presque un air de fête à la cérémonie solennelle. Les pierres tombales irradiaient leur blancheur sous un ciel bleu azur sans nuage. Camouflés derrière la grille d'un caveau, immobiles, ils avaient assisté à la scène sans un mot, dans une sorte d'état second, en se demandant comment ils allaient gérer la suite. Quelques minutes d'hommage pensif puis le départ des policiers. Le silence revenu les avait fait sortir de leur trou paresseusement, un peu comme des escargots.

Il était un peu plus de midi lorsqu'ils étaient remontés en voiture pour prendre la route en direction de Paris. Plus question de rester en PACA avec l'angoisse de croiser les membres de la FSE désormais basée à Marseille. Un grand appartement était mis à leur disposition, une colocation forcée pour une équipe construite pour être très soudée même si, pour l'heure, les uns et les autres restaient sur la réserve, surtout Mortimer, Roquet et Orphys envers une Saint-Cyrq à la personnalité un peu trop énigmatique voire insaisissable. Son look gothique associé à un caractère sombre et très secret n'arrangeait rien.

Ils n'avaient pas plus tôt quitté Marseille que l'ancienne légiste reçut un appel de Sean qui la prit de court et la plongea dans un silence atterré. Impossible pour Glenn, assis à ses côtés, de le rompre. Les heures s'étaient succédé sans apporter de changement à la prostration de leur compagne alors qu'ils se relayaient au volant de la berline ou partageaient un repas frugal qu'elle refusa net. Un SMS succinct leur amena la réponse : Hugues Soral, le grand ami de leur désormais

équipière, avait succombé à une crise cardiaque l'avant-veille, approximativement à l'heure où il avait appris son décès en opération de police à Marseille. Mortimer connaissait les liens d'amitié qui les liaient sans en savoir plus. Aucune larme, seulement une douleur sourde, pesante, qui plombait l'atmosphère.
Un peu plus de 21h… Ils étaient enfin arrivés devant leur appartement, un grand F6 de style haussmannien à quelques pas de la gare Montparnasse, au coin de la rue Mizon et du boulevard Pasteur. Sans avoir pipé mot, Saint-Cyrq s'enferma dans la première chambre, les laissant seuls aux prises avec leur installation et l'agencement du logement dont elle se désintéressait.

Un peu plus de minuit. Le silence était revenu : tous semblaient enfin dormir. Pas vraiment le cas ; incapable de fermer l'œil, Mortimer quitta l'appartement sur la pointe des pieds : il avait juste besoin d'espace. L'air était vraiment frais, suffisamment revigorant pour lui remettre les idées en place ; son équipière le perturbait. Il s'apprêtait à tourner le coin de la rue Mizon pour passer sur le boulevard lorsqu'il accrocha une silhouette reconnaissable entre mille : la légiste avait eu la même envie que lui, mais curieusement, il ne l'avait pas entendue sortir. Assise sur un siège de l'abri de bus tout proche, la capuche de son sweat rabattue sur la tête, elle triturait son portable, indécise. Qui voulait-elle contacter en dépit du dispositif mis en place pour les effacer de la surface de la Terre ? Il s'apprêtait à entrer en jeu pour la dissuader de faire une bêtise lorsqu'elle se leva et se mit à marcher rapidement en direction de la gare Montparnasse. Souhaitait-elle leur faire faux bond et quitter la capitale en catimini ? Pour quelle raison ? Le décès de son ami ? Inutile de perdre son temps en conjectures : il lui emboîta le pas en prenant soin de rester à distance et hors de vue. Elle n'était pas née de la dernière pluie et il ne voulait pas donner d'explication à sa curiosité.
Elle dépassa le rond-point Necker, franchement désert, longea encore un peu le boulevard avant de tourner à gauche sur la gare : il avait raison… Hall 2… Non… Elle le traversa, se faufila de l'autre côté sans vraiment se presser pour s'arrêter devant le musée Jean Moulin. L'esplanade de dalles de béton incrustées d'herbes était déserte. L'endroit avait un petit côté macabre et dangereux qui l'interpella. Un banc et une silhouette avachie qui se déplia immédiatement tandis qu'elle approchait, sur ses gardes. Elle était là pour cette rencontre… Il devait se rapprocher pour entendre… Il voulait savoir, comprendre…

Il avança, courbé dans l'ombre du mur puis s'accroupit derrière un bosquet mal entretenu, au milieu de déchets indéfinissables et une odeur de pisse qui le prit à la gorge. Pas le choix… Difficile de voir le visage de son interlocuteur, mais il ne semblait pas de la prime jeunesse, plutôt maigre et mal fagoté, peut-être un clochard. Dès qu'il la vit, le personnage se dressa comme un diable sorti de sa boîte et se précipita vers elle, des clichés à bout de bras, vociférant, très agité. Il chercha à l'alpaguer, mais elle le repoussa violemment, sans ménagement. Jamais il ne l'aurait cru capable de développer une force pareille. L'autre tomba à la renverse, les quatre fers en l'air, et resta au sol, hébété.

— Ne me touche pas !

La voix glaciale de Gwen se répercuta contre les murs de béton et de composite du site. Il y avait tant de haine et de dégoût dans ces quatre mots que le policier rentra encore ses épaules en plissant le front. Ces deux-là se connaissaient, mais étaient loin de s'apprécier.

— Excuse… miaula l'inconnu d'une voix râpeuse, assoiffée. Mais Nina, elle s'est sylphidée[2]… tu entraves[3] ? Ça fait un quart de marque[4]… Tu sais que je peux pas vivre sans elle ! Je t'en supplie, aide-moi !

— Tu l'as mise sur le trottoir, c'est ça ? grinça-t-elle, à fleur de peau, agacée malgré elle par cet argot tout droit sorti des bas-fonds du début du XXe siècle.

— Non, non… Jamais… Elle m'aidait en faisant de petits boulots… Tu sais bien que je peux pas boulonner[5]… Mais elle a filé, c'est la misère… Je suis dans la mouise, tu piges ? J'ai besoin de toi pour la loger ! Toi, tu peux tout…

Elle jeta un œil aux clichés éclairés par les lampadaires avant de reporter son attention sur l'homme qui tentait de se relever, chancelant peut-être sous le coup de l'alcool ou de la drogue… ou du stress, qui sait.

… Ne me lâche pas ! Enfin, je veux dire… se rattrapa-t-il *in extremis*, ne *la* lâche pas ! Tu t'en occupais bébé, tu t'en souviens ? Tu la dorlotais… Tu dois la repérir[6] ! Elle est en danger, tu entends ? EN DANGER ! La Vieille me l'a dit, tu comprends ? Elle se trompe jamais, tu le sais, pas vrai ?

---

[2] Se sylphider : arg. disparaître

[3] Entraver : arg. comprendre

[4] Quart de marque : arg. semaine

[5] Boulonner : arg. travailler

[6] Repérir : arg. retrouver

Il s'approcha, mais elle recula d'autant comme si un nouveau contact la rebutait.

… Pardon encore… J'ai pas oublié ce que j'ai fait, mais je… J'ai changé, je le jure…

— Vraiment ? siffla-t-elle d'une voix tranchante. Plus de drogue, plus d'alcool, c'est ça ?

— Je… Tu sais que non… Je peux pas… J'ai essayé… mais Nina, elle y est pour rien… Elle est si gentille, si douce… J'ai plus qu'elle… Tu dois m'aider !

— Hein ! Je *dois !*

— Non, non… je… pardon ! S'il te plaît !

Il suppliait, mains jointes, tremblant. Elle haussa les épaules, regarda encore les clichés photomaton avant de plonger son regard bleu menthe glaciale dans ceux du junky perdus dans des paupières gonflées d'un rouge alarmant.

— Raconte…

— Elle a filé comme tous les matins et elle s'est jamais plus radinée…

— Des amis ?

— J'en sais rien… avoua-t-il en haussant ses épaules squelettiques.

— Tu ne m'aides pas là ! grogna-t-elle, énervée. Qu'est-ce qu'elle t'a dit avant de partir ce matin-là ?

— Juste qu'elle avait enfin trouvé un super plan, qu'elle allait avoir suffisamment de blé pour louer un appart. Elle était super heureuse…

— Et tu ne lui as posé aucune question ?

— J'ai essayé… Mais j'étais au fond du trou et…

— Elle était fringuée comment ?

— Maintenant que tu le dis… Elle était toute pimpante, mignonne à croquer…

— C'est-à-dire ? s'impatienta-t-elle sans le lâcher du regard.

— Je m'en souviens plus, moi ! Mais je me souviens l'avoir trouvée différente, plus… louve[7], tu piges ?

— Mouais… Donc tu ne sais pas où elle traînait la journée ou la nuit ni qui elle fréquentait ! Et tu veux que je la retrouve comment ? Par l'opération du Saint-Esprit ?

---

[7] Louve : arg. femme amoureuse

Il ouvrit les bras dans un geste d'impuissance et d'ignorance qui la fit sortir de ses gonds. Elle jura, esquissa un geste de départ, mais se ravisa :

... Vous créchez où ? Jarry a été évacué et puis tu ne peins plus...

— À la Passerelle pour l'instant. Mais c'est chaud... Ils veulent nous éjecter... C'est pour ça que Nina cherchait autre chose...

— Ses affaires ? T'en as fait quoi ? Ne me dis pas que tu les as vendus pour une dose !

— Non, non ! protesta-t-il d'une voix empressée, les mains en avant. J'ai tout gardé... C'est tout là, dans ce sac...

Il lui montra un vieux cabas en plastique rebondi, posé à côté du banc.

— Tout est là, je te jure...

Elle l'observa avec méfiance.

— Tu retournes à la Passerelle ?

— Je vais crécher chez un poto[8]... Faut que je me mette au vert... Je dois pas mal d'oseille à un mecdon[9]... Enfin tu vois, et... D'ailleurs, t'aurais pas un peu de fric sur toi parce que... Enfin, tu sais bien...

— Va te faire foutre. Tu as la vie que tu as choisie, démerde-toi ! Pas question de financer tes vices !

— D'accord, d'accord, pardon... C'est que j'ai plus une tune et...

Il se reprit à nouveau, mal à l'aise, et recula.

... Non, non... J'ai rien dit, pardon... Alors pour Nina, tu vas la loger, pas vrai ?

À présent très énervée, elle le contourna, saisit les anses du sac plastique, tourna les talons et s'approcha du halo de lumière dispensé par le réverbère le plus proche. Elle retira son blouson, le posa à l'envers sur le sol et déversa dessus le contenu du plastique. Elle s'assit sur le béton et commença à faire le tri, remettant après une fouille minutieuse les vêtements, trousses et autres objets dans le cabas grand ouvert. À peine cinq minutes plus tard, elle se relevait, une vieille photo et une enveloppe en main.

— Je garde ça, jeta-t-elle d'une voix toujours aussi froide.

— Tout ce que tu veux ! s'exclama-t-il instantanément. Alors, je peux compter sur toi ?

---

[8] Poto: (argot urbain) ami, copain

[9] Mecdon: (argot) homme

Elle lui lança un regard tueur et quitta le jardin atlantique bétonné sans se retourner. La Lune éclaira brièvement son visage : le regard était exempt d'émotions, dur, mais décidé. Drôle de fille à ne surtout pas sous-estimer.
Qui suivre ? Le clochard ou son « équipière » ? L'homme restait figé dans une posture de profonde sidération comme si cette rencontre avait eu raison de ses dernières forces. Glenn choisit son équipière.

Toujours courbé, passant d'un bosquet à un autre, les yeux rivés sur sa proie, mais les oreilles aux aguets du moindre bruit suspect, il se lança dans une nouvelle filature, curieux de la suite. Le pas lent et pensif, elle quitta le jardin, contourna la Tour Montparnasse et s'engagea sur la rue de Rennes. Elle arrêta sa promenade sur le pont des Arts, s'accouda à la rambarde en fer et contempla un long moment la Seine, les reflets de la Lune à sa surface, sans bouger. Impossible de s'approcher sans se faire repérer. Un coup d'œil autour de lui et il sourit : il venait de trouver un poste d'observation idéal, du moins tant qu'elle resterait de ce côté de la passerelle. Après, il lui faudrait jouer à découvert, évidemment plus compliqué. Elle sortit de la poche de son blouson la photo cornée que l'homme lui avait donnée et la fixa longuement avant de la rempocher d'un geste décidé : à l'évidence, elle n'avait aucune envie d'aider le clochard à retrouver la fameuse Nina. Elle se décolla de la ferraille noire du parapet pour s'asseoir sur l'un des bancs installés au centre du passage. Une infime hésitation et elle dégagea l'enveloppe qu'elle décacheta. Elle déplia la feuille de papier et en parcourut le texte : difficile de savoir ce qu'elle ressentait à cet instant. Elle lut la missive une fois, deux fois, puis se leva, retourna à la rambarde, observa à nouveau la surface du fleuve, pensive. Immobile de longues minutes, elle s'éloigna du parapet et retraversa lentement le pont, passant ainsi à quelques centimètres à peine de son équipier camouflé derrière un panneau publicitaire. Une heure plus tard, elle s'enfermait dans sa chambre, laissant son suiveur avec ses interrogations.
Comment l'amener à se confier ?

Il rentra quelques minutes après elle, contempla la porte fermée, se prépara un café qu'il but pensivement, quelque part chamboulé par cette nuit étrange. Il finit par sortir son portable, passa sur le balcon dont il referma la baie pour ne pas être entendu, hésita une ultime seconde et composa le numéro de Sheridan : il devait savoir malgré l'heure…

MISES AU POINT

Sean l'a écouté attentivement, sans jamais l'interrompre. Un court silence s'est installé, pensif.

— Tu en dis quoi ? Pas l'impression qu'elle se plie aux consignes. Elle va tout foutre en l'air ! Elle n'a pas l'esprit d'équipe, aucun respect de la parole donnée…

— *Non, elle m'a mis au courant. Tu veux un conseil ? Une équipe solide se construit sur un socle inébranlable. Tu dois installer une relation de confiance avec elle au lieu de critiquer sans rien savoir de sa vie… et la réciproque est vraie… Elle doit savoir pour toi, Glenn. Vous avez plus de points communs que tu pourrais le croire.*

— Alors là, ça m'étonnerait !

— *Garde l'esprit ouvert… Tu pourrais bien être étonné ! En attendant, la FSE est sur une affaire, et il est probable que vous ayez à intervenir.*

— Déjà ! Moi qui pensais avoir quelques jours pour digérer ma mort ! plaisanta-t-il, surpris. Quel genre, cette histoire ?

— *Je vous en dirai plus selon les infos que l'équipe officielle récolte. Mais je ne vous donnerai aucune affaire tant que je ne sentirai pas que vous êtes prêts… Et pour l'instant, pas le cas.*

— Gwen est une pièce rapportée. Elle se la joue perso. Comment veux-tu que…

— *Laisse-lui une chance… C'est un ordre… Tant que tu ne l'auras pas fait, vous resterez tous les deux cloîtrés dans votre appartement, c'est bien compris ? Marlène et Manuel feront le job sans vous, pas un problème… Et si vous refusez de vous parler, je dissous votre binôme. Tu sais ce que ça veut dire, n'est-ce pas ?*

— Très bien, murmura Mortimer en baissant les yeux. Et pour la procédure d'effacement ? Marlène nous a gommés des fichiers de la police et de la FSE, bien entendu, mais…

— *Vous allez recevoir vos nouvelles identités dans la journée par mail sécurisé et par porteur spécial deux ou trois jours après.*

Plus personne à l'autre bout du fil : il n'attendait aucune réponse sachant que son subordonné ne pourrait faire autrement que de lui obéir.

★

Mortimer soupire, tapote la rambarde avec la tranche de son portable, franchement perplexe et indécis : comment accepter de se mettre à nu devant une totale inconnue aussi borderline, aussi secrète même s'il sent, depuis le début, une attirance sourde qu'il repousse de toutes ses forces ?

Il n'a pas vraiment le choix. Il doit trouver un moyen pour la mettre en confiance et, surtout, le courage de se livrer. D'ailleurs, malgré les assertions de son patron, quel lien pourrait-il y avoir entre ce qu'il a vécu et cette fille ?
Il a froid, soudain. Des images ultra-violentes remontent à la surface sans qu'il les ait sollicitées. Il jure à voix haute, sent son corps échapper à son contrôle… Il serre les poings, se mord l'intérieur de la joue pour retrouver dans la douleur un semblant de calme : il doit le faire… Son avenir est à ce prix.

Il jette un œil à sa montre : encore très tôt… Elle dort peut-être ? Ou peut-être pas… Encore quelques secondes de tergiversation puis il se décide. Il repasse à l'intérieur, s'assure que le silence reste la règle puis avance vers la porte de la chambre de la légiste et tape le battant du bout de l'index.
— *Entre…*

L'attendait-elle ? A-t-elle reçu le même ultimatum que lui ? Il tourne la poignée en laiton, pousse la porte peinte en blanc, entre et referme derrière lui. Elle est debout devant la fenêtre, face à lui. Elle ne s'est pas changée, toujours en jeans, baskets et sweat noir. Elle l'observe et son regard menthe glaciale semble le transpercer jusqu'au fond de son âme. Il passe la langue sur ses lèvres soudain trop sèches et croise les bras sur sa poitrine pour se donner contenance.
— Il faut qu'on parle… lance-t-il d'une voix un peu roque.

Elle lui désigne une chaise et s'installe sur le rebord du lit sans le quitter des yeux. Il tourne le siège, s'assoit à califourchon et pose ses coudes sur le dossier.

— Je t'ai vue, cette nuit et…
— Tu m'as suivie, je sais… Et après ?
— Tu m'as repéré ! Allons donc…
— Qu'est-ce que tu crois ? Je t'ai vu sortir de l'immeuble.
— Vraiment ? Tu sais que tu as mis en danger notre groupe, Gwen ! Je te rappelle que nous sommes censés être morts ! Qui sait si le gus que tu as rencontré ne s'est pas précipité pour nous donner, hein ?
— Il n'a rien fait de tel : absolument pas dans son intérêt, lui affirme-t-elle d'une voix neutre. Rassuré ?
— Pourquoi autant d'assurance ? C'est quoi, tes liens avec ce type ?

Elle inspire et lève un sourcil ironique.

— Tu veux le savoir ? Sean veut que je t'en dise plus à mon sujet…
— Et ?
— Tout dépend de toi…
— C'est-à-dire ? couine-t-il, fraîchement.
— Tu me parles d'abord de toi… Ensuite, tu me jures que tout ce que je te révèlerai restera entre toi et moi : je ne veux pas de Roquet ou d'Orphys dans la boucle… Alors seulement, j'accèderai à la demande de notre chef.

Il s'y attendait et sent qu'elle ne changera pas d'avis. Elle le met au pied du mur, peut-être pour le tester. Il n'a plus le choix.

— Très bien, mais la réciproque est vraie, on est d'accord ? Ni Marlène ni Manuel ne connaissent cet aspect de mon passé même s'ils savent qu'il n'a pas été tout rose…
— Aucun problème : je te jure le silence, ça te va ?

Ultime hésitation, mais il capitule : il doit se forcer à lui faire confiance.

— Aum Shinrikyō… ça te dit quelque chose ?

Elle plisse le front, surprise :

— La secte de Chizuo Matsumoto ?
— C'est ça, oui ! s'exclame-t-il, pris de court. Tu sais quoi à son sujet ?

— C'est un gourou japonais exécuté en 2018. Un taré de la pire espèce dont l'idéologie s'inspirait principalement du bouddhisme, de l'hindouisme, de l'apocalyptisme chrétien et du New Age, un mouvement déterminé à provoquer un Armageddon pour éradiquer « *les hommes corrompus* » de la surface de la Terre. C'est bien ça ?

— Absolument oui... Mes parents étaient des adeptes... Je suis né au sein de la secte. Un an plus tard, le 20 mars, ils mourraient lors de l'attentat au gaz sarin dans le métro de Tokyo. J'ai été élevé par l'un des cadres rescapés qui a fondé, avec quelques adeptes fanatisés en 2007, une branche armée, Hikari no wa, Le Cercle de Lumière. En son nom, j'ai... tué, exécuté des innocents.

Il ne la quitte pas des yeux : elle écoute, le regard illisible. Aucune réaction.

— À l'époque, j'étais accroc aux drogues dures... totalement fanatisé, sous le joug de Kazuaki. Et puis j'ai reçu l'ordre d'assassiner Martignac, alors patron de la DGSI, qui collait un peu trop la secte avec son équipe. Le choc a été rude, pas en ma faveur. Je ne sais pas pourquoi, mais alors que Kazuaki et les autres partaient en tôle, il m'a mis en main un deal que je n'ai pas pu refuser... Voilà, tu sais tout...

Un silence qu'elle interrompt de cette voix neutre qui l'étonne tant :

— Tu connais le nombre de tes victimes ?

— 27... dont deux familles... avec femme et enfants... Ils hantent mes nuits, si tu veux tout savoir...

Le visage féminin s'est refermé comme une huître, durci : jamais il n'a décelé dans le regard d'un bleu trop clair cette drôle d'étincelle assassine qui, sans savoir pourquoi, le glace jusqu'aux os.

— Tu fais partie de la FSE depuis combien de temps ?

— Deux ans, à peine. J'ai suivi un programme hard de déradicalisation et de sevrage durant presque cinq ans. Voilà, tu sais tout... Et toi, alors ?

— Moi ?...

Elle se lève, esquisse quelques pas dans la chambre, s'arrête devant la fenêtre, contemple l'arrière-cour de l'immeuble avant de se retourner et de lui faire face. Il ne pipe mot, soudain persuadé que ce qu'elle va lui révéler va autrement plus loin que ce qu'il lui a raconté.

Elle détaille le visage masculin, plus très sûre de vouloir se mettre à nu, mais elle sait au fond qu'elle n'a pas le choix.

— Bon... Contrairement à toi, je ne connais pas ma véritable identité : j'ai été adoptée par le couple Fabrègues comme trois autres orphelines. Mon père adoptif, tu en as sûrement entendu parler... Le Dahlia noir...

— Le cambrioleur ?

— Voilà... Le prénom qu'il m'a donné est Artémis. Je suis passée par la case « maison de redressement » et par celle de la rue lorsque je m'en suis enfuie. À l'adolescence, mon père adoptif m'a vendue... ou offerte à La Confrérie à laquelle il appartenait. Ils m'ont fait passer un certain nombre d'épreuves et je suis devenue leur Exécutrice[10].

— Je vois... murmure-t-il en esquissant une moue difficile à déchiffrer. Tu me parlerais un peu de cette « Confrérie » ?

— Au point où j'en suis, soupire-t-elle, résignée. Elle remonterait à la grande peste noire de 1347... Les années précédentes avaient été terribles : une sécheresse exceptionnelle suivie de pluies torrentielles avait détruit les récoltes et déjà affamé le peuple qui mourrait à tour de bras... La criminalité augmentait à vue d'œil... Dix personnes, les Fondateurs, ont décidé de créer La Confrérie pour aider les justes et punir les criminels... Ces gens étaient des visionnaires : Jean Buridan, un philosophe, Jacques Bretel, un troubadour, Jean de Mandeville, un lettré explorateur, un viandier, Paulin, un dénommé La Destrousse, un brigand de grand chemin, Sire de Coucy, un baron paysan très proche de ses vassaux, Isaure, une lingère qui s'est prostituée pour donner à manger à ses enfants, la belle Aalis, courtisane un peu sorcière, Crépin et son frère Colin, deux aigrefins... des voleurs à la tire, quoi. Ils ont élaboré des lois, et ont créé un tribunal avec des juges et un exécuteur de la loi avec droit de grâce. La Confrérie a non seulement perduré à travers les âges, mais a pris de l'ampleur. Elle a été très active durant la Révolution, dans la Résistance durant la Seconde Guerre mondiale. Aujourd'hui, elle est très engagée contre les trafics de drogue, d'êtres humains et d'armes notamment.

— Donc tu es devenue leur exécutrice... Tu es intervenue souvent ?

— Tu veux savoir combien de fois j'ai appuyé sur la détente ?

— Par exemple...

---

[10] Cf Gwen, adieu, Ed. Gascogne

— En l’espace de 14 ans… 79 fois.
— Hein ! Ben dis donc, pour un médecin !

Elle hausse les épaules, regard illisible.
— … Légiste, le corrige-t-elle, très ironique.
— Ouais, difficile d’oublier que tu préfères la viande froide !

À l’instant, il regrette les derniers mots. Elle pâlit et se referme comme une huître.
… Désolé… Pas très heureuse comme remarque… Je m’excuse… Est-ce que je peux savoir si la rumeur concernant le frère de Signac est fondée ? Tu l’as vraiment dégommé ?
— J’ai tout tenté pour protéger Jérôme et, surtout, le remettre sur les rails. Mais il était devenu accro à l’héro, alcoolique, totalement incontrôlable. En sus, il était la tête pensante d’une bande de dealers particulièrement violents. Impossible de le laisser empoisonner des gamins avec sa dope pourrie…

Il lève un sourcil dubitatif.
… Quoi ? Tu crois que j’aurais pu l’épargner après ce qu’il avait fait ? Impossible. Pourtant, jusqu’au dernier moment… murmure-t-elle, le regard vague tandis que les souvenirs douloureux remontent à la surface. Et puis c’est lui qui a tout précipité en essayant de me tuer… On s’est battus… Je n’ai plus eu le choix…
— Et… ta conscience ?

Elle fronce les sourcils.
— Je n’accepte l’exécution que de pourritures de la pire espèce que la police traditionnelle ne parvient pas à coincer. Tous ont été mis en garde plusieurs fois, sans effet. La première fois… ça a été compliqué à gérer. Aujourd’hui, c’est différent.
— Tu t’es habituée, c’est ça ?
— Non, tu n’y es pas… On ne s’habitue jamais à appuyer sur la gâchette, à voir le corps en face de soi s’affaisser, le regard s’éteindre sur une dernière lueur de terreur. Mais lorsqu’une vie peut en sauver des dizaines d’autres, alors on ne peut pas hésiter…
— Mouais…

Il l’envie : lui, ses victimes le hantent nuit après nuit, sans relâche.
… Et combien d’exécuteurs compte la Confrérie ?

— Un seul.
— Et… comment entre-t-on dans La Confrérie ? C'est elle qui contacte ou on peut postuler ?

Elle le dévisage, surprise.
— Pourquoi cette question ? Serais-tu intéressé ou aurais-tu dans l'idée de nous infiltrer pour nous détruire ?

Il ouvre la bouche de stupéfaction puis la referme en soupirant :
— Ne dis pas de conneries, Gwen. On est dans le même bateau, non ?

Elle hausse les épaules, mais ne réplique pas.
— Tu me parlerais de cette nuit ? C'était qui le clodo que tu es allée retrouver ?

Quelqu'un frappe à la porte. Il jure, se lève et va ouvrir.
— Marlène ? Un souci ?

Il la dévisage, vaguement agacé par cette interruption, et s'aperçoit qu'elle est encore en pyjama :
— Non… Juste le petit-déj qui n'attend plus que vous…

Elle leur tourne le dos ; le charme entre les deux équipiers s'est rompu. Il la suit, s'attendant à ce que Saint-Cyrq leur emboîte le pas. Mais au contraire elle referme derrière lui, restant seule dans sa chambre. Elle s'isole : pourquoi ?
— Qu'est-ce qui se passe ? s'enquiert Roquet, intriguée, en se plaçant à côté de son ami. J'ai interrompu quelque chose ?
— On peut dire ça, oui… grogne-t-il en s'asseyant à la table de la salle à manger.
— Ah, désolée… Je ne pouvais pas savoir. C'est rattrapable ?
— Probablement.

Orphys les dévisage l'un après l'autre, interrogatif :
— Elle est où ? Dans sa chambre ?

Deux acquiescements pour lui répondre.
— Elle sortira bien un jour, va… On va pas se laisser mourir de faim pour elle, pas vrai ? Alors, qui veut un croissant ?

DE SIMPLES DÉTAILS ?

Ce qu'elle venait d'apprendre au sujet de son désormais équipier la perturbait, mais pas autant que la lettre découverte dans les affaires de Nina. Elle la ressortit de sa poche et la détailla à la lumière du jour déjà bien installé. Papier épais filigrané, écriture appliquée, français impeccable. Pourtant...

Sur l'enveloppe, pas de cachet postal, pas de timbre, mais le simple libellé « À l'attention de Nina » annonçait que l'envoyeur avait fait passer la missive de mains en mains et donc s'était déplacé : pourquoi, dans ce cas, ne pas l'avoir directement rencontrée ?

Elle avait besoin de réponses avant de se lancer à la recherche de son amie. Elle prit la grande valise noire posée dans un coin à côté d'une plus petite, grise réservée à ses effets personnels, la posa sur le lit et la déverrouilla. À l'intérieur, des dizaines de flacons, des pinceaux, un microscope numérique portatif, et un tas de réactifs et de poudres aux couleurs étranges. Elle passa des gants en latex, dégagea le Dino-Lite[11], l'appaira à son ordinateur et commença l'examen de la lettre et du papier.

Deux minutes plus tard, elle levait le nez de l'écran, sourcils froncés : elle avait affaire à une photocopie ! Aucun doute ! Papier vergé texturé, filigrané d'une couronne de laurier... imparfaite, mal reproduite : du rebut, sans aucun doute.

De mauvais augure...

Une courte recherche sur le net finit de l'agacer : trop d'entreprises sur le secteur d'activité de la personnalisation de papier pour tenter de retrouver l'utilisateur rapidement, par recoupements. Peut-être que le design pourrait l'aider ?

---

[11] Dino-Lite : marque de microscope digital ultra mobile et très puissant avec capture d'écran, etc.

Elle pensa relever les empreintes, mais se dit que tout avait été trop bien ficelé pour que l'auteur de cette mystification n'ait pas pensé à ce détail.
Comment retrouver la jeune femme ? Elle sentait confusément que le temps lui était compté. Le côté photocopie donnait la perspective d'une « multi » diffusion : qui sait si plusieurs filles n'avaient ainsi pas été ciblées ? À quelles fins ? Et surtout, comment ? Un personnage ratissait-il les squats et autres lieux marginaux pour repérer les filles fragiles ?

Comment loger Nina ? Faire le tour des gares de bus et de train, photo en main ? Une solution difficile à mettre en œuvre, coincée dans cet appartement avec ces nouveaux équipiers. Trop risqué de leur fausser compagnie en plein jour d'autant que leur situation de « vivants » ne pouvait être éventée.

Elle jura tout bas et reprit le microscope : si elle parvenait à trouver un indice… Sur la feuille, rien décidément à se mettre sous la dent. L'enveloppe… Elle l'avait presque oubliée ! Elle la passa au crible à l'extérieur puis à l'intérieur… Quelques poussières de bois : une structure alvéolée insérée entre de longs filaments cloisonnés… Elle appela sa base de données à l'écran, fit défiler les photos… Bingo ! Elle avait affaire à une structure de bois de chêne. Encourageant… Une écaille translucide… Une aile arrondie frangée de poils… Spécifique aux trichogrammes. Un autre indice certes, mais très insuffisant… Trop vague : du chêne, une guêpe utilisée en agriculture biologique…
Elle fronça les sourcils, les yeux rivés sur l'écriture appliquée… Si le message était une simple photocopie, l'enveloppe avait été forcément personnalisée : l'écriture était donc celle de l'expéditeur. À retenir même si, pour l'heure, la piste ne menait à rien de tangible.

Comment l'aider ? Comment ! Comment, comment, comment… Elle cherche, tourne en rond, sans solution. Elle n'a pas l'habitude de se trouver aussi démunie, impuissante, sans rien à quoi se raccrocher vraiment.

Elle relit lentement la lettre en s'attachant jusqu'aux pleins et aux déliés, à la ponctuation, aux mots… Cette fois, le contenu passe-partout lui saute aux yeux : rien de personnel, rien d'intime…

Ma Chérie,

Quel bonheur d'avoir retrouvé ta trace après toutes ces longues années d'absence ! Je n'ai jamais perdu espoir alors que le vide créé par ta disparition me rongeait à petit feu.
Le détective m'a expliqué combien ta situation est précaire. Il faut que je te voie, que je te serre enfin dans mes bras, mais ma maladie ne me permet plus de voyager.
Je glisse dans l'enveloppe 200 euros pour que tu puisses régler tes dettes, t'offrir de menus effets et, si tu le souhaites, payer ton voyage jusqu'à moi. Je tremble que tu n'aies plus cette envie de me connaître, que tu refuses à une désormais vieille dame malade la joie de t'embrasser.
Tu trouveras, épinglée aux billets, ta destination : mon secrétaire viendra te chercher. Surtout, ne parle à personne de cette lettre, de nos futures retrouvailles : mes ennemis, à l'affût, mettraient alors tout en œuvre pour nous séparer à jamais, cette fois.
Je t'aime, ma Chérie. Je ne t'ai jamais remplacée. Viens, je t'en supplie !

Maman

Aucun prénom, aucune adresse (le papier donnant le lieu de rendez-vous n'était nulle part, probablement emporté par la gamine) : un piège à mouches, comme l'appelait sa mère adoptive ; donner au pigeon ce qu'il désire le plus pour l'appâter…
Nina n'était probablement pas la première à avoir été ciblée et ne serait pas la dernière. Tout le processus semblait bien huilé, parfaitement pensé pour ne laisser aucune trace.
La dimension criminelle était évidente. Toute cette machination était montée à quelles fins ? Qui tirait les ficelles ? Un tueur en série ? Un réseau de prostitution ? Pire ?

Elle avait entendu tant d'histoires effrayantes et loufoques lorsqu'elle vivait dans la rue qu'elle avait toujours cru à des légendes urbaines. On dit qu'il n'y a jamais de fumée sans feu… Et si…

COMPTE À REBOURS...

Elle rangea pensivement matériel et indices dans la valise qu'elle poussa sous le lit. Fatiguée psychiquement, marquée par le décès soudain de celui qui avait été plus qu'un ami, presque un père, un protecteur bienveillant, inquiète pour sa jeune protégée, Nina, elle s'allongea tout habillée sur le dessus-de-lit bordeaux et sombra instantanément dans un sommeil agité.

Elle est à nouveau dans la rue. Il fait froid et elle n'est pas suffisamment couverte. Grelottante, elle se presse sur le trottoir glissant pour rejoindre un squat qu'on lui a recommandé à Belleville. Elle s'arrête au-dessus d'une aération du métro, histoire de se réchauffer un peu, et découvre, à deux pas, la vitrine chargée de viennoiseries d'un boulanger. L'odeur agréable et chaude parvient jusqu'à ses narines gelées. Un afflux de salive se presse dans sa bouche et lui rappelle sa faim. À cet instant, elle aurait tout donné pour un croissant encore chaud, un pain au chocolat ou une brioche... Mais les passants la dépassent d'un pas rapide, bien emmitouflés, sans même lui jeter un regard.

— Petite ? Tiens, c'est pour toi...

Elle lève les yeux et découvre un homme sans âge, vêtu avec distinction. Elle se concentre... Elle comprend qu'elle doit se souvenir de lui, mais son visage est vague, impossible à décrire... Il lui tend un sac de viennoiseries et une lettre.

Une seconde d'hésitation avant de se saisir des deux. Elle contemple ses mains puis lève les yeux ; il est parti.

On la secouait. Elle ouvrit un œil et contempla son binôme, le cerveau embrumé :

— Hum ?

— Réunion au sommet avec Sean dans cinq minutes...

Comme elle refermait sa paupière, il la secoua un peu plus.

… Eh ! Tu sais que la nuit, c'est fait pour dormir ? Alors, réveille-toi !

Elle grommela, mais s'assit tandis qu'il la laissait seule, rassuré. Elle s'étira en bâillant, se traîna jusqu'à la salle de bains attenante, se passa un peu d'eau au visage, changea de sweatshirt et quitta sa chambre pour la salle à manger commune. Tous étaient assis face à l'écran de la télé connectée à un ordinateur. Le logo de la FSE y tournoyait lentement sur fond blanc. Tous se tournèrent, l'observèrent et lui adressèrent un vague sourire qui disait combien elle restait hors de leur petit groupe. Elle passa côté cuisine, rafla un quignon de pain sur la table et se plaça derrière le divan déjà complet en mâchonnant son petit-déjeuner.

Le visage de Sean remplaça l'avatar. Il se fendit d'un sourire satisfait :

— Bonjour à tous ! Alors, ça fait quoi d'être morts ? lâcha-t-il sans demander de réponse. Vos nouvelles identités sont déjà sur votre messagerie sécurisée. Je vous en laisse la surprise. Familiarisez-vous avec votre profil, votre nouvelle vie.

Tous acquiescèrent à part Gwen de mauvaise humeur.

… Ceci dit, je pensais vous laisser sur la touche un peu plus longtemps, mais nous faisons face à un problème délicat, et c'est votre groupe qui va s'y coller : nous n'obtiendrons rien par le canal officiel assez rapidement, du moins. Vous vous sentez prêts ?

Quelques échanges de regards lui donnèrent la réponse escomptée.

… Parfait… Voici le topo : Manuela Alban a disparu des radars voici deux jours. A priori enlevée. Les ravisseurs demandent un million d'euros pour sa libération.

— En quoi un enlèvement serait de notre ressort ? C'est tout au plus le job de Signac, non ? lança Orphys, intrigué.

— Alban… Le magnat de la finance ? demanda à son tour son équipière, le front plissé.

Sheridan ignora la première remarque pour répondre simplement à la seconde, point de départ intéressant à la suite :

— En effet, Manuela est la fille unique de Raoul Alban. 17 ans. Elle s'est enfuie avec son petit ami, un certain Claudio Ferreri il y a de cela six mois : les parents désapprouvaient cette mésalliance. Comme la gamine était très accrochée, le père a fait appel à une agence de détectives privés qui n'aurait rien trouvé… Enfin, le gus touchait le RSA. Gros joueur, homme à femmes desquelles il tirait ses revenus jusqu'à sa rencontre avec Manuela. Ensuite, il se tient à carreau… Un homme modèle…

Autour de la table, les regards montraient combien tous étaient dubitatifs, voire ironiques, à part Gwen qui gardait une impassibilité suspecte.

— Je peux avoir accès à la vidéo ou au message de demande de rançon ? demanda Marlène Roquet, l'attention rivée sur le visage fermé de l'Irlandais, en se caressant de l'index son sourcil épais et bien dessiné.

— Je l'envoie.

— Et est-ce qu'on sait où ils crèchent depuis leur disparition ? s'enquit Mortimer, le front plissé.

— Le détective avait réussi à les localiser dans un squat de Belleville. Yvon et son équipe y ont fait une descente : ils n'étaient plus au nid depuis trois jours selon leurs colocs. Personne ne sait où ils se sont barrés, mais tous les disaient très amoureux. Ils n'ont rien laissé sur place… Du jour au lendemain, ils n'étaient plus là. Donc le protocole de remise de la rançon : Alban doit effectuer un virement sur un compte ouvert dans les îles Caïman dans 48 heures. Tout a été mis en œuvre pour tracer ensuite le flux d'argent, mais j'ai bien peur que ça ne serve à rien. On a sûrement affaire à de petits futés. L'équipe officielle s'occupe de ça avec Europol. À vous de retrouver la fille.

— Je ne comprends pas, reprit Glenn, intrigué par cette double approche. Pourquoi Signac ne prend-il pas toute l'affaire ?

— Parce qu'on pense que la demande de rançon n'est qu'opportuniste, sans liens avec la disparition du couple : pourquoi se manifester à peine maintenant alors que ça fait trois jours qu'on a perdu leur trace ?

— Ils n'ont peut-être plus de fric ?

— Après six mois de vadrouille durant lesquels ils ne se sont pas manifestés ? Pas logique.

— S'il n'y a plus rien à Belleville, comment veux-tu que nous les retrouvions ? Pourquoi nous ? fit l'ex du GIGN en se grattant la joue mangée par deux jours d'une barbe tirant vers le roux.

— Parce que vous avez les coudées plus franches : aucun fil à la patte, aucune loi à respecter… Et parce que je crois que vous allez devoir vous infiltrer dans cette faune de marginaux pour les retrouver. Gwen… Tu crois ça possible ? s'enquit l'Écossais en la cherchant.

De fait, elle se tenait à l'écart, son Samsung à la main, les yeux rivés sur son écran. Elle leva la tête, un sourcil et soupira :

— J'étais justement en train de faire une recherche au sujet de Claudio… Violent, gros joueur, playboy et maître chanteur. Il est dans le collimateur de Gisèle, une usurière pas très fréquentable… Il lui doit sans doute une grosse somme parce qu'elle ne lâche jamais ses chiens pour des montants dus de moins de quatre zéros… D'où la demande de rançon, probablement. Quant au squat, il a été démantelé hier, juste après votre descente. Maintenant pour localiser les anciens colocs de l'immeuble, ça va être chaud…

Les trois autres étaient scotchés par l'intervention de Saint-Cyrq, même Mortimer qui se demandait d'où elle pouvait tirer toutes ces informations.

— Y a aucun moyen ou bien…

— Je peux faire passer le mot… et aller voir Gisèle s'il le faut vraiment…

Un tilt à peine audible.

… Attends… J'ai un résultat pour Manuela Alban…

Elle reporta son attention sur son appareil, fit défiler ses infos sans montrer la moindre émotion puis soupira :

… Ouais ben ils devaient avoir besoin de fric parce qu'elle a été signalée une dizaine de fois aux Halles…

— Tu veux parler de prostitution ? demanda Glenn en la dévisageant.

Elle acquiesça.

— Dans ce cas, on pourrait peut-être obtenir des infos des filles qui tapinent dans le quartier, non ? remarqua Marlène, le torse tourné vers elle.

Aucune réponse, mais à son air, ils comprirent que ce serait loin d'être simple.

— Bon, je sais que vous trouverez un moyen… Vous avez 48 heures…

— Hein ? C'est une plaisanterie ! Qu'est-ce que tu veux qu'on fasse en si peu de temps ? s'insurgea Marlène, yeux écarquillés de surprise.
— Débrouillez-vous ! Vous savez tout comme moi que lors d'une demande de rançon, la victime ressort rarement indemne... Or, il est impératif que vous retrouviez Manuela en vie.
— Qu'est-ce qui te dit qu'elle n'est pas déjà morte, murmura Gwen, ironique. Les ravisseurs ont-ils donné des preuves de détention au père ?
— Un anneau qu'elle détenait de sa grand-mère... Elle est en vie, ça ne faisait aucun doute il y a quelques heures à peine.

St-Cyrq esquissa une moue dubitative, mais ne répliqua pas.
... Bonne chasse, et surtout, tenez-moi au courant.

L'écran s'éteignit, plongeant la pièce dans un silence pensif.
— 48 heures, ça va être chaud ! murmura enfin Manuel Orphys, rompant ainsi le statu quo.
— Hum... Comment tu as eu toutes ces infos concernant le gigolo ? miaula Marlène en dévisageant curieusement la légiste concentrée sur son écran. Et comment tu connais l'usurière ? T'es l'une de ses clientes ?

L'interpellée lui lança un regard noir avant d'échanger un message subliminal à son équipier pour lui demander qu'on lui foute la paix. Pour marquer son agacement, elle se leva, quitta la pièce pour s'enfermer à nouveau dans sa chambre.
— Franchement soupe au lait ta copine, susurra Roquet en contemplant ses ongles parfaitement manucurés.
— C'est pas ma « copine », lui fit remarquer Mortimer, ennuyé par l'atmosphère électrique qui s'était installée entre les deux femmes, c'est mon équipière. C'est comme ça, on peut rien y faire. Mais si tu continues à la houspiller, notre groupe ne va pas durer longtemps !
— Il a raison, surenchérit Orphys. Tu devrais faire un effort : ça doit pas être simple d'intégrer une équipe déjà bien huilée. Je sais que Caroline te manque, elle nous manque à tous, mais elle a été tuée et Glenn a besoin d'une équipière solide.
— Parce que tu crois qu'elle est solide, toi ? minauda la belle brune en esquissant une moue dubitative.
— Si Sean l'a choisie, y a aucun doute !

— Et toi, Morti… Tu en penses quoi ? Tu crois comme Manu qu'elle est à la hauteur ?

Un blanc ponctué d'un long soupir ennuyé :

— Gwen est très différente de Caroline, mais je suis certain qu'elle est « à la hauteur » comme tu dis… Elle a un réseau de dingue et un sacré sang-froid. Surtout, ne pas la sous-estimer…

— Bon…

De boudeuse, la bouche de la jeune femme s'étira en un sourire doux.

… Si vous l'adoubez, je m'incline de bonne grâce. Je suis trop méfiante…

— Avec ce que tu as vécu, on le serait à moins ! la rassura son équipier sur un ton soudain protecteur.

— Hum…

Elle se leva en un mouvement du corps éminemment félin, marcha jusqu'à la chambre de Gwen et frappa doucement au battant avant d'ouvrir la porte sans attendre la permission. La légiste était installée sur son lit, un ordinateur sur les genoux. Elle leva les yeux et observa l'intruse, étonnée.

— Sorry pour mon attitude, Doc… Vraiment… J'ai encore du mal à me faire à la mort de Caroline. Tu viens nous rejoindre ? On a besoin de toi pour mettre en place une stratégie… et subsidiairement découvrir nos nouvelles identités…

Une sonnerie de téléphone. Saint-Cyrq saisit l'Android, consulta le numéro et leva un index à l'attention de la belle brune pour lui signifier qu'elle demandait un délai. Du coup, l'autre ne bougea pas, franchement intriguée.

— Oui ? lâcha la légiste d'une voix neutre.

— …

— Dans une heure ? Bon…

Elle coupa la communication : simple, laconique, mais sûrement efficace parce qu'elle quitta le lit et la chambre à la suite d'une Roquet désormais très curieuse, en raflant au passage son blouson.

— J'ai rendez-vous avec Gisèle dans une heure, lança-t-elle en passant dans la salle de vie.

— Ben dis donc ! Tu perds pas de temps ! s'exclama l'ancien du GIGN, quelque part satisfait d'avoir eu raison en la soutenant.

— Je viens avec toi ! intervint immédiatement Glenn en se mettant sur ses pieds.

Une seconde d'hésitation avant d'acquiescer.
— Alors on y va… Tu as un moyen de locomotion ?
— J'ai récupéré ma moto, oui…

Elle sourit, empocha son portable et se dirigea directement vers la porte, à l'évidence impatiente.
… Eh ! Attends deux secondes s'il te plaît, le temps de mettre des godasses !

De fait, il disparut une minute à peine et revint, un peu échevelé, un peu débraillé, mais prêt à la suite, son flingue à la ceinture, ses clés en main.
— Nous, du temps, on va tenter de remonter à la source de la vidéo, lâcha la brune en faisant cliqueter ses longs ongles sur l'accoudoir verni de son siège. Partant, Manu ?

Le grand costaud lui sourit d'approbation. Ces deux-là étaient sur la même longueur d'onde même si une petite lueur dans les yeux noirs de son équipière trahissait un petit quelque chose de différent à l'égard de Mortimer.
La porte se referma sur la moitié de leur drôle d'équipe, appelant un court temps de flottement avant la frénésie de la recherche…

GISÈLE…

— On va où ? demanda Mortimer en lui tendant un casque noir intégral.
— Aux Puces, à Saint-Ouen. Le Marché Biron, tu connais ?
— Je vois où c'est, oui… Faudra se garer à l'extérieur…
— De toute façon, tu ne pourras pas m'accompagner.
— Pourquoi pas ?
— Gisèle est du genre inaccessible… Je dois y aller seule.
— Ça, sûrement pas !
— Pas le choix, si on veut ces infos ! On y va ? Pas question d'arriver en retard !

Il grommela, enfourcha sa bécane, attendit qu'elle s'installe, fit vrombir le moteur et démarra en trombe, en vérifiant le trafic. Une demi-heure plus tard, il se garait contre le trottoir juste en face de l'entrée de la galerie.
Elle lui tendit le casque et s'apprêtait à lui tourner le dos lorsqu'il la retint par le bras.
— Tu es sûre que je peux pas venir ? J'ai comme l'impression que même si le décorum fait grand genre, l'endroit où tu te rends n'est pas si sécure que ça !

Elle sourit en coin, se dégagea doucement en lui adressant un clin d'œil qui se voulait rassurant et s'éloigna dans la rue couverte sans se retourner. Au centre, une allée agrémentée d'une moquette rase d'un rouge un peu passé. De chaque côté, des magasins ouverts, remplis d'œuvres d'art et de meubles anciens hors de prix. Elle adorait cet endroit qui éveillait à chacune de ses visites sa fibre de cambrioleuse.

Presque à l'autre bout de l'allée, sur sa gauche, une échoppe luxueuse au sol carrelé de blanc et noir recouvert de tapis précieux. Aux murs, des tableaux 17e et 18e aux cadres dorés à la feuille. De beaux meubles marquetés en exposition. La maison Buter, grand nom de la place, tenait son rang avec raffinement et discrétion. Elle poussa la porte vitrée et avança à pas feutrés vers le fond du magasin.

Une porte camouflée dans la cloison du fond s'ouvrit pour laisser passer une femme en tailleur pied-de-poule, chemisier blanc et talons hauts, d'une bonne quarantaine d'années, visage au maquillage sophistiqué encadré de cheveux blonds ramenés en un chignon haut, la démarche un peu guindée à cause, sans doute, de la jupe un peu trop ajustée. Qui aurait dit que cette midinette était le gros bras de l'usurier le plus roublard et le plus intransigeant de la place, surnommé Gisèle à cause de son goût prononcé pour les soirées « travesties ».

— Eh, Arti[12] ! Ahoj ! Jak se máč ?[13] lança-t-elle en roulant légèrement les « r ».
— Super ! répliqua Gwen avec une bonne humeur tempérée.
— Tu es attendue…

La fausse cliente acquiesça et passa l'accès camouflé sans s'attarder. Un court escalier, une porte garnie d'un heurtoir en bronze noirci et ivoire en forme de tête-de-mort des plus terrifiants : sans doute un moyen de mettre en condition les futurs quémandeurs des services très spéciaux de Gisèle.

Un coup, deux, un silence puis deux autres très rapprochés. La serrure électrique s'activa, déverrouillant le battant.

Un froncement de sourcils, un court soupir pour se mettre dans la peau de son personnage et elle entra d'un pas assuré dans une pièce meublée d'un grand bureau 19e supportant plusieurs écrans d'ordinateurs dont les tours encombraient le sol sous le plateau laqué. Curieux mélange temporel. Un trentenaire aux cheveux blancs tiré à quatre épingles quitta immédiatement son siège en cuir pour aller à sa rencontre.

— Artémis… Ton appel m'a surpris. Qu'est-ce que je peux faire pour toi ?
— Claudio Ferreri… Vous êtes en affaires tous les deux, n'est-ce pas ?
— Certes… Il me doit un bon paquet de fric. Pourquoi ? Il est sur la sellette ?
— Ce fric, il te le doit toujours ?

---

[12] Arti : diminutif d'Artémis, le nom de guerre de Saint-Cyrq au sein de la Confrérie, donné par son père adoptif. Voir Convergences, Ed. Gascogne

[13] (tchèque) "Salut ! Comment tu vas ?"

Le personnage dévisagea sa visiteuse puis enfonça les mains dans les poches de son pantalon en lin gris, hésitant :

— Disons oui et non… lâcha-t-il, lentement.

Elle leva un sourcil interrogatif. Il soupira et décida de lui en dire plus.

… Il m'a toujours remboursé à plus ou moins long terme : Claudio a le chic avec les femmes d'un certain âge, si tu vois ce que je veux dire. Plutôt simple de se renflouer. Il a rencontré une fille de la Haute, Manuela Alban, et il est tombé amoureux, l'idiot. Au début de leur relation, elle lui donnait du fric pour combler ses dettes de jeu, mais lorsque son paternel s'en est aperçu, il y a mis le holà. Du coup, la gamine n'a rien trouvé de plus intelligent que de s'enfuir. Comme il me devait encore un bon paquet, elle est allée faire quelques passes pour me faire patienter. Et puis, il y a une dizaine de jours, il s'est radiné avec ça pour solde de tout compte…

Il retourna derrière son bureau, ouvrit un tiroir, en ressortit un paquet enveloppé de plastique bulle et vint la rejoindre d'un pas mesuré, un peu hésitant. Il le lui tendit. Elle le saisit, le regarda sans l'ouvrir, observa son interlocuteur et laissa sa curiosité faire le reste. D'un geste rapide, elle enleva la double protection et en retira une plaque hexagonale de bois ancien : une peinture sombre passée… Le visage sobre d'un christ auréolé sur fond vague d'un paysage rocheux… Un trait particulier…

… Tu en dis quoi ?

— Comme ça, là ? ironisa Gwen en observant la peinture sous tous les angles. À première vue, un quattrocento de la première renaissance italienne, mais…

— Mais quoi ? rebondit instantanément l'usurier, soudain très intéressé.

— Tu as une loupe ?

Il se précipita vers un tiroir, en sortit une loupe triplet et la lui remit avec empressement. Elle s'approcha de la fenêtre et commença son examen sans proférer un son tandis qu'elle sentait le bonhomme à ses côtés sur des charbons ardents.

— Alors ? s'enquit-il au bout de cinq minutes qui lui avaient paru des heures.

— Tu sais où il a eu ça ?

— Non, aucune idée. À mon avis, il l'a chouravé quelque part ou on le lui a donné pour services rendus... C'est une copie, tu crois ?

Il se fiait aux connaissances de la monte-en-l'air formée par le très célèbre Dahlia noir. Son expertise faisant loi dans leur milieu, il avait hâte de savoir s'il s'était fait rouler ou pas.

— Faudrait analyser la peinture et le bois... Mais on peut tenter quelque chose... Tu aurais un coton-tige et de l'alcool sous la main ?

— Attends voir...

Il quitta la salle d'un pas pressé et revint quelques courtes minutes plus tard avec ce qu'elle lui avait demandé. Elle le remercia des yeux, imprégna le coton et le passa délicatement sur la surface peinte. Elle observa la fibre immaculée et sourit :

— Il est plus que probable que ce soit un original.

— Super ! Et il n'est pas signé... Tu crois qu'il vaut combien ?

Elle esquissa une grimace.

— S'il est authentique et après un bon nettoyage... Un petit million, à vue de nez, s'il est bien du peintre auquel je pense. Mais c'est de l'hypothétique sans analyse poussée... Donc, si je comprends bien, il t'aurait refilé ça pour effacer son ardoise ?

— C'est exactement ça, oui. Mais comme je ne suis pas né de la dernière averse, j'ai pris le tableau en gage jusqu'à ce qu'il trouve le liquide pour me rembourser.

— Tu sais où je peux le trouver ?

— Du tout. Après notre petite transaction, il a disparu. Marta a lancé ses chiens, mais la piste est froide.

— Elle n'a rien trouvé du tout ? Ça m'étonne, la connaissant !

— C'est comme je te le dis... Tu sais bien que si je savais quelque chose, je jouerais cartes sur table... Surtout avec toi...

Gwen fit mine de se contenter de l'assertion en levant néanmoins un sourcil pour lui signifier qu'il avait tout intérêt à se montrer honnête.

... Puisque tu es ici, tu crois que tu pourrais expertiser le tableau et me donner un avis définitif, histoire que je sache si je me suis fait avoir ou pas ?

Une seconde d'hésitation puis elle acquiesça en remettant l'œuvre dans sa protection. Elle voulait faire des recherches pour tenter de localiser son client en remontant jusqu'au propriétaire légitime, ou au faussaire.

— Tu as demandé à Pete s'il n'avait pas exécuté une repro sur panneau ces temps-ci ?

L'artiste, ami de longue date de Saint-Cyrq et contrefacteur de génie, était connu comme le loup blanc dans les milieux de l'art. Il était de tous les coups fumeux, connaissait tout le monde et naviguait en eaux troubles comme personne.

— Il m'a juré ses grands dieux qu'il n'était pas dans la boucle…

— Il t'a dit quoi, sur ce tableau ?

— Pas grand-chose. Il ne sait pas à quelle collection il est rattaché, mais il m'a promis de farfouiller.

— Si tu parviens à localiser notre gus…

— Tu seras la première à être contactée, bien sûr…

— Et pas touche avant que j'aie pu l'interroger, hein ?

— Très bien. Tu peux compter sur moi. Et pour la peinture ?

— On te la ramènera au plus vite.

Elle tourna les talons, passa la porte, redescendit jusqu'au magasin où la dénommée Marta perfectionnait sa manucure, et se retrouva dans la « rue » avec un certain soulagement : elle n'aimait pas le bonhomme, ses méthodes et ses extravagances.

Un peu plus de cinq minutes plus tard, elle débouchait rue des Rosiers où elle avait laissé son partenaire. Un coup d'œil de chaque côté de la chaussée pour constater, sans grande surprise, qu'il n'était plus là. Drôle d'équipier jamais là où elle l'attendait…

Un taxi en maraude s'arrêta sur un signe de la main : elle devait aller chez elle pour effectuer les tests sur les pigments et le support.

URGENCE

Elle venait de disparaître dans l'une des boutiques du fond de l'allée. Les yeux rivés sur l'endroit trop éloigné pour intervenir en urgence, il regarda brièvement sa montre, déjà impatient de la voir réapparaître.

Encore trop tôt pour voir déambuler chineurs et touristes : d'ailleurs, la plupart des boutiques étaient fermées, rideau tiré. Il aurait donné cher pour l'accompagner.
Son portable. Il le tira de la poche de son blouson, contempla le numéro et plissa le front :
— Qu'est-ce qui se passe ? s'enquit-il dès qu'il fut en ligne.
— *Marlène a réussi à déterminer le lieu où a été tournée la vidéo de demande de rançon. On est en chemin. Venez nous rejoindre au plus vite !*
— Gwen est partie rencontrer son gus. Faut attendre…
— *Tant pis, on a besoin de toi sur le coup, juste au cas où ça tournerait au vinaigre. 23, rue de la Pointe à Romainville. T'es à côté… On reste en contact sur place via le canal habituel.*

Plus personne à l'autre bout du fil. Il jeta un juron, chercha le numéro de son équipière, mais dans la précipitation, ne le trouva pas, enfila le casque et démarra sans attendre, soucieux d'apporter son soutien.

Le périphérique sur les chapeaux de roue avec ralentissement au niveau des radars, et moins d'un quart d'heure plus tard il débouchait au pas dans la rue pour ne pas mettre la puce à l'oreille de leur cible, au cas où il serait encore là. Le quartier, plutôt industriel, était composé d'entrepôts, de garages et d'un ferrailleur baignant dans une atmosphère terne et humide. Des murs gris en parpaings bruts, aucun passant. Des voitures et des camionnettes cabossées, garées à cheval sur les trottoirs et la chaussée dans un méli-mélo désordonné.
Ses acolytes l'attendaient à une centaine de mètres dans leur véhicule, les yeux rivés sur une sorte de hangar ouvert, toit en plastique jauni par

les intempéries et piliers en ferraille rouillée. La structure abritait la remorque-conteneur bleue d'un « semi » reposant sur ses roues à l'arrière et ses béquilles à l'avant. Aucun mouvement.
Il roulait au pas depuis le début de la rue, scrutant les véhicules à l'arrêt, suspicieux.

Les deux équipiers sortirent à l'air libre, l'œil aux aguets, prêts à tout. Mortimer descendit à son tour de sa bécane, casque rivé sur la tête, intrigué par le calme de l'endroit même si l'heure s'y prêtait. Il connecta son portable sur celui de Manuel :

— Vous êtes certains de vos infos ? s'inquiéta-t-il, vaguement mal à l'aise.
— *Positive à 100% !* susurra la hackeuse.
— Comment ça se fait que les autres n'aient rien découvert ? Bizarre, non ? Pas que je mette tes capacités en doute, hein... On pourrait avertir Sean et l'équipe officielle avant d'opérer en plein jour à quelques heures seulement de notre mort officielle...

Il n'était vraiment pas chaud, ce qui ralentit les ardeurs de ses amis : ils avaient appris à se méfier des réticences de leur compagnon.

— *Sean est OK pour qu'on jette un œil,* surenchérit Orphys. *Mais je suis d'accord pour qu'on prenne des précautions.*
— *J'y vais...*

Marlène ouvrit son parapluie et avança avec assurance vers le hangar, à la recherche ostensible de quelque chose ou de quelqu'un... plutôt de quelque chose parce qu'elle se baissait fréquemment pour vérifier sous les voitures avec un naturel désarmant.
Curieuse silhouette perchée sur des talons aiguilles, en pantalon moulant et veste ajustée qui donnaient à l'ensemble une impression gracile et décalée dans le décor brut. Elle arrivait à la hauteur de l'entrepôt. Elle s'enhardit, passa sous le couvert de la structure, contourna le conteneur sans que personne ne se soit préoccupé de sa présence : il faut dire que la pluie s'était mise à tomber dru, chassant les dernières velléités de supposés curieux. Sous le toit, le claquement des trombes d'eau était assourdissant.

Elle disparut quelques instants et réapparut pour leur faire signe : en un instant, ils l'avaient rejointe devant la porte double de la remorque fermée par un cadenas. Glenn sortit une trousse de cuir noir, en retira un crochet et déverrouilla la serrure sans difficulté malgré les gants de cuir qu'il n'avait pas quittés. Il ouvrit les battants dans un grincement lourd alors que ses amis reculaient.

À l'instant, les deux à visage découvert coincèrent leur nez au creux du coude tant l'odeur qui les assaillit était abominable tandis que le motard rabaissait sa visière pour tenter de faire barrage aux effluves de décomposition.

Un homme assis sur une chaise, ligoté et bâillonné, se faisait attaquer par une vermine vorace : mort depuis un moment. Il avait dû déguster avant parce que des blessures vives étaient encore visibles. Inutile de monter… Ils avaient en face d'eux le dénommé Claudio.
Orphys sortit son portable, prit quelques photos qu'il envoya à leur chef avec une demande d'intervention rapide de la Crime.
La remorque fut refermée. L'équipe n'avait plus rien à faire dans le coin : pas question, évidemment, de rester et de devoir expliquer les tenants et les aboutissants de leur action.

Un peu plus de 30 minutes plus tard, ils entraient dans leur appartement et découvraient, sans surprise, l'absence de la quatrième.

DES NOUVELLES EN CASCADE

— *Le cadavre a été récupéré par la Crime. Ils nous transfèrent le dossier médico-légal. A priori, mort depuis plus d'une semaine des suites d'un tabassage en règle. Il n'avait rien sur lui. Notre service a repris la main,* leur apprit Sean en souriant.

Ils étaient rassemblés dans le salon, en visio avec leur chef. Tous sauf Saint-Cyrq toujours absente.

... Bon travail ! Donc la vidéo a été tournée dans la remorque...

— Absolument. Ils ont juste remplacé le décor, un jeu d'enfant, précisa Marlène, le rouge aux joues de satisfaction.

— *Tu as appris autre chose ?*

— La vidéo a été chiadée, mais à mon avis, soit on a affaire à des amateurs éclairés, soit à des pros benêts soit, et c'est le plus probable, à une bande bien organisée qui ne laisse rien au hasard parce que je me dis que pour un coup pareil, ils ont semé un peu trop d'erreurs... si tu vois ce que je veux dire ?

— Comme quelques indices pour qu'on retrouve notre client ?

— C'est ça, Glenn.

— Et justement, tout ce process, cette méthode... Tu en dis quoi ? reprit-il, le front plissé. Tu crois que ça pourrait nous mener quelque part ?

— Si on trouve une autre affaire avec le même modus operandi et au moins un enregistrement, je pourrais tenter des rapprochements et, qui sait, trouver ce qu'on cherche...

Sheridan les écoutait, satisfait de la dynamique de l'équipe.

— *La scientifique est en train de passer le conteneur au peigne fin : si la demoiselle était présente, on le saura très vite. Je ne vois pas Gwen... Elle n'est pas revenue ?*

À l'évidence, il savait où elle était et ce qu'elle faisait, au contraire des trois autres soudain curieux. Des signes négatifs de confirmation le firent acquiescer.

— *J'espère qu'elle aura de nouvelles pistes. L'heure tourne.*

— Qui s'occupera du traçage de la rançon ? demanda Manuel en se grattant machinalement la joue.

— *Yvon et son équipe gèrent la logistique avec un N-TECH qui nous est rattaché pour l'occase*[14]*. Son unité est en renfort, juste au cas où. De ce côté-là, on devrait être bons.*

— Donc, on reste sur la fille ?

— *Je te le confirme, Marlène. Mais comme je te sens impatiente de jouer avec ton clavier, j'aimerais que tu localises un tableau : je veux savoir à quelle collection il appartient et le pedigree de son propriétaire. Tu peux faire ça ?*

— Sûr, mais quel lien avec notre affaire ?

— *C'est la piste que suit Gwen : Ferreri l'aurait utilisé comme moyen de paiement un peu avant sa disparition pour effacer son ardoise chez l'usurier qui le talonnait.*

— Tu crois que le tableau appartenait à la famille Alban ?

— *C'est au moins une possibilité et aucune piste ne doit être négligée. Je t'envoie la photo de l'œuvre par canal sécurisé. Si on parvenait à en localiser la provenance, nous pourrions avoir une idée plus claire de ce qui s'est passé.*

— Donc tu crois que Ferreri n'est pour rien dans l'enlèvement de la gamine ? murmura Mortimer, peu convaincu.

— *Pourquoi aurait-il attendu tout ce temps ? Et puis, ils se sont bien envolés ensemble : la fille était consentante… Et pourquoi avoir échangé le tableau contre ses dettes avec Gisèle s'il pensait obtenir une grosse somme d'argent ? Enfin, pas dans les compétences de ce genre de petite frappe d'ouvrir un compte aux Caïmans pour une rançon…*

— Tu as raison, surenchérit Glenn. Cette affaire sent mauvais et je ne serais pas plus étonné que ça d'apprendre qu'il y a eu d'autres enlèvements du même genre…

— *Et c'est là-dessus que vous devez vous concentrer en mettant les bouchées doubles. J'attends des résultats rapides. Ne me décevez pas !*

---

[14] N-TECH : enquêteur spécialisé de la Gendarmerie pour les traques sur le net.

Plus personne, écran noir. Les derniers mots avaient été prononcés d'un ton sec, rapide et directif.

— On s'y met ? lâcha Orphys en se tournant tout à fait vers ses deux équipiers. Je veux bien m'occuper d'éplucher les affaires d'enlèvement, si vous voulez...
— Eh, les mecs ! Vous n'avez pas envie de connaître votre nouveau profil ? Moi, j'en crève de curiosité !
— T'as raison, Choupinette ! Voyons, voir... Tu fais la manip ?

Elle s'assit devant son écran, se connecta sur le nouveau site créé à leur attention et entra le mot de passe, hésita un infime instant et appuya sur « Entrée ». Première photo, celle de l'ex du GIGN :

— Oh, mon Choupinou, Sean t'a gâté ! Stéphane Soulat... Stéphy... Ouais... Pas mal... Ancien de la légion, grade de capitaine... quatre campagnes, deux engagements chez les Casques bleus... Ouah ! T'as fait le garde du corps et tu as fondé, avec 3 copains, une agence de détectives privés, MORS investigations. T'en dis quoi ?
— Tu trouves que j'ai une tête de Stéphane, toi ?
— Ben pourquoi pas ? Tu restes mon Choupinou, hein... Alors ensuite... C'est toi, Morti... Tu t'appelles Gabriel Mattei... J'adore ce prénom ! s'exclama-t-elle en souriant. Toi aussi tu es un ex-militaire, tireur d'élite qui plus est. Alors, à mon tour... Sophie Corot... Sophie... J'aime bien... Romantique à souhait... Mouais, pas mal... Ex-coach de vie... Sean m'a bien cernée... Vous en pensez quoi, les garçons ?

Ses deux amis haussèrent les épaules de concert, plus intéressés par les détails qu'elle zappait allègrement.

— Et pour Gwen ? s'enquit Glenn, sourcils froncés.
— Son nouveau nom, c'est Alexandra Gaillard... Alexandra... Froid comme prénom... tout à son image... Ancienne gymnaste... Bizarre comme CV, mais why not ? Enfin... Maintenant qu'on en sait un peu plus sur nos nouveaux nous, si on bossait un peu sur notre affaire ?
— Je vais t'aider, Manu, surenchérit Mortimer en consultant sa montre, inquiet par l'absence prolongée de son équipière.
— D'accord... Moi, je m'occupe de retracer le parcours du tableau, compléta Marlène en relevant l'écran de son portable, prête à se lancer à l'assaut du net. Et arrête de te faire du mouron pour ta copine ! Elle est de taille à se débrouiller seule, non ? Une

amatrice de chair froide de sa trempe est sûrement capable de gérer l'imprévisible…

Sans savoir exactement pourquoi, à cet instant, il eut envie de se montrer désagréable, mais se réfréna : elle avait certainement raison. Si elle l'avait laissé en arrière à Saint-Ouen, c'est qu'elle savait où elle mettait les pieds. Une pensée fugitive lui rappela la scène derrière la gare avec le clochard, mais il la mit aussi vite de côté : il voyait mal la légiste privilégier cette affaire alors que la vie d'une autre était en jeu. Sûrement pas son style…
Tous s'installèrent autour de la table avec leur ordinateur et se plongèrent dans un travail de traque quelque peu fastidieux.

Combien de temps s'était-il écoulé dans un silence besogneux agrémenté d'une musique de fond relaxante lorsque la porte d'entrée s'ouvrit sur leur quatrième, immédiatement étonnée de la scène qu'ils offraient ? Elle referma derrière elle, lança un salut évasif avant de se diriger vers le coin cuisine : elle avait besoin d'un mégacafé pour retrouver un peu de peps.

— Désolé de ne pas avoir pu t'attendre… Sean t'a dit pour Claudio, je présume ? murmura Mortimer qui s'était levé pour aller jusqu'à elle.

Elle acquiesça en avalant une gorgée de liquide brûlant.

… Il nous a parlé du tableau : on est en train de retracer son parcours. Marlène est sur le coup…

— Et ?
— Pas grand-chose : il a fait partie de la collection du palais des Doges jusqu'en 1940. Mussolini avait donné des ordres pour retirer certaines œuvres pour sa propre collection. Ce panneau en faisait partie. C'est là qu'on perd sa trace… Où il a pu le retrouver, ça… Et toi, qu'est-ce que tu as dégoté ?
— Rien de probant. Il s'agit bien d'un original… Il vaut donc une petite fortune, bien plus que ce que Claudio devait à Gisèle, ce qui tend à prouver qu'il était aux abois.
— Une idée de qui l'aurait trucidé ?
— Pas Gisèle si c'est à elle que tu penses. Elle a été dédommagée avant sa mort.
— Eh ! lâcha Manuel, les yeux brillants. J'ai une autre disparition qui matcherait avec celle de la fille Alban ! Lyne-Anne de La Moucherie… Même profil… 18 ans, très amoureuse d'un Don

Juan de pacotille avec lequel elle s'est enfuie. Sa mère est à la tête des joailleries Hans, autant dire que c'est du lourd. Les parents auraient reçu une demande de rançon plus de six mois après son départ. Ils ont payé, mais leur fille n'est jamais réapparue. Les collègues ont remué ciel et terre pour retrouver son amant, sans succès... C'était il y a un peu plus de deux ans... À mon avis, le gus est mort comme Ferreri...

En entendant le nom de l'autre disparue, Gwen avait froncé les sourcils, à l'évidence intriguée.

— Tu parles d'Élisabeth et de Jocelyn de La Moucherie ? s'enquit-elle en observant Orphys, surprise.

— Euh, oui... C'est ça... Pourquoi ?

Du coup, trois paires d'yeux s'étaient rivées à elle, suspendues à une explication lumineuse.

— Et... comment s'appelait l'amant de la demoiselle ?

— Lucien Vernin... Un playboy qui traînait dans les fêtes de la Haute, répondit encore l'ancien gendarme, vaguement impatient.

— Et on a une photo ?

— Attends !

Cette fois, c'était au tour de Marlène de s'impliquer. Elle tapait sur son clavier à toute allure et éclata en un « Bingo ! » triomphant.

— Bonne intuition ! Claudio et Lucien, même gugus ! À part les cheveux, sans doute teints, c'est lui !

— Sauf que ça ne nous avance pas vraiment puisqu'il est mort, remarqua Glenn, néanmoins ravi de ce petit lien que la recherche venait de créer au sein de leur équipe. Marlène, tu peux essayer de te rancarder sur notre gus ? Tout son pedigree... Qui sait ?

— Je m'en occupe.

— Tout à l'heure, le nom de La Moucherie semblait te dire quelque chose... remarqua encore l'Anglais en détaillant son équipière. Je me trompe ?

— Je savais que j'avais déjà vu cette peinture... À vérifier, mais je crois que les parents ont payé la rançon de leur fille avec ce tableau...

— Claudio aurait alors été à l'origine de l'arnaque et aurait gardé la peinture tout ce temps jusqu'à ce qu'acculé, il doive s'en défaire ? Dans ce cas, qu'aurait-il fait de la fille ?

Saint-Cyrq prit son portable, posa la tasse quasi vide et sortit sur le balcon, regard illisible. Elle referma derrière elle, inspira à fond puis rechercha un numéro sur la base de données ultra protégée de la Confrérie et lança directement l'appel. La porte-fenêtre s'ouvrit sur Mortimer qui lui demanda dans un chuchotement s'il pouvait rester à ses côtés. Elle acquiesça en plissant encore un peu plus le front. À l'évidence, elle était en colère. Un regard soutenu la convainquit de mettre le haut-parleur.

— Tu ne m'as pas parlé de Lucien Vernin, grinça-t-elle d'une voix fort peu amène avant même que son interlocuteur ait dit un mot.
— *Ah, tu sais…*

L'homme à l'autre bout du fil paraissait à la fois très ennuyé et pris de court. Quelque chose dans sa voix disait qu'il n'en menait soudain pas large.

— Je t'écoute…
— *Bon, OK… Même personne, même travers, même façon de financer ses vices. À chaque fois qu'il alpaguait une nana, il changeait de nom. Vernin, si je me souviens bien, c'est pour la fille La Moucherie, une fille à papa capricieuse qui le rendait fou.*
— Combien d'identités ?
— *À ma connaissance, une bonne dizaine. Plutôt intéressé par des cougars, si tu vois ce que je veux dire ?*
— Son vrai nom ?
— *Laurent Belcour, il me semble… sans garantie.*
— Tu sais ce qu'est devenue la fille de La Moucherie ?
— *Non.*
— Et tu n'en as pas une petite idée ?
— *Il m'a dit qu'elle était partie avec un autre. Pas mes oignons après tout !*
— Que sont devenues les filles ? grogna-t-elle, un voile menaçant dans la voix. Tu es au courant de tout ce qui se passe dans la rue, ne me dis pas que tu n'en sais rien !

Un silence. Il cherchait une échappatoire, mais n'en trouvant pas, il claqua sa langue contre le palais comme à chaque fois qu'il était confronté à un dilemme, mais répondit néanmoins à la question :

— *Tu connais toutes les histoires qu'on raconte dans la rue, ces légendes urbaines que tu as sûrement entendues… Elles sont vraies.*

— Des noms ?
— *Aucun. Des filles disparaissent, a priori volontairement. Ni vu ni connu, aucune trace, rien. Si j'apprends quelque chose, tu seras la première informée…*

Elle raccrocha et s'accouda à la rambarde, les yeux perdus dans la vie de la capitale à l'approche de la nuit. Son équipier l'imita, mais tourna la tête vers elle et l'observa, interrogatif :
— C'était qui, ce mec ?

Elle haussa les sourcils, mais resta silencieuse : elle n'avait aucune envie de lui en dire trop sur ses contacts.
… D'accord… Je comprends… Tu me raconterais ces légendes urbaines dont il t'a parlé ?
— Il y en a une notamment… qui me faisait flipper… Et je n'étais pas la seule à en faire des cauchemars… Bon, d'accord, à l'époque, j'avais 12/13 ans, mais je n'avais plus peur de grand-chose… Des filles disparaissaient sans laisser de traces. Certains disaient qu'elles étaient rentrées chez elles, d'autres que leur mec les avait vendues pour un peu de fric ou de came… Toujours est-il qu'on ne les a jamais revues. Après j'ai quitté la rue, mais la rumeur a persisté.

Il esquissa une vague grimace.
— Tu crois que ta copine Nina fait partie du lot ?
— Je n'en sais encore rien…
— Tu aurais une autre idée pour nous faire avancer ?
— L'heure tourne… Et toutes mes idées prennent du temps. Non, rien pour l'instant… J'ai fait passer le mot et si quelqu'un sait quelque chose, je le saurai.
— Géant. Il faut rapporter aux deux autres cette histoire de disparitions. Tu viens ?
— J'ai besoin d'air. Je vous rejoins…

Une courte hésitation et il retourna à l'intérieur : elle avait raison, pas de temps à perdre.

Lorsqu'elle les rejoignit, il venait de terminer son topo. Il sourit et poursuivit sur sa lancée :
… Et si on se faisait une petite récap de ce qu'on sait ?

Ils n'avaient, certes, pas une seconde à perdre, mais reprendre les éléments pouvait leur révéler une nouvelle piste décisive.

Tous acquiescèrent donc, stressés par l'ultimatum imposé par Sheridan à part Gwen qui passa en cuisine pour se confectionner un sandwich : son estomac grinçait désagréablement de faim. Marlène et Manuel, les « 2 M » comme les appelait amicalement Mortimer, échangèrent un regard entendu. Elle en prenait décidément à son aise !

— Manuela Alban quitte ses parents avec Claudio Ferreri qui n'en est, a priori, pas à son premier coup puisqu'il serait également à l'origine de la fugue de Lyne-Anne de La Moucherie sous un autre nom d'emprunt, Lucien Vernin. On sait qu'il y a eu également demande de rançon pour Lyne-Anne, payée probablement avec un tableau qu'on retrouve chez un prêteur sur gages, laissé pour effacement de l'ardoise du sieur Ferreri alias Vernin. Plusieurs mois plus tard, il y a demande de rançon, sans doute pas du fait du playboy parce nous le retrouvons tabassé à mort dans une remorque. Qui l'a trucidé et pourquoi ? Où est la fille Alban ? Marlène, qu'est-ce que tu as trouvé au sujet de Ferreri/Vernin ? Tu as accès au rapport du légiste ?

— Oui... Il n'est pas mort des coups reçus, mais d'une crise cardiaque. Ils n'ont rien trouvé de probant sur lui ou sur ses vêtements. Pas plus dans la remorque. Si au moins on savait où il créchait... Gwen ?

La légiste tourna les yeux vers la hackeuse et secoua la tête en continuant à mastiquer son pain.

— Manuel, qu'est-ce que tu as trouvé sur notre gus ?

— Rien du tout, figure-toi. Je fais tourner le logiciel, au cas où, mais franchement, c'est curieux... Laurent Belcour semble être également un nom d'emprunt.

— Et sur les deux dernières familles ciblées ?

— Les La Moucherie... Petite noblesse de robe. Le père est courtier. Son salaire suffit à peine pour entretenir le château familial. C'est madame qui dispose d'un compte en banque bien garni... Raoul Alban, c'est tout le contraire. Gros compte en banque, grand train de vie, mais son épouse n'a aucune activité pro... Aucun lien évident entre les deux couples. Je continue à creuser. Si au moins on pouvait savoir où il habitait avec la gamine... Qui sait ce qu'on trouverait ?

Glenn fixa sa partenaire avec insistance. Du coup, après un soupir, elle sortit son portable, fit sa manipulation habituelle pour accéder au site de la Confrérie, sélectionna un numéro, écrivit un message rapide puis s'assit nonchalamment sur l'un des tabourets du comptoir séparant cuisine et salle à manger, le sandwich en attente, toutes les attentions fixées sur elle, remplies d'espoir.

Un cling de notification… Elle lut la réponse, plutôt pensive.
— Il louait un studio à Meudon, rue Fleury Panckoucke, une maison divisée en studio par un marchand de sommeil. Autant dire que dès leur départ, la place a été relouée sur le champ.
— On trouvera plus rien du tout là-bas, c'est clair… lâcha Manuel encore interloqué par l'efficacité de leur désormais équipière. Tu as autre chose ?

À nouveau un simple signe négatif alors qu'elle retrouvait le goût de son encas avec plaisir en jetant un œil à l'écran de son portable.
— Tu crois que tu pourrais pas demander à l'un de tes copains chelous un coup de main, non ? remarqua Marlène, le ton un peu trop acide.

Pour toute réponse, Gwen descendit de son tabouret, rafla une bouteille d'eau à côté de l'évier et quitta la pièce puis l'appartement en claquant la porte avec un agacement à fleur de peau. Glenn lança un regard assassin à l'informaticienne et se lança à la poursuite de son équipière sans la trouver dans les escaliers ou même sur le trottoir. Il jeta une injure rageuse en fouillant les alentours, sortit son portable, appela le numéro de la légiste, mais tomba sur le répondeur. Inutile d'insister. Mieux valait avertir Sean de cette défection et, surtout, de l'ambiance électrique entre les deux filles. L'une avait du mal à faire confiance, l'autre était un peu trop soupe au lait. Comment rattraper le coup ?

La voix du patron de la FSE.
— *Oui, Glenn…*
— On a un gros problème…
— *Je sais. Saint-Cyrq m'a appelé. Un souci avec Marlène, si j'ai tout compris ?*
— Ouais…
— *Pas le temps de m'occuper de ça… Je pensais avoir affaire à des adultes, pas à des gamins ! J'ai sans doute précipité les choses en*

forçant une collaboration si peu de temps après la création de votre quatuor, mais la vie d'une femme est en jeu ! Alors, bougez-vous le cul ! Je veux du nouveau dans une heure !

— Attends, chef ! Gwen nous lâche ou bien…

Plus personne à l'autre bout du fil. L'Irlandais était furieux. Compréhensible…

Il remonta à l'appartement en courant, et passa d'un visage à l'autre, sourcils froncés.

— Bon, ben, on est dans la mouise… Gwen s'est barrée et Sean nous met au pied du mur : on a une heure pour lui donner quelque chose… Et juste comme ça, en passant, Gwen n'a pas été inactive jusqu'à présent, on est d'accord ?

Roquet gardait son sourire ironique et froid rivé aux coins des lèvres : la première équipière de Mortimer lui avait laissé le champ libre, mais elle sentait que la légiste avait ce petit plus qui semblait accrocher l'Anglais. Très possessive, et même si rien ne s'était encore passé entre eux, la hackeuse se sentait en danger et elle détestait se sentir fragilisée. Du coup, elle avait pris la nouvelle venue en grippe. Plus fort qu'elle. Pourtant jusqu'à sa rencontre avec Glenn, tous ses amis s'accordaient à dire que c'était une bonne pâte, attentionnée, romantique, douce… Puis tout avait basculé au premier regard : le coup de foudre, ça existe, elle en était la preuve vivante.

… On cherche où, maintenant ? Une idée ? poursuivit-il sans les lâcher des yeux.

Un froid puis Manuel reprit la parole en se balançant sur sa chaise, visiblement contrarié :

— J'ai poursuivi sur l'idée que Ferreri pouvait être à l'origine d'autres enlèvements puisque, selon la doc, il aurait eu plusieurs autres alias, ce qui n'est évidemment pas anodin. Mais avant la fille La Moucherie, j'ai rien trouvé de probant… Aucune affaire à laquelle il aurait été mêlé. Quant à ce nom de Belcour, sûr à 100% que ce n'était pas le sien. Pour l'instant, je n'ai aucun match dans le TAJ[15]. J'ai étendu la recherche aux fichiers de la Sécu…

---

[15] Traitement d'antécédents judiciaires : résultat de la fusion en 2011 du STIC (Système de Traitement des Infractions Constatées) et du JUDEX (système JUDiciaire de documentation et d'EXploitation)

— Moi, je me suis focalisée sur les deux familles et leur fille : franchement rien de probant. Aucune des deux nanas ne réapparaît. C'est bizarre, quand même… On aurait pu croire à un tueur en série sauf que, de ce que nous en a dit ta copine, j'aurais plutôt tendance à penser que Ferreri tentait de protéger Manuela ou, en tout cas, qu'il ne voulait pas lui faire de mal. Sinon pourquoi avoir attendu tout ce temps avant de demander une rançon ? Et pourquoi avoir soldé son compte auprès du prêteur sur gages s'il attendait une grosse somme d'argent ?

— Toujours rien sur le tableau ?

— Rien de plus, non…

— Y a encore cette affaire de disparitions de filles… Le gus au téléphone parlait de légendes urbaines pas si légendaires que ça qui courent depuis des décennies… Je vais remonter d'une vingtaine d'années, on va voir, ajouta Mortimer, à court d'idées. Si au moins on n'était pas tanqués ici… Mais en cas de pépin, les collègues auraient tôt fait de comprendre que notre mort n'est que du fake…

— Va le dire à ta copine ! couina Marlène, faussement concentrée sur l'écran de son ordinateur.

Il consulta sa montre, jura entre les dents, vérifia son téléphone avant de se replonger dans ses recherches : il était partagé entre une colère sourde contre Roquet, contre une Gwen trop indépendante et qui prenait trop de libertés par rapport aux règles de leur groupe, et une vague anxiété en la sachant à nouveau seule dans un environnement plus hostile que jamais.

RUMEURS

À peine dans la rue, Gwen monta dans le taxi commandé quelques minutes plus tôt. Le véhicule démarra sans attendre pour s'engager dans une circulation disparate.

— Alors, ma petite dame, je vous amène où ça ?

— À « La flûte de Pan », aux Halles.

Le chauffeur leva un sourcil, regarda de travers sa passagère dans le rétroviseur, mais ne protesta pas : après tout, elle était majeure…
Moins d'un quart d'heure plus tard, il glissait le long du trottoir et s'arrêtait devant un établissement sans vitrine. Une porte seulement avec une enseigne lumineuse bleue représentant plusieurs flûtes à champagne liées par des rubans à la manière de l'instrument de musique : un club libertin, l'un des plus fermés de la capitale. Elle contempla l'entrée, puis tendit au conducteur deux billets de 50 euros :

— J'en ai pour un quart d'heure max. Pourriez-vous m'attendre ?

Il esquissa une moue hésitante.

… Vous en aurez autant pour le retour.

L'homme prit les billets avec une infime hésitation : l'endroit était un peu trop chaud pour lui la nuit, mais l'appât du gain apaisant bien des doutes, il acquiesça en glissant les grosses coupures dans la poche de poitrine de sa chemise : plus du triple de la course pour un peu d'attente, ça ne se refuse pas, surtout par les temps qui courent.

Elle quitta le véhicule, s'arrêta quelques secondes devant l'entrée puis frappa à la porte de chêne massif. Un fenestron s'ouvrit. Deux yeux inquisiteurs, un bruit de verrou et elle put pénétrer dans l'établissement. Un couloir court tapissé de velours cramoisi agrémenté de tableaux coquins. Lumières tamisées, ambiance intimiste. Les tapis profonds amortissaient agréablement les pas. Un rideau épais puis une salle plongée dans une semi-pénombre. Un temps d'arrêt sur le seuil, un tour de salle du regard avant de s'avancer vers une alcôve occupée par une jeune femme vêtue d'une combinaison ultra sexy, loup en satin et dentelles noires, lèvres d'un rouge brillant des plus affriolants. Elle tira le rideau pour les isoler, s'assit en face d'elle en l'observant puis leva un sourcil interrogatif, croisa les jambes et sourit. L'autre étira langoureusement ses lèvres comme une invitation à aller plus loin puis elle opina légèrement, signe que les lieux étaient sûrs.

— Manuela est une amie. Elle est venue quelques fois ici pour... enfin... Elle m'a raconté sa fugue, son amour pour Claudio, les dettes à éponger, puis l'histoire du tableau pour calmer Gisèle...
— Tu sais où elle est et ce qui s'est passé avec Claudio ?
— Il avait rendez-vous avec le père de Manuela. Elle l'a attendu, mais il n'est jamais revenu.
— Pourquoi ce rendez-vous ?
— Elle lui a demandé de l'argent et il a accepté à condition qu'elle consente à retourner chez eux et à le quitter. Ils avaient décidé de prendre le fric et de s'enfuir à nouveau.
— Où devait avoir lieu cette rencontre ?
— Je ne sais pas, elle ne me l'a pas dit. Mais lorsque je l'ai revue, elle était heureuse : elle venait de recevoir un billet d'avion avec un mot de Claudio. Ils sont partis, à l'heure qu'il est.
— C'était quand ?
— Un peu moins d'une semaine...

Gwen plissa le front :

— Tu sais où ils devaient aller ?
— Non... Elle ne voulait pas qu'on puisse les retrouver.
— Qu'est-ce que tu pourrais me dire sur les rumeurs de disparition de filles ?
— Pas qu'une rumeur : on a toutes peur...
— Dans quelles circonstances ?
— Elles partent comme de coutume à leur taf et ne reviennent jamais.
— Rien d'autre ?

La fille secoua la tête puis se ravisa :

— Peut-être... On dit que toutes étaient très heureuses les jours précédant leur disparition. C'est tout ce que j'ai...

Gwen porta la main à sa poche, en retira une carte de visite et une liasse de billets qu'elle posa sur la table basse.
— Cette fois, tu as le choix ; fais le bon...

Un sourire en coin et elle quitta l'alcôve sans se retourner, laissa quelques billets sur le comptoir du bar et sortit de l'établissement avec un certain soulagement. Le taxi était encore là : le chauffeur avait envie de récupérer le reste de la somme promise.

À peine avait-il démarré qu'elle contacta Sheridan pour l'informer du rôle du père Alban. À lui de gérer. Pour le reste, cela faisait partie de son enquête sur la curieuse disparition de Nina... Étrange, tout de même, les similitudes entre le départ de son amie, celui de Manuela et, pourquoi pas, celui de Lyne-Anne... Étrange également cette demande de rançon des jours après la disparition des filles. Un opportuniste ? Pourquoi avoir tabassé à mort Claudio ? Quelle information voulait-on lui extorquer ?

DISPARUS !

Elle monta les quelques marches menant à leur appartement au premier étage et s'arrêta devant le battant en fronçant les sourcils : il était entrouvert. À y regarder de plus près, la serrure avait été arrachée.

Aucun bruit à l'intérieur.

Elle poussa la porte et contempla le désordre et les chaises renversées avec surprise et une certaine perplexité. Un œil sur le palier, puis vers les étages supérieurs et le hall d'entrée, elle retira lentement de ses poches une paire de gants en latex qu'elle enfila rapidement avant de pénétrer, avec précaution, dans la grande salle à vivre.
Un faux ongle au sol, recouvert du vernis rouge de Marlène, une tasse de café froid sur le buffet, des croissants à moitié dévorés : ils avaient été pris de court. Trois agents surentraînés et « morts » par-dessus le marché… Bizarre.
Elle sortit son téléphone, composa le numéro de Sheridan et attendit en poursuivant son investigation dans les chambres. Tout avait été fouillé. La sienne également : sa valise de prélèvements était détruite, les flacons brisés au sol. L'autre était toujours sur la chaise à côté du lit, ouverte, vêtements éparpillés sur le parquet. Plus d'ordinateurs portables. On décrochait :

— *Oui, Doc ?*
— Je suis à l'appart. Les trois autres n'y sont plus. Vous savez où ils sont passés ?
— *Non… Ils ne m'ont rien dit…*
— Aucune trace de lutte, mais une grosse fouille. Les portables ne sont plus là.
— *Hein ! Comment ça ?*

Elle lui expliqua en quelques mots la situation tout en poursuivant ses investigations.

… Alors, des indices ? s'enquit-il à nouveau, très inquiet.

— Rien à vue de nez… Je vous rappelle dès que j'ai quelque chose de probant…

Elle raccrocha, retourna dans le salon, bloqua la porte pour ne pas avoir de surprise, redressa machinalement une chaise et promena son regard sur la déco. Non, ils n'avaient rien trouvé… Elle sourit en coin en contemplant une applique en fer forgé en forme de torche, terminée par trois petites boules noir mat puis retourna dans sa chambre : même bonne nouvelle, ses parfums trônaient toujours sur le petit guéridon accolé à la fenêtre à côté d'un miroir et d'une brosse à cheveux… Une mise en scène à l'évidence efficace. Elle s'assit sur le lit défait, reprit son Android, le connecta au Cloud et sourit un peu plus en découvrant les derniers enregistrements… Elle avait ce qu'elle voulait.

Une ultime hésitation avant d'ouvrir le fichier et elle se cala sur le bon « timing » : inutile de visionner, pour l'instant du moins, l'enregistrement dans son entier…

DRÔLE DE JEU
I

Stop… Avance rapide… Là ! Les trois regards se tournèrent vers la porte, attirés par un bruit. Glenn sourit, pensant sans doute que son équipière revenait enfin au bercail, mais sursauta lorsque la porte s'ouvrit brutalement, arrachant le verrou au passage. Trois coups de feu assourdis et les trois équipiers s'écroulèrent quasi simultanément. Quatre hommes gantés se précipitèrent à l'intérieur, fouillèrent l'appartement sans doute à la recherche de la quatrième. Des pros bien renseignés (mais par qui ?), aux gestes assurés, mais visages découverts : ils ne s'attendaient pas à un système de surveillance. Une voix de femme pour un ordre clair :
— Amenez-les ! Grouillez !

Les trois policiers se retrouvèrent hissés sur les épaules et disparurent avec leurs ravisseurs. Un silence profond suivit l'action coup de poing qui n'avait duré, en tout et pour tout, que huit minutes.
Interloquée, Gwen repassa plusieurs fois les images avant d'effectuer une capture d'écran des visages et de lancer une quadruple recherche dans le TAJ[16]. Une question revenait en boucle : comment avaient-ils sorti leurs victimes sans avoir été repérés ? Mieux : comment avaient-ils appris leur adresse ? Connaissaient-ils leur identité ? Si oui, comment ? Leur incognito avait-il été éventé ? Un seul connaissait l'existence de leur équipe… Sheridan. Impossible de croire à son implication : il était à l'initiative de leur entité. Alors ? Une simple coïncidence ?

Elle ne quittait pas l'écran des yeux, espérant de toutes ses forces obtenir des concordances et, ainsi, confirmer ou infirmer ses hypothèses.
L'image se figea sur le premier, un trentenaire à la chevelure blonde rase et aux yeux d'un gris froid : Oleg Janković, serbe, ancien légionnaire, recherché comme déserteur depuis deux ans.

---

[16] TAJ : Traitement d'antécédents judiciaires.

Second match : Vassili Plavcic, serbe également, crâne rasé et barbe épaisse grisonnante, autre ancien légionnaire, en fuite comme le précédent, mais plus âgé de dix ans.
Troisième… Friedrich Eisenmann, 26 ans, de nationalité allemande. Fiché comme hooligan, sympathisant de l'AFD[17], condamné plusieurs fois pour coups et blessures.
Quatrième… Joseph Fromm, 29 ans, membre actif du NPD[18]…
Que du beau linge… Que venaient faire ces quatre-là dans le tableau ? Quel lien avec Alban ?
Si elle avait des noms à mettre sur quatre des cinq protagonistes, elle n'avait ni le mobile de l'enlèvement ni une adresse où les retrouver… Agacée malgré elle, elle se leva en posant son écran sur le lit et se posta derrière la fenêtre. Aucune piste… Aucune p…

Quoique…

Son regard venait de buter contre une caméra de surveillance installée sur un réverbère juste en face d'un établissement bancaire, de l'autre côté de la rue. De fil en aiguille, elle pensa à la surveillance du trafic parisien : un autre atout qu'elle avait bien l'intention d'abattre très vite. Encore lui fallait-il trouver un moyen d'accéder à ces images. Ses connaissances en informatique étaient, certes, au-dessus de la moyenne grâce aux enseignements de son premier petit ami, un hackeur de génie, mais insuffisantes pour obtenir rapidement, et sans laisser de traces, les informations convoitées.

Elle sortit son portable, choisit un contact dans une liste spécifique liée au site crypté de la Confrérie et attendit qu'une voix efface la tonalité de l'appareil. On décrochait… Aucune voix, juste un soupir d'agacement et le cliquetis rapide des doigts courant sur le clavier d'un ordinateur. Inutile de s'offusquer. Gwen prit la main immédiatement :
— Salut, Matou. J'ai un besoin ultra urgent de tes compétences en réseaux de surveillance. Ton prix sera le mien…
— *Le dernier Asus avec carte graphique NVIDIA ® Quadro RTX ™ 6000 et processeur Intel ® Core ™ i9*, lâcha une voix cassée androgyne, comme déshydratée.
— D'accord.

[17] AFD : Alternative für Deutschland (parti antimigrant)
[18] NPD : Nationaldemokratische Partei Deutschlands (parti ultra nationaliste allemand)

— *Je t'avertis, pour le prix de la bécane, ça pique sérieux...*
— Peu importe.
— *Bon... Dans ce cas... Tu peux venir ?*
— Dans un quart d'heure ?
— *Ça me va.*

Plus personne à l'autre bout du fil. Le personnage était du genre ultra doué, mais totalement asocial. Il ne vivait que pour sa passion, dans un univers binaire fait de 0 et de 1, louant ses services à prix d'or.
Elle quitta sa chambre, passa dans celle de son équipier, rafla sur la table de nuit les clés de sa moto et quitta l'appartement en courant : pas question de s'attarder.

II

Rue Rabelais à Montrouge... Une petite maison de ville à deux étages avec chambres de bonne face à une place agrémentée d'arbres et de platebandes engazonnées. Elle se faufila entre les plots interdisant le trottoir aux voitures, gara la grosse cylindrée devant la porte en bois peinte en vert herbe, rangea le casque dans le logement prévu à cet effet sous la selle, leva la tête vers les fenêtres aux volets clos et s'approcha. Un déclic sonore : Matou la guettait et lui ouvrait. Rez-de-chaussée : la partie « vie », sens dessus dessous, comme balayée par un ouragan. L'air sentait le renfermé, la nourriture moisie, le linge sale. Un escalier face à elle. Elle savait le trouver au second aménagé comme une plateforme sans porte ni cloison. Des faisceaux de câbles courraient au sol comme de grosses rivières noires. À gauche, devant un mur d'écrans, un fauteuil de geek occupé.
— Salut, Matou ! lâcha Gwen sans s'avancer encore.
— Arti[19]... Tu as mon petit cadeau ?
— Passe ta commande, je la paie. Ça te convient comme ça ?
— Yep...

L'un des écrans afficha l'Asus convoité et le prix (exorbitant).

---

[19] Je rappelle que Gwen Saint-Cyrq n'est qu'un alias et que son nom au sein de la Confrérie est Artémis Fabrègues.

… Toujours d'accord ?
— Si j'ai l'aide que je demande…
— Ça va de soi…

L'index appuya sur sa souris… La demande de paiement du site…
— Je peux utiliser ton clavier pour taper mon numéro de CB ?
— Inutile, je l'ai dégoté.

De fait, l'index envoya la confirmation de paiement sous le regard noir d'une Gwen pas si étonnée que cela. Le fauteuil pivota et découvrit une sorte de longue asperge barbue et décharnée, regard cerclé de violet et chevelure grasse, longue et filasse : le dénommé Matou se désintéressait de son apparence, de son corps, de sa santé même, son esprit totalement absorbé par le monde virtuel qu'il s'était créé.
… Merci donc pour ce joli cadeau, Arti… Alors, que puis-je pour toi ?
— Mes équipiers ont été enlevés voici une heure, peut-être deux, mais pas plus, à mon avis. J'ai besoin que tu accèdes à la vidéosurveillance de la banque en face de l'appart que nous occupons et à celle du trafic…
— Tu veux savoir où ils ont été amenés, c'est ça ?
— Voilà… Et si, en sus, tu pouvais me trouver plus d'infos sur les gus qui les ont enlevés, ce serait top…

Un grognement difficile à interpréter tandis qu'il reprenait sa position favorite face à ses écrans chéris.
… Tu veux peut-être l'adresse ?
— Inutile…

Il avait, à l'évidence, mis à profit les quinze minutes pour faire des recherches et, qui sait, assurer ses arrières. Déjà, les doigts experts courraient avec dextérité sur les touches noires dans un cliquetis rythmé.
— Tu veux que je te donne ce que j'ai déjà découvert sur les ravisseurs ?
— Inutile pour l'instant… Assieds-toi…

Elle chercha un siège, mais finit par s'installer sur le sol, dos contre le mur et jambes repliées : pas question de l'interrompre ou de le retarder, le temps jouait contre eux.

Une notification : elle jeta un œil au cadran, se mordilla l'intérieur de la joue en hésitant. Répondre à Sheridan ou garder le silence ?

— *5 ravisseurs,* écrit-elle finalement en se disant que la FSE avait peut-être les moyens de faire avancer les recherches plus rapidement. *1 femme, non identifiée pour l'instant. La chef ? 4 hommes : Oleg Janković, Vassili Plavcic, Friedrich Eisenmann, et Joseph Fromm… Recherche du véhicule des ravisseurs en cours.*

— *!!! Quelle efficacité ! Tiens-moi au courant. Je vois ce que je peux apprendre de mon côté.*

Elle reposa son portable et contempla pensivement le dos du hackeur très concentré : sur le mur d'écrans devant lui, une mosaïque de scènes, de séquences vidéos remplacées presque immédiatement par des nouvelles. Soudain, l'ensemble se figea.

— Yessss ! s'exclama le sieur Matou en faisant pivoter son fauteuil. Je l'ai !

Instantanément sur ses pieds, Gwen se plaça à ses côtés et contempla l'utilitaire Peugeot, très passe-partout, garé devant leur immeuble à l'heure présumée de l'enlèvement. La prise de vue venait à l'évidence de la vidéo de l'agence bancaire, en face.

— On peut voir une plaque d'immatriculation ?

— Hummm… Pas sous cet angle, mais après peut-être… Tiens, regarde !

Trois armoires à glace sortaient de l'immeuble, un lourd sac de toile plié en deux sur l'épaule, d'une longueur trop similaire à celle d'un corps pour ne pas croire qu'il s'agissait là de ses acolytes à l'évidence toujours inconscients, mais en vie : sinon pourquoi les trimbaler avec eux ? Un quatrième arriva sur le seuil en grande conversation avec une femme d'un certain âge, filiforme, genre sauterelle aux traits émaciés trop fardés et retendus, vêtue d'un survêtement de marque et chaussée de baskets à talons compensés : sans doute l'inconnue qu'elle avait entendue sur l'enregistrement. Restait à l'identifier.

— Je t'envoie un cliché…

Le hackeur devançait ses désirs. Parfait. Elle initialisa immédiatement la recherche dans les fichiers de police et reporta son attention sur les écrans, remplie de l'espoir fou de parvenir à repérer le véhicule.

— Tu crois pouvoir retrouver la camionnette ?

— Qu'est-ce que tu crois que je fais ? grinça le dénommé Matou, à la fois agacé et très concentré. Mais suivre en replay cette bagnole dans Paris, c'est chaud !

Inutile de surenchérir, de le presser : le défi était à sa hauteur et les enjeux étaient très clairs. Debout à ses côtés, elle écarquillait les yeux comme si elle avait le pouvoir de déceler, dans cet enchaînement ultrarapide, le détail qui ferait la différence. Elle finit par se rasseoir sur le sol, dos au mur, fatiguée. Le rythme eut raison de ses dernières forces et ses paupières se fermèrent sans même qu'elle y prenne garde. Sommeil lourd, si enrobant qu'elle perdit sa méfiance habituelle et lâcha prise enfin jusqu'à ce qu'un « badaboum » tonitruant la réveille en sursaut, bouche pâteuse et esprit embrumé. Une seconde pour se souvenir de l'endroit où elle était, et elle se retrouva sur ses pieds, encore un peu étourdie.

— Tu as trouvé quelque chose ?

— Mon bébé a, une fois de plus, été le meilleur ! J'ai retrouvé ta camionnette sur le périph... Elle l'a quitté au niveau de Montreuil pour prendre l'A3, a pris la sortie 2 et puis plus rien...

— L'A3 ? répéta-t-elle en fronçant les sourcils. Qu'est-ce qu'il y a autour ?

— Comme bleds ? Neuilly-Plaisance, Rosny, Montreuil bien sûr, Noisy-le-Sec, Romainville...

— Romainville ? Alors je crois que je sais où elle est passée !

— C'est vrai ?! s'exclama le hackeur en faisant pivoter son fauteuil dans un bruit de roulement à billes aigu. C'est cool, ça ! Je peux venir ?

Elle contempla le profil de son ami, surprise.

— Pour quoi faire ? Tu t'ennuies, ici ?

— Ben je serais pas contre un coup de boost, tu vois !

— Je suis venue en moto et je n'ai qu'un seul casque alors...

— J'ai une voiture ! On y va ?

— Tu sais que ça risque d'être dangereux ?

— Et ? Tu veux que je te signe une décharge ?

Une très courte hésitation et elle acquiesça. Une minute plus tard, il fermait la porte de son appartement à triple tour et la conduisait au pas de course vers un emplacement de parking sur la rue à quelques pas seulement de la grosse cylindrée.

LA CASSE

Un trafic dense, de trop nombreux ralentissements... Gwen bouillait d'impatience tout en se disant que la nuit tombante serait propice à un sauvetage incognito, au besoin. Un temps de tergiversation, les yeux rivés sur les façades plongées dans la nuit économie d'énergie, et elle sortit son portable pour composer le numéro personnel de Sheridan : il devait être au courant. Elle lui avait promis la transparence... Il répondit immédiatement, bien éveillé.

— *Alors ? Quoi de neuf ?*

— Je pense les avoir retrouvés. Je suis en route avec le copain qui m'a aidée à les loger.

— *Un copain ? Tu connais pourtant les consignes !*

— Il est cool, pas de souci.

— *Si tu le dis... Ils seraient où ?*

— Dans une casse à Romainville à mon avis, au même endroit où nous avons découvert Claudio... Pas certain, mais les coïncidences sont tout de même en ma faveur.

— *Bon... Je ne peux t'envoyer personne, tu t'en doutes. Et moi, je suis coincé ici. Tu gères ?*

— On va faire avec, pas le choix. Mais je ne pense pas être attendue. Pour la suite, on réutilise notre ancien appart ou nous nous rapatrions ailleurs ?

— *La FSE n'a pas cinquante planques... Euh... Je te dis quoi par SMS et tu me tiens au courant !*

— Quoi de neuf au sujet de l'enlèvement de la fille ?

— *On attend, pas le choix. Rien de probant. Fais gaffe...*

Plus personne à l'autre bout du fil.

— Alors ? Ton grand chef indien est au poil ?

— Il attend de voir. On est seuls sur le coup. Tu feras le guet : pas question de te faire courir de risques.

— Si c'est ce que tu veux… Moi, la castagne, c'est pas mon kif, mais la surveillance, why not, ça boume…

Elle sourit en regardant sa montre, jeta un œil au GPS au moment où le conducteur tournait dans une rue plus étroite à droite, à allure modérée.

— Tiens, c'est là, fit-elle en lui montrant du doigt un haut mur. Je sors, tu fais demi-tour et tu m'attends.
— Le quartier n'est pas très… sécure, non ?
— Lugubre, tu as raison… Éteins le moteur, les phares… On reste en contact par téléphone…

Elle composa le numéro de son ami qui décrocha, initialisa une communication vidéo, rassuré par ce dispositif visuel.

… Je mets mes écouteurs.

— D'ac. Et je peux avoir une arme ? Tu sais, pour me défendre…
— Désolée, mais pas plus toi que moi…
— Ouais ben c'est pas très rassurant…
— Si tu veux m'attendre dans la rue précédente, pas de souci…
— Je vais pas me défiler alors que j'ai voulu t'accompagner ! Non, je vais rester là à trembler jusqu'à ton retour… Tarde pas trop, d'ac ?
— On va tenter… murmura-t-elle en retirant la ceinture de ses jeans.
— Tu fais quoi ? Tu te déloques ?
— Tourne la tête…
— T'es bizarre, on te l'a jamais dit ?

Quelques contorsions, et elle reprit en enfilant des gants de latex (elle en avait toujours une paire dans la poche, une manie de légiste) :

— C'est bon, tu peux regarder…

Le hackeur l'observa, bouche ouverte : elle avait délaissé ses vêtements pour un collant intégral, mains gantées, visage invisible sous le tissu noir.

— Ouah, la classe ! Mais dis, comment tu vas faire pour les retrouver dans une casse ? Y a des centaines de caisses là-dedans : t'en as pour des plombes à regarder partout !
— Une autre idée ?
— Peut-être bien… Je te passe mon iPhone : y a une appli de vision thermique que j'ai vachement améliorée… T'en dis quoi ?
— Ben que j'adopte ton appli, qu'est-ce que tu crois ? Un code ?

Deux petites manipulations avant de lui tendre l'appareil :

— Voilà, tout est déverrouillé : tu as juste à effleurer l'écran...
— Merci ! Voilà mon tél, du coup... J'ai mes oreillettes. Reste vigilant, s'il te plaît... lâcha-t-elle en saisissant l'Apple.
— Compte sur moi !

Il sentit son départ plus qu'il ne la vit sortir. Elle quitta le véhicule pour le trottoir et l'air très humide de la nuit. Elle referma avec précaution la portière pour étouffer le bruit, scruta les deux côtés de la rue avant de la traverser au trot. Le portail était fermé par une grosse chaîne et un cadenas. Pas de caméra visible. Elle sortit de la pochette pendue à sa ceinture, la trousse de cambriole qui ne la quittait jamais, crocheta rapidement le verrou en vérifiant l'absence de chien, fit glisser la chaîne aussi silencieusement que possible sans parvenir, néanmoins, à éviter tout à fait le cliquetis métallique contre le portail. Elle se glissa à l'intérieur, remit la fermeture en place sans enclencher l'antivol pour faciliter un éventuel départ précipité avant de regarder autour d'elle.

Des centaines de carcasses de véhicules de toute sorte, en plus ou moins bon état, des monticules de ferrailles broyées, déchiquetées : elle frissonna en pensant que ses collègues avaient pu passer à la broyeuse, enfermés dans l'une de ces épaves. Pas de bruit à part le ronron de la ville jamais endormie. Elle avança en silence, puis, rassurée mais légèrement fébrile, toucha l'écran de l'iPhone, connecta l'application et balaya les monticules en équilibre précaire, une boule dans la gorge. Et s'ils étaient morts ? Et si elle s'était trompée et qu'ils étaient loin de là, agonisants ? Aucun corps, aucune silhouette chaude, rien...

Elle avança encore vers le mur du fond et accrocha à nouveau le ronron mécanique insistant et régulier, trop proche en fin de compte pour n'être qu'anodin. Un moteur ou un générateur... Contre le mur ouest, un conteneur frigorifique sous tension. Elle plissa le front, et se précipita : la serrure était bloquée par un tournevis, un signe... Elle jeta un œil à l'écran du portable remarquablement muet. « Tu parles d'une appli bidouillée », grogna-t-elle entre ses dents. Nouveau regard circulaire pour s'assurer de ne pas être prise au dépourvu puis elle retira l'outil, désengagea la targette et tira à elle la lourde porte. Une vague glacée la frappa de plein fouet. Aucune lumière. Elle enclencha la lampe du téléphone et éclaira l'intérieur : deux corps agglutinés et recroquevillés dans le fond, immobiles... Pas trois... Pourquoi ?

Elle arrivait sûrement trop tard. Elle grimpa en souplesse et se précipita. Elle s'agenouilla et contempla la première victime, inconnue : une blonde, la vingtaine, peut-être moins, très maigre. Tout contre elle une fille brune, même âge. Un doigt sur la carotide finit de la convaincre qu'elles étaient mortes. Vêtues de lingerie ultra sexy, elles étaient couvertes d'ecchymoses. Dans le creux des bras, de nombreuses traces de piqûres. Des prostituées ?

Elle observa les traits des victimes, leur jeunesse, le maquillage, la manucure. Elle dégagea délicatement la chevelure de la première, retourna le col du haut en soie et lut la marque du vêtement : un dos nu signé Emilio Pucci… Une petite chose à plus de 700 euros… Curieux.

Pensive, elle mit quelques secondes à réagir et prendre une série de clichés. Elle composa le numéro de téléphone de Sheridan qui, toujours sur le pont, répondit immédiatement :

— *Tu les as retrouvés ?*
— Non, mais j'ai sous les yeux deux filles congelées…
— *Quoi ! Tu crois que…*
— Ça m'étonnerait… à moins que leur apparence ait été modifiée… En tout cas, elles ont été battues et droguées. Je vous envoie les coordonnées GPS du conteneur frigorifique par SMS avec quelques photos. Je me remets en chasse, mais plus le temps passe…
— *Très bien… Tiens-moi au courant !*

Plus personne au bout du fil. À lui de gérer la suite des rapts meurtriers. Elle lui envoya comme promis quelques clichés et les coordonnées de la casse avant de regagner la voiture de son ami, soulagé de la voir revenir.

— Alors, ils sont où ?
— Pas ici.
— T'es sûre ?
— Ton appli n'a rien donné et comme tu me dis qu'elle est fiable…
— Je confirme !
— Mouais… Pourtant, tout concordait, murmura-t-elle pensivement sans songer à lui parler des cadavres. On a sûrement oublié un détail. On rentre pour revisionner les images, si tu veux bien.

— C'est parti ! Cet endroit me fout les jetons, si tu veux tout savoir…

La berline démarra lentement. Restait à trouver ses trois camarades…

Elle était de plus en plus inquiète… Pourquoi avoir enlevé des morts ?

ERREUR
I

Retour chez le hackeur rassuré de retrouver un environnement familier. Il s'étira en feulant, fidèle à son surnom, et se réinstalla nonobstant dans son cher fauteuil, mains sur le clavier.

— On cherche quoi, Arti, du coup ?
— Je suis allée peut-être trop vite… Tu peux repasser les vidéos prises à l'intérieur de notre appart, s'il te plaît ?
— Si Señorita, plaisanta-t-il en relançant la machine. Tu crois qu'ils vous guettaient à votre arrivée ?
— Ça vaut le coup de vérifier…
— Comme tu veux…
— Ça te dit, un truc à manger ?
— Si tu trouves quelque chose dans les placards, je veux bien… Euh… Regarde bien la date limite : ça fait une plombe que je fais plus les courses… Tellement plus cool de se faire livrer ! Tiens, des sushis ou une pizza, t'en dis quoi ?

Il en salivait d'avance.

— Désolée, mais à cette heure-ci, ce sera plutôt un petit-déj. T'as du café ?
— Soluble, je crois. Sinon, y a des sodas au frigo.
— J'irai chercher les croissants tout à l'heure. On se repasse les images ?

Elle prit une chaise et s'assit à ses côtés, concentrée sur les écrans en face d'elle. La porte d'entrée de l'immeuble s'ouvrait sur les ravisseurs et leur chargement.

— Non… Remonte plus loin… Au moment de notre arrivée.
— D'accord… Attends voir… Je me reconnecte au réseau de surveillance… Voilà…

Le boulevard, en début de nuit… Leur petit groupe apparut à pied au coin d'une rue adjacente, en limite d'écran. Mortimer se présenta devant la porte d'entrée, composa le code d'accès et les laissa passer. Une lumière au premier étage.

— Tout semble calme, remarqua le dénommé Matou en observant la scène. La camionnette n'est pas encore là…

Une accélération. Mortimer fit son apparition puis Gwen qui s'éloigna rapidement, son équipier surpris lancé dans une filature discrète. Nouvelle avance rapide. Retour des deux protagonistes à l'aube.
Quelques heures encore. Allers-retours des quatre puis, en fin de journée, installation de la fourgonnette blanche à 18h10. La surveillance avait été mise en place la veille de l'enlèvement.

— Tu peux mettre en évidence le visage du conducteur ?
— Pas évident, mais je vais essayer… Voyons ça…

Quelques manipulations agacées avant de faire pivoter son fauteuil vers son amie.

… Rien à faire… J'ai beau nettoyer l'image… Non… je pense que c'est un mec, mais à part ça… Sorry…

— D'accord. Tu peux essayer de retracer le parcours de cette camionnette et de voir où elle est passée après l'échangeur de Romainville ?
— Je vais essayer…
— Dis donc, s'énerva Gwen, sourcils froncés, où est passé le légendaire Matou, celui qui a fait trembler le FBI et le FMI ? Ramollirais-tu avec l'âge ?

Elle le vit serrer les mâchoires et se concentrer sur les écrans devant lui, piqué au vif.

— Ça va prendre un moment, grogna-t-il, énervé.
— Alors je vais aller chercher un truc à grignoter.

Elle se leva et quitta l'appartement pour la rue : elle avait besoin d'air.

Assise sur la marche du perron de l'immeuble, elle observait pensivement la place et les premiers piétons qui, l'air endormi, se hâtaient vers les transports en commun.
Combien de temps resta-t-elle là, absorbée par des hypothèses étranges et des visages d'amis disparus ? Lorsqu'elle se décida enfin à bouger, la place était plus animée et le soleil était levé.

Elle soupira et se dirigea vers une boulangerie de l'autre côté de l'esplanade, les pensées accaparées par la disparition de ses collègues. Le magasin déjà plein d'affamés, elle s'inséra dans la queue en sortant de sa poche un billet de 10 euros.

Dix minutes de piétinements pour deux pains au chocolat et deux croissants. Excessif, mais bon… Son ventre criait famine. Pour une fois, elle avait un besoin impérieux de combler le vide abyssal de son estomac. Elle sortait une viennoiserie lorsque son regard accrocha un Boxer Peugeot blanc garé devant la porte de l'immeuble de l'informaticien. Comment l'avaient-ils repérée ? À la casse ? Matou était-il visé ? Ou elle ? Dans ce cas, comment… Son téléphone ? Si c'était le cas, à cause d'elle son ami était en danger…

Elle sortit son portable, et l'appela… Pas de réponse. Déjà trop tard, sans doute…

II

Que faire ? Comment lui porter secours sans se faire prendre à son tour ? Tomber dans le piège… Peut-être une bonne idée pour retrouver ses compagnons et son ami… Quoique… Rester libre pour les aider ? Mais comment ?

Elle rabattit la capuche de sa veste, posa à regret son petit-déjeuner sur le premier banc de la place et courut vers la camionnette, l'œil aux aguets. Elle traversa rapidement le terre-plein comme une joggeuse, sans attirer l'attention des passants trop absorbés par leur vie. Elle s'arrêta derrière un gros platane comme si elle avait besoin de souffler et observa le véhicule : le même, exactement, que celui qui avait enlevé ses équipiers, jusqu'au petit autocollant sur le pare-brise. Personne au volant.

Pourquoi hésiter ? Elle vérifia la fenêtre de l'étage puis traversa la rue, regarda à l'intérieur de la cabine, passa à l'arrière, ouvrit le double battant, anxieuse, mais ne découvrit aucune cache potentielle. Elle repassa à l'avant : les trois sièges accolés étaient adossés à une plaque de

métal blanc les séparant de la plateforme de chargement. À la base des assises en simili, un petit espace encombré d'une couverture. Pas le temps de réfléchir. Elle était passée par des trous plus étroits lors des exercices imposés par son père, puis lors de ses expéditions de monte-en-l'air. Cela faisait quelques mois qu'elle ne s'était plus entraînée, mais elle n'avait pas le choix. Elle retira le tissu, jeta un œil autour d'elle puis se faufila dans l'interstice pieds en avant, se tortilla pour refermer la portière et passa tant bien que mal la couverture au-dessus de sa tête. Mieux valait chercher une position plus confortable pour attendre la suite : l'arête en ferraille du support des sièges lui entrait dans les côtes. Elle se jetait dans la gueule du loup pour la bonne cause.
Si elle parvenait à ses fins, les réponses seraient précieuses... enfin si ce fourgon était bien celui des ravisseurs, une idée qui lui traversa l'esprit sans s'y attarder. Elle bougea encore pour ramasser un peu plus son petit gabarit : un bruit de papier froissé tout près de son oreille. Par une sorte d'automatisme, surtout pour ne pas se faire repérer en cas de mouvement intempestif, elle en fit une boule et l'empocha avant de s'immobiliser.

Des éclats de voix. Les vantaux arrière qui s'ouvrent. Un bruit sourd comme un ballot qu'on jette sur le plateau en fer, un affaissement des essieux : une ou plusieurs personnes montent. La portière côté passager. Un corps s'installe derrière le volant. Elle entend le souffle lourd, un peu court, comme s'il avait dû produire un effort. Une petite minute et l'autre battant se déverrouille. Gwen reste parfaitement immobile alors qu'un mouvement du siège augmente la pression du métal sur son flanc. Le moteur broute à peine avant de démarrer avec un bruit de diesel mal réglé.
Lovée dans l'espace exigu, elle souhaite de toutes ses forces que les deux inconnus décident de rompre le silence afin de lui livrer des informations fondamentales pour la suite. Aucune parole. Juste les effluves piquants de musc mêlés à de la menthe poivrée...

— Tu veux un chewing-gum ? fit une voix de femme dans un bruit de boîte en plastique qu'on décapsule.

Un grognement masculin.

... Ça va, Hans. Arrête de faire la gueule ! On n'a pas eu de chance, c'est tout... Mais on l'aura, tu verras !

— Sauf que maintenant elle se méfie doublement ! On va se faire déglinguer, moi je te le dis...

— On en ramène un autre, c'est déjà ça, non ? Et puis merde ! On peut pas gagner à tous les coups, non ?

— Je te laisse lui expliquer ta vision des choses, hein…
— Tu rigoles ? C'est toi, le chef, pas moi ! À toi d'assumer !

L'autre dut hausser les épaules.
— Tu pues la trouille, ma belle.
— Autant que toi, ne te déplaise ! Et puis le mec derrière nous dira tout ce qu'on veut savoir, tu le sais très bien !
— Parce que les trois autres ont été coopératifs ? Tu parles !
— Le cornichon qu'on vient de récolter n'est sûrement pas un courageux : il va tout nous déballer à vitesse grand « V ». Allez, t'inquiète ! On revient pas les mains vides, c'est le principal, non ?

Un nouveau grognement moins marqué souligna que, sans être totalement convaincu, il se rangeait plus ou moins à son avis.

Depuis un moment, plus d'arrêts et la vitesse, d'abord régulée, avait augmenté. Ils devaient être sur une voie rapide ou une autoroute. La passagère mâchouillait bruyamment son chewing-gum tandis que le conducteur avait mis la radio, une fréquence d'infos en continu.
— T'en as pas marre d'écouter en boucle les mêmes news ? couina avec exaspération la femme.
— C'est toujours mieux que d'infliger à mes oreilles ton rap abrutissant !
— Tu veux que je te dise ? T'es qu'une vieille chose rétrograde, Hans ! Je me demande pourquoi il te fait encore confiance ! Tu tiens à peine debout ! Mais regarde-toi !
— Et toi ! Tu t'es regardée dernièrement dans une glace ?

Elle jeta une insulte et reprit sa rumination avec plus de vigueur pour canaliser, peut-être, une agressivité à fleur de peau.
— Fais chier, Hans ! Tu sais quoi ? Tu vas passer un sale quart d'heure quand il verra notre cargaison… Et t'es le chef ! Alors, j'ai bien l'impression que je vais prendre du galon…

Un bruit de vitre qui se baisse, un bruit de pneus qui roulent sur une route mouillée, un crachat… Elle avait dû éjecter son chewing-gum. La vitre remonta en grinçant sans surenchère verbale. La femme devait avoir aussi peur que son compagnon.
Toujours immobile, attentive à contenir sa respiration, Gwen se demandait comment elle pourrait, ensuite, intervenir pour libérer ses amis. Il faisait grand jour, et passer inaperçue lui parut soudain très

improbable. Et même si elle y parvenait, comment quitteraient-ils les lieux de détention ? Elle s'était jetée tête première dans la gueule du loup : une vraie cruche.
Le fourgon prit un virage à droite un peu sec, roula quelques centaines de mètres à vue de nez, vira à gauche, dut monter sur un trottoir avant de se stabiliser assez brutalement. Le conducteur tira brusquement le frein à main et coupa le contact.

Les portières : ils sortaient. Le hayon arrière s'ouvrait également. Des piétinements, un corps traîné, quelques remarques pressées puis le silence. Sans doute le moment ou jamais de quitter sa cachette et de tenter l'improbable.
Quelques contorsions pour dégager son bras et atteindre la poignée de verrouillage. Un peu collante, elle grimaça, mais l'actionna puis la poussa avec précaution. Un entrebâillement de quelques centimètres... Aucune réaction des kidnappeurs. Pas le choix.

Elle poussa le battant un peu plus et se glissa dans un extérieur pluvieux en restant accroupie, referma sans bruit l'accès, avança jusqu'au bout du capot avant et passa rapidement la tête par-dessus : elle se trouvait dans la cour d'une usine désaffectée. Le véhicule était garé contre une plateforme de chargement. En face, l'accès principal composé de cinq grands vantaux déroulants, fermés, et d'une porte-piétons pour l'heure ouverte. À gauche, contre la façade ouest qu'elle apercevait en enfilade, des monticules de câbles abandonnés et de pneus usagés.

Personne en vue.

Elle se déplia rapidement, bondit en souplesse sur l'avancée et courut jusqu'à l'entrée, un sas en fer peint en vert, rouillé dans les coins, grand ouvert vers l'intérieur. Des éclats de voix, quelques cris...

Elle passa la tête très vite pour mesurer la situation : la voie était libre, du moins a priori. Elle entra sur la pointe des pieds, chercha un endroit pour se mettre à l'abri des regards et se faufila entre quatre grosses bobines de câbles vides, cœur battant, heureuse d'être sans doute parvenue à débusquer le lieu de détention de ses amis qu'elle entendait invectiver les kidnappeurs. Ils étaient en vie, c'était déjà ça.
Restait à trouver une ouverture pour les sortir du piège. Les ravisseurs devraient bien se nourrir, par exemple, voire prendre du repos : alors elle trouverait un moyen.

DE L'AUTRE CÔTÉ…

— Mais qu'est-ce qu'on fait là ? s'exclama Orphys en contemplant les barreaux de la cage tandis qu'il se remettait sur ses pieds, encore un peu groggy. C'est quoi tout ce binz ?

Son regard accrocha au sol ses deux amis encore dans le coaltar, se baissa pour s'assurer qu'ils n'étaient pas blessés avant d'inspecter leur prison : un cube de 20m de côté fermé par une porte verrouillée : un cadenas monobloc type Squire impossible à trafiquer sans crochet ou, évidemment, sans la clé. Mortimer sortait à son tour de sa léthargie dans un gémissement douloureux.

— J'ai un de ces mal de crâne, grogna-t-il en se massant le cou, à genoux pour se redresser. Tu sais ce qui s'est passé ?

— On a sonné ou frappé, je ne sais plus, et le verrou a sauté ! C'est tout ce que je me souviens…

— C'est dingue, ça ! Qui aurait pu dire que des morts pouvaient être aussi intéressants ? Tu te sentais en danger, toi ? On est où, tu en as une idée ?

— Pas la moindre… En tout cas, ta copine n'est pas là… Et tu sais ce que ça veut dire ?

— Soit qu'elle nous a donnés à qui, j'en sais rien, pourquoi, j'en sais rien, soit elle n'a pas encore été prise et elle est en fuite. Eh oh ! Y a quelqu'un ?

Aucune réponse, pas âme qui vive dans cet entrepôt. Une vague lueur filtrait de l'extérieur par des fenêtres hautes ouvertes le long de la toiture.

— Il fait grand jour… Ça doit faire un moment qu'on est là… D'ailleurs mon estomac gargouille, signe qu'il doit être midi passé.

Il s'accroupit près de Marlène et lui tapota la joue. Un grognement, un gémissement, et le corps féminin daigna bouger pour s'étirer à la manière d'une chatte dérangée. Une bonne minute pour reprendre tout à fait ses esprits, comprendre leur situation, et elle passa la main entre les barreaux pour saisir le cadenas.

— Quelle saloperie, cette serrure ! Vous savez pourquoi on est là ?

Des signes négatifs de tête. Elle maugréa une insanité et secoua les barreaux, énervée.

— Je supporte pas d'être enfermée ! Vous le savez, tous les deux ! Trouvez un moyen sinon je vais devenir folle !

Manuel lui posa une main rassurante sur l'épaule et la tira doucement vers l'arrière. Elle se mit à trembler, recula et s'assit dans le coin le plus reculé, ramenant ses genoux contre sa poitrine.

Ses compagnons échangèrent un regard fermé : quelques mois auparavant, alors qu'ils traquaient un psychopathe, Caroline (l'équipière de Mortimer) et elle avaient été enlevées, puis enfermées dans une voiture enterrée dans une carrière désaffectée. Elles avaient lentement agonisé dans une atmosphère confinée à l'oxygène raréfié tandis que leur habitacle cédait peu à peu sous le poids de la terre accumulée au-dessus. Leurs deux équipiers les avaient retrouvées in extremis pour elle, trop tard pour Caroline. Depuis elle dormait fenêtres ouvertes, s'assurait d'avoir toujours une issue de repli, avait banni les amours d'un soir, et vérifiait le pedigree de toutes ses rencontres avant tout préalable. Cet enfermement lui enlevait toute capacité de raisonnement : elle ne s'appartenait plus. Elle tremblait, recroquevillée, les yeux fermés pour tenter de se déconnecter d'une réalité douloureuse. Mortimer et Orphys soupirèrent et reprirent l'observation de leur cage et de l'environnement autour.

— Tu en penses quoi ? fit Glenn en plissant le front.

— Pas grand-chose pour l'instant... On est seuls... Si on pouvait ouvrir ce cadenas...

— Moi, j'en serais incapable. Et toi ?

— Ils m'ont tout pris, les salauds, grinça-t-il en fouillant ses poches. Et toi, il te reste quelque chose ?

Petite recherche fébrile pour un constat identique.

— Merde ! Un éclair de génie ?

La porte du hangar coulissa en grinçant pour laisser passer deux balèzes cagoulés, dont le plus costaud trimbalait un sac volumineux sur l'épaule. L'autre sortit son flingue et les en menaça :

— Reculez jusqu'au fond de la cage, les zarbi ! Ouste ! Et le premier qui essaie quelque chose, je le plombe !

Les deux flics s'exécutèrent après un échange de regards : s'il y avait une ouverture, ils en profiteraient… Un troisième entra : une femme à sa démarche, cagoulée également. Elle avança jusqu'aux barreaux, sortit de la poche une clé, l'inséra dans la serrure, composa un code en prenant soin de le cacher aux prisonniers, déverrouilla le verrou et ouvrit la porte. Son acolyte jeta son fardeau à l'intérieur, recula d'un pas et laissa sa complice refermer la cage. Elle sortit son portable alors qu'un jingle attirait son attention.

— Oui ! lâcha-t-elle, son attention rivée sur ses prisonniers. Nous en avons un autre…
— …
— Non, toujours pas. On pensait l'avoir logée, mais elle n'était plus chez le gus qu'on a ramené. Sûr qu'il la connaît et en insistant un peu, on aura l'info, t'inquiète !
— …
— Eh ! Pas ma faute ! On avance quand même, non ?
— …
— Mais chef !
— …
— Très bien, d'accord, on y va…

Un grognement énervé et elle empocha son téléphone en se tournant vers ses complices :

— Ouais ben, faut qu'on se bouge les fesses, Boss les veut tous. On retourne chez le geek fouiller pour trouver une piste avant de passer au stade supérieur… C'est Boss qui s'occupera d'eux… Il faudra lui mettre de côté les deux femmes… Allez, on bouge ! Et vous, soyez bien sages, hein ! se moqua l'inconnue. On sera pas longs, promis…

Un signe sec à ses acolytes qui lui emboîtèrent le pas, et quittèrent le hangar en refermant l'accès avec une chaîne et un énorme cadenas.

Branle-bas de combat dans le cube : les deux hommes se tournèrent vers leur compagne catatonique dans le recoin le plus éloigné, regard inquiet ; les quelques mots de leur « ravisseuse » ne leur disaient rien de bon. Impossible de compter sur elle pour la suite.

Ils se rapprochèrent du sac, l'ouvrirent et en extirpèrent un long corps masculin maigre dans le coaltar. Inconnu au bataillon…

ÉCHAPPATOIRE ?

— Oui ben faut trouver un moyen de se barrer illico ! lâcha enfin Orphys, les yeux rivés sur l'accès désormais cadenassé.

Une silhouette se détacha de l'amoncèlement de câbles, et avança vers eux dans un silence parfait.

— Gwen !

Elle les observa sans dire un mot, sortit sa trousse de cambriole, saisit le cadenas et inséra les crochets en manipulant les molettes chiffrées. Derrière les garçons, Marlène s'était levée, remplie d'un nouvel espoir. Clic… L'anse métallique se désolidarisa. La chaîne glissa entre les barreaux et la porte s'ouvrit.

— T'as fait comment pour nous retrouver ? s'exclama Mortimer en s'écartant pour laisser passer la hackeuse fébrile.

— Tu m'as suivi à la trace, je parie ! couina Matou encore groggy, la lèvre inférieure fendue et très enflée.

Pour toute réponse, elle esquissa un sourire et s'éloigna à la recherche d'une issue, immédiatement rejointe par son équipier :

— T'es toujours là quand on s'y attend le moins ! plaisanta-t-il, rassuré quelque part par sa réapparition.

Derrière, les autres s'éparpillaient également, pressés de retrouver l'air libre.

— Là, une porte ! hurla Marlène de l'autre côté. Mais c'est bloqué de l'extérieur !

Tous se rassemblèrent autour de l'informaticienne ; Matou pesa sur la porte, assisté par les deux autres hommes. Aucun résultat. Glenn, agacé, se retourna et chercha la légiste des yeux : disparue, une fois de plus.

— Mais elle est passée où, encore ? marmonna-t-il en fouillant du regard les recoins de l'espace devant lui.

C'est la grande sauterelle brune qui lui désigna d'un index moqueur une poutre à une bonne vingtaine de mètres du sol, traversante, à 50 cm du toit. Posée dessus, une ombre rampait avec assurance vers les longues ouvertures vitrées d'un mètre de haut qui couraient en limite de plafond.

— Mais qu'est-ce…

— Elle est pas croyable, hein ! miaula Matou, admiratif.

Tous les regards étaient désormais tournés vers celle qui, arrivée en bout de poutre, alors que la fenêtre était encore à plus d'un mètre, s'était laissé glisser pour rester accrochée par les bras à la ferraille, jambes pendantes dans le vide. À la manière d'une trapéziste, elle prit son élan en se balançant de plus en plus vigoureusement. En bas, tous retenaient leur souffle, comprenant ce qu'elle voulait faire tout en se disant que c'était une pure folie.

Une brusque détente : les pieds projetés en avant explosèrent la vitre, laissant le châssis hérissé de crêtes coupantes. Plusieurs balancements parvinrent à écrêter les plus importantes puis d'un coup de reins, elle opéra un retournement digne des meilleurs saltimbanques, se retrouvant pieds accrochés à la poutre et tête en bas, bras ballants. Un nouvel élan vigoureux, mais tout en souplesse, la propulsa dans les airs : les doigts accrochèrent l'encadrement. Elle se hissa à la force des poignets pour regarder à l'extérieur. Elle cassa le buste, se pencha, et bascula pour disparaître entièrement. Un bruit sourd, des objets qui dégringolent puis plus rien.

Dans le hangar, les regards inquiets se croisaient dans un silence qui en disait long sur leur état d'esprit.

— Complètement tapée, ta copine ! couina Marlène, à l'évidence stressée par l'enfermement et un futur forcément compromis.

Un léger bruit du côté opposé, vers la porte d'entrée qui s'ouvrit sur une Gwen au pantalon largement déchiré qui s'éclipsa immédiatement tandis que tous se précipitaient à l'extérieur, avides de quitter leur prison avant le retour de leurs ravisseurs…

REPLI STRATÉGIQUE

Mortimer ouvrit un œil embrumé, observa le décorum et mit une bonne minute à se souvenir : l'enlèvement, la cage, l'arrivée inespérée de Saint-Cyrq, leur évasion rocambolesque grâce aux exploits de trapéziste de la légiste, un Spacetourer « miraculeusement » *(enfin, de ça, il en avait douté et en doutait encore… Gwen ? Il secoua la tête pour évacuer les pensées parasites et se raccrocha à la dernière image)…* donc le taxi Citroën dégoté au bout de la longue rue parcourue à toute allure, la peur d'être rattrapés leur donnant des ailes puis le trajet silencieux jusqu'à la péniche : Sheridan, soulagé d'avoir enfin des nouvelles du groupe, leur avait alloué une planque destinée aux témoins sous protection.

Ils étaient dans le sud de Paris, à Dammanies-les-Lys… Un coin reculé sur un chemin de halage caché par une double haie de végétation.
Il repensa à la veille, leur arrivée désorientée, la découverte de leur nouvel environnement et le coup d'œil en arrière pour découvrir son équipière en « grande conversation » avec leur chauffeur, sûrement pour le paiement de la course puisqu'elle était la seule à avoir conservé ses affaires, sa carte bancaire et l'Android avec lequel ils avaient pu rassurer leur chef.
Du coup, ils s'étaient approprié les cabines sans elle, la reléguant presque instinctivement à l'autre bout de la péniche, juste au-dessus de la machinerie, sur le roof arrière, alors que l'essentiel de l'habitation avec cuisine, salle à manger et salles d'eau s'étalait de l'ancienne zone de stockage à la proue.

Après s'être rafraîchis, ils s'étaient rassemblés autour d'un repas léger composé de conserves découvertes dans les placards. La légiste n'avait pas daigné montrer le bout de son nez alors que tous auraient eu besoin de contacter Sean pour avoir des nouvelles de l'affaire en cours et des instructions pour la suite. Vaguement désorienté sans ses ordinateurs chéris, le dénommé Matou avait fait connaissance avec la bande et

s'était trouvé des accointances fortes avec Marlène. Néanmoins, il était resté très évasif lorsqu'ils l'avaient cuisiné au sujet de Gwen. Une relation de longue date, l'ami d'un pote décédé... Ils n'avaient rien réussi à lui soutirer de plus.
Tous se sentaient à la fois redevables envers leur équipière et très irrités par cette distance qu'elle imposait (même si c'était eux qui l'avaient mise au rancart à l'autre bout de l'embarcation) ; Glenn était allé finalement la chercher... et ne l'avait trouvée nulle part. Envolée ! Ils avaient passé la fin de journée et une partie de la nuit à tourner en rond avant de se séparer, frustrés, en espérant la revoir le lendemain.

Gwen Saint-Cyrq... Drôle de fille... mutique, secrète, froide, méfiante et dangereuse. Des relations fort peu recommandables, mais un réseau de connaissances impressionnant. Un sang-froid à toute épreuve. Un physique de crevette caparaçonnée de vêtements disgracieux cachant la plus petite partie de son corps, un visage constellé de piercings, des cheveux coupés n'importe comment, mais des yeux à se damner... Il sourit : elle lui plaisait, pas de doute. Une fille à la hauteur qui avait vécu des trucs aussi fous que lui... L'espace d'une très courte minute, il se dit qu'elle était peut-être allée à la pêche aux infos ou même, faire quelques courses indispensables à la suite. Qui sait ?

Une odeur agréable chatouilla ses narines... Du café frais... Pas du Nescafé comme ils avaient bu la veille. Il sauta dans ses baskets et gagna la salle à manger pour y retrouver tous ses acolytes attablés devant un copieux petit-déjeuner, Matou un peu à l'écart, son attention rivée sur l'écran d'un nouvel ordinateur portable, la main droite serrée autour d'un mug fumant. Au centre de la table, trois téléphones, des prépayés probablement. Dans un coin, leurs sacs : elle était retournée à l'appartement... Mais de Gwen, aucun signe. Elle n'avait peut-être pas apprécié sa « mise en quarantaine » après tout ce qu'elle avait fait ? Non, pas son genre...
— Tu veux un café ? s'enquit Orphys, en souriant.
— Yep, merci... Je suppose qu'on lui doit tout ça ? fit-il en passant d'un visage à l'autre.
— C'est clair ! couina le hackeur en avalant une gorgée de liquide fumant. Si tu la cherches, elle est repartie : un rendez-vous avec Gisèle, à ce qu'elle m'a dit.

Les deux autres levèrent les yeux de leur assiette sans ajouter un mot : le malaise était palpable.

— Vous avez contacté Sean ? reprit-il intrigué à l'adresse de ses équipiers.
— Il a nos numéros, si c'est ce que tu veux savoir, grinça Marlène, le regard noir. On a une visio sécurisée à midi. Tu sais que ta copine me gonfle sérieux ? Tu crois qu'elle pourrait nous mettre dans la confidence ? On est là à se rouler les pouces pendant que Madame se la joue perso ! On est une équipe, oui ou... Si elle se fait repérer...

Elle n'alla pas plus loin, serra les poings avant de se détendre et de remettre élégamment sa frange en place : l'informaticienne avait du caractère, mais refusait de laisser sa vie lui arracher sa féminité. Matou leva un œil sur la belle brune, esquissa un sourire ironique, mais retourna à ses lignes de code.
Inutile de relever ou de polémiquer : ils auraient des nouvelles rapidement, il en était certain. Il avait une confiance instinctive dans sa désormais équipière. Mortimer s'assit donc tranquillement devant sa tasse, jeta un œil à sa montre, attrapa un croissant et le trempa dans son café avec délectation : il avait une faim de loup...

11heures passées. Tous étaient rassemblés à nouveau dans la salle commune, les deux ordinateurs ouverts sur la table, Marlène penchée au-dessus de l'épaule d'un Matou à la manœuvre pour tracer l'utilitaire qui les avait enlevés, les deux autres garçons concentrés sur les fichiers de police : les deux informaticiens avaient réussi à les connecter à la base de données ultra sécurisée du TAJ. La porte s'ouvrit sans qu'ils n'aient entendu le moindre bruit de pas sur le pont. St-Cyrq jeta un regard à la ronde, entra en regardant où elle posait les pieds sur l'escalier et déposa les grands sacs de courses.

Sans plus s'occuper de l'assemblée, elle s'éclipsa du côté de sa chambre : elle avait besoin de se rafraîchir pour remettre ses idées en place avant la réunion avec Sheridan. Un échange silencieux avec ses amis, et Mortimer quitta la pièce à son tour pour la rejoindre et tenter de lui demander des explications.
Il frappa à sa porte et entra sans attendre la permission. Elle était en culotte, torse nu, dos à la porte. Il resta figé, stupéfait devant la vision de la chair totalement recouverte de tatouages polychromes étranges, un imbroglio de visages, d'yeux, et de chiffres. Elle l'avait entendu... Elle enfila rapidement un T-shirt blanc moulant avant de se retourner, sourcils froncés :

— Surtout, ne te gêne pas ! s'énerva-t-elle en empoignant ses jeans.
— Désolé… Mais je pensais que tu boudais et…
— Hein ?!
— Ben, tu disparais sans rien dire, tu vas seule à l'appart pour récupérer nos affaires, tu repars illico sans m'en informer… Tu fais tout dans ton coin…Tu t'attendais à quoi ?

Elle haussa les épaules et enfila le pantalon.
— Alors ? T'as vu nos ravisseurs ?
— Évidemment que non… Tu crois que je ne suis pas suffisamment prudente ?
— Disons que nos zozos doivent être sur les dents, et que le premier endroit où ils ont dû nous chercher, c'est l'appart…
— Hum…

Elle enfila une tunique large, ses baskets et vérifia sa montre :
— C'est l'heure de la vidéo conf, confirma le policier en l'observant. Tu viens ?

Elle acquiesça et lui emboîta le pas. L'ordinateur portable de Matou était branché à l'écran de télé sous tension, mais encore vierge. Tous les visages se tournèrent vers eux et le geek se leva pour aller vers son amie, sourire aux lèvres :
— Merci, lui chuchota-t-il en posant une main amicale sur son épaule.
— Normal ! T'es dans cette galère à cause de moi… Vraiment désolée.
— Offff ! Finalement, c'est plutôt cool ! Je vois ça comme des vacances, tu vois… Une pause dans mon monde bien plus excitant, certes, mais moins… physique.

Un mouvement feint : le visage de Sheridan venait d'apparaître à l'écran. Il semblait préoccupé. Il accrocha du regard le nouveau venu et fronça les sourcils.
— Vous êtes l'ami informaticien de Gwen… Matou, c'est ça ?
— Absolument, Commissaire, lui confirma celui-ci, yeux brillants.
— Bon… Des infos sur vos ravisseurs ? s'enquit l'Irlandais en les observant l'un après l'autre.
— De gros bras qui se louent à la tâche, lança Orphys en se massant le lobe de son oreille droite. Marlène et Matou remontent le fil

des versements... De toute façon, t'inquiète, on les aura ! Et de ton côté ? Quelles news ?

— Justement... Ce groupe de mercenaires a été embauché par le chef de la sécurité d'Alban pour retrouver sa fille. Ils vous ont repérés à Romainville le jour où vous avez retrouvé Ferreri. Ils ont cru que vous étiez mêlés à la disparition de la gamine... Ils sont en garde à vue avec leur donneur d'ordres pour enlèvement et violences ayant entraîné la mort sans l'intention de la donner.

— Et Alban ? s'enquit Marlène, sourcils froncés.

— Dédouané par son chef de la sécurité... Donc, pour l'instant, à l'abri, mais je compte sur toi, Marlène, pour le coincer !

— T'inquiète ! Avec Matou, on est sur le coup...

— Excellent. Gwen... Les filles que tu as trouvées dans la casse ont été identifiées : deux fugueuses. Armelle Carny 17 ans, disparue le 17 février de l'année dernière à Lyon et Patricia Bonnet, 16 ans, disparue le 2 décembre, il y a deux ans, à Lille. Ton diagnostic était bon : tabassées et chargées en GHB. Elles ont eu plusieurs rapports sexuels plus ou moins consentis avant leur décès par overdose de Blanche[20], mais elles se défonçaient au Moonrock[21] depuis un bon moment. Une vacherie... Mortes ailleurs, déplacées post-mortem. Le froid a tout effacé. Tu as quelque chose ?

— Oui... J'ai retrouvé leur trace au squat de Montreuil, comme mon amie Nina. Pour info, poursuivit-elle à l'attention de ses équipiers, l'une de mes amies très proches, Nina, a également disparu voilà quelques jours. J'ai demandé à Sean la permission d'enquêter. Donc, poursuivit-elle sans faire grand cas du regard noir de Marlène, le point commun pour ces trois filles, c'est Montreuil. C'est un squat que j'ai bien connu... Nina a été appâtée avec une fausse lettre de sa mère qui lui demandait d'aller la rejoindre... Ce qui veut dire que le ravisseur savait qu'elle avait été abandonnée. Pour les deux autres, je n'ai pas encore de précisions, mais je pensais aller papoter un peu avec des habitués après la visio. Selon Gisèle, les disparitions de filles sont récurrentes et très ciblées : elles sont toutes très jeunes, moins de 20 ans, fugueuses, très jolies, et toutes ont déjà eu recours à la prostitution.

— Combien de victimes jusqu'à présent ? Tu le sais ?

---

[20] Héroïne

[21] Association héroïne + cocaïne-base

— Difficile à dire, Glenn. Toujours selon Gisèle, les premières disparitions dateraient de la fin de la Seconde Guerre mondiale… Une légende urbaine parmi les gens de la rue, mais qui malheureusement est fondée : les filles disparaissent du jour au lendemain sans laisser de traces. Un peu avant, elles parlent d'un nouveau départ, d'un job, d'un retour en famille…
— Tu as dit que tu connaissais le squat de Montreuil ? Comment ça se fait ? lui demanda Marlène, intriguée.
— Disons qu'à une période de ma vie, j'ai vécu dans la rue… La réponse te convient ?

Prise de court, l'informaticienne ne répliqua pas. Elle baissa brièvement le regard puis croisa les bras, en fin de compte très curieuse.
— Oui et non… Cette fille, Nina, tu l'as connue aussi dans la rue ?
— Je l'ai élevée…

Un silence s'abattit sur l'auditoire. Elle poursuivit d'une voix claire :
— Elle avait été enlevée par son père… Un bon à rien qui s'est très vite retrouvé dans la rue avec un bébé sur les bras et qui est mort très vite, un couteau entre les omoplates. Un règlement de compte, probablement. J'étais dans le même squat… Le mec qui avait pris la petite en charge me la confiait pendant qu'il zonait… Nina, c'est un peu comme ma petite sœur…
— Et toi, t'as jamais eu affaire à ses ravisseurs de gamines ?
— Une fois, mais n'ayant rien à gagner, ils n'ont eu aucune prise sur moi… Peu importe… J'ai eu d'autres précisions concernant Nina : elle aurait été vue en gare routière et aurait pris un Blablabus pour Charlieu via Lyon. Donc Sean, si vous êtes d'accord, je pars ensuite pour Charlieu…
— D'accord. Tu iras avec Glenn farfouiller là-bas.
— Et nous ? demanda Manuel, intrigué.
— Vous allez enquêter ici sur les disparitions de filles. L'équipe officielle reste sur Alban. Vous étiez trop visibles sur cette affaire. Je vous ai remis sur le terrain trop tôt… Matou… Mieux vaut que vous restiez ici jusqu'à ce que toute cette affaire se soit tassée…
— Pourquoi pas ? Gwen m'a donné une super bécane et j'ai de quoi faire ! Moi, ça me va…
— Dans ce cas… Gwen, tu as des précisions sur les filles disparues ?
— Lorsqu'on vit dans la rue, on change généralement de nom. Mais je connais quelqu'un qui pourrait regarder les photos des filles et

nous dire si elle les a croisées à Montreuil ou ailleurs… J'ai rendez-vous avec elle à la tombée de la nuit. Je pensais ensuite partir à l'aube pour Charlieu.

— Je viens avec toi, ce soir, lança Glenn en plissant le front.
— Elle ne parlera qu'à moi.
— Fais au mieux, Gwen. Vous me tenez tous au courant au mini deux fois par jour, et ce serait bien de trouver un moyen d'être en capacité de vous tracer H24, juste au cas où…
— On pourrait utiliser des pastilles sous-cutanées… proposa Orphys en se grattant le menton. Elles sont indécelables autant visiblement que technologiquement. Mais elles sont redoutablement efficaces de ce que j'en ai lu.

Le visage de Marlène se fendit d'un sourire :
— Idée géniale ! Tu peux nous en procurer, chef ?
— Il faudrait vous en occuper seuls. Je ne peux pas vous passer ce genre de matos sans laisser de traces. Mais vous pouvez utiliser le compte pro de votre agence de détectives… J'ai puisé dans les fonds secrets de la FSE pour l'ouvrir. Vous devez recevoir vos CB et toutes les infos dans une heure par porteur spécial, comme tout le reste.
— Du coup, je m'en occupe, annonça l'ancien patron du GIGN.

Sheridan passa en revue les cinq visages, acquiesça et interrompit la communication sans plus de commentaires : cette équipe était suffisamment mature pour se débrouiller seule.

TÂTONNEMENTS

— Auriez-vous vu cette jeune fille dans votre boutique ? s'enquit Gwen en posant devant la caisse une photo de Nina. C'est ma petite sœur et elle a disparu ici, à Charlieu…

La libraire observa le cliché avec attention, le glissa vers sa collègue qui miaula un « non » avant de revenir à sa pseudocliente :

— Non, désolée, vraiment… Habite-t-elle ici ou dans la région ?

— Non… Elle est venue rejoindre une amie… Elle devait me téléphoner, mais je n'ai aucune nouvelle depuis plus d'une semaine… Enfin, merci beaucoup pour votre aide…

Elle tourna les talons et quitta les lieux, découragée : arrivée à la mi-journée avec le même bus que son ancienne protégée, elle s'était mise en quête d'informations en interrogeant méticuleusement chaque commerçant, sans succès. Pourtant le chauffeur à Lyon se souvenait parfaitement de cette fille timide voyageant seule sans bagage. Elle était bien descendue à Charlieu. Il se rappelait l'avoir vue attendre, un peu désorientée, en marge de l'arrêt de bus, mais il avait dû s'occuper de ses passagers et repartir pour tenir l'horaire sans s'être plus préoccupé d'elle.

Que s'était-il donc passé à son arrivée ? Elle s'assit sur l'un des bancs installés place de l'Abbaye, leva les yeux vers les marronniers qui étiraient leur ombre jusque sur la chaussée en cette fin de journée, le front plissé de réflexion. Elle avait écumé la ville sans succès : Nina semblait s'être évanouie à partir de la place de la Bouverie. Les libraires de l'esplanade ne l'avaient pas vue, pas plus que l'agence bancaire, le coiffeur ou la pharmacie. Elle avait arrêté les passants, surpris voire méfiants, sans plus de succès… Volatilisée…

Elle hésitait à aller voir la gendarmerie : ils seraient probablement tentés de creuser son identité et elle sentait que c'était probablement trop tôt. Une idée à garder sous le coude néanmoins.

Elle laissa vagabonder son esprit un long moment, soupira puis se remit sur les pieds et se dirigea sans se presser vers le boulevard de contournement tout proche pour gagner la chambre d'hôte réservée le matin même. Elle s'arrêta enfin devant le long bâtiment peint en rose du Lion d'Or aux abords agrémentés de bacs fleuris, consulta son portable et décida d'entrer. Elle poussa la porte en bois et pénétra dans un hall d'accueil chaleureux. Une femme brune, cheveux courts, leva les yeux de son registre, la détailla et sourit avant de lui souhaiter la bienvenue.

— Alexandra Gaillard, lança Gwen en utilisant pour la première fois sa nouvelle identité. J'ai réservé ce matin une chambre pour quatre jours.

Courte recherche et son hôtesse hocha la tête.

— En effet. Soyez la bienvenue... Alors... avec petit-déjeuner... Réservé et payé en ligne... Chambre 17. Si vous avez besoin de quoi que ce soit, n'hésitez pas...
— Merci...
— En vacances dans notre belle région ? s'enquit la dame l'air de rien en enregistrant sa cliente.
— Plus ou moins. Je devais retrouver une amie ici, à Charlieu, mais elle semble n'être nulle part... Son portable est éteint et son copain n'a plus de nouvelles. Inquiétant...

Et en effet, elle semblait perturbée.

— Comment est-elle ? Physiquement, je veux dire...
— Plus grande que moi... 1m75 environ... cheveux châtains aux épaules, yeux gris, mince... très jeune, 17 ans.
— Ça ne me dit rien... Vous avez demandé aux magasins du centre ? Ils l'auront peut-être vue ?
— C'est ce que j'ai fait, mais personne ne l'a aperçue. Mais bon, peut-être a-t-elle choisi un hôtel dans un village alentour ?
— Peut-être, en effet : les gîtes, chambres d'hôte et hôtels ne manquent pas dans la région...
— Je m'en doute...
— Vous dînerez ici ce soir ? demanda l'hôtesse en changeant ostensiblement de sujet.
— Pourquoi pas...
— Dans une demi-heure ?

Un regard à sa montre : déjà 19h30…
— Pas de problème.

La dame lui tendait sa clé lorsqu'une longue silhouette se profila dans l'entrée. Gwen tourna la tête pour découvrir son binôme qui, après une seconde d'hésitation, s'avança. Aucun signe de reconnaissance : ils avaient convenu de s'ignorer, au moins au début, pour plus d'efficacité. Elle récupéra sa clé et s'apprêtait à regagner son logement lorsqu'elle se ravisa :
— Au fait… On m'a parlé d'une fête de l'été… fit-elle sur un ton très intéressé, en fronçant légèrement les sourcils.
— En effet, tous les villages alentour organisent à tour de rôle leur fête, histoire d'attirer du monde, vous voyez ? Ce soir, si je me souviens bien, c'est à Saint-Denis… À cinq kilomètres d'ici…
— Ah, murmura Gwen, déçue. Ce soir… 5 kilomètres, ça fait un peu loin sans moyen de locomotion… Dommage…

Un regard de remerciement et elle tournait les talons lorsque Glenn décida de jouer les bons samaritains pour établir « officiellement » le contact, certes un peu plus tôt que prévu, mais comme il avait l'habitude de dire, « l'occasion fait le larron ».
— Je ne voudrais pas m'imposer, mais j'avais l'intention d'y aller faire un tour. Si vous voulez, je vous amène ?

Deux secondes pour y réfléchir et dévisager avec étonnement et méfiance l'homme avant d'accepter avec un sourire vague.
— Pourquoi pas ? Merci…
— Oh, pas de quoi. On dit à 8h à l'entrée ?
— D'accord. Du coup, je ne mangerai pas ce soir ici… annonça Gwen à la dame de l'accueil.
— Bien sûr, pas de problème.

Elle sourit et s'éloigna vers l'escalier menant au premier étage. Sa chambre… Elle pénétra dans une pièce joliment décorée. Elle déposa son sac sur le lit, alla jusqu'à la fenêtre qui donnait sur le jardin bien entretenu et resta là quelques minutes, préoccupée par la situation et surtout la suite. Mieux valait se secouer. Elle se déshabilla sur place et passa dans la salle d'eau. Cinq minutes plus tard, elle se changeait en se disant que les ravisseurs de sa protégée, s'ils entraient dans le camp des prédateurs, pouvaient tenter d'écumer les fêtes de village : les repérer, dans ce cas et qui sait, servir de chèvre (même si elle n'avait plus 20 ans) pouvait être une stratégie intéressante. Elle s'observa dans le miroir d'un œil critique, esquissa une grimace, soupira et vérifia sa montre. Il était temps…

Elle récupéra sa sacoche, son portable, sa clé et passa dans le couloir pour l'heure désert. Le parking et Glenn adossé à la carrosserie d'une voiture garée à côté de sa bécane. Il sortit du coffre sous la selle un casque et le lui tendit. Un geste d'hésitation à l'attention d'éventuels curieux. La grosse cylindrée démarra en trombe, style « m'as-tu vu » qui veut impressionner sa passagère.

— J'ai tes papiers d'identité, fit-il enfin dans le micro de son casque.
— Ah, merci… Quelles news sur les deux filles découvertes dans la remorque ?
— Rien de plus. Manu et Marlène s'en occupent pour vérifier d'éventuels liens avec le reste de l'affaire. Nos kidnappeurs récitent tous le même couplet… Ils ont été payés pour faire le job, pas plus. Yvon et son équipe sont sur la brèche. Alban jure ne pas les connaître, mais on sait que c'est faux. Sean le travaille pour qu'il dise enfin la vérité. Tu le connais, il ne va pas lâcher… Tu as réussi à voir ta copine pour lui montrer les photos ?
— Elle m'a confirmé les avoir aperçues de temps à autre… Des junkies.
— Ça confirme ce qu'on savait… Tu as appris quelque chose concernant ta protégée ?
— Elle est bien descendue à Charlieu, mais personne ne semble l'avoir vue en ville. Quelqu'un devait l'attendre, mais selon le chauffeur de bus, elle était encore seule et un peu paumée lorsqu'il est reparti ; il lui aurait demandé si elle avait besoin d'aide, mais bon… Un horaire à respecter, la gamine qui refuse son aide…
— Pourquoi tu veux aller à cette fête de village ? Une piste ?
— Non, mais qui sait ce qu'on pourrait apprendre en laissant traîner les oreilles ?
— T'as raison. J'espère que tu n'as pas dans l'idée de jouer à la chèvre ?
— Tu crois franchement que j'ai encore l'âge ? Tu me flattes !

Elle l'entendit rire et sourit à son tour. Elle avait quand même presque quarante ans même si elle entretenait un look décalé et un physique d'adolescente.

— Quoi qu'il en soit, je garde un œil sur toi, hein… J'ai déjà perdu une équipière, pas question d'en perdre une seconde…

— Un bodyguard perso ? Cool !

— N'est-ce pas ? plaisanta-t-il en virant à gauche. Et pour ton « autre » job ? Tu poursuis ou bien…

— Je ne peux pas démissionner de ma charge, Glenn. Impossible de passer pour morte avec leur réseau : ils savent tout, ce qui me permet un accès également à un réseau d'information très étendu…

— Évidemment… Ah… nous y voilà… Y a déjà du monde, dis donc !

Et en effet, la musique battait déjà son plein avec une bonne cinquantaine de jeunes (et de moins jeunes) qui se trémoussaient sur cette place de village sur des airs de variété des années 80 chantés par un petit orchestre installé sur une estrade avec tout leur matos.

Il arrêta sa bécane et contempla le spectacle avec curiosité. Quelques minutes d'observation pour tous les deux avant de s'éclipser pour se garer entre deux voitures. Il retira son casque, prit celui de Gwen, les enferma dans le coffre prévu à cet effet, vérifia l'antivol et l'alarme du bolide avant de se diriger aux côtés de sa passagère vers le flux des fêtards et, plus précisément, une sorte de bar installé sur le flanc gauche, avec un comptoir de fortune constitué d'une planche tendue entre deux tréteaux, les bouteilles rangées dans des cageots et une baignoire remplie de glace. Ambiance à la bonne franquette pour un début de nuit presque frais. La chasse était ouverte…

CHASSEURS

Accoudé au comptoir de fortune, une bière à la main, Glenn promenait son regard sur les visages souriants, hébétés ou déjà dans un état second, fatigués de se déhancher sous les réverbères déjà allumés et quelques spots d'appoint. À quelques pas, Gwen dansait face à un gros lard tatoué qui tentait de caser ses salades. Drôle de couple… L'une totalement neutre et l'autre très pressant.

Le grand blond de la FSE grimaça pour revenir à un autre couple bien plus intéressant à première vue : une adolescente dans les 17 ans, entourée de deux gars plus âgés, chahuteurs et un peu trop collants. L'adolescente semblait euphorique, peut-être un peu ivre : très mignonne, genre déluré qui n'a pas froid aux yeux, elle accueillait néanmoins la situation avec un naturel un peu trop appuyé.

Plus à gauche, un autre couple, des adultes cette fois, semblait à l'affût, s'agitant sans conviction dans la foule. La femme, rousse, sportive, en T-shirt/jeans/baskets tournait de temps à autre sur elle-même au rythme musical comme si elle cherchait à repérer quelqu'un ou à prendre la mesure de son entourage. L'autre, un filiforme à moustache fine un peu désuète, cheveux tirés en arrière, blouson noir clouté et grosse ceinture type cow-boy, cherchait à maîtriser ses pieds engoncés dans des Santiags sans doute trop rigides ou trop neuves.

Si le reste des visages et des attitudes n'avait pas de quoi l'interpeller, un autre bonhomme accrocha son attention : à l'écart, en chemise, pantalon de lin et chaussures parfaitement cirées, barbe et moustache bien taillées, traits fins presque féminins, un quadragénaire buvait lentement ce qui pouvait être un café. Lui aussi était très attentif, concentré sur les fêtards. Une légère remontée du pantalon sur l'arrière trahissait une arme. Un policier ?

Le regard de Glenn croisa celui de son équipière et lui désigna subrepticement les protagonistes repérés. Un sourire en coin : elle aussi les avait dans le collimateur. Ils étaient sur la même longueur d'onde une fois de plus. Rassurant… Un autre signe imperceptible attira son attention sur l'un des serveurs derrière lui. Du coup, sans en avoir l'air, il se retourna comme s'il avait l'intention de reposer sa bouteille et d'en commander une autre, et tomba sur l'un des gus versant en catimini, derrière le comptoir, deux gouttes d'un liquide transparent dans un verre de coca. Pourtant il fit mine de n'avoir rien remarqué en détournant les yeux au passage d'une jolie petite minette, comme l'aurait appelée Manuel, tout en demandant pensivement une autre bouteille de bière, mais refit face au loufiat pour vérifier qu'il ne soit pas tenté d'utiliser à nouveau sa mixture translucide sur lui. Il dégaina un billet de 10 euros qu'il posa sur la planche déjà collante et chercha du coin de l'œil la « propriétaire » du verre frelaté… l'adolescente plus vacillante que jamais, encadrée par ses deux chevaliers servants aux mains désormais baladeuses qui l'avaient entraînée en marge de la fête.

Plus question de rester spectateur. La rouquine et le spaghetti moustachu s'étaient rapprochés d'une camionnette blanche en discutant comme si de rien n'était. Pour quelle raison ? Le « pantalon de lin » restait à l'écart, les yeux rivés sur son portable.
Nouvel échange muet avec une Gwen déjà prête à intervenir qui lâcha avec un vrai plaisir son « partenaire-alibi » décidément trop collant pour se diriger, dans un mouvement simultané, vers l'étrange trio qui disparaissait déjà derrière le premier rang de véhicules. Ils se mirent à courir et, sur un geste, ils se séparèrent pour les prendre en tenaille. Mortimer allait au plus direct pour assumer la confrontation tandis que Saint-Cyrq les prenait à revers en contournant orchestre et fourgonnettes de l'organisation.
Lorsqu'elle referma la boucle, elle tomba nez à nez avec son équipier aux prises avec l'un des deux hommes, l'autre déjà à terre et la fille avachie contre la carrosserie d'une Mercedes noire aux vitres teintées. Elle ne l'avait jamais vu combattre et eut un temps d'arrêt en découvrant sa dextérité définitive. Le second chancela, se raccrocha à un réverbère, lèvre supérieure ouverte et nez cassé, ensanglanté, pour se débiner en titubant vers son copain qui se relevait avec difficulté, sonné. Se soutenant l'un l'autre, d'un pas aussi rapide que possible, ils se faufilèrent entre les véhicules, montèrent dans une BM bleue qui démarra sur les chapeaux de roue. Un corps tout près de Mortimer attira son regard : la fille…
Gwen se précipita à son aide, jeta un œil rapide au sourcil fissuré de son ami pour un diagnostic muet avant de reporter toute son attention sur la victime. Respiration difficile, rythme cardiaque ralenti, petits gestes erratiques des doigts…

— Droguée au GHB, lâcha-t-elle en relevant la tête. Appelle vite le SAMU ou les pompiers... Elle est en légère détresse respiratoire...

Il obéit immédiatement tout en cherchant du regard le couple repéré. À cet instant, la fille ouvrit les yeux, contempla le visage féminin penché sur elle, parut faire un effort puis ouvrit sa main droite, dévoilant un petit morceau de papier froissé qu'elle protégeait jusqu'à présent. Gwen le saisit très vite après un regard furtif alentour et le glissa dans sa poche avant de lui prendre la main pour la rassurer.

— C'est bon, ils arrivent ! lâcha son partenaire. Comment elle va ?
— Elle s'en sortira.
— Cool... Tu as vu un sac ou un portefeuille ?
— Rien, non... murmura-t-elle en vérifiant le pouls. Le couple ?
— Je les vois nulle part. Bizarre... J'aurais parié sur des flics...
— Hum...

Un attroupement s'était formé autour d'eux, des curieux gesticulants, hurlants, adeptes du conseil inutile, de la moquerie méchante ou de la remarque idiote.

La sirène des pompiers : ils avaient fait vite, sans doute tout près du village. Le véhicule s'arrêta à une cinquantaine de mètres. Les portières claquèrent quelques secondes avant que deux gaillards en uniforme noir et rouge fendent la foule avec trousse médicale et civière et s'occupent activement de la femme au sol. Du coup, sans même leur donner son diagnostic, elle se releva et entraîna son compagnon vers le parking :

— Je crois qu'on a tout intérêt à s'éclipser en douce avant d'avoir des explications à donner...
— Ouais... murmura-t-il, l'œil aux aguets, en sortant ses clés, d'autant qu'on a du pain sur la planche. Dis, t'as vu le couple bizarre un peu à l'écart ?
— Yep, répliqua Gwen en enfilant son casque. Comme l'espèce de dandy au portable... Des flics, à mon avis...
— Je crois aussi, mais comme ils se sont barrés...
— À moins qu'ils aient pris nos gus en chasse.
— ...

Elle monta en selle ; le moteur vrombit et ils démarrèrent en douceur, pour ne pas attirer l'attention.

… CHASSÉS

Le Lion d'Or… Ils avaient opté pour la chambre de Gwen, un peu plus vaste et surtout ouverte sur le jardin. Plus tranquille.
Elle saisit son ordinateur portable et s'assit sur le lit tandis que son équipier choisit le fauteuil, son Mac sur les genoux.
— Je m'occupe du gus et du couple et toi de la fille ?

Pour toute réponse elle acquiesça, se connecta sur un logiciel capable d'établir un portrait-robot et se mit en devoir de recréer le visage de la fille alors que son compagnon effectuait la même manip pour le premier des deux affreux. Un silence studieux, visages rétro éclairés par les écrans, doigts très actifs sur le clavier.

Le temps s'écoula sans un échange : ils souhaitaient avancer vite et trouver, enfin, des réponses.
— C'est bon, j'ai les trois identités, s'exclama triomphalement Mortimer en étendant avec délectation ses jambes jusqu'au bout du lit très proche. La femme est la brigadier-chef Laurence Soler et l'homme, le capitaine Johan Belcham ; ils font partie de la PJ de Lyon. L'autre s'appelle Ivan Cavaignac, capitaine de gendarmerie à Charlieu.
— Et pour les deux pourris ? murmura-t-elle en lisant un texte sur son écran.
— J'suis pas un poulpe, hein… ironisa-t-il en se levant, les yeux rivés sur la cafetière et les doses de café offertes par la maison. Tu veux un kawa ?
— Je veux bien, merci… poursuivit-elle en plissant franchement les sourcils.
— Quoi ?

De temps à autre, il l'observait à la dérobée, à l'évidence gêné par la promiscuité, faussement concentré sur la confection de la boisson promise.

— La fille n'est jamais arrivée à l'hosto, lui expliqua-t-elle sans lever les yeux de son écran. Aucune trace d'elle aux urgences des centres hospitaliers alentour. En revanche, deux pompiers bénévoles ont été admis une demi-heure après l'agression à la fête pour blessures par balles. Pronostic vital engagé...
— Merde ! Donc la fille était ciblée dès le départ... Tu as un nom ?
— Pas encore et c'est curieux...
— Tu penses à quoi ? Une fille de l'est ? Une clandé ?
— Possible...

Elle prit la tasse de café qu'il lui tendait, la posa sur la table de chevet et décida de sortir le petit bout de papier qu'elle lui avait donné. Le geste puis l'objet tirèrent un froncement de surprise à son équipier qui soufflait pensivement sur le liquide brûlant.
— C'est quoi ?
— Un truc qu'elle m'a donné avant de perdre définitivement conscience.

Il s'avança encore, franchement intrigué.

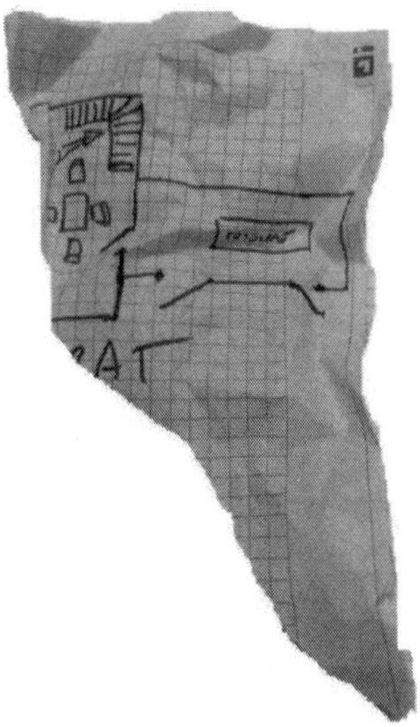

— C'est bizarre qu'elle t'ait donné ce truc, non ? T'es sûre que tu la connais pas ?
— Plutôt, oui...

Elle le déplia délicatement et découvrit un morceau de plan imprimé sur du papier de cahier... tracé puis déchiré à la va-vite...

— Ah ben avec ça... Tu crois que c'est quoi ? Un morceau de plan, on dirait, non ?
— Hum. Celui d'une maison de maître peut-être... ou une grande villa...
— Et ces traits ? fit-il en désignant du doigt les deux lettres, A et T.
— Difficile à dire... Peut-être le nom de l'endroit... J'en sais rien. Je vais creuser...
— Tu crois à un truc dans le coin ?

— Si c'est une locale, elle est censée connaître la région comme sa poche… Pourquoi avoir fait un plan et ne pas, tout simplement, avoir inscrit une adresse ? C'est curieux, tout de même…

Elle retourna le papier : vierge de toute écriture…

— Bon… Il se fait tard. Je te laisse faire, je retourne dans ma chambre. Je vais tenter de retrouver le véhicule des deux gugus… et leur identité par la même occase… Bonne nuit ?

Elle leva les yeux, acquiesça avant de se plonger dans le Net pour trouver les réponses que sa curiosité exigeait.

Le claquement de la porte. Elle quitta l'écran et fixa le battant de bois peint en blanc en soupirant : cette promiscuité commençait à la mettre mal à l'aise. Elle soupira, posa son ordinateur sur le lit et murmura un « eh merde ! » agacé.

— Manquait plus que ça ! grogna-t-elle, énervée contre elle-même. Après tes fantasmes destructeurs pour Yvon[22], voilà que tu flashes sur ton nouvel équipier malgré tout ce que tu sais ! T'es vraiment pas bien !

Sa grimace se transforma lentement en un sourire tandis que le visage masculin s'imposait sur le fond blanc puis toute la silhouette sportive, élancée. Et ce passé glauque, violent et sa recherche de rédemption… Un cocktail détonant qui le rendait tellement désirable… et qui lui rappelait combien elle était seule.

— Après, difficile de croire que tu sois son type, ma vieille… Tu t'es regardée dernièrement dans une glace ?

Étrange monologue qui lui remit les idées en place : d'abord la fille et le morceau de papier…

---

[22] Yvon Signac, équipier puis patron de Gwen au SIRC (Cf. Convergences Ed. Gascogne)

CHAMAILLERIES
I

Il quitta la chambre, referma le battant pensivement puis s'adossa à la cloison, franchement déstabilisé : il ne s'était jamais autorisé à penser à ses équipières autrement que comme des collègues, mais cette fille le perturbait sérieusement, suscitant en permanence un mélange d'agacement et de très forte attirance. Il avait été terrifié dans le hangar alors qu'il l'avait découverte en équilibre sur la poutre puis lorsqu'elle était passée par la lucarne en brisant la vitre. Cette façon d'évoluer constamment sur le fil du rasoir, de considérer la mort comme partie intégrante de la vie, d'assumer son passé et ses actes alors que lui n'y parvenait toujours pas... de quoi le rendre fou... un peu comme ce parfum de lavande qui flottait perpétuellement autour d'elle et cette façon qu'elle avait de le rendre transparent.
Il souffla lentement en fermant les paupières pour retrouver un semblant de calme et le contrôle de ses émotions. Curieux de se sentir aussi démuni pour un être aussi froid élevé dans la maîtrise totale de chaque once de son cerveau. Une ultime hésitation... Accepter de se livrer ainsi représentait un énorme effort : à savoir s'il saurait gérer un refus net.
Nouvelle inspiration alors qu'il essuyait la paume de ses mains sur ses jeans et il frappa le battant à deux reprises en croisant les doigts pour qu'elle n'entende pas ou ne lui réponde pas. Puéril...

La porte s'entrebâilla pour laisser apparaître le visage de Gwen, surpris. Elle le dévisagea, fronça légèrement les sourcils à la recherche d'une réponse, sourit en lui prenant le bras, l'attira à elle, se hissa sur la pointe des pieds et l'embrassa sur les lèvres. Rassuré, il la prit en poids, referma derrière lui avec le pied et l'amena jusqu'au lit où il l'allongea avec douceur. Il plongea son regard dans celui de sa compagne tandis qu'il commençait à la découvrir avec précaution, du bout des doigts. Très vite, ils se retrouvèrent chair contre chair, éprouvant leur chaleur, l'embrasement de leurs sens...

Le soleil déjà haut filtrait du rideau tiré lorsqu'ils ouvrirent les paupières à l'unisson, rassasiés, épuisés, mais heureux. Ils se contemplèrent, à la recherche d'un doute chez l'autre, d'un regret, mais n'en décelant aucun, se sourirent en resserrant leur étreinte. Inutile de parler… Finalement, d'un commun accord, ils se séparèrent et elle se leva pour passer sous la douche, dévoilant son corps totalement tatoué et parfaitement sculpté à son amant éberlué. Une demi-heure plus tard, ils descendaient prendre leur petit-déjeuner in extremis au vu de l'heure : presque 10h00. Sur le rebord de la fenêtre, les journaux. Gwen en prit un, le déplia, une tasse de café en main et tomba sur l'article à la Une : « *Découverte macabre au lieu-dit « Les Brures » près de Charlieu* ». Une photo des lieux puis le portrait d'une jeune fille avec comme légende « *Qui est-elle ?* ». Impossible de quitter le dessin des yeux. Mortimer remarqua immédiatement le changement, fit le tour de la table et lut l'article par-dessus son épaule :

— C'est pas la fille d'hier soir ! remarqua-t-il, sourcils froncés. Tu la connais ?
— C'est Nina… murmura-t-elle d'une voix un peu trop froide.
— Merde… Je suis désolé… Qu'est-ce que tu vas faire ? poursuivit-il en reprenant sa place en face d'elle.

Elle reposa le quotidien : son visage s'était durci, dévoilant ainsi un côté obscur qu'il soupçonnait sans y avoir encore été confronté. Il frissonna, mais ne la poussa pas dans ses retranchements : il savait qu'elle ne l'accepterait pas parce que lui ne l'aurait pas accepté.
Elle sortit son portable, écrivit un SMS, puis reposa l'appareil et reprit sa tasse.

— Tu vas prendre le risque d'aller donner l'identité de ton amie aux flics ?
— De toute façon, à mon avis, ils doivent déjà être à notre recherche pour savoir ce que nous avons vu. Est-ce que je leur dirai ce que je sais ? Aucune idée… Tu en dis quoi, toi ?
— Je crois comme toi que c'est à gérer au feeling. Est-ce que Nina faisait partie de la Confrérie ? Enfin, si tu veux pas me répondre…
— C'est moi qui l'ai parrainée… murmura-t-elle en décidant de se confectionner une tartine plus pour se donner une contenance que par envie.
— Et, dans ce cas, comment ça se passe ? Ils font une enquête ou ils laissent courir ?
— Je viens de demander l'aval du Conseil pour traquer les tueurs, répliqua-t-elle, un vague sourire aux coins des lèvres.

— Le SMS, hein… Je m'en doutais ! Et ?
— Hum ?
— Enfin, ils sont d'accord ?
— J'attends leur verdict. Ce qui serait cool, c'est de trouver un moyen d'avoir accès au corps avant son départ pour l'IML, [23]mais je crains qu'il ne soit trop tard… On y fera un tour cette nuit, si tu es partant…
— Je suis ton homme, plaisanta-t-il pour tenter de détendre l'atmosphère. En attendant, je vais m'occuper très sérieusement des deux gus et de leur bagnole…
— Et moi, du morceau de papier… Je vais passer à la bibliothèque et à l'office du tourisme.

Il acquiesça en enfournant un énorme morceau de crêpe au sucre.
— On se retrouve sur la place de l'église pour boire un verre ?
— Si tu veux… Je regarde juste quand ça ouvre… Quoique… Euh… On est dimanche, non ? Tout est fermé !
— Ah merde ! Je vis en décalé depuis notre « mort » … Bon, c'est foutu… Vive le net, du coup… On va s'installer dans le jardin ?
— Après un autre café…
— Donne ta tasse, je t'en fais un autre, proposa gentiment Mortimer en tendant la main.

Elle s'exécuta, à nouveau pensive.
— Ça va aller ? La mort de ton amie a dû te chambouler et…
— Laisse tomber… murmura-t-elle, la tête de ses mauvais jours.
— Tes intentions ?
— D'après toi ?

Elle secoua la tête et la tourna tandis que leur hôtesse approchait, un petit carton en main.
— Madame Gaillard ? On vient de me remettre ce paquet pour vous…

Un remerciement en prenant le petit colis et en le posant à côté de sa tasse et de son assiette vide. La femme se retira, les laissant seuls.
Une minute sans y toucher alors que Mortimer restait coi, dévoré d'une curiosité silencieuse. Puis, en soupirant, elle décida d'ouvrir la boîte : un coup de couteau pour dégager un petit sac de velours noir

[23] IML : Institut Médico-Légal

bien rebondi et lourd, et un petit écrin de la même matière. Elle renversa la bourse en tissu pour récolter dans la paume de la main une boule de quartz fantôme de trois centimètres de diamètre qu'elle fit rouler quelques secondes avant de la faire disparaître dans sa poche. Puis elle ouvrit le coffret et contempla, soudain très pâle, l'anneau qu'il présentait. Il était magnifique, constitué de six pierres d'un rouge époustouflant enchâssées dans des carrés d'or blanc encadrés de deux tresses d'or jaune entremêlées de pierres noires. Il était large, de la hauteur d'une phalange, d'une beauté fascinante. Il n'avait jamais rien vu de pareil.

— Ouah ! Quelle merveille ! Ton chéri s'est pas foutu de toi, dis donc ! grinça-t-il, soudain saisi d'une jalousie mauvaise. C'est qui ? Je le connais ?

Pour toute réponse, elle se leva en remettant tout dans le carton blanc vierge de toute écriture.

... Tu vas où ? s'inquiéta Mortimer en se dressant à son tour, prêt à tout.

— On se retrouve dans une demi-heure dans le jardin...

Sa voix était troublée, un peu trop froide, d'un débit un peu trop rapide peut-être. Sans attendre la réponse ou une quelconque réaction, elle tourna les talons et quitta la salle sans se retourner, sous un regard scrutateur soucieux. D'accord, il avait eu la mauvaise réaction, mais il n'était pas parvenu à se retenir.

Sa chambre. Elle referma derrière elle en imprimant un tour de clé à la serrure puis s'assit sur le lit, rouvrit le carton, en retira les deux éléments puis démonta la boîte pour la mettre à plat, la dédoubla dans son épaisseur, faisant ainsi apparaître un message court : « 11h00 devant l'hôtel/YM302JJ ». Elle consulta sa montre : le rendez-vous était dans un quart d'heure, à peine. Elle hésita, retira l'anneau de son écrin, l'observa puis l'enfila au majeur droit à côté de l'autre anneau d'or qu'elle portait depuis la première heure de son adhésion forcée à la Confrérie, l'observa gorge serrée puis enfila son blouson, y glissa le sac en velours et quitta rapidement la pièce, préoccupée par la suite. Elle s'arrêta devant la chambre de son binôme et frappa le battant. Pas de réponse. Après un nouvel essai infructueux, elle décida de passer au jardin, au cas où il y serait déjà. Personne.
Plus le temps de tergiverser : elle sortit sur le perron, observa la rue de chaque côté et s'avança lorsqu'un véhicule gris immatriculé YM-302-

JJ comme annoncé s'arrêta devant elle. Le chauffeur sortit et lui ouvrit la portière en se penchant légèrement avec déférence. Elle monta à l'arrière avec un remerciement et sortit son portable pour envoyer un SMS à Mortimer. Pas le choix : il devait poursuivre seul quelques heures.

Réponse instantanée : « Mais qu'est-ce que tu me fais ? C'est quoi, ces cachoteries ? Fais chier ! »

Furieux, à l'évidence, d'être tenu à l'écart. Mais comment lui expliquer ce qu'elle allait vivre sans vraiment le savoir elle-même ? Il y avait les rumeurs entendues au fil de conversations murmurées et la réalité… qu'elle espérait moins destructrice.

II

— Monsieur Mattei ?

Il leva les yeux de son iPhone à la recherche de la voix féminine et tomba sur le couple de flics repéré à la fête. Il reposa sa tasse en plissant le front même s'il s'attendait à cette rencontre.

— Oui ? lâcha-t-il faussement étonné en passant de la rouquine au dandy à fines moustaches, en s'appropriant sa nouvelle identité avec naturel.

— Capitaine Belcham et brigadier-chef Soler, police judiciaire de Lyon, répliqua l'homme en montrant sa carte.

L'interpellé leva un sourcil en acquiesçant.

— Vous voulez un café ?

— Non, merci, poursuivit la fille. Vous étiez hier soir à la fête et vous avez porté secours à une jeune fille…

— En effet… Comment va-t-elle ?

— Elle a disparu, fit la rouquine après un échange furtif avec son équipier. D'ailleurs, vous ne sauriez pas où elle est, par hasard ?

— Moi ? s'exclama Mortimer pour le coup franchement pris de court. Comment et pourquoi est-ce que je le saurais ? Je l'ai laissée avec les pompiers…

— Qu'avez-vous fait après le départ des secours ? fit le filiforme en se peignant du doigt sa belle moustache.

— Je suis rentré avec mon amie et nous avons passé la nuit ensemble…

Inutile de leur mentir, ils devaient s'être renseignés sur eux, leur job (enfin celui de leur couverture) et leurs antécédents.

— Et elle est où, votre copine ?

— Un problème familial… Elle vient de partir. Mais je peux vous donner son numéro si vous voulez une confirmation…

— Vous savez quand elle doit revenir ?

— Dans la soirée ou demain matin de ce qu'elle m'en a dit.

— Un problème familial, hein ? Rien à voir avec l'affaire qui vous a conduits dans la région ?

Comme il s'apprêtait à nier, Belcham poursuivit illico :

… Nous savons que vous bossez pour une boîte de détectives privés, inutile de nier, hein !

— Mais je ne nie pas. Pourtant je persiste : Alexandra est partie pour des raisons familiales.

— Et on peut savoir sur quoi vous travaillez, tous les deux ?

— Qui vous dit que nous sommes en ce moment sur une affaire ? Je suis ici en vacances bien méritées, voilà tout ! Maintenant, dans l'hypothèse où nous serions sur une autre enquête, ma réponse serait négative… Nous sommes tenus à la confidentialité… continua-t-il, un sourire ironique aux lèvres tandis qu'il terminait sa tasse de café un peu froid.

— Et ça se dit flics privés ! grinça Belcham d'une voix froide.

— *Détectives* privés… On ne mélange pas les torchons et les serviettes, vous le savez bien, se gaussa-t-il encore en accentuant ce jeu étrange du chat et de la souris qui se jouait depuis quelques minutes.

Avisant le journal déplié à la page du visage de la victime inconnue, Soler posa son index sur le portrait après un rictus qui l'enlaidit un bref instant :

— Cette fille, vous la connaissez ?

Il jeta un œil rapide à l'article sans montrer la moindre émotion.

— Pourquoi, je devrais ?
— C'était une simple question, Monsieur Mattei…
— Non, jamais vue…
— Si vous le dites… Au fait, votre amie semblait avoir des compétences médicales, je me trompe ?
— On peut dire ça : elle avait commencé des études de médecine, mais a préféré la gym… Pourquoi ?
— Elle a fait un diagnostic, hier soir ?
— Elle pensait à une prise de GHB. D'ailleurs, il me semble avoir aperçu le barman en train de verser quelque chose dans son verre.
— Pas ce qu'il affirme, susurra la rousse en le scrutant avec une attention dérangeante.
— S'il l'affirme, alors… Moi ce que j'en dis… Autre chose ?

Les deux policiers échangèrent un regard et c'est le capitaine qui posa l'ultimatum :

— Vous restez dans la région, à notre disposition, n'est-ce pas ?
— Vous avez mon numéro… Je peux y aller ?

Il se leva, mais ne quitta pas la table : le troisième protagoniste de la fête, le quadragénaire tiré à quatre épingles faisait son entrée et s'avançait lentement en les dévisageant à tour de rôle, sourire aux coins des lèvres.

— Vous n'irez nulle part, monsieur Mattei, tant que vous ne m'aurez pas dit ce que vous faisiez exactement à la fête hier soir ! Capitaine Cavaignac, gendarmerie de Charlieu, annonça-t-il en montrant sa carte.
— Je vois que je suis très convoité, se moqua Mortimer en glissant ses mains dans les poches. Et si vous synchronisiez vos montres ? Gendarmerie, PJ de Lyon… Tout ça pour une fille que j'ai tirée des griffes de deux connards que vous avez laissé filer ! C'était qui, cette nana, pour que vous soyez sur les dents ?
— Vous avez vu le visage des deux ravisseurs ? siffla le gendarme, soudain peu commode.
— Vous y étiez comme moi, non ? Alors ? C'est quoi le blème ? Je ne devais pas les voir ni les arrêter ou quoi ?

Il passait d'un visage à l'autre, sarcastique.

… Et depuis quand un simple citoyen en vacances qui aide une jeune fille en détresse se retrouve sur la sellette ?

— Je pense vous avoir posé une question, monsieur Mattei ! répliqua Cavaignac, sourcils froncés, peu amène.

— Ben oui, je les ai vus ; je peux même vous en faire un portrait-robot, si vous voulez ! Pas de souci…

— Ne nous dites pas que vous ne l'avez pas déjà fait ! grinça Belcham, soudain énervé, probablement par la présence du gendarme.

— Pas eu le temps, sorry ! Je comptais m'y mettre après le petit-déj et aller à la gendarmerie pour vous donner l'info. Mais puisque vous êtes là… Je vous suis ?

Il ne se départissait pas de son ironie, un ton narquois qui agaçait les forces de l'ordre.

— Nous vous accompagnons ! surenchérirent immédiatement les deux flics lyonnais en avançant d'un pas. Vous avez dû recevoir la cosaisine[24] à l'heure qu'il est, Capitaine…

Un grognement de mécontentement, et le gendarme montra la sortie à un Mortimer très détendu, plus préoccupé par la défection de son équipière que par ces chamailleries de corps judiciaires.

III

— Autre chose ? s'enquit Glenn en bâillant alors qu'il venait de mettre la dernière touche au portrait-robot des deux gus de la fête.

Il était dans les locaux de la gendarmerie depuis la veille : interrogatoire d'usage, questions personnelles, vérifications, recoupements puis établissement des portraits… Le trio semblait tout faire pour le retenir entre ces quatre murs officiels : une garde à vue déguisée, sans doute le temps de creuser un passé qu'ils trouvaient un peu trop « net », trop « policé ».

[24] Saisine (prérogative de saisir un organe juridique, une personne pour faire exercer un droit) faite par plusieurs autorités judiciaires.

— Monsieur Mattei… Vous travaillez pour une boîte de détectives privés, mais impossible de trouver une trace d'affaires suivies même si M.O.R.S. a un compte en banque en excédent.

— Qu'est-ce que vous voulez que je vous dise ? répliqua-t-il en s'étirant avec délectation. On bosse bien, on est rémunérés à hauteur… On roule pas sur l'or, mais ça va… On se plaint pas…

Il se leva.

— Je peux y aller ou vous me foutez en tôle pour je ne sais quel chef d'accusation ? Dans ce cas, j'appelle mon avocat…

Les deux flics échangèrent un regard énervé : le personnage leur portait sur les nerfs.

… Mais au lieu de vous acharner sur moi, vous devriez pas plutôt chercher la fille ? Enfin si elle est encore en vie…Vous savez quoi ? Je crois que vous avez merdé, que vous deviez garder un œil sur cette nana et que vous avez échoué… Pfff ! Allez, à la revoyure : vous savez où je crèche, pas vrai ?

Un signe de la main en leur tournant le dos, et il quitta nonchalamment la pièce sans se retourner : il était franchement préoccupé par la disparition de sa compagne. Et puis, il avait faim… une faim de loup : ces radins ne lui avaient même pas proposé un sandwich ou un biscuit. Une boulangerie… Il dévalisa les rayons, s'assit sur un banc à proximité et se mit en devoir de combler le gouffre abyssal de son estomac, ses pensées tournées vers les dernières heures.

Rassasié, il se remit en marche, lentement, la tête ailleurs. Une demi-heure plus tard, ses pas l'avaient conduit devant « Le Lion d'or » : il était fatigué, vidé, et en colère contre son binôme. Il soupira et s'apprêtait à regagner sa chambre pour prendre une douche bien méritée lorsqu'une magnifique Alpine A 110 GT gris métallisé se gara juste devant, sur une place libre. La portière s'ouvrit sur une superbe créature qui lui fit tourner les sangs jusqu'à ce qu'il reconnaisse une Gwen comme il ne l'avait jamais vue.

Pantois, bouche grande ouverte, il ne parvenait pas à détacher son regard de la nouvelle Saint-Cyrq : exit la gothique aux piercings innombrables, au maquillage ultra marqué noir corbeau, à la coiffure déstructurée disgracieuse, mal fagotée. Il avait devant lui une jeune femme très distinguée en costume gris perle sûrement de grand

couturier, talons aiguilles, maquillage sophistiqué mettant merveilleusement en valeur ses yeux bleu glacier, cheveux noirs très courts plaqués, ongles longs manucurés... À la main droite, une pochette et sous le bras, une serviette en cuir noir.
Il s'avança, encore sous le choc, alors qu'elle tournait la tête vers lui :
— Je constate que tu en prends à ton aise, hein ! Pendant que les flics s'excitent et me mettent en garde à vue, toi, tu te barres pour un relooking... J'apprécie !

Elle haussa les épaules, balayant de ce simple geste toutes les remontrances :
— J'ai des infos, lâcha-t-elle d'une voix abrupte, peut-être un peu énervée par les critiques.

Que savait-il des dernières heures qu'elle avait vécues ?

Elle entra dans l'auberge et grimpa l'escalier d'une démarche chaloupée qui le prit de court : jamais il ne l'avait vue de cette façon et il se sentit désarmé. La nuit qu'ils avaient passée ensemble l'avait chamboulé bien plus qu'il ne se l'était avoué. La plus petite attache le terrorisait depuis toujours : peur de la perte, peur de la trahison, peur de la douleur...
La chambre... Elle posa sa pochette et se dirigea vers la petite table posée près de la fenêtre pour se servir un verre d'eau.
— Juste comme ça... T'aurais pas pu attendre la fin de cette affaire pour retourner dans les bras de ton coq plein aux as ?
— Jaloux ? ironisa Gwen en l'observant, sourcil droit levé de surprise.
— Tu plaisantes ? Tu t'es regardée dans un miroir, sans blague ? Ce gus gomme toute ta personnalité pour te modeler à son image ! Pathétique ! Tu veux que je te dise, dans ces fringues et avec cette bagnole, t'as l'air d'une poule de luxe !

Quelque chose changea instantanément dans le regard de l'ancienne légiste, et il comprit immédiatement qu'il était dans l'erreur et, surtout, qu'il venait de faire une grosse bourde. D'ailleurs la réaction ne se fit pas attendre : elle lui montra la porte de l'index.
— Dégage ! Et inutile de rester dans le coin : tes équipiers ont besoin de toi.

Il la regarda de travers.
— Qu'est-ce que ça veut dire ?

— Ce que j'ai dit : je démissionne, tu dégages. Je me charge seule du meurtre de Nina. Toi, tu as la fille Alban. Dehors !
— Mais… enfin, t'en as parlé à Sean ?
— Tu n'as plus rien à faire ici !

Puis, sans plus se préoccuper de lui, elle se mit en devoir de rassembler ses affaires et de boucler son sac.
— Tu vas où ?

Sans même prendre la peine de lui répondre, elle passa devant lui alors qu'on frappait à la porte, ouvrit le battant pour se retrouver nez à nez avec Cavaignac et Soler, carte officielle en main.
— Madame Gaillard, vous êtes de retour, c'est parfait. Veuillez nous suivre à la gendarmerie, s'il vous plaît… Ah, poursuivit la rouquine, puisque vous êtes là, nous vous engageons à nous suivre également, monsieur Mattei : nous avons encore quelques questions à vous poser…
— Qu'est-ce que vous voulez savoir de plus ? s'enquit Mortimer, très agacé. Vous venez à peine de me lâcher ! Vous ne pensez pas que vous devriez courir après les deux connards qui s'en sont pris à la fille plutôt que de vous focaliser sur nous ?
— S'il vous plaît…

Pas le choix… Un soupir collectif des deux « futurs ex » équipiers avant de sortir de la chambre et de les suivre jusqu'au parking. Attiré comme un aimant vers l'Alpine, le gendarme s'approcha de la sportive, caressa la carrosserie du bout des doigts puis plaqua son visage contre la vitre pour regarder à l'intérieur.
— Quelle bagnole ! s'exclama-t-il, sous le charme. Quelle ligne ! Pas tous les jours qu'on voit ce genre de voiture dans le coin !
— Capitaine, peut-être pas le moment ? lui rappela la brigadier-chef, vaguement agacée par le comportement puéril de son collègue.

L'autre grogna et, sur un dernier regard de regret pour son rêve inaccessible, il les rejoignit de façon à encadrer le couple. À peine 500 mètres à parcourir à pied, du coup.

SÉPARATION OU COOPÉRATION ?
I

Une bonne demi-heure plus tard, Gwen et Glenn s'asseyaient face aux deux enquêteurs, en attente de la suite, sans dire un mot.

— Madame Gaillard… Nous avons besoin de votre emploi du temps du moment où vous êtes arrivée à la fête, grinça Cavaignac alors que Belcham entrait à son tour d'une démarche un peu déglinguée, regard encore très endormi comme s'il avait passé une nuit blanche, très arrosée et très agitée, mug de café fumant à la main.

Il se cala contre le mur un peu comme s'il s'apprêtait à s'effondrer, observa le couple sur la sellette puis ses collègues, bâilla copieusement à s'en décrocher la mâchoire et portait sa tasse bouillante aux lèvres lorsque ses yeux accrochèrent les mains de la suspecte et, à la droite, ses deux anneaux… surtout le rouge et noir… Son cœur parut se figer un instant tandis qu'il sursautait, se renversant le liquide bouillant sur la chemise immaculée.

— Putain ! grogna le capitaine ébouillanté en posant très vite sa tasse sur l'armoire en fer la plus proche.

D'autres mots grossiers en cascade et une vague excuse pour aller se changer sur un dernier regard à la fois surpris et pris de court en direction de celle qui se présentait comme détective privée. Interlude étrange qui ne parut pas perturber la légiste, lui soutirant tout au plus un vague froncement de sourcils.

— Bon… Madame Gaillard ? Revenons à nos moutons… Votre emploi du temps ? reprit Cavaignac, très moqueur face à la mésaventure de son collègue.

Silence de réflexion… Une profonde inspiration de l'interpellée avant de lâcher sa réponse laconique sans échanger le moindre regard avec son collègue :

— Après le départ des pompiers, Gabriel et moi avons décidé de rentrer. Nous avons passé la nuit ensemble. Nous nous sommes levés tard, avons déjeuné tard, parmi les derniers. Puis j'ai dû partir… Problème personnel… Et je viens de rentrer sans avoir eu la possibilité de me rafraîchir, d'ailleurs. Au fait, je peux savoir pourquoi je suis ici ? Gabriel ? reprit-elle en tournant la tête vers lui tandis que le policier revenait en salle, visiblement mal à l'aise.

— La fille a disparu, les pompiers étaient des « fake » … Ils pensent que nous sommes dans le coup…

Elle leva un sourcil en le dévisageant comme si elle n'en croyait pas ses oreilles.

— Où étiez-vous passée ces dernières 24h ? siffla Soler, mécontente du reproche sous-jacent d'incompétence.

— Pas votre problème, remarqua très calmement l'interrogée.

— Oh que si ! répliqua instantanément le gendarme, énervé par l'évidente réticence de la femme d'autant qu'en quelques heures seulement, elle semblait avoir radicalement changé de look et d'attitude.

— Très bien…

Elle se mordilla l'intérieur de la joue, jeta subrepticement un coup d'œil à Belcham revenu sur ses entrefaites qui, un peu pâle, choisit d'éviter son regard : ce petit quelque chose qui semblait soudain les connecter ne passa pas inaperçu. Autre hésitation puis, dans un soupir, elle sortit son portable, composa un numéro de téléphone, attendit quelques secondes en mettant le haut-parleur puis sourit en coin.

— Re-salut… Tu as trente secondes à me consacrer ?

— *Re… Pas une de plus, je suis en rendez-vous…*

Une voix masculine connue… mais d'où ?

— Je te passe le capitaine Cavaignac…

Elle tendit le portable à l'officier qui regarda l'écran pour voir le numéro, sans succès, signalé simplement par un alignement de zéros. Très curieux, il porta l'appareil à l'oreille et se présenta pour en imposer à son interlocuteur :

— Capitaine Cavaignac, gendarmerie de Charlieu. Nous avons besoin de l'emploi du temps de madame Gaillard sur les 24 dernières heures, et ce, suite à la disparition d'une jeune femme…

— *Natacha Chrin, je suis au courant,* s'impatienta l'inconnu, mal léché. *Alexandra est arrivée par avion privé en provenance de l'aérodrome de Villefranche à 15 h. Elle est repartie à 4h00 du matin environ, en voiture. Aucune chance pour qu'elle se soit envolée avec votre lieutenant sous le bras !*

Surprise extrême dans la pièce.

— Mais comment êtes-vous au courant de l'identité de la disparue ? Qui êtes-vous ?

— *Votre ministre de tutelle… Philippe Gérard. Autre chose ? Parce que je suis attendu… Et ne me demandez pas les raisons de ce voyage, il ne relève pas de votre compétence. Suis-je clair ?*

L'homme à l'autre bout du fil était directif, à l'évidence énervé de devoir interrompre ses activités pour ce genre de problème. Au nom lancé fraîchement, yeux écarquillés, bouches en cul-de-poule et balbutiements gênés se répandirent sur les visages.

— Ahhhh ! Absolument Monsieur… Je vous remercie d'avoir pris de votre temps pour répondre à mes questions…

— *Bonne journée.*

Plus personne à l'autre bout du fil : conversation expéditive qui avait plombé l'atmosphère. Pas question de mettre en doute l'identité de son interlocuteur : cette voix, si reconnaissable, cet accent à peine audible, ne laissait aucun doute. De son côté, Gwen savourait l'instant, les mines déconfites des uns, stupéfaite voire coupable de son binôme.

— Ceci éclairci, d'autres questions ?

— Pourquoi êtes-vous à Charlieu, monsieur Mattei et vous ?

— Rien à voir avec votre collègue, Brigadier. Du moins a priori parce qu'on ne peut que constater combien Charlieu semble être le théâtre de faits étranges, ces derniers temps…

Elle tourna la tête vers Mortimer : il ne leur avait rien dit. Du coup, sur un consentement mutuel silencieux, il prit la parole :

— Très bien… J'espère qu'ensuite vous nous lâcherez les baskets, hein… d'autant qu'il s'agit d'une autre disparition de femme, mais qui, cette fois, se termine mal…

Il se leva pour s'approcher d'un tableau de plexiglas sur lequel étaient scotchées plusieurs photographies, et posa son index sur le cliché du cadavre inconnu vu en première page du journal local.

— Nous sommes venus ici pour retrouver cette fille…
— Nina Forggliano, ajouta Gwen. Elle a quitté son père pour soi-disant retrouver sa mère. Nous avons suivi sa trace jusqu'à Lyon puis Charlieu. Elle est descendue du bus ici puis elle s'évanouit dans la nature : les commerçants ne l'ont jamais vue, pas plus que les riverains de la place ou les entreprises du coin… enfin jusqu'à ce que son corps soit retrouvé dans la campagne, à quelques kilomètres d'ici… d'ailleurs pas très loin de la fête où a disparu votre lieutenant… Curieux, vous ne trouvez pas ?

Le lien venait d'être établi. Belcham sentit l'ouverture et se lança d'une voix qu'il espérait naturelle et convaincante :
— Curieuse coïncidence, en effet… Puisque vous êtes sur une affaire similaire et partie prenante de la nôtre avec votre intervention à la fête de Saint-Denis, que diriez-vous de travailler ensemble, de partager nos informations pour retrouver au plus vite le meurtrier de votre cliente et les ravisseurs de notre collègue ? Donnant donnant, qu'en pensez-vous ? Laurence, une bonne idée, pas vrai ?

Le front de ses deux collègues se rembrunit : enquêter la main dans la main avec des privés, sans grande expérience qui plus est…
— Ton choix, t'es capitaine, pas vrai ? remarqua Soler sans la plus petite once d'enthousiasme.

Pour toute réponse, le gendarme haussa les épaules, tiraillé entre son inquiétude pour son équipière disparue et cet aveu d'impuissance sous-jacente en acceptant l'intervention de Gaillard et Mattei. De son côté, Gwen ignorait son compagnon très mal à l'aise depuis leur prise de bec dans la chambre.
— Madame Gaillard ? Monsieur Mattei ? Votre réponse ?

Une courte hésitation et elle acquiesça, immédiatement suivie par un Mortimer qui ne savait plus trop comment se positionner.
— OK pour un partenariat, mais je veux voir le corps de notre cliente et avoir accès au rapport d'autopsie.

La première personne du singulier excluait son binôme ; il décida de prendre la main pour lui démontrer qu'il ne comptait pas accepter son ultimatum :

— Et moi, je veux voir le lieu où vous avez retrouvé le corps, même si je suis certain que les TIC ont fait leur boulot…

Les deux « privés » montraient leur professionnalisme et leur volonté d'avancer vite.

— On fait ça ! s'exclama le capitaine lyonnais, ravi d'avoir eu si facilement gain de cause. Je vous amène à l'IML de Roanne où a été rapatrié le corps. Nous n'avons pas encore reçu le rapport du légiste. Suivez-moi…

Cet empressement avait de quoi surprendre les autres protagonistes pris tout de même de court. Gwen emboîta le pas de son guide tandis que Mortimer, énervé d'être mis à l'écart, croisait les bras sur la poitrine, bien décidé à prendre sa part.

— Vous me dites où vous avez découvert le corps ?

— Parce que vous croyez vraiment qu'un privé serait capable de trouver quelque chose là où nos services n'ont rien découvert ? grinça Cavaignac en glissant ses mains dans les poches d'un geste décidé.

— Ne jamais sous-estimer l'intérêt d'un regard neuf…

Coups d'œil moqueurs des deux officiers, mais Soler décida de collaborer, peut-être parce que son officier était dans la démarche.

— Je vous emmène, si vous voulez… C'est pas très loin.

— Je me remets sur la traque des deux gus qui ont enlevé Natacha, leur annonça le gendarme. L'un des pompiers agressés est revenu à lui : je vais aller l'interroger, on ne sait jamais. Quant aux portraits-robots que vous nous avez établis, on n'a encore aucune concordance…

— Et dans le fourgon, aucune empreinte exploitable ?

— C'est long, mais rien de probant pour l'instant et l'heure tourne…

— Je vous suis ! fit Glenn à Soler en se levant.

II

Confortablement installée sur le siège passager du SUV des flics lyonnais, Gwen observait pensivement le trafic très étiré des véhicules en cette fin de matinée. Nina assassinée…
Les images d'elle, de leur vie d'alors, lui revenaient avec leur flot de douleurs, de peurs : le squat où elle se cachait de la police après sa fugue de l'EPM[25] avec Christian (un autre ado à la dérive), le jour où ce père paumé était arrivé, un bébé dans les bras, son assassinat puis le moment où le compagnon junky du mort s'était approprié le bébé, la première fois où elle l'avait tenue dans ses bras pour calmer ses hurlements affamés, les heures à la surveiller comme une toute jeune maman poule alors que le paternel restait apathique sur sa paillasse, shooté aux amphètes, le coup de sang lorsqu'il avait tenté de vendre sa « progéniture » pour quelques grammes de crack puis le moment déchirant de la séparation, Christian et elle obligés de fuir à nouveau après un coup de génie très rentable (mais trop risqué) de son hackeur de compagnon. Elle avait toujours gardé un œil sur son amie grâce à d'autres squatteurs, la protégeant de la folie de son faux paternel et autant que possible, des affres d'une vie marginale violente.
— Vous vous souvenez de moi ?

La voix masculine du capitaine la tira de ses souvenirs. Elle tourna la tête et observa son chauffeur, sourcil droit légèrement levé jusqu'à ce que le front se plisse et ses lèvres s'étirent :
— Le Creusot ?
— Absolument… Vous étiez légiste rattachée à la FSE… Docteur St-Cyrq, n'est-ce pas ?

Elle sourit un peu plus sans néanmoins répliquer.
… Ne vous inquiétez pas, je suis une tombe. Les O.P. clandestines, c'est ultra touchy... Vous pouvez me faire confiance. D'ailleurs, je suis très honoré de vous rencontrer…

Subrepticement, il jeta un œil sur les deux anneaux qu'elle arborait à présent, partagé entre une peur presque viscérale et l'excitation de seconder cette personnalité hors normes.

---

[25] Établissement Pénitencier pour Mineurs

… Je n'ai pas voulu mettre ça sur la table tout à l'heure, mais comme le légiste de l'IML n'avait pas encore commencé l'autopsie, je lui ai demandé de nous attendre en me disant que vous souhaiteriez peut-être la pratiquer… Votre identité sera préservée, pas d'inquiétude !

— J'apprécie, merci Capitaine.

— Oh, pas de quoi, vraiment… Je présume que la victime faisait partie de la Confrérie ?

Elle acquiesça.

… Elle ne portait aucun de nos signes de reconnaissance… Ses assassins ont dû lui retirer son anneau et tous ses objets précieux, pour peu qu'elle en ait eu… Une fille si jeune… C'est dégueulasse ! Vous pensez qu'il existe un rapport entre le meurtre de Nina et l'enlèvement du lieutenant Chrin ?

— Possible.

Elle restait laconique, à l'évidence préoccupée. Son portable vrombit. Elle le sortit, fit glisser son index sur l'écran tactile et découvrit la photo de l'un des portraits-robots établis durant son trajet vers Paris suivi d'un nom et d'une adresse.

— Un bled du nom de Nandax, ça vous dit quelque chose ? s'enquit-elle après une lecture attentive du laïus qu'on venait de lui envoyer.

— Nandax ? Un village au nord-est de Roanne, je crois… Pourquoi ?

— L'un des deux faux pompiers habite là-bas… Route de Villers… Il est employé communal et s'appelle Régis Vavre, 39 ans, célibataire. Il vit encore chez ses parents.

— Vous voulez y passer ?

— Je préfère participer à l'autopsie. Je transmets ces infos à mon collègue…

Tandis qu'il lui lançait un regard en coin, elle rédigea un SMS laconique à l'attention d'un Mortimer qui n'avait pas tenu toutes ses promesses d'ouverture et de tolérance : sa réaction lui restait en travers de la gorge.

G

Ravisseur n°1 : Régis Vavre, 39 ans, vit chez ses parents
Rte de Villers, Nandax

La réponse ne se fit pas attendre. Il devait être également sur son téléphone, à contacter Sean pour lui parler du clash et comprendre comment se positionner pour la suite.

M

T'es la meilleure ! On y va avec Soler. Au fait, je suis vraiment désolé, j'ai été nul. Je m'excuse. Tu me pardonnes ? Sean m'a dit de rester, les copains assurent

Pourquoi répondre ? Elle s'apprêtait à ranger son appareil lorsqu'un nouveau SMS tomba sans la surprendre.

M

Je sais que tu es fâchée et je te comprends : j'ai déconné… S'il te plaît, donne-moi une autre chance ! Je te promets de ne te poser aucune question.

Pas de réponse immédiate. Elle n'était pas vraiment certaine de la suite à donner à leur binôme même si elle sentait confusément qu'elle aurait besoin de lui face à un groupe qui s'annonçait violent et immoral. Le meurtre de Nina après sa disparition, l'enlèvement de la gendarme, des filles à Paris…

G

Faites gaffe, il est dangereux…

Pourquoi en dire plus ? Elle avait adouci son discours ; c'était suffisant.

M

Te tiens au courant…

L'armistice était signé. Du coup, elle sourit et reporta son attention sur le paysage un peu moins vallonné qu'au nord, plus peuplé aussi le long de la voie rapide empruntée.

L'unité de médico-judiciaire implantée au sein du centre hospitalier. Un bâtiment moderne et bas, blanc et vert, tout en longueur. Ils se garaient lorsqu'elle reçut un nouveau SMS. Nez penché sur son écran, elle emboîta le pas au gendarme sans prendre garde à son environnement ni au parcours. Ce n'est que lorsque son guide salua la légiste qu'elle daigna se préoccuper « du reste du monde » et serrer la main tendue.

— Docteur Madeleine Cyprien…

Gwen observa la quadragénaire blonde, élancée, très peu maquillée, déjà revêtue de sa blouse. L'autre la dévisageait avec curiosité.

… On se connaît, non ? poursuivit-elle, sourcils froncés à la recherche du nom allant avec l'image. Une collègue ?

— Oui et non… murmura Saint-Cyrq en s'écartant.

— Nous sommes ici pour voir le corps et assister à l'autopsie, Docteur, intervint le policier pour modifier le cours de la conversation.

— On m'a prévenue. Suivez-moi…

Les invitant d'un geste à entrer dans la salle blanche, elle les précéda avant de leur faire face en arrivant à la paillasse inox :

— Vous avez déjà assisté à une autopsie, je présume ?

Aucune réponse de l'ancienne légiste qui venait d'enfiler des gants et retirer le drap vert du corps nu de son amie pour démarrer les premières constatations visuelles.

— Vous avez votre réponse, lâcha l'officier en souriant. Vous permettez ? Ma collègue vous secondera durant l'autopsie, si cela ne vous dérange pas…

— Une consoeur, hein ? Je m'en doutais…

Elle lui tendit une blouse et poursuivit tandis que l'autre s'habillait :

… Nous nous sommes déjà croisées, n'est-ce pas ? Dans un séminaire ? À la fac ?

Toujours cette attitude mutique alors que les observations silencieuses et minutieuses avaient repris.

Gwen n'avait pas revu sa petite protégée depuis des années et la trouvait changée, tellement femme avec encore un petit côté juvénile attendrissant qui la prit de court : elle aurait dû garder le contact, l'aider, la sortir « contre sa volonté » de la rue, mais Nina avait choisi de refuser la main tendue et elle ne l'avait plus revue, happée d'un autre côté par une vie compliquée et chaotique. Oui, sans doute, elle aurait dû

insister… La découvrir là, privée d'un avenir qui aurait pu être si différent si…
Un soupir et elle se concentra sur l'indice qui la mettrait sur la voie, ne laissant aucun pouce de chair non exploré.

Une bonne heure plus tard, elle retirait sa blouse sur un dernier regard à son amie puis prenait congé de la légiste en chef aux côtés du capitaine qui, décidément, ne la lâchait pas d'une semelle. Ils quittaient l'IML lorsqu'une voix masculine bien connue interpella le flic de la PJ derrière eux :
— Eh ! Johan !

Celui-ci se retourna pour faire face à Yvon Signac tandis que Gwen, d'un pas très naturel, poursuivait en direction du parking et de la voiture de fonction sans se retourner. De dos, à présent, impossible pour son ancien chef et équipier de la reconnaître.
— Eh, Yvon ! Ben ça, alors ! Qu'est-ce que tu fais dans le coin ? s'enquit-il, ennuyé de constater que la légiste ne l'attendait pas.
— Une affaire de disparition. Je viens vérifier que le cadavre d'une gamine retrouvée à Charlieu ne serait pas ma cliente. Et toi ?
— Je suis venu pour assister à l'autopsie de la fille retrouvée à Charlieu, justement.
— C'est vrai ? Comme coïncidence… Tu connais son identité ?
— Nina Forggliano.
— Pas la nana que je cherche, alors… Une idée de ce qui s'est passé ? Vous avez chopé l'assassin ?
— Non… Bon, là je dois partir… Je suis à la bourre. À la revoyure ?
— Salut !!! Content de t'avoir revu…

Un signe de la main, et le capitaine pressa le pas pour rejoindre St-Cyrq qui, à l'évidence, n'avait aucune envie de se retrouver face à son collègue.
Une fois dans le véhicule, avant de tourner la clé du contact, il observa sa passagère, intrigué :
— Cette rencontre avec votre ex-collègue était inopportune, je suppose ? lança-t-il, intrigué.

Comme elle restait silencieuse, il poursuivit mal à l'aise alors qu'elle lui retournait un regard froid :
— Pas mes affaires, bien sûr… Où va-t-on, à présent ?

— On rentre, si ça ne vous dérange pas. Si vous partez sur Lyon, vous me laissez en gare ?

— Non, non, je rentre sur Charlieu. Tant que cette histoire n'est pas bouclée… Et puis avec la disparition de la collègue gendarme…

— Je peux savoir pourquoi la PJ de Lyon s'est déplacée jusqu'à Charlieu ? lui demanda-t-elle d'une voix intriguée. Vous êtes sur le meurtre d'Armelle Carny ?

Il démarra pour se donner le temps de la réflexion, hésita avant de répondre : il n'avait pas le choix ; elle demandait, il devait coopérer. Il serra le volant, engagea la vitesse automatique avant de lui exposer aussi clairement que possible les tenants et les aboutissants de sa présence à la fête.

— Ben au départ, il s'agissait d'une affaire de disparition, celle d'Armelle Carny, oui… La gamine était en famille d'accueil, sa mère en prison pour escroquerie et le père aux abonnés absents depuis sa naissance. Une ado difficile abonnée aux fugues et aux arrestations pour racolage. C'est son copain ou son mac, comme vous voulez, qui nous a signalé sa disparition le 12 février de l'année dernière. Mais en recoupant certaines infos, nous sommes parvenus à la conclusion que cette disparition s'inscrivait dans un schéma récurrent sur notre secteur concernant huit autres affaires de disparitions non élucidées sur une période de 8 ans. Même profil d'ados : des filles de moins de 20 ans, qui ont côtoyé les milieux de la prostitution, jolies, et qui n'ont pas froid aux yeux, comme on dit. Si quatre d'entre elles n'ont jamais été retrouvées, deux ont refait surface dans la région de Charlieu, Amandine Granoux disparue en 2016 et Juliane Santini en 2019. Ça fait beaucoup pour une petite ville aussi tranquille. Du coup, nous avons été détachés auprès de la gendarmerie. Et puis nous avons appris que le corps d'Armelle Carny avait été, lui, retrouvé dans la région parisienne avec une autre fille de Lille, Patricia Bonnet. Deux de nos collègues ont été dépêchés à la Crime.

— Et Chrin ?

— Elle fait partie de l'équipe de Cavaignac : vous l'avez vue… un physique d'ado dans un corps entraîné de flic. Du coup, on s'est dit qu'elle pourrait servir d'appât. Elle était OK, hein… Personne ne l'a forcée… On s'est dit que la fête de l'été pouvait être une super opportunité pour des rabatteurs et on a tenté le coup d'autant que, depuis une petite semaine, elle avait infiltré une bande de teufeurs… Ils n'ont pas été longs à mordre à l'hameçon.

Après, on a foiré… Votre présence… votre allure et votre petit manège avec Mattei nous ont induits en erreur… On s'est focalisés sur vous… Et cette histoire de faux pompiers… ils avaient tout prévu… J'espère qu'ils ne vont pas découvrir qu'elle est flic parce qu'ils s'en débarrasseront immédiatement…

— Je crois qu'elle est suffisamment rusée et qu'elle a suffisamment de sang-froid pour tenir un moment… Mais nous jouons contre la montre, c'est une évidence.

Un cling… Gwen sortit son portable et ouvrit ses SMS. Mortimer…

M

Je suis au domicile de Vavre. La maison est vide, inhabitée depuis des années. Du gus, aucune trace. Laurence a lancé un avis de recherche. Et toi ?

G

Même modus operandi pour Nina que pour les autres filles. Il me faudrait le rapport d'autopsie de Carny et de Bonnet. Possible ?

M

Yep ! Je m'en charge Tu reviens quand ?

G

En cours. Il nous faudrait également le dossier des deux victimes de la casse Romainville.

M

On se voit à la gendarmerie. Ce soir, visio avec Sean et les copains

Elle soupira et rangea son portable en se disant que son équipier avait un côté gamin quelque peu agaçant. Toutes ces émoticônes… Puis au policier, curieux à ses côtés :

— Nandax n'a rien donné. La maison n'est plus habitée depuis des lustres. Votre collègue a lancé un avis de recherche.

— Encore une piste qui nous file entre les doigts !

— Vous vous souvenez du 4x4 Mercedes noir dans lequel les deux rabatteurs se sont enfuis ? Vous avez fouillé de ce côté-là ?

— Oui. On a retrouvé sa carcasse calcinée sur le parking de l'Intermarché de Saint-Nizier. La scientifique est dessus, mais le numéro de châssis a été effacé. Pas de plaques... Et dans la région, aucun 4x4 Mercedes noir enregistré aux « immats ». Ils ne laissent rien au hasard, de vrais pros...

Un long silence s'installa, pensif pour elle, gêné pour lui. Ils n'étaient plus qu'à quelques kilomètres de Charlieu lorsqu'il se décida à poser la question qui tournait en boucle dans sa tête depuis qu'il avait compris quel rôle elle jouait au sein de la Confrérie :

— Excusez ma curiosité, commença le policier, la voix un peu rauque de stress, mais pourquoi...

Alors qu'elle tournait la tête vers lui pour le dévisager, regard illisible, il avala la fin de sa phrase avec sa salive qui eut bien du mal à passer dans son gosier sec comme du papier verre.

... Pas mes affaires, bien sûr... finit-il par couiner, les mains moites. Je vous laisse à votre hôtel ou bien...

— On passe à l'auberge deux minutes puis on retourne à la gendarmerie... Je crois qu'un petit brief s'impose, vous ne pensez pas, Capitaine ?

— Bien sûr...

Le boulevard de contournement puis l'auberge du Lion d'Or. Il mit son clignotant pour tourner à gauche sur la rue Jean Jaurès lorsqu'il se gara sur le parking de l'auberge, en double file derrière les véhicules rangés en rang d'oignons sur les quatre petites places réservées.

— Vous l'avez vu ? s'enquit-il, les yeux tournés vers l'entrée de l'établissement. C'était bien l'un de nos deux affreux de la fête, non ?

— Oui... On y va ?

Il abaissa le pare-soleil, signalant son appartenance à la police, et quitta le Peugeot tout en sortant son portable pour demander d'une voix urgente des renforts. Gaillard était déjà sur le seuil : il se pressa ; pas question de la laisser seule.

Ils passèrent ensemble dans le hall : personne à l'accueil. Par acquit de conscience, il regarda derrière le comptoir avant de la rejoindre dans l'escalier.

— Vous allez voir dans la chambre de Mattei ? Je vais dans la mienne…
— Pas mieux de…
— Non !

Il maugréa un « putain ! La poisse ! » inaudible en bifurquant dans le couloir du rez-de-chaussée, son Sig en main. Elle retira ses talons et avança sans faire de bruit sur la moquette qui recouvrait les marches menant à l'étage. Sa chambre, porte entrebâillée. Il était là. Elle retira sa veste qu'elle laissa sur le sol, sortit de sa pochette un cran d'arrêt qu'elle n'ouvrit pas, se plaça sur le côté du battant de façon à voir à l'intérieur tout en étant protégée par la cloison. Dos à elle, il vidait son sac de voyage d'une main fébrile.
Elle ouvrit brusquement la porte qui claqua contre le mur. Il se retourna d'un bond, découvrit le couteau, lame au clair dans la main de la femme qui avançait sur lui, des yeux bleu-gris si froids et exempts d'émotion qu'il lâcha la trousse de toilette qu'il tenait encore, contourna le lit d'un pas chassé puis recula vers la fenêtre entrouverte, main droite en arrière pour se rendre compte des obstacles. Son pied buta contre le pied d'une chaise qui bascula dans un bruit sourd. Mais il restait concentré sur le couteau, très pâle.

Puis il se retourna soudain, ouvrit d'un geste la fenêtre, l'enjamba et sauta, suivi immédiatement par une Gwen qui savait quoi trouver sous sa fenêtre au contraire du loufiat qui avait atterri avec fracas sur une table de bar et ne se relevait pas. Elle, au contraire, reprit pied avec souplesse à moins de trente centimètres, sur un espace engazonné, rempocha son arme et approcha du personnage inconscient. Sans encore le toucher, elle observa la longue estafilade qui lui barrait le front puis tourna la tête tandis que Belcham enjambait la fenêtre de la chambre du rez-de-chaussée.

— Vous appelez les secours ? lui demanda-t-elle en grimaçant.

Il sortit son portable, composa le 18, donna les précisions nécessaires tout en comblant les quelques mètres les séparant.

— Il est mort ?
— Non… Mais il a dû se faire mal : le plateau de la table était en marbre et il l'a brisé…

Il esquissa une grimace.

— On l'allonge ?

— Mieux vaut attendre les pompiers… fit-elle d'une voix neutre alors que les sirènes annonçaient leur arrivée. Il faudra mettre un policier devant sa chambre d'hôpital si on veut pouvoir l'interroger.

— Je suis d'accord : s'ils sont si pros que ça, jamais ils ne le laisseront parler… Je m'occupe de la mise en place du dispositif.

Deux pompiers avec une voiture du SAMU et juste derrière, Mortimer suivi de Soler et de Cavaignac avec deux autres gendarmes tandis que la propriétaire des lieux était tenue à l'écart par un cordon mis en place rapidement.

— Ça va ? s'enquit Glenn en la détaillant puis en jetant un œil au corps entouré par les secouristes.

— Mais oui…

— Tu crois qu'il s'en sortira ?

— Probablement avec quelques côtes cassées, et l'épaule, qui a amorti sa chute sur le marbre, en miettes… au minimum.

— Pas de pot. Alors, cette autopsie ? Pas trop difficile ?

Comme elle ne répondait pas, son attention rivée sur le médecin qui auscultait le corps à présent allongé dans une coque, il reprit d'un ton à la fois agacé et ennuyé :

… Tu me fais encore la gueule ? Je me suis excusé, hein… Tu te rends compte du choc quand je t'ai vue, du changement incroyable, de la bagnole et… de tes silences… Mets-toi à ma place…

— Ça va. On passe à autre chose, d'accord ?

— Moi, ça me va ! répliqua-t-il en souriant enfin. J'ai tout ce que tu m'as demandé : les dossiers des deux filles découvertes dans la casse de Romainville, rapports d'autopsie et tout leur pedigree.

— Parfait. Tu sais si ce gus, là, c'est Vavre ?

— Non, c'est l'autre. On aura vite son identité. Tu l'as découvert dans ta chambre, c'est ça ?

— Hum. Les dossiers sont à la gendarmerie, je présume ?

— Yep. On y va ? On peut plus rien faire ici, pas vrai ? La scientifique va arriver et mettre ta chambre à sac, plaisanta-t-il en se grattant la barbe tout en remarquant qu'elle était nu-pieds. Tes godasses ?

— Tu m'attends ici, je vais les chercher.

Elle lui adressa un sourire destiné à le rassurer et retourna dans le hall. Mais les chaussures étaient déjà étiquetées comme pièces à conviction. Du coup, elle ressortit, fit signe de loin à son équipier avant de regagner l'Alpine et de retirer d'un grand sac en cuir Vuitton des vêtements de rechange et des baskets. Elle s'assit dans le siège baquet côté passager, referma la portière, se changea rapidement en se contorsionnant et réapparut, à quelques centimètres de Mortimer, en jeans très chic taille haute qui soulignait magnifiquement sa taille de guêpe, polo blanc manches longues griffé Lacoste et des baskets de la même marque.

— Ouah ! Décidément, j'ai du mal à me faire à ton nouveau toi... Tu ne m'en donnerais pas la raison, à tout hasard ? Aucune jalousie de mon côté, je te promets...
— On en parlera, promis, mais pas ici ni maintenant...
— Bon... J'attendrai, alors. On y va ?

Elle l'observa rapidement, referma la sportive et lui emboîta le pas sans plus se préoccuper du déploiement des forces de l'ordre autour de l'auberge ou des curieux agglutinés aux abords.

RECOUPEMENTS
I

Assis face au tableau sur lequel étaient épinglés photos et topos succincts concernant les victimes, Gwen épluchait attentivement le rapport d'autopsie de Carny tandis que Glenn, un sandwich en main, observait pensivement les remarques manuscrites sur le Weleda devant lui.

Elle reposa enfin les feuillets en soupirant :

— Alors ? s'enquit-il immédiatement après avoir rapidement avalé sa bouchée de pan-bagnat.

— Tout concorde… Mêmes assassins, même modus operandi, même drogue, mêmes sévices sexuels. Carny et Bonnet, même schéma. Nina en plus a été battue et renversée par une voiture.

— Elle était peut-être parvenue à s'échapper, alors ! Pas de chance… Si on y regarde de plus près, seule différence et de taille pour ces filles : le temps qu'elles restent en vie entre le moment où elles disparaissent et le moment où elles meurent… Et bizarrement, j'ai l'impression que le délai se raccourcit vachement…

— Tu as raison… Deux ans pour Carny, un an pour Bonnet et un petit mois pour Nina… De mauvais augure pour Chrin…

— Hum… Granoux et Santini ne sont réapparues que cette année, toutes les deux en janvier, mais à des endroits et des jours différents. Des constats identiques aux trois autres…

— Peut-être qu'il se lasse de plus en plus vite ? Ou peut-être que ces filles sont de moins en moins dociles, qui sait ?

— Possible… Ou peut-être que ce qu'on leur fait subir est de plus en plus hard, murmura-t-elle, les yeux rivés sur la photo de Nina.

— T'as trouvé un indice qui va dans ce sens ?

— Les traumas des organes sexuels, oui…

— Merde… Tu penses à une organisation ou à un mec qui utilise de petites mains pour ramasser ses victimes ?

— Plutôt une organisation… mais qui sait ?

Elle soupira, termina son café en une gorgée, et posa la tasse sur le bureau derrière elle. Lui tira une chaise et s'assit à ses côtés.

— J'ai beau chercher un lien entre toutes ces filles, à part qu'elles sont très jolies, très jeunes et très libres... Elles ne viennent pas du même endroit, ne sont pas nées dans la même ville, n'ont aucun lien de parenté...
— Tu as regardé au niveau de leur mac ou de leur copain au moment de leur disparition ? lui demanda-t-elle pensivement en continuant à décortiquer chaque indice, chaque détail qu'elle avait décelé.
— Ouais... mais non... Carny préférait les filles et regarde Chrin !
— Hum... Tu as raison. Mais comment harponnent-ils leurs victimes ? Pour Nina, ils savaient qu'elle souhaitait de toutes ses forces retrouver sa mère. Il faut donc qu'elles aient été approchées de près.
— Ou qu'elles aient été vendues... Possible, non ? Dans la situation où elles se trouvaient, sans fric, forcées de se prostituer pour survivre...

Elle détourna la tête du tableau et observa son équipier avec un sourire.

— Tu as peut-être raison. Amir a déjà tenté de vendre Nina pour une dose alors qu'elle n'avait que quelques mois... Dans l'état où il était lorsque je l'ai vu, sûr qu'il était capable de tout...
— Amir ? Le type que tu as rencontré dans le parc derrière la gare ?
— C'est ça : un peintre raté qui cherche dans la dope et l'alcool une inspiration qui lui a toujours fait défaut. Il est violent, manipulateur, tyrannique...
— Tu veux retourner à Paris pour lui délier la langue ?
— Why not ? Je vais demander à ce qu'on le loge et qu'on le surveille jusqu'à mon arrivée.
— Si tu veux de moi, je suis partant, tu le sais, hein... lui lança-t-il sur le ton de la plaisanterie, d'une voix un peu enlevée, très amicale, mais quelque part pressante.
— Pourquoi pas ? Y a rien qui te turlupine, toi ? reprit-elle en croisant les bras, ses yeux passant d'un cliché à l'autre.
— L'importance de Charlieu dans toute cette histoire, oui... Pourquoi ce bled perdu dans la campagne roannaise ? Qu'est-ce qu'il y a, ici plus qu'ailleurs. D'accord, deux des filles ont été retrouvées à Romainville, mais les événements semblent éclairer cet endroit tout particulièrement.

Elle esquissa une moue d'ignorance.

— Et puis on a le morceau de papier que t'a refilé Chrin. Où elle l'a eu ? Et qu'est-ce que ça représente ? Cavaignac a mis un bleu et une stagiaire sur le coup, mais pour l'instant, ils patinent.
— Y a bien l'un des pompiers agressés qui a repris connaissance, non ? Tu es allé le voir ?
— De l'ultrarapide : il n'a rien vu, rien entendu... Il était en train de boire un café à deux pas de leur véhicule lorsqu'il a ressenti une vive douleur dans le dos. Ensuite, plus rien. Son copain n'a pas survécu à ses blessures... Encore une piste qui tombe à l'eau ! La scientifique n'a toujours rien sur le 4x4 Mercedes... J'ai l'impression qu'on tourne en rond. C'est gonflant !

À cet instant, Soler, Belcham et Cavaignac entrèrent en pleine discussion. Ils se turent en découvrant les deux détectives et c'est le gendarme qui prit le « lead » : ils étaient tous dans ses locaux, après tout !

— Bon, le gus qui est passé par la fenêtre est dans un sale état. Il en a pour quelques semaines d'hosto : multiples fractures et un trauma crânien. Ils l'ont placé sous sédatif. Impossible de l'interroger. Mais... nous avons son nom ! Léo Cremazi, garagiste de son état. Divorcé, pas de gosse. Et il habite tout près de l'Intermarché de St-Nizier... Jolie coïncidence. On va taper une perquise chez lui. Vous venez ?
— Vas-y, toi, fit Gwen à un Mortimer déjà sur ses pieds. Moi, j'ai quelques coups de fil à passer.
— D'ac. On se retrouve à l'auberge ?
— Yep...

Brève hésitation parce qu'il n'avait aucune envie qu'elle parte à Paris sans lui, mais il refusait de paraître trop accroché à ses basques. Du coup, il lui sourit et repartit avec les trois autres pressés.

II

Lorsqu'enfin il frappa à la porte de la chambre de son équipière, il était plus de 9 heures du soir. La vidéoconférence avait été reportée au lendemain matin, leurs équipiers en vadrouille près du squat de Montreuil. Difficile d'imaginer Marlène dans cet environnement un peu particulier et l'idée l'amusait.

Pas de réponse. Il réitéra son geste puis tenta d'ouvrir la porte fermée.

Surpris, il redescendit à l'accueil, mais la femme au comptoir lui avoua ne rien savoir. Elle venait de prendre son service. À présent inquiet, il ressortit et chercha l'Alpine sur le parking : elle n'était plus là.
Il sortit son iPhone en grondant un « putain de merde » bien senti et l'appela. Deux sonneries puis la voix de Saint-Cyrq avec, en bruit de fond, le ronronnement puissant du moteur de son bolide.

— *Yep !* lâcha-t-elle d'une voix évasive.
— Mais t'es où, là ? grogna-t-il en se rejetant les cheveux en arrière. Ne me dis pas que tu vas voir ton Amir seule, hein !
— *Je t'ai dit que nous irons le voir ensemble… Non, je parcours la campagne pour me rendre compte de la situation des corps retrouvés par rapport à la ville.*
— À 9 heures du soir ! Et moi qui voulais t'inviter au resto… T'en as pour longtemps, ou bien…
— *Pour une petite demi-heure. OK pour ton plan resto. Tu me dis où et on s'y retrouve. Ça te convient ?*
— Géant ! En fait, j'ai déjà réservé au Relais de l'Abbaye ; ça a l'air chouette. C'est Cavaignac qui me l'a recommandé.
— *OK. À tout à l'heure.*

Plus personne à l'autre bout du fil. Il consulta sa montre, avertit le restaurant du retard et s'engagea dans les rues encore populeuses de la ville. L'air était tiède, le centre-ville agréable et bien éclairé. L'établissement n'était qu'à neuf minutes de l'auberge, la nuit était claire : de parfaites conditions pour donner libre cours à ses pensées.
Le relais… Un restaurant moderne hors de l'hypercentre. L'endroit devait avoir la cote parce que le parking était blindé.

Il en poussa la porte et se retrouva, face à une vaste salle à la décoration moderne, toutes les tables occupées par des clients bavards. Assez bruyant, mais ce qu'il voyait dans les assiettes le mettait en appétit.
Il donna son nom au serveur qui s'approchait et se laissa conduire à sa table réservée, un peu à l'écart, contre la vaste baie vitrée donnant sur un jardin éclairé et bien entretenu.

Pour tromper l'attente, il se commanda un double whisky qu'il dégusta lentement, les yeux rivés sur l'entrée.
Un petit quart d'heure plus tard, elle passait la porte et se faisait conduire jusqu'à lui sous les regards brillants des convives masculins : il faut dire qu'elle avait pris le temps de se changer et portait à présent une robe noire courte très près du corps, et des talons aiguilles qui mettaient en valeur des jambes fuselées aux tatouages camouflés par des collants noirs très opaques et faisaient oublier la petite taille de la jeune femme. Simplicité et élégance… Il se sentait à présent fébrile et jaloux des œillades lubriques des autres mâles.
Mais quelle transformation en quelques heures ! Il en était encore bouche bée, et il brûlait d'en comprendre la raison : il pressentait que le changement était loin d'être anodin et que les conséquences pour leur équipe pourraient en être radicales.
Elle s'assit et prit le menu, avec un remerciement, tout en refusant un apéritif.
— Alors, tu as trouvé quelque chose ? s'enquit-il en la dévisageant avec attention.

Elle leva les yeux du livret cartonné et sourit.
— Pas vraiment. Les filles sont toujours déposées dans des endroits à l'écart du passage et loin des habitations. Et la perquise chez Cremazi ?
— Chou blanc. Mais il a un casier long comme le bras : vols à la tire, cambriolage, arnaques en tous genres. Cavaignac pense comme moi que le gus t'a repérée : la voiture, le sac Vuitton et tout le reste… On attend qu'il se réveille pour le cuisiner.
— Donc tu crois que sa fouille n'a aucun lien avec son rôle à la fête ? Si tu es dans le vrai, le gus ne nous apprendra rien… remarqua-t-elle pensivement.
— À mon avis, cette piste est foireuse, mais j'ai réfléchi à toute l'affaire, aux circonstances et j'ai eu une idée, figure-toi ! Je me suis dit que des prostituées, dans ce coin, elles n'étaient pas là pour glander… Du coup, j'ai cherché dans le secteur des adresses de

clubs privés... Enfin, tu vois le genre. Y'a le Dalmoor's club à Pouilly, un truc de jeunes, sans histoire selon Cavaignac. Et puis, il y a un club BDSM[26] à St-Nizier. Chaud pour y être invité... Du bouche-à-oreille...
— Tu veux y aller ? s'enquit-elle en levant un sourcil intrigué.
— Ben, on s'est dit, avec Belcham, que les filles sont peut-être enlevées pour servir d'hôtesses dans ce genre d'endroit, qui sait ?
— Hum...
— T'as pas l'air très convaincue, remarqua-t-il en avançant instinctivement le corps vers elle. Si on a, ne serait-ce qu'une chance sur cent de retrouver la coéquipière de Cavaignac... T'es pas d'accord ?

Elle haussa les épaules.
— Si vous pensez que c'est une piste...
— Le truc, c'est qu'il faut être introduit, voire parrainé... Et Cavaignac ne peut pas nous aider sur le coup...
— Vous voulez y aller ce soir tous les deux ?
— Ben... Tu as une idée ? Tu peux nous faire entrer ? s'extasia-t-il à la fois intrigué et soupçonneux.
— Moui...

Elle posa le menu et passa commande au serveur qui venait de se présenter, attendit que Glenn ait fait de même, que le bonhomme en noir se soit éloigné pour poursuivre.
— Tu veux une invit pour deux, pour ce soir, c'est ça ?
— Ben... murmura-t-il, ennuyé.

Sans montrer la moindre contrariété ni la moindre émotion d'ailleurs, elle chercha un contact, écrivit un SMS et posa son portable, écran contre la surface de la table sans qu'il l'ait lâchée des yeux.
— Tu as de drôles de fréquentations, dis donc !
— Ça t'étonne ?
— Pas vraiment... Mais quand même un peu...

Elle le dévisagea, mais changea de sujet avec un naturel désarmant :
— Tu me racontes la perquise à Nantax ?

---

[26] BDSM : Bondage, Domination, soumission, sadomasochisme

— Rien à dire, franchement : la baraque était dans son jus, pleine de poussière. Les vieux sont en EHPAD à Roanne depuis deux ans. Mais le fils prodigue s'est barré de la maison il y a presque 3 piges, viré par le paternel. Vavre a été licencié il y a six mois : il picolait sec, arrivait bourré au taf... Une mesure disciplinaire rarissime pour les territoriaux.
— Il créchait où ?
— Ici et là, chez des potes ou dans la rue... A priori, il n'avait plus de lien avec sa famille et ne savait pas que la maison était vide.
— Des news concernant le morceau de papier ?
— Toujours rien, non...
— Et tu en sais plus sur Chrin, sa mission d'infiltration et les protocoles de contact ?
— Cavaignac est très vague... Il n'a pas vraiment confiance en notre duo de privés. Du coup, tout ce que j'ai pu apprendre, c'est qu'elle était sur le coup depuis une semaine, et qu'elle passait beaucoup de temps avec une bande de fêtards. Et encore, c'est Soler qui m'a fait des confidences, alors tu vois... Rien sur la miss, sorry...

Le serveur déposa une assiette devant eux et s'éclipsa. Silence entre les deux équipiers durant de longues minutes, un peu comme s'ils ne savaient plus quoi se dire.
— Tu sais qui j'ai rencontré à l'IML ? Signac...
— Hein ! Il t'a reconnue ?
— Tu plaisantes ? se moqua-t-elle en remerciant des yeux le garçon qui apportait la suite du repas.

Le service était décidément ultrarapide. Belle efficacité.
— Tu sais ce qu'il voulait ?
— Le connaissant, il voulait effectuer une comparaison entre la dernière victime et la fille Alban... Même âge, même gabarit, même couleur de cheveux...
— On aura intérêt de faire plus gaffe si on veut pas tomber un jour ou l'autre sur l'équipe officielle...

Un vrombissement léger. Elle reprit son portable et observa l'écran, le regard illisible avant de le reposer.
— Un souci ? s'enquit-il, sourcils froncés.
— Non... Amir a été repéré...

— Cool. C'est une super nouvelle, ça...
— Hum.

Elle reprit son portable qui s'allumait à nouveau, lut le message et leva les yeux vers un Mortimer à nouveau intrigué.
— Vous pourrez aller au Merian 51 cette nuit, à partir de deux heures du mat. Vous n'aurez qu'à donner vos noms au portier. Pas d'armes, pas d'insigne et de la zénitude. Tenue chic. Un costume t'attend dans ta chambre d'hôtel. Apportez vos cartes de crédit, hein...
— Génial !!! Tu es la meilleure ! s'exclama-t-il avec un large sourire. Merci !

Il dégaina immédiatement son iPhone et envoya un SMS à Belcham qui lui répondit quasi instantanément, signe qu'il était encore sur la brèche malgré l'heure.
— C'est bon, il me prend à l'hôtel. Tu m'attends pour aller choper Amir, on est d'accord ?
— Pour le coup, je vais y aller seule.
— C'est une plaisanterie ! Non, non, je t'accompagne...
— Là où il est, tu ne pourras pas rentrer. Je fais un simple aller-retour. Je serai revenue à la mi-journée, pas la mer à boire...
— Que nenni ! On fait équipe ou pas, hein ? Je reste un minimum dans cette boîte, le temps de faire la vérif pour Chrin, et on y va. Pas question de m'éterniser dans ce club : pas mon kif...

Elle hésita, pesant le pour et le contre, puis acquiesça en soupirant :
— Très bien. Je t'attendrai à l'hôtel. Mais passé 5h, je me barre sans toi et tu gères la visioconf avec Sean et les deux autres...
— Deal ! s'exclama satisfait le flic en face d'elle tout en observant l'assiette de mignardises posée devant lui avec le café demandé.

Ils étaient les derniers clients. Le serveur leur apportait la note que Mortimer régla d'autorité sans que Gwen intervienne : on est invitée ou pas ? Ils terminèrent rapidement leur dessert et quittèrent l'établissement sans s'attarder davantage. Elle le ramena à l'hôtel et ils se séparèrent dans le hall avec un rendez-vous dans la chambre de St-Cyrq au plus tard à 5h.

JUGEMENTS
I

Mortimer quitta l'auberge, tiré à quatre épingles, cheveux rassemblés en un chignon haut, costume-veston, chemise blanche légèrement ouverte sur le torse, baskets blanches, et monta dans le SUV. Le flic de la PJ de Lyon au volant de la 5008 s'était fait prêter une tenue par Cavaignac et arborait un costume moins ajusté, mais élégant. Ils échangèrent un regard et il démarra.

— Vous êtes déjà allé dans des clubs BDSM ? s'enquit Belcham un peu inquiet malgré lui.
— Du tout… On fait juste un tour et on se barre. Pas envie de m'éterniser d'autant qu'on doit partir à l'aube à Paris pour interroger Amir, le souteneur de Nina qu'on a réussi enfin à loger.
— On avance, c'est bien. Cavaignac restera à proximité de la boîte, au cas où.

Un silence pesant s'installa dans la voiture, chaque flic plongé dans ses pensées. Dix minutes de route vierge de toute circulation. Puis une maison un peu à l'écart avec parking privé. Une dernière hésitation et ils quittèrent la Peugeot pour se présenter devant la lourde porte de bois peint en noir. Glenn frappa le battant qui s'entrouvrit.

— Mortimer et Belcham, lança-t-il d'une voix assurée.

La porte s'ouvrit tout à fait pour se refermer derrière eux. Ambiance cosy, un peu secrète et luxe, tapis profonds au sol, tissu aux murs, candélabres en cristaux et musique ténue. Une jeune femme en guêpière et bas résille s'approcha et leur tendit, avec un sourire rouge écarlate, un loup qu'ils appliquèrent immédiatement sur leur visage. Une autre en combinaison latex noire leur proposa une coupe de champagne tandis qu'un homme au look très soigné, quelque peu dandy, avançait, un plateau en argent en main avec dessus, un lecteur de carte bancaire… La prestation n'était évidemment pas offerte. Glenn sortit la sienne d'un geste de prestidigitateur, sourire vague, l'engagea

dans la fente, découvrit juste avant de faire le code le montant exorbitant inscrit sur l'écran LED, mais, sans montrer la moindre hésitation, composa les quatre chiffres avant de reprendre la Visa. Au tour du Lyonnais qui blêmit, gorge serrée en constatant les trois zéros affichés en se disant qu'il ne pouvait demander un reçu et donc être remboursé, mais qui s'exécuta : plus possible de reculer. Et puis, c'était pour la bonne cause…
Verre en main, chacun d'eux fut pris en charge par une hôtesse… Ils n'avaient plus qu'à se laisser guider…

★

4h50 du matin… Toujours aucun signe de son équipier. Après un repos court, mais réparateur, elle avait enfilé ses jeans, T-shirts et baskets de la veille, avait passé deux coups de fil puis était descendue jusqu'au parking, avait retiré du coffre de la sportive un Beretta 92 FS qu'elle avait chargé posément puis glissé dans un holster d'épaule camouflé par une chemise blanche nouée à la taille avant de consulter sa montre. Pas question d'attendre Mortimer cinq minutes de plus que l'heure prévue : pas qu'elle soit jalouse après la nuit passée dans les bras de son équipier, non… Il ne faisait que son boulot, évidemment… Mais trois heures pour faire le tour du club à la recherche de la flic, largement suffisant.

5h00. Quelques besogneux, un promeneur avec son chien, mais pas de Mortimer. Un court instant, elle envisagea la possibilité que les deux policiers soient en danger, mais dans la mesure où son contact lui avait affirmé que le club était clean, et que Cavaignac était censé leur servir de couverture, elle effaça le doute et monta en voiture. Un dernier regard, et elle lança les 300 CV, recula, mais stoppa net lorsqu'on frappa contre la carrosserie. Elle tourna la tête, soupira et ouvrit la vitre pour tomber sur un Glenn essoufflé.

— Ouf, j'arrive à temps… Belcham est encore sur place. RAS au club. Tu me laisses cinq minutes pour me passer sous la douche et me changer, please ?

Elle acquiesça en soupirant, refit marche avant et remonta la vitre avant de couper le moteur. Il tenait parole, déjà ça. D'ailleurs, le délai n'était pas encore écoulé qu'il ouvrait la portière et s'installait rapidement.

— Merci d'avoir attendu…

Du coup, elle démarra sans attendre en direction de la N7.

— Tu ne me demandes pas comment ça s'est passé ?
— Tu me l'as dit… RAS… Donc, pas de Chrin…
— Voilà… Mille balles le droit d'entrée, tu te rends compte ! Et qui plus est, pour que dalle !

Elle lui jeta un regard en coin, mais ne répliqua pas.
… Alors, on va où ?
— À l'hôpital.
— Hein ? Amir s'est fait buter ?
— Non… L'hôpital Earle Nelson, dans le 14e, ça te dit quelque chose ?
— Du tout. C'est quoi, comme endroit ? Un squat ?
— Un peu plus que ça…
— C'est-à-dire ?
— Tu verras bien.

Il grogna, ferma les yeux et s'endormit instantanément avant même que le bolide n'atteigne la A77 et ne se lance à l'assaut du bitume tandis qu'un boîtier s'éclairait, montrant un point rouge le long du tracé de l'autoroute et, bien plus loin, deux points orange clignotant. Très en amont de ceux-ci, elle ralentit avant de relancer le moteur rugissant un kilomètre plus loin. Mieux valait éviter les radars…
Un peu plus de trois heures plus tard, elle passait une barrière cassée en son milieu, passait sous une arche de briques et de pierres, mais au lieu de tourner à gauche vers un vaste complexe composé de plusieurs bâtiments de trois et quatre étages à la façade en briques à l'évidence occupés par une faune hétéroclite, elle emprunta au pas une allée goudronnée bordée d'arbres et d'arbustes non entretenus.

Elle arrêta l'Alpine dans la cour d'un bâtiment à l'évidence abandonné et vide, les soubassements amplement tagués, le parement de pierres de taille parcouru d'un lierre dru et bien vert sur les deux étages, mais dont, curieusement, les encadrements des innombrables baies anciennement vitrées étaient repeints de frais, très blancs. Les fenêtres étaient toutes ouvertes. La porte principale en arc de cercle était aux trois-quarts ouverte sur un intérieur très sombre. Tous les fenestrons étroits du bas étaient protégés de grilles épaisses.

Le changement d'allure tira Mortimer d'un sommeil profond. Il regarda autour de lui, observa le profil de son équipière en plissant le front.

— On y est, je suppose ?
— Hum.
— On dirait que c'est désert, ton truc.
— On dirait, oui.
— Alors tu me dis qu'Amir est là-dedans ?
— Ils l'ont chopé à Saint-Denis et l'ont ramené ici.

Il contemplait les lieux, un sentiment indéfinissable au creux de l'estomac.
— Ils ?

Pourquoi répondre puisqu'il connaissait la réponse ? Elle déboucla sa ceinture, retira sa chemise, lui dévoilant les sangles en cuir du holster.
— Tu es armée ? Pourquoi ? Tu crois l'endroit dangereux ?
— Non…
— Alors quoi ?

Elle soupira et ouvrit la portière.
— Tu restes là, fit-elle d'une voix neutre, mais qui n'admettait aucune objection.
— Je peux pas venir avec toi ? Je resterai en retrait, promis, et bouche cousue…
— Non. Et puis, la visio est pour bientôt…
— Putain, tu me fais pas confiance, c'est ça ?
— Tu ne fais pas partie de la Confrérie. Sorry…

Elle sortit du véhicule, parcourut d'un pas de félin les quelques mètres la séparant de l'ombre et disparut dans l'obscurité intérieure tandis que deux malabars, style skins gothiques, crânes rasés et tatoués, tatouages sur les bras et piercings, plus de cent kilos chacun, apparaissaient à la lumière. L'air buté et féroce, arme à la ceinture et bras d'haltérophiles croisés sur la poitrine, ils barraient l'accès ainsi que le suivant, deux fenêtres plus loin.
À cet instant, il aurait tout donné, tout promis pour avoir la permission de la suivre et d'assister à l'interrogatoire. Pourquoi l'arme ? Il avait peur de comprendre…

⋆

Elle entra dans le hall anciennement peint en jaune au revêtement craquelé, lino vert au sol. Des tags obscènes, des gravats partout, des morceaux de vitres, une chaise renversée sans le dossier, et des escaliers plutôt étroits avec une peinture de deux squelettes enchevêtrés sur la paroi du fond. À droite, un long couloir qu'elle longea jusqu'au bout pour prendre un escalier à la rampe en fer forgé. Elle grimpa les marches sans se presser jusqu'au second et poussa une porte marron ponctuée de crânes stylisés. Elle devait être à l'étage pédiatrie, car des dessins de licornes, de soleil, d'arc-en-ciel étaient encore bien visibles. Un superbe Lucky Luke tenait à la fois un pistolet de cow-boy et une arme futuriste. La peinture, plus claire, tirait sur le rose pâle. Le corridor était bien éclairé. Au fond, un fauteuil roulant esseulé. Au sol, des détritus.

Devant l'une des chambres, deux malabars. Elle les passa en les saluant d'un sourire et pénétra dans une chambre peinte en blanc, porte et plinthe en bleu dur. Ce qui attirait l'œil, de prime abord, c'était une peinture en médaillon figurant le crâne d'un buffle à moitié dragon, aux yeux exorbités desquels s'échappaient quelques larmes. Sur le côté opposé, moins artistique et trait plus grossier, un squelette représenté en buste, yeux caléidoscopes tendant un curieux cylindre. Quelques cartons, quelques morceaux du faux plafond et un corps très maigre recroquevillé et tremblant.

Elle l'observa un instant, le regard illisible, puis se décida :

— Amir ?

L'homme bougea imperceptiblement.

— Amir !

Cette fois, il dut reconnaître la voix qui l'interpellait, car il se déplia et s'assit avec difficulté, les bras autour de la poitrine comme s'il avait froid alors que la température était déjà élevée malgré l'heure.

— Ah, c'est toi… couina-t-il en claquant des dents : à l'évidence, il était en état de manque. Dis… T'aurais pas un shoot pour moi…
— Non.
— J'ai ma guêpe[27], please… la supplia-t-il, le regard injecté de sang, transpirant, mâchoire crispée sous la douleur.
— C'est toi qui as parlé de Nina et de sa mère ? s'enquit-elle d'une voix neutre.
— Nina ? Tu l'as logée ? gémit-il en cherchant, sans y parvenir, à se remettre debout.

---

[27] J'ai besoin d'une dose, je suis en manque

— Elle est morte assassinée. Alors, Amir ? Je veux des réponses !
— Clamsée… Clamsée[28]… répéta-t-il comme s'il ne parvenait pas à imprimer les mots dans son cerveau défaillant.
— Amir… As-tu parlé de Nina à quelqu'un ? Dernière fois que je répète ma question…
— Nina ?... Je… j'ai comme un trou… Dis… T'as sûrement une dose pour moi, dis…

Elle dégaina son automatique, sortit le silencieux d'une gaine spéciale du holster et le vissa tranquillement au canon devant les yeux écarquillés de peur qui fixaient, non pas l'arme, mais l'anneau noir et rouge.

… Attends… Il se peut que j'aie jacté sur elle… miaula-t-il les mains en avant. Tu sais, l'occase… Une chose et puis l'autre…
— Quand et à qui, Amir ? lança-t-elle d'une voix trop neutre.
— J'en mange mon chapeau[29], je crache ! C'est pour ça que je t'ai touchée[30]…
— Amir… gronda-t-elle, agacée.
— C'est y a pas très longtemps, quelques jours avant qu'elle se débine… Zac m'a asticoté[31] sur Nina… Un béguin… Il m'a même refilé une dose gratos pour le rencard[32]…
— Zac ? Ton dealer ?
— Oui… Tu vois, je déballe tout, hein…
— Où je peux le trouver, ton gus ?
— Sous le pont de l'avenue Wilson, vers la rue du Bailly…
— Et c'est tout ce qu'il t'a demandé de faire, Amir ?
— Il m'a refilé le lendemain une bafouille pour elle… L'enveloppe que je t'ai filée, tu piges ?

Elle soupira, hésita, mais quitta la pièce en demandant aux deux balèzes de le ramener dans l'autre aile. Elle rangea son arme, se connecta à la base de données de la Confrérie et chercha des informations sur le dénommé Zac. Le rapport était éloquent. Elle l'avait terminé lorsqu'elle réapparut à l'entrée : Mortimer était sorti et l'attendait, adossé à la carrosserie, bras croisés sur la poitrine, impatient. Mais au

---

[28] Morte
[29] Je regrette
[30] Contactée
[31] Questionné
[32] Renseignement

lieu de le rejoindre, elle échangea quelques mots avec les deux gorilles qui disparurent immédiatement.
Elle s'approcha alors du policier qui la dévisagea à la recherche de réponses, fit le tour de la A110, récupéra sa chemise qu'elle enfila et noua, l'esprit ailleurs, avant de se préoccuper de son compagnon qui ne la lâchait pas des yeux.

— Alors ? Tu as du nouveau ?
— Je sais d'où vient la lettre qu'a reçue Nina… Du dealer d'Amir.
— Cool… Et… Amir ?
— En état de manque. Il va être rapatrié dans l'aile d'à côté. Mais à mon avis, ses jours sont comptés.
— Tu sais où trouver ce Zac ?
— Ouais… Enfin s'il ne s'est pas carapaté : la disparition d'Amir a dû lui faire peur…
— Du coup ?
— On est allé le chercher. La visio ?
— Encore annulée : Sean est aux prises avec le père Alban qui leur met des bâtons dans les roues en faisant n'importe quoi, et les Choupinous sont à Lille sur une vérif concernant un corps féminin correspondant à la description de la fille des La Moucherie.

Comme elle avait froncé les sourcils au sobriquet donné à leur binôme, il sourit :

— Je suis d'accord que le surnom est ridicule, mais c'est eux qui l'ont choisi… Ils sont raides dingues l'un de l'autre, ces deux-là, poursuivit-il avec une tendresse évidente.
— Peut-être est-ce le cas pour Manuel, mais Marlène, elle, n'a d'yeux que pour toi…
— Hein ? Qu'est-ce que tu racontes ? Tu te trompes sûrement… couina le flic en se passant les doigts dans les cheveux comme à chaque fois que quelque chose l'ennuyait ou le déstabilisait.
— Je ne crois pas, non… l'assura-t-elle d'un ton amusé. Tu veux manger un morceau en attendant ?

Il mit un certain temps à digérer l'information, grogna un truc inaudible puis changea de sujet :

— Ben, je suis partant pour un petit-déj… j'ai la dalle. Tu connais un truc dans le coin ?
— Puisque je te le propose…

Et elle lui désigna l'allée par laquelle ils étaient arrivés en l'invitant, ainsi, à la suivre. Du coup, il lui emboîta le pas, plutôt intrigué.

— Tu n'as pas été très curieuse au sujet de cette nuit, reprit-il, un peu comme si le silence qui s'installait le stressait.
— Quelle utilité ?

Il grimaça et murmura un « c'est sûr » qu'elle parut ne pas entendre. Elle lui désigna une grande porte qui distribuait, dans un sens et dans l'autre, une foule de personnages au look hétéroclite, un mélange étonnant dans lequel ils s'infiltrèrent avec naturel pour elle, avec une vague réticence pour lui.

— Suis-moi, lança-t-elle en prenant par la bande pour éviter le plus gros de la foule.

Elle l'amena ainsi en bout d'une sorte de bar derrière lequel trois hommes et une femme s'activaient pour préparer les boissons et distribuer la nourriture. Leur présence ne resta pas longtemps ignorée. Un grand costaud d'un mètre quatre-vingt au moins, barbe soignée, cheveux courts biens coupés glissa vers eux, sourire radieux aux lèvres :

— Eh, Arti ! Ça alors ! Ça fait plaisir de te voir, dis donc ! J'ai appris pour… enfin, tu sais… Félicitations !
— Hum… murmura-t-elle mi-figue, mi-raisin. Un petit-déj pour deux, c'est possible ? demanda-t-elle en sortant de la poche revolver de ses Jeans un billet de 100€ qu'elle posa sur le comptoir en laissant un index dessus.
— Sûr.

Il prit la grosse coupure en la dévisageant.

— Mais oui, pour vous, le rassura-t-elle avec un clin d'œil.
— T'es super… miaula-t-il d'une voix un peu trop douce. J'arrive… Café, ça va ?

Elle échangea un bref regard avec son comparse et acquiesça.

… Ça roule !

Il retourna vers le milieu du grand comptoir, glissa le billet dans une boîte en fer en la désignant subrepticement à ses collègues qui sursautèrent imperceptiblement, et rassembla en quatrième vitesse une demi-baguette, du beurre et deux croissants avec deux tasses qu'il remplit d'un liquide plus marron que noir avant de leur amener le tout sur un plateau.

— Voilà…
— Merci, James…
— À ton service.

Il s'éclipsa sur un sourire pour continuer la distribution : certains payaient, mais d'autres étaient servis gratuitement… étrange endroit.
— 100 euros pour deux petits-déj… dis donc, pas donné ! se moqua Mortimer en croquant dans la viennoiserie en peu rassie.
— Une participation aux frais de fonctionnement des lieux… Il fut un temps où, dans ce genre d'endroit, je ne payais rien, tu sais… Juste retour des choses.
— Je comprends…

Sa tasse en main, elle se retourna pour dévisager vaguement les consommateurs, laissant le policier ingurgiter la nourriture, véritablement affamé. Soudain, elle fronça les sourcils et posa le café sur la planche en bois.
— Tu peux tout manger… Je reviens, lança-t-elle d'une voix urgente en se faufilant entre les groupes sans qu'il ait eu le temps de répliquer.

Il la vit alpaguer un barbu rondouillard qui sursauta et recula en la reconnaissant. Elle lui souffla quelque chose à l'oreille et ils disparurent ensemble dans une salle du fond. Décidément, elle était connue comme le loup blanc…

⋆

Tous ces visages inconnus, d'univers si différents… Il y avait là des artistes, connus ou pas, des curieux, des sans domiciles, des besogneux, des loufiats, des drogués… tous réunis dans un espace sans violence. Tous jouaient le jeu d'une trêve bien méritée dans une vie souvent cabossée. Peu lui étaient connus.
Quoique… Un visage sortit du lot. Pas question de le laisser filer… Deux mots rapides à son équipier éberlué, et elle s'infiltra dans la foule de plus en plus compacte pour enfin atteindre le personnage en grande conversation avec une gamine d'une dizaine d'années.
— Tiens, Pete… lâcha-t-elle, sourire mitigé. Justement, je te cherchais…
— Arti, couina-t-il en avalant de travers sa salive. Tu… tu as cherché à me contacter ?

— Il faut qu'on papote, tous les deux…

Le prenant par le bras, elle le conduisit d'autorité dans une autre salle déserte, encombrée de tables et de chaises, referma le battant derrière eux puis se plaça à quelques centimètres de lui sans le lâcher.

— Parle-moi d'une huile sur bois, Pete… 21x35 cm… Un Fra Filippo Lippi…
— Je… je vois pas de quoi tu veux parler…
— Allons donc… Tu connais tous les tableaux en circulation…
— Non… Vraiment… grinça le faussaire de plus en plus pâle depuis qu'il avait entraperçu l'arme sous l'aisselle camouflée par la chemise et, surtout, l'anneau rouge et noir qu'elle arborait à présent.
— Tu me prends pour une quiche ?
— Je… je me permettrais pas, Arti… On se connaît depuis longtemps, pas vrai ? Je…

Comme elle le regardait de travers, ses yeux bleu plus glacé que jamais, il frissonna, les jambes en coton.

— D'ac… cord… Mais c'est juste des rumeurs…
— Je t'écoute…
— Tu… Tu parles du « *Christ de douleur* »…
— Non, de la Joconde ! s'énerva Gwen en serrant un peu plus le bras qui tremblait.
— Tu sais qu'il faisait partie de la collection du palais des Doges…
— Et qu'il a été volé par Mussolini pour l'intégrer à sa propre collection, oui. Et qu'on le retrouve dans celle des La Moucherie, remis en guise de rançon à un gigolo, un certain Claudio Ferreri (qui n'est d'ailleurs qu'un alias) pour la libération de la fille La Moucherie jamais réapparue. Je sais également que Claudio l'a donné à Gisèle en guise de solde de tout compte. Ce que je veux savoir, c'est comment les La Moucherie sont entrés en possession du tableau. Alors ?
— Tu… tu en sais, des choses…
— J'attends, Pete… gronda-t-elle, pas commode.
— Ce tableau, ils l'ont dans la famille depuis la guerre. Mais comment ils l'ont eu, ça, j'en sais rien… Je te le jure !
— Hum… Je prends le pari que tu en sais beaucoup plus, Pete… Accouche ! Qu'est devenue la collection privée de Mussolini ?

— Ben... Justement... On n'a jamais su où elle était passée... Quand les résistants italiens ont chopé le Duce en 43, toutes les œuvres d'art avaient disparu... dont le Christ de douleur...
— Ça, j'avais compris. Et ?
— Voilà... Une histoire circule comme quoi une partie de la collection aurait été envoyée en France en grand secret chez un sympathisant, le leader se sentant très menacé. L'info aurait été détournée par la résistance italienne et le convoi intercepté. Et à partir de là, la collection disparaît pour de bon... jusqu'à la réapparition du « *Christ de douleur* ».
— Qu'est-ce que tu ne me dis pas ? gronda-t-elle, méfiante.
— Rien, Arti, je te le jure !!!
— Si j'apprends que tu m'as doublée... lâcha-t-elle d'une voix menaçante.
— Tu sais tout, promis... et si j'ai du nouveau, je t'appelle, je te jure...

Elle fronça les sourcils, mais le lâcha.
— D'accord... Mais prends garde... Tu sais, tu aurais dû signaler le tableau au moment où il a servi de paiement pour une rançon...
— De l'eau avait coulé sous les ponts et j'ai zappé...
— Dis plutôt que depuis que tu as appris que le tableau est réapparu, tu cherches la collection... remarqua-t-elle d'une voix glacée.
— Non... Enfin oui... Mais j'ai rien appris... Je t'assure !

Elle le dévisagea avec attention et une légère hésitation qui tira au personnage des sueurs froides.
— Je te fais confiance sur ce coup-là... Mais j'espère ne pas me tromper...
— J'ai toujours été réglo, Arti...
— Hum...

Elle soupira avant de plisser le front :
— Qu'est-ce que tu fais ici, au fait ?
— Un souci ponctuel avec un client... Mais ça va le faire...

Un coup d'œil pour s'en assurer et elle acquiesça :
— Tu as mon numéro, Pete...

Elle lui tourna le dos et quitta la salle sans se retourner. Toujours autant de monde dans le réfectoire. De loin, elle découvrit Mortimer, un café en main, yeux tournés vers l'endroit où elle avait disparu. Elle le rejoignit en slalomant entre les petits groupes bavards et, arrivée à quelques pas de lui, lui fit signe de la suivre à l'extérieur. Deux minutes plus tard à peine, ils se retrouvaient dans l'allée et reprenaient la direction de l'ancienne aile et de leur véhicule.

— Désolée de t'avoir laissé, mais Pete n'aurait pas parlé en ta présence.
— Et c'est qui, ce gus ? grogna-t-il d'une voix d'ours mal léché.
— Un faussaire de génie… Le meilleur… Il m'a parlé du tableau… Il faisait partie d'un lot d'œuvres d'art volées durant la Seconde Guerre.

Il leva un sourcil de surprise et elle poursuivit en lui racontant une partie de leur conversation.

— Et tu crois vraiment que cette piste du tableau est intéressante ?
— Aucune idée, mais c'est un indice comme un autre vu qu'on n'a rien… même si, je te l'accorde, c'est marginal pour l'instant, reconnut-elle en soupirant.
— Au fait, j'ai eu des news des Choupinous… Le cadavre découvert à Lille n'était pas celui de la fille des La Moucherie. Du coup, ils sont rentrés à la péniche. On pourrait aller les voir, qu'est-ce que t'en dis ? Juste histoire de faire le point… avant de retourner à Charlieu si tu crois encore que c'est utile… Mais à mon avis, cette piste aussi est froide…
— Tu ne crois pas que les assassinats de Nina, Granoux, Santini et l'enlèvement de Chrin sont liés ?
— Ça fait beaucoup pour un seul endroit, je te l'accorde, mais on n'a rien de rien…
— Mouais… Tu as sûrement raison, mais je reste persuadée qu'il se passe quelque chose dans cette région… à proximité ou pas de Charlieu, d'ailleurs…

Ils étaient à nouveau dans la cour de l'ancien hôpital. Une joggeuse les attendait, portable rivé à l'oreille et tablette posée sur le capot de l'Alpine. Une trentaine d'années, blonde, cheveux longs ramassés en une haute queue de cheval, training rose, souriante et franchement jolie, elle saisit rapidement le petit ordinateur compact et s'avança vers eux.

— Hey, Arti !

— Eh ! lança Gwen, ravie de la voir. En forme ?
— Toujours ! Tiens… fit-elle en lui tendant le petit appareil. Ils t'attendent…
— Merci… fit St-Cyrq en récupérant la machine.

Puis à son équipier :

… J'en ai sans doute pour un petit moment. Pourquoi tu n'irais pas voir les Choupinous ? Alison peut peut-être te laisser à une station de taxis… poursuivit-elle en s'assurant que la fille était d'accord.

— Tu viens nous rejoindre ensuite ? Ou tout au moins, me chercher si tu retournes dans le Centre ? Enfin si tu penses vraiment que ça vaut le coup… parce que pour nos affaires et les chambres d'hôtel, ça peut se régler par téléphone, hein…

Pour toute réponse, elle acquiesça et se dirigea vers l'entrée, les yeux rivés sur l'écran désormais éclairé. Du coup, la jeune femme s'approcha de Glenn en le dévisageant :
— Tu veux que je te dépose ?
— Ça m'arrangerait, oui, si ça t'embête pas…
— Du tout. Ma bagnole est dans la rue et je sais où trouver un arrêt de taxi pas très loin.
— C'est cool, merci…
— Pas de souci, tu penses…

Il lui emboîta le pas, conscient qu'il ne devait en aucune façon se montrer curieux. Elle ne lui dirait évidemment rien, ni sur Gwen ni sur ce pour quoi elle l'avait éloigné de la friche. Il ne pouvait que ronger son frein et attendre d'éventuels éclaircissements.

II

Gwen pénétra dans le bâtiment, sourit aux deux balèzes qui en protégeaient l'accès, mais au lieu de prendre l'escalier, elle appuya sur le bouton de l'ascenseur à la peinture griffée pourvue du dessin artistique d'une tête de lapin aux yeux exorbités, bajoues disproportionnées et anneau dans son court museau. Un bruit sourd de crémaillère et de câbles mal graissés puis la porte coulissa en deux morceaux, lui permettant d'entrer dans une cage d'1m². Elle appuya sur le « -1 », l'index faisant défiler sur l'écran tactile les informations qu'on lui transmettait au sujet du « fameux » Zac. Trois minutes plus tard, elle posait le pied sur un revêtement granuleux, plutôt sombre, sans cloison… Un ancien parking, peut-être. Entre quatre poteaux, un homme assis sur une chaise, fortement éclairé par des spots et gardé par six silhouettes en manteaux noirs, encapuchonnées.

Il n'était pas entravé, mais ne bougeait pas. Elle s'approcha pour constater que son « interception » n'avait pas dû être simple. Plusieurs ecchymoses sanglantes sur le visage et un nez visiblement cassé.
Elle s'arrêta en limite du halo de lumière de façon à ne pas être vue et le dévisagea : latino, cheveux très noirs, frisés, tirés en arrière par un gel quelconque effet mouillé, une boucle en argent à chaque oreille, un look de militaire qui a mal tourné avec des rangers râpés et les pantalons troués.

— Vous êtes qui, vous ! grinça-t-il, très agressif dès son arrivée. Pas des keufs à votre dégaine… Alors, qui ?
— Zacharie Daniko… 24 ans… lâcha-t-elle sans répondre. Dealer meurtrier de ton état, hein…
— Putain, vous savez pour qui je bosse ? Vous allez vous faire décalquer, les mecs ! Et moi, je vais prendre mon pied en les regardant vous découper en morceaux à la scie sauteuse !
— Comme tu peux le constater, nous tremblons tous de peur… fit Artémis d'une voix calme.

Un jeton noir en plastique atterrit bruyamment à ses pieds, tournoya un peu sur lui-même et tomba sur une face en cliquetant.

… Tu sais ce que c'est ? Tu en as reçu trois…

— Parce que vous croyez que ces trucs de farce et attrape ont pu me faire flipper ? C'est comme votre dégaine ringarde… Vous vous croyez au moyen-âge, sérieux ! Une vraie bande de « has been » !
— Qui t'a payé pour accrocher Nina ? reprit Artémis à la barre de l'interrogatoire.
— Va chier !

Elle entra dans le cercle de lumière, lui révélant ainsi son visage en sortant, en un geste tranquille, son automatique et le silencieux qu'elle vissa posément au canon, sans lâcher le dealer des yeux.
— Parce que tu crois que tu me fais peur, pétasse ? pouffa-t-il en essuyant d'un revers de main le sang qui continuait à couler de son nez.
— Tu vois, t'as pas de pot, continua-t-elle de cette voix trop calme, trop froide, trop inquiétante qui n'appartenait qu'à son côté sombre. En temps normal, tu aurais passé un sale quart d'heure et on t'aurait envoyé chez des copains à nous, en Chine, par conteneur. Mais Nina faisait partie de la Confrérie… Amir m'a parlé de toi, de tes questions, et de la lettre qui l'a hameçonnée… Qui te l'a refilée et t'a demandé de la lui faire passer ?
— Va te faire foutre, la meuf !
— Mauvaise réponse…

Elle visa posément et tira dans le gras du bras, tirant à l'affreux un hurlement de douleur.
— La putain de ta race ! explosa-t-il en se prenant le bras pour tenter d'arrêter le sang.
— Tu connais ces engins ? poursuivit-elle, un sourire froid au coin des lèvres… à mon avis, l'un des meilleurs semi-automatiques du marché… 211 mm, 945 gr, culasse Brunition, carcasse alu… et surtout un chargeur de 17 coups… Moins la balle que tu as dans le bras… Il te reste 16 chances de me dire la vérité, Zac… Donc, je répète, mais ce sera la dernière fois… Qui t'a donné la lettre ?
— Va te faire foutre, connasse !
— Sacré vocabulaire… remarqua-t-elle en effaçant son sourire. Mais qui ne me donne pas la réponse souhaitée… Dommage…

Cette fois, elle visa le gras de la cuisse gauche et tira. Nouveau hurlement, aucun geste des silhouettes qu'on aurait cru en cire. L'autre était pâle comme le cadavre en sursis qu'il était. Ses lèvres de craies étaient crispées sur ses mâchoires. Des gouttes de sueur froide perlaient sur son front souillé d'hémoglobine. Il avait peur... de celle qui vous tord les tripes et qui vous apprend sans filtre que vous êtes un homme mort...

— Et donc ? reprit Artémis, les yeux n'exprimant plus aucune émotion que celle d'une envie irrépressible de tuer.
— Tu vas le payer au centuple, salope ! gueula-t-il, peut-être pour se donner du courage ou dans l'espoir d'être entendu et secouru.

Elle tendit à nouveau le bras et tira dans la cuisse droite, cette fois. L'autre, sonné, chancela et bascula de la chaise pour atterrir sur le goudron délété par les ans, son treillis couvert de sang, le regard vague qui ne sait plus très bien où il est, ce qu'il doit dire ou penser... Il s'était toujours cru à l'abri, son chef de bande garant de sa sécurité. Mais là... Il était seul face à des tordus... Il en avait entendu parler dans la rue... une rumeur persistante au sujet d'une confrérie très ancienne, toute puissante, une société parallèle avec ses lois, ses ministres, ses juges et ses bourreaux, mais ça n'avait été, jusque-là, qu'une légende et les jetons reçus, une simple blague...

— Encore quatorze balles... 14 chances... Tu vois, je compte pour toi... lui annonça-t-elle posément. Donc ? Toujours mutique ?

Même si le mot « mutique » lui était inconnu, il en comprit l'essence et secoua la tête de droite à gauche avec une sorte d'urgence.

— Je peux pas dire ce que je sais pas, putain ! couina-t-il, des sanglots de douleur dans la gorge tandis qu'il se tordait le cou pour la voir.

Un long gémissement, une hésitation et il se décida...

... D'accord... Je... reçois les instructions par la poste... D'habitude, on me donne le nombre et l'âge des filles, mais avec Nina... c'était nominatif. J'sais pas pourquoi... On m'a demandé de me rancarder sur elle. Ça avait l'air important... J'ai envoyé les infos poste restante et j'ai reçu une semaine après une lettre à lui faire passer avec le fric... C'est tout ce que je sais, je vous jure !

— Quelle poste restante ?
— Neuilly, boulevard Bineau...
— Le nom ?
— Anne Pierret...
— Tu es sûr ? gronda-t-elle en esquissant un mouvement feint du doigt sur la gâchette.
— Je le jure !!!! grinça-t-il dans une urgence douloureuse en avançant vers elle une main gauche ensanglantée.

— Combien de filles tu as alpaguées pour ce correspondant ?
— 14… geint-il en se tenant la cuisse droite qui saignait abondamment.
— Ça fait combien de temps que dure ce trafic ?
— Trois piges… Moi, je fais ce que Jo me dit de faire… Rien de plus… pleurnicha-t-il, la bouche pleine de salive. S'il vous plaît… Un médecin… j'ai mal…

Aucune réaction du bourreau femelle qui poursuivit son interrogatoire, le doigt sur la gâchette.
— Et tu sais ce que deviennent les filles ?
— Pas mes oignons… couina-t-il en gémissant.
— Donc, tu deales et tu fais dans le trafic d'êtres humains…
— Moi, je suis qu'un intermédiaire, merde ! Et puis, ces filles, toutes des putes, des camées ou des sans fafs[33]… miaula-t-il entre deux gémissements. Moi, je force personne, putain… Je mets en contact, c'est tout… et j'obéis aux ordres… J'ai tout bavé ! Menez-moi à l'hosto ! Je perds tout mon sang, là !

Le front plissé, elle réfléchissait, concentrée sur ce qu'elle savait des victimes.
— Tu connaissais toutes ces filles personnellement ?
— Ouais et alors ?
— Même Nina ?
— Non, pas elle, couina-t-il, des sanglots dans la gorge.
— Lyne-Anne de La Moucherie, Manuela Alban… des noms qui te disent quelque chose ?
— Non… Connais pas… Allez, putain, je vous ai tout bavé, couina-t-il en secouant la tête avec véhémence.
— Et Claudio Ferreri, Lucien Vernin, Laurent Belcour… ajouta-t-elle sans se soucier de la supplique.
— Je les connais pas, ces keums ! S'il vous plaît…

Pas tout à fait convaincue, elle appela à l'écran la galerie de photos de sa tablette et les fit défiler devant les yeux remplis de larmes du loufiat.
— Alors ?
— Nina, oui… et Amir… Mais jamais vu les autres ! gémit l'homme implorant. Pitié…

---

[33] Fafs : arg. Papiers

Artémis soupira, mais ne baissa pas les yeux pour énoncer l'acte d'accusation :

— Zacharie Daniko, tu es coupable de revendre de la drogue coupée avec de la lessive et même avec de la poudre antifourmis aux adolescents de ta zone de prospection entraînant quatre overdoses mortelles. Tu es coupable de jouer les rabatteurs pour un réseau de vente d'êtres humains. Tu es coupable d'avoir joué un rôle non négligeable dans la disparition puis l'assassinat de Nina Forggliano. Tu as reçu les trois avertissements d'usage et tu n'en as pas tenu compte… Verdict…

Les six silhouettes tournèrent le dos au loufiat et s'éloignèrent, les amenant ainsi dans la zone sombre. À l'inverse, elle avança d'un pas, se retrouvant ainsi à deux petits mètres de l'accusé qui se recroquevilla.

— Zacharie Daniko, le jury te déclare coupable de tous les chefs d'accusation énoncés.

Elle tendit à nouveau le bras et appuya sur la gâchette. L'homme se contracta, atteint d'une balle au milieu du front. Sans quitter des yeux le désormais cadavre, elle dévissa le silencieux, le rangea dans sa gaine, et glissa son arme dans le holster. Deux hommes tête nue s'approchèrent avec une bâche, y placèrent le corps, l'en enveloppèrent, récupérèrent les douilles et disparurent avec leur fardeau. Zacharie Daniko venait d'être effacé de la surface de la Terre… Un autre versa de l'acide sur le sol… Rien n'était jamais laissé au hasard. Les six silhouettes s'étaient esquivées. Le jury restait toujours anonyme. Les spots furent déménagés sans qu'elle esquisse un mouvement. Artémis resta un long moment dans le noir avant de rebrousser chemin. L'ascenseur puis le hall et enfin l'air libre, trop chaud.

Elle marcha jusqu'à son véhicule, s'installa derrière le volant, serra les dents et reprit sa tablette : il lui fallait mettre en place une surveillance du bureau de poste tout en sachant que l'identité donnée était forcément fausse. Enfin, elle sortit son téléphone et en contempla l'écran : aucun message de Mortimer peut-être très occupé à débriefer avec ses copains, peut-être agacé d'être tenu à l'écart.

Mais avant de le rejoindre, elle avait besoin d'un break de quelques heures… comme après chaque exécution. Elle composa le numéro de son équipier en tentant de se relaxer dans le siège baquet. Une sonnerie… une seconde… trois… Elle les comptait machinalement…

Pas de répondeur. Personne. Elle reprit sa tablette, ouvrit un logiciel spécifique de traçage et entra le numéro du policier. Un recentrage… Le portable se trouvait, non dans la péniche dont l'emplacement était signalé par un point fixe enregistré lorsqu'elle y était allée, mais sur les berges de la Seine, un peu en amont. Anormal.

Du coup, elle lança sa machine, mit le GPS et quitta la friche pour s'imbriquer dans le trafic de la mi-journée. Direction : Dammanies-les-Lys, sans envie il faut bien l'avouer.

L'ENNEMI SE RAPPROCHE... MAIS LEQUEL ?
I

Plus d'une heure de voiture. Elle était inquiète malgré elle. Ce silence ne ressemblait pas à son équipier : il lui aurait, au moins, concocté un SMS caustique pour l'envoyer balader...

Préoccupée, elle ne pensait plus à Zacharie, au dernier regard du condamné, vous savez, celui qui sait qu'il va mourir, mais qui espère jusqu'au bout qu'il va vivre...
Tout son esprit était tourné vers des faits curieux qui la turlupinaient depuis quelques jours : comment les mercenaires d'Alban avaient-ils pu loger aussi vite et aussi facilement quatre flics morts et enterrés dans les règles de l'art ? Comment avaient-ils pu loger Matou ? Pourquoi ce ciblage sur Nina, sa protégée ? Était-elle personnellement visée ? Ou leur groupe, dans son ensemble, Nina n'étant qu'un avatar de leur enquête ? Toujours est-il qu'il y avait là une anomalie digne d'intérêt.

Dammanies-les-Lys, un petit kilomètre en amont... Une zone un peu sauvage, sans construction. Un chemin à peine carrossable pour un SUV. L'Alpine, trop basse, fit demi-tour sur un terrain à peu près plat pour se ranger sur le côté. Elle sortit du véhicule qu'elle sécurisa, s'assura de son arme et avança sur le chemin, l'œil aux aguets.
Des taillis, un vague brouhaha d'activité humaine en fond, quelques piaillements disparates, sans plus. La terre du sentier était très sèche, craquelée, la végétation brûlée par la canicule qui sévissait depuis plusieurs jours.
500 mètres à parcourir... Pas un chat. La rive recouverte d'herbes grillées malgré la proximité de l'eau... sans la péniche !

Un coup d'œil derrière elle puis autour avant de se frayer un passage en amont du fleuve un peu bas et vert. Sa tablette éclairée, elle avançait avec précaution. Encore 200 m... Les ronces s'accrochaient à ses Jeans et ses pieds s'enfonçaient désagréablement dans le tapis végétal jaune paille en un chuintement fort peu discret. Sur l'autre berge, un chemin de halage goudronné, bien ombragé, mais désert par cette température hors norme. Des arbres en équilibre penchaient leurs branchages vers la surface de l'eau parcourue par un léger courant.

50 m… Au loin, une haie d'arbres un peu plus dense. Elle dut contourner une grosse butte et déboucha sur une microplage… sur laquelle un corps trempé, face contre sable, gisait, inerte.
Elle bondit, cœur battant, s'accroupit, contempla les cheveux collés blonds et retourna le corps : Mortimer… une blessure au front, une autre à la poitrine.
Elle posa l'index et le majeur sur la jugulaire, sourcils plissés… Le pouls était faible, mais existant et régulier.
Elle lui essuya vaguement le visage, scruta la blessure ouverte au-dessus du sourcil puis souleva le tissu de la chemise : pas mortel. Impossible de le déplacer seule. Elle sortit son portable et appela du renfort. En attendant, elle lui parla doucement, un murmure rassurant censé avertir son inconscient que quelqu'un d'amical l'avait retrouvé.

Un quart d'heure plus tard, quatre hommes se frayaient un chemin entre les branchages, l'un d'entre eux transportant un brancard d'urgence plié. Tous la saluèrent et le plus grand s'agenouilla auprès du corps, l'ausculta puis se releva et s'approcha de St-Cyrq.

— On l'amène au Centre. Entre le processus psy et l'opération, compte 24h. En cas de dépassement, je te préviens.
— Parfait, acquiesça la légiste, le regard fermé. Vous me l'amenez ensuite à la planque 17.
— Pas de problème. Et pas d'inquiétude… Tu sais que le process est sécure et très au point…
— Je sais, oui.

Le personnage en survêtement fit un signe de tête aux trois autres qui allongèrent le blessé sur la civière avant de lui poser une perfusion tenue à bout de bras par celui des trois qui ne portait pas le corps. Gwen les regarda s'éloigner en se mordillant l'intérieur de la joue : elle avait décidé, d'un commun accord avec le Conseil, de lui effacer une partie de ses souvenirs ayant trait, notamment, à son rôle d'Exécutrice. Plus prudent…

Elle soupira puis retourna à sa voiture. Elle avait fait le seul choix qui s'imposait en de telles circonstances… donc forcément le bon.

II

Une douce chaleur… De la lumière filtrait par ses paupières closes. Il avait un mal de tête épouvantable : le sang qui lui battait les tempes douloureusement lui donnait mal au cœur. Tout son corps hurlait de souffrance. Il gémit en se contractant. Immédiatement, un linge humide et froid fut appliqué sur son front puis son visage tandis qu'un afflux chaud lui parcourait les veines… Lentement il reperdait pied… Des images d'une violence inouïe le firent hurler… Une voix douce recouvrit ses souvenirs, lui permettant de retourner à l'oubli d'un sommeil profond.

Il avait soif. Il s'obligea à ouvrir les yeux. Un instant de flottement pour comprendre son environnement et il tenta de plisser le front, sans succès : quelque chose l'en empêchait… Un pansement, peut-être ? Il leva la main droite en gémissant et se passa les doigts sur le visage puis le front, bandé. Il tourna la tête : sa main gauche était perfusée, reliée à deux poches de liquide translucide. Les volets étaient ouverts, mais il faisait nuit, dehors. Une lampe diffusait dans la chambre une lumière feutrée. Mais que faisait-il là ?

Un mouvement feint tout près le fit sursauter. Une silhouette quitta un coin sombre pour avancer vers lui, sourire aux lèvres : Saint-Cyrq !

— Salut… lui lança-t-elle en le dévisageant avec un évident soulagement.
— Salut… Je suis où, là ?
— Chez un copain, en sécurité. Comment tu te sens ?

Il avala avec difficulté un peu de salive pour s'humecter le gosier.

— Ça pourrait aller mieux, gémit-il alors que tout son côté droit le lançait.
— Ou beaucoup moins bien… Tu as failli y rester… Tu as soif ?

Il acquiesça. Pensivement, elle versa un peu d'eau dans un verre, passa une main sous sa tête pour le surélever et l'aida à boire.

— Merci… Comment tu m'as retrouvé ?
— Comme tu ne répondais pas, j'ai tracé ton téléphone… Heureusement que tu l'avais avec toi… Tu as mal ?
— C'est supportable… Qu'est-ce que j'ai ?

— Une balle a ricoché sur ton front et une autre s'est logée dans l'intestin grêle. Tu as perdu beaucoup de sang, mais tu es hors de danger.
— Ça fait combien de temps que je suis dans le coaltar ?
— Onze jours.
— Onze… Merde ! Et les copains ? murmura-t-il en grimaçant.
— Sean les a déplacés dans une autre planque avec interdiction d'en sortir jusqu'à ce qu'on arrive à comprendre d'où viennent les coups. Même moi, je ne sais pas où ils sont, pour te dire…

Elle vérifia rapidement l'état des perfusions puis saisit une chaise contre le mur et la tira jusqu'au lit pour faire face au blessé :
— Tu me racontes ?
— Ta copine m'a laissé à un arrêt de taxi. Je me suis fait conduire à Dammanies et j'ai rejoint la péniche à pied. Tout était normal. Dans la salle commune, aucune trace des choupinous. Mais lorsque je suis entré dans ma chambre, j'ai découvert une bombe sur le lit. Pas le temps de tenter de la désamorcer… Et puis il y a eu une voix urgente de femme… qui disait qu'ils devaient quitter le bateau, un coup de feu, je crois, et une douleur au côté. Je me suis hissé jusqu'au hublot et je me suis laissé glisser dans l'eau. Après, je sais plus…
— La péniche a été détruite par une violente explosion.
— Ah bon ! s'exclama-t-il avec un peu trop de force parce qu'un déferlement tussif l'en punit.

Elle attendit que les spasmes se calment d'un regard concerné avant de poursuivre.
— Tu as faim ?
— Pas vraiment… Tu penses que je peux me lever ?
— Si tu ne fais pas de geste inconsidéré, et après avoir avalé quelque chose, oui… Tu ne bouges pas, je vais chercher une soupe.

Elle se leva et quitta la pièce d'un pas léger, totalement inaudible qui l'interpella. Cinq minutes plus tard, elle revenait avec un bol et une cuillère qu'elle posa sur la table de nuit. Elle fit le tour du lit, arrêta les perfusions et les lui retira d'un geste sûr. Comme il essayait de bouger, elle l'arrêta d'un geste.
— Attends… Détends-toi et laisse-moi faire. Pas question que les sutures cèdent encore, lâcha-t-elle sur un ton mi-figue, mi-raisin.

Elle prit un coussin sur le divan trônant contre une table basse, passa son bras dans le dos du blessé, y glissa l'oreiller supplémentaire et le relâcha lentement.

— Ça va ?
— Ça tire, mais c'est pas si douloureux que ça.
— Je t'ausculterai après le repas et avant que tu te lèves.
— C'est toi, la Doc...

Et comme elle s'éloignait pour récupérer la soupe, il la retint par le bras et plongea ses yeux sombres dans ceux bleu menthe glaciale de St-Cyrq.

— Merci, Gwen...

Elle sourit en lui adressant un clin d'œil, posa sa main gauche sur la sienne avec douceur puis se dégagea pour lui donner son repas. Elle s'assit en attendant pensivement qu'il ait terminé puis l'ausculta sans dire un mot, palpant la chair, vérifiant la cicatrice du côté puis celle du front, refit les pansements puis l'aida à se lever.

— Comment tu te sens ? s'enquit-elle, inquiète.
— Faible, mais en vie... Et c'est grâce à toi...
— C'est pas ce que font les équipiers ? Veiller l'un sur l'autre ?
— C'est sûr, mais ça fait deux fois que tu me sauves la mise... Et du coup, quels sont les ordres ?
— Toi, comme Marlène et Manuel, tu restes au vert jusqu'à ce que tout soit terminé. Ici, ils ne te retrouveront jamais.
— Et toi ?
— Moi ? Je me fiche des ordres de Sean. J'ai un compte à régler avec la pourriture qui a eu Nina, lui annonça-t-elle d'une voix très calme. Donc, maintenant que tu vas mieux, je vais pouvoir continuer la traque...

La main plaquée sur son côté, il se plaça devant elle, regard fermé, mais décidé.

— Si tu crois que je vais te lâcher, Gwen, tu rêves ! Je sais pas qui ils sont, mais ce sont des fous furieux. Pas question ! Je peux marcher, regarde... lui fit-il remarquer en esquissant quelques pas.
— Ta blessure est plus grave qu'elle n'y paraît, lui mentit-elle pour le faire tenir tranquille. (*Et puis, il fallait bien une explication aux onze jours de vide dus au processus d'effacement psychique*). Tu es resté un long moment inconscient, et les dégâts internes sont

importants. Si tu avais pu aller à l'hosto, ce serait probablement différent, mais moi, je te rappelle que je ne suis que légiste…

— Je suis certain que tu as fait du super boulot, Gwen. D'accord, je suis pas au meilleur de ma forme, mais puisque tu as attendu onze jours, si tu me laisses un jour ou deux pour me refaire une santé…
— Ça ne suffira pas… Tu dois te reposer… Je suis capable de me débrouiller seule.
— J'en suis certain, mais tu peux pas continuer en solo ! Ce serait du suicide… Laisse-moi t'aider à choper ces pourris !

Elle le dévisagea, jaugea son état d'esprit, soupira puis se laissa convaincre :

— Très bien. Tu te reposes encore trois jours. Ensuite, sur le terrain, tu viendras pour couvrir mes arrières, d'accord ?
— Deal ! plaisanta-t-il en se rasseyant sur le lit en réprimant une grimace de douleur. Tu m'as amené ici comment ?
— Des copains…

Il sourit :

— Tu les remercieras de ma part, d'accord ?

Elle le dévisagea, sans plus.

— Et si on parlait de l'affaire ? Je suppose que t'es pas restée les bras croisés, ces onze derniers jours, je me trompe ? Alors, qu'est-ce que tu as découvert ? Et le fameux Zac pour lequel t'es restée à la friche, il t'a craché le morceau ?

Elle ne le lâchait pas des yeux, consciente qu'il faisait de gros efforts pour lui cacher sa souffrance. Il était blême.

— Étends-toi… On a le temps d'en discuter…

Curieusement, il ne rechigna pas et reprit la position allongée avec un vrai soulagement.

— Putain… Si je les chope… grogna le policier, dents serrées.
— En attendant, bois ça… fit Gwen en lui présentant un verre avec très peu de liquide. C'est un sédatif… Ton corps a besoin de calme pour se réparer. On fait un point sur l'affaire à ton réveil, promis…
— Tu pars pas sans moi, tu me le jures ?
— Juré, craché, plaisanta-t-elle en simulant un crachat.

Du coup, il se relaxa, ferma les yeux et s'endormit comme une masse. Pas question, évidemment, de le remettre déjà sur l'enquête et donc de lui donner des antidouleurs trop efficaces : elle avait besoin d'être libre de ses mouvements.

III

Lorsqu'il ouvrit les paupières, il faisait grand jour. Les vitres étaient ouvertes et un léger souffle de vent soulevait les rideaux. Une seconde pour se souvenir des faits et de l'endroit où il se trouvait, une autre pour constater que les perfusions avaient disparu et une troisième pour s'apercevoir qu'il se sentait mieux... beaucoup mieux, en fait. Sa tête ne le faisait plus souffrir. Il avait les idées claires... Quant à sa blessure au côté, la douleur était franchement très supportable.

Personne dans la chambre à l'ameublement simple. Il esquissa un mouvement et, rassuré, décida de se lever. La main plaquée sur le gros pansement qui lui couvrait le bas du torse, il imprima à son corps un quart de tour, posa ses pieds au sol puis se mit debout. Un léger étourdissement puis tout revint à la normale.

Le sourire aux lèvres, il avança jusqu'à un miroir psyché ovale de facture ancienne et contempla son image avec étonnement. En slip, amaigri, barbu, les yeux cerclés de violet, il avait une mine affreuse. Mais il était en vie, plus proche de la légiste que jamais. Le principal...

Il découvrit à côté une petite salle d'eau et tout un nécessaire de toilette sur un tabouret.

Une demi-heure plus tard, rasé de près, lavé et parfumé, il ressortait nu pour découvrir sur le lit une pile de vêtements propres. Il jeta un œil à la ronde pour tenter de repérer une surveillance éventuelle puis, ne la trouvant pas, s'habilla et passa dans le couloir jalonné, de chaque côté, de portes entrebâillées sur des chambres. Puis un espace ouvert : le salon... Peu de meubles, disparates de style, un canapé passablement usé, une table ronde dressée pour un repas et quatre chaises.

Gwen apparut, un plateau chargé de victuailles en main et lui sourit :

— Ça va mieux, on dirait ? lui lança-t-elle d'une voix rassurée.

— Beaucoup mieux, tu veux dire ! Tu as fait des miracles, Gwen, merci !

— Tu es surtout un dur à cuire ! J'ai dû recommencer l'opération deux fois et, à chaque fois, j'ai cru que j'allais te perdre… Ça m'a rappelé pourquoi j'ai choisi médecine légale plutôt que chirurgie…
— J'ai la peau dure, répliqua-t-il, sur le ton de la plaisanterie. Un petit-déj ! poursuivit-il, les yeux luisants. J'ai une faim d'ogre…
— Assieds-toi et sers-toi…

Ils prirent place l'un en face de l'autre et se servirent en café et en tartines. Dévorant tout ce qui lui passait sous la main, Mortimer décida qu'il était grand temps d'en apprendre plus sur les derniers jours. Entre deux bouchées, il se lança :
— Alors, tu me briefes ? Qu'est-ce qui s'est passé pendant que j'étais HS ?
— Beaucoup et peu de choses à la fois… Chrin, La Moucherie et Alban sont toujours dans la nature. Plus aucun cadavre découvert, que ce soit à Charlieu, dans la région parisienne ou sur Lyon.
— C'est plutôt une bonne nouvelle, ça, non ? remarqua le flic en trempant un morceau de croissant dans son café.
— Sûr. Pourtant Raoul Alban a payé la rançon…
— Ouais, ben payer n'a jamais été une solution, tu le sais comme moi, marmonna-t-il la bouche pleine en haussant les épaules. Signac et son équipe n'ont rien à se mettre sous la dent ?
— Rien du tout. Les ravisseurs sont de super pros, et ça m'étonnerait qu'ils aient eu, un jour, l'intention de leur rendre sa fille surtout si tous ces enlèvements sont liés…
— Sean t'a dit si les copains ou ton Matou ont trouvé quelque chose ?
— Juste qu'Alban n'est pas clean. Ses comptes sont propres, trop pour un mec de cette envergure, dixit Marlène qui n'a pas eu le temps de creuser.
— Et ton gus à la friche… Zac, je crois ?
— Plus intéressant… Il a été payé pour « soulever » les filles. Il recevait ses ordres via poste restante : le nombre, le look, l'âge… et il les faisait disparaître en leur faisant passer un mot leur promettant monts et merveilles.
— Comme pour Nina…
— Pas tout à fait parce que, pour elle, la commande était nominative… Donc, le donneur d'ordre la connaissait.
— C'est un indice, ça ! Et pour la poste restante ?

— À Neuilly, une dénommée Anne Pierret… Une fausse identité. Mais j'ai réussi à remonter jusqu'à une adresse véritable, à Saint-Denis, chez un certain Martel, un mec qui vit d'expédients… Lui reçoit les instructions par téléphone et il les fait passer via une adresse poste restante au rabatteur.

— Et l'identité à l'autre bout du fil ?

— Une voix déguisée. Un numéro impossible à tracer. Il reçoit son fric dans sa boîte aux lettres. Cent euros en coupures de 10 et de 20 usagées. C'est un cul-de-sac…

— Et donc ? Une idée ?

— Plutôt des constatations et beaucoup de questions sans réponse, en fait…

— Tu as creusé ta piste du tableau ? s'enquit-il en l'observant, sourcil levé.

— C'est en cours. Je dois rencontrer quelqu'un qui pourrait avoir des infos, mais ça prend du temps…

— Tu m'étonnes… Et les deux flics de Lyon ? Ils en sont où ?

— Ils sont rentrés. Cavaignac reste seul sur le coup avec sa brigade. Il remue ciel et terre, mais sans résultat.

— Du coup, là, en l'état, on a toujours que dalle, si j'ai bien compris ?

— Ben pas tout à fait… Tu te souviens du papier que m'a donné Chrin avant d'être amenée par les faux pompiers ?

— Euh… Oui… Et ?

— Une vieille connaissance enseigne l'architecture médiévale. Toute une classe travaille pour nous…

— Cool ! s'exclama-t-il en prenant le dernier croissant. Euh… Tu le veux, ou je peux ? s'enquit-il pour la forme.

— Je te le laisse… murmura-t-elle en souriant tout en portant sa tasse à ses lèvres.

Il le déchiqueta immédiatement, reprit un bol de café et trempa la chair gorgée de beurre dans le liquide fumant avec gourmandise.

— Tu vois la suite comment ? reprit-il après avoir avalé son énorme bouchée.

— Tout dépend… Si les étudiants ont trouvé quelque chose avant que j'aie réussi à obtenir mon rendez-vous au sujet du tableau… Belcham me tient au courant en cas de news, et je suis en train de fouiller le passé de Nina… Pas simple compte tenu de sa vie, mais bon…

— Donc, on reste ici ? Et moi, je fais quoi ?

— J'allais te proposer de reprendre toute l'affaire à zéro, histoire d'avoir les idées claires et de voir si nous explorons toutes les pistes… Qu'est-ce que tu en dis ?
— Je suis ton homme ! lâcha-t-il en avalant rapidement la dernière gorgée.

Elle se leva, négligea la table et les reliquats de leur petit-déjeuner, prit un paperboard appuyé contre le mur qu'elle installa face à un divan dans lequel prit place son équipier, saisit un marqueur et réfléchit un instant à la façon de commencer « sa récap ».
— Tu me dis si j'oublie quelque chose, OK ?
— Vas-y…
— Je crois qu'on se retrouve devant quatre schémas…
— Quatre ? Comment ça ?
— Ben, on a d'abord les filles qu'a livrées Zac, qui, toutes, gravitaient autour de lui. On a Nina, une commande spéciale de son commanditaire, Chrin, une flic infiltrée, la première enlevée en direct à Charlieu et puis les deux friquées, La Moucherie et Alban pour lesquelles une rançon a été demandée, mais qui ne sont jamais réapparues, rançons probablement exigées par Ferreri puisque d'un, elles ne sont réclamées que bien après la disparition des filles et de deux, le tableau qui a servi de paiement pour Lyne-Anne a servi pour solder les prêts de Ferreri contractés auprès de Gisèle.
— Vu comme ça… murmura Mortimer en croisant les bras sur sa poitrine. Ça met les choses en perspective. Et dans ce micmac, tu places notre premier enlèvement où ? Et les tueurs de la péniche ? Comment ont-ils pu savoir où nous loger alors même qu'on venait d'être enterrés ? Et comment ont-ils pu localiser la péniche ? Un mouchard sur l'un de nous ?
— L'explication est plus simple… Le service venait être mis sur l'enlèvement de Manuela au moment de notre inhumation… Alban a cloné le portable de Sean… Sean a fait le nécessaire, mais par acquit de conscience, Manuel et Marlène n'utilisent plus que des cartes prépayées. Et nous, nous sommes à l'abri, du moins tant que nous restons ici. Après, sur le terrain, faudra faire gaffe.
— Donc, c'est cet enfoiré d'Alban qu'on a sur le dos ?
— Oui, a priori… ce qui me fait dire qu'il cache quelque chose d'essentiel. À savoir quoi, là… Pourquoi il nous a dans le collimateur ? Qui lui a parlé de nous ? Comment a-t-il su où

trouver Ferreri ? Vu ce que le gus a dégusté, il a sans doute tout avoué… Alors, où est Manuela ?
— Et si son père l'avait récupérée et envoyée se refaire une santé loin de Paris ?
— Dans ce cas, pourquoi ses gus te seraient tombés dessus sur la péniche ? Pas logique…
— Tu crois qu'il pense que nous sommes les ravisseurs ?
— Hum… Pourtant, puisqu'il avait accès à nos échanges avec Sean, il savait forcément que nous sommes des flics sous couverture…
— Tu as raison, y a anguille sous roche… Et si Alban était le commanditaire de l'ombre de tous ces enlèvements ? proposa Glenn en se passant une main dans les cheveux. L'un des macs de ces filles aurait eu vent de son petit manège… ou peut-être même un concurrent qui s'en serait pris alors à Manuela…
— Dans cette hypothèse, pourquoi la fille La Moucherie ? Pour Chrin, c'est évident : ils ont compris à qui ils avaient affaire et ils s'en sont chargés… Et pour Nina ? Quel lien y aurait-il entre Alban et elle ?
— Ça tient pas la route, je suis d'accord… Pourtant Alban a sûrement un rôle important dans tout ça, si tu veux mon avis.
— Hum…

Un silence pensif s'installa, chacun relisant les notes écrites au tableau à la recherche de l'idée lumineuse.
— Tu sais ce que Signac et consorts ont découvert au sujet d'Alban ? Un lien avec La Moucherie ? Peut-être que quelque chose, dans leur passé…
— J'y ai pensé… Le problème, c'est que je n'ai aucune idée de l'identité véritable du père de Nina… Le mec qui l'a enlevée était un schizophrène, complètement à l'ouest. La rumeur le disait son père, mais à mon avis, pas sûr du tout…
— Et Forggliano, c'était le nom de qui ?
— De son ravisseur… enfin, peut-être. Lui, je ne l'ai jamais rencontré, mort avant mon arrivée, et dans la rue, on ne se connaît que par surnoms interposés…
— Et dans tes connaissances, t'aurais pas quelqu'un qui pourrait nous rancarder sur le gus ?
— J'ai fait passer le mot, mais dans ce milieu de junkies timbrés, on ne fait pas de vieux os. Il ne faisait pas partie de la Confrérie. Du coup, tu vois, c'est limité et très hypothétique.

— Donc, si on résume, on a quoi ? Probablement quatre schémas pour les enlèvements, un enfoiré, Alban, un morceau de papier déchiré et un tableau de maître… Avec ça !

Du coup, elle se planta devant la feuille de papier, passant d'un protagoniste à l'autre, d'un schéma à l'autre, à la recherche d'une piste sérieuse qui tardait à se dessiner.

— Et si tu demandais à ta copine Gisèle ? Qui sait si elle connaîtrait pas Alban ou La Moucherie, au moins de nom ?

Elle se retourna et dévisagea son équipier, sourcils froncés avant de s'éloigner jusqu'à la fenêtre et de plonger son regard à l'extérieur.

— T'as pas l'air très chaude pour y retourner… remarqua-t-il en lui adressant un regard interrogatif qu'elle ne vit pas. Qu'est-ce qui t'embête ? Elle t'a déjà rancardée une fois, non ?

Elle soupira puis se mordilla l'intérieur de la joue, indécise.

— Gisèle est à manipuler avec précaution… lâcha-t-elle enfin avant de lui refaire face.

— C'est-à-dire ? Elle est du genre très dangereux, c'est ça ?

— C'est un doux euphémisme.

Mortimer grimaça, impressionné peut-être.

— Donc, c'est une mauvaise idée ?

— J'ai pas dit ça… Et il se pourrait bien que ce soit une excellente idée, au contraire, mais… je dois trouver une monnaie d'échange…

— Oh… Elle monnaye ses infos ?

— Il y a des usages…

— Et elle demande quoi ? Du fric ?

— Non… plutôt de l'exceptionnel... et puis tout dépend de la demande…

— Un maître-chanteur, quoi… Je déteste ce genre de pourritures…

Une ultime hésitation et elle sortit son portable.

— Attends, Gwen ! Qu'est-ce que tu comptes lui donner en échange ?

— J'en sais rien… Je verrai bien sur place même si j'ai une petite idée de ce qu'elle va exiger…

— Si tu penses le prix trop conséquent, oublie ! On trouvera autre chose…

Elle haussa vaguement les épaules et composa un numéro de téléphone. Par esprit de transparence, et pour le rassurer, elle mit le haut-parleur et attendit que son correspondant daigne répondre. 3… 4… 5 sonneries… Anormal… Pas dans les habitudes de Gisèle de ne pas répondre « rapidement ». Une sixième et on décrocha enfin. Mais pas un mot à l'autre bout du fil. Les sourcils froncés, elle se lança en déguisant sa voix :

— Ahoj, Gisela ! lâcha-t-elle d'une voix un peu rauque, intriguée.

— *Yvon Signac, FSE. Votre nom ?*

Elle raccrocha immédiatement, le cœur battant malgré elle.

— Merde ! Qu'est-ce qui se passe ? s'exclama Mortimer tout aussi pris de court.

— Ben, à mon sens, Gisèle n'est plus… et, du coup, Marta, son « homme de main » non plus, très probablement… Alors là, c'est la tuile… murmura-t-elle, le regard illisible.

— Tu crois que Signac a reconnu ta voix ?

— Non… Je suis morte, tu te souviens ? Pourquoi penserait-il à moi ? Je crois, tu vois, que ton instinct ne t'a pas trompé en pensant que Gisèle avait des infos concernant Alban… ou concernant le commanditaire de tout ce fourbi… Le truc, c'est que celui qui se faisait appeler Gisèle a toujours été très prudent, limite parano, et que Marta, sa garde du corps, femme de main, on va dire, était du genre très méchant… Une ancienne tueuse du KGB… Je lui ai vu faire des trucs… Si elle s'est fait piéger, c'est qu'elle connaissait plus que bien le tueur et ne s'en méfiait pas, ce qui me semble totalement improbable la fréquentant depuis des lustres : elle ne faisait confiance à personne…

— Pourquoi tu dis que la mort de ces deux-là va avoir des conséquences ?

— Parce que… Gisèle n'était pas n'importe qui, dans le milieu… Les répercussions de sa disparition vont être importantes et la guerre de succession risque d'être… houleuse.

— Et donc ?

— Comme notre affaire semble coïncider avec leur meurtre, ce sera plus simple, mais…

— … plus dangereux, c'est ça ?

— Hum…

— Et comment ça va se passer, à présent ?

Elle inspira en levant un sourcil de surprise face à la curiosité de son équipier.

— Tu ne peux pas être partie prenante de ce qui va se passer, tu es trop exposé… S'ils apprennent que tu as survécu à l'explosion, ils vont s'accrocher à toi et, du coup, j'aurai les mains liées pour continuer mon enquête, lui fit-elle remarquer d'une voix un peu trop neutre.
— Peut-être, mais…
— Il n'y a pas de « mais », Glenn. Tu sais que, grâce à la Confrérie, mon réseau de connaissance est très étendu, mais mes indics très… timides. À chaque rencontre, tu devras rester à l'écart, sans me poser de questions. Tu t'en crois capable ?

Il se passa une main sur le visage puis se peigna avec les doigts ses cheveux longs en arrière avant de couiner un « moui » à peine audible et peu convaincu.

— Promets-le-moi…
— Ça va, s'énerva-t-il, agacé. Je te le promets !

Elle le dévisagea, à la fois ennuyée et triste.

— Si tu devais te mettre en travers, d'une façon ou d'une autre, de l'enquête qu'on m'a confiée, je ne pourrais rien pour toi, Glenn… Tu comprends ce que je veux dire ?
— Tu me liquiderais ! s'exclama-t-il, pris de court, soudain très pâle.
— Qu'est-ce que tu racontes ! s'exclama-t-elle à présent un peu sèchement. C'est quoi, encore, cette réflexion ? Tu crois que je suis une meurtrière, c'est ça !

Du coup, elle quitta la pièce pour le couloir et s'enferma dans sa chambre en claquant la porte, énervée. Pour qui la prenait-il ? Un vulgaire assassin sans scrupule, sans foi ni loi comme ce qu'il avait été, lui ?

Sa tablette émit un jingle bref. Elle s'assit sur le lit et se connecta. Un anneau se mit à tournoyer puis un code apparut sur fond rouge qui vira au noir. Des clichés pris sans doute par les TIC (Techniciens en Investigation Criminelle). Gisèle… Le corps masculin était non seulement criblé de balles, mais il était couvert d'hématomes : on avait cherché à le faire parler. De Marta, aucune trace. Qu'était-elle devenue ? Était-elle parvenue à s'échapper ? Était-elle à l'origine de ce meurtre ? Elle parcourut les conclusions du légiste puis découvrit un message posté sur son site ultra privé. Elle composa le code, apposa son

empreinte digitale sur l'écran et découvrit une simple phrase… « J'ai besoin de toi. M » … Marta était a priori innocente et en cavale. Si la Tchèque demandait son aide, c'est qu'elle était dans une panade noire…
« Où ? » écrivit-elle après réflexion avant d'interrompre la connexion.

Perplexe, elle alla se poster à l'encoignure de la fenêtre et plongea son regard dans le jardin en friche : la maison ne lui appartenait pas et n'était pas, non plus, celle de l'un de ses copains comme affirmé à Mortimer. Cette maisonnette, difficile d'accès, n'était qu'une planque parmi d'autres, nichée au milieu de nulle part, avec vue dégagée sur la campagne environnante. On frappa à la porte et, sans attendre sa permission, Mortimer poussa le battant et se planta sur le seuil, à l'évidence ennuyé.

— Je suis désolé, fit-il en la dévisageant. Je m'excuse…
— Désolé ? Non, tu ne l'es pas… ironisa-t-elle en lui faisant face. Je sais tout de la mission que t'a confiée Sean et au-delà et malgré les réticences de Sheridan, l'ancien patron de la DGSI aujourd'hui sénateur… Inutile de dire son nom, n'est-ce pas ?
— Hein ! De quoi tu parles ? couina-t-il, pris de court.
— Tu oses nier ?
— Enfin, qu'est-ce qui te fait dire…

Agacée, elle lui tourna le dos en secouant légèrement la tête.

— Depuis l'émergence de la Confrérie, les puissants n'ont eu de cesse de tenter de détruire ce pouvoir de l'ombre qu'ils ressentaient comme une menace à leurs intérêts. Alors, tu crois vraiment que nous ne sommes pas préparés à les affronter ? Tu crois vraiment que je t'aurais accepté à mes côtés aussi facilement si je n'avais su quel rôle tu joues depuis le début ? poursuivit-elle d'une voix totalement neutre en se retournant.

Du coup, il croisa les bras sur sa poitrine, la dévisagea, hésita puis se lança.

— D'accord… Jouons cartes sur table, dans ce cas… Je ne nie pas avoir été missionné par Martignac pour infiltrer la Confrérie… Et c'est Sean qui m'a donné la porte d'entrée refilée par le sénateur : un certain Terron, coach sportif à son compte et Yves Brunot, l'ancien clerc de notaire. Les Choupinous étaient là en support. Le plan était de prendre contact. On a organisé un accident sur le trajet de Terron. Je l'ai, entre guillemets, sauvé ; il m'en devait une et comme je lui ai dit que j'étais à l'affût de petits boulots en sus de mon job de flic, il m'a mis sur ton chemin… Tu cherchais, à l'époque, un chauffeur pour te ramener illico des Vosges à Paris… J'étais opportunément dans la région… Tu connais la suite. J'ai vite compris que tu tenais un rang à part au sein de la Confrérie… Un coup de pot incroyable… Le plan était de t'utiliser pour infiltrer l'organisation et découvrir l'identité des donneurs d'ordres… Tout à l'heure, si j'ai hésité lorsque tu m'as demandé de rester à l'écart selon les circonstances, c'est parce que je ne veux pas que tu prennes des risques inconsidérés sans m'en parler, c'est tout… J'ai besoin de comprendre pour savoir comment agir et te protéger… Normal, non ? Et puis…

— Tu vas me dire que tu es tombé sous mon charme ravageur et que tout a changé ? ironisa-t-elle sans le lâcher des yeux.

— Tu trouves ça si improbable ? lui demanda-t-il sans baisser le regard.

— Plus qu'improbable, Glenn… Ton parcours ne plaide pas en faveur de cette éventualité. Contre l'avis de mes amis, je t'ai donné une chance, pensant que je pourrais construire un lien de confiance réciproque, mais ils avaient raison, j'avais tort. Et juste pour ta gouverne, le gus qui est derrière cette enquête est un pourri de première et cherche par tous les moyens à sauver sa peau. Mais de ça, qui s'en soucie ? Dans un moment, des amis viendront te chercher pour te conduire auprès de tes deux comparses… sain et sauf, bien entendu, au cas où tu en douterais, hein… ajouta-t-elle, légèrement moqueuse. Et tu n'entendras plus jamais parler de moi… Bons vents, Glenn… Et crois-le si tu veux, je suis vraiment désolée de m'être trompée à ton sujet…

Il était blême à présent… Peut-être sa blessure, peut-être la honte d'avoir échoué… peut-être autre chose…

— Gwen… Si j'ai mis cartes sur table, c'est pour te démontrer que tu n'avais pas tort en misant sur une confiance réciproque… J'ai confiance en toi… Et ça fait longtemps que je n'ai plus baissé ma garde face à quelqu'un… Tu ne peux pas continuer seule sur cette affaire, tu vas te faire trouer la peau… Et… enfin… Tu tiens à la vie, non ! s'insurgea-t-il en fronçant les sourcils.

— Qu'est-ce que ça peut bien te faire ? lui lança-t-elle, étonnée, alors qu'elle jetait un œil à sa montre. Tu devrais aller te préparer. Ils vont arriver.

— Non.

Elle le dévisagea, prise de court.

— Comment ça, non ? Si tu veux rester ici en attendant que ça se tasse…

— C'est pas ce que je veux !... Putain, Gwen, tu comprends pas ? Je t'aime, bordel ! Comme un fou…

À elle de pâlir.

… Voilà, je l'ai dit… C'est pas du fake, je te le jure ! Rien à foutre de cette mission depuis un bon moment, déjà… Marlène l'a compris et ça la fout en rogne. Je te promets de rester à l'écart si tu me le demandes, de ne te poser aucune question, de… enfin, tout ce que tu veux… Mais je refuse de te laisser affronter ces tarés seule ! Je me remettrais pas de ta mort…

Elle le dévisagea, regard illisible. Comment accueillir cette confession à un moment si opportun ? Lui jouait son va-tout avec aplomb et un vibrato dans la voix à peine perceptible qui rendait sa tension émotionnelle crédible.

… Je sais ce que tu te dis… Que ces aveux arrivent au bon moment pour rattraper le coup, que c'est du vent pour te faire fléchir… Mets-moi à l'épreuve !

Un silence s'installa, soudain interrompu par le jingle de la tablette posée sur le lit. Elle se décolla de l'embrasure, alluma l'écran, se connecta et lut le message de Marta puis découvrit une adresse… celle de l'informateur concernant le tableau. Elle consulta sa montre, réfléchit, tapa deux textos courts puis se déconnecta et éteignit l'écran en soupirant avant de reporter son attention sur un Mortimer mal à l'aise et en attente de son verdict.

… Dis quelque chose, putain ! s'exclama-t-il à nouveau, énervé par la situation. On raconte un tas de choses sur ce que Signac t'a fait subir à cause de la mort de son frère… et je comprends ta difficulté à faire confiance… Je suis pas ton ancien équipier, Gwen ! Je te lâcherai pas… Tu crois que c'est facile, pour moi, de me livrer de cette façon ? Laisse-moi une chance, d'accord ?

— Très bien… murmura-t-elle en sortant son portable et en écrivant rapidement un SMS envoyé dans la foulée. Je fais peut-être une folie, mais j'ai besoin de faire confiance, à nouveau… poursuivit-elle en s'assurant dans le regard de Mortimer qu'elle ne faisait pas fausse route puis esquissa un sourire qu'il lui rendit avec quelque chose en plus dans les yeux qui la fit frissonner.

Il contourna le lit sans la lâcher une seconde, s'approcha lentement et, plongeant ses yeux noirs dans ceux d'un bleu si étrange, il effleura délicatement ses lèvres et l'embrassa avec douceur puis avec désir. Mais elle le repoussa doucement en s'esquivant.

— J'ai... Nous avons deux rendez-vous... Marta veut me voir. Elle se cache. Il faut que je sache ce qui s'est passé et qui a tué Gisèle.
— Si elle le sait... répliqua Glenn en lui déposant un baiser sur la joue.
— Hum.
— Et si elle avait dégommé son patron ? Dans ce cas, soit elle cherche à te piéger pour te mettre le meurtre sur le dos, pourquoi pas, soit à se mettre à l'abri... et dans notre situation...
— Ça, on va vite le savoir, murmura-t-elle en soupirant.
— Et on va où ?

Elle leva un sourcil et il se mit à rire :

— C'est bon, zen... si tu veux, je reste ici et je t'attends... Mais dis-moi que tu ne risqueras rien...
— Elle est en route. Elle arrive dans dix minutes.
— Oh... Et pour l'autre rendez-vous ?
— J'attends confirmation... Plus compliqué...
— Bon... Et merci pour ta confiance... Je te décevrai pas...

Si elle lui parut rassurée, intérieurement, elle l'était beaucoup moins, consciente qu'elle jouait là un jeu dangereux et qu'en cas d'échec, ce que le conseil exigerait d'elle serait radical... pour lui.

— Il nous faudrait peut-être une arme, non ? ajouta-t-il en repensant à la situation. Si ta copine est aussi dangereuse que ça...
— Pas ma copine, répliqua froidement sa compagne, en jetant un œil par la fenêtre avant de la fermer.
— Ah... J'avais cru comprendre... Sorry...

Sans un mot, elle ouvrit le tiroir de la table de chevet et en sortit un Holster, un automatique glissé dans la poche en cuir. Elle retira ensuite une housse noire, zippée sur trois côtés. Elle la posa sur le lit et l'ouvrit, dévoilant un Glock 19 avec trois chargeurs de différentes couleurs. Elle le lui tendit avec un chargeur noir, et empocha les deux autres :

— Il est totalement intraçable, ajouta-t-elle d'une voix neutre.
— Merci... Toi, un sacré joujou que tu trimballes, remarqua-t-il en chargeant son arme.

Pas de réponse. Elle ne l'écoutait pas, son attention rivée sur l'écran à nouveau allumé de sa tablette. Il s'approcha et découvrit une vue de la campagne projetée par une caméra mobile. Un point rouge approchait de leur refuge à vitesse modérée.

— Tiens, quand on parle du loup, murmura-t-il en glissant son arme dans le dos entre le T-shirt et la ceinture du survêtement. Oh, oh… Elle n'arrive pas seule… Pas clean, la Marta… À moins que ce soient des flics…

Et, en effet, à deux kilomètres du premier véhicule, un autre suivait sans, toutefois, chercher à la rattraper.

— Des flics qui l'auraient logée aussi vite après le meurtre ? Ça m'étonnerait, remarqua Gwen.

— Donc, des complices… ou ses commanditaires. On la joue comment ?

— Comme tu es blessé et que je n'ai aucune envie de te raccommoder une fois de plus, je m'en occupe, on la met au frais en quatrième vitesse et tu la gardes sous surveillance pendant que je neutralise ceux de l'autre voiture via le drone de surveillance. Viens…

Franchement mitigé, il lui emboîta le pas : il savait que sa blessure ne lui permettrait pas de soutenir un combat avec l'ex du KGB : depuis quelques minutes, une douleur sourde lui déchirait à nouveau le côté : les sutures avaient dû céder… et il sentait quelque chose de chaud mouiller son T-shirt. Mais pas question d'en avertir son équipière à un moment aussi délicat.

RENDEZ-VOUS

Un bruit de moteur. Une voiture remontait le chemin… et se garait près de l'entrée. Bon gré mal gré, Mortimer avait été relégué dans la cuisine lorsque, malgré tous ses efforts pour lui cacher son état, elle avait remarqué la tache de sang qui s'élargissait rapidement sur son flanc. Il attendait donc, très pâle, arme au poing, prêt à tirer sur Marta si elle entrait avec ou sans son équipière : tel était le deal. Dans le corridor à côté, Gwen se préparait à accueillir l'ancienne espionne. Revolver dans la main droite, seringue dans la gauche, le battant entrouvert juste assez pour la laisser entrer tout en cachant la légiste, oreilles tendues, muscles bandés, elle attendait…

La silhouette féminine filtra derrière le vitrage martelé blindé de la porte d'entrée… Une hésitation : l'autre était sur le qui-vive… normal. Sûrement armée… Elle fit encore un pas, mais s'arrêta :

— Hey, Arti ? lâcha la Tchèque, son accent slave à fleur de mots.
— Avance, mains en avant que je les voie… répliqua sèchement la légiste en prenant garde de ne pas se retrouver coincée derrière le battant si la fille le repoussait violemment.

L'autre s'exécuta. La seringue perça la chair de la main gauche à portée et délivra sa substance… Le corps de la blonde se tétanisa puis s'effondra. Gwen se déporta, tira le corps, ferma la porte et traîna la fille par les aisselles jusqu'à la cuisine où le policier avait dû s'asseoir, la main plaquée contre la blessure couverte de sang.

— Ça va aller, la rassura-t-il d'une voix blanche en serrant son arme.
— D'accord… Je reviens vite…

Elle lui adressa un sourire inquiet et s'éclipsa. Debout sur le perron de la maison, sa tablette en main, elle prit le contrôle du drone de surveillance lancé automatiquement à l'approche des véhicules. Ils n'étaient plus qu'à 500 mètres. Ils avaient ralenti notablement et roulaient à présent au pas.

L'engin se présenta devant le pare-brise. La caméra embarquée lui dévoila le visage des deux conducteurs... Sheridan et Signac...

Franchement surprise, très suspicieuse, elle rentra immédiatement, verrouilla la porte, glissa la tablette dans son pantalon pour avoir les coudées franches et, en un bond, fut dans la cuisine pour découvrir son équipier, toujours assis, luttant pour ne pas s'évanouir.

— Sheridan et Signac arrivent, lui lança-t-elle d'une voix urgente. Allez... Un petit effort...

Elle passa son bras autour de son cou, lui permettant ainsi de se mettre debout, et l'amena aussi vite que possible jusqu'à une porte bleue dans le fond qu'elle ouvrit en grimaçant sous le poids du policier que les jambes avaient du mal à porter. Une pièce aveugle avec un lit, une table, deux chaises et les murs couverts d'étagères pleines à craquer. Elle l'allongea sur la couche, lui retira l'arme qu'il avait gardée à la main, repartit chercher Marta qu'elle laissa sur le sol, la fouilla, jeta son portable sur la table de la cuisine, vérifia qu'elle ne portait aucun micro ou autre mouchard d'une main fébrile, referma la porte, la verrouilla et appuya sur un bouton rouge installé au mur. Côté cuisine, une nouvelle cloison recouvrait la porte, camouflant parfaitement la salle de repli tandis qu'une lueur rouge tamisée remplissait l'espace.
Elle alla jusqu'à une étagère, en dégagea une boîte en métal, sortit une seringue et un petit flacon au liquide translucide. Elle prépara l'injection, prit un garrot, retourna auprès de la femme et lui fit l'intraveineuse. Puis elle se précipita vers Mortimer, inconscient. Elle souleva le tissu et grogna une injure : les points avaient encore cédé et le saignement était important.

Elle sortit sa tablette, la connecta et la posa à côté : toute la maison était sous surveillance ultra discrète... Ils devraient la démonter brique par brique pour découvrir les caméras. D'ailleurs, ils entraient... arme au poing, oreilles aux aguets, très prudents. Ils avaient dû faire le tour de la maison avant de s'apercevoir qu'il n'y avait qu'une seule issue, à part les fenêtres du rez-de-chaussée, fermées.
Dans la cuisine, ils découvrirent les reliquats du petit-déjeuner puis une trace de sang sur le rebord de la table où Mortimer s'était accroché. Encore frais... Le café encore tiède... Le portable de la Tchèque abandonné à côté des tasses. Signac passa, sur un regard de son patron, du côté des chambres, les visita avec application avant de réapparaître :

— Personne… Mais ils étaient deux… Un homme, probablement blessé, et une femme brune… De la Tchèque, aucune trace. Fenêtres verrouillées de l'intérieur. Et toi ?
— Du café frais encore tiède, du sang…
— Tu crois vraiment qu'ils se cachaient ici ? Parce que, où qu'on regarde, il n'y a personne alentour. Tu crois que Marta les a eus, qu'elle les retient quelque part ? Pourtant, on est arrivés presque immédiatement…

Signac semblait très inquiet.
— Tu flippes pour ton ancienne équipière, à présent ? s'étonna l'Irlandais, un sourcil levé, en sortant son portable et en composant un numéro.

Sur répondeur.
— Gwen ? lança-t-il à la machine. Il faut qu'on parle… C'est important ! Glenn est blessé ? Toi ? Vous êtes où, bon sang ?

Il esquissa un signe négatif à l'attention de son comparse, plissa le front, réfléchit et composa un autre numéro et s'entretint brièvement avec une certaine Martia. Il raccrocha, ennuyé, inspira à fond en observant pensivement la pièce, réfléchit puis décida de leur départ. Deux minutes plus tard, ils fouillaient la Volvo de Marta puis Signac se mit au volant tandis que Sheridan reprenait leur Ford et quittait le secteur.

Pour Gwen, pas question de quitter leur refuge, la dénommée Martia, qu'elle ne connaissait d'ailleurs pas, rôdant dans les parages, sans doute à l'affût de la moindre lumière, du moindre mouvement dans la maison. Pourquoi Sheridan l'avait-il appelée ? Pourquoi avoir parlé de leur « non-mort » à Signac voire à Martia ? Que se passait-il, exactement ? Soudain quelque chose ne cadrait plus dans le paysage… La blonde en avait pour une bonne heure avant de se réveiller. Elle l'attacha néanmoins, la bâillonna, la recouvrit d'une couverture avant de s'occuper plus activement de Mortimer : cet endroit avait tout ce qu'il fallait pour tenir un long siège, pour opérer et remettre sur pied son équipier.

Elle retira le T-shirt, amena à côté d'elle une grande mallette, installa le policier sur une couverture de survie, passa une lampe frontale et commença à nettoyer la plaie…

Deux heures plus tard, elle se lavait les mains et couvrait son patient profondément endormi. Elle s'assit, observa les alentours, repérant ainsi la voiture des policiers cachés derrière un bosquet un peu plus fourni que les autres, et décida qu'il était temps de contacter Sheridan. Elle brancha son portable à sa tablette, lança un logiciel puis composa le numéro de son patron, la boule au ventre : elle détestait cette sensation d'être traquée, acculée sans en connaître la raison. Une seule tonalité puis la voix bien connue de l'Irlandais.

— *Gwen ! Je commençais à baliser ! Mais vous êtes où ?*

— Qu'est-ce qui se passe ? lança-t-elle d'une voix égale comme si elle ignorait tout de leur venue dans la maison, de la surveillance et du fait que leur couverture semblait avoir fait long feu.

— *Pas au téléphone… Tu me dis où vous êtes et on vient vous chercher !*

Il ne pouvait rien lui dire de l'affaire, mais lui demandait de lui révéler sa cache…

— On ? répéta-t-elle, en apparence surprise alors qu'elle était de plus en plus méfiante.

— *Marlène et Manuel ont été retrouvés dans un sale état. Ils sont aux dernières nouvelles entre la vie et la mort. Est-ce que vous allez bien ?*

— Glenn est blessé, mais ça devrait aller. Nous poursuivons l'enquête…

— *Vous savez pas où vous mettez les pieds ! Gwen, donne-moi votre adresse, et on vous met à l'abri…*

— J'en discuterai avec Glenn...

Elle raccrocha et fit face à son « invitée » qui, réveillée et étroitement ligotée, roulait des yeux terribles.

— Désolée de t'avoir attachée, mais la situation exige la plus grande prudence. Je vais retirer ton bâillon… Tu pourras appeler autant que tu veux, personne ne t'entendra… la prévint-elle en joignant le geste à la parole.

Mais la Tchèque resta coite, remuant sa bouche pour effacer l'impression désagréable du sparadrap sur sa peau.

… C'est toi qui as tué Gisèle ? reprit-elle immédiatement sans lui laisser le temps de la parole.

— Non ! Évidemment que non ! s'exclama la prisonnière d'une voix énervée. Et j'en ai la preuve !

— Pourquoi tu as voulu me rencontrer ?
— Gisèle m'a toujours dit que s'il lui arrivait quelque chose ou si j'avais des problèmes, je devais prendre contact avec toi et que tu m'aiderais…
— Vraiment ? murmura Gwen, étonnée. Tu t'es rendu compte que les flics t'ont suivie jusqu'ici ?
— Oui… Désolée, mais ils ne m'ont pas donné le choix…

La légiste inspira à fond et s'apprêtait à poursuivre l'interrogatoire lorsque Mortimer poussa un long gémissement. Elle se retourna et se porta à son chevet : il venait d'ouvrir les yeux, et cherchait à comprendre la situation.
— Tes sutures ont encore lâché… Mais cette fois, elles devraient tenir… enfin, si tu es sage, ajouta-t-elle en souriant. Tu as mal ?
— Non… On est où ?
— Dans une salle secrète de la maison…
— Et elle ?
— Marta, l'assistante de Gisèle…
— Je vois, murmura-t-il. Et pourquoi…
— … nous sommes ici ? À cause d'elle qui a amené Sean, Signac et les autres à sa suite…
— Du coup, tout le monde sait, pour nous ?
— Hum…
— Qu'est-ce qui se passe, exactement ? s'inquiéta-t-il en passant de la fille ligotée à son équipière.
— De ce que m'a dit Sean au téléphone, Marlène et Manuel sont entre la vie et la mort et lui veut nous mettre à l'abri.
— Putain ! Et toi, tu veux faire quoi ?
— Tout va dépendre de ce que nous apprendra notre « amie ».

Elle se retourna vers la Tchèque et l'observa une seconde avant de poursuivre.
— Tu nous racontes ce qui s'est passé ?
— Gisèle avait rendez-vous avec un gus qui vient de temps à autre… se lança-t-elle en traînant sur les fins de mots et en roulant les « r ». J'ai toujours pensé qu'il venait pour la bagatelle plus que pour un prêt, mais tu le connaissais : très secret sur sa vie très privée… Comme à chaque fois, je l'ai introduit et je me suis esquivée. Nous devions réceptionner quatre tableaux dégotés chez un brocanteur du 16e. Il m'a ordonné d'y aller à sa place… Lorsque

je suis revenue, je suis montée et je l'ai trouvé... Son coffre était ouvert et quelques bijoux de valeur avaient disparu.

— Donc, tu as un alibi...

— J'ai mieux ! J'ai une vidéo de ce qui s'est passé... Tu sais combien il était obsédé par la sécurité... J'en ai donné une copie au commissaire Sheridan, mais je te l'ai transmise sur le Cloud...

— L'identité du tueur ?

— Olaf Bresky, le chef de la sécurité de Raoul Alban.

— Oh... s'exclama, derrière, un Mortimer soudain bien réveillé. C'est pour ça que la FSE est intervenue...

— J'ai appelé les flics. Un capitaine est arrivé sur place une demi-heure plus tard, mais juste après, le commissaire s'est pointé avec deux de ses lieutenants et ils ont viré le capitaine... qui semblait bien content de leur laisser la patate chaude... C'est bien comme ça qu'on dit ? s'enquit la Slave en plissant les sourcils.

— Ouais... Et ensuite ?

— Ben... Il semblait savoir que tu étais venue voir Gisèle et que vous aviez parlé du tableau... Il m'a fait du chantage : soit je faisais en sorte de te retrouver et de prendre contact pour te fixer un rendez-vous, soit il m'inculpait pour complicité de recel... Il faut dire qu'ils ont retrouvé dans le bureau quelques pièces signalées par l'OCBC... Dans ma situation et avec mon casier, je ne pouvais pas refuser ! Je suis désolée, Arti...

— Mouais... murmura celle-ci, peu convaincue par la contrition qui sonnait faux. Que sais-tu au sujet de Raoul Alban et de son chef de la sécurité ?

— Ce qu'on dit dans la rue... Un passé pas net, des relations politiques pas très recommandables... Bresky est une vraie pourriture, un fumeur compulsif de Black joint[34]. Les flics sont à sa recherche.

— Et sur l'enlèvement de la fille ?

— On dit que c'est une vengeance... en lien avec la disparition de Lyne-Anne de La Moucherie... Mais j'en sais pas plus...

— Donc, il y a bien un lien entre ces deux affaires... intervint Mortimer. Qui a tué Ferreri ?

— Olaf... Il devait lui faire dire où était la fille, mais il lui a clamsé entre les doigts.

---

[34] Cigarette contenant un mélange associant du crack (cocaïne-base) à du cannabis (herbe) voire à du tabac.

— Une idée de l'endroit où elle serait ?
— Non… Gisèle cherchait pourtant une piste à la demande pressante d'Olaf, mais il n'avait rien trouvé malgré son réseau de folie…
— Autre chose à nous dire ? grogna St-Cyrq, ennuyée par la situation.
— Non…
— Et comment ça devait se passer tout à l'heure ? C'était quoi, le plan ?
— Te retenir suffisamment longtemps pour laisser Sheridan arriver, sécuriser l'endroit et… vous ramener.
— Tu sais ce qui se passe ? Et ne me dis pas que tu n'en sais rien, tu as la fâcheuse habitude de laisser traîner tes oreilles partout !

L'autre hésita, mais décida la transparence : dans son intérêt, surtout avec la fille en face d'elle…
— Je sais que deux de vos amis sont à l'hosto sous étroite surveillance, dans un état grave, suite à une explosion, je crois. Les flics devaient penser que vous étiez morts également dans l'explosion d'une péniche jusqu'au témoignage d'un joggeur, sur l'autre rive, qui a vu quelqu'un tirer quelque chose hors de l'eau puis des secours quelques minutes plus tard… En tout cas, ils sont sur les dents… Et ils ont lancé un avis de recherche sur Raoul Alban et son épouse qui ont disparu il y a deux jours… Ils ont perquisitionné leur manoir, mais n'ont rien trouvé de probant…
— Eh bien, tu en sais des choses ! s'exclama Gwen en souriant vaguement.

Du coup, elle se tourna vers son équipier, très pâle, qui ne cessait de l'observer.
— Je crois qu'on n'a pas le choix… Je vais poursuivre seule, lui annonça-t-elle en souriant.
— Non ! Pas question ! Ne me fais pas ça, Gwen… gémit-il alors qu'il cherchait à bouger.
— Dans ton état, tu ne pourras jamais tenir la distance… Il te faut une transfusion sanguine et des soins dignes de ce nom. Marta veillera sur toi jusqu'à l'arrivée de la cavalerie.

Celle-ci acquiesça avec le sourire.
… Et je veillerai au grain jusqu'à ce que je sois certaine que tu es entre les bonnes mains.

— T'as pas le droit de m'écarter de l'enquête ! lâcha le policier, vénère.
— Regarde les choses en face ! Au moment où tu poseras les pieds au sol, ta cicatrice se rouvrira… Je ne peux plus rien faire… S'il te plaît… Sois raisonnable…
— Et toi, tu crois que t'es raisonnable en te coltinant seule cette bande de tarés !

Elle soupira, sortit son portable et appuya sur le numéro de téléphone de Sheridan. Il décrocha immédiatement.
— *Oui !*
— Tu trouveras Marta où tu l'as laissée avec Glenn. Mais je veux que ce soit toi qui viennes les récupérer… Dans le cas contraire, vous ne trouverez personne…
— *C'est d'accord. Et toi ?*
— Je poursuis.
— *Non, attends ! Pas seule ! Yvon est volontaire…*

Elle serra les mâchoires, dévisagea son équipier, hésita en pesant le pour et le contre tandis que lui, regard noir, mais impuissant, la suppliait silencieusement d'accepter Signac pour la suite.
— Puisqu'Yvon est volontaire, hein, reprit-elle d'une voix froide.

Elle raccrocha sans lui donner plus de précision sur le lieu de rendez-vous.
— Tu as fait le bon choix et même si Signac, c'est un con, il est efficace… Tu peux pas le nier…

Elle haussa les épaules, jeta un œil à sa montre puis saisit un couteau sur une étagère et s'approcha de la femme :
— Il faut amener Glenn dans la cuisine avant qu'ils n'arrivent. Il doit absolument rester allongé. Tu veux bien m'aider ?
— Bien sûr…

Un dernier regard pour s'assurer que la Slave et elle jouaient dans le même camp, et elle trancha les liens. L'autre se déplia avec bonheur, se frotta les poignets tout en observant le blessé.
— Comment tu veux faire ?
— On va le transporter en le tirant sur le matelas… Tu te sens de m'aider ?

Comme elle acquiesçait, Gwen reprit :

— Glenn, s'il te plaît, tu ne bouges pas. Marta, tu prends le matelas du côté des pieds ?

Le transfert fut malaisé d'autant que le policier représentait un poids non négligeable. Heureusement que le matelas était fin et en mousse… Elles le posèrent à terre puis St-Cyrq déverrouilla la porte et poussa le battant ainsi dégagé. Toutes les deux traînèrent leur chargement jusqu'au milieu de la cuisine, recouvrirent le blessé d'une couverture. Gwen lui glissa sous la tête un oreiller, s'assura d'un regard appuyé qu'il allait bien avant d'aller chercher sa tablette et de refermer l'accès secret :

— Aucun de vous ne parle de cette pièce, hein ! leur demanda-t-elle avec insistance même si elle était consciente que Sheridan, au fait de certaines pratiques, ne serait pas dupe.

— No soucy… lui assura la Slave.

— Bouche cousue… gémit Mortimer.

Elle mit sa tablette sous tension et observa les images de surveillance. La dénommée Martia venait de réapparaître avec son équipier, un barbu rouquin, et sécurisait l'accès, l'autre faisant le tour de la maison sans entrer, néanmoins.

Trente minutes plus tard, le Ford réapparut avec, derrière, une ambulance du SAMU et une Peugeot 308 qui se gara un peu à l'écart : Sheridan ne devait pas être allé bien loin, se doutant que tous les trois étaient encore dans les parages et avait pensé adjoindre au duo un véhicule banalisé. L'Irlandais était un futé prévoyant. Il observa les alentours tandis que Signac venait le rejoindre. Si le patron de la FSE était très grand, athlétique et plutôt blond, son bras droit était du genre armoire à glace, yeux et cheveux très noirs, menton carré pour l'heure mal rasé. D'ailleurs, son apparence avait quelque peu changé depuis la dernière fois qu'elle l'avait vu : cheveux un peu longs mal coupés, un peu gris à présent, il semblait avoir pris un coup de vieux, comme on dit. Pourtant, il ne devait guère avoir plus de quarante ans.

— Ils arrivent… les avertit-elle en plissant le front. Tout semble au vert.

— Je vais les accueillir ? s'enquit Marta en avançant d'un pas.

— Si tu veux…

Du coup, elle se plaça derrière la table, son arme glissée dans le dos, la main sur la crosse. Elle ne voulait prendre aucun risque. À ses pieds, Mortimer fixait l'entrée, impuissant.

Le bruit de la porte puis un « ils sont où ? » impatient.
— Dans la cuisine, Commissaire, les informa la Slave.

La tête de Sheridan apparut puis tout le corps, mains vides bien en vue. Il dévisagea Gwen, surpris par son apparence :
— Tu vas bien ?
— Oui. Glenn a besoin de soins, l'informa-t-elle immédiatement sans lâcher son arme.
— Un médecin et deux infirmiers attendent dehors. Y a pas de lézard, Gwen, je te le jure…

Il avança et découvrit son subordonné, allongé sur un matelas.
— Comment vont les copains ? s'enquit immédiatement le blessé, inquiet.
— Dans le coma. Mais les médecins sont optimistes. Yvon, lança plus haut le Britannique, fais venir les ambulanciers !

Deux minutes plus tard, trois soignants entraient. Le médecin ausculta le blessé puis se tourna vers Gwen qui lui glissa quelques mots à l'oreille et ordonna le transfert.
— Attendez ! s'exclama Mortimer alors que les infirmiers soulevaient la civière et que l'ancien militaire pointait le bout de son nez pour se rendre compte de la situation. Gwen, s'il te plaît, fais gaffe… Nina n'aurait certainement pas voulu que tu y laisses ta peau…
— T'inquiète, lui répondit-elle en esquissant un sourire ironique. Signac te confirmera que je suis une carne increvable…

Puis d'une voix plus douce :
… Toi, prends soin de toi et pas d'imprudence, d'accord ?

Ils échangèrent un regard soutenu rempli de non-dits et la civière quitta la cuisine pour l'ambulance sans qu'elle l'accompagne. Les deux hommes l'observaient, franchement pris de court par sa nouvelle apparence, mais Sheridan reprit très vite :
— Marta t'a dit pour Alban et Bresky, je suppose ?
— Oui.
— Nous sommes pratiquement certains que c'est Alban qui est derrière les deux attentats qui ont touché l'équipe et certains que c'est lui qui a commandité votre enlèvement. Ça a sûrement quelque chose à voir avec le tableau disparu, l'enlèvement de sa fille et de la fille La Moucherie. Et vous ? Vous en êtes où ?

— Glenn te fera un topo. On n'est guère plus avancés... On a remarqué quatre schémas différents, on a retrouvé le gus qui ramassait les filles, mais il ne connaît pas son commanditaire. J'attends des infos d'autres sources.
— Et le prochain mouvement ?
— Tout va dépendre de ce que va me dire un informateur avec qui je dois m'entretenir dans... (elle consulta sa montre) une demi-heure.
— Très bien : Yvon me tiendra au courant de vos avancées et vice-versa, évidemment.
— Donc, vous ne vous occupez plus de l'enlèvement de la fille Alban ?
— Depuis que ses parents se sont enfuis, la FSE prend l'affaire dans sa globalité.
— Tu sais que ma priorité est de découvrir les meurtriers de mon amie, n'est-ce pas ?
— Oui... Mais tu as compris, comme nous, qu'il existe un lien entre la mort de Forggliano, les filles retrouvées à Charlieu et les Alban. Lequel, j'en sais rien, mais je suis prêt à prendre le pari...

Elle ne laissa filtrer aucune réaction, toujours sur la défensive. La présence de Signac la mettait mal à l'aise. Il s'en aperçut sans s'en préoccuper.
— Très bien, je vous laisse. Restez sur vos gardes : aucune envie de retrouver encore deux des nôtres à l'hosto, d'accord ?

Elle esquissa un sourire tandis que son désormais équipier acquiesçait et raccompagnait leur patron jusqu'à la porte : sans doute encore quelques mots à échanger. À nouveau seule, elle glissa son automatique dans le holster d'épaule avant de se préparer un café : elle n'avait pas faim, la présence de l'ancien militaire lui coupait l'appétit.

Son portable... Elle contempla le numéro et le porta à son oreille alors que Signac rappliquait, mais restait à l'entrée de la pièce, regard illisible posé sur elle sans qu'elle s'en préoccupe.
— Oui ? lança-t-elle en portant la tasse à ses lèvres.

Elle écouta longuement son interlocuteur et finit par sourire :
— Je te revaudrai ça, Agnès ! Et remercie toute l'équipe !

Elle coupa la conversation, consulta à nouveau sa montre, s'assit à la table, cala la tablette pour la mettre en position verticale et acta finalement la présence en le dévisageant.

— Mon indic est du genre très méfiant, et très discret. Si tu pouvais ne pas intervenir, ni te montrer, ni faire de bruit…
— Si tu mets le son… grogna-t-il toujours adossé à la cloison.
— Non. La transmission est ultra sécurisée… toute la conversation est transcrite sur clavier aléatoire.

Du coup, il haussa les épaules et quitta la maison. Il était temps : la tablette émit son jingle caractéristique. Elle tapa ses codes et ouvrit l'application de dialogue tandis qu'un visage apparaissait. Ils se dévisagèrent : lui devait avoir dans les 75/80 ans, cheveux poivre et sel drus peignés en arrière, lunettes à monture plastique avec l'un des verres opaque, peau parcheminée et claire, des lèvres presque absentes et un menton glabre. Il lui fut immédiatement sympathique et l'inverse dut être vrai, car il lui sourit et tapa avec lenteur sur le clavier de son ordinateur, initialisant la conversation ci-après :

- *Samuel m'a assuré que je pouvais vous faire une entière confiance…*
- Idem. Je vous remercie d'avoir accepté de répondre à quelques questions.
- *Il m'a parlé d'un tableau que vous auriez eu en main à Paris…*
- Une huile sur bois volée par Mussolini au musée du palais des Doges pour alimenter sa propre collection : « *Le Christ de douleur* », 1432, Vérone…
- *Un petit tableau hexagonal de 21x35 ?*
- Je confirme.
- *Et vous êtes certaine de son authenticité ?*
- Aucun doute. Il a servi de rançon pour payer les ravisseurs de Lyne-Anne de La Moucherie. L'un des kidnappeurs l'a ensuite échangé pour régler ses dettes auprès d'un usurier très pressant. Or, ce ravisseur n'était autre que le petit ami de Manuela Alban, elle-même enlevée à son tour.
- *Très bien… Je vais vous dire ce que je sais au sujet du tableau… Connaissez-vous, un peu, l'histoire de France et plus particulièrement la période de la Seconde Guerre mondiale ?*
- Pas plus que la majorité des Français, je suppose…
- *Très bien… Fin 42, en novembre, plus de zone libre… La France était entièrement occupée par les Boches et, du côté de Toulon, Nice, les Alpes, par les fascistes de Mussolini. Mon père faisait*

partie de la résistance, un réseau dévolu aux sabotages et aux assassinats ciblés. Voilà ce que je sais de façon certaine. Je vous parlerai ensuite de ce que j'ai entendu et qui, à mon sens, doit être pris avec précaution… En février 43, son groupe a reçu l'ordre de convoyer sur le sol français, à l'insu des Schleus, cinq caisses de toiles de maître dérobées par un groupe de résistants italiens, les Arditi,[35] *lors de leur transfert vers les coffres de Mussolini. Ils les ont prises en charge dans le port de Toulon et les ont amenées dans un lieu secret, dans le centre de la France. Leur mission était de les cacher chez un résistant de la première heure totalement insoupçonnable parce qu'ouvertement pronazi. Mon père s'est fait arrêter une semaine plus tard, à Lyon, torturé et fusillé. Peu de temps après, ma mère, ma sœur et moi étions arrêtés chez nous, dans le sud de la France. Je ne les ai jamais revues.*

- Je suis désolée…
- *C'était un temps de barbarie, Mademoiselle, un temps de délation et de trahison… Je m'en suis sorti, j'ai eu de la chance… Enfin… Pour votre information, le résistant chez qui les œuvres avaient été cachées s'appelait Maxime de La Moucherie. Il possédait une ferme près de Charlieu, Malfarat… un bien familial. Si je n'ai jamais su qui avait dénoncé mon père, en revanche, je connais l'identité de celle qui a amené la Gestapo chez nous… Elle s'appelait Marguerite Figuières… Son mari avait été éliminé par le groupe de mon père. À la fin de la guerre, Marguerite s'est fait arrêter par les résistants et a été tondue comme ça se faisait alors pour les collabos. Elle a alors quitté mon village, Ceyreste, avec son fils, et s'est refait une virginité sous le nom de Charlotte Roquebrune. Quelques années plus tard, elle a eu une fille, Solange, qui a épousé un certain Raoul Alban.*

De façon incroyable, toutes les pièces du puzzle commençaient à s'emboîter.

- Roquebrune, vous dites ? Et qu'est devenu Paul ?
- *Mort d'une mauvaise pneumonie après la guerre.*
- D'accord. Que sont devenues les œuvres volées à Mussolini ? Vous en avez une idée ?
- *C'est là que commencent les « on dit » et les hypothèses plus ou moins fantaisistes… Maxime de La Moucherie, comme d'ailleurs mon père et tous les membres de son groupe, faisait partie de la Confrérie. Après la guerre, le Conseil a demandé à Maxime de*

[35] Brigade de résistants fameux durant la 2e guerre mondiale en Italie

restituer les toiles au musée. Mais elles s'étaient évaporées. Il ne lui restait que celle qu'il s'était attribuée pour paiement du service rendu comme il est de mise. Cette peinture, c'est le Christ. Son interrogatoire n'a rien donné, pas plus que celui de ses proches, et le Conseil a rendu un verdict d'innocence. La rumeur raconte que Marguerite Figuières, alias Charlotte Roquebrune, je vous le rappelle, encore très… comestible on va dire, aurait séjourné quelques semaines à la ferme et aurait eu une liaison avec le fils de Maxime, Jocelyn. On raconte également que Marguerite avait gardé des contacts disons… très controversés de son ancienne vie. De là à penser que Jocelyn aurait révélé à Marguerite le secret et qu'elle se serait empressée de le monnayer afin de permettre à sa fille de fréquenter le gratin et d'épouser Raoul Alban déjà très à l'aise, il n'y a qu'un pas que j'aurais tendance à franchir…

- Donc, vous pensez qu'Alban aurait les œuvres d'art ?
- *C'est, au moins, une possibilité. Une autre serait que Maxime de La Moucherie a menti, qu'il les a vendues pour se renflouer par exemple : faut dire qu'il jouait gros et perdait beaucoup. Entre son train de vie, celui de sa femme et la ferme en piètre état, il n'avait peut-être pas le choix ? Mais si c'était le cas, pourquoi aurait-il vendu la bâtisse et poussé son fils dans les bras de son épouse multimillionnaire alors qu'il était fiancé à une fille du cru ? Et puis, il y a une autre rumeur qui me touche de plus près… et qui suggère que mon père et ses amis n'auraient livré que des caisses vides et se seraient gardé les œuvres. Sauf que mon père ne m'a rien légué, bien sûr. Aucune famille de ses compagnons n'est riche. J'ai pensé que, peut-être, celui qui l'a dénoncé… mais je ne l'ai pas retrouvé. Son nom n'est mentionné nulle part, dans aucune archive. J'ai passé ma vie à fureter d'un côté et de l'autre pour comprendre ce qui s'était passé, sans résultat…*
- Que sont devenus les autres membres du groupe de votre père ?
- *Ils étaient cinq… Mon père, bien sûr, puis Armand Gillet, Olivier Roux… Ces deux-là ont été pris dans le Vercors fin 43, Amédée Chicot assassiné début 44 à Marseille et Tonio Forggliano, un immigrant italien qui faisait le lien entre les Arditi et le groupe.*

Au nom de Forggliano, Gwen avait sursauté, réaction qui ne passa pas inaperçue.

- *Ce nom vous dit quelque chose, Mademoiselle ?*
- Oui… Nina, sa petite-fille probablement, était mon amie… Elle a été enlevée et assassinée. J'enquête justement sur sa mort…

- *Vous enquêtez ? Vous faites partie de la police ?*
- En effet. Je suis légiste et je travaille pour un service de police un peu spécial. Mais si je suis sur cette affaire, c'est à cause de ceci…

Et elle lui montra l'anneau rouge et noir qui, comme pour tous ceux de la Confrérie qui l'avaient vu, fit un gros effet sur le vieux monsieur.

- Vous me parleriez de Tonio ?
- *Je peux vous dire ce que je sais, oui, bien sûr… Mon père ne s'attardait pas au sujet de ses amis, mais il disait que c'était un gars sûr, efficace, un brin casse-cou aussi. Après la guerre, il est retourné en Italie, ça, c'est une certitude. Il a été décoré des mains de De Gaulle de la médaille de la Résistance. Ensuite, je ne sais pas ce qu'il est devenu. Mais ce dont je suis certain, c'est qu'il n'aurait jamais trahi ses frères d'armes… Non, la forfaiture vient certainement, soit de La Moucherie, soit d'un donneur d'ordre du réseau de résistance…*
- Est-ce qu'à votre connaissance, d'autres œuvres d'art amenées chez La Moucherie ont fait leur réapparition ?
- *Non, aucune… C'est curieux, je vous l'accorde… Je vous ai préparé la liste des tableaux pris en charge par le groupe de mon père… Il est dans votre boîte mail. Si vous trouvez des réponses, auriez-vous l'amabilité de…*
- Bien sûr. Je vous remercie pour toutes ces informations et votre disponibilité, Monsieur.

Un sourire réciproque et elle interrompit l'échange pour se connecter à sa boîte mail : la liste des tableaux volés était bien là… Elle la parcourut rapidement puis se déconnecta et jeta un œil aux caméras de surveillance. Tout était calme.

Elle ferma l'application et se mit en devoir de chercher quelque chose à manger. Pas mal de plats à réchauffer au micro-ondes… Elle s'en choisit un, le mit dans le petit four et tourna la tête en découvrant son désormais équipier à quelques pas d'elle, toujours ce regard neutre posé sur elle qu'elle trouva soudain très énervant.

— C'est terminé. Si tu veux manger, choisis-toi un truc… fit-elle en réglant l'appareil.

— Non… Alors, tu m'expliques ?

— Voilà ce que j'ai appris de mon indic… commença-t-elle en retirant la barquette bouillante pour la placer sur la table.

Installée, elle commença son exposé ponctué de courts silences dus à l'absorption des aliments. Lui, toujours debout contre la cloison délimitant la cuisine du couloir, comme s'il avait peur de pénétrer tout à fait dans la pièce ou peur de s'approcher d'elle, bras croisés sur la poitrine, écoutait sans l'interrompre. Lorsqu'elle se leva pour jeter le plat en plastique, elle avait terminé cette partie du récit. Mais elle ne lui laissa pas le temps de parler et ajouta, en souriant en coin.

— Icing on the cake[36], je sais ce que représente le morceau de papier que m'a donné Chrin avant de se faire enlever par les faux pompiers...
— C'est quoi, cette histoire ? s'enquit-il, complètement largué au milieu de faits dont il ignorait tout.
— D'accord... murmura-t-elle en se préparant un café. Je te raconte tout par le menu à condition que tu me dises ce qui s'est passé avec Alban...
— Très bien... Mais avant ça, Gwen, puisque nous sommes amenés, à nouveau, à nous côtoyer et à bosser ensemble, je crois utile de... mettre certaines choses au point... Pour reprendre sur des bases plus... normales...

Elle plissa le front, s'attendant à tout de la part du personnage. Mais il ne tint pas compte du regard plus froid encore posé sur lui :

... J'aimerais m'excuser pour tout ce que je t'ai dit et fais subir depuis qu'on se connaît... Je... j'ai été injuste, méchant, violent... j'en suis pleinement conscient. Je t'ai même mise en danger plus d'une fois en te lâchant sur le terrain... Tout ça parce que j'ai choisi de croire aux bobards de mon frère plutôt qu'à la vérité. Tellement compliqué d'accepter qu'il ait pu être un ripou de la pire espèce... J'ai mis du temps, mais j'y suis enfin parvenu. J'ai les idées claires. Ta disparition a rebattu les cartes et j'ai compris pas mal de choses. Donc, Gwen... je ne sais pas si tu réussiras à me pardonner un jour, mais mes excuses sont sincères...

Il avait prévu de tout lui dire, mais à cet instant, il avait du mal à retrouver les mots qu'il avait, pourtant, soigneusement répétés depuis qu'il savait qu'elle était bien vivante, intégrée à une équipe spéciale pour gérer certaines affaires délicates en sous-marin. Comment lui avouer qu'il était tombé fou amoureux d'elle dès le premier regard, un amour qui s'était d'abord transformé en jalousie sourde et destructrice

[36] Angl. Cerise sur le gâteau

lorsque Marsan, leur patron de l'époque, avait choisi Jérôme, son frère, pour devenir son binôme alors que lui se coltinait un scientifique aigri. Le ressentiment avait crevé le plafond lorsque son frangin adoré (marié et père qui plus est), avait commencé à raconter les parties de jambes en l'air torrides avec son équipière (qui, d'ailleurs, ne semblait, soit ne rien savoir de ces bruits de couloir, soit s'en désintéresser totalement étant du genre mutique et très renfermé) alors qu'en même temps, il s'éloignait de lui, le virait de sa vie, eux qui avaient été si proches, si complices…

La jalousie s'était transformée en haine sauvage lorsque celle, à qui il avait donné les doux surnoms de Veuve noire et de Mygale, avait descendu Jérôme, en état de légitime défense, en avaient conclu les bœufs-carottes, verdict qu'il n'avait jamais accepté. En repensant à tout ce qu'il avait fait et dit alors, une vague de honte l'envahissait et pourtant… Un enfoiré, voilà ce qu'il était… Pas plus recommandable que son frère…

Marsan lui avait révélé la vérité sur Jérôme, ses trafics, ses maîtresses, l'alcool et les drogues qu'il prenait à vau-l'eau, tout ce que St-Cyrq avait tenté de faire pour le sortir de cet enfer et sur ce dernier jour où il avait perdu la vie en tentant d'assassiner son équipière. Mais il ne l'avait pas cru. Son frère était un homme bien, marié et père de deux magnifiques enfants, pas cet alcoolo pervers qui mangeait à tous les râteliers. Et puis les preuves avaient été implacables et il avait compris toute l'étendue de son aveuglement.

Peu après, le SIRC avait été dissout après une enquête qu'il avait menée en parallèle avec elle à l'issue de laquelle ils s'étaient rapprochés… Elle avait été blessée et avait disparu des radars. Marsan lui avait dit où la trouver, mais il avait décidé de « laisser le temps au temps » comme on dit, pour assainir autant que possible leur relation, l'obligeant à voir la réalité en face et par la même occasion, à faire un examen de conscience… ce qu'il avait fait difficilement, douloureusement…

Sheridan avait pris la direction du service et, pour apaiser l'atmosphère à nouveau tendue entre ses deux collaborateurs qui s'étaient retrouvés, leur avait adjoint des équipiers et les avait mis sur des enquêtes très différentes. Il avait pris sur lui, avait réussi à se rapprocher d'elle un peu avant sa disparition et puis elle était morte…

Et tout avait basculé lorsqu'il avait découvert la véritable nature de ses sentiments pour la légiste. Incapable d'assister aux obsèques, il avait passé la journée à picoler, avait même eu envie d'en finir une bonne fois pour toutes avec une existence remplie seulement de mensonges, mais avait finalement opté pour la survie grise dans les regrets et la honte… comme un long chemin de croix pour trouver, d'une façon ou d'une autre, une forme de rédemption.

Le soleil avait à nouveau frappé à sa porte le jour où Sean leur avait révélé la survie de leurs quatre collègues alors que deux d'entre eux avaient été retrouvés dans un sale état dans leur cache près de Lille. Nouveau coup du sort à l'annonce de l'explosion de la péniche où Mortimer et St-Cyrq se planquaient peut-être, et la joie immodérée de la savoir en vie. Il était toujours amoureux fou de cette fille, comme au premier jour. Mais depuis leur dernière rencontre, quelque chose avait changé pour elle, une évidence en découvrant cette nouvelle apparence si féminine, si sensuelle… et le regard échangé entre Mortimer et elle… Les deux équipiers étaient proches, peut-être même intimes… Il arrivait probablement trop tard… Tant pis pour lui. Il ne lui restait plus qu'à faire la paix et à tenter de construire quelque chose de plus proche de l'amitié, fondé sur la confiance.

Enfin elle le regardait… Il se sentit fébrile, en attente d'un verdict qu'il espérait clément. Elle tourna la tête et, pour la première fois depuis qu'il était arrivé avec Sheridan, elle l'observa droit dans les yeux, hésita en se mordillant l'intérieur de la lèvre puis esquissa un sourire.

— Tu t'es déjà excusé, il me semble, mais puisque tu remets ça sur le tapis… Que dirais-tu de repartir à zéro ? Exit ces pensées qui, j'en suis certaine, te taraudent toujours, exit cette image de Veuve noire que tu me collais et tout ce passif de haine… On remonte le temps et on en écarte les parasites…

Elle avança vers lui et lui tendit la main :

— Bonjour… Gwen Saint-Cyrq, légiste, lança-t-elle comme si elle se présentait pour la première fois.

Il se décolla immédiatement de la cloison, s'approcha, et lui serra la main avec un grand sourire qui rajeunit immédiatement ses traits fatigués.

— Salut ! Yvon Signac… Je crois que nous allons faire équipe…
— C'est ce que m'a dit le patron…

Ils restèrent un moment face à face, main dans la main, yeux dans les yeux alors que le temps suspendait son vol. Enfin, elle s'écarta, un peu gênée peut-être.

— Tu es sûr que tu ne veux rien manger ? lui demanda-t-elle comme si ces quelques mots avaient efficacement effacé tous leurs contentieux.
— Certain, je mangeais dans un routier lorsque tu nous as appelés… Mais un café… Je ne dirais pas non…

Elle lui tourna le dos pour recharger la machine.

… Donc, Alban, poursuivit-il en glissant ses mains dans les poches pour se donner une contenance. Le type même du mec pas clair… Un service de sécurité privée à sa botte. Tous d'anciens militaires au passé pas très catholique, des hommes de main sans une once de moralité… D'ailleurs, Sean nous a dit qu'ils vous avaient logés et enlevés… Tu te rends compte qu'il a osé cloner son portable pour rester informé de l'enquête de police ! Sur le coup, le patron a été intransigeant et l'autre a été inculpé, mais pas déféré compte tenu de la situation. Bresky, déjà inculpé pour votre enlèvement avec son groupe, est en cours d'interrogatoire pour l'assassinat de l'usurier. Il n'a pas le choix que d'avouer, on a l'enregistrement vidéo du meurtre… Pour l'instant, il dédouane son patron, mais les copains sont sur la brèche. Pourtant, il refuse de reconnaître l'explosion de la planque de Marlène et de Manu ou de la péniche : il jure ses grands dieux qu'il est hors du coup… Quoi d'autre ? réfléchit-il en prenant la tasse qu'elle lui tendait. Ah oui… La rançon… payée, mais impossible de la tracer après versement. De la fille, aucune nouvelle. On pense qu'elle a été éliminée… Voilà où nous en sommes… Alors, cette histoire de papier ? C'est quoi ?

— Lorsque nous sommes allés prospecter du côté du bal de l'été, je t'ai dit qu'une autre équipe était sur le coup…
— La gendarmerie de Charlieu et la PJ de Lyon…
— C'est ça. Le capitaine Cavaignac était sur place pour couvrir son binôme, Natacha Chrin, en sous-marin depuis quelques jours dans les milieux de fêtards de la région…

Et elle lui raconta la soirée, la drogue dans le verre, comment elle s'était portée au secours de la fille et la façon dont elle lui avait passé le fameux morceau de papier avant d'être amenée par les faux pompiers.

— Et donc tu sais à quoi il correspond ?

— Une copine enseigne à l'école d'architecture… Je lui ai demandé de l'aide et elle a conçu autour du papier un TP pour ses élèves : à charge, pour eux, de découvrir où se trouve le bâtiment… Et ils l'ont découvert !!! À Charlieu, figure-toi… C'est une partie du plan du manoir de Malfarat.
— Ça alors ! Pour une coïncidence !
— Tu l'as dit… Je ne sais pas quel rapport il y a avec les enlèvements de filles, mais ce nom qui revient de façon récurrente… Sûrement pas anodin !
— Et tu sais quoi sur l'endroit ?
— Le bâtiment est une ancienne ferme qui appartenait… je te le donne en mille… à la famille La Moucherie. Elle a été rachetée et restaurée par un passionné. Aucun lien entre le nouveau propriétaire et le passé que m'a raconté mon indic.
— Et si les œuvres étaient toujours cachées dans le manoir et que quelqu'un, le sachant, cherchait un moyen d'y accéder ? Chrin aurait été en contact avec ce quelqu'un et certains documents, qui sait ?
— Puisque le bâtiment a été rénové de fond en comble, ce serait curieux que les tableaux n'aient pas été retrouvés. Néanmoins, je crois avoir une idée…

Elle connecta sa tablette, passa sur le net, tapa « Malfarat » et sourit.
— Ça te dit la vie de château ?
— C'est-à-dire ?
— Le nouveau propriétaire a transformé le manoir en chambres d'hôte… ouvert en ce moment. Tu es partant ? La suite supérieure est libre… Une seule salle de bains, mais deux espaces de vie qu'on tirera au sort, hein…
— Euh, oui… Mais fais gaffe à la note de frais !
— Pas de souci… murmura-t-elle en réservant immédiatement en ligne via un site spécialisé. Nous sommes à deux heures du manoir. On y va ? Inutile de ranger.

Il acquiesça et sortit sa clé de voiture. Elle saisit sa tablette, vérifia la présence de son téléphone dans la pochette qui lui servait de sac, rafla la clé sur la table et avança.
— Tu n'as rien d'autre ? s'étonna le policier en la dévisageant.
— Mes affaires sont restées à l'auberge, à Charlieu…

LORSQUE LE LOUP TENTE DE SE CACHER DANS LA BERGERIE…

Seul avec le médecin urgentiste et le blessé à l'arrière du fourgon du SAMU, Sean contempla un instant son subordonné avant de se lancer :

— Comment tu te sens ?

— Moyen… Mais pas mortel, donc tout va bien… Marlène aurait pu mieux viser… Tu veux savoir où on en est de l'enquête ?

— Non, je pense que Gwen m'a tout dit. Je me trompe ?

— Non… Elle a été transparente.

— Et toi ? Où tu en es avec elle ?

— Ça avance bien… Je crois qu'elle a confiance en moi. J'ai fait tout pour, en tout cas…

— Parfait. Et elle t'a parlé d'elle, de la Confrérie ?

— Après lui avoir avoué mon passé, elle n'a pas eu d'autre choix… Elle est enquêtrice en chef pour la Confrérie… Lorsque l'un de leurs membres est mis en accusation ou lorsqu'il est retrouvé mort, elle est mandatée pour trouver des réponses, ce qui fait qu'elle a un réseau d'indics très étendu. Et elle a été chargée d'enquêter sur la mort de Nina Forggliano.

— Vraiment ? s'enquit l'Irlandais intrigué et, il faut bien le dire surpris.

— C'est ce qu'elle m'a dit et je la crois… S'il y avait eu plus que ça, d'un, elle ne se serait pas comportée avec moi comme elle l'a fait, et de deux, elle me l'aurait dit après mes aveux… Tu sais que je suis un expert à ce jeu-là, non ?

— Oui… C'est bien pour ça que Martignac vous a choisi, toi et tes deux copains… Des pros de la manipulation à la DGSI… Tu crois qu'elle va accepter de te parrainer pour la Confrérie ?

— Certain. Juste une question de temps…

— Bon… Je n'ai pas d'ordre à te donner puisque tu es détaché dans mon service, ni même de conseils… Tu as suffisamment de métier pour ça… Mais prends garde que la brebis ne se révèle pas plus féroce que le loup qui tente de se cacher dans la bergerie…

— T'inquiète… Je sais où je mets les pieds…

L'Irlandais ne répliqua pas : si l'agent de Martignac était si confiant, c'était son problème après tout. On lui avait imposé le trio, et puisqu'il n'avait pas eu le droit à la parole, il les laissait aller droit dans le mur sans lever le petit doigt : lui savait exactement qui était Gwen St-Cyrq, lui devait d'avoir, des années plus tôt, sauvé son frère et il lui était redevable.

Cette fille n'avait rien d'une brebis égarée, mais tout du loup solitaire…

CHARLIEU
I

Pas plus tôt assise dans la voiture côté passager et le moteur lancé qu'elle sombrait dans un sommeil profond, épuisée par les longues nuits d'insomnie et le stress des derniers jours.
On la secouait gentiment. Elle ouvrit les yeux, regarda devant elle puis tourna la tête pour tomber sur Signac. Ils étaient sur un parking. Un moment pour comprendre où elle se trouvait et pourquoi.
— Désolé de te tirer du sommeil, mais nous sommes à Charlieu… Elle est où, ton auberge ?
— Euh… C'est l'auberge du Lion d'Or…

Comme il programmait son GPS, elle reprit, vaguement gênée :
— J'étais crevée… Excuse-moi…
— Je comprends : ces derniers jours n'ont pas dû être de tout repos. Ah, tiens… Nous y sommes presque…

Cinq minutes plus tard, il se garait devant l'établissement et restait au volant tandis qu'elle retirait son holster, allait récupérer son sac, celui de Mortimer, et régler la chambre.
De l'endroit où il se trouvait, il la vit s'adresser à une femme à l'accueil, discuter calmement alors que l'autre semblait dans tous ses états et revenir sur ses pas, les mains vides. Elle remonta en voiture, ennuyée.
— Qu'est-ce qui se passe ? s'enquit-il en se tournant vers elle, sourcils froncés.
— On a cambriolé nos chambres… Celle de Glenn et la mienne… Tout a été retourné et nos affaires ont disparu… Les gendarmes n'ont trouvé aucune empreinte.
— Y avait des trucs importants dans ta valise ?
— Rien, non. Mais je ne peux pas me prononcer pour le sac de Mortimer…
— Tu veux aller à la gendarmerie ?

Elle consulta sa montre, hésitante :
— Tu en dis quoi ? Il est presque 7h du soir…
— Ben, pourquoi ne pas appeler Cavaignac, puisque vous vous connaissez, pendant qu'on va au manoir ? J'ai programmé l'itinéraire… À moins que tu veuilles qu'on passe au supermarché pour t'acheter des affaires de toilette ?
— Bonne idée, remarqua-t-elle en souriant enfin. C'est vrai que je n'ai plus rien…
— J'en ai vu un en passant, tout à l'heure…

Elle sortit son portable et composa le numéro de la gendarmerie : le major à l'accueil lui apprit qu'il était déjà parti. Elle soupira, raccrocha, vérifia sa messagerie, lut deux messages auxquels elle répondit laconiquement. Le véhicule s'arrêta. Elle regarda autour d'elle, maugréa un « je fais vite », regarda sa montre puis sortit rapidement, sa pochette en main et entra dans le magasin. Dix minutes plus tard, elle revenait avec un sac de voyage rebondi qu'elle jeta sur le siège arrière avant de se rasseoir, agacée :
— Ils allaient fermer ! murmura-t-elle, néanmoins satisfaite.

Il sourit et redémarra.
— Dis-moi, tu es allé voir Marlène et Manuel à l'hosto ? lui demanda-t-elle d'une voix inquiète.
— Non… Je suis resté sur Alban jusqu'à ce que Sean me rappelle… Allez, ne t'inquiète pas… De ce qu'on m'a dit, ils ont été salement touchés, mais devraient s'en tirer.
— Tant mieux…
— Vous vous entendiez bien ?
— Hum… Pas vraiment… Tu connais mon sale caractère…

Il leva un sourcil, mais ne répliqua pas.
— Et avec Mortimer ? J'ai eu l'impression que le courant passe bien entre vous, non ?
— C'est compliqué… lui avoua-t-elle en soupirant. Tiens, regarde, c'est là ! lui indiqua-t-elle en montrant un double portail en fer forgé très ouvragé.
— Tu rigoles ? lâcha-t-il après un petit sifflement en pénétrant au pas dans une allée gravillonnée, jalonnée d'ifs parfaitement taillés.

À droite, un grand bâtiment bas, pierres apparentes, probablement des communs réhabilités en logement d'un côté, et de l'autre, avec ses grandes portes en bois peint en vert amande, en hangar ou en garage, difficile à dire. De l'autre côté de l'allée, le manoir à deux étages et lucarnes ouvertes sur un toit très haut et pointu affublé d'une cheminée sur le côté. Yvon s'arrêta juste après, sur un petit terre-plein peut-être aménagé à cet effet, coupa le moteur et se pencha légèrement pour observer la façade cossue.

— Dis, tu es certaine qu'on sera dans les clous pour la note de frais ? s'inquiéta-t-il à nouveau.

— Mais oui… le rassura-t-elle en sortant du véhicule et en prenant son sac. Ah, regarde, nous sommes attendus…

Elle se porta à la rencontre d'un homme d'un certain âge, plutôt grand, mince, glabre, chevelure poivre et sel, et lui serra la main.

— Madame Gaillard ?

— Oui… Et voici Yvon Signac, mon ami…

— Je vous accompagne jusqu'à votre chambre… C'est à l'étage. Petit-déjeuner à partir de 8h30 ou 9h si ça vous convient…

— Possible 8h ? s'enquit-elle en l'observant.

— La cuisine en bas est à votre service. J'essaierai d'aller vous chercher des viennoiseries plus tôt…

— Ne vous inquiétez pas, nous prendrons juste un café avant de partir.

— Comme vous voulez… J'ai vu que vous souhaitez rester une semaine ?

— En effet. Le temps de faire le tour de la région…

Une entrée fraîche, sol en pierres grises, décorée de meubles anciens et deux portes pour la chambre du rez-de-chaussée, occupée selon le site de réservation. Un escalier en bois, très raide, puis une porte finalement étroite donnant sur une première chambre avec un lit pour une personne, une armoire, une table… Sur la droite, la salle de bains donnant sur l'arrière de la demeure. Puis une chambre immense avec cheminée, lit à baldaquin, tapis persans, bureau, armoire monumentale, décor ramené des quatre coins du monde et sol en terre cuite du plus bel effet… sans compter les poutres au plafond et l'odeur d'ancien, de meubles cirés, de tentures… Gwen tourna sur elle-même, ravie. Elle adorait ce genre d'endroit, d'ambiance… Elle remercia leur hôte qui ne s'attarda pas, et posa son sac sur le tapis, sourire aux lèvres.

— Ça te plait ? s'enquit-elle en faisant face à son équipier.

— Je serais difficile, hein ! Tu prends le lit à baldaquin et je prends l'autre, lâcha-t-il sur le ton de l'évidence.
— On fait pile ou face, on a dit...
— *Tu* l'as dit, Gwen, pas moi ! Vu ce qui est arrivé à ton équipe, je dois garder un œil sur toi... La porte qui donne sur l'escalier donne sur l'autre chambre... Je la prends.

Elle jaugea sa détermination puis alla jusqu'au lit et s'y assit, l'œil pétillant.
— Je fais un brin de toilette et on va manger ? s'enquit-elle en caressant le dessus-de-lit bleu roi.
— Ça marche. J'ai un coup de fil à passer à Sean...

Elle sortit de son sac un nécessaire de toilette, un T-shirt et s'enferma dans la salle de bains, surprise de l'attitude de son ancien équipier. Dix minutes plus tard, lui prenait sa place et c'est elle qui passa quelques coups de fil et envoya plusieurs messages.
L'allée d'ifs... puis la route sinueuse qui les fit passer de St-Bonnet-de-Cray à Charlieu en un peu moins d'un kilomètre. La soirée se passa très agréablement dans une crêperie du centre historique, et ils se séparèrent à un peu plus de onze heures sur le seuil délimitant les deux chambres, contents des dernières heures et d'un rapprochement qu'aucun n'aurait cru possible.

II

Impossible de dormir après les nouvelles qu'elle venait de recevoir. Même si elle s'y attendait, la déception était à la mesure du mensonge. Assise en T-shirt sur le lit, elle parcourait le rapport effectué par l'un des agents de la Confrérie, sourcils froncés et mâchoires serrées. Puis elle bascula sur un autre lien, un exposé d'une centaine de pages concernant les activités d'Olivier Martignac, ancien patron de la DGSI, nommé sénateur depuis deux petites années, mais toujours très actif dans le monde du renseignement et, plus encore, dans celui beaucoup moins reluisant de l'assassinat commandité et du chantage.
Au fil de sa lecture, son regard se durcissait et ses lèvres s'étiraient en un rictus glacial.

Elle sécurisa les informations puis retourna au premier rapport, réécouta la discussion entre Sheridan et Mortimer qui avait eu lieu dans le fourgon du SAMU devant le médecin qui faisait partie de la Confrérie, histoire de conforter sa colère et son besoin de revanche. Toute cette histoire parasitait son enquête sur le meurtre de Nina et, plus généralement, des autres filles, la disparition de la flic et des deux héritières.

Elle se prit la tête entre les mains pour tenter de recentrer son esprit. Écarter Mortimer, ses deux acolytes, Martignac et ses magouilles pour trouver la ressource de reprendre l'affaire du début avec toute la clairvoyance et le détachement dont elle était capable.

— Tu dors pas ?

Elle leva la tête, dévoilant la profonde détresse qui habillait son regard. Yvon ouvrit totalement la porte qu'il avait entrebâillée et pénétra dans la chambre, franchement inquiet.

… Ça va ? reprit-il en approchant.

— Je t'ai réveillé ? s'enquit-elle en effaçant de son visage la vague d'émotions qui l'avait submergée un instant plus tôt.

— Non, impossible de dormir, en fait. Un problème ?

Elle le dévisagea, hésitante, mais décida de ne rien lui dire et esquissa un vague sourire :

— Rien qui concerne l'enquête, pas de souci…

— Je sais que je n'ai pas été un modèle de fiabilité par le passé ni un équipier exemplaire, mais… enfin, si tu as besoin, je crois pouvoir te prouver que tu peux compter désormais sur moi…

Décidément, ils étaient pléthore à rechercher sa confiance pour écouter ses états d'âme. Elle contemplait le policier, savait de lui bien plus qu'il ne le croyait, mais tergiversait.

— Si je te mets au courant, tu risques d'avoir des ennuis à ton tour. Pas le but… Allez, bonne nuit…

— Des ennuis, tu dois savoir que j'en ai déjà… Même si Sean me fait confiance, la hiérarchie me pousse vers la sortie… Notre différend a laissé des traces… Et puis ce qui s'est passé au château la dernière fois qu'on s'est vus, le fait que je t'ai laissé partir alors que j'aurais dû t'arrêter…

— Je suis désolée…

— Off… M'en fiche un peu, en fait… Je fais mon taf, sans plus. Alors tu vois, un peu plus ou un peu moins d'ennuis, dans mon cas, ça veut pas dire grand-chose…

— Très bien, fit-elle se mordillant la lèvre intérieure. Si tu penses être capable de m'écouter sans partialité… Que sais-tu au sujet de Glenn et de ses deux copains ?

— Manuel, je le connais depuis un bail… C'est un gars bien… Enfin, disons que *c'était* un mec bien jusqu'à ce que je le perde de vue deux petites années. Lorsque je l'ai revu à la boîte, il n'était plus vraiment le même, toujours sympa, mais différent… Après, Marlène est une surdouée en informatique, mais elle ne se mélange pas… Quant à Glenn… il est secret, mutique, mais compétent. Pourquoi ta question ?

— Mortimer et ses deux copains font, en fait, partie de la DGSI et ont été détachés à la FSE pour… me coincer.

— Hein ! Tu es certaine ?

— Plutôt, oui. Tu as des news d'Orphys et de Roquet ?

— Rien de neuf, non… Toujours dans le coma, à ce que j'en sais…

— Ils ne sont pas à l'hosto, non… D'ailleurs, ils n'étaient même pas dans la baraque qui a explosé puisque c'est eux qui ont posé la bombe…

— Qui t'a raconté ça ?

— Peu importe, mais j'ai un réseau fiable. Pour l'instant, ils se planquent en attendant le bon moment pour intervenir.

— Qu'est-ce que c'est que cette histoire ? Et pourquoi est-ce qu'ils feraient ça ?

— Parce que Martignac a besoin de m'éliminer de l'échiquier…

À ce stade, le policier la regarda de travers, très circonspect.

— Olivier Martignac ?

— Hum… Il y a quelques mois, je suis tombée par hasard sur une info tellement bizarre que j'ai commencé à creuser… Et ce que j'ai appris est incroyable. En farfouillant, j'ai dû me découvrir à un moment ou un autre parce que les ennuis se sont multipliés… jusqu'à l'apparition de Glenn et de son équipe.

— Je ne peux pas croire que Martignac… et en plus nos trois collègues… Pour les deux autres, je ne me prononce pas, mais jamais Manuel se compromettrait dans un truc pas net… Et tu as des preuves de tout ça ?

Elle soupira, connecta sa tablette, choisit un fichier, celui de l'enregistrement de la conversation entre Sheridan et Mortimer dans le fourgon du SAMU et mit l'audio. De surpris, les traits de Signac passèrent à l'ébahissement puis au questionnement :

— Je vois… Et la Confrérie, c'est quoi ? C'est vrai que tu bosses pour eux ?
— La Confrérie, c'est une organisation ancestrale qui vient en aide aux plus démunis et qui structure, autant que possible, le monde des truands avec des règles, ce qui protège les plus vulnérables. Et oui, j'en fais partie depuis mes 11 ans…
— Oh… Comme je suppose que tu ne répondras pas à mes questions à ce sujet, lâcha-t-il avec un sourire, passons à Martignac… Qu'est-ce que tu sais sur lui et qui le met sur le gril ?

Elle leva la tête, surprise par cette absence de curiosité, observa l'ancien commando puis ouvrit un autre fichier et le laissa lire. Au fil des pages et des onomatopées, son attitude changeait. Lorsqu'il lui rendit l'appareil, il était abasourdi.

— Et Sean est au courant ?
— Pas encore, mais d'autres le sont. J'avais tout intérêt à protéger mes arrières…
— C'est clair… Ce dossier, c'est une bombe atomique ! Tu crois que Martignac est au courant que tu as toutes ces preuves en ta possession ?
— Ça m'étonnerait… Il sait que j'enquête, sans plus.
— … d'où Mortimer et les deux autres dans le paysage. Et qu'est-ce que tu vas faire ?
— Laisser venir… De toute façon, il est cuit, mais il ne le sait pas encore.
— L'implication de Glenn, tu viens de l'apprendre ou bien…
— Je m'en doutais, lui avoua-t-elle d'une voix froide. Mais j'ai pensé que ce serait bien de jouer le jeu pour mieux le contrôler. Maintenant que tu es au courant, tu vas en parler à Sheridan ?
— Non… Tu joues cette partition comme tu l'entends, Gwen… C'est *ton* enquête. Si t'as besoin d'un coup de main, je serai là. Tu peux compter sur moi…

Elle esquissa un sourire vague et consulta sa montre. Il était presque 5 heures et ils n'avaient pas fermé l'œil.

— Tu veux aller te reposer un moment, peut-être ? remarqua-t-elle en prenant conscience pour la première fois qu'il était assis sur le bord du lit, à quelques centimètres seulement d'elle, en faisant mine de chercher un dossier sur l'écran de sa tablette pour ne pas rencontrer le regard qui pesait sur elle.

Une caresse dans le cou… Elle se raidit en fermant les yeux. Les doigts poursuivirent lentement leur voyage vers le visage, la joue puis les lèvres avant de s'esquiver pour laisser la place à celles de son partenaire. Elle ouvrit alors les paupières, plongea son regard bleu glacier dans l'autre, noir de jais, et l'un et l'autre se perdirent sans vraiment s'en rendre compte dans un flot d'émotions trop longtemps réprimé.

III

Lorsqu'elle s'éveilla, elle était nue dans les bras d'un Signac qui la dévisageait en la caressant du bout des doigts. Il lui sourit immédiatement, embrassa les lèvres à sa portée en passant pensivement sa main dans les cheveux en bataille. Elle lui rendit son baiser, mais au moment où elle sentit que tout allait à nouveau basculer, elle se glissa hors du lit la gorge serrée, rafla son T-shirt et le reste de ses vêtements sur le dossier d'une chaise pour aller s'enfermer dans la salle de bains. Là, devant le miroir, mains posées sur les bords du lavabo, elle laissa aller ses larmes… Pour les effacer, elle se passa la tête sous le robinet puis, après une bonne minute perdue dans ses pensées, elle se glissa sous la douche comme si l'eau avait le pouvoir d'évacuer le trop-plein d'émotions.
Lorsqu'elle ressortit, il attendait son tour, assis sur son lit, le regard vague. Il se leva en un bond, comme s'il était monté sur ressort.
— Tu regrettes ? lui demanda-t-il d'une voix fermée, un peu rauque.

Elle lui fit face et l'observa avec une intensité qui aurait fait détourner le regard de tout autre, mais qu'il soutint, fébrile.
— Non…
— Moi non plus… murmura-t-il en lui prenant le poignet pour l'attirer à lui.

Il lui caressa le visage qui lui arrivait à peine à la poitrine, la prit en poids pour la monter à sa hauteur et l'embrassa avec passion en la faisant virevolter avant de la reposer doucement au sol et de s'isoler immédiatement dans la salle en face pour une douche bien nécessaire. Elle resta un moment immobile, un peu perdue, mais si heureuse en cet instant que, comme quelques minutes plus tôt, les larmes embuèrent ses paupières sans qu'elle puisse les retenir. Lorsqu'il ressortit, elle était assise au bureau, concentrée devant l'écran de sa tablette. Elle leva les yeux alors qu'il approchait, lui sourit, et retourna à sa lecture.

— Du nouveau ?

— Oui… Régis Vavre, l'un des deux faux pompiers, a été finalement logé et arrêté à Roanne. Il a été rapatrié ici, à Charlieu. Cavaignac est en train de l'interroger. Et j'avais fait passer un portrait-robot des deux rabatteurs de la fête et je sais où on peut en trouver un… à Germolles… Il loue ses services comme garçon de ferme.

— Cavaignac peut se débrouiller seul, non ? On va choper ton gus à Germolles et on le fait parler… Qu'est-ce que tu en dis ?

— Et si, plutôt, tu allais voir Cavaignac pour assister à l'interrogatoire ? Tu fais partie de la FSE, ça aide… Pour le capitaine, je ne suis qu'une détective privée… pas le gratin…

— Tu veux aller seule dans ton bled ?

— Pas seule… Les copains qui l'ont retrouvé m'attendent devant la grille.

— Des mecs de la Confrérie ?

— Des indics que j'avais lancés sur les traces des quatre loufiats. Ils sont fiables, pas d'inquiétude. Si je parviens à le faire parler, on pourrait choper son acolyte et, qui sait, remonter la piste… Pareil si Vavre crache le morceau…

— Très bien, mais tu me tiens au courant !

— Promis, murmura-t-elle en se levant.

Elle glissa la tablette dans sa pochette, enfila le holster avec son arme et les deux chargeurs supplémentaires, empocha son portable, et buta sur lui. Il la prit par les épaules, sourcils froncés :

— S'il te plaît, Gwen… Fais gaffe…

— Mais oui… lui affirma-t-elle en l'embrassant avec une spontanéité qui le prit de court.

Lorsqu'il retrouva ses esprits, elle était partie. Il esquissa un sourire puis enfila ses chaussures, prit son arme, ses papiers, son téléphone et quitta la chambre à son tour. Il salua leur hôte qui préparait le petit-déjeuner pour ses autres pensionnaires, avala en quatrième vitesse un café, prit avec reconnaissance une tranche de gâteau qu'on lui tendait et sortit au pas de course : plus tôt il aurait tiré les vers du nez du ravisseur, plus tôt il pourrait la rejoindre. À peine plus de cinq minutes plus tard, il garait son véhicule sur un terre-plein en sable rose et se dirigeait vers un grand bâtiment blanc avec un rez-de-chaussée rose crépi plus neuf adossé. Il poussa la porte, demanda à voir le capitaine Cavaignac en dégainant sa carte officielle tout en observant autour de lui.

Un quadragénaire en uniforme, barbe et moustache bien taillées pour des traits fins et réguliers, approcha et lui tendit la main.

— Capitaine Ivan Cavaignac, lança celui-ci, front plissé. La FSE, hein…
— Commissaire Signac…
— Que me vaut votre visite ?
— Je sais que vous détenez Régis Vavre… J'aimerais assister à son interrogatoire.
— La FSE serait également sur l'affaire ?
— Sur une affaire en marge qui pourrait avoir un lien. Donc ?
— Venez… Suivez-moi…
— Il a dit quelque chose ? lui demanda-t-il en plissant le front.
— Rien, pour l'instant. On va devoir le déférer, la garde à vue arrive à son terme. Vous voulez essayer ?
— Pourquoi pas ? Il sait que la fille qu'il a enlevée est flic ?
— Non ! Pas question de la mettre en danger. S'il devait être libéré…
— Un raisonnement à double tranchant : ça pourrait lui faire suffisamment peur pour l'obliger à cracher le morceau, remarqua Signac devant la porte de la salle d'interrogatoire. Voyons ce qu'il a dans le ventre, votre gus…

Dans la foulée, il posa la main sur la poignée et entra dans la petite pièce de 10 m² meublée seulement d'une table et de deux chaises. Le prévenu menotté se retourna et dévisagea le nouveau venu, et derrière lui, le gendarme qui tentait depuis trois bonnes heures de lui soutirer des informations. Un troisième se plaça devant la porte, bras croisés.
L'inconnu n'était pas en uniforme et avait, dans le regard, un « je ne sais quoi » de dangereux… (Vous savez, cette petite étincelle froide qui n'appartient qu'à ceux qui n'ont aucune limite…), une lueur qui fit involontairement frissonner le bonhomme lorsque celui-ci s'assit très posément en face de lui et ouvrit le dossier que posait devant lui le capitaine.

Incapable de détacher les yeux des énormes paluches qui parcouraient rapidement les lignes imprimées, un malaise l'envahissait lentement, mais inexorablement. La lecture parut prendre des heures et lorsqu'il leva enfin la tête, un regard de jais parut le mettre à nu. Puis le personnage se tourna vers l'officier de gendarmerie à côté :

— Je me fiche qu'il ait avoué ou pas. Mon patron voit le ministre tout à l'heure et il a besoin d'un nom… celui-là fera l'affaire… Le procès-verbal est suffisant pour en faire un parfait bouc émissaire. Je le rapatrie à Marseille, lança d'une voix autoritaire celui qui avait l'allure d'un commando.
— Pas très régulier, Commissaire, lui fit remarquer Cavaignac, pris de court. Je ne peux pas…
— Mais si, Capitaine… La FSE ne répond pas aux lois françaises, vous le savez ! Il est impliqué jusqu'au cou, c'est une évidence. Vous-même l'avez reconnu comme l'un des faux pompiers qui ont enlevé Natacha Chrin… Nous avons sur le dos en plus deux enlèvements avec demande de rançon, mais non restitution des victimes, cinq autres disparitions, cinq gamines retrouvées mortes violées et assassinées dont trois dans le secteur… Mêmes profils de filles que Chrin… des adolescentes mineures… Il faut calmer la presse et notre ministre qui nous met la pression. Celui-là est parfait. Vous le mettez au frais le temps de prévenir la hiérarchie, poursuivit-il en se levant et en rendant le dossier au grand barbu un peu interloqué. Vous aurez votre décharge dans la foulée.

Puis sans même se préoccuper encore d'un Vavre qui ne savait plus à quel saint se vouer, il fit deux pas vers la sortie tandis que le gendarme de faction lui ouvrait la porte.

— Non ! Attendez ! s'exclama le loufiat d'une voix urgente. Ces filles, j'y suis pour rien, moi !!! Capitaine, vous devez me croire ! J'ai juste été payé pour prendre la fille en charge à la fête et c'est tout !

Déjà Signac était à la porte, à l'évidence indifférent aux protestations.

— Je ne peux plus rien pour vous, avoua le gendarme qui jouait le jeu du flic. Brigadier, ramenez monsieur Vavre en cellule…
— Non !!! Je vais vous dire tout ce que je sais, d'accord ? Je… j'ai des noms… et le lieu où on a amené la fille…
— Commissaire ? On devrait peut-être l'écouter, qu'est-ce que vous en dites ? Si vous pouviez ramener un poisson plus gros au ministre…

— Oui, oui, Monsieur le Commissaire… approuva l'andouille soudain rassurée que le gendarme plaide pour lui.

Yvon s'arrêta puis se retourna, plus bourru que quelques secondes plus tôt, sans doute agacé du contretemps. Inutile de l'inviter à parler, l'autre se lança avec une sorte de soulagement dans la voix.

— Voilà… Y a quoi… peut-être quinze jours, je buvais un coup au bar de la Place à Trambly avec mon copain Hervé… C'est Hervé Debord… Il s'occupe des espaces verts à Roanne… On était en classe ensemble… Un vrai pote… Donc, on buvait tranquillement un coup quand deux mecs nous ont invités à venir trinquer avec eux à leur table. On a parlé un moment et ils nous ont proposé 500 biftons chacun pour un job sans risque : on devait récupérer une fille à la fête de l'été et l'amener au sud de Roanne, dans une baraque près du lac de Villerest. Ils nous fournissaient un fourgon de pompiers… 500 balles, ça fait un paquet de fric ! On n'a pas refusé. Vous comprenez, avec ce qu'on gagne, on a juste de quoi vivre alors, ça tombait à pic… Le jour J, on les a retrouvés à Charlieu, sur le parking de l'Intermarché. On est allé direct à la fête. La fille semblait dans les vaps. On l'a chargée à l'arrière et on a fait comme ce qui était convenu. On a eu notre fric. Hervé est resté sur place parce qu'ils avaient besoin d'un coup de main. Moi, je suis retourné à Charlieu et j'ai cramé le fourgon, selon le plan, avant de me mettre au vert… C'est tout ! Je vous jure que j'ai pas touché à cette fille ! D'ailleurs, c'est moi qui conduisais : Hervé, lui, n'a pas le permis.

— Des noms ?

— Les deux qui nous ont embauchés ont dit s'appeler Kadouz et Bart. Ça devait être leur prénom parce que Raphy les a appelés comme ça.

— Raphy ?

— Raphaël Mélard… C'est lui qui nous a recommandés pour le job… Je suis sorti avec sa sœur… Lola… Une bombe à l'époque parce que maintenant, avec ces quatre gosses, elle est plus large que haute, si vous voyez ce que je veux dire…

— Qu'est-ce que vous savez au sujet de ce Mélard ?

— Il fait des petits boulots ici et là à ce que je sais, mais il a toujours les poches pleines de frics… des boulots qui rapportent, c'est sûr… Mais vous dire où il crèche, ça, j'en sais rien.

— Et à Villerest ?

— C'était dans un lotissement, La Loueve, une baraque un peu à l'écart…
— C'est peu, fit le Capitaine à l'évidence déçu. Commissaire, on fait quoi ?

Comme Signac haussait les épaules en faisant mine de partir, le loufiat surenchérit, jetant ainsi son va-tout dans la balance.
— Attendez ! Dans la bicoque, y avait deux autres types… dont un que j'ai reconnu… Un mec qu'on voit souvent à la télé locale, un journaliste qui fait des reportages dans les bleds de la région… j'sais plus son nom, par contre, mais si vous me montrez une photo…
— Ah, plus intéressant ! en convint Yvon qui revint sur ses pas. Du coup, Capitaine, je vous le laisse.
— Parfait. Monsieur Vavre, nous allons vous montrer des photos pour que vous puissiez identifier le journaliste. Vous nous montrerez sur une carte où se trouve la maison. Nous sommes bien d'accord ?
— Oui, oui… Tout ce que vous voulez… Je suis pas un violeur ni un assassin, moi ! Je veux pas payer pour les autres, Capitaine…
— Brigadier, pourriez-vous aller chercher une carte, s'il vous plaît ?

L'homme acquiesça et s'éclipsa. De son côté, Yvon sortait son portable et vérifiait ses SMS. Aucune nouvelle de son équipière. Il hésita puis, en quelques mots, lui résuma la situation avant de revenir à Vavre qui désignait un endroit précis sur le plan déplié devant lui. Sans faire de pause, le gendarme lui montra plusieurs clichés d'employés du journal TV local et, là encore, l'homme de main fut des plus efficaces, jetant de temps à autre un œil à Signac qui l'impressionnait fortement. Le journaleux était un reporter occasionnel de la chaîne, un dénommé Jordan Vergnes, quinquagénaire célibataire vivant à Thizy-lès-Bourgs.
— On se sépare en deux groupes ? proposa Cavaignac en se lissant pensivement la moustache. Je vous adjoins deux de mes hommes et vous allez appréhender Vergnes ? Moi, je m'occupe de la baraque ?
— Si vous voulez, acquiesça Yvon, persuadé qu'ils ne trouveraient plus personne au nid, mais que le journaliste pouvait, à l'inverse, être un personnage clé pour la suite.

Dix minutes plus tard, la gendarmerie se vidait. Le temps de l'action était arrivé.

ÇA BOUGE…
I

Les quatre véhicules roulèrent en convoi jusqu'à la sortie de Charlieu puis la Renault de Signac bifurqua rapidement, gyrophare allumé, mais muet, sur la départementale plutôt déserte malgré l'heure. Des champs très verts malgré la saison, et des forêts. Un paysage très vallonné. Quelques fermes ici et là, quelques villages oubliés des touristes, deux tracteurs qui se garèrent pour les laisser passer, une route par endroit très étroite, encaissée entre deux talus boisés…

Yvon, installé à l'arrière, regardait le paysage sans le voir, son esprit tourné vers Saint-Cyrq qui n'avait toujours pas lu son SMS. Il ne pouvait s'empêcher d'être inquiet. Même si elle lui avait dit être accompagnée, que savait-il des gus qui étaient venus la chercher ? Rien…

— On arrive, Commissaire, l'avertit l'adjudant au volant, un homme sans âge, cheveux grisonnants, et gros favoris. Thizy-lès-Bourgs… Il habite au Mantelier… un lieu-dit un peu à l'est. J'éteins le gyro…

Pas de réponse. Le flic contemplait les alentours… des immeubles bas et anciens à flanc de colline, des champs et des espaces bien tondus, bien entretenus et verts, quelques voitures, mais aucun promeneur sur cette voie qui contournait, à l'évidence, le bourg un peu plus bas. Puis une route de campagne et une patte-d'oie.

— C'est la maison à droite, fit le gendarme devant, les yeux rivés sur son portable.

Une villa récente, façade blanc et gris, design moderne à côté d'autres, sorties de terre depuis peu… Un lotissement à la campagne. Le conducteur prit la courte allée montant aux deux garages, s'arrêta au milieu, bloquant ainsi l'accès même si le jardin non clôturé pouvait servir d'échappatoire.

Tous trois sortirent de leur véhicule. Un ordre rapide et le gendarme, un petit jeune sportif et un peu nerveux, resta sur place. Signac monta par la droite, passa les deux garages fermés, une porte verrouillée pour accéder à une terrasse et une baie vitrée aux rideaux opaques tirés. De l'autre côté, l'adjudant passait par la gauche et longeait la façade pour se retrouver sur l'arrière devant la porte d'entrée, rejoint par un Signac qui lui apprit, d'un signe de tête, que la maison semblait vide.

Le militaire appuya sur la sonnette une fois, deux fois... Un bruit de claquettes, puis de verrou. Le battant s'entrouvrit sur un quadragénaire ventripotent aux yeux bouffis, en slip et tongs aux pieds... Curieuse dégaine à plus de 11h du matin.

— Jordan Vergnes ? fit le gendarme tandis qu'Yvon, sûr de son fait, poussait la porte avec force, bousculait le bonhomme abasourdi, et scrutait le vaste salon à peine meublé puis la table basse couverte de bouteilles vides, et de paquets de chips éventrés.
— Mais qu'est-ce que ça veut dire ! s'insurgea soudain le personnage reprenant du poil de la bête. De quel droit...
— Adjudant Bonnevay et voici le commissaire Signac de la FSE, le coupa le sous-officier d'un ton bourru. Il est 11h37. Je vous signifie votre mise en garde à vue...
— En garde à vue ! Mais...
— Fermez-la ! grogna Yvon en goûtant une poudre blanche éparpillée sur la vitre de la table basse. Cocaïne... poursuivit-il, sans le regarder.
— Habillez-vous ! lâcha son acolyte. Je vous accompagne...
— Mais de quoi est-ce que je suis accusé ! J'ai rien fait ! Et puis vous savez qui je suis, hein ? Quand mon rédac chef saura, ça va faire du bruit, ça je vous le dis ! les menaça le type désormais agressif.

Yvon avait enfilé des gants et effectuait une fouille rapide tandis que les deux autres s'étaient éclipsés dans une pièce adjacente. Il passa dans la cuisine puis dans une vaste salle aveugle meublée seulement d'une paillasse sur laquelle gisait une fille nue. Natacha Chrin ! Il se précipita, lui prit la main puis le pouls. Elle était en vie mais droguée. Il lui tapota la joue puis la recouvrit d'une couverture qui traînait là et ressortit pour appeler les secours. Dans la chambre, un bruit de lutte. En deux bonds, il était sur place pour constater que le gendarme avait eu raison de la pourriture groggy, sous lui, menottes dans le dos.

— Il a essayé de prendre mon arme, s'énerva le sous-officier en s'essuyant un peu de sang qui perlait de sa lèvre inférieure. Vous avez trouvé quelque chose ? reprit-il en le mettant de force sur ses pieds.

— Votre collègue droguée dans une pièce derrière la cuisine.

— Natacha !

Sous le coup de l'émotion, il lâcha le journaliste qui, sentant une ouverture, tenta de passer en force Yvon, mais s'effondra d'un uppercut bien placé.

Dix minutes plus tard, la jeune femme était évacuée sur l'hôpital de Roanne, l'adjudant à ses côtés. Le flic fit appel aux TIC pour passer la maison au peigne fin tandis que Cavaignac, averti, venait le rejoindre d'autant que leur visite à Villerest se soldait par un échec : vide, parfaitement nettoyée, ils n'avaient rien trouvé de probant. Il avait envoyé un binôme appréhender Hervé Debord à Roanne, un autre Raphaël Mélard à Marcigny. Dans la voiture sur le trajet de retour, le journaliste à présent mutique, menton violet, cocard à l'œil et lèvre enflée, menotté à la portière verrouillée, évitait le regard du capitaine de gendarmerie à ses côtés. Devant, le militaire au volant, et Yvon qui rédigeait un nouveau SMS à l'attention d'une Gwen toujours absente. Anormal, sans doute. Il hésitait à l'appeler pour ne pas la faire repérer, juste au cas où elle serait en embuscade… Mais ça le démangeait…

Ils arrivaient à Charlieu. Une notification… Gwen, enfin ! Il regarda l'écran et soupira, déçu : Sheridan venait aux nouvelles… Il initialisa la communication, soupira vaguement en entendant la voix de son chef et lui raconta les derniers rebondissements de l'enquête… enfin pas tous… Sa vie privée, pas ses affaires, évidemment.

II

Devant le portail du manoir, un Range Rover blanc. À l'intérieur, trois hommes dont deux à l'arrière. Elle monta à l'avant, côté passager, et le 4x4 démarra sans attendre. Elle observa le conducteur puis se tourna vers l'arrière et lança un « bonjour ! » général qui fut immédiatement suivi d'un « bonjour, Madame ! » collégial, un peu décalé et formel pour les trois looks de loubards.

— Je vous écoute, poursuivit-elle, le torse toujours tourné vers eux.

C'est le gus derrière elle qui s'était légèrement décalé pour lui faire son rapport plus à son aise : T-shirt kaki qui faisait ressortir les muscles saillants des bras, pantalon treillis, crâne rasé parce que, sans doute, fortement dégarni malgré la trentaine, glabre, lèvres un peu minces, il était d'approche franche et sympathique.

— Léo Martinez… Il loue un studio dans une ancienne ferme au lieu-dit La croix de la Tombe, route de Fleury. Il fait de petits boulots ici et là. Il n'a jamais été arrêté. Nous avons laissé un copain sur place, au cas où il déciderait de sortir, mais ça m'étonnerait : il est arrivé fin saoul ce matin à 7h. Il doit être en train de cuver son vin.

— Et vous êtes ?

— Claude, Madame.

— Phil, Madame, fit son voisin.

— Chris, ajouta le conducteur.

— D'accord. Merci pour votre aide… leur dit-elle en souriant. Quid de son complice ?

— Lui, il était de passage et il habite à Bellerive-sur-Allier… Il est plâtrier de formation et travaille à la tâche sur des chantiers de la région. Aucun démêlé avec la police. C'est un fêtard qui écume tous les bals de la région. On ne sait pas encore quels liens il a avec Martinez… Et il s'appelle Yanis Clément.

— Vous savez où le trouver ?

— Très simple, à l'hosto à Vichy… Il a eu avant-hier un accident de moto sur l'autoroute… Il a plusieurs vertèbres fêlées, la clavicule en miettes, deux côtes enfoncées et de multiples contusions. Selon le médecin, il en a pour un mois d'hosto et six mois de rééducation.

— Bon, au moins on sait où il est. Il est conscient ?
— Sous sédatifs.
— Voilà, on y est… annonça le chauffeur en se garant sur le bas-côté au niveau d'un petit brun barbu et cheveux courts en jeans et T-shirt noir.

Il baissa la vitre et le personnage s'avança d'un pas.
— Madame, fit-il avec respect. La cible n'est pas sortie. Le reste de la ferme est loué en Airbnb. Deux apparts sont occupés, mais les vacanciers sont partis en vadrouille ce matin. Nous avons le champ libre.
— On y va, lança-t-elle en ouvrant la portière. Une sortie de secours ?
— Non, Madame. Le studio est au bout, à gauche… La fenêtre est ouverte…

De fait, le dernier volet était remonté et le rideau entrait et sortait au gré de la brise. L'homme ne semblait pas particulièrement méfiant.
— L'un de vous reste ici avec la voiture, on ne sait jamais. Deux passent par la porte, un avec moi par la fenêtre…

Aucun ne rechigna. Le petit brun échangea un regard avec ses amis et se mit au volant à la place de Chris qui emboîta le pas aux trois autres. Trois physiques différents, trois démarches, mais la même détermination. C'est le plus discret des trois, le dénommé Phil, un Guadeloupéen d'1m70, qui la suivit d'un pas léger jusqu'à l'embrasure. Un signe de l'index et il ne bougea plus alors qu'elle écartait lentement le voilage pour regarder à l'intérieur. Une seule pièce d'une vingtaine de mètres carrés, une petite cuisine en fond, un canapé-lit déplié avec un homme en slip allongé sur le ventre, profondément endormi.

Elle sauta par la fenêtre, se réceptionna sans bruit sur le sol en lino puis souleva le rideau pour permettre à son acolyte d'entrer et d'aller ouvrir la porte aux deux autres. Le réveil pour le fêtard fut chaotique. Des grognements, des râles alors que deux intrus le retournaient sans ménagement et qu'un troisième lui versait un broc d'eau sur le visage pour lui éclaircir les idées.
— Putain, mais vous êtes qui ! hurla enfin Martinez en s'essuyant avec le drap trempé tout en passant d'un visage inconnu à l'autre, l'esprit encore embrumé par les vapeurs d'alcool… ou d'autre

chose, difficile à dire dans son cas. Qu'est-ce que vous me voulez ! Dégagez de chez moi !
— Tu te souviens de moi ? s'enquit tranquillement Gwen en croisant les bras sur sa poitrine.

L'autre, surpris, plissa le front, fouilla, chercha, trifouilla dans son cerveau déconfit sans trouver de correspondance.
— Non… Vous êtes qui ?
— J'étais à la fête de l'été, près de Charlieu, le jour où vous avez glissé, avec la complicité du barman, quelques gouttes de GHB dans le verre de la fille avec laquelle vous dansiez…

Elle lui montra le visage de Natacha Chrin avec son portable, le faisant reculer contre le mur.
— … Je vois que tu sais de qui je parle… Une flic…
— Un poulet ?... Mais…
— Qui t'a demandé de la droguer ?
— Je… Je vois pas de quoi vous parlez… J'ai rien fait du tout, moi !
— Non ? Et cette fille, tu l'as déjà vue ?

Cette fois, elle lui présenta les traits de Nina. Il blêmit, balbutia et recula encore comme s'il avait le pouvoir de pousser les murs.
… Je constate que tu la connais… Je t'écoute…
— Non… Jamais vue, je le jure…
— Décidément, tu me prends pour une quiche, c'est ça ?
— Non… Je sais pas qui c'est… ni qu'est-ce que vous me voulez… couina-t-il, en perdant son français.

Genoux remontés contre la poitrine, le regard inquiet et fuyant passant de l'un à l'autre de ses agresseurs, il cherchait à l'évidence un moyen de se tirer de ce fort mauvais pas.
— Chris ?
— Madame ? fit immédiatement le grand blond à cheveux longs et silhouette d'asperge.
— Vous avez ma trousse ? s'enquit Gwen, sourire ironique et yeux plus glacés que jamais.
— Dans le coffre, Madame. Je vais la chercher…

En deux enjambées, il était dehors tandis que ses comparses se rapprochaient du lit. Moins de deux minutes plus tard, l'autre revenait avec une trousse zippée de vingt bons centimètres de long et la tendait à la femme qui la posa sur la table à sa portée et l'ouvrit avec un sens du dramatique éprouvé. Elle en retira un petit flacon rempli d'un liquide translucide, une seringue, un garrot élastique qu'elle tendit au Guadeloupéen.

— Acide gamma-hydroxybutirique… lâcha-t-elle d'une voix neutre. Plus connu sous le nom de Gamma-OH… ou GHB… Tu connais bien, à l'évidence… Comme tu sembles en être un adepte, tu vas y goûter… Si quelques gouttes peuvent désinhiber une fille, et lui faire oublier les sévices de pourritures comme toi, à plus fort dosage, ses effets sont plus… radicaux : nausée, vertiges, vomissements, convulsions et coma après des douleurs intenses… Mais avant, tu me diras tout ce que je veux savoir…

Un signe de la tête et deux gars se précipitèrent pour le maintenir fermement, lui posèrent un bâillon pour taire ses beuglements tandis que Phil lui posait de force la sangle. Gwen s'approcha lentement du gus toujours immobilisé, et pressa légèrement sur le piston de la seringue pour évacuer l'air en excès.

— Tu vois, Nina, la seconde fille que je t'ai montrée, était une amie… Tu t'es attaqué à la mauvaise personne…

Elle se pencha vers l'homme maintenu très fermement qui secoua la tête avec véhémence, les yeux exorbités, défiguré par la peur. Un hurlement rauque qu'il cherchait à moduler sortit de la bouche obstruée.

— Madame, je crois qu'il veut nous dire quelque chose, remarqua le dénommé Claude d'une voix moqueuse.

Elle plissa le front, se redressa et observa leur victime, incertaine.

— Tu veux parler ? s'enquit-elle, surprise.

La réponse fut gueulée, accompagnée de hochements de tête véhéments et urgents.

… Très bien… Tu arrêtes de crier et tu me dis tout ce que tu sais. Si tu me mens ou si je sens que tu oublies des infos, je te jure que tu goûteras à mon petit cocktail… Nous sommes d'accord ?

C'était encore oui… Un oui plus feutré pour lui montrer qu'il se calmait.

… Très bien… Enlevez-lui le bâillon…

Le gros scotch gris arraché d'un geste sec, le fêtard à nouveau libre de ses mouvements, acculé contre la cloison, suant de grosses gouttes de terreur, ouvrit la bouche et débita tout ce qu'il savait d'une seule traite, avec un flot rapide et des tremblements dans la voix sans lâcher les yeux d'un bleu hypnotique de la fille.

— Pour la première photo que vous m'avez montrée, je savais pas que c'était un flic, je le jure… C'est Paulo qui m'a demandé de la draguer… Il avait besoin d'une fille… jeune, délurée…

— Stop ! le coupa St-Cyrq, sourcils froncés. Commence par le début ! C'est qui, ce Paulo ?

— Un mec que j'ai rencontré, il y a trois ou quatre ans, en boîte à Lyon… On a sympathisé illico après quelques verres et je lui ai dit que j'étais dans la dèche. Il m'a dit qu'il cherchait un mec pour de petits boulots ponctuels, mais bien payés… Ça se refuse pas, pas vrai ? J'ai dit oui…

— Et en quoi consistent ces « boulots » ?

— Je dois aller dans des teufs ou dans des boîtes de nuit et ramasser les filles qu'il me désigne… Mais je leur fais rien, je vous jure ! Je les drague, je les assaisonne un peu pour qu'elles soient bien gentilles et je les fais monter dans une camionnette, c'est tout…

— Et ce Paulo… C'est qui ? Son nom ?

— Je le connais, pas… Je vous jure, il me l'a jamais dit… Mais j'ai une photo de lui avec une fille dans mon phone… Avec ça, vous pourrez sûrement le trouver !

Inutile de donner l'ordre, Chris fouillait les poches des jeans jetés au sol et en retirait le portable.

— Ton code, grogna la sauterelle en contemplant l'écran.

— 0000… Regardez dans mes photos ! Je vous mens pas !

Vingt secondes plus tard, il lui montrait un cliché pris dans un bar.

— Oui, c'est lui ! C'est Paulo !

Tandis que la photo était partagée sur le site de la Confrérie pour recherche active, Gwen poursuivait son interrogatoire.

— Un numéro de téléphone ? Il te contacte comment ?

— Un SMS d'un numéro masqué…

— Combien tu touches par fille ?

— 300 boules[37]…

---

[37] Syn. Balles, billets, euros

— Et c'est lui qui te refile la came ?
— Non... Je sais à qui demander quand j'en ai besoin...
— Et tu sais ce qu'il fait des filles, après ?
— Non... Mais c'est pas mes oignons, pas vrai ? Ces meufs cherchent les emmerdes ! Toutes des aguicheuses ! Des putes en mal de sensations fortes !

Elle serra les mâchoires, mais poursuivit néanmoins d'une voix calme.
— Et c'est tout ce que tu fais pour Paulo ?

Cette fois, il hésita, arrêtant net la confession. Du coup, Gwen laissa transparaître à la fois son agacement, son impatience et son dégoût en expirant fortement.
— Bon... Tu ne tiens pas parole, tu me fais perdre mon temps. Allez...

À nouveau, les trois hommes de main furent sur lui pour le maîtriser. Plus de tergiversation à l'horizon : ils ne plaisantaient pas et il tenait à la vie.
— Non, non, attendez... C'est que... enfin... j'en suis pas très fier... Je m'occupe aussi des filles que... enfin qu'il... qui...
— Qui quoi ! s'énerva la légiste.
— ... qui lui servent plus...

Un grand froid s'abattit sur la pièce. Le visage de St-Cyrq devint de marbre tandis que ses yeux le transperçaient jusqu'au fond de son âme.
... Elles sont... mortes... Il dit qu'elles ont pas supporté... Je vais chercher les corps où on me dit et je les largue dans la nature... pour qu'on les trouve... pour leur famille...
— Ton idée ou celle de Paulo ?
— De Paulo... Moi, je voulais les enterrer dans la forêt...
— Pour la fille de la seconde photo, c'est ce que tu as fait ?
— Elle, c'était différent... Elle avait été tabassée... Pas joli à voir... Alors que les autres, non... Elles semblaient juste dormir...
— Tu charges les cadavres où ? poursuivit-elle d'une voix glacée.
— Jamais au même endroit... Une voiture m'attend et je charge la fille, c'est tout.
— Et pour Nina ?
— Là aussi, c'était différent... Elle était pas morte quand je l'ai percutée... Il faisait nuit... C'était en pleine forêt, j'avais un peu

bu… Il y a eu un tournant et elle était là, au milieu… J'ai freiné, mais… C'était trop tard… Le choc… Je suis descendu, mais y avait plein de sang et elle bougeait plus. J'étais au milieu de nulle part, pas de réseau. Je l'ai mise dans la voiture pour l'amener à l'hôpital, mais elle est morte en cours de route… Je savais plus quoi faire, je voulais pas que les poulets me tombent dessus… alors je l'ai laissée comme les autres…

Son histoire corroborait ses observations faites lors de l'autopsie à l'IML.

— Tu l'as renversée où ?

— Une route de campagne en direction de La Chapelle-sous-Dun… J'allais sur Paray-le-Monial… Un intérim qui commençait le lendemain… Je revenais de chez ma copine de l'époque… qui crèche dans une baraque à Thel… Cette nuit-là me hante, ça je vous le dis… Son regard perdu, tout ce sang… Quel cauchemar !

— Une idée d'où elle venait ?

— Non… Je connais pas bien le coin, en fait… Mais autour pas mal de champs et de bois, c'est tout ce que je peux dire, et plein de fermes pas loin…

— Un détail pour retrouver l'endroit ?

— Je… Je me souviens du virage plus marqué vers la gauche, en montée. Un peu après, un carrefour et un mur sur la droite juste après, en face je crois… C'est tout… Je suis désolé…

— Tu parles ! C'est toi qui lui as retiré ses bijoux ?

— Non, je vous jure ! Jamais j'aurais fait ça ! s'exclama-t-il d'une voix véhémente.

— Elle était vêtue ?

— Oui… Une jupe courte, un top court et des baskets, mais elle avait pas de sac. Et puis j'ai remarqué les traces de piqûres au creux de son bras droit…

— Elle était consciente quand tu l'as mise dans ta voiture ?

— Non… Elle bougeait plus…

— Elle était sale ? Ses vêtements déchirés ?

— Non… J'ai rien remarqué… Mais avec tout le sang et dans la panique… Je sais plus, moi…

Gwen soupira, imaginant parfaitement la scène.

— De combien de filles tu t'es occupé… des vivantes et des mortes ?

— Des vivantes… Une bonne dizaine… 13 ou 14… Des mortes… Deux, plus la fille que vous appelez Nina… Vous voyez, je vous cache rien ! miaula-t-il, les yeux rivés à présent sur la seringue toujours prête à servir.

— Les noms de Vavre, ou de Cremazi te disent quelque chose ?

— Non... C'est qui ?

— Tu es certain ? grogna Gwen d'une voix très inamicale.

— Oui, je vous dis !

— Et Clément ?

— Quoi, Yanis ? C'est un pote. Il est clean, lui... Il aime faire la fête, mais rien de plus. Il a un métier et un job... Il est plâtrier... Il sait rien de mes activités... annexes.

— Il était présent à la fête...

— Oui, mais il a rien fait du tout ! Je le jure ! Il a dragué la flic, comme moi et puis quand il a vu la fille par terre, il a pris peur et il m'a obligé à partir... Mais c'est tout... S'il vous plaît, je vous ai tout dit... Laissez-moi tranquille !

St-Cyrq observa le personnage, se mordilla l'intérieur de la lèvre puis se tourna vers ses trois compagnons.

— Vous l'emmenez. Il doit être jugé.

— Et vous, Madame ? s'enquit le dénommé Chris alors que Phil jetait au loufiat ses vêtements de la veille. Enfin, si je peux me permettre...

— Je vais voir de plus près l'endroit où Nina a été renversée. Habille-toi, poursuivit-elle à l'attention du bonhomme tout en remettant le liquide dans le flacon.

— Jugé ! s'exclama Martinez, inquiet soudain. Vous m'amenez où ? Vous êtes qui ?

Elle lui adressa un sourire en coin puis enjamba la fenêtre et les laissa seuls. Sur le chemin menant à la route, elle sortit son portable et découvrit le SMS de Signac lui annonçant la double action coup de poing. Elle lui dit avoir trouvé Martinez, mais ne pas avoir obtenu de nouvelles d'infos à part le lieu où Nina, encore en vie, avait été percutée et qu'elle allait y jeter un œil. Pas de réponse instantanée : il devait être en « opé ».

— Madame ? Je pense qu'au moins deux d'entre nous devraient vous accompagner, intervint la voix de Phil derrière elle. Chris et moi, on est partants... Claude et Jo peuvent le ramener seuls, sans problème.

— Non... Vous n'aurez aucune légitimité en cas de pépin. Il me faut une voiture ou un taxi... Possible ?

— Je m'en occupe.

Il sortit son portable, fit défiler de l'index ses contacts, tapa un SMS rapide et leva la tête.

— Mon père est taxi… Il arrive dans 10 minutes max.

— Merci, lui lança-t-elle en souriant tout en accrochant, au passage, les deux autres avec un Martinez très inquiet qui refusait de les suivre.

Un nouveau SMS tombait : Yvon lui annonçait la découverte de Chrin vivante chez le journaliste. Une bonne nouvelle, enfin. En sus, il lui demandait instamment de ne pas partir seule en éclaireur et de l'attendre. Elle contempla pensivement le loufiat monter de force dans le véhicule, immédiatement encadré par les deux envoyés de la Confrérie. Une Tesla bleu nuit s'approcha et se gara derrière le Range. Un barbu d'une bonne cinquantaine d'années descendit de voiture et s'approcha de Chris. Accolades chaleureuses, quelques mots échangés et tous les deux la rejoignirent.

— Madame, je vous présente Romain, mon père.

— Merci d'avoir été aussi rapide, lui dit-elle en le dévisageant. Je voudrais faire la route entre Thel, un lieu-dit près de la Chapelle-sous-Dun et Chapelle-sous-Dun… Possible ?

— Bien sûr… Il y a une petite demi-heure jusqu'à Chapelle-sous-Dun…

Elle acquiesça, remercia les quatre hommes qui l'avaient secondée, monta à l'avant du véhicule électrique et plongea pensivement son regard dans le paysage. Elle sentait la curiosité de son chauffeur, mais n'en avait cure, préoccupée.

Un appel de Sheridan. Elle hésita, mais accepta l'appel :

— Oui ?

— *Je viens aux nouvelles,* fit l'Irlandais d'une voix impatiente. *Tu pourrais me tenir au courant, tout de même !*

— Tant qu'il n'y a rien de nouveau, pour quoi faire ?

— *Yvon me dit que tu joues les détectives solitaires ?*

— Un partage des rôles pour aller plus vite…

— *Dès que Glenn va mieux, je te l'envoie… c'est l'histoire de deux ou trois jours, pas plus.*

— Je n'ai aucun besoin de lui dans le secteur. Pourquoi ne se concentrerait-il pas sur Alban puisque Signac est ici ?

— *Je pensais que tu préfèrerais Glenn à Yvon…*

Elle soupira.

— Signac a une légitimité ici qui fait des merveilles avec la gendarmerie. C'est un avantage non négligeable, je dois le reconnaître.

— *Bon… Pas plus mal que Glenn reste tranquille un moment avec sa blessure. Mais au moindre souci avec Yvon, je les permute.*

— D'accord, lâcha-t-elle, vaguement ironique. Comment vont Manuel et Marlène, s'enquit-elle pour ne pas éveiller trop tôt les soupçons de son chef.

— *Les médecins sont confiants, à présent. Ils reviennent de loin. Bon, tiens-moi au jus et pas d'imprudence…*

Elle coupa le contact, vérifia ses SMS, réfléchit un instant puis écrivit rapidement quelques mots envoyés dans la foulée et rempocha son portable. Un long silence pas même perturbé par le bruit du moteur. Combien dura-t-il ? Puis son chauffeur interrompit le cours de ses pensées.

— Nous voici à Chapelle-sous-Dun, fit-il en roulant au pas sur une route bien goudronnée traversant le village. Alors… À Thel, hein… murmura-t-il en jetant un œil à son GPS.

De chaque côté, des maisons basses et longues en crépi beige, gris ou marron, des bacs de fleurs, des véhicules garés tout le long et aucun passant. Plus loin, des champs de maïs, quelques maisons, et quelques nappes boisées en fond.

La Tesla prit à droite après la mairie… Une route très étroite et en assez mauvais état. Quelques maisons puis des haies, quelques arbres et des champs.

— Lorsque vous serez à Thel, vous roulerez doucement, s'il vous plaît, demanda-t-elle en se concentrant sur le paysage.

— Pas de problème. Vous cherchez quelque chose ?

— Hum… Vous connaissez le coin ?

— Pas vraiment… À ma connaissance, il n'y a que quelques fermes et des maisons fermées les trois quarts de l'année…

Elle ne releva pas. Les kilomètres défilaient lentement.

— Stop ! s'exclama-t-elle alors qu'ils arrivaient à une patte-d'oie, un mur en pierre. Attendez-moi un instant…

Elle quitta la voiture, s'avança au milieu du croisement, regarda autour d'elle. Elle passa sur une route en descente… Un virage serré sans visibilité… Elle avait dû être percutée là… Autour en effet, à part la maison qui faisait l'angle au croisement avec son muret et de laquelle suintaient des clameurs d'enfants, des rires et des aboiements, rien. Elle remonta en voiture pour aller jusqu'à Thel sans rien trouver de nouveau. Au retour, elle remarqua quelques fermes, certaines en vente. Inutile de persister pour l'instant. Une courte hésitation ennuyée avant de se faire reconduire à Malfarat. Elle remercia le quinquagénaire en lui tendant deux gros billets puis remonta dans la chambre. Elle avait besoin de calme pour réfléchir et loger au plus vite le dénommé Paulo…

Elle lança, sur le site de la Confrérie, un avis de recherche assorti d'une photo… Le bonhomme n'avait aucune chance. Plus qu'une question de temps avant d'être alpagué… Puis elle contacta l'équipe désignée pour surveiller les trois de la DGSI qui s'étaient retrouvés à Paris, dans l'appartement qui leur avait été alloué près de la gare Montparnasse, à leur arrivée. Sans s'en rendre compte, ces trois-là étaient suivis à la culotte par une flopée d'anonymes de tous horizons : ils ne pouvaient faire un pas sans qu'elle en soit immédiatement informée. Quant à ce qui se passait à l'intérieur du logement, la caméra toujours installée dans le salon faisait des merveilles et révélait leurs plans. Mais pour l'heure, ils se tenaient tranquilles… Le calme avant l'action… mais qui n'aurait sûrement pas le résultat qu'ils escomptaient.

Un long moment, Gwen contempla ses anciens équipiers aller et venir, chahuter, papoter… surtout Glenn qui avait repris du poil de la bête et se préparait un super sandwich dont il avait le secret. Puis elle sortit de sa poche le morceau de papier que Chrin lui avait donné, quitta la chambre pour descendre l'escalier aux marches étroites et s'arrêta au rez-de-chaussée, face à la structure recouverte de bois qui assurait la montée. Elle tourna le dessin, observa la configuration des lieux… Elle voulait comprendre en quoi ce morceau de page déchirée avait une importance pour la gendarme sous couverture.
La flèche désignait une sorte de petit placard ou de petit passage fermé par une porte basse et un loquet. Devant, comme sur le plan, une table et des chaises… Plus que deux, en l'occurrence.

Était-ce bien là ? Elle passa dans la cuisine, justement à l'endroit dessiné… ce qui vérifiait l'hypothèse qu'elle se trouvait dans la bonne maison en sus du « AT » inscrit à la va-vite. Elle vérifia que la bâtisse était vide puis revint sur ses pas et passa la main sur la structure en bois. Elle fit coulisser la targette, débloquant la porte. Derrière, un passage à peine éclairé par la luminosité toute relative de la pièce d'accueil. Elle alluma la fonction « lampe » de son portable et avança le bras. De courts escaliers descendaient dans les profondeurs des fondations… Les caves. Elle éclaira les murs en pierres nues à la recherche, qui sait, d'un interrupteur. Puisque le bâtiment avait été rénové… Des marches en limite de vision. Un va-et-vient à gauche qu'elle actionna en regardant à nouveau derrière elle, juste au cas où le propriétaire montrerait le bout de son nez, avant de reporter son attention sur le passage, certes étroit, mais sans difficulté particulière.

Elle s'engagea accroupie pour se déplier lentement jusqu'à accéder à une vaste cave au sol gravillonné soutenue par de jolies colonnes en pierres de taille. Les murs également étaient bâtis en pierre. Au plafond, des poutres. Aucun meuble à part un tonneau dans un coin et une chaise. L'air était frais, légèrement humide, sans doute parfait pour garder de bonnes bouteilles pour l'heure absentes. Bien éclairé, le sous-sol semblait ne rien céder au secret : a priori, pas de cache possible, pas de passage dérobé, rien que de très normal pour une cave…

Par acquit de conscience, elle fit le tour des deux grandes salles, sondant de temps à autre les murs avant de remonter jusqu'au petit hall. La porte refermée, elle s'assit dans l'un des fauteuils recouverts de velours rouge et bleu gris d'un bel effet et regarda autour d'elle à la recherche d'une idée. Et si ce n'était pas le passage en lui-même que la flèche désignait, mais l'emplacement en général ?

Pas le temps de s'appesantir : son portable couina. Elle contempla l'écran : Yvon… qui lui demandait, si elle était disponible et dans les parages, de venir le rejoindre à la gendarmerie. Vergnes refusait toujours de parler et, pour le faire craquer, il avait besoin d'elle.

INTERROGATOIRES
I

— Bon, tu vas cracher le morceau, oui ! éructa Cavaignac, franchement mauvais, tandis qu'une sous-officier, grande, sportive, cheveux attachés, faisait les cent pas derrière le quadra en fort mauvaise posture et apparence décalée : en short, Marcel remonté sur les bourrelets à cause du ventre proéminent et tongs, menton violet, lèvre enflée et œil au beurre noir, il n'en menait pas large, mais s'accrochait à sa litanie.

Plus de 6 heures d'interrogatoire sans aucun résultat… La voix mielleuse du gus tapait sur les nerfs de tous ses accusateurs.

— Je veux un avocat ! répéta pour la énième fois le personnage en un leitmotiv ironique, buté et bien rodé.

Derrière la vitre sans tain, Yvon rempochait son portable en contemplant le journaliste avec une grimace de dégoût. Faut avouer qu'il n'avait rien pour lui… mal rasé, dentition usée et jaune de gros fumeur, front largement dégarni qu'une mèche jaunâtre tentait vainement de meubler, il était bien loin de l'image véhiculée par le petit écran. Les miracles du maquillage sans doute. À la main droite, incrusté dans la chair bouffie de l'annulaire, un anneau en argent côtoyait une grosse chevalière de facture berbère enfilée au majeur qui, au fil du temps, avait oxydé la chair autour.
Gwen était en route. À eux deux, il savait qu'ils trouveraient un moyen de le déstabiliser.

— Vous êtes en garde à vue pour l'enlèvement de la gendarme Natacha Chrin, séquestration et viol sous influence, et cerise sur le gâteau, détention de drogue.

— C'est n'importe quoi ! Je ne savais même pas que cette fille était là ! Je reçois plein de monde, tout le temps ! Et la coke, c'est juste

pour me détendre... Je veux mon avocat ! reprit la litanie journalistique.
— Espèce de pourriture ! hurla le gendarme hors de lui, prêt à lui envoyer son poing dans la figure.

Les minutes passaient, égales à la précédente et à la suivante, mais dans une impatience grandissante. La porte s'ouvrit pour laisser passer son équipière qui regarda immédiatement en direction de la vitre et du prévenu avant de reporter son attention sur Yvon.
— Super que tu aies pu venir aussi vite... Je pensais que tu n'étais pas encore rentrée. Cavaignac n'arrive à rien avec cette larve.
— Tu veux la jouer comment ?
— Le capitaine va entrer dans notre jeu : il l'a déjà fait avec Vavre. On va lui faire peur, si tu es d'accord...
— Je te suis, murmura-t-elle en esquissant un sourire.

Ils quittèrent la pièce et se firent ouvrir la salle d'interrogatoire. Il passa devant, Gwen juste derrière. Le gendarme de faction referma la porte sur eux. Cavaignac comprit immédiatement leur intention et fronça les sourcils, surtout en reconnaissant la détective privée.
— Laissez-nous ! gronda Yvon à son attention.

Lui, du coup, se leva, passant de l'un à l'autre, en apparence mal à l'aise.
— Commissaire... Certes, vous étiez présent lors de son arrestation, mais c'était en simple observateur. Vergnes s'en est pris à l'une de mes collaboratrices et...
— Et rien du tout, Capitaine. La FSE prend la relève, poursuivit le flic, le ton froid et décidé. Votre collègue a le profil du ravisseur de deux autres filles enlevées à Paris contre rançon qui n'ont, elles, pas été retrouvées... L'affaire est d'importance. Notre patron veut des résultats rapides et il les aura. Veuillez quitter la salle et arrêter l'enregistrement...

Le gendarme hésitait, visiblement peu enclin à laisser son prisonnier seul entre les mains des deux nouveaux venus. Et ça, Vergnes le sentait. La FSE, un service inconnu au bataillon, mais le militaire face à lui ne lui disait rien qui vaille. Quant à la fille, derrière, il ne comprenait pas trop ce qu'elle faisait dans le paysage. À moitié cachée derrière la carrure imposante de son binôme, beaucoup plus petite, fluette, elle constituait sans doute sa planche de salut.

— Je sais pas qui vous êtes, mais je connais mes droits ! Je veux un avocat, vous entendez ! Et si vous tentez quoi que ce soit sur moi, je vous jure que toute la presse sera au courant ! J'ai rien fait à cette fille ! Vous m'accusez à tort ! grinça le journaleux en décidant de miser sur la femme pour obtenir gain de cause. On a fait la fête toute la semaine avec des amis. C'est sûrement l'un d'eux qui l'a amenée... Je suis innocent !

Le visage féminin restait impassible tandis qu'elle lisait quelque chose sur l'écran de son portable. Sans doute le moment de changer de fusil d'épaule et de faire appel à sa pitié.

... Mais regardez-moi, reprit-il d'une voix geignarde à présent. Je ne ferais pas de mal à une mouche ! D'accord, j'aime m'envoyer en l'air, mais c'est toujours dans un consentement mutuel, je le jure... C'est pas moi qui ai amené cette fille chez moi... Pas moi... Je ne sais pas comment elle est arrivée là, mais j'y ai pas touché... S'il vous plaît, Mademoiselle... Vous devez le sentir, vous, que je suis victime d'un coup monté...

— Me fiche de vos états d'âme ! lâcha l'armoire à glace qui s'approcha d'un pas, les poings fermés, menaçants. Vous allez tout nous dire, Vergnes... Bon gré mal gré, n'est-ce pas, Gwen ? Tu as ta trousse ? Ah, au fait, je vous présente le docteur St-Cyrq... Notre spécialiste en matière d'interrogatoire...

— Commissaire, vous ne pouvez pas... hoqueta Cavaignac, pris de court, sans comprendre le changement de nom de la détective.

Gwen leva les yeux, les plongea dans ceux, fuyant, du gros lard et se décala, lui dévoilant ostensiblement sa main droite et les deux anneaux qu'elle portait. En l'espace d'un clin d'œil, tout bascula. Ses yeux s'écarquillèrent en un réflexe de terreur tandis que la chair dégoulinante du ventripotent virait au gris.

— Non... Non... Pas ça... hoqueta-t-il enfin en cherchant à se lever, immédiatement rassis par un Cavaignac qui jubilait intérieurement : décidément, Signac était redoutable. Je... Je vais tout vous dire... Tout... Mais elle... je veux qu'elle s'en aille !

Yvon ne marqua aucune réaction tandis qu'elle croisait les bras, reculait pour s'adosser à la cloison en position d'observatrice.

— Le doc reste ici ! siffla le policier, soudain agacé. T'es pas en position de dicter ta volonté ! On t'écoute ! Et au moindre mensonge, au moindre doute, c'est elle qui s'occupe de toi, t'as compris ?

— Je... souffla le pourri que la position assise semblait soudain ne plus satisfaire. J'avoue tout... Vous comprenez, j'ai besoin d'argent... J'ai des passetemps coûteux... C'est le seul moyen que j'ai trouvé pour continuer à... les assouvir... La drogue, les fêtes, les filles... et puis j'ai la pension à payer à mon ex, le crédit pour la baraque... et c'est pas avec mes cachets de correspondant régional que je peux m'en sortir... Alors quand on m'a proposé de m'occuper du réseau de...

Là, il s'interrompit pour s'essuyer d'un revers de main le front en sueur et reprendre le contrôle de son corps qui tremblait sans qu'il ne puisse rien y faire : la peur était trop forte.

— Le réseau de quoi ? s'énerva Yvon en avançant encore.

— De... de filles... Je gère quelques mecs du coin qui lèvent des fêtardes... On les met au frais, le temps de les rendre très coopératrices et puis le réseau les prend en main...

— C'est qui « on » ?

— Kadouz Hossein et Bart Decanis... Ils... se planquent à Roanne entre deux arrivées de filles... près de la place Diderot, rue des Vies Vieilles... au n°12... chez un copain, Hervé Debord...

— Et ceux qui draguent les victimes ?

— On change souvent... Pour ne pas attirer l'attention... Le plus doué s'appelle Martinez, un latino qui fait des merveilles... Fiable et efficace...

— Chargé également de se débarrasser des filles qui ne vous servent plus... intervint d'une voix neutre Gwen, sans bouger d'un iota. Nous avons eu une longue conversation lui et moi... *très* instructive.

Jamais le gendarme n'aurait cru cela possible, mais le journaliste blêmit et se mit à chouiner.

— Je suis pas le seul responsable... Je suis qu'un maillon, moi... Je leur fais rien, aux filles... Je le jure... Vous me croyez, vous, n'est-ce pas ? demanda-t-il bizarrement à Signac puis, en se retournant, à Cavaignac.

— Innocent comme l'agneau qui vient de naître ! ironisa l'ancien commando sans échanger le moindre regard avec sa complice. Et Natacha Chrin ? Elle était chez toi pour quoi ?

— Je... Dès que je l'ai vue... Elle est si jolie... Je l'ai payée... Tout s'est fait dans les règles, je le jure...
— Tu l'as payée ! s'indigna Ivan Cavaignac, mauvais. Tu mens !
— Non, c'est vrai ! Paulo en voulait 30.000... Je lui ai donné tout ce que j'avais... Je voulais pas lui faire du mal, je le jure... juste qu'elle soit bien gentille avec moi de temps en temps...

À cet instant, le gendarme serra les dents si fort que tous les entendirent crisser sous la pression. Il n'avait qu'une envie, le tabasser à mort pour venger Chrin. Mais le calme des deux autres le retint.
— Paulo, c'est qui ? demanda le policier, les yeux fixés sur le visage plus mort que vif de l'accusé.
— Je... Je ne connais pas son nom... Mais c'est lui qui gère tout... Je sais qu'il y a quelqu'un au-dessus de lui, mais je ne sais rien de plus, je le jure ! Je suis si désolé... S'il vous plaît, vous devez me croire... gémit l'affreux en cherchant, en vain, un soutien. Je plaide coupable, je... je dirai tout au juge, mais s'il vous plaît, faites qu'elle s'en aille...

À l'évidence, il n'en savait pas plus, trop terrifié pour garder pour lui des informations qui pourraient plaider en sa faveur. Le gendarme saisit le pourri par le bras gluant de transpiration et le poussa vers la sortie, un remerciement muet dans les yeux pour Signac et la détective.
— Tu lui as fait un gros effet ! remarqua Gwen en souriant alors qu'ils étaient seuls.
— Plutôt toi... la pro des interrogatoires, plaisanta son compagnon en s'approchant d'elle.

Il lui caressa le visage et l'embrassa sur les lèvres, baiser auquel elle répondit immédiatement avant de s'éloigner légèrement.
— Bon, on avance, poursuivit-il en souriant. Reste à découvrir l'identité de ce fameux Paulo.
— Il s'appelle en fait Marc Dupont. Il a 57 ans, ancien steward à la retraite forcée depuis dix ans suite à une plainte pour viol d'une hôtesse de bord. Il habite à Lyon, mais a un pied-à-terre pas très loin de Charlieu, à Chauffailles... une ferme qu'il a restaurée.
— Comment tu sais ça, toi ? s'enquit-il, en la dévisageant, intrigué.
— Martinez... Il ne connaissait pas son nom, mais il avait une photo de lui... Du coup, j'ai fait des recherches en t'attendant à Malfarat...

— Génial ! Et Martinez, tu en as fait quoi ?
— Je l'ai laissé libre. Il m'a tout dit, mais il n'y a aucune preuve pour l'inculper à part le fait que je l'ai vu à la fête… Pas répréhensible… Mais libre, il peut contacter ses amis et là, nous pourrons agir…
— Bon… murmura le commissaire peu convaincu. J'espère que tu as fait le bon choix en le laissant en liberté…

Un sourire sur le visage de la jeune femme effaça ses doutes et il l'embrassa encore.
— On a du pain sur la planche, à présent… poursuivit-il en l'entraînant hors de la salle.

II

À nouveau la brigade se scinda en deux groupes et, une fois de plus, Signac se chargea du plus gros poisson, autant dire du sieur Marc Dupont alias Paulo tandis que Cavaignac se lançait aux trousses des dénommés Kadouz, Bart et Hervé.
Gwen avait salué le capitaine et était sortie prendre l'air sans que Signac n'interfère, d'autant qu'il ne voulait pas qu'elle intervienne sur le terrain lors des interpellations qui pouvaient s'avérer très dangereuses vu le profil des suspects. Et pour le coup, une détective privée n'avait aucun droit. Même si elle lui avait lancé un regard mécontent qui laissait présager quelques remarques acides à son retour, il l'avait laissée à la gendarmerie.

Elle avait attendu que le branle-bas de combat cesse et avait quitté à son tour la gendarmerie pour retrouver, non pas sur le parking, mais plus bas dans la rue, Chris et Phil au volant d'une C5 blanche.
Elle leur sourit et s'installa à l'avant tandis que la grande asperge blonde se faisait le plus mince possible pour lui laisser un espace acceptable sur la banquette.
— Je vous écoute, lança-t-elle en soupirant. Vous avez chopé notre dénommé Paulo ?
— Sans problème même si c'est un hargneux. On a retrouvé quatre filles chez lui, droguées, inconscientes, mais vivantes. Le doc était

OK pour les laisser seules une demi-heure, le temps que les flics interviennent.

— Excellent. Vous avez fait du super boulot.
— Merci Madame, lâchèrent tous les deux, ravis du compliment. Nous allons à la planque 21. Tout est prêt.
— Très bien.

Le silence s'installa. Un peu plus d'un quart d'heure plus tard, ils bifurquaient à droite un peu avant le bourg de Vauban sur une patte d'oie délimitée par quatre fermes et s'arrêtaient, après avoir dépassé le lieu-dit Le Vignot, devant un portail donnant sur une ferme esseulée au milieu des champs… ce genre de bâtiments que l'on rencontre dans les campagnes françaises, étage ouvert sur un balcon au garde-fou en bois, toit de tuiles en plus ou moins bon état, façade grise et abords encombrés d'une multitude de morceaux d'engins agricoles hors service depuis des lustres, de tas de paille abandonnés aux intempéries et aux quelques poules survivantes… Sur l'un des battants anciennement peints en vert, un panneau « À VENDRE » avec un numéro en 06.
Phil sortit pour ouvrir les deux vantaux, avança leur véhicule pour le rentrer dans une grange dont il referma les portes derrière lui pour s'occuper en courant du portail.

Elle quitta la Citroën puis, guidée par le grand blond, passa dans une sorte de débarras puis une cuisine sans la moindre commodité : tout était dans son jus, que ce soit l'évier, les étagères fermées par des rideaux crasseux, le poêle à charbon ou la table recouverte d'une toile cirée fleurie usée jusqu'à la trame. Le sol était recouvert d'un carrelage jaunâtre fissuré et jonché de détritus. Les deux fenêtres étaient barricadées par un enchevêtrement de planches qui laissait vaguement passer la lumière du jour.
Deux marches ensuite, et ce qui pouvait servir de salle à manger, de salon, voire de chambre puisqu'un lit au matelas nu trônait dans un coin comme le reliquat d'une vie de labeur et de précarité.

Au milieu, un fauteuil en fer fixé au sol avec, menotté dessus, non pas un nabot comme on pourrait s'y attendre d'un trafiquant de chair humaine sans âme, mais un homme svelte et bien fait de sa personne, traits fins et réguliers, cheveux d'un blanc immaculé bien coupés et barbe parfaitement taillée mettant en valeur un regard vert dont il savait, sans doute, tirer parti.

Autour de lui, des écrans à hauteur d'yeux, éteints pour l'heure. Une table carrée. Dessus trônait un plateau de laboratoire en acier inoxydable sur lequel plusieurs fioles et plusieurs seringues étaient alignées. Un garrot noir attendait juste à côté. Seul le cliquetis des bracelets en acier sur la ferraille rompait le silence.
Dès qu'il la vit, au lieu de vociférer son indignation, il plissa le front, essayant posément de comprendre à qui il avait affaire.

Gwen se plaça en face de lui, à un mètre à peine et le dévisagea avec attention sans prononcer un mot d'un moment… un temps d'observation d'un côté comme de l'autre pour se jauger.
Enfin, elle fit un signe de tête à Chris et Phil, restés sur le seuil de la pièce, qui se précipitèrent pour mettre l'installation de retransmission sous tension. Au fur et à mesure, des visages invisibles sous le profond capuchon de leur cape apparaissaient, formant ainsi autour du personnage un jury parfaitement anonyme.

— Que veut dire cette mascarade ? s'enquit enfin d'une voix énervée celui que, pour plus de simplicité, nous nommerons par son alias, Paulo. Et vous, qui êtes-vous ? Qu'est-ce que je fais ici, enchaîné comme un malfrat ?
— … que tu es, Paulo. Je veux le nom de ton patron, fit Gwen d'une voix posée, fort peu impressionnée à l'évidence par la situation.
— Mon patron ! Mais quel patron ? C'est quoi, encore, cette histoire ? Je suis un honnête citoyen à la retraite qui aide selon ses maigres moyens de jeunes droguées à refaire surface puis à se réintégrer… Je ne fais rien de mal ! Et puis, je vous défends de me tutoyer ! Je n'ai rien à voir avec vous, moi !

Elle plongea ses yeux froids bleu glacier dans ceux d'un vert soudain troublé puis reprit :

— Fort heureusement, répliqua-t-elle, moqueuse. Nous connaissons presque toute la vérité… Il nous manque le nom de ton patron…
— Je ne vois pas ce que vous voulez dire !
— Non ? C'est dommage…

Elle appela la photo de Nina sur son portable et lui présenta l'écran :

— Cette fille, tu la connais ?

Il fit mine de l'observer avant de secouer la tête.

— Jamais vue, non…

— Donc, si je t'écoute, tu ne sais rien, tu n'as pas de patron, tu ne connais pas la fille de la photo…
— Puisque je vous le dis ! Vous vous trompez de gars !
— Dans ce cas… S'il vous plaît, Messieurs…

Ses deux acolytes encadrèrent le prisonnier. Elle prit la sangle noire, la clipsa autour de l'avant-bras tandis que l'homme cherchait par tous les moyens à échapper à la suite en hurlant, à présent, un « mais qu'est-ce que vous faites ! » paniqué.
— La scopolamine, tu connais, sans doute ?
— Vous n'avez pas le droit ! gueula le bonhomme en secouant ses menottes comme un forcené alors que son visage virait au violet sous l'afflux d'émotions.
— Puisque tu es innocent, tu n'as rien à perdre… lui fit-elle remarquer, un sourire froid au creux des lèvres. Tenez-le, ordonna-t-elle aux garçons qui obéirent immédiatement.

Elle prépara l'injection, et inséra l'aiguille dans la veine gonflée. Le liquide passa du corps de la seringue au corps du loufiat puis elle s'éloigna d'un pas et contempla sa victime. Elle regarda sa montre, soupira puis se lança :
— Le nom de ton patron ? demanda-t-elle sans détour.
— Nicolas Nadaud. Il habite rue du Ranelagh, n°92, fit-il d'une voix forcée.
— Son rôle dans l'organisation ?
— Il dispatche les filles en fonction des besoins.

On entrait dans le vif du sujet… Le rôle des uns et des autres pour établir une chaîne de commandement. Elle plissa le front et poursuivit :
— Je veux d'autres noms et leurs attributions…
— Jordan Vergnes. Il récupère les filles et les sociabilise.

À cet instant, elle frissonna et serra les poings, ce qui n'interrompit en aucune façon la confession.

… Il gère cinq ou six rabatteurs, mais je ne connais pas leur nom.
— Le nom du grand patron du réseau ?
— Je ne l'ai jamais vu, mais il signe par un R^2.
— Un R^2 ? fit-elle en esquissant une moue ironique qui semblait souligner le ridicule de la signature.

Parfaitement impassible pour ne pas montrer la soudaine excitation qui l'envahissait, elle poursuivit d'une voix neutre :

— As-tu déjà vu la fille de la photo ?

— Une commande spéciale de R². Nicolas m'a demandé de la lui fournir. J'ai fait passer le mot. La fille a été livrée à Nicolas en direct.

— Que sais-tu sur ce R² ?

— Rien… Je ne sais rien…

— As-tu déjà vu ces deux filles ? poursuivit-elle en lui montrant la photo de Lyne-Anne de La Moucherie puis celle de Manuela Alban.

— Oui…

— Que sont-elles devenues ?

— Je n'en sais rien pour la seconde… Une autre demande spéciale de R² qui l'a réceptionnée en direct. Mais la première… Je crois qu'elle est partie dans le pool des frères Salvatore.

— Tu crois ou tu en es sûr ?

— J'en suis sûr…

Un bref silence accueillit l'information. Elle esquissa quelques pas sans le quitter des yeux.

— Les Salvatore, hein, répéta-t-elle pensivement, le regard noir. Ça fait pourtant un moment qu'on n'entend plus parler d'eux…

— Ils ont établi leur business à Caracas… Une boîte d'escort girls qui a le vent en poupe, là-bas… On raconte qu'ils auraient reçu un ultimatum avant exécution de sentence de mort d'une organisation secrète, la Confrérie, s'ils n'arrêtaient pas leur trafic. Du coup, ils ont disparu de la circulation en Europe pour tout reconstruire au Venezuela. Les Européennes y sont très prisées à ce qu'on dit… et ils nous passent commande assez régulièrement…

Un autre temps de réflexion pour repasser toutes les informations qu'elle avait glanées depuis le début de l'enquête.

— Le nom de Claudio Ferreri te dit quelque chose ?

— L'un de nos meilleurs rabatteurs, mais il s'est fait buter.

— C'est lui qui vous a fourni Lyne-Anne et Manuela ?

— Oui, mais contraint et forcé pour la fille Alban qu'il voulait garder pour lui. R² n'a pas apprécié et l'a fait éliminer.

Donc, le père Alban n'était pas à l'origine de l'enlèvement de Ferreri... Intéressant.

— Aurais-tu entendu parler de la rançon exigée pour les deux bourgeoises ?
— Non... mais Claudio avait toujours besoin d'argent... comme tous nos rabatteurs... Des junkies ou des accrocs au jeu qui doivent du fric à tout le monde, surtout à l'organisation, et qui donc font tout ce qu'on leur ordonne de faire...
— Tu sais quelque chose au sujet d'un tableau de maître détenu par Ferreri ?
— Non...
— Pourquoi avoir installé l'organisation dans cette région ?
— Beaucoup de fermes inoccupées sont très en retrait des axes. Peu de surveillance policière, une position géographique stratégique pour dispatcher les filles...

Elle soupira en observant pensivement la pourriture menottée qui n'avait plus rien à lui apprendre. L'organisation était cloisonnée, mais mal, sans doute à cause de l'imbrication des différents protagonistes dans le processus. Mais grâce à « Paulo », elle voyait enfin se profiler la tête pensante.
Le prochain sur sa liste, Nicolas Nadaud, forcément, puis le surnommé R^2 qu'elle se gardait pour la bonne bouche. Quant aux Salvatore, ils allaient apprendre à leurs dépens qu'il ne fait pas bon défier la Confrérie.

Elle n'avait plus de question. Elle passa d'un capuchon à l'autre, d'un écran à l'autre. En bas, à gauche de l'image un carré vide. Un à un, ils se colorèrent en noir. Puis toutes les images s'effacèrent et la retransmission s'interrompit. Tandis qu'elle envoyait deux SMS rapides, ses deux compagnons démontaient l'installation et faisaient disparaître la seringue et les flacons de la table.

Quelques instants plus tard, il ne restait plus que le prisonnier sur sa chaise et, assise juste en face de lui, Gwen, visage illisible, son automatique muni d'un silencieux sur les genoux et son portable en main : Yvon lui annonçait avoir retrouvé des filles lourdement droguées chez le surnommé Paulo, mais de lui, aucune trace... (et pour cause puisqu'il était en face d'elle). Il les accompagnait à l'hôpital. De son côté, elle l'avertit qu'elle allait se balader et qu'elle le reverrait au manoir.

Elle avait les mains libres pour une partie de la journée. Elle prit sa tablette et lança les recherches concernant Nadaud et les Salvatore qu'elle avait crus « rangés des voitures ».
Dehors, ses compagnons discutaient en fumant une cigarette.

Le temps s'écoulait vite au rythme des informations qui tombaient, certaines ennuyeuses, d'autres plus inquiétantes.
Un gémissement. Le prisonnier se réveillait. Elle leva la tête, posa sur la table derrière elle son petit ordinateur et vérifia pensivement le contenu du chargeur de son arme.
Les yeux ouverts à la recherche d'une explication à la situation qui lui échappait, quelques gestes brusques qui firent s'entrechoquer bruyamment les menottes et les accoudoirs, rameutant les deux du dehors.

— Mais c'est quoi, ça !!! Laissez-moi partir ! hurla le pourri en constatant, d'abord, l'arrivée des deux hommes qui s'étaient arrêtés au seuil de la salle, puis l'arme dans les mains de la femme.
— Marc Dupont, vous êtes accusé de trafic d'êtres humains, de proxénétisme et de complicité de meurtres, lui annonça-t-elle d'une voix exempte de la moindre émotion, de la moindre hésitation.
— C'est n'importe quoi ! couina l'accusé, très rouge. Je suis innocent ! Je n'ai fait qu'aider ces filles !

Du coup, elle reprit sa tablette, et mit en route l'enregistrement de l'interrogatoire. Au fur et à mesure de la confession, le rouge tourna au violet puis au gris sale tandis qu'il cherchait comme un automatisme le moyen de quitter la chaise.

— J'ai jamais dit ça ! C'est un montage ! gémit le surnommé Paulo, le cœur battant la chamade. Et puis, vous êtes qui pour me condamner, hein ? Je veux voir un avocat !
— Pas d'avocat, ici… *Nous* sommes la Confrérie… La première fille que tu as reconnu avoir livrée à R² était des nôtres. Après avoir écouté tes aveux, et délibération, le conseil t'a condamné à mort. En mon âme et conscience, je ne souhaite pas surseoir à la condamnation et te juge également coupable des exactions ignobles qui te sont reprochées.

Elle se mit sur ses pieds et leva le bras en plongeant son regard glacé dans celui, paniqué, du mort en sursis.

— Attendez ! Je peux certainement vous aider à coincer Nicolas, à retrouver R^2... à... à... vous mettre en contact avec les frères Salvatore... Je peux sûrement me racheter...

Elle esquissa un lent « non » de la tête et appuya sur la gâchette. Le son d'un bouchon de champagne qui saute, image décalée par rapport à la vision du désormais cadavre marqué d'une balle en plein front...
Chris et Phil s'avancèrent, s'assurèrent qu'il était bien mort (même si le fait ne faisait pas de doute) puis le détachèrent et l'étendirent sur une bâche pliée à l'écart avant de le sortir de la pièce pour être enseveli dans une fosse à l'écart remplie de chaux. Le siège en fer fut également déboulonné et emporté dans une sorte de décharge de ferrailles à l'arrière de la ferme après nettoyage. Le fumeur ramassa les mégots laissés sur les marches extérieures tandis que son acolyte refermait la porte. Gwen monta en voiture, à l'arrière, et demanda à ce qu'ils la ramènent à Charlieu. Elle avait besoin de marcher. Un énième SMS de son équipier lui montrait combien il s'inquiétait de son absence.

Elle arriva au manoir à pied, une heure plus tard, la tête ailleurs. Un crissement de pneus alors qu'elle passait le portail la fit sursauter et tourner les yeux au moment où une arme apparaissait par l'ouverture de la vitre arrière d'une Mercedes noire. Deux coups très rapprochés. Elle se jeta instantanément à terre, tira son arme, mais trop tard : le véhicule avait redémarré sur les chapeaux de roue. Aucune plaque...
Elle se releva et grimaça en sentant une douleur aigüe au bras droit. Elle observa la tache de sang qui s'agrandissait à vitesse grand « V » tandis qu'on accourait :

— Mon Dieu ! Mais qu'est-ce qui se passe ? Vous êtes blessée ! s'exclama le propriétaire du B&B inquiet et éberlué en découvrant l'arme qu'elle avait encore à la main.
— Vous pourriez m'amener à l'hôpital, s'il vous plaît ? s'enquit-elle en pressant sur la blessure avec son autre main.
— Bien sûr ! Euh... Je peux vous laisser ? Je vais chercher ma voiture...

Elle acquiesça en s'adossant à la grille. Trois minutes plus tard, elle montait à l'arrière de l'Audi, son chauffeur à l'évidence inquiet et curieux.

— Mon ami et moi sommes dans la police, lui expliqua-t-elle en tentant de museler la douleur. Il semblerait que nous touchions au but... murmura-t-elle alors que sa tête s'alourdissait.

QUAND LA GUERRE EST DÉCLARÉE...

Allongée sur la table d'auscultation des urgences de l'hôpital de Roanne, elle laissait travailler le chirurgien en écoutant ses mises en garde.

— Vous avez eu de la chance, lui répétait pour la énième fois la femme affublée d'un masque chirurgical. Vous êtes médecin, vous le savez, n'est-ce pas ?

— Je vais rester tranquille, Doc... Mais je dois poursuivre mon enquête. J'ai un équipier... Ça ira...

— Vous pouvez vous lever...

Elle s'assit, bougea pensivement les doigts puis enfila avec difficulté le T-shirt maculé de sang et se remit sur ses pieds. Un instant pour retrouver son équilibre puis elle remercia le médecin et quitta la salle de soins, passa pour régler les formalités administratives, prit un taxi et regagna le manoir. Le propriétaire absent, elle monta à leur chambre, se nettoya, changea de vêtements, passa deux coups de fil, puis s'installa à son bureau, sa tablette en face d'elle, le clavier connecté, et commença ses recherches.

Presque 19 heures. Le dernier SMS de son partenaire datait de la mi-journée et lui parlait d'interrogatoires menés à la gendarmerie suite à leur descente chez Debord à Roanne. Il ne lui demandait pas de le rejoindre. Il la laissait de côté. Elle allait faire de même... le laisser ignorant de ses pistes. Vengeance mesquine, peut-être, prudence sûrement. Malgré leur rapprochement, elle ne lui faisait pas plus confiance qu'avant. Un bref SMS. Elle quitta la chambre, le manoir, pour monter dans le véhicule qui l'attendait devant le portail. Chris et Phil devant, elle passa à l'arrière en les remerciant et boucla sa ceinture.

— On va fureter rue du Ranelagh dans le 16e, leur lança-t-elle en posant la tablette sur ses genoux pour se lancer dans son sport favori : la chasse aux traîtres.

D'abord les deux devant : elle devait être certaine de leurs motivations et de leurs allégeances. Facile d'accéder au serveur de leur fournisseur d'accès avec un Matou dans la manche fort heureusement de retour chez lui et prêt à en découdre pour se venger des derniers jours passés en cavale. Une demi-heure plus tard, elle avait ses réponses et bien plus encore. Elle referma son ordinateur et se relaxa, les yeux tournés vers la vitre. Pas un mot dans l'habitacle. Juste le ronron sourd du SUV Renault, leur nouveau véhicule.
Un peu plus de 23 heures. Toujours aucune nouvelle de son binôme. La façade d'un hôtel particulier 19e, en briques rouges, toit en ardoise et tourelles. Rez-de-chaussée encore éclairé. Un peu plus loin, une station de taxis. Elle retira sa ceinture en soupirant :

— Vous restez en planque : il nous faut savoir qui entre et qui sort. Je rentre pour me refaire le pansement.
— Le pansement, Madame ? s'inquiéta immédiatement Phil en échangeant un regard avec son complice.
— Pas grave.

Inutile de s'appesantir. Elle quitta la voiture et se dirigea vers le bout de la rue. Deux minutes plus tard, elle quittait le quartier, et se faisait amener en gare de Paris-Lyon. Quelques détours dans le 11e arrondissement pour s'assurer de ne pas être suivie, puis le passage de la Seine, une déambulation pensive dans le 14e puis, tout à fait rassurée, s'arrêta devant une porte de l'avenue René Coty, tapa un code sur la plaque de cuivre, à droite, qui déverrouilla la lourde porte en bois. Elle referma derrière elle et sortit une clé Fichet qui ouvrit un battant en fer, à gauche, dans le hall. Une cinquantaine de marches, un tunnel aux parois de pierres qui la conduisit, après quelques minutes d'une avancée dans les ténèbres à peine dissipées par la lumière de son portable, devant une autre porte en fer à laquelle elle frappa deux fois puis trois. Le battant s'entrouvrit sur la gueule d'un automatique qui disparut alors que l'accès s'ouvrait tout à fait sur « la femme de main » de Gisèle, Marta. Gwen sourit :

— Tu es arrivée à temps ? demanda-t-elle à la Tchèque désormais en survêtement et baskets.
— De justesse. Je démarrais lorsque j'ai vu un groupe entrer dans la propriété, fit la grande blonde avec ce léger accent slave qui faisait tout son charme.
— Excellent. Il est loquace ?
— Pas un mot, pour l'instant. Il est sous GHB... Du coup, il est très tranquille. Mais je t'attendais pour ouvrir les réjouissances...

— Je ne crois pas qu'il connaisse le véritable nom du grand patron…

Elles étaient dans une vaste cave aux murs et plafonds en craie… une salle au sein du réseau inextricable des anciennes galeries qui avaient en partie servi de catacombes.

… Mais la scopolamine nous apportera les réponses que nous cherchons. Comment se passe le transfert des activités de Gisèle ?

— C'est la guerre. Pour l'instant, la Confrérie n'y met pas son nez, mais ça risque de tourner au vinaigre, si tu veux mon avis… Y a trop d'argent en jeu…

— Il te reste des gars absolument sûrs et fidèles ? s'enquit St-Cyrq en plissant le front alors qu'elle découvrait Nadaud enchaîné à un mur bâti, assis sur un matelas.

— Pas de cette vie, non… Mais de l'ancienne… Il te faut combien de mecs ?

— Un ou deux ultras fiables. Je suppose qu'ils ne vivent pas de l'air du temps…

— Ce serait un plus non négligeable, c'est évident.

— Leur prix sera le mien, mais le paiement se fera à la fin. Et tu sais ce que ça veut dire, n'est-ce pas ?

— D'accord. Je les contacte. Et pour lui ? Qui s'en occupe ? Toi ou moi ?

— Moi. Occupe-toi des renforts, on va en avoir besoin…

Marta s'éclipsa après lui avoir donné une trousse en cuir noir. Gwen dézippa la pochette, en retira un garrot et une seringue préremplie. Deux minutes plus tard, elle avait fait l'injection et lui posait ses questions…

★

Gwen contempla Nadaud, à présent totalement inconscient. Il lui avait dit tout ce qu'elle souhaitait savoir : aucun nom pour R^2, comme elle s'y attendait, mais quelques confirmations qui la mirent dans une colère froide. Marta réapparut, observa l'homme toujours enchaîné avant de reporter son attention sur son alliée du moment :

— Tu as eu ce que tu voulais ?

— Oui. Et de ton côté ?

— J'ai un seul support. Mon ancienne binôme, Elena… Elle est efficace, et totalement fiable ; je mets ma vie dans la balance, Arti.

— Très bien, murmura la légiste en palpant sa blessure qui saignait à nouveau.
— Elle arrivera demain matin…
— Excellent. Je dois refaire mon pansement.
— Je te suis.

Elles remontèrent un long escalier tarabiscoté d'abord creusé dans le rocher usé par les allées-venues puis grimpèrent des marches en pierre plus dure jusqu'à un palier. Gwen poussa un battant en fer forgé pour se retrouver dans un hall dallé d'un marbre de Carrare rutilant. Un plafond haut traversé de poutres peintes et de peintures 17e, les murs recouverts de toiles de Jouy… L'ensemble cossu respirait l'argent.
— Tu as une chouette baraque, Arti, remarqua Marta en regardant autour d'elle une fois encore.
— Merci. J'ai deux gus à alpaguer. Je m'en occupe. Tu prendras le volant pour les ramener avec toutes les précautions et les mettre à la cave avec notre invité. Je suivrai la voiture pour te couvrir.

Inutile d'acquiescer ou pas, elles étaient sur la même longueur d'onde. Une heure plus tard, à nouveau en forme, mais toujours sans nouvelles de son équipier, elle descendit avec sa complice au garage.
5h30 du matin. La grande blonde l'arrêta avenue Mozart devant une boulangerie ouverte à cette heure très matinale et poursuivit sur la rue de Ranelagh pour se garer à une cinquantaine de mètres.
Pas tout à fait 6 heures. Les bras chargés de victuailles, elle frappa à la vitre du SUV. Phil sortit et la fit entrer en la débarrassant avec un remerciement. Assise à l'arrière, elle les laissa se partager les cafés et les viennoiseries, prit le moka qu'on lui présentait et plongea la main dans le sachet de croissants.
— Alors, quoi de neuf ? demanda-t-elle en croquant dans la pâtisserie, les yeux rivés sur la façade de l'hôtel particulier.
— Rien à signaler. Aucune visite, mais il est là, c'est sûr… Chris s'est renseigné auprès du majordome qui a quitté son poste à 21h.

Sans répondre, elle retira le petit opercule qui permettait de boire en gardant le couvercle clipsé au gobelet et porta le carton à ses lèvres sans avaler. Devant, affamés, ils engloutissaient le petit-déjeuner avec appétit.
— Votre blessure, Madame ? s'enquit le grand blond en se tournant sur son siège.

— Pas très grave. Dès qu'il sort, on le suit et à la première ouverture, on l'alpague.

La drogue contenue dans les cafés et la fatigue aidant, les deux hommes s'endormirent sans même s'en apercevoir. Elle passa la main sur le côté du siège passager, abaissa la manette du dossier qui, dans un bruit de crémaillère contrainte bascula. Elle saisit le « petit gabarit », le tira en arrière en faisant taire la douleur sourde de son bras. Le corps roula entre les sièges. Un SMS et 2 minutes plus tard, la C1 de Marta s'arrêtait à la hauteur de la Renault. Les femmes changèrent de véhicule en un clin d'œil en s'assurant que personne ne prêtait attention à leur manège. Marta poussa sans ménagement Chris sur le côté et démarra sans attendre, suivie de la petite citadine.

Moins de trois heures plus tard, Gwen quittait la capitale pour regagner Charlieu : Yvon l'abreuvait de SMS inquiets après une longue période de silence. Les interrogatoires devaient être terminés. Elle lui avait répondu un « serai en fin de matinée au manoir » laconique avant de lancer l'Alpine à vive allure sur l'autoroute après une sortie de Paris difficile. Son téléphone… Elle appuya sur la touche connexion de son tableau de bord et lâcha un « oui ? » impatient.

— *Yvon me prévient que tu serais blessée ?*

— Rien de grave.

— *Il m'a dit également que vous avancez vite… Une piste pour ton amie ?*

— Je connais les raisons de son enlèvement, le nom des ravisseurs, les circonstances exactes de sa mort, mais il me manque le principal…

— *Le nom du donneur d'ordre…*

— Hum.

— *Je demande à Glenn de vous rejoindre en renfort…*

— Non.

La réponse était nette : aucune hésitation.

— *Mais pourquoi ? Il va beaucoup mieux et vous seriez plus efficace à trois ! Je pensais que votre binôme fonctionnait bien ? À Paris, l'enquête piétine et…*

— D'après toi ? Au fait, j'ai retrouvé la trace de Lyne-Anne de La Moucherie. Et je crois que si vous faites vite, en faisant jouer les relations de la FSE, vous devriez la retrouver en vie…

— *Quoi ! Et elle est où ?* s'exclama l'Irlandais pris de court par la double information : elle savait pour le véritable rôle de Mortimer et de ses acolytes, et connaissait la localisation de la fille La Moucherie.

— Elle a été vendue par Ferreri aux frères Salvatore… Elle est à Caracas…

— *Merde… Tu es certaine qu'elle est encore en vie ?*

— Très probable, en tout cas.

— *Et Manuela ?*

— Le gus qui m'a filé le tuyau pour Lyne-Anne n'en savait pas plus pour Manuela. Si j'apprends quelque chose, tu seras le premier au courant.

— *Merci. Tu fais du super job, Gwen. Fais attention à toi, d'accord ?*

— Mais oui…

Elle raccrocha, un sourire froid aux lèvres : elle venait de se débarrasser des trois de la DGSI. Morte ou vive, la fille lui permettait d'avoir les coudées franches de ce côté-là et si la FSE parvenait à éliminer les Salvatore du paysage criminel, elle faisait d'une pierre deux coups.

DRÔLE DE JEU

Yvon Signac n'avait guère le choix : Gwen, connue désormais par les gendarmes comme détective privée, ne pouvait les accompagner sur une interpellation. Et puis, avec sa nouvelle casquette d'amant/chaperon, il ne pouvait se résoudre à la mettre en danger. Bien sûr, elle resterait seule quelques heures et lui reprocherait cette mise à l'écart d'autant que c'était grâce à elle qu'ils avaient pu loger le surnommé Paulo ; bien sûr, il connaissait son don très particulier pour se mettre, malgré elle, dans des situations inextricables, mais l'enquête avançait vite, sans accroc particulier, et il ne voyait pas trop ce qui pourrait lui arriver.
Un quart d'heure plus tard, la ferme se profilait au fond d'un chemin étroit et empierré. Tandis que deux gendarmes se coulaient à pied dans la végétation pour faire le tour du bâtiment, un adjudant et lui arrivaient en voiture et se garaient devant le perron. Personne pour les accueillir malgré le bruit du moteur. Leurs deux compagnons apparaissaient de chaque côté et leur faisaient signe que l'endroit semblait désert. Peut-être auraient-ils dû aller directement à son domicile lyonnais, en fin de compte…

Inutile de tergiverser. Signac se présenta à la porte d'entrée, donna un coup à la cloche qui servait de sonnette puis, sans réaction du propriétaire, frappa au battant et tourna finalement le bouton en cuivre pour s'assurer que le nid était bien vide. Mais le vantail céda sans problème. Surpris, arme au poing, ils entrèrent en force directement dans un vaste séjour occupé par de lourds meubles campagnards et se séparèrent sans un mot pour visiter le reste de la maison. Curieusement, un café encore tiède trônait dans le coin cuisine : Paulo avait fui la ferme en urgence. Les avait-il entendus arriver ? Un appel pressant de la gendarme Lefort, une femme plantureuse, toujours très souriante. Tous se précipitèrent pour découvrir dans une chambre à l'écart, quatre filles légèrement vêtues, allongées sur des matelas installés au sol, inconscientes.

Yvon se précipita aux côtés de sa collègue qui vérifiait qu'elles n'étaient pas mortes, et lui désigna les traces de piqûres au creux des bras et au niveau des poignets. Les secours appelés, un avis de recherche lancé pour retrouver le ravisseur, ils démarrèrent une perquisition minutieuse : Marc Dupont alias Paulo semblait avoir quitté les lieux toute affaire cessante en oubliant, du moins l'espéraient-ils, des indices substantiels.

De son côté, Cavaignac avait eu plus de chance : ses trois oiseaux étaient au nid, et se laissèrent arrêter sans opposer la moindre résistance, surpris d'avoir été logés aussi facilement. La fouille du F3 fut plus rapide que celle du corps de ferme et lorsque le commissaire de la FSE arriva à la gendarmerie, les trois interpellés étaient en salle d'interrogatoire depuis presque deux heures, mutiques et imperturbables comme s'ils ne craignaient rien, jurant leurs grands dieux qu'ils ne comprenaient pas ce qu'ils faisaient là, qu'ils ne connaissaient personne du nom de Vavre, de Vergnes, de Raphaël Mélard ou de Paulo, et qu'ils n'étaient dans l'appartement que pour faire une teuf entre copains. L'envoi d'un SMS pour mettre rapidement au courant son binôme, et le policier prit en charge l'un des interrogatoires tandis que Cavaignac quittait précipitamment la gendarmerie à l'annonce du réveil de sa collègue et amie, Natacha Chrin.

★

Ivan Cavaignac entra dans la chambre de la jeune femme comme un coup de vent. Il la dévisagea, soulagé puis s'avança tandis qu'elle restait légèrement apathique, les yeux entrouverts fixés sur un point imaginaire. Le médecin de service arriva juste après lui et lui fit signe qu'il souhaitait lui parler dans le couloir.

— Alors, votre diagnostic, Docteur ? s'enquit immédiatement le gendarme lorsqu'ils furent suffisamment à l'écart des oreilles indiscrètes.

— Physiquement, elle a subi des violences répétées, mais elle est hors de danger. Mais le plus inquiétant, c'est son état psychique : elle est apathique, refuse d'ingérer quoi que ce soit, refuse de parler et devient hystérique dès qu'on essaie de la toucher… Elle aura besoin de beaucoup de temps pour se reconstruire et de tous ses amis pour réapprendre à vivre…

— Très bien, Docteur. Vous la gardez encore combien de temps ?

— Une semaine avant d'envisager de la laisser sortir.

Un remerciement et il retourna auprès de celle qui avait accepté la mission d'infiltration qu'il lui avait confiée sans sourciller. Il se sentait coupable…

— Natacha… murmura-t-il d'une voix douce. Tu sais, tu as fait un super boulot… Je suis si désolé… On les a pourchassés dès qu'on a compris que les pompiers n'en étaient pas, mais on les a très vite perdus… En plus, on se focalisait sur un couple bizarre, en fait des détectives privés à la recherche d'une fille disparue… Pardon, Nat…

Aucune réaction. Il lui sourit et décida de poursuivre :

… Tu sais, Vergnes, on l'a chopé et je peux te dire qu'il a tout craché, cette pourriture !

Lentement, elle tourna les yeux vers son chef puis la tête, peut-être à la recherche d'un mensonge.

… Du coup, on est remontés jusqu'aux mecs de la fête et on a retrouvé quatre autres filles enlevées comme toi. Sans toi et ton courage, jamais on ne les aurait retrouvées, tu sais, continua-t-il avec enthousiasme.

Pas d'autre réaction. Elle ferma seulement les paupières et parut s'endormir avec plus de sérénité. L'officier resta là un long moment, le regard rivé sur la silhouette à présent recroquevillée, une boule dans la gorge. Il appela une collègue pour se faire remplacer, impatient de trouver des réponses et donc de se colleter avec les trois affreux de Roanne.

★

8 heures du matin. Yvon Signac rentra enfin dans la chambre louée au manoir de Malfarat pensant y trouver Gwen. Depuis son départ pour Chauffailles, il n'avait plus de nouvelles, mais il devait bien avouer qu'il l'avait cherché, ne lui envoyant aucun SMS pour la tenir au courant, ou tout au moins, pour la rassurer et maintenir le lien. La connaissant, elle devait lui en vouloir. Mais franchement, là, à cet instant, il n'avait aucune envie de se prendre la tête avec sa partenaire : trop crevé par des heures à tenter de faire parler les trois loustics de Roanne. La porte de la chambre mitoyenne fermée, il passa sous la douche avec bonheur, et décida de s'octroyer une heure de repos bien méritée. Il mit l'alarme de son téléphone, s'allongea et s'endormit instantanément.

Le cri récurrent de l'alerte de son iPhone. Il gémit, se gratta la tête, le menton puis s'assit, regarda sa montre et décida qu'il était temps d'aller faire la paix avec St-Cyrq. Il frappa au battant puis, ne recevant aucune réponse, tourna le bouton en cuivre et entra.
Personne. Elle était en vadrouille. Il chercha vaguement un mot laissé à son intention et s'apprêtait à rebrousser chemin pour aller prendre son petit-déjeuner lorsqu'il remarqua un T-shirt blanc jeté négligemment à côté de son sac… Il avança, découvrit dans la poubelle de la gaze largement tachée de sang et se baissa pour saisir entre deux doigts le tissu : une manche était trouée, raidie à présent par l'hémoglobine sèche. Un juron paniqué et énervé explosa dans le silence de la pièce. Le vêtement toujours en main, il sortit son téléphone et écrivit un rapide SMS inquiet. Une réponse laconique lui annonçait son retour pour la mi-journée. Inutile de lui demander des explications ou même des précisions. Il n'avait plus qu'à ronger son frein quelques heures de plus…

⋆

L'Alpine pénétra au pas dans la propriété et se gara sur le côté du bâtiment. Elle coupa le moteur et resta un moment immobile, fatiguée. Elle ne sentait même plus son bras. Elle ouvrit enfin la portière après un rapide coup d'œil aux alentours, toujours sur ses gardes, sortit un sac de voyage du petit coffre, verrouilla le véhicule et entra dans le bâtiment pour tomber nez à nez avec le propriétaire qui s'inquiéta immédiatement de sa santé.

— Ça va, je vous remercie, lui répondit-elle avec un léger sourire. J'aurais quelques questions à vous poser au sujet de ce bâtiment lorsque vous aurez quelques minutes à m'accorder…
— J'ai un rendez-vous en ville, mais ce soir, si vous voulez ? Ou demain matin au petit-déjeuner…

Il semblait pressé. Elle acquiesça en le remerciant à nouveau et monta dans sa chambre qu'elle ferma à clé. Elle regarda sa montre, constata que Signac était encore absent, pris par ailleurs avec l'équipe de gendarmes sans doute, retira ses chaussures et s'allongea tout habillée sur le lit, épuisée, pour s'endormir immédiatement.
On la secouait gentiment en l'appelant… Elle ouvrit les paupières et tomba sur le visage de Signac, inquiet, mais souriant.

— Salut… Je me demandais si tu allais te réveiller… Comment tu vas ?

Elle se redressa avec une grimace, la tête lourde, et regarda d'abord vers la fenêtre qui lui dévoilait un jour en déclin puis sa montre. Presque 6 heures…

— Ça va, murmura-t-elle en omettant de faire jouer son bras. Quoi de neuf ? poursuivit-elle en s'asseyant tandis que le policier prenait place à ses côtés en la dévisageant.
— Ben, compte tenu de la situation, ce serait plutôt à moi de te poser la question. Tu es blessée ? On t'a tiré dessus ?
— Yep, mais te dire qui, je n'en sais rien : la voiture n'avait pas de plaques. Le grand patron du réseau commence à prendre peur, sans doute… Mais ce n'est pas grave… juste douloureux. Alors, vous ? Quoi de neuf ? Comment va la gendarme ?
— Physiquement, ça devrait aller, mais elle n'a pas prononcé un mot depuis qu'on l'a retrouvée… Les médecins pensent que ça va prendre du temps… Les trois gus arrêtés à Roanne jurent leurs grands dieux qu'ils sont innocents et le surnommé Paulo est toujours en cavale. C'est incroyable : le type a dû filer juste avant notre arrivée parce que son café était encore chaud et pourtant, impossible de lui mettre la main dessus ! C'est comme s'il s'était littéralement évaporé de la surface de la Terre… Incompréhensible…

Comment lui dire qu'il ne le retrouverait jamais ? Elle ne laissa filtrer aucune émotion tandis qu'il poursuivait son exposé en enfonçant des portes ouvertes :

… Mais on a retrouvé quatre filles en vie, chez cette pourriture… Je reviens de l'hosto : les médecins sont plutôt positifs… J'ai eu un appel de Sean qui m'a dit que tu as retrouvé la trace de la fille La Moucherie à Caracas ?
— C'est pour ça que je suis partie : mon indic voulait me voir en direct… Il est du genre méfiant…
— Tu as réussi à avoir d'autres infos ? Tu crois que la fille Alban est aussi au Venezuela ?
— Non… Elle est en France… Selon lui, elle et Nina ont été enlevées sur demande spéciale du chef du réseau. Pourquoi, je n'en sais strictement rien. Selon l'autopsie que j'ai effectuée, Nina, droguée, a été relâchée… ou s'est échappée, on ne le saura peut-être jamais, mais a été renversée sur la route. Du coup, on peut se dire que la fille Alban est encore en vie…

Il la dévisagea, intrigué :

— C'est toi qui as fait l'autopsie de ton amie ? Pourtant je suis allé à l'IML et j'ai rencontré la légiste qui…
— Le docteur Cyprien… Nous avons effectué les observations ensemble. Et oui, je t'ai vu, ce jour-là… J'étais en bas des escaliers lorsque tu as interpellé Belcham…
— Merde ! Je t'ai vue, oui, mais je t'ai pas reconnue… Faut dire qu'avec ce nouveau look… Tailleur et talons aiguilles… J'étais loin de penser à toi…

Il sourit sans la lâcher du regard.
… Et ton indic t'a filé le nom du grand patron ? lui demanda-il, le front plissé.
— Tu aurais été le premier au courant, hein, lui fit-elle remarquer, légèrement ironique parce que, justement, il n'en aurait rien su. Il tire les ficelles dans l'ombre, c'est la seule info que j'ai avec ses initiales… R^2.

Peut-être intéressant de lui révéler certains faits pour conforter leur coopération et, qui sait, trouver en confrontant leur approche une solution qui lui échappait encore.
— R^2 ? Dis donc, on avance, là ! se moqua-t-il gentiment tout en fronçant les sourcils.
— Hum… Un prénom et un nom commençant par R… murmura-t-elle pensivement en se glissant hors du lit pour se rapprocher de la fenêtre.

Lui se rassit plus confortablement sur le matelas moelleux, intrigué : il sentait confusément qu'elle en savait beaucoup plus. Pour une raison qu'il comprenait, certes (considérant leur passif et la trahison de Mortimer), mais désapprouvait (forcément), elle refusait de lui parler. Elle se méfiait. Il baissa les yeux, recherchant dans les volutes marron de l'imprimé bleu nuit du dessus-de-lit, les mots qui sauraient la persuader de lui parler. Il soupira.
— Gwen… Tu sais qui t'a tiré dessus, je me trompe ?

Pas de réponse.
… Je vois, j'ai raison… Et tu sais, ou tu te doutes de l'identité de R^2, pas vrai ? Et je prends le pari que ton indic t'a dit autre chose, non ?

Le silence, encore et toujours.

— Tu ne veux rien me dire ? lâcha-t-il d'une voix douce. Gwen… Parle-moi… Tu es fâchée parce que je t'ai tenue à l'écart des arrestations, c'est ça ?
— Non, lâcha-t-elle en se retournant. Oui, je connais l'identité des tireurs et leurs motivations, poursuivit-elle sans éviter son regard. Pour le reste, je n'ai aucune certitude même si j'ai des soupçons. Je crois que je tiens le bon bout de l'écheveau. J'ai commencé à tirer sur la corde, la réponse a été immédiate, ce qui veut dire que je suis sur la bonne piste. Mais sans certitude, je ne vois pas l'intérêt de te mettre au courant…
— Un lien avec ton sénateur ripou ?
— Même si je ne suis pas à l'abri d'une surprise, je ne pense pas.
— Tu as le don de te foutre les gens à dos, Gwen… remarqua-t-il en soupirant.

Elle esquissa une moue ironique et lui tourna à nouveau le dos. Nouvelle hésitation pour son partenaire que ses quelques mots étaient loin de satisfaire. Il avait une soudaine envie de s'approcher, de la prendre dans ses bras, mais quelque chose de son ancienne vie le retenait… un reste de suspicion qu'il avait du mal à assumer.
— Et si tu me donnais tes incertitudes ? reprit-il sur un ton qui se voulait amical, mais qui, sans qu'il ne puisse rien n'y faire, laissait filtrer un petit quelque chose qui l'énerva.

Elle leva un sourcil et esquissa un sourire froid.
— « Chassez le naturel, il revient au galop », hein, Yvon… Tu veux un nom ? Très bien… Un nom circule dans la rue pour celui qui serait le « n-1 » du réseau… Nicolas Nadaud, le président d'une asso de réinsertion. Mes indics cherchent à corroborer la rumeur. En tout cas, ça fait deux jours qu'il n'a pas mis le nez dehors.
— Il crèche où ?
— À Paris, 92 rue du Ranelagh dans le 16e.

Il sourit en acquiesçant, satisfait de l'aveu : elle faisait montre de transparence et d'une confiance qu'il croyait perdue. Du coup, il se leva, avança vers elle et, en prenant garde de ne pas toucher le bras blessé, lui demanda de la main de se retourner. Une légère résistance avant l'obéissance. Leurs yeux s'entremêlèrent, cherchant l'inavoué ou l'inavouable, suspendant la course du temps. Il la prit en poids, la souleva sans difficulté pour l'amener à sa hauteur, puis, le cœur battant, approcha ses lèvres de son oreille pour lui murmurer trois mots qu'il

ne pouvait plus garder pour lui, avant de les glisser dans le cou jusqu'au menton puis aux lèvres féminines qui acceptèrent le baiser sans la moindre réticence avec une sensualité propre à échauffer les sens de son partenaire.
La sonnerie du portable de Signac. Un dernier baiser en la reposant à terre, et il sortit l'appareil qu'il connecta et porta à son oreille en enclenchant le haut-parleur.

— Signac... grogna-t-il, mécontent de l'interlude.
— *Cavaignac... À force de les cuisiner, Kadouz a lâché deux noms... l'un qu'on avait déjà, Raphaël Mélard, et un petit nouveau dans le paysage, un certain Nicolas Nadaud, un gros poisson selon lui... On cherche l'adresse...*

À ce stade, Yvon sourit à sa compagne. La rumeur semblait donc confirmée.

— Je la connais, annonça le policier d'un ton satisfait. Il crèche à Paris, dans le 16e. Vous voulez y aller ?
— *Paris... Plus ma zone géographique... Légalement...*
— Mais c'est la mienne et je vous invite... Vous venez me prendre à Malfarat et on va choper cette pourriture...
— *J'arrive...*

Il interrompit la conversation et glissa son appareil dans la poche arrière de ses jeans.

— Ta rumeur vient d'être confirmée ! remarqua-t-il de très bonne humeur. Tu viens avec nous ?
— J'aimerais plutôt tenter de discuter avec Natacha Chrin... Tu peux m'arranger ça ?
— Elle n'a pas aligné deux mots depuis qu'on l'a retrouvée... Tu n'en tireras rien, tu sais...
— Qui ne tente rien... lui fit-elle remarquer, à présent détendue.
— Si tu veux. Je vais dire au capitaine que tu vas y passer. Même s'il te croit détective privée, il t'a vue à l'œuvre... Bon, j'y vais et je te tiens au courant...

Dernier baiser, et il quitta la chambre sans voir le sourire froid esquissé face à la fenêtre. Elle suivit le policier des yeux jusqu'à la grille. Deux petites minutes d'attente et il monta dans le véhicule de gendarmerie. Elle avait, à nouveau, les coudées franches pour quelques heures...

NATACHA CHRIN

Yvon avait tenu parole : le gendarme de faction devant la porte de sa collègue la laissa passer sans poser de question.

La chambre était plongée dans une semi-pénombre, les stores descendus à moitié. Il faisait relativement frais par rapport à la chaleur estivale du dehors, mais l'air était saturé d'une odeur prononcée de détergent. Le lit était environné de différents appareils auxquels la femme allongée n'était plus reliée. Presque assise, bien calée dans ses coussins, le torse couvert d'une chemise d'hôpital blanche à petites fleurs mauves, elle fixait l'écran éteint du téléviseur. Gwen prit l'une des deux chaises constituant le maigre ameublement du lieu, avec une table haute et un fauteuil repoussé contre la fenêtre, et s'assit tout à côté de la fille aux yeux lourdement cernés et à la peau un peu trop pâle.

— Natacha, mon nom est Gwen St-Cyrq… Je travaille pour la FSE… Je suis médecin légiste, lui murmura-t-elle d'une voix douce. Nous nous connaissons…

Des yeux vides se détournèrent du point fixe pour s'arrêter sur elle.

… Vous m'avez donné un morceau de papier à la fête…

À nouveau le regard inexpressif se détourna pour l'écran noir. Gwen poursuivit néanmoins en baissant la voix pour qu'elle seule puisse entendre la suite :

… Je sais ce que vous ressentez, Natacha… Je l'ai vécu… J'avais onze ans… Mon père adoptif m'a vendue…

Cette fois, les yeux noisette animés d'une petite étincelle de vie s'attachèrent au regard bleu glacier : elle avait réussi à capter son attention. La gendarme était à la recherche d'une trace de mensonge, mais ce qu'elle discerna la fit sortir de son apathie.

… Je suis restée enchaînée dans un cachot sans nourriture, sans soleil… Il y avait d'autres filles avec moi que des hommes cagoulés venaient chercher les unes après les autres pour les jeter dans une sorte de puits aménagé au milieu… Mais j'ai survécu…

— Co… comment, murmura la fille alors que les larmes coulaient sur ses joues pâles.

— J'ai trouvé une raison de survivre à tout prix… Pour chaque victime, elle est très personnelle, profondément enracinée… La haine, la vengeance sont de bons moteurs… Moi, alors que j'étais prisonnière, sans force, terrifiée, je me suis fait une promesse… radicale… à laquelle je me tiens encore aujourd'hui. Trouvez votre moteur, Natacha…

Soudain la gendarme éclata en sanglots. Gwen lui tendit la main qu'elle saisit et serra de toutes ses forces dans une sorte de rage libératrice. Le bruit soudain surprit le gendarme de faction qui ouvrit la porte brusquement et contempla le « réveil psy » de sa collègue avec étonnement puis un sourire radieux. Du coup, il les laissa toutes les deux et appela son chef pour annoncer la bonne nouvelle.

— Il faut qu'il paie !

— Oh… Pour ça, pas d'inquiétude, il paiera au centuple, la rassura la légiste d'une voix froide. Mais cette pourriture n'était qu'un maillon du réseau… Moi, je traque le chef…

— Le chef… répéta mécaniquement Chrin en fronçant les sourcils. Le chef…

Elle la perdait à nouveau et elle n'avait pas encore l'information qu'elle était venue chercher…

— Natacha… J'ai besoin de savoir ce que représente le morceau de papier que vous m'avez fait passer à la fête… S'il vous plaît… C'est important…

Une hésitation… Elle renifla, s'essuya le visage, serra les dents sans doute à la recherche de ce moteur qui allait lui permettre de surmonter l'épreuve et de continuer à vivre, lécha les larmes à proximité des lèvres avant de prendre sa résolution.

— C'était… la veille de la fête… J'avais réussi à m'infiltrer… avec deux garçons avec lesquels je traînais pour la mission… dans une teuf sauvage organisée dans une ferme… pas loin de Charlieu… Je ne sais plus où… il y avait plusieurs mecs masqués… Ils se tenaient à l'écart… Ils semblaient comploter… Y en avait un qui devait être le chef… parce que les autres tremblaient devant lui… Et puis ils se sont disputés et un barbu s'est pris une baffe. Deux autres l'ont fouillé et ont trouvé dans sa poche une vieille lettre pliée dans le sens de la largeur, en trois… Je me suis approchée autant que possible et j'ai vu que le barbu dessinait quelque chose sur un morceau de papier déchiré d'un carnet. Mais je n'ai pas pu rester dans le coin… Quand ils sont partis, je suis retournée à l'endroit où ils étaient et j'ai vu la feuille brûlée dans un cendrier et sous une table, un petit morceau de papier froissé… Je me suis dit que ça devait être important…

Au fil du récit, la gendarme retrouvait ses instincts d'enquêtrice et une nouvelle envie d'en découdre. Du coup, Gwen lui sourit franchement, impressionnée.

— Excellent, vraiment ! Vous pourriez me décrire le barbu et son agresseur ?
— Le barbu… plutôt âgé, je dirais… des cheveux courts plutôt blancs, comme la barbe bien taillée. Il portait une chevalière à la main droite… Plutôt maigre… L'autre était plus costaud, plus grand et du genre violent… Des cheveux plutôt blonds… mais d'un certain âge aussi… Il me semble qu'il portait aussi une bague ou un anneau à la main droite, mais sans garantie…
— Les deux qui ont fouillé le barbu ?
— Eux n'étaient pas masqués… jeunes… des hommes de main… un grand blond à cheveux longs et un petit brun barbu…

Pour une coïncidence…

— Rien d'autre, Natacha ?
— Je… non, j'ai tout dit, je crois…
— Merci…
— Merci à vous, répliqua la gendarme en reniflant encore. Est-ce que… enfin… Est-ce qu'on s'en remet ? s'enquit-elle, d'une voix remplie d'espoir.
— Je ne vais pas vous mentir… Il y a un avant… et un après. C'est cet « après » qu'il faut construire avec l'aide de toutes les bonnes volontés… vos amis, vos proches, vos collègues…
— Et… vous… Vous y êtes arrivée ? À vous reconstruire, je veux dire…
— Je suis là… Donc, on va dire que oui… Foncez, ne regardez jamais en arrière, ça facilite les choses, lui conseilla Gwen en se levant. Encore merci pour votre aide très précieuse.

La fille lui adressa un pauvre sourire, comme un appel au secours muet auquel la légiste ne répondit pas d'autant que la porte s'ouvrait sur une brigadier bien en chair, souriante, les bras chargés de cadeaux. Un au revoir silencieux et elle quitta la chambre avec un vrai soulagement.
Assise dans sa sportive, elle connecta sa tablette et rechercha l'adresse des La Moucherie : le barbu à chevelure blanche pouvait bien être l'homme giflé du récit de Chrin. En tout cas, la description correspondait. Une lettre ancienne, son lien avec le tableau, l'enlèvement de sa fille, un écheveau de présomptions qui le rendait de plus en plus intéressant… comme d'ailleurs Alban.

Pour quelle raison la fille du premier était partie au Venezuela et pas celle du second ? Le magnat de la finance, en véritable requin, avait-il en sa possession un atout lui permettant de jouer à jeu égal avec R^2 ? Et s'il avait réussi à récupérer sa gamine au vu et au su de la FSE, à la mettre à l'abri pour faire chanter R^2 ?

Et la conversation avec le fils de l'ancien résistant lui revint en mémoire…

L'ENTREVUE

Elle verrouilla les portières de sa sportive et, confortablement installée dans le siège baquet en cuir, elle sortit sa tablette, dégagea le stylet de son logement, ouvrit une page vierge et commença à y écrire toutes ses pensées, ses indices, ses pistes puis contempla le résultat, sourcils froncés, l'esprit soudain plus clair…
Elle voyait désormais ce qu'elle devait faire. Elle inspira à fond en regardant les lignes manuscrites. D'accord, les points d'interrogation étaient encore nombreux et certaines connexions pressenties plutôt nébuleuses, voire tendancieuses, mais son instinct de chasseur ne l'avait jamais trompée : elle était proche de sa proie qui, d'ailleurs, commençait à sortir les griffes… un excellent indicateur. Elle fit jouer son bras avec une grimace, hésita puis se connecta sur le site ultra sécurisé de la Confrérie, rédigea un message qu'elle relut avec attention et envoya avant de mettre le contact : la suite promettait d'être instructive.
Comme toujours, à l'approche de l'action, son cœur s'emballa ; elle s'apprêtait à lancer les appâts et n'avait qu'une hâte : les prendre au piège. Une lueur glacée étincela dans son regard trop bleu tandis que l'Alpine quittait le parking. Bref arrêt à une station essence autant pour faire le plein que pour s'assurer qu'elle ne traînait aucune ficelle[38] et elle poursuivit sa route vers le sud de Paris.
Fontainebleau… Un petit rendez-vous de chasse perdu au milieu de la forêt, un peu à l'écart, desservi par un sentier fort heureusement carrossable.
Un bâtiment très XVIIe, une Jaguar marron glacé garée devant. Elle s'arrêta juste à côté en ayant fait demi-tour en position de départ, enclencha la sécurité, s'assura de la présence de son arme qu'elle glissa dans le dos, à la ceinture de ses jeans et alla frapper à la porte en chêne. Un homme apparut dans l'entrebâillement, plissa le front en la dévisageant, hésita, mais la laissa passer et referma derrière elle.

---

[38] Filature

À l'intérieur, pas grand-chose : une table longue en bois massif, huit chaises, un chandelier au plafond, des trophées de chasse aux murs, un sol en pierre… Pas mal de poussière.
Elle fit face au sexagénaire, costume haute couture, chaussures méticuleusement cirées, port altier du personnage habitué à commander et à être obéi. Traits émaciés, barbe bien taillée, sourcils épilés, mains manucurées, il avait fière allure. Ils se mesurèrent du regard et c'est lui qui prit la parole d'une voix autoritaire et, à l'évidence, énervée :

— Je ne sais pas qui vous êtes, ni qui vous avez mis dans votre lit pour arriver à vos fins, mais on m'a ordonné de venir jusqu'ici et de répondre à vos questions. Et je déteste être sonné comme un serviteur ! siffla-t-il, à la fois dédaigneux et hautain. Vous ne savez pas qui je suis, Madame je ne sais trop qui ! poursuivit-il en s'approchant pour lui mettre sous le nez sa chevalière en lapis. Assis !

Sans lui tourner le dos, peut-être impressionnée, elle recula, tira une chaise et s'assit.

… Je constate que vous savez, à présent, qui vous avez eu l'impudence de déranger !

— Certes, intervint la voix neutre de Gwen qui démontait les trois mots suivants. Je suis impressionnée. Néanmoins, êtes-vous prêt à répondre à mes questions, monsieur de La Moucherie ?

Le bonhomme esquissa quelques pas, franchement peu enclin à se plier à l'ordre reçu puis s'arrêta face à elle et la toisa, condescendant.

— Je suis là… Pour quelle raison ?
— J'aimerais que vous me parliez du «*Christ de douleur*» et de la façon dont vous l'avez acquis.
— Je n'ai plus ce tableau, remarqua-t-il, vaguement surpris.
— Ça, je le sais. Mais que savez-vous des autres œuvres d'art qui étaient dans le convoi ?

Elle sentit sa surprise puis sa maîtrise immédiate :

— Les autres ? Le convoi ? Je ne comprends pas… mentit le personnage avec aplomb.
— Non ? Avez-vous apporté le journal de votre père ?
— Pourquoi souhaitez-vous le lire ?
— Vous savez pourquoi… lâcha Gwen, d'une voix un peu trop uniforme.

— Alors vous voulez retrouver le chargement…
— Pas vous ?

L'autre plissa les yeux en la dévisageant avec une attention soutenue.
— Qu'est-ce que vous savez à ce sujet ?
— Pas mal de choses…
— Vous bluffez !
— Pas vraiment…

D'un geste rapide, elle tira son arme et la posa bruyamment sur la table, ses doigts toujours engagés sur la crosse et la gâchette. Le mouvement mit en évidence les deux anneaux, faisant reculer le bonhomme qui perdit instantanément de sa superbe. Le rapport de force venait spontanément de s'inverser : Gwen s'était levée, regard illisible, automatique en main, et La Moucherie s'était assis sur la première chaise à sa portée, très pâle. Elle tendit la main.
— Le journal… lui demanda-t-elle, fort peu impressionnée par la scène surréaliste qui se jouait dans ce décor atypique.
— Je… je ne l'ai plus…
— Qui l'a ? poursuivit-elle en levant un sourcil interrogatif.
— Je… Je ne peux pas vous le dire… couina le barbu désormais collé au dossier de sa chaise, mains serrées autour de l'assise.
— Non ? fit-elle en retirant de sa poche un silencieux qu'elle vissa lentement sur le canon sans le quitter des yeux.
— Il… Il tuera ma fille si je vous parle… Il m'a juré qu'elle resterait en bonne santé tant que je coopérerai…
— Lyne-Anne ? Une équipe de la FSE est allée la chercher…
— La FSE ? Elle est en vie, alors ! s'exclama-t-il d'une voix remplie d'espoir.

Elle haussa les épaules.
— Les Salvatore ne sont pas tendres avec leurs filles.
— Je ne comprends pas…
— Celui que tu couvres a vendu ta fille aux frères Salvatore, des proxénètes notoires installés à Caracas… lui asséna-t-elle sans paraître, le moins du monde, touchée par la détresse soudaine du père en face d'elle.
— Vous mentez ! hurla-t-il en se relevant d'un bond, poings crispés de colère et, probablement, de honte.
— Assis !

L'ordre, tranchant et menaçant, lui fit l'effet d'une douche froide et il obéit.

... C'est vous qui lui avez révélé le nom des résistants chargés de convoyer les œuvres d'art ?

Pas de réponse : La Moucherie était ailleurs, happé par ses pensées, abasourdi par ce qu'il venait d'apprendre. Il imaginait la chair de sa chair salie, avilie par des centaines d'inconnus lubriques et vicieux... Qu'allait-il dire à sa femme ? À ses amis ? Il avait failli...

... La Moucherie ! gronda-t-elle, fort peu encline à lui laisser un moment de répit. Je veux des réponses ! À qui avez-vous donné le journal ? À qui avez-vous parlé du groupe de résistants ?

— ...

— Que savez-vous des tableaux disparus ?

Avachi sur son siège, l'homme n'entendait plus rien. Elle décida d'un double électrochoc...

... Vous refusez de me répondre ? Comme vous voulez... J'ai placé deux de nos hommes pour la protéger en attendant les flics : souhaitez-vous que je leur donne l'ordre de la lâcher ? Après tout ce que vous avez fait pour la retrouver ? reprit-elle d'une voix incisive, sans le quitter des yeux pour comprendre son état d'esprit.

— Elle n'est plus ma fille... murmura-t-il soudain, le regard fixé sur le sol froid et brut. Elle a déshonoré notre famille, mon nom, mon épouse... Elle m'a déshonoré ! Qu'elle reste là-bas, je n'en ai cure ! Elle n'a eu que ce qu'elle méritait ! Je n'ai plus de fille !

Puis il leva la tête, lui dévoilant une lueur froide et déterminée qui ne trompait pas. Gwen esquissa un sourire ironique : aurait-il réagi d'une façon différente, elle aurait peut-être agi autrement. Mais l'être abject qui naissait devant elle ne méritait aucune indulgence.

— Comme vous voulez... La vie de Lyne-Anne vous étant désormais indifférente, passons à la suite... Je veux des réponses... Et donc, vous allez me les donner...

— Vous ne saurez rien ! grinça-t-il d'une voix presque déshumanisée. Mon allégeance ne va pas jusque-là !

— C'est bien dommage parce que votre charge vous donne certes des droits, mais également des devoirs auxquels vous ne pouvez déroger...

— Vous ne me faites pas peur ! gronda-t-il en la fixant avec certitude. Je vous écraserai comme un vulgaire cafard que vous êtes, vous avez compris ? Mais regardez-vous ! Vous ne valez pas mieux que ma fille… Je sais comment vous êtes recrutées, vous et toute votre engeance !

Contre toute attente, elle sourit, sortit son portable et appuya sur un numéro mémorisé. La réponse fut quasi immédiate :

— Tu as fait le nécessaire ?

L'autre dut répondre par l'affirmative parce qu'elle poursuivit :

… Tu peux venir le chercher…

Elle n'avait pas plus tôt rempoché son appareil que la porte s'ouvrait pour laisser passer Marta, en survêtement. Sans un mot de plus, et sous la menace de l'arme toujours pointée sur lui, elle le menotta dans le dos puis, après une fouille succincte, mais efficace qui permit à Gwen de récupérer téléphone éteint et portefeuille, elle lui passa un sac noir sur la tête et le conduisit fermement jusqu'à la sortie où une camionnette blanche sans signe distinctif attendait. Elle le poussa à l'arrière sans ménagement, se mit au volant et disparut au milieu des arbres. Deux minutes plus tard, St-Cyrq quittait le rendez-vous de chasse pour une autre propriété, très confidentielle celle-là. Elle n'avait pas pris le volant depuis plus d'un quart d'heure qu'un appel s'afficha sur le tableau de bord.

Mortimer…

Elle soupira, sourit en coin en imaginant Roquet en train de tenter de la localiser puis accepta la communication.

— Yep ?

— *Gwen… Je voulais prendre de tes nouvelles… Ton enquête avance ? Bravo pour avoir réussi à localiser la fille La Moucherie !*

— Les indics sont là pour ça, lui fit-elle remarquer d'une voix neutre.

— *Comme je vais beaucoup mieux, je me disais qu'on pourrait reformer notre équipe, qu'est-ce que t'en dis ?*

— Pas utile : Yvon fait le job.

— *J'en doute pas, mais ça doit pas être l'entente cordiale, non ?*

— Je gère. Des nouvelles fraîches concernant Alban ?

— *Que dalle… Pas faute de les chercher ! C'est comme s'ils s'étaient évaporés… Du coup, je tourne en rond : j'ai même pas été de l'équipe qui est partie au Venezuela... Si tu demandais à Sean de m'échanger avec Signac... Je me languis de toi...*

— On aura tout le temps de reprendre là où nous nous étions arrêtés lorsque toute cette histoire sera bouclée, tu ne crois pas ?

— *Je vois... C'est comme tu veux, comme toujours... Mais compte sur moi pour te rappeler ta promesse, hein ?*

— T'inquiète, murmura-t-elle en esquissant un sourire froid et dangereux qui en disait long sur les suites envisagées avec l'agent de la DGSI.

— *Tu me demandes pas des news des Choupinous... Ils sont sortis du coma, tu sais...*

— Cool. Tu leur donneras le bonjour, poursuivit-elle sans se départir de son rictus ironique qui ne transparaissait en aucune façon dans la voix très amicale.

— *Ce sera fait. Dis, t'en es où de l'enquête ?*

— C'est surtout Yvon qui avance à grands pas, lui mentit-elle. Mes pistes sont moins fructueuses que les siennes pour le moment. Allez, prends soin de toi... Bye...

Elle interrompit la conversation, soudain un peu trop sérieuse alors qu'un second appel s'affichait... Yvon... Elle accepta la communication en s'engageant dans la circulation un peu plus dense des abords de la capitale.

— Oui ?

— *Nous sommes chez Nadaud... Il n'est pas chez lui et selon son intendant, ça fait deux jours qu'il est parti sans laisser d'instructions. Je reste pour la perquise en cours. Figure-toi que le gus était en contact étroit avec La Moucherie et Alban... Ce qui confirme les dires de ton indic concernant leur passé commun...*

— Intéressant, tu as raison. Rien au sujet de R^2 ?

— *J'ai son agenda sous la main... Non, rien de rien... Bon, j'ai mis Sean dans la boucle, évidemment... Et toi, de ton côté ? Ta blessure ?*

— Ça va, merci. Tu sais que j'ai réussi à faire parler Natacha Chrin ?

— *Oui... Il semblerait que ta visite lui ait fait beaucoup de bien... Et ? Elle t'a dit des trucs intéressants ?*

— Elle a assisté à une scène étrange... Et même si elle n'a pas tout capté, l'un des protagonistes pourrait bien être La Moucherie... En tout cas, la description pourrait correspondre...

— *Tiens... Décidément, ce type un peu effacé semble jouer un rôle plus qu'intéressant dans le scénario. J'en parle à Cavaignac et on va aller le titiller un peu... Dommage que tu ne sois pas avec nous...*
— Tu me raconteras...
— *Sûr... Et là, tu fais quoi ?*
— Je vais à la pêche aux infos, comme toujours. On se tient au courant ?
— *Bien sûr. Fais attention à toi...*
— Toi aussi.

Plus personne à l'autre bout du fil. Elle se mordilla l'intérieur de la joue, vérifia pour la énième fois qu'elle n'était pas suivie, descendit dans un parking public, présenta un badge à la borne et s'enfonça dans les sous-sols.
3e et dernier. Une place réservée à côté d'un emplacement occupé par la camionnette blanche qui avait emmené La Moucherie. Elle quitta son véhicule, marcha jusqu'à l'ascenseur qu'elle appela en posant son badge sur le plot « intra Tone ». Une minute plus tard, elle pénétrait dans l'hôtel particulier où elle retenait les différents protagonistes de l'affaire. Il lui en manquait deux... Raoul Alban et R^2... Les deux plus importants... que les quatre autres allaient lui permettre de confondre.

★

Yvon Signac écoutait l'intendante du château de Roche Close, front plissé : La Moucherie était absent, parti en voiture au début de la matinée après avoir reçu un appel téléphonique, numéro non attribué, Cavaignac venait de s'en assurer. Le flic de la BRI qui les accompagnait avait demandé une localisation de son téléphone, sans succès. Il semblait s'être purement et simplement volatilisé. Un de plus...

Une véritable hécatombe...

Un instant, il pensa que Gwen était dans la boucle, responsable de ces curieuses disparitions, mais repoussa très vite cette pensée parasite : Nadaud avait disparu depuis 48 heures, alors qu'elle était sur Léo Cremazi ; La Moucherie évaporé alors qu'elle était avec lui puis avec Chrin... Il se sentit soudain coupable de cette méfiance latente... coupable de ne pas être capable de tourner la page de cette haine qui l'avait consumé.

SECONDES CONFRONTATIONS

Les souterrains à nouveau, et la vaste salle aménagée en pièce de détention ancienne mode. Sur ses talons, Marta et la nouvelle recrue, Elena, une créature splendide aux yeux de biche, à la silhouette de top model, longue chevelure brune ondulée et brillante, bouche aux lèvres pulpeuses… « une bombe atomique » comme l'aurait sûrement surnommée Mortimer… mais une bombe extrêmement dangereuse considérant son parcours au KGB.
L'obscurité baignant les lieux fut dissipée dès qu'elle posa le pied sur la première marche. Lorsqu'elle parvint enfin dans la salle voûtée, elle pouvait désormais compter quatre prisonniers : Nadaud évidemment, toujours sur son matelas, les deux hommes de main, Chris et Phil, et le petit dernier, La Moucherie, à l'évidence perdu au cœur d'événements qu'il ne pouvait contrôler et qui, dès qu'il l'aperçut, se mit à hurler de le libérer, qu'elle ne savait pas à qui elle se frottait, qu'il n'avait rien fait et tout un chapelet de menaces entrecoupées de gémissements, de plaintes et de grognements.

— Vous pouvez hurler tout votre saoul, personne ne peut vous entendre, ici, et personne ne viendra vous délivrer… Vous refusez de répondre à mes questions, soit… Vous y répondrez, soyez-en certain.

Elle délaissa le sexagénaire pour se placer face aux deux hommes de main qui l'avaient accompagnée à la ferme. Elle les regarda droit dans les yeux et ils baissèrent la tête, peut-être par simple malaise ou par mauvaise conscience.

— Dois-je vraiment vous rappeler votre serment lors de la remise de l'anneau ? s'enquit-elle d'une voix froide. Vous avez juré sur votre vie de protéger les faibles et les démunis, de ne jamais attenter à la vie d'autrui, de ne jamais trahir ou attenter à la vie d'un autre membre de la Confrérie, ce me semble… Et pourtant… Vous m'avez trahie, vous avez tenté de m'assassiner…

— Nous avions des ordres, couina la sauterelle blonde, en tirant sur ses chaînes. C'est vous qui avez trahi le Conseil et la Confrérie en menant une croisade non autorisée pour retrouver Forggliano au mépris de nos lois ! Vous enlevez, vous torturez, vous assassinez les nôtres…

— Moi ? fit Gwen en levant un sourcil. On vous aura mal renseignés, trompés par celui à qui vous avez prêté allégeance et que je traque. Je sais que vous venez d'adhérer à notre organisation et que nos liens, nos statuts, notre hiérarchie et les obligations qui en découlent sont encore vagues. C'est sans doute pour cela qu'il vous a choisis… Avez-vous compris qui je suis ? s'enquit-elle en passant de l'un à l'autre, intriguée.

— Vous êtes l'un des Juges… intervint le Guadeloupéen après un échange furtif avec son acolyte. Lorsqu'un accusé est amené devant le Conseil, vous êtes l'un de ceux qui ont le pouvoir de grâce.

— Pas vraiment… Je suis garante de la Loi, la seule à avoir pouvoir de grâce après jugement… La seule à être autorisée à exécuter une sentence de mort en mon âme et conscience… Aucun autre membre de la Confrérie n'a le droit de verser le sang.

— Vous seriez celle qu'on appelle l'Exécutrice ? miaula Chris, soudain plus pâle.

— Hum… Et beaucoup plus depuis quelques jours… poursuivit-elle d'une voix plus lasse. Je constate que certaines règles ne vous sont pas étrangères… Je veux connaître le nom de celui qui a fait appel à vous !

— On n'a jamais vu son visage, murmura le dénommé Phil après avoir dégluti bruyamment. Il nous a dit être le grand Coësre[39]. Il porte la chevalière au rubis…

— Le Coësre ne porte aucune chevalière *a contrario* des membres du conseil. Que savez-vous d'autre à son sujet ?

Les deux accusés échangèrent encore un regard, mais se turent.

… J'attends ! lâcha-t-elle d'une voix glaciale.

— Il nous a dit que vous chercheriez à nous tromper en nous racontant des cracks ! On vous dira rien !

— Vous avez été dupés, intervint d'une voix lasse La Moucherie. Elle vous dit la vérité : le grand Coësre ne porte pas de chevalière…

[39] Le Coësre : titre donné au roi des mendiants, le roi de la Cour des Miracles.

Je suis un membre du Conseil, au même titre que l'homme au rubis… Celui qui se fait appeler R^2, qui a enlevé ma fille unique, l'a prostituée en me faisant croire qu'il ne lui arriverait rien si je coopérais… Il est à la tête d'un trafic d'Êtres humains, de filles mineures qu'il enlève et vend… Cet homme est le diable en personne… Un manipulateur, un tueur… J'ai eu tort de lui faire confiance et je suis prêt à payer pour mon manque de discernement. Mais avant, je souhaite coopérer sans restriction aucune… précisa-t-il en la regardant bien en face pour lui montrer qu'il était absolument honnête.

Une brève hésitation, et elle se tourna vers Marta et Elena qui, à l'instant, libérèrent le prisonnier, lui passèrent un sac sur la tête pour le conduire jusqu'au rez-de-chaussée, dans un petit salon, le gardant toujours sous étroite surveillance armée.
Durant le bref interlude, les deux hommes de main avaient échangé de longs regards soulignés par des mimiques suggestives sans qu'elle les en empêche : si cela pouvait leur rendre un peu de sens commun…

À nouveau le calme vaguement écaillé par le bruit des chaînes d'un Nadaud très attentif, regard plus lucide et brillant que quelques minutes plus tôt. Son cerveau tournait à plein régime : bien sûr, il n'avait plus rien à « vendre » pour sauver sa peau et suivre ainsi le modèle du nouveau venu… Bien sûr, il n'appartenait pas à cette « confrérie » dont il ne savait que ce que la rumeur colportait dans la rue. Bien sûr que lui non plus n'avait jamais vu le visage de R^2 dont il ne connaissait pas l'identité. Bien sûr que les charges qui pesaient sur lui étaient lourdes… Mais il n'avait jamais été de ceux qui s'engagent dans une collaboration en aveugle et ce qu'il savait pourrait bien lui sauver la mise… Une évidence… La solution lui apparut, si clairement, qu'il en sourit : ce qu'il avait à lui proposer allait bien au-delà de quelques informations qu'il soupçonnait sans grande valeur… Il était au cœur du dispositif mis en place par R^2 et ça, c'était un atout considérable capable de lui sauver la peau ! Il devait bien l'avouer, si cette femme était bien l'Exécutrice de la Confrérie, il n'avait qu'une chance infime de rester en vie et il était bien décidé à la saisir…

— Moi aussi, je crois que je peux vous aider, se lança-t-il d'une voix un peu desséchée par le manque d'eau.
— Tu crois ? rebondit immédiatement Gwen en se tournant vers lui, ironique, sourcils froncés. Tu n'as rien à m'apprendre : tu m'as tout avoué…

Comme elle reportait son attention sur les deux autres, il s'exclama immédiatement :

— Attendez ! Je vous ai sans doute tout dit et vous savez que je ne connais pas l'identité de R^2 et que je n'ai jamais vu son visage, mais je suis son putain de bras droit... Je suis au centre du réseau qu'il a mis en place et ça, j'en suis certain, ça peut vous être utile pour le coincer, je me trompe ?

Du coup, elle le dévisagea pour s'assurer de son sérieux puis, le regard illisible, elle esquissa une légère moue.

— Possible, en effet... Réfléchissez à votre proposition : on viendra vous chercher dans une dizaine de minutes. Mais ne croyez pas une seconde pouvoir me berner...

Puis aux deux autres qui ne savaient plus quoi faire, franchement perdus dans le revirement des deux autres.

... Quant à vous, vous restez ici jusqu'au jugement. On se reverra ce jour-là...

Elle quitta la salle sans se presser, les laissant très vite dans l'obscurité. Installé dans un fauteuil style Art Déco dans un salon très début du 20e siècle, La Moucherie reprenait ses esprits, un verre de whisky à la main, les yeux perdus dans le foyer d'une cheminée monumentale éteinte. Personne pour le garder. Il était là de son propre gré, l'esprit empêtré dans ses contradictions, ses *a priori* issues de son éducation et son instinct de père. Gwen resta un instant sur le seuil de la pièce à l'observer puis entra et se plaça, bras croisés sur la poitrine, entre lui et l'âtre.

— Je vous écoute, lui lança-t-elle d'une voix neutre.

— Très bien... murmura-t-il en rassemblant ses idées et en se courbant, son verre en main en point de mire. Mon grand-père faisait partie de la résistance au sein du réseau de la Confrérie durant la Seconde Guerre mondiale. Il cachait des juifs, passait des armes, servait de boîte aux lettres...
Il possédait une grande ferme près de Charlieu, l'ancienne dépendance d'un château plus ancien à côté, je crois. Début 43, il a reçu l'ordre de réceptionner plusieurs caisses d'œuvres d'art dérobées à Mussolini par des activistes italiens, les Arditi, et de les cacher. Comme il était de mise à l'époque, il a prélevé un tableau en paiement et a caché le reste. Ce tableau, vous l'avez compris, c'est le « *Christ de douleur* » que nous avons conservé même si

nous aurions dû, en toute honnêteté, le restituer au musée auquel il avait été volé.
Les faits ? Cinq hommes sont arrivés une nuit de grand froid, le 6 février, avec cinq caisses. Ils sont restés deux jours à la ferme. Leur chef s'est ensuite rendu sur ordre à Lyon. Il a été trahi, arrêté et exécuté. Quant aux autres, deux sont morts dans le Vercors fin 43, un à Marseille en 44. Un seul s'en est sorti, un Italien qui faisait le lien entre les réseaux français et italiens dans le sud-est.
Après la guerre, la Confrérie a exigé la restitution des œuvres d'art, mais, malgré tous nos efforts, nous ne les avons jamais retrouvées. Mon grand-père, lui, est mort peu avant le retrait des Allemands de causes tout à fait naturelles : il buvait une gnole faite à base de sciure de bois… un vrai poison… C'est donc Père qui a cherché les caisses : nous avons démonté la ferme, sans succès. La Confrérie a diligenté une enquête, mais n'a pas eu plus de chance et les années ont passé. Il y a trois ans de cela, ma fille unique, Lyne-Anne, s'est entichée d'un gigolo, Claudio Ferreri : beau parleur mais sans le sou, il a séduit ma fille et ils sont partis ensemble alors que nous lui avions interdit de le voir… Quelques mois plus tard, nous recevions une demande de rançon : un million d'euros contre ma fille. Même pour nous, c'était une somme… Je lui ai donc donné le tableau… mais je n'ai jamais revu Lyne-Anne et nous pensions ne plus jamais recevoir de ses nouvelles. Il y a un mois, un homme se présentant comme l'un des membres du Conseil, a exigé que je lui remette le journal de mon grand-père en m'annonçant qu'il savait où se trouvait ma fille et qu'il s'engageait à la protéger en échange du cahier ou à la supprimer si je refusais de lui obéir… ce que j'ai fait, bien évidemment. Nous nous sommes rencontrés dans une boîte de nuit. Il était masqué, accompagné des deux canailles qui croupissent dans votre cave. Il a pris le carnet, m'a frappé et a quitté les lieux avec les deux affreux. C'est tout ce que je sais…

Voilà qui corroborait le récit de Natacha Chrin…

— Pourquoi ne pas nous avoir prévenus du chantage et de la trahison de l'un des membres du conseil ?
— Comment vous faire confiance alors que l'un des nôtres était impliqué ? Je n'ai pas voulu prendre de risque et j'ai décidé de me débrouiller seul… J'avais tellement peur de la perdre pour toujours…

— Je comprends. Je suppose que vous avez lu ce carnet ? Vous en avez peut-être même fait des copies ?
— Non… Je suis désolé, mais il ne contenait vraiment rien d'intéressant, je vous assure. Mon grand-père y listait ses achats et ses transactions, quelques faits familiaux… Vous voyez, ce genre de choses. Il y avait juste l'ordre de mission des cinq résistants caché dans la couverture en tissu, et un plan dessiné en marge du cahier.
— Une lettre cachée, un dessin ? En avez-vous une copie ?
— Oui pour la lettre… Une photo dans mon téléphone… Il est sur la table, fit-il en lui demandant la permission de reprendre son appareil.

Il se leva. Comme elle le suivait des yeux, peu amène, il leva les mains :
— Je vous promets de ne faire aucun geste inconsidéré… miaula-t-il d'une voix blanche tandis qu'elle portait ostensiblement la main à son arme. Je vous ai promis de coopérer et c'est ce que je fais… sans rien vous cacher…

Il regagna son siège, chercha d'un doigt fébrile le cliché et passa l'iPhone à son interlocutrice qui observa la photo avec une évidente surprise avant de se l'envoyer sur sa messagerie privée. Elle lui rendit le portable avec un sourire vague.
— Parlez-moi du plan…
— Il s'agit d'un tracé à main levée de la configuration d'un lieu avec un nom, « Malfarat », et un endroit signalé par une flèche. R^2 a exigé que je lui dessine un croquis du rez-de-chaussée du manoir rénové, ce que j'ai fait… J'y suis allé à l'invitation du nouveau propriétaire, juste après la fin des travaux de rénovation…
— D'accord… Le nom de Forggliano ne vous est pas inconnu, n'est-ce pas ?
— En effet… Tonio Forggliano était l'un des cinq résistants, le seul qui ait survécu à la guerre. Il a eu une fille qui a eu une fille, Nina… Une pauvre enfant qui vit dans la rue…
— Comment le savez-vous ?
— Très simple : mon père avait commencé à la rechercher et m'avait fait promettre de la retrouver en me disant qu'elle savait sans doute quelque chose au sujet des tableaux volés. Il y a quelques années, j'ai engagé un détective privé qui l'a localisée il y a six mois, environ. Mais considérant sa vie, je me suis dit que si elle avait su quelque chose, elle n'aurait pas vécu dans un pareil dénuement.

Je lui ai fait passer un peu d'argent par l'entremise de son « protecteur », un certain Amir je crois, et je m'étais promis de l'aider à aller à l'école lorsque Lyne-Anne a disparu. Je ne m'en suis plus préoccupé, de fait.

— Mais vous avez parlé de Nina à R^2, je me trompe ?

— Non… Je lui ai fait part des suppositions de mon père…

— Je vois… Pour votre info, Nina a été enlevée, droguée, tabassée… Elle est morte.

La Moucherie baissa les yeux, serra les mâchoires avant d'avaler une rasade d'alcool.

— Je n'ai jamais voulu cela… Je voulais simplement protéger ma fille… murmura-t-il, le corps ramassé comme si tout le poids du monde reposait sur ses épaules.

Puis il leva la tête, le regard noir :

… Si je peux faire quoi que ce soit pour que vous puissiez choper cette pourriture, je le ferai, croyez-le… Je suis prêt à tout pour réparer mes erreurs…

— Pourquoi passer sous silence vos liens avec Nadaud et Alban ? s'enquit-elle, front plissé.

— Avec Raoul… Il est dans le même sac que moi… Mais il se sentait acculé par la présence de la police et il est parti se mettre au vert à la demande expresse de R^2 : c'était ça ou il ne reverrait plus sa fille… Pas le choix. Je ne sais pas où ils sont partis, lui et son épouse… Je n'ai plus de nouvelles. Concernant Nadaud, je ne vois pas ce que vous voulez dire : je reçois des instructions téléphoniques de R^2 et je le rappelle sur le même numéro. Je ne connais aucun Nadaud, je vous le jure !

— Non ? Vous n'aviez jamais rencontré l'homme à votre droite dans la cave ?

— Non… C'est lui, Nadaud ? Je vous jure, sur ce que j'ai de plus précieux, que je ne l'avais jamais vu avant…

— Très bien, je vous laisse le bénéfice du doute, lui annonça-t-elle après une brève réflexion. On va vous ramener à votre véhicule. Vous pouvez rentrer chez vous. Si R^2 vous contacte, faites-le-moi savoir par SMS à ce numéro, poursuivit-elle en lui tendant une carte de visite sans nom ni adresse, mais un simple alignement de dix chiffres. Par ailleurs, motus sur cette entrevue… À la moindre incartade, je le saurai et le doute ne sera plus permis.

— D'accord, vous pouvez compter sur moi… Et pour ma fille ? Comment pourrait-elle surmonter ce qu'elle a vécu ?
— Lorsque vous l'aurez retrouvée, amenez-la à la clinique des Mésanges, à Annecy. Nos spécialistes la prendront en main pour lui permettre de se remettre dans les meilleures conditions. Je donne des instructions.
— Merci…

Elle acquiesça puis lui désigna la sortie où Marta et Elena l'y attendaient. Elles lui passèrent un sac sur la tête pour qu'il ne puisse repérer l'endroit, le guidèrent jusqu'au garage où il grimpa à l'arrière de l'utilitaire. St-Cyrq suivit le bonhomme du regard, réfléchit un instant, vérifia ses SMS, découvrit que Signac cherchait La Moucherie, sourit puis décida de retourner titiller Nadaud pour voir ce qu'il avait dans le ventre. Le personnage avait « un je ne sais quoi » de tordu qui lui déplaisait fortement. Les sous-sols, à nouveau, et les trois assis qui se mirent immédiatement sur leurs pieds. Elle ignora superbement les deux loufiats pour se planter devant sa cible, bras croisés, yeux trop froids pour le laisser indifférent. Il fit mine néanmoins d'être confiant en ses atouts et sourit, en fin de compte satisfait qu'elle soit revenue pour l'écouter : un bon point pour lui. L'autre ne lui avait sans doute rien appris d'intéressant et ne lui servait donc à rien. Mais lui était bien placé…
— Je vous écoute, lâcha Gwen, d'une voix tranchante. Qu'avez-vous à proposer ?
— Je constate que vous avez besoin de moi et de mes relations, ironisa Nadaud en tentant de paraître assuré. La Moucherie n'est qu'un pion dans le jeu de R^2… un pantin malléable à souhait…
— Pas vous ?
— Vous plaisantez ? Je suis dans le circuit depuis bien trop longtemps pour me laisser mener par le bout du nez ! Et je suis de ceux qui prennent toutes les assurances possibles lorsqu'ils se lancent dans une coopération sur une affaire de cette envergure !

Elle esquissa une moue dubitative sans cesser de le dévisager.
… Vous ne me croyez pas ? Pourtant, vous devriez ! J'ai, chez moi, en lieu sûr, la liste de nos transactions avec les dates et les montants… et même les papiers d'identité des filles… avec l'enregistrement de nos conversations. Mon assurance-vie, vous comprenez ? Pas folle, la guêpe ! R^2 est du genre pourri jusqu'à la moelle et comme je tiens à la vie…

— Vous êtes prudent, c'est bien… Et où planquez-vous toutes ces preuves ?

— Vous me croyez assez débile pour vous le dire sans contrepartie ? C'est une plaisanterie ! Je tiens autant à la vie qu'à la liberté, moi ! Si je vous donne tout ça, moi, je me retrouve à poil… Ça, pas question ! Il me faut des garanties solides, voyez…

— À quoi pensez-vous ? s'enquit Gwen, impassible.

— Ben… Du fric pour me tirer loin de tout ce bordel, de nouveaux papiers et la garantie que vous me foutrez une paix royale… Pas question de vivre en cavale pour le restant de mes jours avec un contrat de votre Confrérie au cul !

Le personnage, loin de l'image du généreux mécène à la tête d'une association de réinsertion, révélait là ses côtés les plus vils… Un escarpe de bas étage comme on l'aurait qualifié quelques décennies plus tôt.

— Bien sûr… Et vous exigez quelle somme ?

— Ben pour me tirer et vivre correctement les premiers temps, je dirais…

Il plissa le front en réfléchissant au problème : demander trop, ça ne passerait pas et trop peu, c'est lui qui y perdrait… La Confrérie était riche… du moins d'après la rumeur. Il se lança d'une voix assurée :

— 500 bâtons… C'est honnête, non ? Mes infos sont à la hauteur de ce que je demande, je vous assure !

— 500.000 euros… Fichtre ! Vous n'y allez pas avec le dos de la cuillère, cher Monsieur, ironisa-t-elle. Mais bon… Si elles me permettent de choper ma cible, pourquoi pas…

— Vous faites le bon choix ! lui assura le lascar, rassuré.

— Peut-être… Mais nous nous trouvons devant une pierre d'achoppement. Vous voulez sans doute que je vous donne ma parole ainsi que les papiers et l'argent *avant* de me révéler la cache de ces fameuses preuves ?

— Qu'est-ce que vous croyez ? Je suis pas né de la dernière… averse, hein ! Je vous donne le tout et vous me trucidez ensuite… Pas question… Vous me laissez partir avec ce que je demande et, une fois que je suis à l'abri, je vous donne l'emplacement où sont cachées toutes ces preuves… Le deal me semble honnête… couina le gus en se grattant le menton.

— Qu'est-ce qui me dit que ce listing et ces enregistrements existent ? Rien… Donc, soit vous me faites confiance, soit je vous laisse croupir ici jusqu'à votre jugement et je me débrouille autrement… Mieux… Je vous drogue à nouveau et vous me cracherez le morceau sans que j'aie à accomplir ma part du marché… Qu'est-ce que vous en dites ?

L'autre réfléchissait vite : elle était intéressée, il devait sauter sur l'occasion pour tenter de trouver un compromis. Et puis, elle avait raison, elle était en position de force. Pourtant…

— Non, je suis pas d'accord ! Vous me ramenez chez moi et on fait l'échange… Le fric et les papiers contre mon assurance-vie : donnant-donnant, vous voyez…

Elle l'observa avec une intensité qui le mit mal à l'aise, se donnant ainsi, en apparence, le temps de la réflexion.

— Va pour votre proposition. Je vois de réunir l'argent et de vous procurer les faux papiers.

— Top, chère Associée ! grinça le personnage avec un enthousiasme déplacé.

— N'allez pas trop vite en besogne… Je reviens vous chercher lorsque tout est prêt.

— Et s'il vous venait à l'idée de me doubler en fouillant ma maison, croyez-moi sur parole, vous en serez pour vos frais… grogna-t-il, très satisfait de lui. Jamais vous ne trouverez les dossiers sans moi !

Elle haussa les épaules en esquissant un mouvement de départ.

— Eh, attendez ! Maintenant qu'on s'est mis d'accord, vous pourriez peut-être me libérer, non ? J'ai besoin d'une bonne douche et de changer de frusques…

— On viendra vous chercher, lâcha Gwen d'un ton fort peu amène qui refroidit sensiblement son assurance.

— Eh ! Et nous, alors ? On n'a fait qu'obéir aux ordres ! On savait pas que R^2 était un ripou… lui fit remarquer le Guadeloupéen en tirant sur ses chaînes alors qu'elle tournait les talons.

— Et puis, nous aussi, on le connaît ! surenchérit Chris, le grand blond tout maigre. On peut vous aider à le choper !

— Pourquoi ferais-je confiance à des assassins ?

La voix mordante les prit de court. La lumière s'éteignit alors qu'elle quittait leur prison. À nouveau plongés dans le noir, ils se mirent à hurler à l'aide sans espoir.

LES PREUVES

Gwen remonta à l'air libre, passa côté cuisine et se prépara un repas rapide, préoccupée. Assise sur le tabouret haut accolé à la desserte, elle sortit son portable, vérifia que l'appel ne pourrait être localisé puis contacta Signac. Une sonnerie, deux puis le répondeur. Il ne prenait pas la communication.

Agacée soudain, elle ne lui laissa aucun message, mais décida néanmoins de lui écrire un SMS *: « Derniers tuyaux : Nadaud en cavale. Il aurait caché des preuves contre R² chez lui. Je monte à Paris pour une fouille dans les règles. Si vous avez quelque chose, dis-le-moi que je m'évite le trajet. »*

Aucune réponse. Inquiétant tout de même… Soit il savait d'une façon ou d'une autre quel rôle elle jouait et qu'elle détenait Nadaud, soit il était blessé, soit… Elle soupira en avalant une bouchée de pâtes. Elle avait le temps…

*

— Monsieur de La Moucherie ? lança Yvon en refusant un appel de St-Cyrq.

Pas le moment de répondre à ses questions alors que le maître des lieux montrait enfin le bout de son nez après une disparition qu'il avait qualifiée d'inquiétante quelques minutes plus tôt.

Le long personnage tiré à quatre épingles, même si ses vêtements froissés laissaient subodorer que les dernières heures n'avaient pas été de tout repos, leva les yeux en fermant la portière de sa Jaguar.

— Oui ? s'enquit-il en dévisageant l'armoire à glace en face de lui puis le dandy à ses côtés.

— Commissaire Signac, FSE, et Capitaine Cavaignac de la gendarmerie de Charlieu. Nous étions inquiets, votre épouse et votre intendante ne sachant pas où vous trouver… Votre portable éteint…
— J'avais envie d'être tranquille pour préparer le retour de ma fille, lâcha-t-il d'une voix sèche. Que puis-je pour vous ? poursuivit-il en passant de l'un à l'autre. Est-ce répréhensible ?
— Non… Bien sûr que non… Nadaud… Est-ce que ce nom vous dit quelque chose ?
— Non… C'est qui ? mentit-il avec aplomb.
— Non ? s'étonna Yvon. Pourtant vous l'avez appelé un certain nombre de fois, et lui également…

À l'appui de ses assertions, il lui passa le listing des relevés téléphoniques. Le sexagénaire le consulta et esquissa une moue de dégoût :
— On m'a contacté via ce numéro, il y a quelques semaines pour me faire chanter… Il disait détenir ma fille et affirmait me la rendre si je lui fournissais certaines informations concernant les activités de mon grand-père durant la dernière guerre. J'ai fait tout ce qu'il me demandait… Mais il me mentait parce que Lyne-Anne n'est toujours pas revenue même si la nouvelle est tombée que vous l'auriez retrouvée au Venezuela…
— En effet. Mes collègues sont partis la chercher.
— Nadaud ne s'est jamais présenté ? demanda Cavaignac, intrigué.
— Non… Mais il savait tout des circonstances de la disparition de ma fille, le nom de son copain, les dates… Pour moi, c'est bien lui le ravisseur, pas de doutes.
— Quelles informations voulait-il obtenir ?
— Il voulait le journal de mon grand-père… que je lui ai donné.
— Donc, vous l'avez rencontré ? lui demanda Signac, peu convaincu.
— J'ai rencontré un homme masqué affublé de deux coquins violents. Vous dire s'il s'agissait de votre Nadaud ou pas, impossible. Il était un peu moins grand que moi, genre brute épaisse. Ses hommes de main l'appelaient avec déférence « Monsieur » et il semblait avoir de l'argent vu le bijou qu'il portait au majeur de la main droite… Une chevalière montée d'un superbe rubis. Cela répond-il à vos interrogations, Messieurs ?

Les deux policiers échangèrent un regard puis, ne voyant plus de question à poser, acquiescèrent de concert.

— S'il vous arrivait d'être à nouveau contacté par cet homme ou même par Raoul Alban, nous souhaiterions que vous nous en fassiez part… Nadaud est un homme dangereux, vous en êtes conscient, n'est-ce pas ?
— Bien sûr, approuva le bonhomme à l'évidence pressé de rentrer. Je ne vous raccompagne pas. Bonne journée, Messieurs…

Et il s'esquiva sans attendre. Plutôt surpris, Cavaignac et Signac remontèrent en voiture, mais attendirent quelques minutes avant de démarrer.

— Vous en pensez quoi ? demanda Cavaignac en se passant les doigts dans les cheveux. Il a eu l'air de nous dire la vérité, mais cette façon de nous congédier…
— Sa femme et lui sont sur les dents… Ça veut peut-être rien dire, ou alors…
— Ou alors ?
— Ou alors il connaît Nadaud ou, tout au moins, le mec à la chevalière qu'il dit avoir rencontré…
— Je suis d'accord avec vous. On demande une surveillance ?
— Dans la mesure où mes collègues ramènent leur fille, je ne crois pas que ce soit utile…

Un appel de la brigade. Cavaignac décrocha, écouta attentivement, sourcils froncés, avant d'interrompre la conversation après un « tenez-moi au courant » directif.

— Je peux savoir ce qui se passe ? s'enquit Yvon, soudain inquiet.
— Le manoir de Malfarat a été vandalisé en pleine journée. Le proprio était à Lyon à une vente aux enchères de meubles.
— Non ?! Des blessés ?
— Non, le bâtiment était vide. Mais les dégâts sont extrêmement importants : ils ont même arraché la couverture en bois des murs… Un truc de ouf…
— Des témoins ? On sait qui a fait le coup ?
— Non… Mais les TIC ont été appelés. Ça m'étonnerait qu'on trouve quelque chose : sauf si on a affaire à des gamins, ils auront mis des gants. Le plus curieux, c'est que selon le proprio, ils n'ont rien pris… Une histoire de fou, je vous dis !

Du coup, il regarda son portable et fronça les sourcils en lisant le SMS : elle n'était pas au courant, sûrement sur la route de Paris. Il composa son numéro et attendit avec impatience qu'elle décroche... De fait, c'est ce qu'elle fit au bout de quatre sonneries. En fond, un vague brouhaha.

— *Oui ?*

— Tu es où, là ?

— *Je prends un café sur une aire d'autoroute. Pourquoi ?*

— Donc tu es en route pour Paris ?

— *Puisque tu n'as pas daigné répondre, j'ai eu envie d'aller jeter un œil à l'appart de Nadaud...*

— Tu y seras dans combien de temps ?

— *Avec mon bolide ? Dans un peu plus d'une heure. Tu y seras ou bien...*

— Je t'y rejoins avec Cavaignac. Tu sais que le manoir de Malfarat a été vandalisé ?

Un silence marqua la surprise de la jeune femme avant qu'elle reprenne, à l'évidence agacée de ne pas avoir été sur place.

— *Tu veux que j'y retourne ?* s'enquit-elle d'une voix froide.

— Ça ne servirait pas à grand-chose. La scientifique est sur place.

La tonalité. Elle avait raccroché. Elle semblait être d'une humeur massacrante. Voilà qui promettait des heures désagréables...

— Vous téléphoniez à qui ? À Gaillard ?

— Oui, nous faisons équipe sur le coup, fit Yvon sans lui révéler qu'Alexandra Gaillard, soi-disant détective privée, était en fait son ancienne équipière, légiste bien connue dans le milieu, à la fois pour ses frasques et pour son expertise.

Mais puisque Sheridan ne l'avait pas fait renaître de ses cendres...

— Elle va chez Nadaud : il semblerait qu'il ait planqué des preuves quelque part chez lui...

— On a tout démonté, lui fit remarquer le gendarme en mettant le clignotant.

— Ça vaut le coup de refaire un passage avec elle, à mon avis : elle a l'œil pour trouver les caches les plus improbables. Ce serait bête de passer à côté...

— C'est clair, confirma Cavaignac pensif.

Eux aussi n'étaient qu'à une petite heure du 16e arrondissement : ils arriveraient quasi en même temps... Du coup, il força l'allure en mettant le gyrophare : pas question de se faire damer le pion par une simple détective privée, si douée soit-elle, d'ailleurs.

★

Rue Ranelagh... Devant l'hôtel particulier, une Alpine dernier modèle. Les deux amateurs de belles voitures se garèrent un peu plus loin, sur une place pour handicapé en abaissant le pare-soleil pour signaler leur appartenance aux forces de l'ordre puis revinrent vers la sportive, admiratifs... et envieux, il faut bien l'avouer. Et dire qu'il y avait des mecs pour se payer ce genre de bolide... Puis ils passèrent le portillon en fer forgé, remontèrent la courte allée pour constater que les scellés étaient brisés : ils avaient été devancés.

La main sur la crosse de leur arme à tout hasard, ils passèrent dans le salon et découvrirent Gwen, assise confortablement sur une chaise, en train de scruter le décor. Elle détourna à peine les yeux à leur arrivée puis retourna à ses observations. La pièce avait été fouillée sans ménagement par les policiers, mais avec professionnalisme.

— Une idée de l'endroit où les preuves peuvent être ? Tu sais qu'on a tout retourné, hein ? On a même trouvé le coffre, mais à part un peu de fric et quelques bijoux, on n'a rien vu de particulier...

Elle haussa les épaules, décidément pas à prendre avec des pincettes...

— Mais vous êtes certaine que ces preuves existent et qu'elles sont ici ? intervint Cavaignac peu convaincu.
— A priori...
— Tu sais ce qu'on cherche ? Sous quelle forme ? Papier, CD, clé USB ?
— Pas plus...
— Je monte, annonça le gendarme. Le gus a décidément des goûts spéciaux en art... murmura-t-il en esquissant une grimace de désapprobation.

De fait, tout le salon était décoré avec des œuvres très contemporaines, des collages, des mobiles en bois ou en aluminium, des enchevêtrements de bois flotté ou des structures en toile. Le tout sur fond blanc, rendant l'ensemble plus éclectique et plus froid encore.

Enfin seuls. Yvon fit mine de chercher également, mais finit par revenir sur ses pas pour s'asseoir à côté d'elle.

— Tu es fâchée ? Quelque chose ne va pas ? s'enquit-il en la dévisageant, vaguement inquiet.

Elle plissa le front et se leva pour s'approcher d'une sorte de tableau fait d'un collage de morceaux de bois, de pierres et de jute, dans une composition dans les tons de jaune et de marron fade.

— Tu aimes ce genre de trucs ? C'est franchement moche…

— Moche peut-être, mais cher… c'est un Kurt Schwitters… Enfin, une copie…

Elle détaillait l'œuvre, sourcils froncés, puis passa la main sur les éléments assemblés.

— Quoi ? Pourquoi tu la détruis ?

Elle sourit, retira l'un d'eux en forme de galet et l'observa avant de le lui tendre :

— Voilà ce que nous cherchons… Une clé USB…

Il prit le petit disque dur externe avec une évidente surprise :

— Comment tu as su ?

— J'ai déjà vu cette œuvre chez mon ami Hugues Soral… La vraie… Il était fan de cet artiste…

— Je vois… Au fait, j'ai appris pour le décès de ton ami… Je suis désolé…

— Tu n'y peux rien, murmura-t-elle en se dirigeant vers le hall d'entrée.

— Attends ! Tu vas où, là ?

— Je rentre. Je te laisse visionner les fichiers avec l'équipe de la FSE.

— Ah bon ! Et tu vas me dire que t'as pas envie de savoir quelles preuves il y a sur cette clé ?

— Tu me le diras, non ?

— Bien sûr, mais pourquoi tu viendrais pas avec moi ? Mortimer sait que tu es en vie et les autres sont au Venezuela… Qu'est-ce que tu risques ?

— Qu'est-ce que je ferai de plus ? À mon avis, R^2 est à la recherche active des tableaux. Tout va se passer à Charlieu maintenant. Il faut démasquer R^2 au plus vite…

— Je suis d'accord, mais ce qu'il y a sur cette clé peut certainement nous y aider. Tu vas partir à l'aveugle pour quoi faire ? On visionne tout ça et on y retourne ! En partant seule, tu vas lui servir de cible !
— Au moins, il sortira de son trou…

Il serra les dents, mécontent :
— Ce que tu peux m'énerver quand tu fais ça ! s'exclama-t-il alors que Cavaignac redescendait, forcément bredouille. On rentre avec toi : tu as bien une tablette, non ? Et puis on aura tout le matos nécessaire à la gendarmerie…
— Le matos ? s'étonna le gendarme en les regardant l'un et l'autre à tour de rôle. Pour quoi faire ? Vous avez trouvé quelque chose ?
— Une clé USB cachée dans ce montage, lui expliqua le policier en lui désignant le tableau au mur.
— Vous avez l'œil, dites donc ! On a enfin une piste ! Pas trop tôt !
— Espérons-le… Ta voiture est où ? demanda-t-il à sa compagne, encore agacé par cette propension qu'elle avait de prendre en permanence en solo des risques inconsidérés.
— Juste devant. Et la vôtre ?
— Un peu plus haut dans la rue…

Ils n'avaient plus rien à faire là. Yvon posa de nouveaux scellés puis, une fois dans la rue, observa les véhicules. Elle s'approcha de l'Alpine, passa ses doigts sous la poignée, déverrouillant ainsi les portières.
— Ne me dis pas que c'est ta bagnole ! s'extasia Yvon en approchant de la carrosserie et en la caressant du regard.
— Ben si…
— Où tu l'as eu ?
— Le prêt d'un copain, lui mentit-elle en souriant d'une façon qui le mit plus en rogne encore.

Mais la présence du gendarme fit taire la remarque mordante de jalousie qu'il s'apprêtait à lui balancer. Le portable de Gwen émit son jingle caractéristique. Sans encore entrer dans l'habitacle, elle accepta la communication après un rapide coup d'œil au numéro.
— Oui ? Tu as quelque chose pour moi ? lança-t-elle en regardant son équipier sans vraiment le voir.

Elle écouta attentivement son interlocuteur, fronça à deux ou trois reprises ses sourcils puis le remercia et rempocha le portable.

— Alors ? Du nouveau ?

Après un court silence encore étonné, voire peut-être perplexe, elle expliqua la situation aux deux policiers.

— Je sais à qui appartient la chevalière au rubis… leur apprit-elle sans cet enthousiasme qui aurait dû exploser à l'annonce d'une nouvelle pareille.
— Hein ! Mais c'est génial ! Tu sais où il crèche ?
— Oui, mais ce ne peut pas être notre homme… Georges Robard a 97 ans et même s'il n'est pas sénile, il se déplace en fauteuil roulant…
— Vous le connaissez ? demanda Cavaignac intrigué par cette familiarité. Comment c'est possible ?
— Je ne le connais pas, non, mentit-elle l'esprit ailleurs.
— Et comment vous avez réussi le tour de force de repérer aussi vite le gus à la chevalière ? J'ai du mal à comprendre ! fit le gendarme soupçonneux.
— J'ai des indics au top… Les privilèges de ne pas être un « vrai » flic, se moqua-t-elle en soupirant. Du coup, je passe le voir et on se retrouve à la gendarmerie ?
— Je viens avec toi ! s'exclama immédiatement Yvon.

Elle lui jeta un regard qui lui disait justement qu'il ne pouvait pas l'accompagner, et il comprit que le bonhomme avait un lien avec la Confrérie et ne parlerait, s'il avait quelque chose à dire évidemment, que si elle y allait seule.

— Tu penses en avoir pour longtemps ? se ravisa-t-il sans que le dandy barbu n'en comprenne la raison : il y avait entre eux comme un secret, et cette absence de transparence l'énervait.
— Non… je pense même arriver à la gendarmerie avant vous si tout va bien…

Elle lui sourit et monta en voiture sans s'attarder. Le moteur de 300 CV rugit et l'élégant coupé s'engagea dans la rue sous les regards envieux.

★

Le retour à Charlieu fut quelque peu tendu entre les deux compères, le gendarme cherchant par tous les moyens à comprendre ce que Signac et la détective s'évertuaient à lui cacher tandis qu'Yvon éludait les questions, tournait autour du pot et jouait avec les silences pour calmer sa curiosité légitime. Pas question, bien entendu, de lui parler de la Confrérie, ou de Gwen, et encore moins de leur lien très particulier.

Une bonne heure plus tard, ils discutaient enfin d'autre chose, de l'affaire et surtout du manoir vandalisé. Les hypothèses allaient bon train, mais quelque part Signac savait que le morceau de plan retrouvé par Chrin donnait une réponse plus que probable à toutes leurs interrogations. Tous deux n'avaient qu'une hâte : découvrir ce que cachait la clé USB.

Charlieu, enfin… Harassés par les dernières heures, ils pénétrèrent dans la gendarmerie, commandèrent des pizzas et l'informaticienne de la brigade à pied d'œuvre devant un portable, Yvon inséra le disque dur externe dans le port dédié, le cœur battant.

— Gaffe qu'il n'y ait pas un virus pour tout effacer en cas de fausse manip ! lança-t-il, anxieux à l'idée de perdre de si précieuses informations.
— Ne vous inquiétez pas, murmura la gendarme, une rouquine joviale aux longs doigts terminés par des ongles rongés courant sur les touches du clavier rétroéclairé. Je lance d'abord un logiciel de mon cru… avant d'ouvrir le port…

Derrière elle, tous ses collègues rassemblés, curieux et inquiets, Yvon à sa droite et Cavaignac à sa gauche… Pas un bruit à part le claquement des touches : tous retenaient leur souffle en croisant les doigts mentalement. Au moindre faux pas…

— Voilà, on y est, souffla-t-elle en se dégourdissant les jointures. Go…

La flèche de la souris se posa sur l'accès externe… Un clic…

— Euh… Il faut un mot de passe… Vous avez une idée ? s'enquit-elle en levant les yeux vers Cavaignac puis Signac.

Du coup, Yvon sortit son portable, ouvrit le dossier de Nadaud et le feuilleta tandis que les propositions fusaient : date de naissance, nom de sa mère, de son père…

— Il n'a pas de gosse, intervint le policier, sourcils froncés. Pas de femme non plus. Aucune trace féminine chez lui, il me semble… Il est né le 7 février 53 à Issy-les-Moulineaux. Mais ce serait trop facile… Il s'est barré de chez lui à l'âge de 16 ans, donc je présume qu'il ne porte pas ses parents dans son cœur… Deux frères… en tôle, et une sœur… Élodie… J'ai rien à son sujet…

— Son asso d'insertion s'appelle comment ? demanda un major derrière lui.

— L'Association d'Aide pour les Jeunes en Détresse, l'A.A.J.D... On peut tenter…

Quatre cliquetis.

— Non… C'est pas ça…

— Pourquoi pas le nom de l'artiste du tableau dans lequel il a caché la clé ? C'est comment, déjà ? Schwitters…

— Non… fit la rouquine. Je vais l'associer à sa date de naissance…

Elle tapait frénétiquement sur le clavier, très concentrée mais vite déçue.

— Pas une autre idée ?

— Tu n'as pas un logiciel pour casser les mots de passe ou les contourner, Karine ? s'enquit Cavaignac en se peignant la moustache avec ses doigts.

— Si, mais ça risque de prendre du temps… peut-être toute la nuit…

— Oui, ben on va faire ça… Je rentre chez moi pour faire un brin de toilette. Commissaire ?

— Je reste ici… De toute façon, le manoir n'est plus très « habitable » pour l'instant…

Son esprit tourné vers son équipière dont le retard l'inquiétait, il prit une part de pizza et s'installa aux côtés de la rousse qui cherchait encore un moyen d'accélérer les choses.

ÉTRANGE ENTREVUE

La Bourgogne… Plus exactement Ciry-le-Noble… L'une de ces fermes cossues, plus petits châteaux que fermes-étables avec tourelles, tuiles vernissées, hauts murs et accès monumental. Passé le grand portail, une belle allée arborée et fleurie puis un passage dans les murs « fortifiés » et une vaste cour dallée en pierre. De grands pots en bois portaient des orangers et des citronniers. Des jarres arboraient des bouquets de géraniums et de bégonias…
Un homme d'un âge certain en livrée, très grand siècle, apparut immédiatement sur le perron de ce qui devait être l'entrée et s'avança tandis qu'elle quittait la sportive.

— Madame ? lança le personnage avec une certaine emphase.
— Je suis attendue… lui répondit-elle sans impatience alors que le majordome ou le valet de pied, difficile à dire, cherchait à l'identifier.

Soudain, il accrocha la main droite féminine portant une pochette en cuir gris, ouvrit grand les yeux et se fendit en deux instantanément comme s'il avait reçu un uppercut au creux de l'estomac.

— Madame… C'est un honneur… Ces messieurs sont dans le patio…

Elle leva un sourcil intrigué, n'ayant rendez-vous qu'avec Georges Robard, le propriétaire des lieux, mais ne répliqua pas et emboîta le pas à l'étrange personnage sec et tout fripé, aux rares cheveux blancs coupés très courts, et aux mains légèrement tremblantes, les prémices de Parkinson, peut-être. Un peu voûté, il marchait lentement même si elle sentait qu'il pressait le pas. Une grande salle à manger au sol carrelé à l'ancienne de noir et de blanc. Deux grands divans noirs usés, trois fauteuils crapauds d'un beige un peu passé, un grand buffet massif supportant soupières en faïence et candélabres en étain, quelques tableaux sans intérêt aux murs, une odeur très particulière faite d'un mix d'urine et de teinture d'iode… L'ambiance était plantée. Elle en avait vu d'autres et ne parut en aucun cas déstabilisée, marchant sans se presser derrière son guide mutique à présent. Ils traversèrent la pièce pour pénétrer dans une sorte de jardin d'hiver. Si la température extérieure était chaude pour la saison, à l'intérieur de ce qui s'avérait être une serre, la chaleur humide la prit littéralement à la gorge. Une fournaise…

Deux marches affublées d'une rampe pour handicapé, puis un salon de jardin en rotin installé à côté d'une fontaine dont les jets projetaient en clapotements irréguliers une eau un peu verte. Là, dans un fauteuil roulant, le nonagénaire somnolent vêtu d'un costume usé au col, charentaises aux pieds, mal rasé, nez et oreilles poilus, petits yeux perdus dans de lourdes poches d'une peau parcheminée un peu jaune. À ses côtés, devant un ordinateur posé sur la table, un quadragénaire de taille moyenne en survêtement noir, glabre, mine patibulaire renforcée par la chevelure coupée en brosse et un regard gris inquisiteur se redressa immédiatement, peu amène :

— Qu'est-ce que c'est ? demanda-t-il de la voix forte et ferme de celui qui mène la maison à la baguette.

— Madame vient voir Monsieur, Monsieur… couina le vieillard en se courbant légèrement avec déférence.

Du coup, l'inconnu dévisagea l'indésirable avec une moue et daigna se lever de sa chaise.

— Comme vous pouvez le constater, mon oncle se repose : il est très fatigué, très diminué… Il n'est pas en état de recevoir de visite… Vous auriez dû téléphoner avant de venir ! Cela vous aurait évité une route inutile, Madame ?...

— J'ai pourtant demandé que vous soyez prévenus, fit Gwen en ouvrant la bouche pour la première fois et en omettant sciemment de se présenter. Je connais Georges depuis très longtemps, voyez-vous, poursuivit-elle en découvrant que le vieil homme n'arborait plus sa chevalière. On m'a affirmé qu'il se portait comme un charme, d'où mon envie de le saluer en passant près d'ici…

Elle semblait contrariée, voire inquiète pour l'état de santé de celui qu'elle présentait comme un ami de longue date.

… Que disent les médecins ? reprit-elle après un court silence d'observation du grabataire.

— L'usure de l'âge, répliqua instantanément, sans le moindre trémolo, le soi-disant neveu. Je vais devoir le ramener dans sa chambre… Je ne vous mets pas à la porte, n'est-ce pas ?

Joignant le geste à la parole, le goujat se leva. Elle acquiesça, la mine embarrassée, penaude.

— Bien sûr, je comprends... Je vous laisse... Puis-je repasser dans quelques jours ? lui demanda-t-elle, sans le moindre espoir dans la voix.
— Mieux vaut appeler avant ! grinça le bonhomme en débloquant les freins du fauteuil.
— Bien sûr... Vraiment désolée de vous avoir dérangé... Bonne journée, monsieur ?
— Bonne soirée ! gronda le mal embouché. Je ne vous raccompagne pas... Joseph ! hurla-t-il vers la salle de réception. Il est où, encore, ce vieux débris !

Le serviteur apparut dans l'encoignure et salua légèrement en chevrotant quelques mots d'excuses empressées. Sans un mot de plus, elle tourna le dos à l'individu décidément louche et quitta le patio sans se retourner, immédiatement rejointe par le vieux majordome qui la suivit de son mieux en clopinant. Dès qu'ils furent hors de vue, ils échangèrent un regard et il lui glissa subrepticement un papier avant de la laisser sur le perron. Elle lui sourit avec bienveillance et descendait les marches lorsqu'une autre voiture de sport, une Porsche GT4 noir flambant neuf passa le porche sur les chapeaux de roue et s'arrêta en faisant crisser les pneus.

Le sourire appréciateur, elle considéra des pieds à la tête le nouveau venu qui sortait rapidement de son bolide, intrigué de cette présence inattendue comme de son véhicule. Un salut muet des deux côtés et elle prit place sans s'attarder dans le siège baquet, fit vrombir le moteur et quitta les lieux sans demander son reste. Lorsqu'elle fut sûre de ne pas être suivie, elle ralentit, lut le court message du majordome, rechercha un contact dans son journal d'appel et lança la communication. Elle donna ses ordres avec précision : la Confrérie était-elle encore à la hauteur ? Elle commençait à croire que quelque chose de pourri la gangrénait et comprenait à présent pourquoi on l'avait propulsée à ce nouveau poste. Comment allait-elle gérer la suite avec Signac sur le dos ?

En pensant à lui, elle sourit vaguement puis soupira et se concentra sur la conduite. Elle avait hâte de le retrouver, de voir s'ils avaient réussi à ouvrir les fichiers contenus dans la clé et de chercher l'identité des deux affreux qui séquestraient Georges Robard.

DE FIL EN AIGUILLE…

Gwen St-Cyrq quittait son véhicule sur le parking de la gendarmerie de Charlieu lorsque son portable retentit enfin. Elle vérifia le numéro inscrit avant d'accepter la communication.

— Oui ? lâcha-t-elle, les yeux rivés sur le personnage qui venait à sa rencontre : Yvon… qui devait être à l'affût et s'était précipité en entendant le moteur de l'Alpine.

Il s'arrêta juste devant elle et plissa le front en constatant qu'elle était au téléphone : il faut dire que la nuit était tombée et que, pour la première fois depuis leur séjour dans la région, le ciel était plombé de lourds nuages noirs qui oblitéraient la lumière de la Lune. Les lampadaires n'étaient pas encore éclairés, laissant à l'obscurité la part belle.

Mais de ce qu'il voyait, elle était à la fois très inquiète et furieuse.

… Que disent les médecins ? demanda-t-elle d'une voix fermée.

— …

— Les pourritures ! gronda-t-elle en serrant les poings. Il a une chance de s'en sortir ?

— …

— Très bien… Faites le nécessaire. Et pour les deux ordures ?

— …

— Un seul ? Celui en survêt ?... Et l'autre ?

Elle poussa un juron étouffé en entendant la réponse.

— Très bien… Retrouvez-le…

Elle interrompit la communication et dévisagea son équipier qui, comprenant qu'elle avait besoin de quelques secondes pour digérer ce qu'elle venait d'apprendre, attendait qu'elle le mette au courant.

— On rentre ? s'enquit-elle d'une voix fermée. Il commence à pleuvoir…

De fait, la pluie s'enhardissait et ils durent courir pour se mettre à l'abri de l'averse violente et soudaine qui les trempa en quelques secondes.

Ils déboulèrent dans le hall. Elle s'essora, plus énervée encore, ce qui déclencha l'hilarité de son compagnon autour duquel une mare d'eau s'élargissait rapidement. Surprise, elle leva la tête, le dévisagea et se mit à rire à son tour.

— Quelle sale journée ! finit-elle par lâcher en s'essuyant le visage d'un revers de main. Pourquoi tu te moques ?
— Viens, il y a des serviettes dans les toilettes... fit-il entre deux hoquets.

Dix minutes plus tard, à peine plus secs, ils se retrouvaient dans le vestibule.

— Ils sont tous partis, lui annonça-t-il en esquissant un sourire. J'assure la permanence jusqu'à 23h. Il reste de la pizza, si ça te dit ?
— Je veux bien, je n'ai rien mangé de la journée, lui avoua-t-elle en soupirant. Vous avez réussi à lire la clé ?
— Pas encore. Un logiciel tente de contourner le mot de passe. Alors et toi, raconte... l'invita-t-il tout en la conduisant jusqu'à la salle commune rassemblant plusieurs postes de travail.

Impossible de lui raconter la vérité, l'intervention de deux groupes de la confrérie, et les échanges de coups de feu. Comme il était convenu avec eux, elle prit tout sur ses épaules quitte à se faire taper sur les doigts. Un peu plus ou un peu moins...

Elle s'assit négligemment sur le coin du bureau qui avait été attribué au policier, prit une part de pizza, croqua dans la pâte en fermant les yeux de plaisir et commença son récit, le regard fermé.

— Georges Robard est un vieillard, mais il est réputé pour avoir gardé un esprit aiguisé... Il vit dans une belle ferme bourguignonne... C'est lui le porteur de la chevalière au rubis...
— Pourquoi pas un autre gus adepte des bagues et des pierres précieuses ? s'enquit Signac, intrigué.
— Parce que... il semblerait que certains des nouveaux membres du grand conseil de la Confrérie soient impliqués dans l'affaire, notamment La Moucherie qui en fait partie... Chacun porte une chevalière de facture différente surmontée d'une pierre différente... Et c'est lui qui a reconnu la bague...

— Mais pourquoi n'a-t-il pas reconnu son porteur ? Même masqué, un vieillard est reconnaissable, non ?

— Les membres du conseil ne se connaissent pas… Ils siègent masqués et encapuchonnés, gantés, ne parlent pas… la garantie de leur tranquillité et, surtout, d'une parfaite impartialité lorsqu'ils doivent traiter des affaires complexes voire délicates…

— Ah bon ? Mais comment tu as fait pour le démasquer ?

— Mon rôle me donne accès à ce genre d'info… enfin moyennant un certain protocole… d'où le délai d'obtention de son nom…

— Je vois…

— Lorsque je suis arrivée, j'ai découvert un petit vieux amorphe dans son fauteuil roulant, au teint suspect, surveillé par un gus à la mine patibulaire, extrêmement désagréable, armé de surcroît, qui s'est présenté comme son neveu alors que Robard n'a plus aucune famille, et qui m'a mise à la porte illico. Le vieux serviteur qui m'a raccompagnée m'a glissé un morceau de Kleenex avant de me quitter sur le seuil…

Elle lui tendit un mouchoir en papier avec un S.O.S. inscrit au feutre d'une main tremblante. Le policier leva un sourcil, surpris.

— Ne me dis pas que tu y es retournée seule ! grogna-t-il en la dévisageant.

— Ben, pas tout de suite, en fait, parce qu'un autre type s'est pointé, genre « m'as-tu vu » en Porsche GT4. Le truc, c'est que, non seulement il était armé, non seulement il matchait avec la description vague faite par Chrin, mais cerise sur le gâteau, il portait la fameuse chevalière…

— Et donc ? couina Signac, inquiet.

— Je l'ai salué avec le plus de naturel possible et je suis partie. Je me suis garée un peu plus loin, et je suis revenue sur mes pas…

— Mais t'es pas possible ! s'insurgea le policier en vérifiant, sans en avoir l'air, qu'elle n'était pas blessée. Tu pouvais pas appeler les renforts, non ?

— Pour qu'ils s'en prennent aux deux petits vieux ? Tu plaisantes ? Lorsque je suis entrée, les deux affreux se disputaient… enfin, disons plutôt que ça hurlait : l'un voulait se débarrasser de leurs otages, l'autre voulait attendre. Le serviteur semblait terrifié. Je lui ai dit d'aller se mettre à l'abri dans la cuisine et j'entrais dans la grande salle lorsqu'il y a eu un coup de feu. Je me suis précipitée : le faux neveu se tenait le bras en sang. Mais dès qu'ils m'ont vue, ils ont tiré sur moi... J'ai répliqué. Le mec à la Porsche s'est carapaté sans demander son reste. Je n'ai eu aucun mal à désarmer l'autre... Robard était allongé sur le sol, le fauteuil sur lui... Je me suis portée à son secours... Il était vraiment mal en point, le pauvre. Le temps de l'allonger correctement et d'appeler les secours, lorsque je suis retournée vers l'autre blessé, il avait disparu. La poisse... C'est alors que j'ai entendu une voiture... Du coup, j'ai laissé Robard avec son serviteur et je me suis lancée à ses trousses... Mais je l'ai perdu aux abords de Chalon... la mauvaise heure dans ce coin... Quand tu es arrivé, on m'annonçait que Robard avait peu de chance de s'en sortir. Le soi-disant neveu s'appelle en fait Laurent Matecchi... une petite frappe condamnée pour coups et blessures, mais libérée pour vice de procédure. L'autre est inconnu au bataillon... Je pensais effectuer une recherche sur nos bases de données... Enfin, si tu es d'accord...

— Et pourquoi je ne le serais pas ? remarqua Signac, étonné. On bosse ensemble, non ? Enfin, quand tu te mets pas à faire cavalier seul, hein...

Elle haussa les épaules, mais reprit une part de pizza, véritablement affamée, tandis que le policier allait à la fontaine à eau pour leur remplir deux verres.

... Tu as le numéro de plaque de la Porsche ?

— HF-791-TA immatriculée a priori dans les Yvelines. Mais tu sais tout comme moi que ça ne veut rien dire et que le numéro a de grandes chances d'être faux...

— Qui ne risque rien... Tu te mets au portrait-robot ?

— Je vais chercher ma tablette, acquiesça-t-elle en se laissant glisser à terre.

Le jingle du portable de Gwen. Elle le sortit de sa poche, plissa le front en découvrant le numéro affiché, et accepta la communication ; le regard illisible, elle écouta le message de son interlocuteur qui ne dura que quelques secondes, se mordilla l'intérieur de la joue puis, en observant pensivement son équipier, elle lâcha un « d'accord » las avant de raccrocher.

— Georges Robard est mort, murmura-t-elle, soudain fatiguée. Peut-être que si j'étais intervenue plus tôt...

— Arrête ! Ne dis pas n'importe quoi, Gwen ! Tu te serais fait tuer pour rien, voyons !

— Ou peut-être pas, remarqua-t-elle d'une voix froide. J'ai pris une mauvaise décision, tout à l'heure... J'aurais dû trouver une solution...

Pour la faire taire, il posa un index sur ses lèvres, les caressa puis se rapprocha et l'embrassa avec délicatesse puis amour.

— Tu te trompes, murmura-t-il en faisant glisser le baiser dans le cou encore humide. Il t'aurait blessée, ou pire... Et pour quel résultat, dis-moi ?

Elle soupira, l'embrassa puis s'éloigna d'un pas.

— Le résultat ? Robard serait peut-être encore en vie... Comme tu le disais avec finalement une grande justesse, je ne suis qu'une...

Il lui posa une main sur la bouche et plongea ses yeux sombres dans ceux très clairs de sa compagne :

— Non... C'est faux...

Elle s'esquiva en effleurant la main dans un geste éminemment tendre :

— Mouais... Je vais aller chercher ma tablette... Je reviens...

Elle sortit en courant sous des trombes d'eau, le regard pensif du policier accroché à elle. Il s'approcha de la machine à café, chercha dans les poches sa visa... Trois coups de feu... Il dégaina comme un fou et s'élançait lorsqu'une déflagration fit exploser les vitres de la porte d'entrée de la gendarmerie, le projetant violemment conte le mur.

Un voile rouge s'abattit sur ses yeux et il perdit connaissance.

QUAND ON CHERCHE LES EMBROUILLES…

Signac ouvrit les yeux avec un mal de tête délirant et tout le côté droit engourdi. Un long moment pour faire focus sur le décor et comprendre qu'il était dans une chambre d'hôpital, quelques autres précieuses secondes pour se rappeler ce qui s'était passé et découvrir à ses côtés, non pas comme il l'espérait, St-Cyrq, mais Cavaignac qui parut soulagé :

— Eh ben, mon vieux ! Vous revenez de loin ! s'exclama celui-ci en souriant.
— Qu'est-ce qui s'est passé ? murmura Yvon, la gorge sèche en portant la main à son front bandé.
— Vous avez une belle estafilade, mais rien de grave… De nombreux hématomes, une double fracture au bras et deux côtes fêlées… Ç'aurait pu être pire ! La gendarmerie a explosé… Une roquette ! Un truc de fou ! À Charlieu ! Impensable !
— Et…
— … votre partenaire, la privée ? le coupa-t-il tant on sentait qu'il avait du mal à parler. C'est grâce à elle si vous êtes en vie… Une privée médecin, ça court pas les rues !
— Et…

Le gendarme essayait de devancer ses questions pour lui éviter de trop se fatiguer.

— … Elle va bien… Elle m'a dit de vous montrer la Une d'aujourd'hui, que vous comprendrez… Le journal est sur votre chevet… Et elle m'a chargé de vous dire qu'elle poursuit l'enquête seule jusqu'à ce que vous soyez sur pied…
— Elle est… partie ?
— Dès que le SAMU vous a pris en charge. Elle n'avait pas l'air commode, mais elle n'a pas voulu me dire pourquoi…
— … Vous me racontez ?

— De ce qu'elle nous en a dit, elle était sortie chercher sa tablette restée dans son véhicule. Il pleuvait fort. Un SUV a traversé le parking pour s'arrêter devant le portail. Elle a vu le canon d'un lance-roquette portatif. Elle a tiré sur le véhicule par trois fois sans parvenir à empêcher le départ du missile. La voiture sans plaque est repartie à toute allure. Elle s'est portée à votre secours, vous a sorti du bâtiment, tandis que les collègues appelaient les pompiers et les secours. Heureusement, la roquette a explosé sur la façade avant de la nouvelle structure… Les appartements de la caserne sont endommagés, mais il n'y a eu aucun blessé…
— C'était quand ?
— Hier soir… Vous êtes restés dans le coaltar quelques heures… Le choc à la tête selon le médecin. Bien ! Maintenant que vous allez mieux, je vais vous laisser : j'ai une foule de choses à gérer en ce moment, vous vous en doutez… Je reviens vous voir dès que possible, Commissaire…

Le gendarme se leva et quitta la chambre pour le laisser seul. Il ferma les yeux, grogna une insulte puis tourna la tête et tendit le bras vers le journal plié en trois. Il le ramena à lui en grimaçant alors que son corps bougeait imperceptiblement puis, d'une main l'ouvrit et parcourut le gros titre à la une :

« CRISE MAJEURE AU SOMMET DE L'ÉTAT : LE SÉNAT AU BORD DE L'IMPLOSION ! »

OLIVIER MARTIGNAC AU CŒUR DU SCANDALE !

Il dut relire la manchette pour en comprendre enfin les conséquences. Un sourire froid étira alors ses lèvres : Gwen avait précipité les révélations… D'une façon ou d'une autre, l'ex-patron de la DGSI avait dû apprendre l'existence du dossier monté contre lui et l'explosion de la gendarmerie devait être un acte désespéré pour la faire disparaître et tenter d'étouffer l'affaire. Vénère, elle avait tout simplement riposté… Il commença la lecture et découvrit alors l'enquête, diligentée dans le plus grand secret par le gouvernement en place et plus particulièrement le ministre de l'Intérieur. Les preuves rassemblées et vérifiées, les témoins auditionnés à huis clos, un juge spécial mis en place, tout menait à une organisation mafieuse tentaculaire chapeautée par l'ancien patron de la DGSI, Olivier Martignac, secondé par un réseau d'agents ripoux : assassinats, trafic d'influence, chantage, pot-de-vin…

Le journaliste restait vague sur les preuves, mais laissait entendre que l'affaire allait éclabousser bon nombre d'hommes politiques, d'hommes d'affaires, de policiers et d'agents spéciaux.
Aucun nom sur la personne chargée de cette enquête sous le manteau, aucun service non plus.
Gwen avait dû tout prévoir en cas de fuite d'information. Aujourd'hui, elle n'était plus que le cadet de leurs soucis… Soudain, il pensa à Mortimer, Roquet et Orphys, et serra les dents : les taupes assassines recrutées par Martignac pour étouffer l'affaire.

Il sourit et s'endormit avec le visage de sa compagne devant les yeux.

Les trois jours suivants, il suivit les péripéties de ce qui s'avéra être un tsunami politico-financier. Martignac avait été retrouvé mort dans son pied-à-terre, deux balles dans la tête. Mais la disparition du personnage ne parvint pas à enrailler le rouleau compresseur déclenché, tout au contraire d'ailleurs parce que les fauves étaient lâchés, chacun tentant de sauver sa peau, quitte à jeter les petits copains de la veille en pâture à la presse déchaînée et aux enquêteurs délégués officiellement… et plus officieusement.
Il avait contacté Sheridan, déjà au courant de l'attentat, qui lui avait appris la disparition des radars des trois de la DGSI et l'avait rassuré quant à l'état de santé de son équipière sur les traces de R^2.
Yvon n'avait désormais plus qu'une hâte : reprendre à ses côtés l'enquête et la mener jusqu'à son terme. Les médecins exigeaient encore deux jours d'hospitalisation… 48 heures à tourner en rond à s'inquiéter… Mais à chaque fois que la porte de sa chambre s'ouvrait, il avait espoir que ce serait elle… venue le voir et le chercher… espoir à chaque fois déçu.

★

Le rideau de pluie était dense devant elle, oblitérant une grande partie du paysage d'autant que l'éclairage public, en mode économie d'énergie, tardait à se mettre en route…

Impossible de rester plus longtemps… Son interlocuteur avait été parfaitement clair : les choses allaient mal tourner pour elle. Son enquête au sujet de Martignac et de ses agissements avait fuité avec son nom et sa localisation. Le retour de manivelle allait être violent. Pas question de mettre son équipier en danger. Mais pas question non plus de le mettre au courant de la suite des opérations.

Un court stop sous le porche pour se donner le courage de courir sous les trombes d'eau jusqu'à sa voiture et elle s'élança. Le portail, ouvert, puis le parking et la haie contre laquelle elle avait garé sa voiture.

Elle passait dans l'habitacle lorsqu'un SUV marron déboula dans une projection d'eau et de boue pour s'immobiliser juste devant la façade de la gendarmerie. Son instinct la mit instantanément en garde. Elle ouvrit la boîte à gants, en retira son arme, l'arma et sortit de l'Alpine au moment où une vitre s'ouvrait à l'arrière et le canon sombre d'une arme lourde pointait le bout de son fût. Elle tira sur le véhicule sans plaque d'immatriculation, en direction de la vitre centrale puis du réservoir d'essence sans parvenir à stopper le départ de la roquette. Le « quatre roues motrices » patina en quittant l'endroit à toute allure au moment où le bâtiment administratif de la gendarmerie explosait.

Si un court instant elle pensa courser le Toyota tueur, le devenir de Signac prima sur son enquête et elle se précipita vers le bâtiment en feu. Des silhouettes quittaient la caserne ébranlée pour s'approcher du brasier. Trempée, elle passa les restes de la porte vitrée, ses pieds écrasant les débris dans un bruit atténué par le crépitement des flammes et découvrit très vite le corps inconscient projeté de l'autre côté du hall. Plus loin, les bureaux totalement détruits.

Elle le prit par les aisselles, s'arc-bouta et le tira à l'air libre sous la pluie battante qui ne semblait pas vouloir faire de pause, tout au contraire. Elle observa la plaie béante du front, impressionnante, mais sans gravité puis le côté, la chair hachée par les éclats de verre, le bras et l'épaule gauches dans une position extravagante, lui dispensa les premiers secours alors que plusieurs gendarmes accouraient. Cinq minutes plus tard, les médecins urgentistes prenaient le relais.
Elle raconta rapidement à un Cavaignac en pyjama ce qui s'était passé sans lui en donner le fin mot puis quitta les lieux : à elle, à présent, de s'amuser…

Sur le parking, elle retira la puce de son téléphone, la remplaça par une autre, puis démarra. Direction Paris. Elle rappela son dernier interlocuteur, regard illisible concentré sur la faible visibilité laissée par les intempéries.

— Philippe… Ça en est où ? s'enquit-elle, l'esprit bouillonnant.

— *C'est en marche,* répliqua le ministre. *Plus rien ne pourra arrêter les révélations à présent. Les trois infiltrés de la DGSI ont disparu.*

Fais attention ! Pour l'instant, il n'y a que ton nom qui a fuité, donc tu es la cible à abattre…

— Je sais : ils ont fait sauter la gendarmerie de Charlieu où j'étais allée rejoindre Signac…

— *Tu vas bien ?*

— Oui, mais Yvon est à l'hosto. Pas d'autres victimes heureusement.

— *Somme toute, c'est une bonne nouvelle. Tu te focalises sur ton enquête en cours… Alban et consorts… De toute façon, dès la matinale, ils auront d'autres chats à fouetter que de s'occuper de toi.*

— Évidemment. Pour Sean ?

— *Il est au courant et reste en support avec Signac au cas où, si tu souhaites le récupérer lorsqu'il sera à nouveau sur pied. On reste en contact.*

Plus personne à l'autre bout du fil. Elle sourit, satisfaite. De ce côté, elle avait désormais l'esprit libre. Restait R^2… Pas une mince affaire…

Un bref instant, le visage de Mortimer se surimposa au rideau de pluie étincelant sous la lueur blanche des phares. Quel gâchis… Pas qu'elle soit entrée une seconde dans son petit jeu de séduction (malgré la faiblesse passagère d'une nuit agréable passée entre ses bras), lucide face à la manipulation, mais elle savait que ce passé qu'il lui avait avoué était vrai… Glenn n'avait sûrement pas été choisi au hasard, ses chefs conscients de ce qu'il pourrait leur offrir, convenablement reconditionné. Un homme manipulé *à vau-l'eau* par des êtres sans scrupule. Elle aurait tant aimé faire quelque chose pour lui…

Quelque part, Marlène Roquet devait être dans la même situation. Quant à Orphys, difficile à placer dans le paysage sans savoir exactement ce qui l'avait amené à faire partie du quatuor (elle englobait dans le lot l'ancienne équipière décédée de Mortimer, mais s'en excluait).

Elle soupira puis contacta l'hôpital de Roanne afin d'obtenir des nouvelles de la santé de Signac.

SUR LES TRACES DE R^2

Paris et son hôtel particulier avec accès privilégié et privatif aux sous-sols de la capitale. Elle gara son bolide dans le parking souterrain et arriva chez elle par la petite porte, comme on dit. Elle avait effectué le trajet d'une seule traite et était franchement fatiguée et affamée.
Pas question d'aller voir ses prisonniers, pas plus de s'assurer de la présence de ses deux acolytes féminines. Elle avala sur le pouce de quoi caler son estomac, passa sous la douche et s'étendit un moment, histoire de refaire le plein de vitalité. Elle s'endormit sans y prendre garde et c'est un rayon de soleil qui la tira des bras de Morphée.

Une heure plus tard, un café en main, rassurée quant à l'état de santé de Signac et après avoir parcouru les gros titres de la presse, non sans une certaine jubilation (*il faut bien l'avouer*), elle se préoccupa de ses prisonniers : les caméras infrarouges les lui montraient couchés sur leur matelas, plus ou moins endormis, un reliquat de repas à côté avec une bouteille d'eau.
Elle connecta sa tablette puis le clavier amovible, sortit de sa poche de ses jeans une clé USB en forme de galet… celle récupérée chez Nadaud puis subrepticement à la gendarmerie un peu avant son départ : pas question de laisser ces preuves derrière elle, même aux mains de son équipier.
Elle souffla, réfléchit, inséra le disque externe dans le port dédié, tapa sur le clavier en mettant en place un logiciel créé par son tout premier petit ami, Christian. Malgré les années, ce logiciel était toujours aussi efficace… Dix petites secondes et le fichier s'ouvrit sans anicroche et des dizaines de sous-fichiers apparurent.

Un bruit. Elle leva les yeux et découvrit Marta affublée de son ombre Elena, sac de viennoiseries en main.

— Ahoj, Arti… On a des nouvelles fraîches pour toi ! lui annonça la « femme de main » de Gisèle, satisfaite en posant le sac papier sur la table.

— Excellent !

— Tu veux un café ?

— Avec plaisir. Alors, qu'avez-vous trouvé ?

— Comme tu nous l'as dit, Marguerite Figuières s'est refait une virginité au lendemain de la guerre sous le nom de Charlotte Roquebrune. À l'époque avec son défunt mari zigouillé par la Résistance, elle avait eu deux gosses, un garçon, Paul, et une fille, Solange qui a épousé Raoul Alban avec lequel elle a eu une fille, Manuela… ça, tu le sais déjà. Mais ce qu'on sait moins, c'est qu'avant d'épouser le magnat de la finance, Solange a eu un fils non reconnu par son père… Ronan… Comme Alban était issu d'une famille très catho, elle ne lui a jamais parlé de ce premier enfant confié aux bons soins de sa mère, Charlotte… enfin, Marguerite, tu avais compris. Et ce qu'on sait encore moins, c'est que pour élever Solange, et avoir suffisamment de fric pour atteindre ses ambitions, Charlotte a très rapidement versé dans la profession peu recommandable de mère maquerelle. D'abord, elle a pris sous son aile un tas de filles un peu paumées après la guerre et puis, lorsqu'il a fallu renouveler son pool parce que les filles devenaient trop âgées ou trop abîmées, elle a ratissé les squats… Ça, c'était à la fin des années 40…

— Laisse-moi deviner : c'est à ce moment-là que les disparitions inexpliquées commencent…

— Voilà. Très vite, Ronan s'est montré à la hauteur de sa grand-mère et lorsqu'elle est morte en 87, il a repris le flambeau. Et c'est comme ça, a priori, qu'il aurait rencontré Claudio Ferreri, connu à l'époque sous le nom de Laurent Belcour, un type spécialisé dans les femmes d'un certain âge en mal d'amour.

— Vous avez fait un super job ! Bravo ! les complimenta Gwen avec un large sourire. Maintenant, nous savons qui est R^2… Nous savons contre qui nous nous battons… Marta, est-ce que tu sais si Gisèle était en affaires avec Ronan Roquebrune ?

— Non, aucune idée. Elle n'a jamais prononcé ce nom, en tout cas…

— On sait où le trouver ?

— C'est là que le bât blesse… On n'a pas de photo de lui et on ne sait pas où il crèche…

— On connaît des filles qui bossent pour lui ?

— C'est un autre problème : au contraire de sa grand-mère qui faisait dans la prostitution locale, Ronan a délocalisé ses activités, notamment pour échapper à la Confrérie. On lui passe commande

et il se charge de trouver la fille puis de l'envoyer à son client... Une sorte de négociant, quoi... lâcha Marta d'une voix froide.
— Hum... Il faut trouver un moyen de le faire sortir à découvert, murmura St-Cyrq, en passant d'un visage à l'autre sans vraiment les voir. À quelle occasion a-t-il daigné se montrer ?
— Face à La Moucherie pour le journal de son père... intervint pour la première fois Elena en excellent français, sans une once d'accent slave.
— ... et chez Robard pour lui piquer sa bague, surenchérit Marta.
— Il veut retrouver les tableaux et, pour ça, utiliser le réseau de la Confrérie... Voilà notre atout... Avez-vous récupéré le garde-chiourme de Robard ?
— On va en prendre livraison dans une heure... Les gars ont dû être prudents à cause de l'enquête de police... On l'amène ici ?
— Oui, en bas... Concernant Alban, une piste ?
— Rien, non, lui avoua Marta en terminant un fond de café. C'est comme si sa femme et lui s'étaient volatilisés... D'ici à ce que R^2 cache sa sœur et son beau-père...
— ... ou les séquestre, remarqua Elena avec une moue éminemment féminine.

Pour toute réponse, Gwen acquiesça : la seconde hypothèse semblait bien plus probable.
— OK... Vous vous occupez de rapatrier notre affreux. Je m'en occupe dès qu'il sera revenu à lui.
— On va nourrir nos invités en bas et on y va.
— Merci à toutes les deux, lâcha la légiste, en soupirant : la journée s'annonçait longue et pénible.

À nouveau seule. Elle retourna devant son écran et commença à éplucher les dossiers contenus dans la clé USB.

*

Un mail venait de tomber sur sa boîte mail perso sécurisée de leur fausse agence de détectives privés. Pas difficile de comprendre qui cherchait à la contacter. Devait-elle répondre ?

Agacée, elle se leva, fit quelques pas dans la pièce, se planta devant la fenêtre et contempla, indécise, le petit jardin aménagé dans la cour intérieure du bâtiment. Mais bien sûr, la curiosité était la plus forte. Une ultime hésitation avant de sortir d'un tiroir une autre tablette, vierge de tout dossier, de toute information, destinée seulement à ce genre de procédure ultra risquée, connaissant les talents hors norme de Marlène Roquet. Elle la connecta à cette boîte mail et l'ouvrit. La signature du mail… Bien le nom de son ancien équipier, Glenn. Le message était laconique : *« Je suis dans la merde. STP, appelle-moi. J'ai besoin de toi. Glenn »*

Oui… Certes, il était dans la mouise, ses deux équipiers arrêtés dans leur nouvelle planque à l'aube. Lui était, sans doute, parvenu à passer entre les mailles du filet… ou alors cherchait à la piéger : avec lui, rien d'impossible pour sauver sa peau.

Nouvelle hésitation. Elle sortit du même tiroir un téléphone prépayé, ferma un instant les yeux pour se souvenir du numéro du prépayé de Mortimer puis le composa tout en prenant place dans un fauteuil du salon. Deux sonneries puis la voix de l'ex-agent, un peu assourdie, comme s'il cherchait à ne pas se faire entendre.

— *Oui ? Gwen ?*

— Yep.

— *Que je suis content de t'entendre ! Je suis en cavale… J'ai besoin d'une planque…*

— En cavale ! fit-elle, faussement étonnée. Pour quelles raisons ?

— *Pas le temps de t'expliquer, surtout par téléphone… S'il te plaît… Est-ce que je peux aller chez toi ? Tu sais, le premier endroit où tu m'as amené…*

— Ce n'était pas chez moi… Et non, tu ne peux pas y aller, répliqua Gwen, ennuyée. Va à Montmartre, rue Exter… Tu verras un hangar à la porte taguée d'un visage de femme… Le mien. C'est chez moi, pour le coup. La façade a été noircie par le feu et pas encore ravalée. La clé est sous le pavé devant le gond de droite.

— *Merci, Gwen, tu me sauves la vie !*

— Mouais.

Elle éteignit immédiatement son portable et soupira : elle s'était laissé aller à un brin de pitié pour celui qui n'avait pas hésité à la manipuler… quitte à lui faire payer de sa vie une nouvelle trahison. Mais, à sa décharge, lui aussi était manipulé par Martignac…

*

L'après-midi touchait à son terme lorsque le nouvel « invité » des sous-sols daigna enfin reprendre conscience. Il faut dire que l'homme s'était passablement défendu au moment de son enlèvement et que pour ne prendre aucun risque, la dose de barbiturique avait été doublée. Du coup, les deux femmes avaient récupéré un légume et n'avaient eu aucun mal à le transférer dans les sous-sols et à l'entraver. Une brève recherche dans les fichiers de la police afin de confirmer l'identité de l'affreux, une surprise de taille à la clé, et une stratégie se mit en place. Un peu avant que Gwen ne descende dans l'arène pour tâter le terrain en jaugeant tous les protagonistes, et mettre en condition le dernier arrivé, elle avait éclairé la cave et les avait laissé mijoter sous l'étroite surveillance des caméras adroitement dissimulées dans la craie. Le spectacle avait été des plus intéressants : passé l'instant de surprise et de peur au moment de l'arrivée du nouveau dans le coaltar, les appels dans le noir sans réponse évidemment puis, le loufiat s'était enfin réveillé, enchaîné et rageur. Ses hurlements avaient entraîné les cris des trois autres puis les questions inévitables du style :

— *Eh, mais qu'est-ce que vous foutez ici ?* (... signe que tous se connaissaient... de bon augure pour la suite...)

Puis :

— *On est où, là ? C'est quoi, cet endroit ?*
— *Vous êtes là depuis combien de temps ?*
— *Vous savez qui nous a enlevés et ce qu'ils nous veulent ?*

Il y avait eu ensuite la phase *« Je suis confiant, le patron va me sortir de là »* qui n'eut pas l'effet escompté sur les autres, retenus sans espoir depuis quelque temps déjà (difficile de compter les heures dans le noir et sans montre... bijou qui leur avait été retiré). Et enfin, le silence... consterné, hargneux, agressif, puis attentiste... Quelqu'un allait bien venir et alors il trouverait bien un moyen de quitter cet endroit... L'espoir fait vivre, c'est bien connu...
Depuis une petite heure, le calme était revenu. Il était temps de casser l'ambiance et de tenter d'obtenir les informations dont elle avait besoin. Elle vérifia son arme pensivement, la glissa dans l'étui du holster qu'elle avait enfilé à la ceinture, une fois n'était pas coutume, puis descendit jusqu'au sous-sol, Marta sur les talons, Elena tout en haut, au cas où : elle était du genre prudent, Elena, le genre de femme à ne jamais rien laisser au hasard, à tout contrôler, à tout vérifier... Elle était restée en vie grâce à cette sorte de paranoïa inculquée dès les premières heures de recrutement au KGB... Un peu comme son ancienne équipière, mais en plus... psychotique.

St-Cyrq mit le pied sur la dernière marche, jeta un œil aux quatre bonhommes soudain agités, tirant sur leurs liens dans un bruit énervant de cliquetis qui ne parut pas l'émouvoir outre mesure.

— Pourquoi vous me faites croupir dans cette cave ! Je vous ai promis de coopérer ! intervint immédiatement Nadaud pour prendre le « lead ». Vous me laissez sortir et je vous donne les preuves dont je vous parlais... Donnant-donnant, qu'est-ce que vous en dites ? Vous savez, je suis qu'un intermédiaire, dans l'histoire... Un sous-fifre qui obéit aux ordres pour pas se faire flinguer...

— C'est pareil pour nous ! surenchérit le dénommé Chris un peu moins agressif. Phil et moi, on n'a pas eu le choix !

Sans même s'occuper d'eux, elle avança jusqu'au nouveau venu et le dévisagea sans montrer la plus petite émotion.

— Quoi ? Vous voulez mon portrait ? grinça l'affreux en tordant ses menottes.

— Je l'ai déjà, merci... répliqua Gwen d'une voix neutre. Laurent Matecchi, homme à tout faire, ancien repris de justice à qui Robard a donné une chance... pour son malheur...

— Va chier, connasse ! grinça le mal embouché qui commençait à se poser des questions et cherchait dans le regard des autres un soutien qu'il ne trouvait pas...

Le problème, c'est qu'il ne comprenait pas à qui il avait affaire : il l'avait vue chez le vieux, et il lui avait alors semblé qu'il l'avait suffisamment impressionnée pour qu'elle s'occupe de ses oignons. Mais voilà... La situation était à présent inversée. Pourquoi cette arme ? Sûrement pour lui en mettre plein les yeux et lui « donner les foies » ... Le truc, c'est que même si elle connaissait son identité, elle ne savait sûrement pas qui elle avait en face...

— Décidément... Mais non, pas envie... lui répondit le petit gabarit armé en face de lui sans se démonter. Quand as-tu compris que ton employeur faisait partie de la Confrérie ? Au détour d'une conversation entendue derrière une porte ?

Pour seule réponse, le gus s'excita sur ses chaînes, pas plus impressionné que ça.

— ... Je constate que tu n'as aucune envie de coopérer, remarqua la femme en esquissant un sourire ironique. Qu'est-ce que tu en dis ? demanda-t-elle à Marta qui s'était avancée.

— Un dur à cuire, sûrement, se moqua la Slave en croisant les bras sur sa poitrine superbement mise en valeur par un beau décolleté.
— Mouais... Tu vois, Matecchi... Tu as commis deux erreurs... T'attaquer à un vieillard sans défense... qui plus est membre de la Confrérie... J'ai eu le légiste... Tu as fait vivre à ce pauvre vieux un véritable martyre... Battu, affamé, terrifié, drogué... Il a dû t'en dire suffisamment pour te mettre l'eau à la bouche... Sa position au sein de l'organisation vous donnait toujours un coup d'avance et un appui logistique non négligeable, à toi et à R^2 à qui tu as eu l'imprudence de remettre la chevalière au rubis... Le souci vois-tu, et ces deux-là te le confirmeront, poursuivit-elle en désignant les hommes de main, c'est que la Confrérie n'est pas tendre avec les types comme toi...
— Va...
— Je sais, l'interrompit-elle d'une voix sèche, mais change de disque... dans ton intérêt...

Il grogna une insanité entre ses dents sans qu'elle y prenne garde.
... Donc, je reprends... Tu obtiens d'une façon ou d'une autre l'info que Georges est un membre influent de l'organisation que ta famille et toi avez aux trousses... parce que Matecchi est le nom de ta mère, ton père étant un certain Ronan Roquebrune... le fameux R^2... Quelle famille ! Pourris jusqu'à la moelle de mère en fils depuis des lustres...
— De quel droit tu te permets d'insulter ma famille, sale pouf !

De l'autre côté de la salle, Phil et Chris secouaient la tête en grimaçant, lui faisant signe de la mettre en veilleuse, mais sûr de son fait, le personnage restait sur son approche de la situation.
— Tu sais quoi ? On va jouer à un petit jeu... Je pose une question... Tu y réponds de façon satisfaisante, je passe à la suivante...
— Tu peux toujours courir ! Je te dirai rien de rien ! Je suis pas une balance ! Et tu sais quoi, toi aussi ? Mon père va te retrouver et te faire ta fête ! T'auras plus qu'à pleurer ta mère !
— Tu crois ? s'inquiéta faussement Gwen en sortant son automatique puis le silencieux qu'elle vissa tranquillement sur le canon alors que le matador pouffait pour se donner contenance.
— T'oseras jamais me flinguer ! En fait, tu crèves de trouille ! Tu sais ce que mon père te ferait si tu touchais un cheveu de ma tête !
— Qui te parle de te flinguer ? s'enquit-elle tranquillement. En tout cas, pas tout de suite... J'ai tout mon temps... Donc, première

question… Où se trouvent ta tante Solange et son mari, Raoul Alban ?
— Va…

Il n'eut pas le temps de terminer l'injure qu'elle appuyait sur la gâchette. Le projectile traversa la chair tendre du bras gauche tandis qu'un hurlement déchirait l'espace.
— Mauvaise réponse, lâcha posément St-Cyrq sans s'émouvoir outre mesure du chapelet ordurier que le personnage lui débitait à la seconde. Autre règle à mon petit jeu… je ne répète jamais une question… Donc… seconde chance… Je t'écoute…
— Putain !

La seconde balle atteint l'autre bras de façon quasi symétrique, et ce malgré les gesticulations du prisonnier. Les trois autres contemplaient la scène, gorge nouée…
— Peut-être, mais ce n'est pas la réponse souhaitée. Troisième essai…
— J'en sais rien ! C'est à mon père qu'il faut le demander, pas à moi ! Moi, je me colletais le vieux, c'est tout !
— Et Manuela, ta cousine ?
— J'en sais rien, moi ! Avec eux, sans doute !
— Ça, ça m'étonnerait, remarqua Gwen, en plissant le front. Et moi, tu vois, je crois que tu sais ce que les Alban sont devenus… J'attends !

L'autre hésitait. La stratégie du fils qui ne sait rien des projets de son père pouvait, peut-être, suffire à calmer la foldingue.
— Non, j'en sais pas plus, je le jure ! protesta-t-il en gémissant de douleur.
— Tant pis… murmura-t-elle en tirant dans le gras de la cuisse droite. Toujours aucune info à me donner ? lui demanda-t-elle avec une curiosité un peu déplacée dans la situation tendue.
— Mais vous êtes complètement tarée ! chouina-t-il en s'effondrant sur le sol terreux de la cave.
— Probablement… Mais vois-tu, c'est aussi mon job au sein de la Confrérie… Les uns siègent au conseil comme Georges Robard, moi, j'exécute la Loi… C'est ainsi depuis la nuit des temps… Pas le choix… Bon… Nous en sommes où de notre petit jeu…

Voyons… Ah oui… Cinquième essai… Donc… Où se trouvent les Alban ?

Elle tendit le bras et visa posément l'autre jambe.

— Non, attendez ! Je vais tout vous dire, mais arrêtez ! Je vais cracher le morceau !

Elle leva un sourcil et baissa son arme.

— Je t'écoute…
— Mon père les tient prisonniers… Il les hait… Ils ont refusé de l'aider lorsque mon arrière-grand-mère était mourante… Et puis, il veut les tableaux… Et Alban sait où ils sont planqués… Manuela est la monnaie d'échange, mais son père lui en veut de s'être barrée avec son maquereau et il reste muet comme une carpe…
— Il les retient où ?
— L'ancienne maison de mamie Charlotte… à Saint-Denis… 22 passage Brechon, près de la voie ferrée…
— Ton père y est aussi ?

Nouvelle hésitation : le fils allait-il trahir le père pour sauver sa peau ?

— J'en sais rien… Mon père me dit pas grand-chose et…
— Où crèche ton père ? l'interrompit-elle, sourcils froncés.
— Je sais pas, je vous dis !
— Un numéro de téléphone ?
— Non… C'est lui qui me contacte… Il dit ce que je dois faire et je le fais…

Elle le dévisagea puis se tourna vers Marta :

— Tu en dis quoi ?
— Il ment.

Le coup partit, perforant l'autre cuisse comme dans du beurre.

— Je crois aussi, répliqua froidement Gwen. Je déteste qu'on me prenne pour une quiche. Donc ?
— Je peux pas vous le dire… Il me tuera ! pleurnicha le tortionnaire de petit vieux qui avait perdu de sa superbe.
— Après moi, se moqua-t-elle en vérifiant le nombre de balles restant dans le chargeur. Le problème, vois-tu, c'est que je commence à avoir faim et donc à perdre patience. La prochaine fois, je vise le ventre. Et ne crois surtout pas que je bluffe… Suis-je quelqu'un à

bluffer ? s'enquit-elle en se tournant vers Chris et Phil, un peu trop pâles.

— Non... confirma le Guadeloupéen au teint désormais gris en secouant la tête. Laurent, tu entends ? C'est l'Exécutrice... T'as aucune chance... sauf à lui dire tout ce que tu sais et à l'aider à coincer ton paternel... C'est un putain de timbré, tu le sais comme nous, non ?

— Réfléchis ! reprit son acolyte. R^2 disparu, tu seras enfin libre ! Phil a raison ! Nous, on cracherait bien le morceau, mais on n'a pas l'info tandis que toi... Fais pas le con, c'est dans ton intérêt, quoi !

À côté d'eux, Nadaud, qui ne connaissait rien de la Confrérie, tournait dans sa tête le terme définitif d'« Exécutrice » avec un nœud dans la gorge.

— C'est pas moi qui le dis, remarqua Gwen, un sourire froid au creux des lèvres. Donc, cette adresse ?

Submergé plus par la terreur que semblait lui inspirer son père que par la douleur, le cerveau paralysé, incapable de prendre une décision, il se mit à geindre dans une litanie crispante.

— Bon, puisque je ne peux plus rien tirer de vous... et que vous ne souhaitez pas collaborer plus avant, il est temps de clore notre petit jeu... Laurent Matecchi, vous êtes accusé d'avoir torturé Georges Robard, physiquement et mentalement, de l'avoir drogué puis volé afin d'usurper son identité au sein de la Confrérie. Vous êtes accusé d'avoir séquestré et battu son majordome et compagnon de toujours afin de le faire taire. Vous êtes accusé d'enlèvement, de séquestration de jeunes femmes, de leur vente à des fins de prostitution. Selon les pouvoirs qui me sont conférés, et au nom de la Confrérie, étant sur cette affaire jury et juge, je vous condamne à mort. Aucune circonstance atténuante, aucune grâce accordée.

Regard froid, totalement illisible, elle retira son chargeur, en choisit un autre marqué d'un point rouge, l'engagea avec un claquement définitif tandis que le personnage à terre, vert de peur, cherchant dans les yeux des trois autres une raison d'espérer sans la trouver, se mit à trembler.
Il reporta son attention sur la fille en face puis son index qui venait d'enfoncer à moitié la gâchette, déverrouillant ainsi la sécurité. Ah, il s'était bien trompé à son sujet ! S'il avait su, il s'en serait chargé chez le

vieux et il ne serait pas là à sa merci. À présent, à cause de sa faiblesse, *il allait mourir...* une certitude qui lui fit l'effet d'un électrochoc.

— Attendez ! hurla-t-il soudain en avançant les mains sans prendre garde à la douleur qui lui vrillait les deux avant-bras. Pourquoi je clamserais pour un père qui me prend pour son larbin, qui n'en a rien à foutre de moi ? Je vous dis tout si vous me jurez que j'aurai la vie sauve !

— Pas de chantage, Matecchi.

— Jamais vous le trouverez sans moi ! Si vous me donnez votre parole, je vous donne son adresse et je vous y conduis même, si vous voulez... Vous voyez, je coopère !

— J'écoute...

— Non... Je veux votre parole... Et puis je vous ai dit pour les Alban, non ?

Comme elle plissait le front d'impatience, il lâcha l'information dans un long soupir :

— Villennes-sur-Seine, au 604 av. De Gaulle...

Un sourcil levé, Gwen se tourna vers la Slave qui cherchait quelque chose sur son portable. Moins d'une minute plus tard, le verdict tomba avec un signe négatif de la tête blonde qui énonça d'une voix fraîche qu'il s'agissait d'une résidence pour séniors...

— Non... C'est l'adresse qu'il m'a donnée, je vous jure ! Attendez, c'est vrai ! S'il vous plaît, vous devez me croire !

Le bras féminin se tendit. Le coup de feu partit dans un « peuf » assourdi étrange alors que le corps s'affaissait, touché en pleine tête.

— Vous le gardez au frais... fit-elle à sa complice sans marquer la moindre émotion tout comme l'autre, d'ailleurs. On le renverra à son père en port dû.

Elle dévisagea les trois survivants, le regard noir, et quitta les lieux sans plus s'attarder. En bas, sous les yeux teintés de peur de leurs prisonniers, les deux Tchèques glissèrent le corps dans une housse mortuaire qu'elles transférèrent dans une salle adjacente totalement isolée et glacée où elles vérifièrent que les projectiles n'étaient plus dans le corps avant de remonter dans le salon.

ALBAN

— Tu crois qu'il nous a dit la vérité au sujet d'Alban ? lui demanda Marta en se servant un verre d'eau.

— Hum… Pas à nous de nous en occuper, pour le coup, lui fit remarquer Gwen en sortant son portable. Je n'ai pas été mandatée pour retrouver les Alban…

— Mais R^2 est à moi, on est d'accord ? lui rappela Marta d'une voix froide. Je dois bien ça à Gisèle… Cette pourriture n'a pas droit à un jugement…

— Tu es là pour m'aider à le coincer… Tu sais que la vengeance n'est pas tolérée par la Confrérie…

— Mais je ne fais pas partie de ton organisation, moi… lui fit-elle remarquer, sourcils froncés. Je n'ai pas à respecter vos règles !

— Tu me fais confiance si je te dis qu'il paiera ? murmura St-Cyrq en souriant vaguement.

— Bien sûr… Mais tu sais que je n'ai pas pour habitude de déléguer ce genre de chose, n'est-ce pas ?

Pour seule réponse, elle acquiesça tout en appuyant sur le contact affiché sur son portable.

— Sean ?

— *J'allais t'appeler. Nous venons d'atterrir. Nous avons retrouvé Lyne-Anne de La Moucherie. Tes infos étaient au top. Merci ! Et bravissimo pour Martignac ! Tu as frappé un grand coup !*

— Mon indic m'a prévenue pour la fille, oui… (Pas question de rebondir sur le ripou : pourquoi mettre le sénateur dans la boucle ?) A priori, elle n'est pas en grande forme ?

— *Elle est en vie, c'est un miracle. Tu m'appelles pour autre chose ?*

— Oui… Je sais peut-être où se trouvent les époux Alban…

— *Non ! Où ça ?*

— À Saint-Denis, 22 passage Brechon, une maison ayant appartenu à Charlotte Roquebrune, proche de la voie ferrée. Mais c'est une info à prendre avec des pincettes : je n'ai pas eu le temps de la vérifier…

— *D'accord. Et vous, comment ça va ? Yvon est à l'hosto ?*

— À ma place… Un coup de Martignac pour tenter d'enrayer la machine. Il sort fin de semaine.

— *Bon. Et pour ton amie ? Tu avances ?*

— Lentement mais sûrement, oui. Les Alban auraient été enlevés par Ronan Roquebrune, le fils aîné de Solange Alban… Le gus est du genre ultra dangereux et insaisissable. Si vous le chopez, j'aimerais lui parler ? Possible, tu crois ?

— *On verra. Je te tiens au courant. Fais gaffe à toi !*

Elle interrompit la liaison pour constater combien la Tchèque semblait fâchée.

— Pourquoi tu as parlé de R^2 aux flics ? S'ils le chopent avant nous…

— T'inquiète… Si les Alban sont bien à Saint-Denis, ils seront sous la garde d'un gus quelconque, pas du patron. Lui, à mon avis, doit rôder quelque part autour de Charlieu à la recherche des tableaux…

— Si tu le dis… grogna l'autre avec une moue peu convaincue. Et maintenant ?

— Oh, très simple… Notre cible a les flics sur le dos et il nous a, nous… Il va forcément se découvrir à un moment ou un autre et là…

— … on lui tord le cou ! finit la blonde, une lueur assassine dans ses yeux bleus.

Gwen contempla l'ex-agent secret, mais ne répliqua pas.

… Qu'est-ce qu'on fait des trois loustics en bas ? poursuivit la Slave en se recoiffant à la va-vite.

— Ils vont nous servir justement à faire sortir le loup du bois…

— C'est quoi, ton idée ?

— J'attends encore de voir ce que va trouver la FSE à Saint-Denis et on les lâchera dans la nature avec une carotte des plus appétissantes de mon cru. Ça va vous plaire à toutes les deux, à mon avis.

— À voir, grogna l'ancienne employée de Gisèle, insatisfaite de ne pas avoir eu la parole de St-Cyrq de lui laisser R^2.

Et sur ce, elle quitta la pièce, son ombre sexy sur les talons, toujours aussi discrète et mutique. À garder à l'œil, certainement.

Elle soupira, prit, une fois de plus, des nouvelles de son équipier auprès du médecin de l'hôpital puis se plongea dans les dossiers de la clé USB avec un frisson le long de la moelle épinière en découvrant les ramifications des activités de Roquebrune. Plongée dans les chiffres et les noms de comparses, elle ne prit pas garde à la tombée de la nuit ni même à l'arrivée de l'aube.

*

Pas de temps à perdre : à peine descendue de l'avion et la fille La Moucherie prise en charge par le SAMU, son équipe partait avec la BI[40] à Saint-Denis. Pas question de passer à côté d'une opportunité, même minime, de récupérer le couple Alban.
22 km parcourus sur les chapeaux de roue, gyrophares en action arrêtés deux kilomètres avant la rue en question pour ne pas mettre la puce à l'oreille aux ravisseurs ou… aux fuyards.

Un passage au pas pour reconnaître la configuration des lieux : une ruelle étroite, des façades basses jointes par des murs, aucun accès pour prendre le bâtiment à revers, aucun endroit pour se rassembler à l'abri des regards. Pas le choix. Sheridan lança l'opération, les véhicules bloquant les accès et son équipe armée en avant avec quatre policiers de la brigade d'intervention.
Inutile de tergiverser. Un coup de bélier bien placé et le verrou sauta. Tous déboulèrent dans un hall court à partir duquel tous se séparèrent pour couvrir le plus rapidement possible, le plus de pièces possible avant d'être éventuellement arrêtés.

Soudain un coup de feu puis deux et l'enfer se déchaîna dans l'espace restreint. Des ordres hurlés, une bousculade, un « ils sont là ! » puis un homme ensanglanté trimbalé par le collet par deux policiers hargneux et, quelques minutes à peine plus tard, une femme en pleurs échevelée suivie par un homme hautain qui s'énervait contre les forces de l'ordre venues, trop tard, les chercher : du Raoul Alban dans toute sa splendeur. Peu sensible aux démonstrations du personnage, Sheridan les fit prendre en charge par les pompiers avant d'opérer, avec le reste des forces, une perquise dans les règles.

---

[40] B.I. : brigade d'intervention : unité d'intervention de la préfecture de police de Paris

L'opération était un demi-succès. Certes, ils avaient récupéré le couple, avait un prisonnier et quelques albums photos, quelques factures sans intérêt, mais de Manuela, aucune trace. Il envoya un SMS à St-Cyrq pour l'informer et la féliciter avant de rentrer aux bureaux de la FSE pour se doucher, se changer, se restaurer et tenter de comprendre les tenants et les aboutissants de ce drôle d'enlèvement avant d'effectuer les premiers interrogatoires.

★

— Monsieur Alban, s'impatienta Sean Sheridan assis à son bureau, un Bic en main qu'il faisait passer d'un doigt à l'autre avec la souplesse d'un prestidigitateur, nous n'êtes pas ici en tant qu'accusé, mais bien en tant que victime… Victime d'enlèvement… Nous avons besoin de comprendre ce qui s'est passé, comment et où, afin de retrouver votre ravisseur et votre fille qu'il détient toujours, quelque part.
— Il ne manquerait plus que ça que vous m'accusiez de ça aussi ! grogna le personnage au faciès creusé, très antipathique. Si vous aviez fait votre boulot, je n'aurais pas eu à demander à mon chef de la sécurité de le faire à votre place !
— Et pour quel résultat ? Vous avez été enlevés, votre épouse et vous, et votre fille n'est toujours pas réapparue ! Ferreri est mort sans rien vous dire parce qu'il ne savait probablement rien et vous êtes inculpé pour les actes de votre chef de la sécurité ! Vous avez de quoi vous réjouir, non ? se moqua l'Irlandais sur un ton mordant.
— Si vous croyez que je vais rester là à vous écouter dégoiser pendant que ma fille agonise dans un coin ! s'énerva le nanti, poings fermés.
— Pourquoi refuser, dans ce cas, de nous parler de vos ravisseurs ?
— Parce qu'on ne les a jamais vus, tiens ! Ils étaient toujours cagoulés lorsqu'ils venaient nous apporter les repas !
— Savez-vous à qui appartient la maison dans laquelle vous avez été détenus ?
— Pourquoi le saurais-je ? Franchement ! Vous pensez sérieusement que j'ai mis en scène notre enlèvement ! C'est ridicule !
— Ronan Roquebrune, vous connaissez sûrement, n'est-ce pas ?
— Qui ? Les Roquebrune, je connais… C'est le nom de jeune fille de mon épouse. Mais je n'ai jamais entendu parler d'un

quelconque Ronan… C'est qui, celui-là, encore ? Un cousin ? Un oncle ?

Sean leva un sourcil en le dévisageant pour s'assurer que le bonhomme ne mentait pas, mais difficile d'en être certain avec un pareil personnage habitué au mensonge et à la manipulation. Et soudain, il comprit son petit manège et esquissa un sourire ironique :

— Comme si votre père et vous ne vous étiez pas renseignés sur la famille de la future madame Alban ! Pas votre style ni même celle de votre père… Alors, soit vous jouez cartes sur table, soit je vous colle en garde à vue pour activités délictueuses et rétention d'informations en plus des actes pour lesquels vous devez déjà comparaître : vous attendrez votre jugement, non plus en liberté provisoire, mais en détention. Suis-je assez clair ?

— Je veux voir mon avocat ! grogna Alban, la voix aigre de celui qui a l'habitude de commander.

— Ah ben voilà qui confirme que vous en savez bien plus long sur Ronan Roquebrune et vos ravisseurs…

— Vous n'avez rien contre moi, aucune preuve !

— Mais si… parce que votre épouse a confirmé qu'elle a fait l'objet d'une enquête au moment de votre mariage et qu'elle vous aurait alors avoué qu'elle avait mis au monde un petit garçon avant de vous connaître… Un certain Ronan… élevé par sa grand-mère maternelle, Charlotte Roquebrune.

— Peut-être, mais je ne l'ai jamais vu et je ne m'en porte pas plus mal !

— Où est la vérité et où est le mensonge, Monsieur Alban ? Difficile de vous croire à présent… Votre épouse nous affirme ne pas avoir reconnu la chambre dans laquelle vous étiez retenus alors qu'il s'agissait de la maison de sa mère dans laquelle elle a passé une partie de son enfance… Allons, allons… Pas très vraisemblable ! Vous jouez tous les deux à un jeu des plus dangereux qui pourrait bien coûter la vie à votre fille si elle est toujours de ce monde… Réfléchissez-y…

— C'est tout réfléchi ! Fichez-nous la paix ! Notre enlèvement n'était en rien fictif, quoique vous en pensiez et ce Ronan, je ne l'ai jamais rencontré. Quant au passé de mon épouse, une fois mis sur le tapis, nous n'en avons plus jamais reparlé et je doute qu'elle soit restée en contact avec lui ou sa mère avec laquelle, d'ailleurs, elle était en froid. Retrouvez le criminel qui a enlevé ma fille, retrouvez ma fille, Commissaire, et cessez d'importuner les honnêtes gens !

Les derniers mots tirèrent à Sheridan un sourire en coin, mais il s'abstint de les relever et se leva en désignant la porte de son bureau :

— Vous pouvez partir… Votre femme vous attend dans le hall. S'il vous revenait un détail, n'hésitez pas à nous en faire part…

Un haussement d'épaules, et Alban quitta les lieux sans un mot de plus. Aucune entente cordiale entre les deux hommes, aucune sympathie. À présent de fort mauvaise humeur, l'Irlandais fit face à la fenêtre et aux bâtiments de l'autre côté de la rue. Aidé par la fatigue accumulée durant le voyage, son esprit dérapa, non pas sur la vie du pauvre type manipulateur qui venait de quitter la pièce, mais sur sa vie à lui depuis la perte tragique de son amie, tellement vide qu'il la remplissait de celle des autres sans s'octroyer une journée de repos.

Il serra les dents, tapa du poing le mur à sa portée et se remit au travail : tout plutôt que de penser à nouveau à elle et aux circonstances de sa mort.

PIÈGES À MOUCHES

Gwen regardait les écrans de surveillance de la cave. Ses trois prisonniers étaient tranquilles, allongés sur leur matelas.
Elle avait enfin trouvé une idée pour piéger Roquebrune après plus de 48h de réflexion, d'hypothèses pour aboutir à un plan qui pouvait fonctionner si son appât était suffisamment bien amené.

Une hésitation de dernière minute pour considérer les risques puis elle appela les deux Slaves qui s'entraînaient dans la salle de sport et leur exposa sa stratégie. Après un jeu de questions/réponses qui dura quelques minutes, elles descendirent dans les sous-sols et Gwen se planta devant eux alors qu'ils se remettaient immédiatement sur les pieds, inquiets après l'exécution de Matecchi.

— Le Grand Conseil a statué… Considérant les chefs d'accusation extrêmement graves allant de la trahison au trafic d'êtres humains en passant par meurtres et tentative de meurtre, vous avez été condamnés à l'unanimité. Vous savez ce que cela veut dire…

Les trois hommes, soudain très pâles, tirèrent sur leurs chaînes trop bien fixées dans le bâti de soutènement des murs pour céder.

— On vous a promis de vous aider, de coopérer ! lâcha Chris, mâchoires crispées. On a juste obéi aux ordres, nous ! On pensait qu'il était des nôtres, je le jure !

— Moi aussi, je vous ai juré de vous aider à le choper ! Bras droit ou pas… J'ai pas envie de payer pour lui, moi !

Elle parut hésitante, signe évident d'espoir sur lequel ils sautèrent à pieds joints.

— Phil et moi, on vous donne notre parole, Madame, reprit le grand blond en lui donnant à nouveau de la « Madame », sans doute pour l'amadouer.

— Oui, ben moi aussi, je vous donne ma parole ! Je vous ai aidée, non ? Je le peux encore… Je le connais un peu… S'il vous plaît… Laissez-moi une chance…

C'est Marta qui intervint en leur faveur, de façon impromptue après un échange muet avec son amie postée au pied de l'escalier.

— Pour une fois, pourquoi ne pas leur laisser une chance ? Ils t'ont dit pas mal de choses, pas vrai ?

— Une chance ? répéta Gwen, sourcils froncés alors qu'elle avait déjà pris son arme sous les yeux agrandis de ses futures victimes.

— Ils pourraient nous être utiles, non ? Surtout maintenant que tu sais où sont les…

Un regard sévère la fit taire sur le fil. Un silence gêné pour l'une, agacée pour l'autre puis la décision…

— Très bien, je sursois à l'exécution. Voilà le deal : le premier qui me donne une adresse fiable de R^2 ou qui me le sert sur un plateau est gracié avec ou sans mise à l'épreuve selon l'info. Pour l'autre… ou les autres, je ne pourrai rien faire…

— Moi, ça me va ! s'exclama immédiatement Nadaud, à l'évidence sûr de son fait.

Les deux autres échangèrent un regard, mais ne pouvaient qu'accepter le challenge : une chance de vivre, ça ne se refuse pas, même si l'adversaire occupe une position bien plus favorable que la leur.

— Bon, beh… Pour nous aussi, alors, même si c'est lui qui nous contacte, pas l'inverse… Hein, tu es d'accord, Chris ? s'enquit le Guadeloupéen qui se mâchouillait un poil de barbe un peu trop longue à présent.

— Pas très équitable, comme deal ! Lui, il le connaît beaucoup mieux que nous… mais puisqu'on n'a pas le choix… Je suis OK…

Elle observa les trois hommes puis sourit.

— C'est dit. Vous deux, vous partez en premier… Et pas de coup fourré : où que vous soyez, la Confrérie vous retrouvera et vous fera payer au centuple votre nouvelle trahison…

— Pas de danger ! lui assura Chris, soulagé de cette petite avance et donc de cette chance supplémentaire de gagner leur liberté.

Un signe aux deux autres femmes qui s'approchèrent, leur passèrent un sac noir sur la tête puis les libérèrent pour les menotter dans le dos et les pousser dans l'escalier sans ménagement.
Dans le parking, elles les firent monter dans une fourgonnette pour les amener loin de l'hôtel particulier et les lâcher, à leur demande, à l'entrée d'une ruelle près de La Bastille.

À leur retour, elles prirent en charge le bras droit très impatient de quitter la cave et de se refaire une virginité en trahissant son patron. De toute façon, il ne l'avait jamais apprécié : trop violent, trop imprévisible… Et puis, s'il avait basculé dans la criminalité, c'était à cause de Roquebrune qui le tenait par les c*** avec une liasse de reconnaissances de dettes et, surtout, la preuve par l'image de son goût immodéré pour les petits garçons... Alors s'il pouvait faire d'une pierre deux coups en se débarrassant du maître chanteur…

Les deux femmes le déposèrent presque 12 h plus tard devant chez lui. Il découvrit d'abord les scellés qu'il brisa avec précaution, puis la fouille sans ménagement de son logement. Il se précipita vers la composition moderne de Schwitters et sentit son cœur bondir en découvrant que la clé USB avait disparu… Exit son assurance-vie… Il n'avait plus le choix : s'il avait pensé, un court instant, profiter de sa liberté retrouvée pour se carapater loin de la capitale et passer la frontière pour se faire oublier à l'autre bout de la Terre, il n'avait désormais plus d'autre choix que jouer au jeu de l'Exécutrice de la Confrérie et, surtout, damer le pion aux deux gros bras.

Il s'assit et prit le portable que lui avait rendu la blonde avec tous ses effets, argent compris. Quelques secondes pour mettre en place une stratégie, une explication plausible à sa disparition et il appuya sur le contact, une boule dans la gorge : l'homme lui faisait peur, fallait bien l'avouer…

Ah… On décrochait… La voix d'une inconnue… Il se lança :
— Il est là ? s'enquit-il sans se présenter.
— *Qui ça, « il » ? Et puis, vous êtes qui ?*
— Son associé. Passe-le-moi ! exigea-t-il sur un ton qu'il voulait assuré et suffisamment directif pour être pris au sérieux.

Pas l'une des filles de quatrième zone qui tournaient autour de Roquebrune qui allait lui barrer la route, quand même !

— *Chéri ? Y a ton associé qui veut te parler !* l'entendit-il alors crier hors micro.
— *Qu'il aille se faire foutre !* répliqua d'encore plus loin un homme agacé à la voix un peu trop brutale.
— *Il veut pas vous parler…* reprit la fille avec l'intention évidente d'abréger la communication.
— Attendez ! Dites-lui que je connais quelqu'un qui sait où se trouve ce qu'il cherche !

Trop tard. Plus personne au bout du fil. Il poussa un juron retentissant, se leva et esquissa quelques pas fébriles : il devait parvenir à se faire entendre, mais sans savoir exactement où le trouver, compliqué : le gus était extrêmement méfiant et ne lui avait jamais fait qu'une confiance très relative. Il aurait laissé courir dans toute autre circonstance, mais là, sa vie était dans la balance.

Du coup, il opta pour un SMS… Pas son moyen de communication de prédilection, mais il n'avait pas le choix… Restait à trouver les mots…

> N
>
> Je connais quelqu'un qui sait où trouver ce que tu cherches. C'est du lourd ! Rappelle-moi au plus vite.

Inutile d'en dire plus. Le message était suffisamment explicite.

Il reposa son portable et décida d'aller prendre une douche, histoire de s'éclaircir les idées et de retrouver figure humaine. Il souleva le bras droit, renifla son aisselle et grimaça : il sentait le bouc…

TOUS LES COUPS SONT PERMIS !

Leur appartement, enfin... Un deux-pièces qu'ils partageaient depuis quelques années déjà. Pas le grand luxe, ça non, mais c'était chez eux et en plein centre de Paris qui plus est. Une aubaine pour leurs activités. Pas de temps à perdre : ils devaient mettre en branle leur réseau, retrouver leur place dans « le tuyau » des missions octroyées par la Confrérie et tenter de trouver le moyen de retourner dans le pool de R^2. Pas le plus simple. Mais ils n'avaient guère le choix. Sauf si...

— Tu penses à ce que je pense ? fit Chris en retirant son T-shirt souillé de terre et de sueur.

Son acolyte se retourna alors qu'il fouillait dans la penderie :

— Qu'est-ce que t'as en tête ?

— Je suppose que, tout comme moi, t'as envie de vivre un peu plus longtemps ?

— Non, tu crois ? grogna son ami en haussant les épaules. C'est quoi, ton idée ?

— Nous débarrasser de Nadaud.

— Et tu vois ça comment ? Tu veux l'éliminer ?

— Regarde les choses en face... On a une longueur d'avance sur lui, pas vrai ?

— Et ?

— Pourquoi ne pas le balancer aux flics ?

— Le balancer ? Tu veux leur dire quoi ?

— Ben, il est forcément dans leur collimateur vu qu'ils recherchent Roquebrune... On leur dit qu'il va sûrement rentrer chez lui, ils le chopent et nous, on a les mains libres pour un moment...

— S'ils le gardent...

— Une garde à vue de quelques heures, c'est toujours ça de pris, non ?

— Tu sais ce que je pense des balances, non ? Pas que j'apprécie ce type, mais de là à lui envoyer les flics...

— Parce que tu crois que cette enflure hésiterait une seconde avant de nous balancer aux keufs ?
— Ouais... Tu as raison, mon pote... C'est d'accord pour moi si tu crois que c'est la meilleure solution. Tu t'en occupes ou bien tu veux que ce soit moi ?
— Puisque c'est moi qui ai eu l'idée...
— D'ac. Je me change et je contacte le dispatching...
— Ça me va... Eh, Phil, on fait le bon choix, d'accord ? On a fait une connerie, je dis pas... On n'aurait jamais dû accepter le contrat de R² sans savoir exactement qui était notre cible. Franchement pas malin de s'attaquer à cette meuf... Du coup, faut trouver un moyen de rattraper le coup...
— Ça va, je te suis, t'inquiète...

Le Guadeloupéen s'éclipsa, laissant son équipier devant la fenêtre, son portable à l'oreille. Sûr qu'il n'avait pas envie de clamser prématurément pour une erreur de jugement, et surtout pour avoir cru, à la seule vue d'un bijou et de l'affirmation péremptoire d'un affreux qu'ils agissaient sur ordre de la Confrérie.

⋆

— *Commissaire Sheridan ?*
— Oui, grogna celui-ci de mauvaise humeur. Vous êtes ?
— *Capitaine Samson, de la Crime. Nous venons de recevoir un appel qui devrait vous intéresser. Vous êtes bien sur l'affaire de trafic de filles ? Nadaud et son association, ça vous dit bien quelque chose ? J'ai vu passer un avis de recherche...*
— En effet.
— *Donc, nous avons reçu un appel nous affirmant que Nicolas Nadaud s'apprêtait à rentrer chez lui.*
— Un canular ?
— *Ça avait l'air sérieux même si l'appel était anonyme, bien sûr...*
— Ça fait combien de temps ?
— *Un peu moins de deux heures...*
— Merci pour le tuyau, Capitaine, lâcha l'Irlandais d'une voix qui se voulait reconnaissante. Je vais mettre mes gars sur le coup. À charge de revanche, Samson !
— *Je m'en souviendrai...*

Plus personne au bout du fil. Il esquissa un sourire et rameuta ses troupes : si l'appel n'était pas une plaisanterie, il fallait mettre en place une souricière au plus vite…

Trois heures plus tard…

Deux hommes en planque devant l'hôtel particulier, un autre à l'intérieur ; ils étaient fins prêts à cueillir le bonhomme. Les instructions : le laisser arriver, jauger ses réactions puis l'alpaguer. Son équipe n'était pas en place depuis une demi-heure, lui dans la maison pour une fois de plus, en faire le tour et vérifier qu'ils n'avaient rien laissé passer que le numéro spécial utilisé par St-Cyrq s'afficha sur son portable. Debout dans l'encoignure de l'une des trois fenêtres du salon donnant sur le petit jardin et la rue, à l'abri des regards derrière un rideau en voile, il accepta l'appel et plaqua l'appareil à son oreille tout en plongeant son regard sur la vie à l'extérieur :

— Gwen ? Un souci ?

— *Du tout… Enfin, plus pour le moment. Je t'appelle pour deux trucs… Tout d'abord, lorsque nous sommes allés, Cavaignac, Yvon et moi, faire un tour chez Nadaud, nous avons découvert, camouflée dans une composition d'art moderne, une clé USB.*

— Yvon me l'a dit, mais l'explosion de la gendarmerie l'a détruite.

— *Non… C'est moi qui l'ai…*

— Ah bon ? Comment ça se fait ?

— *Je l'ai prise juste avant d'aller chercher la tablette : je voulais en faire une copie avant de la rendre à Signac… un excès de méfiance, disons…*

— Mouais… Je vois… C'est toujours compliqué avec Yvon, hein…

— *Non, on dirait que ça s'arrange, au contraire. Mais, enfin… On ne se refait pas, hein…*

— Comme tu dis. Content que vos relations s'apaisent : vous bossez bien, tous les deux, et vous êtes complémentaires, ce qui est rare.

— *Hum…*

Il sourit, mais reprit immédiatement :

— Donc, tu me fais passer la clé ?

Si lui tutoyait tous ses hommes, Gwen n'était jamais parvenue à le tutoyer de façon pérenne même si, de temps à autre, elle oubliait la relation hiérarchique.

— *Je vous ai envoyé les fichiers décryptés sur la messagerie. Vous verrez, c'est édifiant… Mais si je vous appelle, c'est pour vous avertir que Nadaud devrait réintégrer ses pénates d'ici quelques heures.*
— On a eu l'info via un appel anonyme. Nous sommes en place. Une idée de l'identité de son patron, le dénommé R^2 ?
— *Ronan Roquebrune… Le beau-fils de Raoul Alban.*
— Oh… Excellent ! Tu as une adresse ?
— *Non, pas encore. Mais je fais tout pour qu'il sorte enfin du bois. Je crois que ça va bouger dans les prochains jours.*
— Fais attention. Tu récupères Yvon, d'accord ? Même un bras en écharpe, il pourra te couvrir en cas de besoin.
— *C'était dans mes intentions : son médecin m'a averti qu'il sortait en fin de journée.*
— Bon… Ravi de te voir aussi raisonnable. Dis donc, Gwen… Tu aurais une idée de l'endroit où se planque Mortimer ?

Un silence accueillit la question. Il soupira, mais attendit la réponse de la légiste, sourcils froncés.
— *Oui, je sais où il est… a priori, du moins, s'il n'a pas changé son fusil d'épaule…*
— Tu le caches ?
— *Oui… et non… Il m'a demandé de l'aide et comme je n'étais pas censée connaître sa véritable mission… Vous savez que La Confrérie est dans la boucle, n'est-ce pas ?*
— Évidemment.

Autre temps mort. Il comprit alors que la situation pour ces trois-là n'était pas simple dans la mesure où ils s'étaient attaqués à la puissante organisation. Mais elle reprit d'une voix neutre :
— *Je présume que Marlène et Manuel ont passé un marché…*
— On ne peut rien te cacher. Ils ont tous les deux des compétences très particulières qui restent uniques et très intéressantes pour un service comme la FSE…
— *Le marché tiendrait pour Glenn ?*
— Sans doute, pourquoi ?
— *J'ai besoin de lui parler avant de vous donner l'adresse de sa planque.*
— J'espère que tu sais ce que tu fais. Mais si c'est ce que tu veux… Il te faut combien de temps ?

— *Quelques heures, au plus. Et merci, Commissaire, pour la confiance.*
— Ouais. Fais attention quand même, c'est pas un enfant de chœur ! Et tiens-moi au jus !

Plus personne à l'autre bout du fil. Il soupira et consulta sa messagerie cryptée où un fichier compressé l'attendait : St-Cyrq avait donc dit vrai… Restait à choper Nadaud et à lui délier la langue…

Fin de journée…

Le bruit du portail piéton, enfin. Un court texto de son équipe l'avertissait de l'arrivée de la cible. Il se cacha dans un renfoncement séparant le salon d'une petite véranda en fer forgé de style Art déco, sortit son arme et attendit. La porte d'entrée, le hall… Il le suivait aux bruits de pas, oreilles tendues. Le salon…
— *Il est là ?*

Nadaud téléphonait. Voix autoritaire, il devait s'adresser à un sous-fifre. Une excellente opportunité. Du coup, il demanda par SMS à ses deux équipiers de rester tranquilles un moment. L'autre dut l'envoyer bouler ou lui réclamer son identité parce que la réponse fut cinglante :
— *Son associé. Passe-le-moi !*

Autre silence, plus long, celui-là. Son interlocuteur devait demander des instructions. L'intérêt, c'était qu'il cherchait à contacter Roquebrune… Une chance pour l'Irlandais à l'affût.
— *Attendez ! Dites-lui que je connais quelqu'un qui sait où se trouve ce qu'il cherche !*

Le surnommé R^2 devait se méfier parce qu'il refusait de prendre l'appel. Intéressant pour la suite parce que si Roquebrune lâchait son associé, l'autre aurait moins de scrupules à le balancer. Sean se déporta sans faire de bruit tandis que le bonhomme était concentré sur l'écriture d'un message. Mais lorsqu'il leva les yeux, il se retrouva avec la gueule du Beretta du policier à quelques centimètres de lui… Il lâcha son téléphone et leva immédiatement les bras en pensant à la seule chose qui importait désormais : les deux autres avaient les coudées franches pour gagner le deal conclu avec l'Exécutrice ; sortir son épingle du jeu en déballant tout ce qu'il savait pour rester au chaud entre les mains protectrices de la police.

UNE CONFRONTATION HOULEUSE

Gwen raccrocha et regarda sa montre. Le chirurgien qui avait opéré Signac venait de lui confirmer sa sortie pour la fin de journée, entre 16 et 17 heures. Elle avait le temps de se rendre rue Exter : elle avait un compte à régler avec Mortimer. Nadaud pris en charge par la FSE, les deux gros bras à la recherche active de Roquebrune pour elle, Alban sous surveillance, La Moucherie hors du circuit avec la restitution de sa fille, elle devait régler, une fois pour toutes, le cas de son ex-faux-équipier avant de passer à la phase finale de l'enquête, l'esprit libre.

Une demi-heure plus tard, elle garait son bolide dans une rue adjacente, ses deux acolytes parties pour Charlieu « en éclaireur ».
Elle engagea son arme dans l'étui accroché à la ceinture de ses jeans désormais très près du corps, retira de la boîte à gants un trousseau de clés, en choisit une puis quitta l'Alpine pour la ruelle pavée. La façade noircie par le feu qu'elle n'avait pas encore eu le temps ni d'ailleurs l'envie de faire repeindre, la lourde porte du hangar taguée puis le battant pour les piétons. Elle souleva la pierre qui servait de cachette à la clé et découvrit le logement vide : il était à l'intérieur.

Elle souffla puis engagea la clé dans la serrure et la tourna sans prendre de précaution particulière : elle voulait qu'il l'entende entrer. Prendre un mec pareil par surprise n'était évidemment pas une bonne idée.

Elle poussa le battant en fer, mais resta sur le seuil : à l'intérieur, tout était silencieux.
— Glenn ? appela-t-elle d'une voix claire. Je rentre…

Joignant le geste à la parole, elle passa à l'intérieur, referma derrière elle et regarda le vaste espace, sourcil levé. La décoration avait été totalement refaite à neuf deux ans auparavant, mais elle n'était pas revenue là depuis : trop de souvenirs étaient accrochés à ce lieu, trop d'images heureuses, d'autres beaucoup moins… Tout était à sa place, mais la poussière avait été faite, démontrant une présence. D'ailleurs, il quittait la salle de bains en abaissant son arme.

— Gwen ! Je ne pensais pas que tu viendrais… Tu es seule ? s'enquit-il, vaguement méfiant.
— D'après toi ? lâcha la légiste, sourcils froncés.
— Excuse-moi, mais je suis sur les dents… Tu m'excuses ?

Elle haussa les épaules.

— Tu m'expliques pourquoi tu es en cavale ?

La raison, elle la connaissait. Mais elle voulait le lui entendre dire, ou tout au moins, entendre le mensonge qu'il avait dû concocter pour lui faire passer la pilule. Elle avait besoin de comprendre dans quel état d'esprit il était et jusqu'où il était capable d'aller.

Devant elle, son arme toujours en main, il marchait pensivement de long en large, peut-être à la recherche d'une conduite à tenir : lui faire confiance ou pas, tout lui avouer ou la mener encore en bateau… Elle sentait le dilemme.

Du coup, pour précipiter les choses, elle reprit la conversation en main :

— … Sean te cherche… Mais je suppose que tu es au courant… Au courant de l'arrestation de tes deux copains également, je me trompe ?
— Non… avoua-t-il en se passant la langue sur la lèvre supérieure.
— Je peux connaître tes intentions ?
— Me barrer loin de toute cette merde… Tu connais les raisons de leur arrestation, non ?
— Trahison…
— Trahison, du bullshit[41], oui ! On pensait vraiment être du côté de la loi et bosser pour la justice… On s'est fait baiser, voilà la vérité ! Putain, si on avait su que Martignac nous faisait bosser pour sa pomme… Il nous a servi sa soupe et nous, on a couru !
— J'ai droit à ta version ou pas ?
— Et ça changerait quoi ?
— Je n'en sais rien… Peut-être pourrais-tu me convaincre que tu n'es finalement pas le salaud que je crois…

---

[41] Angl. Des foutaises

Il plissa curieusement le front en lui faisant face, la main armée le long du corps, mais le doigt tout proche de la gâchette.

— Qu'est-ce que tu sais ?
— Tout... ou à peu près... En sus de ce que tu m'as opportunément avoué pour me mettre en confiance, s'entend, répliqua-t-elle d'une voix fraîche.
— J'ai fait que mon job, Gwen... mais je t'ai pas toujours menti...
— Ben voyons... Du coup, je dois pardonner, c'est ça ? Je dois passer l'éponge sur la manipulation, la trahison, les mensonges...
— Je t'ai pas menti sur mes sentiments... Je te le jure...
— Je ne te crois pas... Plus maintenant, Glenn, plus depuis que je sais que c'est toi qui es derrière l'attentat à la gendarmerie de Charlieu, toi qui tenais le lance-roquette...

Il blêmit puis, dans un geste machinal, se gratta le front avec le canon de son arme.

— C'étaient les ordres... Pas question de les discuter... Mais j'ai visé à côté en croisant les doigts pour que tu sois le plus loin possible de l'impact...
— Sauf que j'étais sur le parking et que c'est Signac qui a été blessé...
— Alors, c'est toi qui nous as tiré dessus ? Tant mieux. Pour Signac, c'est dommage... Une victime collatérale... Mais il est pas mort que je sache et puis tu le portes pas dans ton cœur, pas vrai ?
— Pas une raison, lui fit-elle remarquer sans se départir de son inimitié.

L'agent continuait à marcher de long en large, l'arme à la main, le regard braqué sur le sol. Il semblait perturbé par des pensées parasites, tiraillé par sa conscience peut-être ou par les choix limités qui s'offraient désormais à lui.
Gwen ne le quittait pas des yeux : la situation pouvait déraper à tout moment, sur un mot, un geste, une intonation. La tension était palpable.

— Qu'est-ce que tu comptes faire ? grogna-t-il sans la regarder.
— Comment ça ? Qu'est-ce que je compte faire à quel sujet, Glenn ? Je n'ai pas l'intention de te dénoncer, si c'est ce que tu veux savoir. Tu es ici, tu peux y rester autant que nécessaire.
— Pourquoi tu m'aides sachant ce que j'ai fait ? s'enquit-il en osant lever les yeux.
— Parce que... tu as des circonstances atténuantes... Parce que, même si tu jouais un rôle, tu as été là au moment où j'en avais

besoin… Parce que le fautif, dans l'histoire, c'est Martignac qui, sous couvert de te donner une seconde chance, s'est servi de toi, de ton passé et de ton envie de te racheter. Si tu veux un conseil, va voir Sheridan et fais comme tes deux autres copains, passe un accord. Sean est un mec fiable, tu peux lui faire confiance.

— Jamais il n'acceptera quelqu'un qui a essayé de te tuer…

— Je n'ai pas besoin de lui donner ton nom… J'ai pu ne pas te reconnaître : il faisait nuit, il pleuvait, et sans l'éclairage public…

— Tu ferais ça ? murmura-t-il en l'observant sans y croire. C'est aussi ce que tu vas dire aux responsables de la Confrérie qu'on a tenté de détruire ?

— Martignac est mort et son réseau explose… C'est suffisant. Ils savent quel rôle vous avez joué tous les trois, mais ils ne connaissent pas l'épisode Charlieu… Ils vous laisseront le bénéfice du doute si je ne leur dis rien et si vous ne poursuivez pas la croisade de votre donneur d'ordres. Tu auras alors l'occasion de reprendre ta vie à zéro, Glenn, et de faire enfin les bons choix.

À présent, il la dévisageait à la recherche d'une trace de mensonge, de manipulation, mais elle semblait sincère. Devait-il la croire ?

— Et nous deux, Gwen ? murmura-t-il sans la quitter des yeux.

— Je suis capable de passer l'éponge sur bien des choses, mais pour moi, entre nous, il n'y a plus rien du tout, si tant est qu'il y ait eu quelque chose, bien entendu. Plus d'amitié, plus de confiance… Tu prends la décision que tu veux, mais tu oublies que j'existe, tu oublies jusqu'à la nuit que nous avons passée ensemble. Une regrettable erreur…

— Pas pour moi… Mais je dois assumer mes conneries, pas vrai ? D'accord… Je te remercie, Gwen, pour cette chance que tu me donnes de repartir de zéro… Je sais pouvoir te faire confiance. Je vais y réfléchir…

Elle haussa les épaules et lui tourna le dos. Elle quitta le hangar avec un véritable soulagement : à lui de faire les bons choix. Il avait désormais toutes les cartes en main…

RAPPROCHEMENTS

Un peu plus de 16h00, devant l'hôpital de Roanne.

Garée sur le parking, juste en face de l'entrée principale, elle quitta la voiture, traversa la petite rue pour pénétrer dans l'établissement et s'arrêter à l'accueil afin de s'assurer que son binôme n'avait pas encore quitté les lieux.
Rassurée quelques minutes plus tard, elle ressortit et s'assit sur l'un des bancs installés sur le large trottoir pavé, face à l'entrée vitrée, histoire de ne pas le rater.

Le chemin du retour avait été pensif : elle avait décidé de pardonner à Mortimer, de lui laisser une chance, mais quelque part, elle sentait que la personnalité très « borderline » du personnage pourrait lui être fatale et qu'il pourrait basculer dans une phase destructrice.
Quatre heures à peser le pour et le contre, à revisionner tous les instants vécus à ses côtés, à reconsidérer ses motivations…
Elle sortit son portable, se mordilla l'intérieur de la joue comme à chaque fois qu'elle était indécise puis composa le numéro de Sheridan qui répondit, comme à son habitude, immédiatement :

— *Oui, Gwen ?*
— Je viens d'aller voir Glenn… Il n'est pas bien. J'ai eu la vague impression qu'il veut se foutre en l'air… Pas question, pour moi, de lui pardonner quoi que ce soit, mais comme pour ses deux acolytes, un accord a été passé, pourquoi ne pas lui proposer le même deal ?
— *Les deux autres ont été arrêtés, lui est en cavale, hein…*
— Il est ultra méfiant… Normal après tous les aléas de son existence, non ? Si tu lui proposes le deal, il se présentera de lui-même… Je sais qu'il vous fait confiance.
— *Très bien. Tu as un moyen de le contacter ?*

— Je vous envoie le numéro du prépayé… Merci pour lui, Commissaire : malgré tout, je crois qu'il mérite une chance au sein d'une équipe comme la FSE.
— *Je m'en occupe. Tu es où ?*
— Devant l'hôpital… J'attends Signac.
— *Bon. Tiens-moi au courant.*

Elle rempocha l'appareil et se leva, impatiente de poursuivre, et quelque part, de revoir son équipier.

Son prochain mouvement ? Parvenir à discuter avec le propriétaire du manoir de Malfarat puis s'intéresser de plus près à la lettre scannée que lui avait fait passer La Moucherie afin de trouver enfin une piste pour les tableaux, le but ultime étant bien évidemment de coincer Roquebrune. Si le réseau de la Confrérie parvenait à le loger, elle se faisait fort de lui mettre la pression en lui renvoyant son fils « en port dû ». Quel meilleur moyen pour le pousser à la faute ?

Elle s'apprêtait à reprendre son portable pour relire le fameux message reçu par le résistant en 1943 lorsqu'une silhouette bien connue passa la porte automatique, un sac en toile noire à la main. Elle sourit et s'avança.
— Je pensais que ce serait Cavaignac qui viendrait me chercher, remarqua Yvon d'une voix mitigée.
— Déçu ? Je peux t'appeler un taxi, si tu préfères, répliqua-t-elle du tac au tac non sans une certaine ironie.
— Puisque tu es là…

Elle leva un sourcil, mais ne releva pas l'évidente mauvaise humeur du policier. Exit, sans doute, les quelques moments privilégiés vécus ensemble avant l'attentat.
Du coup, elle passa devant, traversa la rue et déverrouilla les portières, prit place derrière le volant sans daigner l'aider. Dès qu'il eut bouclé sa ceinture, elle démarra et s'engagea dans les rues de Roanne pour quitter l'agglomération et regagner Charlieu via la D482 passablement chargée à cette heure de la journée. Un secteur industriel puis la campagne monotone. Aucun des deux ne parlait. Finalement, c'est elle qui prit l'initiative :
— J'ai confirmé au proprio du manoir que je conservais la chambre malgré les dégâts. Il a fait le ménage, son assureur étant passé dès

le lendemain. Toi, tu vois ce que tu fais ? Je te dépose à l'auberge du Lion d'Or si tu préfères : ils ont des dispos…

— Je pensais que tu me tiendrais au courant de tes avancées, grogna-t-il sans répondre à la question tout en tournant la tête pour observer le profil fermé.

— Parce que Sean ne t'a rien dit ?

— Si… Mais j'aurais aimé que ce soit toi…

— Pas envie de t'ennuyer alors que tu as failli perdre la vie à ma place. Et puis le chirurgien m'a demandé de te laisser te reposer… J'ai obéi.

— Parce que tu as papoté avec Decarolis ? s'étonna-t-il, pris de court.

À elle de tourner la tête et de plisser le front.

— Pourquoi pas ? Tu crois vraiment que je n'ai pas pris de tes nouvelles ? Sérieux ! Entre médecins, même si je ne suis que légiste, on se tient au courant…

Du coup, il soupira en baissant les yeux.

— Désolé… Excuse-moi… Et bien sûr que je retourne à Malfarat avec toi… Pourquoi tu m'as dit que tu étais visé à Charlieu ?

— Parce que c'est la vérité… Un coup de Martignac pour tenter de mettre fin à mon enquête…

— Pas lui quand même qui a tiré ?

— Non… Il ne se salit jamais les mains ; il fait faire le sale boulot par les autres…

— Tu sais qui a fait le coup ?

— Oui.

— Et ?

Elle inspira à fond, serra vaguement le volant, mais ne répondit pas.

… Tu ne veux rien me dire ? Tu le connais personnellement, c'est ça…

— Hum…

— Je suis désolé. Pas de chance, hein… Tu l'as dénoncé à Sean ?

— Inutile puisqu'il est au cœur du scandale Martignac…

— Tu me donnes son nom ?

Un nouveau silence qui lui tira un soupir.

… Tu ne me fais toujours pas confiance, je me trompe ? reprit-il d'une voix fermée.

Un terre-plein de stationnement un peu plus loin. Elle y engagea l'Alpine, s'arrêta puis dévisagea son passager, le regard illisible.

— Comment pourrais-je me fier à toi, Yvon, alors que toi, tu n'as aucune confiance en moi ? lui fit-elle remarquer, sourcils froncés. Il y a toujours, entre nous, le spectre de ton frère... Il y a ce ressentiment latent que je comprends, d'ailleurs... Il n'est pas un jour où je ne pense à Jérôme, à ce qui s'est passé, c'est comme ça... Mais je n'ai jamais pu compter sur toi par le passé. Pourquoi est-ce que ce serait différent, à présent ? Parce que tu m'as juré avoir changé, avoir compris ? Combien de fois ai-je entendu ce discours ? Et à chaque fois... à chaque fois, Yvon, tu entends, on m'a trahie : mon père adoptif, mon premier copain, mes sœurs, ma mère adoptive, ton frère, toi, Mortimer, et j'en passe... Alors oui, je suis sans doute parano, mais la méfiance m'a sauvé la vie à de nombreuses reprises.

— Je comprends, murmura-t-il, une boule dans la gorge. Je le mérite, j'en suis conscient. Mais tu as tort en pensant que c'est la mort de Jérôme qui est entre nous à présent... Non... C'est ce qui en a découlé... Toute cette haine gratuite, cette violence tant physique que verbale que je t'ai fait subir. Je ne me le pardonnerai jamais, Gwen. Je te fais confiance, mais tes silences me font peur, je l'avoue, parce que j'ai peur des conséquences. Et tu sais quoi ? Je saurai te démontrer que tu peux me faire confiance...

Leurs yeux se rencontrèrent puis se lièrent en une foule de non-dits, d'émotions autant positives que négatives qui les chamboula. Un grand silence s'abattit dans l'habitacle qu'elle rompit en relançant le moteur et en s'engageant à nouveau dans la circulation.

— Je peux te poser une question ? lui demanda-t-il enfin alors qu'il ne l'avait pas lâchée du regard. Qu'est-ce qui va se passer à la fin de cette enquête ? Tu vas réintégrer la FSE ? Officiellement, s'entend...

— Pas à l'ordre du jour, non...

— Tu en as parlé avec Sean ?

— Non...

— Et... Tu vois la suite comment ?

— J'en sais trop rien. Je n'y ai pas vraiment pensé.

— Tu vas pas démissionner, quand même ?

— Tu te souviens que je n'ai plus d'existence légale en tant que Gwen St-Cyrq ? Je suis morte... Donc, soit je poursuis dans ma nouvelle peau de détective privée, soit je lâche tout et je disparais…

Un grand frisson parcourut l'épine dorsale du policier : elle s'était déjà détachée de son job de légiste, avait déjà envisagé de tout plaquer, mais son amour du métier l'avait toujours rattrapée. Cette fois, il sentait que sa décision serait sans appel. Il resta coi et termina le trajet, plongé dans ses pensées, tout comme elle d'ailleurs.

— On passe d'abord à la gendarmerie ? s'enquit-il alors qu'il dépassait le panneau signalant l'entrée dans Charlieu.
— Si tu veux.
— Cavaignac m'a dit que tous les ordinateurs ont été détruits et qu'ils n'ont pas retrouvé la clé USB découverte chez Nadaud… La poisse.

Elle tourna la tête et lui sourit :

— C'est moi qui l'ai… lui apprit-elle, légèrement moqueuse.
— Toi ! Mais comment ?
— En regardant tourner le logiciel de déblocage du mot de passe, j'ai eu un gros doute et avant de quitter les locaux pour aller récupérer ma tablette, je l'ai prise… Je voulais la dupliquer avant de la rendre à Cavaignac… Une précaution que je n'avais pas pu prendre avant…

À son tour d'esquisser un petit sourire moqueur :

— Je ne sais pas pourquoi ça m'étonne, répliqua-t-il sans animosité. Tu as réussi à ouvrir les fichiers, je présume ?
— Évidemment… Et j'en ai passé une copie à Sean. Du coup, tout un tas de petites frappes ont été arrêtées et Roquebrune, dans le collimateur, est activement recherché.
— Des news du mec que tu as blessé chez Robard ?
— Laurent Matecchi ? Non, aucune nouvelle, lui mentit-elle en soupirant. Mais à mon avis, il se terre avec son père…
— Son père ?
— C'est vrai que tu ne le sais pas encore… Matecchi est le nom de sa mère, mais son père n'est autre que Ronan Roquebrune…
— Pas possible ! s'exclama Signac, surpris. Le père et le fils unis dans le crime… Joli duo, dis donc ! Sean m'a dit que les Alban ont été retrouvés grâce à tes indics ?

— Ils étaient retenus dans la maison de Charlotte Roquebrune, la mère de Ronan et de Solange, l'épouse d'Alban. Elle jure ne pas avoir reconnu les lieux, mais je n'y crois pas une seconde… Pas plus que Sean, d'ailleurs : elle y a passé une partie de son adolescence… Du coup, le récit sonne faux…
— Peut-être une exigence de son fils pour lui rendre Manuela ? Si elle est encore en vie, bien sûr, remarqua-t-il avec une légère grimace de doute.
— Pourquoi Roquebrune aurait-il éliminé sa demi-sœur ? C'est sa seule monnaie d'échange dans l'histoire…
— De quoi tu parles ?
— Raoul Alban cherche les tableaux disparus en 43, tout comme son beau-fils… Si Alban les retrouve avant lui, Roquebrune pourrait alors les troquer contre Manuela… Mais si elle est morte, plus d'échange possible… et c'est la guerre…
— Et justement, concernant ces fameux tableaux ? Tu as une idée ?
— J'ai récupéré une copie de la lettre de mission reçue par le groupe de résistants en 43… J'aurais bien aimé avoir également le journal du grand-père La Moucherie, mais c'est Roquebrune qui l'a, à présent. Du coup, c'est lui qui a une longueur d'avance.
— Tu as mis tes indics sur le sieur Ronan ?
— Oui, mais je n'ai rien pour l'instant et j'avoue que je trouve le temps long.
— On le choppera, t'inquiète ! lâcha-t-il alors qu'elle se garait sur le parking attenant à la gendarmerie désormais en travaux, échafaudages en place contre la façade. Je vais voir Cavaignac. Tu viens ?
— J'ai deux coups de fil à passer. Je t'attends ici.
— Comme tu veux. Je n'en ai pas pour long… Juste pour le remercier, prendre des nouvelles de la brigade et de Chrin, et voir ce qu'ils ont trouvé de plus dans l'intervalle…

Elle acquiesça et le regarda pensivement sortir de voiture. Elle verrouilla les portières, retira sa ceinture de sécurité, se cala dans le siège enveloppant et ferma les yeux. Elle était épuisée : le manque de sommeil, le stress accumulé durant les derniers jours, Mortimer qui l'inquiétait, Roquebrune qui se rapprochait, et la présence à ses côtés de Signac qui la perturbait beaucoup trop à son goût…
Sans s'en apercevoir, elle sombra dans les bras de Morphée et c'est un bruit sourd à la vitre qui finit par la réveiller. Elle ouvrit un œil et

considéra le visage de son équipier qui l'observait avec une drôle de lueur dans le regard. Elle déverrouilla les portes et rajusta son assise en lançant le moteur.

— Alors ? s'enquit-elle d'une voix passablement endormie tandis qu'il bouclait sa ceinture. Du nouveau ?

— Ils ont chopé une petite frappe qui aurait participé au vandalisme du manoir, mais il refuse de leur donner le nom de ses complices. Quant à Natacha, elle a été mise en congé : elle est partie se mettre au vert dans une maison de repos…

S'il souhaitait la faire réagir, il en fut pour ses frais : la familiarité employée pour parler de la gendarme ne lui faisait ni chaud ni froid… trop fatiguée pour ça.

— Tu as l'air crevé, remarqua-t-il d'une voix concernée.

— Je n'ai pas que l'air, ironisa-t-elle en engageant le véhicule sur la petite route étroite menant à Malfarat.

Les phares éclairaient largement le ruban gris et les bas-côtés herbeux dans un vrombissement puissant. Le portail, enfin, puis l'allée gravillonnée.

L'Alpine garée, ils récupérèrent leurs maigres bagages et entrèrent dans le manoir en constatant avec étonnement les dégâts encore visibles. Leur clé était bien en évidence sur un petit guéridon dans l'entrée avec leur nom et un mot de bienvenue.

Ils traversèrent les pièces en enfilade puis grimpèrent l'escalier en bois pour parvenir dans leurs chambres désormais débarrassées des bibelots et des petits fauteuils sans doute endommagés. Le lit à baldaquin n'en était plus un, le dessus-de-lit assorti avait disparu pour laisser la place à un plaid. Elle posa son sac, observa le décor, retira ses chaussures et se tourna vers son équipier resté sur le seuil et plissa le front.

— Un souci ? lui demanda-t-elle, étonnée.

— Plus de lit de l'autre côté… Tu permets ? murmura-t-il, franchement gêné. Je peux aussi aller à l'auberge… Tu me passes les clés de ton bolide et…

Contre toute attente, elle lui sourit.

— Reste…

Un peu comme un gros ours qui ne sait plus quoi faire, intimidé, il se dandina d'une jambe sur l'autre puis passa la porte et posa son sac sur une chaise en paille. Il farfouilla dans ses vêtements, en sortit un boxer

et se dirigea vers la salle de bains. Lorsqu'il revint, elle était profondément endormie, recroquevillée sous le drap.
Il s'assit tout à côté, au bord du lit, et la contempla avec tendresse et amour puisqu'elle ne pouvait le voir. Du bout des doigts, il effleura ses cheveux puis la joue et la naissance du cou, découvrant les premières couleurs de ses tatouages. La caresse lui tira un murmure vague. Il s'enhardit, repoussa avec douceur le tissu pour mettre à nu l'épaule puis l'avant-bras, frôla du majeur les dessins complexes avant de descendre jusqu'à la naissance des seins dénudés. Un autre murmure… Il se courba en se tenant le côté douloureux et embrassa les lèvres qui s'entrouvrirent et acceptèrent le baiser tandis qu'elle ouvrait les paupières. Il retira le drap et contempla le corps menu et presque entièrement colorisé avant de la découvrir de sa main valide sans qu'elle s'y oppose. Puis il s'allongea contre elle à son invitation et l'étreignit en l'embrassant. Plus rien ne compta que leurs sensations et les émotions qu'elles attisaient.
Le soleil était déjà haut dans le ciel lorsqu'ils s'éveillèrent, étroitement enlacés encore. Les mots étaient inutiles, à présent. Leurs regards se mêlèrent un long moment puis, en souriant, ils s'embrassèrent encore, peut-être pour se rassurer. Une bonne heure plus tard, ils quittaient leur chambre pour descendre prendre un petit-déjeuner tardif qui les attendait encore sur une grande table à l'ombre, côté cuisine. Encore sur leur petit nuage, ils se préparèrent des tartines tandis que le café passait, à côté.

— On va à la gendarmerie après, si ça te va, lâcha-t-il enfin, la bouche pleine. J'aimerais voir ce que le casseur leur a dit, s'ils sont arrivés à lui tirer les vers du nez…
— Sans moi : je veux me concentrer sur la disparition des tableaux. Ce serait pas mal de coiffer Roquebrune sur le poteau.
— Tu crois vraiment qu'il est dans le secteur ? s'enquit-il d'une voix vaguement inquiète.
— Si Malfarat a été vandalisé, à mon avis, c'est sur son ordre, pour tenter de trouver la planque, ou tout au moins un indice sur leur cachette. Il est sûrement là, quelque part, en embuscade, le nez à l'affût.
— Ne me dis pas qu'il t'a dans le collimateur ! gronda-t-il en la dévisageant, sourcils froncés.
— Je ne te le dis pas… murmura-t-elle en prenant une tranche de cake.
— C'est quoi, le truc ? Tu l'as provoqué ?
— Faut bien faire sortir le loup du bois, non ?

— Pourquoi ! Pourquoi tu te mets en danger, comme ça ?
— Parce que je veux le choper, Yvon... Pour Nina...
— Et pour ta copine, tu es prête à te faire buter, toi !
— Nina n'était pas une simple copine de galère... Elle était comme ma petite sœur... Je l'ai gardée, nourrie, protégée d'Amir et de ses coups tordus... enfin, autant que je le pouvais parce qu'à l'époque, je n'étais pas bien vieille et que je devais moi aussi survivre, mais bon... J'aurais dû l'amener avec moi lorsque j'ai quitté le squat, mais je n'ai pas pu... Ensuite, plus possible... C'est ma faute si elle est morte... J'aurais dû l'obliger à quitter la rue, à larguer Amir...
— Qu'est-ce que tu racontes ? Tu n'as pas à te sentir coupable, voyons ! Et Nina n'aurait jamais voulu que tu perdes la vie en cherchant à la venger ! Je reste avec toi !
— Pour quelle raison ?
— Parce que je n'ai aucune envie de te perdre, voilà pourquoi ! lui avoua-t-il d'une voix un peu rauque. Je peux tout aussi bien téléphoner...

Elle posa sa main sur celle du policier et observa en souriant pensivement la disproportion.
— Il n'est pas encore prêt à attaquer. Pour l'instant, il est sur la défensive avec la disparition de son fils, l'arrestation de Nadaud, la découverte des Alban chez sa grand-mère et la Confrérie qui le traque. Je ne risque rien... pas aujourd'hui en tout cas.

Il grogna, peu convaincu, la dévisagea pour s'assurer qu'elle ne lui mentait pas pour l'écarter puis acquiesça :
— D'accord. Je fais juste un aller-retour. Tu restes ici ?
— Dans le parc, il fait un temps superbe. Et si je parvenais à voir le proprio du manoir...
— D'accord. J'appelle un taxi. On se revoit tout à l'heure... murmura-t-il en se penchant pour lui déposer un baiser sur la joue qui glissa vers ses lèvres. Et s'il y avait un souci, tu m'appelles, hein...
— Mais oui...

Un dernier regard, et il sortit son iPhone pour appeler une voiture tout en retournant à l'intérieur du bâtiment : il devait récupérer son arme et passer un coup de fil à Sheridan...

UN CODE ?

Elle le regarda disparaître, débarrassa la table puis, un énième café en main, elle dépassa la bâtisse pour s'aventurer vers le plan d'eau qu'elle contourna tranquillement. De l'autre côté, un petit ponton, un guéridon en fer forgé bleu, des chaises en bois de même couleur. Elle s'installa, vida sa tasse puis ouvrit son portable, vérifia les mails et les SMS avant d'en parcourir la galerie de photos. Elle arrêta son dévolu sur le cliché de la fameuse missive reçue par le chef de réseau de résistants. Une écriture peu lisible, en partie effacée par le temps sur ce papier détérioré par l'humidité. « Lm Malfarat ou Llm Malfarat »... Ce pouvait être « La Moucherie Malfarat »... La signature « GilReilGer » peut-être... Bizarre qu'un ordre de mission soit signé, tout de même, sauf si l'information était d'importance.

Elle décrypta le message, sourcils froncés : *« Pour la Question de font Chapelle ji serai le Samedi 9 Courant 13h Ne manqueS paS di Etre ce Jour »*

Font Chapelle... Un lieu, mais où ? Elle effectua une recherche, trouva un chemin de Font Chapelle à Nîmes... Quel lien ? Certainement aucun. Une date tronquée, le samedi 9, mais de quel mois ? Forcément en 43. Les fautes étaient-elles importantes, donnant au lecteur averti un code secret et les précisions indispensables à la mission ? Et les majuscules ? Le rédacteur n'était peut-être tout simplement pas un crac en orthographe et trouvait les majuscules plus élégantes à utiliser...

Elle soupira, ferma les yeux et se concentra sur la chaleur si agréable des rayons qui lui caressaient le visage. Que lui avait dit le fils du chef de réseau ? Qu'il avait découvert que son père avait récupéré les toiles des mains des Arditi et les avait convoyées avec son groupe jusqu'à Malfarat... puis qu'il était parti à Lyon. Il y avait été arrêté puis assassiné. Qui allait-il voir à Lyon ? Pour quelles raisons ? Qui l'avait dénoncé ?

Se concentrer d'abord sur le plus évident, la date… Samedi 9. Elle chercha sur le net l'agenda de l'année 43 : il y avait un samedi 9 en janvier (trop tôt). La date était donc fausse puisque le résistant avait reçu son ordre de mission en février et que sa famille avait été arrêtée en mars de la même année. Donc, logiquement, tout s'était déroulé en l'espace d'un mois, entre février et mars 43. Et si ce n'était pas le 9, mais le 13 à 9 h ? Une inversion pour brouiller les pistes… Et justement en février et en mars, deux samedis 13 ! Donc, pourquoi pas ? Si, au moins, elle avait le journal de la Moucherie : qui sait si, justement, ce genre de détail n'y était pas mentionné ? Et dans ce cas, Roquebrune avait une longueur d'avance.

Lyon… Font Chapelle… le 13…

Lentement, elle s'endormit, fatiguée par une nuit mouvementée et des jours sans vrai sommeil, bercée par la douceur du soleil matinal, le piaillement des oiseaux, et la paix ambiante, l'esprit envahi par ses questions, ses hypothèses, et trop peu de certitudes.
Font Chapelle… Une chapelle… Où ça ? Charlieu ? Ce serait alors à l'église Saint-Philibert ? Dans les environs ? Ou à Lyon ? Dans ce cas, pourquoi être passé par Charlieu ?

Font Chapelle… Et s'il s'agissait des fonts baptismaux d'une chapelle ? Dans tout ça, que faire du morceau de papier récupéré par Chrin ? Ce plan semblait avoir été le point de départ des casseurs à l'intérieur du manoir : s'ils s'étaient occupés du mobilier dans son ensemble, ils s'étaient concentrés sur la partie boisée de l'escalier menant à leur chambre. Un signe qu'ils pensaient trouver là quelque chose, soit un indice, soit les tableaux.

Une caresse sur la joue puis un baiser sur les lèvres la tira d'un sommeil agité et peu réparateur. Elle ouvrit les yeux pour découvrir Signac à ses côtés, amusé, mais quelque part soulagé.

— Ça va ? s'enquit-il en la dévisageant.
— Oui, pourquoi ?
— Je t'ai appelée et comme tu répondais pas, j'ai balisé…
— Désolée… murmura-t-elle avec une moue dépitée. Alors, cette visite à la gendarmerie ?
— Rien de nouveau : la petite frappe refuse de collaborer. Ils vont le déférer dans la journée sur ordre du juge. Et de ton côté ? Pas plus, je présume ?

— J'ai examiné la lettre reçue par le résistant en 43…
— Un ordre de mission, c'est ça ? reprit-il en prenant place dans le second fauteuil à côté d'elle.
— Probable, oui.
— Je peux la voir ?

Elle lui passa son téléphone en l'ayant rallumé pour faire réapparaître, à l'écran, le cliché.

— Il y a ce qu'on sait de source sûre : le chef du groupe de résistants a reçu la missive en février 43 ; sa famille a été arrêtée en mars. Donc, logiquement, la mission s'est déroulée sur un laps de temps d'un mois. On sait que le groupe est allé à Charlieu, chez La Moucherie puis, pour le chef, à Lyon où il a été arrêté. On sait également que Chrin a eu accès à une sorte de plan décrivant un endroit spécifique du manoir. Ce qu'on ne sait pas, c'est ce qu'il représente. On ignore également si La Moucherie a récupéré les tableaux ou un seul, celui qui a servi de paiement à la demande de rançon de Manuela. Je pense avoir découvert que le rendez-vous était convenu dans une église, près des fonts baptismaux, un samedi 13 à 9 h… pendant la messe, peut-être, en février ou en mars. Sinon, je ne vois pas très bien ce que serait ce « font Chapelle ». Par ailleurs, pas de samedi 9 en février ou en mars de cette année-là.
— Donc, tu penses à quoi ? Que les tableaux seraient planqués dans une église ?
— Soit ici, à Malfarat, soit dans l'église du rendez-vous, soit ailleurs, les fonts baptismaux n'étant qu'un lieu vague… Sans le journal du grand-père La Moucherie…
— Ouais… Du coup, Roquebrune est évidemment plus avancé que nous…
— Je n'en suis pas si sûre parce qu'il ne les a toujours pas trouvés… Peut-être que la lettre et le journal sont les pièces d'un même puzzle…
— Après, tu as remarqué, je suppose, l'orthographe et les majuscules… le C de chapelle… le S de samedi, le C ensuite de courant et puis les deux S, le E et le J…
— Hum… Sans la clé du code… On peut se dire qu'on parle des fonts, avec le t, hein, baptismaux d'une chapelle… Ensuite, l'inversion heure date… Et comme on n'a aucun lieu, peut-être que les autres majuscules le désignent justement ? SSEJ… Une église ?

Il sortit son iPhone et commença une recherche, sourcils froncés.

— Dans les parages, rien qui correspond... À Charlieu, c'est Saint-Philibert. Pas plus autour...

— Regarde à Lyon...

— Euh... St-Nizier, Saint-Bonaventure, Saint-Georges... Attends voir... Saint-Jean... Une cathédrale... Voilà... Saint-Jean-Baptiste et Saint-Étienne... Eh ! Mais ça collerait parce qu'on l'appelle aussi juste Saint-Jean... T'en dis quoi ?

— La primatiale ? Alors là, je crois qu'on tient un truc, rebondit Gwen, le regard éclairé par une idée soudaine. En 43, le Primat des Gaules, c'était Gerlier si je ne m'abuse... Un gus controversé pour quelques phrases prononcées en faveur de Pétain, mais qui a été nommé Juste par Israël après la guerre. Et regarde la signature... ReilGer... Gerlier en anagramme. Le Gil, du pipo, à mon avis...

— C'est fou, ça ! s'exclama-t-il, yeux écarquillés devant la révélation. On a trouvé !

— Yep... Après, rien ne dit qu'il est allé à Lyon avec les œuvres d'art... Et ça, je suppose que c'est dans le journal même si, a priori, ce ne doit pas y être écrit de façon claire.

— Le morceau de plan que t'a filé Natacha à la fête, ce serait quoi, alors ?

— Pourquoi pas un dessin présent dans le journal ? lâcha-t-elle sans, évidemment, lui en dire plus sur les révélations de La Moucherie.

Il observa son équipière puis soupira :

— Je présume que tu veux aller à Lyon ? s'enquit-il franchement peu enthousiaste.

— Pas forcément, murmura-t-elle en prenant son portable, puis en cherchant quelque chose et en écrivant rapidement quelques mots. Mieux vaut rester ici si je suis, comme je le pense, sous étroite surveillance des hommes de Roquebrune.

Du coup, il plissa le front d'une curieuse façon et regarda autour d'eux à la recherche d'un indice corroborant le ressenti de la légiste sans rien repérer de suspect.

— Tu es certaine d'être surveillée ?

— Disons que ce serait dans la logique des choses. Mais ce n'est pas très important. Ça veut juste dire qu'il se sent en danger, et ça, c'est plus que positif pour nous, non ?

— Positif, mais dangereux !

— Pas tant que ça : pour l'instant, il croit que nous travaillons pour lui. Il attendra que nous ayons retrouvé les tableaux pour passer à l'action. Enfin, c'est ce que je ferais dans sa situation…

— Espérons ! Tu as écrit à qui, si c'est pas indiscret ?

— À des copains qui vont aller jeter un œil à la cathédrale. S'ils trouvent quoi que ce soit, on ira alors voir de quoi il retourne si tu es d'accord.

— Ça me va, oui. Au fait, j'ai eu Sean au bout du fil : ton ancien équipier, Glenn, l'a contacté pour passer un accord comme ses deux copains. Comme eux, il devrait reprendre à terme sa place au sein de la FSE. Il va témoigner dans l'affaire Martignac.

Il la dévisagea pour capter une réaction, même minime, et obtenir des réponses ; s'il avait pensé, ne serait-ce qu'un court instant, que ces deux-là étaient liés par autre chose que les liens professionnels, il en était pour ses frais : l'annonce parut lui faire ni chaud, ni froid. Rassuré, il sourit vaguement et jeta un œil à sa montre.

— Dis, t'aurais pas un petit creux ? Ça te dirait d'aller manger un truc sur le pouce en ville ?

— Je te suis, murmura-t-elle préoccupée, les yeux rivés sur l'écran de son portable qui venait de lui signaler un message.

Ils se levèrent et firent le chemin retour jusqu'au manoir en silence alors qu'elle échangeait des messages rapides avec un correspondant inconnu.

L'Alpine. Elle s'adossa à la carrosserie, le front soucieux, et dévisagea sans vraiment le voir Signac juste en face d'elle, en attente d'une explication. Finalement, elle prit conscience du regard insistant du policier et soupira :

— Tu sais si une équipe de la FSE est restée sur les Alban ?

— Aucune idée, pourquoi ?

— Parce que Raoul Alban s'est procuré de nouveaux papiers d'identité, une voiture et une arme au marché noir…

— Oh merde ! Tu as une idée où il se trouve ?

— Aucune.

Un juron et il sortit à son tour son portable pour contacter Sheridan. À sa réaction, elle comprit qu'ils avaient lâché le couple dans la nature après le débrief qui avait suivi leur enlèvement. Du coup, elle leva un doigt pour qu'il s'interrompe et l'écoute.

— Attends ! lança-t-il à son correspondant. Un instant…

Un signe de tête à Gwen pour qu'elle s'exprime, ce qu'elle fit immédiatement :

— Ce serait pas mal que quelqu'un aille s'assurer que Solange Alban est encore en vie…
— Pourquoi, s'inquiéta-t-il en plissant le front. Tu crois qu'il l'a butée ?
— Selon les propres mots de mon informateur qui est aussi le vendeur, il ne le sentait pas… ce qui veut dire que, selon lui, il était capable de tout…
— Et il lui a refilé un flingue !

Pour toute réponse, elle haussa les épaules. Du coup, Yvon expliqua la situation à leur patron qui passa immédiatement des ordres.

— Un binôme va aller vérifier, la rassura-t-il en rempochant son appareil. Tu penses à quoi ? Qu'Alban se serait débarrassé de sa femme et qu'il cherche son beau-fils pour lui faire la peau ?
— Hum…
— Mais pourquoi ?
— Connaissant les techniques de déstabilisation en interrogatoire de tes copains, je crois qu'ils ont fait ressortir les liens familiaux entre l'épouse et le ravisseur, semant le doute dans l'esprit déjà ultra rigide du bonhomme, lui laissant entrevoir la possibilité d'une complicité de la mère et du fils pour lui soutirer du fric en simulant l'enlèvement de Manuela… Enfin, ce genre de truc capable de retourner n'importe qui…

Yvon esquissa une grimace et fit le tour de la voiture, regard fermé. Cette affaire commençait sérieusement à lui taper sur les nerfs avec des personnalités chauffées à blanc. Elle déverrouilla les portières et s'installa : elle n'avait pas vraiment faim, mais l'interlude aurait l'avantage de lui changer les idées.

PAS DE CHANCE ! (Enfin, ça dépend pour qui !)

Une brasserie sur la place Saint-Philibert... Le Saint-Phi... Pas mal de monde sous les vastes parasols blancs.

Tous les deux s'installèrent contre la rambarde en bois délimitant la place à proprement parler de la petite terrasse en exergue. Une jeune femme, sans doute une étudiante, s'avança immédiatement. Tous deux commandèrent une planche de charcuterie et une eau pétillante.
L'ambiance de vacances ne parvenait pas à leur faire oublier l'enquête et leur hâte non avouée de savoir si l'épouse Alban était, ou non, saine et sauve. Mais pour l'heure, c'était le calme plat.

Long silence. Enfin, Signac décida de briser la glace qui s'était progressivement installée en lui prenant la main avec douceur.

— Ça va ? lui demanda-t-il d'une voix concernée.
— Je ne sais pas pour toi, mais cette affaire me tape sur les nerfs et, quelque part, j'en suis à souhaiter qu'Alban retrouve Roquebrune pour lui faire payer toutes ces morts. Je n'ai aucune envie qu'il s'en sorte... Je sais que le flic que tu es ne peut que désapprouver, mais connaissant notre système judiciaire, cette pourriture pourrait bien passer entre les mailles du filet ou ne faire que quelques années de prison... Si injuste pour toutes ses victimes...
— Tu fais le parallèle avec ce que tu as vécu, pas vrai ? s'enquit-il en espérant qu'elle lui raconterait un peu sa vie avant la FSE et ce qu'il subodorait avoir été une succession d'épisodes traumatisants.

Elle plissa le front, mais ne le détrompa pas sans, néanmoins, lui donner les clés qu'il attendait.

... Je comprends, tu sais, reprit-il sans cesser de lui caresser la main. Je ne sais rien, ou vraiment pas grand-chose de ton enfance, de ton adolescence, de ce que tu as dû endurer, mais de là à souhaiter la mort d'un être humain... Tu sais, dans les commandos, j'en ai vu en « opé » des morts, des exécutions aussi… Même si, sur le moment, on a une impression d'apaisement, je t'assure que ce n'est jamais, au final, satisfaisant… La haine, le sentiment de vengeance sont destructeurs… J'en sais quelque chose…

Elle l'observa puis esquissa enfin un sourire.
— Tu as raison, évidemment. Je m'en veux tellement de ne pas avoir été là pour Nina…
— Comme je m'en suis voulu de m'être éloigné de mon frère Jérôme pour de mauvaises raisons… Comme disait mon paternel : « Si les regrets se payaient… je serais riche à millions ! »

Cette fois, elle sourit franchement comme si les derniers mots lui avaient rendu un peu de bonne humeur.
— Ton père était un philosophe, remarqua-t-elle, amusée.
— T'as pas idée ! rebondit-il sur le même ton.

La serveuse arriva et déposa devant eux un méga-assortiment de charcuterie qui les prit de court. Un bon appétit échangé, et tous les deux se lancèrent à l'assaut de leur « assiette » en retournant à leurs pensées.
L'iPhone de Signac. Il le tira de sa poche revolver et contempla le SMS laconique :

> (…) Chou blanc chez les Alban. Poursuivons

— Bon, ben pour l'instant, le couple est uni dans la fuite, lui apprit-il en lui faisant lire le message. Maintenant, Roquebrune est l'homme à abattre. Ça va être chaud… Tu t'en rends compte ? Il a à la fois Alban, la FSE, la Confrérie et nous aux fesses !
— Certes, mais il a une longueur d'avance et il sait où nous sommes tandis que nous, on ne sait pas du tout où il est…
— Enfin, pas encore parce que tes copains de la Confrérie sont partout, non ? Il va pas rester invisible bien longtemps, ça, j'en suis sûr !

Elle leva les sourcils, mais ne répliqua pas.

Ils terminèrent le repas en silence, pensifs l'un et l'autre pour des raisons différentes. Yvon régla la note, empocha le justificatif pour un futur

remboursement puis la rejoignit sur la place. Elle marchait lentement, son téléphone à l'oreille. En approchant, il l'entendit soupirer : elle hésitait, mais pour quelle raison ?
Il se plaça à son niveau, regard interrogatif. Elle le regarda, se mordilla l'intérieur de la lèvre puis se décida :

— Vas-y, mais vous ne le perdez pas des yeux et tu me tiens au courant, lâcha-t-elle, front plissé.
— …
— Non, pas question ! gronda-t-elle. Vous ne pouvez pas faire ça !
— …
— Je le sais bien, mais je te demande de réfléchir, reprit-elle d'une voix vaguement agacée. À quoi ça t'avancera ?
— …
— Après, c'est toi qui vois… Tu peux me dire où il est ?
— …
— Ne fais pas ça…

Elle soupira, raccrocha, grogna quelque chose d'inintelligible comme une injure qui ne veut pas dire son nom et rangea le téléphone dans sa pochette.

— Qu'est-ce qui se passe ? Un souci ?
— Laurent Matecchi a été retrouvé…
— Oh ! Cool !
— Cool, cool… C'est vite dit, il est mort…

Pas question de lui dire qu'elle l'avait exécuté, bien entendu.

— Ah merde… Comment ?
— Exécuté et découpé en morceaux…
— Hein !
— Cerise sur le gâteau, Roquebrune a été logé et ils lui ont envoyé le corps pour le faire sortir de son trou.
— Qui ça, « ils » ?
— Des très proches de Robard qui veulent lui faire la peau pour venger sa mort. Pour eux, Roquebrune est LE responsable. Je n'ai pas pu apprendre où il se planque… La poisse !

Nouveau mensonge énoncé avec les accents de la vérité. En fait, les deux Slaves avaient réussi à retrouver le bonhomme. Si Marta cherchait, depuis l'assassinat de Gisèle, à le venger (*n'oublions pas que Gisèle était en fait un homme, un requin de la pire espèce*), la mort de

Bresky (*l'homme de main d'Alban qui l'avait exécuté sous son ordre*) ne lui avait pas suffi : elle voulait Alban et, pour faire bonne mesure, Roquebrune et les tableaux pour lesquels son patron avait été éliminé.

— Puisque tu fais partie de la Confrérie, pourquoi ne pas faire intervenir des connaissances pour les empêcher de le zigouiller et les obliger à nous aider ? Tu connais certainement quelqu'un de haut placé dans l'Organisation, non ?
— Le seul souci, vois-tu, c'est qu'ils n'appartiennent pas à la Confrérie…
— Mais comment ils sont sur le coup, alors ?

On y était.

— Robard leur avait dit que s'il lui arrivait quelque chose, ils devaient me contacter… ce qu'ils ont fait. Mais ils n'ont aucune intention de m'obéir et je n'ai aucun moyen de pression…
— Tu crois que c'est eux pour Matecchi ?
— Possible, mais pas certain : ils m'ont juste avertie qu'ils avaient trouvé le corps…
— Pour résumer, t'as aucune idée de l'endroit où se planque Roquebrune ?
— Aucune…
— Et d'Alban ? Des news ?
— Pas plus, non… Mais si Alban et les deux copains de Robard se rencontrent, ça va être un bain de sang… Qui sait si R^2 ne se planquerait pas chez une connaissance… Tu pourrais obtenir son dossier ? s'enquit-elle, sourcils froncés.
— Les copains l'ont épluché en long et en large, tu penses bien, et ils ont écumé tous les lieux qu'il a fréquentés de près ou de loin. Et puis, tu le crois assez bête pour se cacher dans un endroit déjà connu, toi ?
— Tu as sûrement raison… Le plus rageant, c'est qu'il n'est sûrement pas très loin d'ici…
— On pourrait demander à Cavaignac de nous aider : il connaît la région comme sa poche. Avec son équipe, qui sait s'il pourrait pas le loger ?
— C'est une solution, tu as raison, acquiesça-t-elle en se dirigeant vers sa voiture. Je t'y emmène ?
— D'accord. Tu resteras pas avec moi ?
— Non… Je préfère retourner au manoir : je n'ai pas encore réussi à voir le propriétaire et, quelque part, ça m'inquiète. J'aimerais bien

qu'il m'explique quelques trucs au sujet du bâtiment. Et si je parvenais à convaincre les gus de ne pas trucider R^2, ce serait franchement cool…

Elle ouvrit les portières, s'installa résolument derrière son volant et démarra alors que Signac bouclait sa ceinture. Trois minutes plus tard, elle le déposait devant la gendarmerie en travaux et repartait immédiatement. Elle voulait non seulement parler au propriétaire du manoir, mais surtout tenter de convaincre Marta de la laisser intervenir à ses côtés pour coincer Roquebrune : elle avait besoin de lui en vie pour comprendre le fin mot de l'affaire et, surtout, apprendre où se trouvaient les tableaux disparus.

⋆

Le nez dans le rétroviseur, il roulait vite, l'esprit en ébullition. Depuis quelques jours, tout partait en vrille.

Au départ, tout était clair comme de l'eau de roche : hormis, évidemment, ses activités de pourvoyeur de chair fraîche, très lucratives pour des risques très limités puisque dès qu'il sentait une anguille sous roche, il se débarrassait des filles voire de leur barbeau,[42] il avait dans l'idée de retrouver les tableaux convoyés par Joseph Viochot, l'ennemi juré de sa famille lors de la Seconde Guerre mondiale, l'assassin de son grand-père.
Avec l'aide de son pesant beau-père (*un peu givré sur les bords, faut le reconnaître, et de plus en plus encombrant*), il était, sans trop d'effort, remonté jusqu'à La Moucherie et pour assurer ses arrières (*il était du genre prudent et prévoyant… pas né de la dernière averse, quoi*), il avait demandé à l'un de ses meilleurs macs de s'occuper de la fille La Moucherie, puis, pour museler son « beau-dabe[43] », de Manuela, de fait sa demi-sœur… pas un problème de conscience vu que la gamine était du genre très déluré et particulièrement désagréable. Pas une perte… Et que du bonus pour l'héritage.

De fil en aiguille, il avait obtenu du gros rupin[44] (*d'accord, en jouant au vioque[45] Robard, l'un des grands pontes de la Confrérie, un truc*

---

[42] Arg. Souteneur, maquereau, mac, etc.
[43] Arg. Beau-père
[44] Arg. riche
[45] Arg. vieux

quasi mafieux, à son idée… mais difficile d'avancer dans ce milieu sans casser quelques pots un peu trop fragiles, pas vrai ?)… donc il avait obtenu le journal intime du vieux La Moucherie, un fermier très à l'aise du temps de la Seconde Guerre mondiale, qui avait récupéré le chargement. C'est en le lisant qu'il avait appris le nom des membres du groupe OS[46] de Viochot.
Après quelques recherches, il était tombé sur la seule descendante française, Nina Forggliano, et avait fait en sorte qu'elle s'englue dans sa toile. Pas difficile, la petite cruche ne rêvant que d'une chose : retrouver sa génitrice. Une lettre bien tournée, un peu de poudre de perlimpinpin et hop, l'affaire était dans le sac. Mais la fille ne savait rien de rien et la tarte avait réussi à se carapater… vite estourbie d'ailleurs par un chauffard… C'est ce qu'on appelle avoir du pot…

Et c'est à partir de là que tout avait commencé à déraper… La fille faisait partie de la Confrérie comme d'ailleurs le vieux schnock à qui il avait chouravé son anneau de grand chef pour leurrer La Moucherie. Mais alors qu'avec la vieille carne, tout s'était déroulé sans pépin, la disparition de la fille avait déclenché un tollé qu'il ne pigeait pas.
Était alors apparu dans son paysage bien tranquille comme un blème[47], un point noir qui grossissait au fil des heures, toujours plus menaçant et pourtant du genre anguille : aucun visage, aucun nom, rien. Première boulette, la mort de Bresky, le mec de la sécu d'Alban qui aurait dû lui ramener le *« Christ de douleur »*, mais qui avait trucidé le prêteur sur gages le plus dangereux de Paris en se mettant à dos tous les gros bras de la capitale. L'abruti !
Et à partir de là, tout était allé de travers : la disparition de son fils, la mort du vioque, la fille La Moucherie retrouvée comme par l'opération du Saint-Esprit par les flics, la disparition du couple Alban et les flics qui les avaient retrouvés chez lui, dans l'ancienne baraque de sa grand-mère, puis leur départ précipité, Nadaud qui s'envole sans laisser de traces puis ses deux gros bras, et le pompon sur la Garonne, il venait de recevoir dans un sac-poubelle le corps de son fils découpé en morceaux.

Maintenant, il avait les foies… Il se sentait épié, traqué, acculé par cette espèce d'esprit frappeur. Mais il n'avait pas dit son dernier mot, ça non !

---

[46] Organisation spéciale du Parti communiste français qui n'était pas, à proprement parler, un mouvement de résistance, mais une branche clandestine chargée d'actions violentes
[47] Arg. Problème

Il en avait encore sous le capot, ça oui ! D'ailleurs, il avait quelques idées pour le coincer… Pas qu'il veuille venger le meurtre de son fils dont il se foutait royalement et qui lui servait de larbin, mais il voulait se le faire… Il était R^2, un boss craint et respecté dans le milieu, pas un cave[48]…

Il serra les dents, ses doigts autour du volant, et appuya sur la pédale de l'accélérateur de sa M3 flambant neuve avec une nouvelle rage. Il retournait à une planque pas bien loin de Charlieu, une ferme où il était désormais certain de retrouver les tableaux après un message de l'un de ses gagneurs. C'était une bicoque appartenant à Alban, mais que lui utilisait en catimini, de temps à autre, pour entreposer des filles comme Forggliano.

La Chapelle-sous-Dun, une grande maison à l'écart de la route. Il s'engagea dans le chemin de terre puis s'arrêta à l'entrée de la cour et observa la bâtisse, méfiant : volets fermés, aucun véhicule à l'horizon… Tout semblait clair.

Ultime hésitation avant de couper le contact. Il vérifia sur son portable s'il n'avait pas de message, ouvrit sa boîte à gants pour prendre son arme toujours chargée, puis retira les clés du contact et quitta la BMW en sortant de l'arrière un sac de voyage en cuir.

La clé de la porte d'entrée était tout simplement sous le paillasson. Il se baissa pour relever le tapis en fibres de coco et se sentit projeté contre le battant en bois, tête première. Le choc le sonna et lui fit lâcher à la fois son Springfield[49] et le bagage encombrant. Il tenta de se redresser en gémissant lorsque la chair de sa joue entra franchement en contact avec la gueule inox froide de son arme. Instantanément, il leva les bras sans encore oser regarder ses agresseurs… qui devaient en fait être des « agresseuses » au vu des baskets ornées de sequins rutilants à talons compensés qu'il avait sous le nez.

— C'est quoi, ce bastringue ? couina-t-il en restant à genoux, mains à présent croisées sur la tête. Qu'est-ce que vous me voulez ! Je vous connais pas, moi ! Je vous ai rien fait, que je sache ! poursuivit-il en se tordant pour enfin apercevoir à qui appartenait la main gantée qui tenait son calibre avec assurance.

---

[48] Arg. Quelqu'un que l'on peut duper facilement (un niais, un sot)

[49] Pistolet semi-automatique de calibre 45

De fait, il n'avait jamais vu la blonde endimanchée en talons aiguilles, tailleur serré gris souris et gants de soie blanche pas plus que la sublime brune aux baskets brillants qui, mains gantées, le tenait en respect.

— Si tu sais pas qui nous sommes, ty hnusnej parchante,[50]c'est bien dommage : t'aurais jamais dû t'attaquer à Gisèle… toi et ton kretén[51] de beau-père !
— Gisèle ? Mais c'est Raoul qui l'a fait buter, c'est mon beau-dabe justement, pas moi ! s'insurgea Roquebrune, soudain couvert des pieds à la tête d'une sueur froide malodorante. J'étais pas d'accord, moi !
— Arrête de nous prendre pour des andouilles ! lâcha froidement la seule qui ouvrait depuis le début son clapet, la blonde, tandis que l'autre ne le quittait pas des yeux. Alban et toi, même combat !
— C'est lui qui a donné l'ordre… Pas moi, je vous dis ! s'insurgea-t-il en tentant de se relever, immédiatement remis à sa place par un coup brutal de semi-automatique au visage. J'suis pas assez con pour m'attaquer au grippe-sou le plus dangereux de Paris ! Je lui ai dit, moi, que c'était une connerie, je l'ai prévenu… Et puis il a envoyé son cave… Un jeu d'enfant, qu'il disait… On voulait juste récupérer le tableau… Mais ta copine a vu rouge et…

Le canon s'abattit à nouveau sur sa pommette alors qu'il relevait la tête et quelque chose de chaud commença à couler le long de sa joue.

— Je mi to u prdele ![52]
— Je… Je ne comprends pas ce que vous dites… Vous n'avez qu'à choper Alban, quoi !
— Ton beau-père, on s'en est déjà occupé, comme de ta mère…

Il était foutu… Une peur incontrôlable le prit aux tripes et il se mit à trembler : ses oreilles sifflaient, sa gorge se serrait à l'étouffer, sa vessie faisait des siennes, sa vision se brouillait… Il allait mourir… Non, pas lui ! Non !

— Je vous en supplie… parvint-il enfin à geindre, en se ramassant sur lui-même, tête contre genoux, prostré. Je vous donnerai tout ce que j'ai ! Tout, vous entendez ? Et j'ai du fric… Beaucoup de fric… Et puis, y a les tableaux… Je sais où ils sont, vous entendez ! J'ai avec moi le journal intime du vieux La Moucherie qui les a

[50] Tchèque : sale bâtard
[51] Tchèque : connard
[52] Tchèque : je n'en ai rien à foutre !

réceptionnés, vous savez ! Je vous les laisse… Je vous demande juste de m'oublier… C'est pas la mer à boire, pas vrai ?

— Pas de pardon, hniloba ![53] Ať si tě vezme ďábel ![54]

La blonde fit un vague signe de tête en direction de sa complice qui appuya sur la gâchette sans sourciller. Le corps s'effondra, une balle dans la tempe.

★

Marta contempla le désormais cadavre avec une moue de dégoût puis sourit à sa compatriote qui lui rendit un clin d'œil satisfait : ces deux-là avaient toujours été sur la même longueur d'onde.
Elle ouvrit le sac de voyage, sortit sans ménagement les vêtements qui s'éparpillèrent tout autour, dézippa la trousse de toilette dont le contenu suivi le reste : rien… Sourcils vaguement froncés pour éviter les rides, elle palpa la base et esquissa une moue de satisfaction : un double fond (!) dont elle retira un vieux carnet corné aux pages jaunies couvertes d'une écriture nerveuse, très masculine… Le fameux journal que recherchait Saint-Cyrq… Elle avait là sa monnaie d'échange pour obtenir de la Confrérie et, surtout, de leur exécutrice qu'ils oublient sa croisade vengeresse et les meurtres associés.

Sans se presser, elles reprirent leur Scenic planqué derrière la grange et quittèrent les lieux sans avoir été inquiétées. La brune au volant, la Renault s'engagea sur la petite route goudronnée mal entretenue, direction Châteauneuf puis Charlieu.
Marta sortit son portable, chercha un contact puis appela le numéro… Celui d'Artémis Fabrègues, celle que tous les autres appelaient Gwen Saint-Cyrq. Une sonnerie puis la voix bien connue.

— Roquebrune n'est plus de ce monde, lui annonça la Tchèque très posément, comme si elle annonçait les résultats d'un match de foot. Je ne pouvais pas faire autrement, můj milý[55]. Tu le sais parfaitement…

— *Que je le sache est une chose, mais nous avions un deal… Tu devais attendre mon feu vert…*

— J'ai eu l'opportunité… Comme pour les Alban, d'ailleurs… D'une pierre, trois coups de maître…

[53] Tchèque : pourriture !
[54] Tchèque : que le diable t'emporte !
[55] Tchèque : ma chère (voire ma chérie)

— *Solange aussi ? Comme d'habitude, tu ne fais pas dans la dentelle... Mais dans la mesure où la Confrérie était dans la boucle, tu aurais dû me faire confiance. Pour le coup, tu connais NOS lois, non ?*

— Jistě ![56] Mais j'ai une monnaie d'échange... Considérant la situation, je crois que le deal sera équitable...

— *Je t'écoute...*

— J'ai le carnet de La Moucherie... et je te laisse les tableaux si tu les retrouves... Tout ça contre le pardon de la Confrérie. Maintenant que tu n'as plus les Alban et Roquebrune sur le dos, tu as les coudées franches... Qu'est-ce que tu en dis ?

Un court silence durant lequel les deux Slaves échangèrent un regard lourd de sens. Puis...

— *Très bien. Comment je récupère le journal ?*

— Devant le cimetière de Châteauneuf... À cette heure-ci et avec cette chaleur, on sera certainement seules... Alors, j'ai ta parole ?

— *Tu as ma parole : la Confrérie passe l'éponge...*

— Parfait dans ce cas.

Un autre silence : elle devait consulter son GPS.

— *Je suis là dans 10 minutes.*

Plus personne à l'autre bout du fil. Elle sourit, satisfaite d'avoir eu gain de cause : la transaction lui garantissait l'impunité. Elle allait pouvoir reprendre le business de Gisèle, sa copine Elena en support, avec une réputation d'intouchable en or massif... Que du bonheur...

Cinq minutes plus tard, la Scenic s'arrêtait à deux pas du mur du cimetière, à l'ombre épaisse d'une sorte de platane. Juste devant, les grilles et un champ clôturé à l'herbe rase et jaune. L'endroit était très à l'écart, au bout un chemin en montée. Un cul-de-sac bien pratique pour l'entrevue confidentielle. La climatisation à fond, moteur tournant, elles allumèrent la radio, histoire de patienter.

Un mouvement côté passager : un type sans âge, cigarette au bec, frappa à la fenêtre. Intriguée, la blonde abaissa la vitre et contempla le bonhomme.

— Oui ?

---

[56] Tchèque : bien sûr !

Un coup de feu à travers la carrosserie lui perfora le poumon, un autre la tête à bout portant puis, avant que la conductrice, coincée derrière son volant n'ait le temps de dégainer, une troisième balle cloua la magnifique brune à son siège. Pour plus de sûreté, le type vida son chargeur sur les désormais cadavres puis jeta sur la banquette arrière une mallette en plastique couleur métal, sourit, satisfait du travail bien fait, jeta sa cigarette dans l'habitacle et quitta à pied les lieux en coupant par le champ en face.

⋆

Le coupé sport apparut à peine quelques minutes plus tard et fit demi-tour pour se placer à la hauteur du SUV.
Gwen quitta son véhicule, sourcils froncés, en fit le tour en regardant autour d'elle, inquiète, la main droite sur son arme : tout semblait tranquille. Elle se pencha franchement vers la passagère et contempla les deux femmes avant de poser légèrement deux doigts au niveau de la jugulaire de Marta : morte depuis quelques minutes à peine. La radio était encore allumée, moteur tournant. Elena l'avait suivie dans le trépas. Toujours sur ses gardes, elle retira de sa poche revolver une paire de gants de latex, les enfila puis ouvrit la portière : elle devait trouver le journal de La Moucherie… enfin si le tueur ne l'avait pas pris. Elle regarda dans l'habitacle, ouvrit la boîte à gants et avisa un vieux cahier d'écolier. Elle avait de la chance.

Elle le prit, le posa sur le siège arrière de sa voiture puis avisa le portable posé sur le tableau de bord. Elle s'en empara et aperçut la mallette. Elle s'apprêtait à la prendre également lorsque le bruit d'un tracteur dans le champ en dessus l'arrêta. Pas question de s'attarder dans le coin. Elle jeta rapidement un œil autour, avisa la trace de ses pneus larges, grogna un juron, retira de son véhicule une serviette éponge en vérifiant que la sportive était bien sur la chaussée goudronnée, balaya très vite la partie gravillonnée avant de jeter le tissu dans son coffre et de remonter dans la sportive. Elle relâcha le frein et laissa glisser l'Alpine jusqu'à l'embranchement du chemin avec la rue. Là, le moteur reprit ses droits sans rugissement intempestif : pas question d'attirer l'attention. Un peu plus loin, la départementale. Elle était déjà sortie du village depuis deux ou trois minutes lorsqu'une gigantesque explosion se fit entendre. Elle se gara sur le bas-côté et quitta son véhicule, sourcils froncés comme d'ailleurs le conducteur d'une 2CV en sens inverse.

— Ben dis donc ! s'exclama le vieux à casquette en se grattant le crâne à travers le tissu. Ça a bien pété !

Fortement surprise, elle reprit le volant et démarra, front plissé, des questions plein la tête : qui avait exécuté les deux Slaves ? Pour quelle raison ? Et d'abord, comment ce quelqu'un savait-il où les trouver à l'instant "T" ?
Les deux Slaves avaient joué à un jeu qui lui échappait encore, et avaient perdu.

Sur la route, plusieurs camions de pompiers pour un trafic peu dense. Direction Malfarat… Elle avait du pain sur la planche.

CONFUSION et MENSONGES

Malfarat. Personne dans le B&B, personne dans le bâtiment parallèle, sorte de long hangar aménagé en logement. La voiture du propriétaire n'était pas là. Elle monta dans leur chambre, sa tablette sous le bras, le journal de La Moucherie et sa pochette à la main, passa un moment dans la salle de bains, histoire de se mettre à l'aise, et ouvrit les fenêtres pour faire entrer un peu de chaleur laissée au-dehors par les murs épais : à présent que, comme le lui avait fait habilement remarquer la Tchèque, son paysage était dégagé, elle pouvait se lancer à corps perdu dans sa chasse aux œuvres d'art disparues.

Elle fit machinalement jouer son bras blessé, sortit de son sac le téléphone de Marta, s'assit au bureau et le connecta via USB à sa tablette posée verticalement devant elle. Une fois de plus, le logiciel de piratage conçu des années plus tôt par son petit ami fit des merveilles. Déverrouillé, l'appareil lui livra les mails et les SMS reçus par la Tchèque. Le dernier attira son attention… Un certain P. lui apprenait que Manuela Alban était en Espagne, à Ibiza… aux mains d'un maquereau à la botte de Roquebrune, un dénommé Rafael Barberà… Décidément, le réseau d'informateurs de la blonde était des plus efficaces, composé sans doute d'une foule de personnes lui devant de « petits » services…
Avant toute chose, elle envoya un SMS à Sheridan et à Signac concernant la localisation de la fille : mieux valait être, a minima, transparente pour faire passer plus facilement les zones d'ombre inévitables. Elle inspira à fond puis s'assit sur le lit, le dos bien calé contre les coussins et connecta son petit ordinateur. Une recherche dans ses dossiers pour retrouver le scan du papier donné par Chrin qu'elle afficha sur le côté gauche de l'écran. Elle plaça l'ordre de mission à droite, croisa les bras sur la poitrine et observa les deux documents avec attention avant d'ouvrir le cahier aux pages jaunies et piquées par endroits. Une belle écriture en pleins et déliés à la plume, des lignes un peu penchées. Des entrées par date. La première le 20 août 42.

Elle parcourut sans trop de difficultés le récit quasi journalier du quotidien de ce « gentleman farmer », la vente de ses animaux les uns après les autres pour parvenir à nourrir sa famille dans un contexte compliqué où la jeune épouse venait d'accoucher, où son aîné, Jocelyn, 20 ans à peine, était parti dans le cadre de « La relève[57] » travailler en Allemagne et où La Confrérie qu'il nommait sous le vocable de « Grands Amis » lui demandait de participer à l'effort de résistance. Les entrées parfois succinctes ne donnaient que des prix de transaction ou des comptes rapides, voire des remarques plus ou moins personnelles. La Moucherie était à l'évidence un homme cultivé avec la tête sur les épaules. Elle suivit avec intérêt les péripéties de la vie de la famille et sourit en découvrant l'année 1943. La page 2… qu'elle lut avec application… En voici le texte.

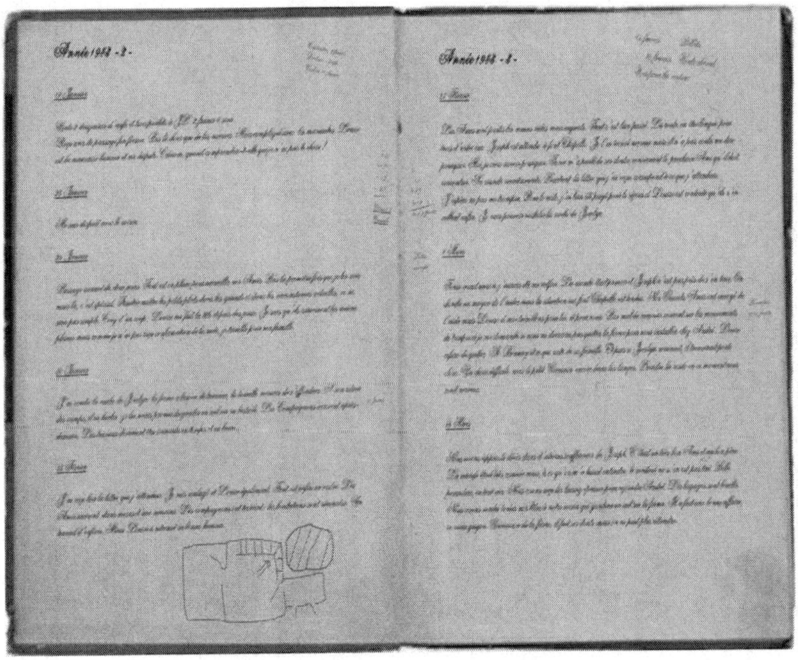

[57] Le « négrier de l'Europe », Fritz Sauckel, est chargé le 21 mars 1942 d'amener de la main-d'œuvre de toute l'Europe par tous les moyens. Le travail obligatoire est institué en Europe de l'Ouest le 7 mai 1942. Sauckel demande 250 000 travailleurs avant la fin du mois de juillet. Laval propose alors le système de la *Relève* consistant à libérer un prisonnier de guerre pour trois départs en Allemagne de travailleurs libres ; cette relève est instituée et annoncée dans un discours du 22 juin 1942.

18 Janvier
Vente 2 douzaines d'œufs - 300 francs - et 1 kilo de beurre - 200 francs - à JP
Reçu avis de passage fin février. Pas le choix que de les recevoir. Mais compliqué avec les maraudes. Louise est de mauvaise humeur et me dispute. Crénom, quand comprendra-t-elle que je n'ai pas le choix !

25 Janvier
Me suis disputé avec le voisin.

29 Janvier
Passage avancé de deux jours. Tout est en place pour accueillir nos Amis. Pas la première fois que je les vois, mais là, c'est spécial. Faudra mettre les petits plats dans les grands et dans les circonstances actuelles, ce ne sera pas simple. Cinq d'un coup : Louise me fait la tête depuis des jours. Je sais qu'ils arriveront les mains pleines, mais comme je n'ai pas reçu confirmation de la suite, je tremble pour ma famille.

30 Janvier
J'ai vendu la vache de Jocelyn : la ferme a besoin de travaux, la tourelle menace de s'effondrer. À son retour des camps, il va hurler : je lui avais promis de garder un œil sur sa bestiole. Les Compagnons arrivent après-demain. Les travaux devraient être terminés en temps et en heure.

15 Février
J'ai reçu hier la lettre que j'attendais. Je suis soulagé et Louise également. Tout est enfin en ordre. Les Amis arrivent dans moins d'une semaine. Les compagnons ont terminé : les fondations sont sécurisées. Un travail d'orfèvre. Même Louise a retrouvé sa bonne humeur.

Puis la page 3

27 Février
Les Amis sont partis les mains vides, mais inquiets. Tout s'est bien passé. La route va être longue pour trois d'entre eux. Joseph est attendu à font Chapelle. Je l'ai trouvé nerveux, mais il n'a pas voulu me dire pourquoi. Moi, je crois savoir pourquoi : Tonio m'a parlé de ses doutes concernant le prochain Ami qu'il doit rencontrer. Sa viande serait avariée. Pourtant la lettre que j'ai reçue correspond à ce que j'attendais. J'espère ne pas me tromper. Pour le reste, j'ai bien été payé pour le séjour et Louise est contente qu'ils s'en aillent enfin. Je vais pouvoir racheter la vache de Jocelyn.

4 Mars

Tonio avait raison : j'aurais dû me méfier. La viande était pourrie et Joseph n'est pas près de s'en tirer. On cherche un moyen de l'aider, mais la situation sur font Chapelle est tendue. Nos Grands Amis ont envoyé de l'aide, mais Louise et moi tremblons pour lui, et pour nous. Pas mal de rumeurs courent sur les mouvements de troupes et je me demande si nous ne devrions pas quitter la ferme pour nous installer chez André. Louise refuse de quitter St-Bonnay et ce qui reste de sa famille. Et puis si Jocelyn revenait, il trouverait porte close. Un choix difficile avec le petit Germain encore dans les langes. Prendre la route en ce moment nous rend nerveux.

16 Mars

Nous avons appris le décès dans d'atroces souffrances de Joseph. C'était un très bon Ami et un bon père. La viande était très avariée, mais, à ce qu'on m'a laissé entendre, le vendeur ne s'en est pas tiré. Belle pourriture, en tout cas. Nous avons reçu les laissez-passer pour rejoindre André. Les bagages sont bouclés. Nous avons vendu toutes nos bêtes à notre voisin qui gardera un œil sur la ferme. Il a fait une bonne affaire, ce vieux grigou. Germain a de la fièvre, il fait ses dents, mais on ne peut plus attendre.

Puis la page 4 où La Moucherie racontait leur périple, leur arrivée à Lyon pour repartir sur le sud de la capitale pour regagner le petit château du dénommé André… Moins intéressant. Pourtant, elle lut avec application le journal qui se terminait avec la mort dramatique de l'épouse La Moucherie et du petit Germain d'une pneumonie foudroyante.

Elle soupira, regarda sa montre, intriguée par l'absence de son équipier et, d'ailleurs, de tout message d'explication, puis revint en arrière, s'arrêta à la page 2 de l'année 1943. Elle observa les prix des denrées inscrits en marge : La Moucherie faisait, à l'évidence, du marché noir comme beaucoup de fermiers en ce temps-là. Puis elle contempla le dessin en bas de la page : très semblable à celui griffonné sur le papier de Natacha Chrin à part l'ovale hachuré que les copieurs avaient dû prendre pour une mare ou une terrasse, mais qui était sans doute, à la lecture du cahier, l'emplacement de la fameuse tourelle aujourd'hui disparue. À la lecture du texte, les tableaux avaient dû être cachés sous la tour, dans les fondations aménagées par les compagnons. La flèche pouvait signaler une ancienne entrée. Pourtant, elle était allée voir sous l'escalier et n'avait rien découvert d'anormal. Le passage avait-il été bouché au moment de la rénovation de la ferme ? Dans ce cas, les œuvres d'art avaient-elles été découvertes et déménagées ? Par qui ? Les artisans ? Le propriétaire ? Quand la tour avait-elle été détruite ? Le grand-père La Moucherie avait-il déménagé les caisses après la guerre ? Qui sait, d'ailleurs, si les Allemands ne les avaient pas retrouvées lors d'une fouille musclée ? Autant de questions qui restaient, pour l'heure, en suspens. Plus loin, La Moucherie faisait également mention d'une trahison d'un membre de La Confrérie, de l'arrestation et de la mort de Joseph Viochot sous la torture. Qui avait trahi ? Le résistant avait-il parlé du chargement et de sa localisation ? Probablement pas puisque La Moucherie et sa famille n'avaient pas été inquiétés.

Un nouveau coup d'œil à sa montre : toujours pas de Signac. Pas de message. Le calme plat… Mauvais signe. Et si quelqu'un l'avait vue près de la Scenic ? Connaissant Yvon, ses soupçons effaceraient vite les moments intimes passés ensemble… Accepterait-il de croire en son innocence (pour ces deux meurtres voire celui de Roquebrune, en sus, qu'il serait bien capable de lui mettre sur le dos pour faire bonne mesure) ? Pas certain du tout…

Soudain inquiète, la méfiance à fleur de peau, elle se rhabilla à la hâte, entassa très vite tous ses vêtements dans son sac de voyage, vérifia qu'il ne restait rien de son passage dans la salle de bains, rafla sa tablette, le cahier, sa pochette avec ses clés et son portable, et quitta précipitamment le manoir. Deux minutes plus tard à peine, elle était sur la route.
Direction Paris et son hôtel très particulier par le chemin des écoliers. Pas question de prendre les grands axes s'ils étaient parvenus, d'une façon ou d'une autre, à la mettre en cause.
Deux heures plus tard, elle s'arrêta sur la place d'un village lambda pour repenser à la situation. Avisant un petit restaurant, elle entra, demanda une table un peu à l'écart puis commanda un steak-frites, la tête ailleurs. Toujours aucune nouvelle de son équipier. S'assurant que personne ne s'occupait d'elle, elle retira la puce de son portable pour la remplacer par une nouvelle : pas question de se faire tracer jusque chez elle.

Il était plus de minuit lorsqu'elle se plongea avec délectation dans un bon bain moussant, et s'endormit, épuisée, sans avoir contacté la FSE ou Yvon.

*

— Commissaire ? Nous avons un appel d'urgence : une voiture piégée à Châteauneuf. Deux cadavres. Ça vous dit de nous accompagner ?
— Je viens.

Il sortit son portable, découvrit le message de Gwen concernant la localisation de Manuela Alban puis écran noir. Plus de batterie. Une injure puis une demande à la cantonade d'un chargeur iPhone, marque qu'aucun gendarme n'avait. Galère.
Dix minutes plus tard, ils arrivaient sur les lieux déjà sécurisés et copieusement arrosés par les pompiers, les TIC[58]déjà au travail, en combinaison blanche intégrale.
Derrière, une carcasse carbonisée de voiture, déformée et sur le toit, le sol vitrifié par les températures extrêmes dégagées par l'explosion.
Un homme à barbiche blanche s'avança vers eux, et retira sa capuche :
— Capitaine Cavaignac ! Ravi de vous revoir ! Ça fait combien de temps ? Une année ?
— C'est ça, lui confirma le gendarme sans sourire. Alors, Doc, verdict ?
— Ben, on a au moins deux victimes. Probablement des femmes... L'une a été projetée par le souffle dans le talus en contrebas et éparpillée... L'autre a explosé sur place. Mais je vous en dirai plus dès que j'aurai retrouvé tous les morceaux.
— L'explosif ?
— À l'odeur, je dirais une « composition C », mais probablement pas du C4... Là encore, faudra attendre les analyses chimiques. Franchement, avec ce qu'il reste, ça va prendre un temps fou... Et j'ai ça...

Il leur mit sous le nez un sac de prélèvement contenant un automatique bien entamé par le feu :
... À vue de nez, un Glock 17... La structure en polymère a mal résisté à la chaleur intense.

Un cri. Tous tournèrent la tête vers un technicien qui sortait du talus, une autre arme dans un sac plastique. Un examen intrigué, et cette fois,

---

[58] Technicien en Identification Criminelle

c'est Signac qui donna son expertise alors que les regards en disaient long sur leur ignorance.

— Un PSM… ça fait une paye que j'en ai pas vu… Un 5,45…
— C'est quoi, ce truc ? demanda Cavaignac, sourcils froncés.
— Une arme des années 70 destinée notamment aux agents du KGB. Un petit calibre avec de super capacités de perforation. Plus utilisé. Si je me souviens bien, ces armes ont été remplacées à la fin des années 90 par des 6,35 Browning.
— Vous voulez dire que nous aurions affaire à d'anciens espions ?

Le flic haussa les épaules tandis que son cerveau tournait à toute allure.

— Docteur, vous pensez pouvoir établir l'âge et le pays d'origine des victimes ?
— L'âge approximatif et la zone géographique dont elles étaient originaires, oui, sans doute… Pourquoi ?
— Dans l'affaire qui m'occupe en ce moment, je ne vois qu'une personne pouvant correspondre à ce PSM… Une Tchèque… Ex KGB selon nos infos…
— C'est sûr que ça collerait, remarqua l'officier de gendarmerie.
— Capitaine ! l'interpella une brigadier en accourant, téléphone en main. Un fermier vient de découvrir un cadavre dans la cour de son voisin… Une balle dans la tête… C'est à côté, à Chapelle-sous-Dun… La Vernerie.
— On y va ! Doc, vous nous envoyez quelqu'un sur place ?
— D'accord… Ici, c'est presque fini. J'arrive dans une petite demi-heure…
— Parfait ! Signac ?
— Je vous suis… On dirait que ça se précipite, remarqua-t-il en se pressant vers le véhicule.
— Vous ne mettez pas vos collègues au courant ?
— J'ai besoin d'un chargeur de téléphone… Il est resté dans mon sac de voyage au manoir…
— Je peux vous passer mon portable, si vous voulez, lui proposa le militaire en le lui tendant tout en mettant le contact pour quitter le cul-de-sac.
— Merci, mais ça ne servirait à rien. J'ai besoin d'un code de connexion et sans mon portable… Mais ça va aller… Quelques heures de plus ou de moins…
— Comme vous voulez. Vous me parlez de cette Tchèque ex-KGB ? C'est qui ?

— Elle servait plus ou moins de garde du corps à un pseudoantiquaire, gros prêteur sur gages qui s'est fait descendre dans son bureau à Paris, il y a quelques semaines.
— Qu'est-ce qu'elle ferait ici ? Et pourquoi l'aurait-on dézinguée ?
— J'en sais rien. Elle était peut-être sur les traces du meurtrier de son ancien patron... Enfin, si c'est elle parce que je vois mal une ex du KGB se laisser surprendre... poursuivit-il en observant les champs et les fermes défiler derrière la vitre de la voiture lancée à vive allure sur la petite route. Vous avez réuni plus d'infos sur le saccage du manoir ?
— Kerval, la petite frappe qu'on a chopée, nous a seulement dit qu'on l'avait payé pour trouver un passage secret sans doute planqué dans le décor. Il ne sait pas qui, soi- disant. Il a reçu la moitié de la somme convenue dans sa boîte aux lettres le matin même : 500 euros. Que des petites coupures. Il dit avoir agi seul, mais vu les dégâts, franchement ça m'étonnerait. Il jure qu'il n'a rien trouvé.
— Vous avez enquêté sur le proprio du manoir ?
— Il est blanc comme neige. Il a racheté les bâtiments, il y a une vingtaine d'années... et les a restaurés en leur rendant leur cachet du 17e. Il loge dans l'ancien bâtiment des gardes lorsque le B&B est occupé par les touristes. Non, franchement, rien à dire. Il n'est pas dans le coup.
— Tant mieux, murmura Yvon, son esprit tourné non vers les victimes, mais vers Gwen qui devait se poser pas mal de questions sur son silence.

Quelques minutes pensives de part et d'autre puis le véhicule s'engagea sur une voie plus étroite encore.
— On y est, lui annonça Cavaignac en mettant son clignotant pour entrer dans la cour d'une ferme typique du Brionnais.

Un gars, casquette de feutre noir rivée sur la tête, mal rasé et revêtu d'une salopette de travail bleue, s'avança et retira machinalement son couvre-chef alors que les deux hommes sortaient de la Clio.
— Capitaine Cavaignac et commissaire Signac, FSE. Vous êtes ? demanda immédiatement le gendarme en dévisageant le personnage qui lui arrivait à l'épaule tandis que son collègue sortait sa carte.
— Jean-Paul Sarvin... Je suis le voisin... J'ai entendu un claquement y a peut-être une heure, mais comme je m'occupais de rentrer le

foin… Et puis, ça m'a turlupiné et je suis venu pour jeter un œil. Juste au cas où, vous voyez… Et je l'ai vu là… allongé par terre, du sang sur lui et autour… J'ai regardé s'il vivait et puis je vous ai appelés…

— Vous le connaissez ?
— Jamais vu, non…
— Et à part le claquement, vous n'avez rien entendu d'autre ?
— Non… fit le bonhomme en se grattant la tête. Si M'sieur Raoul apprend ça, il va piquer une colère !
— Raoul ? Raoul comment ? intervint le policier, soudain intéressé.
— Alban… Il a acheté cette ferme à ma sœur, y a quoi ? 5 ou 6 ans…
— Et il y vient souvent ?
— Non, jamais. Mais il prête la ferme de temps en temps à des amis sans histoire… en vacances, vous voyez ?
— C'est vous qui avez fouillé son sac ?
— Non, Capitaine, moi, j'ai juste touché le corps pour voir s'il était clamsé ou pas… Tout était comme ça quand je suis arrivé…
— Les tueurs devaient chercher quelque chose de bien précis, remarqua encore le militaire alors que son acolyte regardait autour de lui pour fixer la scène du crime.
— Et s'ils l'ont tué, c'est qu'ils ont trouvé ce qu'ils cherchaient…

Les deux enquêteurs s'approchèrent du cadavre et s'accroupirent juste devant.

— Non ? Pas possible ! s'exclama Yvon, au comble de la surprise.
— Quoi ? Vous le connaissez ?
— Pour ça… Il s'agit de Ronan Roquebrune, l'ennemi public n° 1 en ce moment… Il est recherché activement pour l'enlèvement des époux Alban, justement, et plusieurs meurtres… Et dire que tous les points frontières ont été alertés alors qu'il se terrait ici…
— Vous avez remarqué le point d'entrée de la balle ?
— Du petit calibre… Je parierai sur du 5,45… lâcha pensivement Yvon en fronçant les sourcils. On dirait bien que les tueurs qu'il fuyait l'ont rattrapé…
— … et qu'eux-mêmes ont été rattrapés par une tierce partie… fit le dandy en enfilant des gants de latex pour fouiller les effets personnels éparpillés sans les bouger de place pour ne pas trop perturber la scène de crime.
— Regardez les traces de pneus ! La largeur pourrait matcher avec ceux de la voiture carbonisée, vous ne croyez pas ?

— C'est vrai, Commissaire, vous avez raison, approuva le militaire en se relevant pour rejoindre le policier. Roquebrune fuit la capitale, des tueurs aux fesses. Il connaît cet endroit et s'y croit en sécurité sauf qu'il est attendu… Il se fait zigouiller. Les autres trouvent ce qu'elles cherchent dans le sac de leur victime et se rendent à Châteauneuf, à un rendez-vous fixé par une tierce partie. On peut alors penser qu'elles échangent du fric contre leur trouvaille… Mais dans le paquet de biftons, il y a une bombe qui les dézingue à leur tour. Reste à trouver l'identité de cette tierce personne…

Curieux d'entendre le gendarme utiliser ce panel lexical. Pourtant, Yvon ne releva pas, le regard soudain noir. Son esprit logique venait d'additionner, un peu trop facilement, les informations pour une conclusion évidente : qui était à la recherche active de R^2 ? Qui connaissait Marta et son patron, le surnommé Gisèle ? Qui avait toutes les informations concernant les Alban et suffisamment d'indics pour connaître sa planque ? Qui, enfin, était sur la trace des tableaux volés et voulait récupérer le journal de La Moucherie que R^2 avait en sa possession ? Qui n'avait pas souhaité l'accompagner à la gendarmerie sous un prétexte des plus fallacieux ? *Qui, sinon Gwen…*
Il frissonna malgré lui, serra les dents en cherchant une autre explication tout aussi plausible… Mais rien d'aussi évident ne lui venait à l'esprit. Gwen coupable…
Non… Pourquoi aurait-elle assassiné la Tchèque ? Parce que l'autre ne voulait plus lui remettre le document ? Un peu léger comme raison… Pourtant, depuis le début, elle jouait perso, avec toujours un coup d'avance et surtout des tas d'infos qu'elle semblait sortir de son chapeau. Non… À nouveau ses anciens démons revenaient à la charge, lui proposant mille raisons pour la désigner comme coupable.
Il s'éloigna un peu du corps alors que les TIC et le légiste arrivaient sur les lieux et effectuaient les premières constatations, Cavaignac sur leurs talons. Gwen… coupable… Le faisceau de présomptions convergeait vers elle et ses mystères, ses silences, ses non-dits… La Confrérie avait bon dos… Réponse toute trouvée à tous les agissements de la légiste.

Il se secoua : il n'avait pas le droit, surtout à présent, de l'accuser comme ça, sur une idée, sur ce ressentiment qui lui pourrissait toujours la vie malgré ce qu'il lui avait juré sur l'oreiller. Si compliqué d'oublier des années de doutes, de haine, d'acharnement.

Coupable… Mais pourquoi le serait-elle ? Les traces de pneus n'étaient pas celles laissées par une A110… Et aucune preuve de la présence d'un autre véhicule au cimetière : la théorie de Cavaignac prenait l'eau… Et puis, elle avait été tout de même honnête en lui parlant des résistants et des pistes suivies, en retrouvant d'abord la fille de La Moucherie puis celle d'Alban…

Non… Évidemment que non… Une fois de plus, le passé lui pourrissait ce présent qu'il avait eu tant de mal à construire avec elle. Évidemment…

★

Plus d'une heure sur le terrain avec le légiste et les techniciens. Une fouille succincte de l'habitation leur confirma qu'Alban et son épouse n'avaient jamais mis les pieds dans cette ferme et que Roquebrune n'avait même pas eu le temps d'ouvrir la porte. Il était attendu. Et puis les scientifiques découvrirent à l'intérieur des traces de sang, des vêtements féminins déchirés, des menottes… Cet endroit servait d'entrepôt pour le réseau de Roquebrune.

La nuit tombait lorsqu'ils rentrèrent à Charlieu. Le capitaine fit un crochet pour le déposer devant le portail du manoir et quitta les lieux sans tarder. Yvon poussa la porte de la chambre de l'étage, fatigué, mais quelque part heureux de retrouver son équipière. Il n'avait même pas vérifié la présence de l'Alpine au bout du bâtiment, la tête ailleurs. Il se figea en constatant qu'elle était partie avec armes et bagages, sans un mot d'explication. Le lit témoignait d'une présence assise, oreillers bien relevés et c'était tout.

Partie… Mais pourquoi ? Sourcils froncés, regard noir, il fouilla dans son sac, en retira son chargeur, brancha son portable et attendit avec impatience le petit pour cent de charge pour pouvoir l'appeler. Il s'assit et appuya sur le numéro de St-Cyrq. Une voix automatique lui annonça que « le numéro demandé n'était plus en service ».

— Mais qu'est-ce que ça veut dire, grogna-t-il à présent en colère.

Était-elle fâchée parce qu'il ne l'avait pas tenue au courant ? Avait-elle des ennuis ? Ou était-elle en cavale après le triple meurtre ?

Du coup, il appela Sheridan qui prit la communication immédiatement.

— *Yvon ? Alors, tu en es où ?*

— On a ici un triple assassinat : Roquebrune, exécuté alors qu'il cherchait à se planquer dans une résidence secondaire de son beau-père et deux femmes, a priori, qui pourraient être les meurtrières de Roquebrune. J'attends le résultat des observations du légiste local et des analyses du sang qu'on a découvert à l'intérieur de la ferme…

— Du sang ? et *Roquebrune est mort ? Bon… Sur les indications de Gwen, la Gardia a repéré Manuela et l'a alpaguée. Elle est en cours de transfert. Reste à découvrir la planque des parents…*

— Justement en parlant de Gwen… Tu as des news ? Elle n'est plus à Malfarat et son numéro de portable est en dérangement…

— *Pas plus, non. Mais tu la connais. Pour peu que tu n'aies pas été transparent avec elle, elle a pris la mouche… Surtout dans la situation actuelle avec Martignac qui veut sa peau, le fait que tu aies pris une bastos à sa place, la trahison de Glenn…*

— Patron… Je sais que le meurtre de Roquebrune ne peut pas lui être imputé parce que les traces de pneus correspondent à celles de la voiture cramée avec les deux femmes. Mais pour ces deux-là…

— *Tu recommences, Yvon ?* s'impatienta l'Irlandais, à l'évidence énervé par le sous-entendu.

— Tu as raison, je suis con… Mais tu veux que je te dise ? En fait, je balise grave pour elle…

Un silence puis :

— *Je sais ce que tu ressens, crois-moi… Elle va te contacter, j'en suis certain. Son portable était peut-être surveillé ? Tiens-moi au courant des découvertes du légiste. Cette affaire sent de plus en plus le cramé.*

— Bien sûr. Bye…

Signac reposa son portable puis alla jusqu'à la fenêtre et contempla l'entrée de la propriété éclairée. Il n'avait pas mangé, mais il n'avait même pas faim, trop torturé par des pensées qu'il rejetait de toutes ses forces. Il se jeta sur le lit tout habillé et les yeux au plafond, repassa tous les événements qui l'avaient amené jusqu'à ce point qu'il savait être de non-retour.

Sans vraiment s'en apercevoir, il s'endormit d'un sommeil tourmenté. Une sonnerie qu'il intégra d'abord dans son cauchemar puis qui, par son insistance répétitive, finit par le réveiller. Il saisit son portable et le porta à son oreille sans même regarder le numéro de l'appelant :

— Signac, grogna-t-il d'une voix endormie.

— *Je te réveille... Je te rappelle plus tard...*

— Gwen ? Non, attends ! C'est bon... Mais c'est quelle heure ?

— *Presque 9h du mat.*

— Merde ! Tu es où, là ?

— *À Paris. On m'a informée que Martignac voulait remettre le couvert avec moi et je n'ai pas voulu te mettre en danger : une fois, ça suffit. Je vais en profiter pour tenter de raisonner Marta... Elle veut la peau d'Alban et par ricochet, comme ils sont complices, de Roquebrune. Or, il nous faut le journal de La Moucherie pour obtenir les infos qui nous manquent... Tu restes à Charlieu ou tu rentres ?*

— Je reste dans le coin encore un peu. Pourquoi tu as changé de numéro ? J'ai essayé de te joindre en rentrant... J'ai pas pu le faire avant, mon tél était à plat...

— *Je comprends pourquoi je ne parvenais pas à te joindre... Désolée de ne pas t'avoir laissé de message, mais je dois être prudente tant que j'ignore ce que ce ripou a concocté pour moi. On se tient au courant. Bye.*

— At...tends !

Elle venait de raccrocher. Elle ne voulait vraiment pas être repérée. Il soupira, à présent parfaitement réveillé. Drôle de fille toujours sur ses gardes, à la fois protectrice et totalement fermée aux autres, douce dans les moments intimes et dure dans sa vie quotidienne et professionnelle. Il devait lui apprendre le meurtre de Roquebrune... Il voulut lui transmettre un SMS sur le numéro qui l'avait appelé, mais n'en trouva aucun...

Il se leva, se passa une main dans sa courte chevelure et avança jusqu'à la fenêtre pour ouvrir le rideau. Il faisait grand jour et le soleil était encore au rendez-vous...

⋆

Gwen raccrocha en se mordillant l'intérieur de la joue : elle lui avait menti au sujet de Martignac, bien trop occupé par sa défense pour se préoccuper d'elle... et elle avait fait en sorte qu'il ne lui parle pas des meurtres. Elle voulait avoir les coudées franches pour la suite.

LE TRAÎTRE

Gwen contempla pensivement son portable puis connecta sa tablette sur le site ultra sécurisé de La Confrérie : elle voulait savoir qui était responsable des réseaux de résistance à Lyon et sa région.
Elle entra son code, apposa son majeur sur l'écran pour déverrouiller le site et posa la question dans la barre de recherche. Toutes les archives étaient numérisées depuis l'année précédente, une chance.
Le sablier se mit à tourner, à tourner, à tourner sans rien accrocher.

Impatiente, elle décida de quitter son hôtel particulier pour aller fouiller l'appartement de Marta. Quelque chose la gênait depuis le début sans parvenir à mettre le doigt dessus.
Elle descendit dans le garage, choisit une petite citadine et quitta les lieux pour s'engager dans le trafic parisien du milieu de matinée. Direction les puces de Saint-Ouen et le studio aménagé à l'étage, au-dessus du magasin d'antiquité de Gisèle.
Une heure plus tard, elle ouvrait sans difficulté le rideau de fer protégeant la boutique fermée, neutralisait l'alarme sans plus de problème, refermait le rideau derrière elle pour éviter les surprises et observait autour d'elle les meubles et les objets en attente d'un acheteur : que de l'authentique, de la qualité et de l'exceptionnel : la marque de Gisèle à la hauteur d'une réputation sans tache dans le milieu.
Elle tourna sur elle-même puis monta au premier, laissa, pour l'heure le bureau où Gisèle avait été assassiné (pas de « e » puisque, je vous le rappelle, Gisèle était en fait un homme) et dont les scellés avaient été brisés, et passa dans le T1 de Marta.

Rangé au cordeau, le petit 19m² était à peine meublé : un clic-clac, une table, deux chaises, un petit coin-cuisine, un cabinet de toilette et un placard encastré dans la cloison. Rien d'autre : une ambiance presque militaire. Elle fit coulisser la porte du placard : les vêtements étaient méticuleusement alignés.

Gwen vérifia les étagères, fronça les sourcils en constatant qu'il n'y avait, nulle part, d'ordinateur ni même de box annonçant une connexion Internet.
Elle accrocha une poubelle, l'ouvrit et découvrit un post-it vert froissé. Elle le prit, le défroissa et lut une adresse à Savigny-le-Temple dans le 77, 9 chemin des Meuniers. Une intox ou une vraie information ? Était-ce là l'adresse de Roquebrune ou la planque des Alban ?
Un quart d'heure plus tard, elle passait dans le bureau de l'antiquaire/prêteur sur gages. Plus grand-chose à trouver après le passage de la police puis de la FSE. Rien dans les poubelles. Le coffre était ouvert, les tiroirs vidés, le contenu des placards éparpillé sur le sol…

Malgré tout, elle enfila des gants et commença à éplucher les pages, les photos, les factures, les tickets de caisse, les brouillons de lettre. Vraiment rien d'intéressant.
Elle s'assit et regarda autour d'elle en soupirant. Les tableaux accrochés aux murs… Rien de transcendant, en tout cas en décalage avec les œuvres présentées au rez-de-chaussée : sans doute les dépôts en rapport avec sa casquette d'usurier.
Finalement, elle sortit son portable, tapa le numéro de Signac pour lui envoyer un SMS : plus pratique pour ne pas répondre aux questions et rester maître des échanges puisque lui ne serait pas en mesure de lui répondre. Elle avait besoin d'une avance de deux ou trois jours avant de retourner à ses côtés.
Un quart d'heure plus tard, elle sécurisait l'échoppe, baissait le rideau de fer et reprenait la route : direction Savigny-le-Temple.

Une bonne heure de route par la nationale 6, peu encombrée à cette heure, puis la cité nouvelle, moderne, une ville parmi tant d'autres puis le vieux bourg sur les hauteurs. Le chemin des Meuniers, de belles maisons au charme désuet. Le numéro 9… derrière un mur bas, une grande maison blanche aux volets vert pâle comme le portail en fer, plein jusqu'en haut.
Elle gara sa C1 sur le trottoir pour permettre le passage sur le chemin étroit puis avança jusqu'au portail. Pas de poignée, mais deux serrures pour de petites clés plates qui ne résistèrent pas à sa dextérité.
À l'intérieur, un petit jardin aux allées gravillonnées avec quelques arbustes. Les volets étaient fermés. Elle monta les trois marches et testa la porte d'entrée. Fermée. Nouvelle manipulation après avoir enfilé des gants, elle passa à l'intérieur, ne découvrit aucune alarme et commença

une visite rapide. L'endroit était vide, froid et poussiéreux, mais une odeur spécifique attira immédiatement son attention.

Instantanément sur ses gardes, elle sortit son portable et contacta Sheridan qui prit immédiatement, intrigué par le numéro inconnu :

— *Commissaire Sheridan...*

— St-Cyrq. Je suis au 9 chemin des Meuniers à Savigny-le-Temple. Une adresse découverte chez Marta Svobodà, la garde du corps de Gisèle. Je viens d'entrer et je pense qu'il y a un corps qui date à l'intérieur.

— *Pas Roquebrune, en tout cas, puisque son corps a été découvert dans une ferme près de Charlieu.*

— Ah bon ? Je mets la caméra...

— *Très bien. Yvon ne t'a rien dit au sujet de Ronan Roquebrune ?*

— Non...

Dans le hall, elle avança vers l'escalier, monta deux marches, mais redescendit et tel un chien de chasse, remonta l'effluve jusqu'à la cuisine où un corps de femme baignait dans son sang, déjà attaqué par la vermine. Elle s'approcha et observa la victime tandis que son patron n'en perdait pas une miette.

— *Tu en dis quoi ?*

— C'est Solange Alban... Deux blessures, une à l'épaule, l'autre en plein cœur. Morte depuis... deux jours, je dirais d'une balle de petit calibre... Peut-être du 4.6 ou 5.45... Pas commun. Pas d'ecchymose évidente...

— *D'accord. J'envoie une équipe. Tu prends quelques clichés, tu fouilles rapidement et tu refermes la maison. Pas question que tu sois présente à l'arrivée des copains.*

— Très bien. Je raccroche. Si je trouve quelque chose d'autre, je te rappelle.

— *Fais gaffe...*

Elle prit les photos puis fouilla rapidement la villa sans trouver d'autres cadavres avant de la quitter sans s'attarder.

Retour pénible sur Paris et son hôtel particulier dans les bouchons de sorties de bureaux, la tête ailleurs.

★

Yvon Signac descendit de la Clio de la gendarmerie, pensif. C'était la seconde fois qu'il allait à l'IML en quelques jours : Cavaignac et lui allaient voir le légiste qui avait, a priori, quelques révélations à faire sur les trois corps retrouvés la veille.
Incapable de trouver le sommeil, seul dans cette chambre de Malfarat, il avait tourné en rond toute la nuit, s'imaginant les pires choses au sujet de St-Cyrq et de ce départ précipité.

Un vrombissement bref dans sa poche. Il sortit son portable et contempla l'écran : un SMS de Gwen, enfin !

> Dernières nouvelles : je suis allée voir Marta. Absente. Son appart, parfaitement rangé, n'est plus occupé depuis sans doute plusieurs jours. De Marta, aucune trace. Inquiétant. C'est elle qui a retrouvé Manuela (localisation envoyée à Sean) et qui m'a fait passer le journal de La Moucherie. Comment elle l'a eu, ça… J'ai trouvé dans sa poubelle une adresse à Savigny-le-Temple. Je vais voir. Toujours aucune piste pour Alban ou Roquebrune.

Il frissonna. Et si elle tombait sur Raoul Alban ? Ou sur le meurtrier de Roquebrune ? Elle prenait trop de risques.
— Commissaire, vous venez ? s'enquit le capitaine en le dévisageant.
— Je vous suis, murmura-t-il en regardant sa montre.

Inquiet malgré lui, il lui emboîta le pas, grimpa les marches sans y penser et s'engagea dans le long couloir sans répondre à la question que le militaire intrigué lui posait.
La porte du laboratoire. Ils entrèrent de concert dans la pièce aseptisée. Au milieu, deux tables d'examen, l'une supportant le corps de Roquebrune, l'autre des morceaux épars carbonisés et déchiquetés de corps.
— Docteur Madeleine Cyprien, lâcha la femme en combinaison et masque FFP2 sur le visage. Commissaire Signac…
— Doc, grogna ce dernier que la voix féminine avait enfin ramené à la réalité.
— Capitaine Cavaignac, gendarmerie de Charlieu, lança le militaire en s'approchant.

— Capitaine… Je vous ai fait venir parce que ce que j'ai trouvé est bizarre. Tout d'abord, pour le cadavre de l'homme, il a été tué par une arme de poing soviétique des années 80, calibre 5,45. Un PSM, probablement… Une arme déjà répertoriée pour une demi-douzaine de meurtres, mais jamais retrouvée selon mes fiches. Il était à genoux lorsqu'il a été tué…
— Une exécution, donc…
— Ça en a tout l'air, en effet. Les traces de pneus découvertes dans la cour appartiennent probablement à un SUV de type Scenic ce qui tendrait à prouver que la voiture piégée à Châteauneuf était celle des meurtrières.
— C'est une certitude, ou bien…
— Oui, avec les éléments que nous avons pu réunir, on peut dire avec certitude qu'il s'agit bien du même véhicule.
— Donc, nous avons bien affaire à des victimes féminines à Châteauneuf ? demanda Signac, front plissé.
— En effet. Les quelques fragments plus ou moins intacts retrouvés autour du point d'explosion le confirment. Caryotype slave. D'âge moyen entre 30 et 50 ans… Difficile d'être plus précise. J'ai retrouvé des cheveux bruns et blonds… donc bien deux cadavres. Aucune trace de pneus sur la scène du crime alors qu'on aurait pu en trouver dans les graviers et la terre fine du bout de l'impasse où une voiture aurait pu faire demi-tour. Une balle tirée par la portière côté passager, les autres tirées à bout portant ou presque. En tout, neuf douilles de 7,65 Browning… Pas tout jeune non plus comme arme… Je pencherais pour un Ruby et Destroyer des années 40.
— Un PSM soviétique des années 80, un autre pistolet des années 40, cette fois… C'est quoi, cette histoire ? grinça Cavaignac, interdit par ces révélations étranges.
— Et l'explosif ? s'enquit Signac, en la dévisageant.
— Il devait être contenu dans une mallette en polymère… Une composition[59] C…
— Du C-4[60]… Donc facile à tracer, remarqua-t-il soudain intéressé.

---

[59] Le terme utilisé pour tout explosif composé de plusieurs ingrédients. En 1940, le format « Composition + <lettre> » a été utilisé pour différentes compositions du RDX, telles que la « Composition B ».
[60]Composé d'un explosif, d'un liant plastique, d'un plastifiant, d'un produit pétrolier et, depuis 2006, d'un marqueur chimique facilitant sa détection

La femme retira son masque pensivement, sourire ironique au creux des lèvres :

— Justement pas, Commissaire.
— Comment ça ?
— Le tueur a utilisé du C-2[61]: pas commun du tout et, surtout, intraçable.
— Merde ! Pas de pot ! murmura-t-il en reportant son attention sur les morceaux disparates carbonisés, étalés à quelques centimètres de lui. Le C-2, encore un truc qui date de la Seconde Guerre, non ?
— Exact, lui confirma la scientifique.
— Pas d'empreintes, pas de traces ADN, rien qui puisse nous mettre sur la piste du tueur ?
— Désolée, mais je n'ai rien trouvé d'exploitable à Chateauneuf. On continue à chercher… Néanmoins, j'ai une correspondance ADN pour des traces de sang retrouvées dans la ferme de la Chapelle-sous-Dun…
— Comment ça ? s'enquit le gendarme surpris.
— Au milieu des 21 ADN divers relevés, j'ai réussi à isoler, non seulement celui de Ronan Roquebrune, mais également celui d'Armelle Carny, Patricia Bonnet, Juliane Santini, Amandine Granoux et d'une autre victime autopsiée voici un peu plus de quinze jours… Nina Forggliano.

Signac plissa le front, interdit : si Gwen apprenait ça… D'ailleurs qui sait si elle n'était pas déjà au courant ? Et dans ce cas, qui sait si, en fin de compte, elle n'était pas pour quelque chose dans l'assassinat de Roquebrune ? Il délaissa la pensée parasite pour reprendre le cours du raisonnement :

— Donc, si j'ai bien compris, pour le mec, le scénario… Roquebrune arrive à la ferme. Il est attendu. Les deux femmes lui tombent dessus, l'obligent à s'agenouiller et l'exécutent…

---

et l'identification du fabricant, d'où la remarque de Signac, ancien militaire.

[61] Explosif composé de RDX, d'un plastifiant à base d'huile minérale et d'un stabilisant. Son grave défaut : utilisable que dans une plage limitée de températures. Remplacé par le **C-2** vers 1943 qui contient une proportion légèrement inférieure de RDX, mais utilise un plastifiant explosif. Remplacée vers 1944 par la « Composition C-3 », plus stable.

— C'est ça, approuva la légiste. Pour la mort des deux femmes, elles attendaient sûrement quelqu'un devant ce cimetière. Ce quelqu'un est arrivé, a tiré une première fois dans la portière pour neutraliser la passagère armée… Oui, je ne vous l'ai pas encore dit, mais nous avons retrouvé les débris d'une arme à feu… incrustés dans des morceaux du siège passager… donc, le ou la tueuse tire sur la passagère déjà neutralisée par la première balle puis sur la conductrice également armée… Nous attendons les résultats de la balistique…

Un bip attira la légiste vers son ordinateur. Elle lut le rapport puis se retourna vers les deux hommes, satisfaite :

… Nous avons de la chance ! Je suis en mesure de vous certifier que l'arme retrouvée est celle qui a servi pour l'exécution de votre gus… Un PSM calibre 5,45. Pas d'empreinte, désolée. Mais il s'agit bien de l'arme impliquée dans de nombreux assassinats non résolus.

— Fichtre ! Donc, c'est la brune qui conduisait qui a tiré, intervint Cavaignac, encore surpris par la tournure que prenaient les événements. Autre chose ?

— Ah oui… Nous avons retrouvé, collé sous un longeron à l'arrière du véhicule, ça…

Elle leur tendit un boîtier d'une petite dizaine de centimètres de long et trois de large, fondu en partie. Tous deux s'avancèrent et contemplèrent l'objet :

— On dirait une balise, non ?

— Oui, c'est en effet un traceur GPS… relié à un smartphone pour le tracking… Quelqu'un suivait tous les déplacements de nos deux victimes. Le modèle est courant et peut s'acheter n'importe où sur le net, même sur Amazon. Le numéro de série est partiellement effacé : ce sera pratiquement impossible de remonter jusqu'au propriétaire.

— Et pour le smartphone auquel il était relié ?

— Là, aucune chance…

— Tant pis… Si vous trouvez autre chose, surtout n'hésitez pas, n'est-ce pas ? lança Cavaignac en souriant franchement à leur interlocutrice.

— Bien entendu…

Un échange de poignées de main et les deux policiers quittèrent les lieux tandis que la légiste remettait son masque en place pour reprendre ses observations et ses analyses.
Il s'asseyait dans la Clio lorsqu'un vrombissement le fit imperceptiblement sursauter. Croisant les doigts virtuellement pour que ce soit un message de Gwen, il contempla son écran. Un SMS de son équipière !
Elle prenait des risques inconsidérés… Il allait devoir trouver les bons arguments pour la faire revenir ou pour qu'elle l'accepte à ses côtés.
Il relut le message, une boule au fond de la gorge.

Salut ! Je sors de la villa de Savigny. J'y ai découvert Solange Alban, morte depuis au moins deux jours, de deux balles de petit calibre. Peut-être du 5,65. À confirmer. Sean envoie une équipe sur place. Aucune trace du mari. Plus aucun contact avec Marta, non plus. Soit elle est l'assassin, soit elle est morte. Je crois avoir débusqué du très gros gibier resté dans l'ombre à l'affût depuis le début. Depuis quelques heures, je le sens rôder. Fais attention… Je t'appelle dès que j'ai quelque chose de plus concret qu'une intuition.

— Un souci, Commissaire ? demanda le gendarme en le considérant du coin de l'œil avec curiosité.
— L'épouse Alban, l'un des suspects de mon enquête, a été retrouvée dans le sud de Paris, deux balles de petit calibre dans la peau… Peut-être du 5,65… Ça commence à faire beaucoup…
— Comme vous dites… Une idée pour expliquer tout ce micmac ?
— Hum… Pas vraiment. Au départ, on pensait que Roquebrune était derrière tout ça, mais maintenant qu'il est mort… En plus, comme je vous l'ai dit, je crois savoir qui était l'une des femmes dans la voiture… Marta Svobodà, garde du corps et ex du KGB… d'autant qu'elle semble avoir disparu…
— Ah… murmura le gendarme en se lissant pensivement la barbe.
— Et qu'elle est blonde…
— Oh… s'exclama encore Cavaignac en souriant. Je crois qu'on tient notre… « femme ». Reste à savoir avec qui elle bossait…
— Seule, de ce que j'en sais. Mais je vais me rancarder…

Un court silence s'installa, à nouveau brisé par le militaire :
— Au fait, des nouvelles de la détective privée ?
— C'est elle qui vient de me donner ces infos…

— Je vois… Pas trop bizarre de bosser avec une privée ?
— Elle est très pro… Pas de problème.
— Et quid de son partenaire, Mortimer ?
— Il est sur une autre affaire à ce que j'ai cru comprendre, lui mentit-il avec naturel.
— Leur agence tourne bien, alors ?
— À ce que j'ai compris, oui…
— C'est un job qui m'a toujours attiré, reprit le conducteur pensif. Être libre de choisir ses clients, avoir un salaire à la hauteur, pouvoir se ménager du temps libre…
— Ouais… Vous voulez que je vous avoue quelque chose ? Depuis quelque temps, je pense à démissionner pour intégrer leur agence. Ils m'ont proposé une association… Ça me tente bien…

Et soudain Yvon comprit, comme une fulgurance, que la suite de son engagement avec la FSE ne pourrait qu'être qu'aux côtés de Gwen, au sein de l'entité officieuse de leur service, l'«agence de détectives privés».

Le reste du trajet fut silencieux et pensif de part et d'autre. Le gendarme déposa son passager en ville pour lui permettre de se restaurer tandis que lui rentrait à la caserne. Sa journée était loin d'être encore terminée.

ÇA SE PRÉCISE !

Gwen coupa le contact de sa citadine. Elle resta un moment au volant, sourcils froncés. Comment Marta avait-elle pu être découverte et assassinée dans ce coin perdu ? Le portable était-il sur écoute ou était-il tracé ? Le logiciel de piratage l'aurait décelé. Et si c'était elle qui avait été piégée ? Pas via son portable, sécurisé… Et puis, elle avait changé de puce, de numéro, de tout… Non… Sa voiture alors ? Elle sortit de la C1, avança jusqu'à l'Alpine, vérifia à l'intérieur de l'habitacle, se munit d'une petite lampe et passa au peigne fin le moteur puis le bas de caisse. Rien…

Plutôt rassurée, elle remonta dans ses appartements et interrogea son ordinateur toujours muet : aucune réponse quant à l'identité du responsable à la Confrérie du secteur de Lyon durant la Seconde Guerre… Bizarre.

Du coup, elle demanda en urgence un nouvel échange avec le fils de Joseph Viochot, passa dans la cuisine pour se confectionner un sandwich puis retourna vers sa tablette, chercha dans ses mails et retrouva sans peine celui qu'il lui avait adressé avec la liste des tableaux disparus :

- ✓ Un Renoir « *Vue de Venise* » de 1881
- ✓ Un Canaletto « *Le Palais des Doges* »
- ✓ Un Monet « *Le palais des Doges* »
- ✓ Un Le Titien Tiziano Vecellio, « *Flora* »
- ✓ Et un Dürer « *Autoportrait* »
- ✓ Plus la peinture sur bois que s'était gardée La Moucherie.

Tous, des tableaux d'assez petites dimensions, le plus grand étant le Monet, si sa mémoire ne lui jouait pas des tours… Quelque chose comme 1m x 80cm. À vérifier bien sûr…

Un petit jingle : le fils Viochot avait été rapide, sans doute avide, lui aussi, d'informations. Elle connecta la messagerie sécurisée et observa la première ligne…

- *Vous souhaitez me parler ?*
- En effet. Merci pour votre réponse rapide. Vous m'avez dit ne pas connaître l'identité du contact de votre père à Lyon…
- *Je n'ai pas réussi à obtenir son nom, en effet.*
- Connaissez-vous l'identité du référent de la Confrérie à Lyon à cette époque ? Je ne parviens pas à obtenir l'info…
- *Hilaire Robard… D'ailleurs, je suis très ami avec Georges, son fils, qui est également l'un des nôtres.*
- Oui, je sais… Savez-vous qu'il a été assassiné il y a quelques jours ?
- *Assassiné ! Non, je ne le savais pas… Ça alors… Et on connaît le meurtrier ?*
- Oui. Il est mort. Lui et son père cherchaient également les peintures. Vous les connaissez… Ronan Roquebrune et son rejeton…
- *C'est vrai ? Pas croyable… Vous savez que Georges faisait partie, comme son père, de la résistance ? Il jouait les messagers pour l'Organisation. Un sacré sang-froid…*
- Que savez-vous du père ?
- *Pas grand-chose, à vrai dire. Georges n'en parlait que très rarement comme de toute cette période, d'ailleurs. Il disait que le passé devait rester à sa place et que pour vivre longtemps, il fallait vivre dans le présent. Et c'est d'ailleurs ce qu'il s'appliquait à faire… Je sais qu'il avait de grosses responsabilités, qu'il était en contact avec le Primat des Gaules, Gerlier, et que grâce à lui, beaucoup de juifs ont réussi à survivre. Je sais qu'il a essayé de faire évader mon père, sans succès. Pas plus…*
- Georges Robard avait-il encore de la famille ?
- *Oui… et non… Dans sa jeunesse… enfin il avait quand même une quarantaine d'années, il s'est amouraché d'une Anglaise en poste de lectrice dans un lycée privé lyonnais. Ils ont vécu deux ou trois ans ensemble et ils ont eu un bébé. Mais la fille s'est fait virer et a quitté le pays avant la venue au monde du gamin. Du coup, lorsqu'elle lui a appris sa naissance, il a refusé de le reconnaître. Il n'a plus jamais eu de nouvelles. Il s'en est voulu, mais n'a jamais cherché à le retrouver. Pour ce genre de truc, il était plus que rigide.*
- Vous vous souvenez du nom de la dame ?

- *Non… Je crois qu'il ne me l'a jamais dit. Puis-je vous poser une question, Mademoiselle ?*
- Faites…
- *Avez-vous découvert des indices concernant l'identité de l'homme qui a trahi mon père et concernant les tableaux ?*
- Je sais qui a trahi votre père : ce que vous venez de m'apprendre comme ce que j'ai lu dans le journal de La Moucherie que j'ai réussi à récupérer ne laisse aucun doute…
- *Et ? C'était qui ?*
- Votre ami… Georges Robard…
- *Quoi ! Mais non, voyons ! Impossible ! Jamais il n'aurait fait ça !*
- Pourtant… Vous m'avez dit que son père était très investi dans la résistance et avait de grandes responsabilités… Jamais il n'aurait trahi votre père d'autant qu'il a cherché à le faire évader. En revanche, son fils jouait les messagers pour le réseau… Il a dû se faire prendre et pour sauver sa peau, a livré votre père. Et ça expliquerait pourquoi je ne parviens pas à obtenir le dossier du père et du fils Robard sur la période 39-45. D'ailleurs, dans son journal, La Moucherie subodorait un problème sans parvenir à comprendre ce qui clochait : l'ordre de mission semblait conforme. Même votre père était inquiet en partant de Malfarat. Et lorsque La Moucherie a appris ce qui était arrivé à votre père, il a quitté précipitamment sa ferme avec toute sa famille.

Un silence atterré… De longues minutes sans un mot : elle comprenait ce qu'il devait ressentir et compatissait.

- *Je ne savais pas… Georges m'a trompé toutes ces années… Et dire qu'il m'aidait soi-disant à prouver que mon père n'avait pas détourné le chargement et à le retrouver… Quelle pourriture ! Bien content qu'il soit mort parce que je l'aurais achevé de mes propres mains !*
- Désolée. Donc Georges Robard recherchait également les toiles… Est-ce que vous savez s'il a fait des démarches particulières ? Via l'OCBC, par exemple, ou en louant les services d'un détective privé ?
- *Je sais qu'il a mis quelqu'un de l'Organisation dans le coup… Mais vous dire qui ? Je n'ai pas de nom… Il m'a seulement dit que cette personne avait toute latitude pour enquêter l'air de rien et que son métier lui permettait de fouiner partout sans éveiller les soupçons. Pas plus. J'ai bien essayé de lui tirer à deux ou trois reprises les vers du nez, mais je me suis fait remonter les bretelles :*

il était très secret et pas commode du tout, surtout les derniers temps.

- ➢ Vous l'avez vu quand, la dernière fois ?
- ➢ *Il y a bien deux mois. On se voyait moins souvent depuis quelque temps : il était très fatigué. Mais vu son âge, rien d'étonnant, n'est-ce pas ?*
- ➢ Très bien. Merci beaucoup pour toutes ces informations. Je vous tiens au courant.
- ➢ *Merci à vous...*

Plus personne. Écran noir. Elle venait de faire, soudain, un pas de géant... et si Robard cherchait les toiles, c'est bien que Joseph Viochot les avait laissées à Malfarat et était arrivé à Lyon les mains vides.

Du coup, elle prit son portable, réfléchit un bref instant, regarda l'heure affichée et composa finalement le numéro de portable de Signac.

Une sonnerie et il décrocha : il devait être sur les dents. Soudain, sans savoir pourquoi, son cœur s'emballa comme si une nouvelle menace venait d'apparaître à l'horizon. Trop tard pour faire marche arrière...

Voilà qu'elle devenait lâche... Ses lèvres esquissèrent une moue de dégoût tandis que la voix masculine s'élevait dans l'écouteur.

— *Gwen, enfin !* s'exclama-t-il en remarquant l'absence de numéro affiché. *Tu vas bien ?*

— Oui. Et toi ?

— *Il faut que tu saches que Roquebrune a été retrouvé à la Chapelle-sous-Dun, exécuté par une arme de petit calibre, du 5,65...* lança-t-il en éludant la question. *Et que, dans cette ferme, l'ADN de ton amie Nina a été isolé avec celui de plusieurs filles disparues. Au moins, on sait où elle a été retenue...*

Un silence. Il décida de ne pas s'appesantir davantage et poursuivit :

... On a également retrouvé l'arme utilisée pour deux meurtres perpétrés à Châteauneuf, à quelques kilomètres de là... sur les lieux de l'explosion d'une voiture contenant deux cadavres de femmes... des Slaves...

— Marta...

— *C'est ce que je crois, oui... Difficile à dire avec ce qu'il en reste. Tu sais qui pourrait être sa compagne ?*

— Aucune idée... lui mentit-elle avec aplomb. C'était quel genre d'explosif ?

— *Du C-2, intraçable. Et un gros paquet dans une mallette selon l'IML.*

Heureusement qu'elle n'avait pas eu le temps de ramasser la valisette à l'arrière…

— Des indices sur le tueur ?
— *Aucun. Et toi ?*
— J'ai pas mal avancé. Je dois retourner chez Robard. Je viens te rejoindre ensuite.
— *On fait le contraire ! Tu viens me chercher et on va tous les deux chez Robard. Et pas question que tu me dises non, hein !*

Elle réfléchit une seconde, soupira puis se plia à sa volonté : peut-être pas une si mauvaise idée, après tout…

— Très bien. Vu l'heure, je ne serai pas au manoir avant une ou deux heures du mat. Ne m'attends pas.

Et elle raccrocha, son esprit tourné vers Nina. Pourtant, pas le temps de se lamenter, ni l'envie d'ailleurs.

Elle se leva en soupirant, passa à la salle de bains en « deuspi »[62]comme aurait dit Glenn, ramassa ses affaires tout en laissant dans son coffre le cahier d'écolier dont elle avait photographié les pages et le portable de Marta, et retourna dans le garage. Un ultime contrôle de son véhicule afin de s'assurer qu'il n'était ni piégé ni tracé, et elle se lança dans les bouchons de cette fin de journée aux abords de la capitale.

[62] Arg. Le mot anglais Speed signifie vitesse, rapidité. Deuspi est le verlan de cet anglicisme et garde la même signification.

DANS LA FAMILLE ROBARD, JE DEMANDE…

Trois heures et demie du matin.

Elle gara la sportive dans l'allée pour éviter de faire trop de bruit, coupa le contact puis resta un moment immobile, la tête posée sur le dossier. Leur chambre, à l'étage, était éteinte, signe que son équipier dormait ou était absent.
Elle sortit enfin, ferma la portière sans la claquer et observa les lieux, indécise. Le petit étang, au bout, luisait doucement sous les rayons de lune dans une tiédeur qui l'invitait à s'attarder. Elle dépassa le bâtiment sans se presser, longea la pièce d'eau en humant l'air chargé de senteurs pour s'installer dans le fauteuil, sur le ponton.
Les yeux rivés à la surface parfaitement lisse de l'eau, elle décida de passer en revue tous les éléments dont elle disposait, à présent. Mais la fatigue du trajet et la tension des derniers jours aidant, elle s'endormit.

Une caresse sur la joue la tira d'un sommeil profond et, sans doute, beaucoup trop court. Elle ouvrit un œil pour constater qu'il faisait encore nuit puis tourna la tête pour découvrir Signac accroupi à ses côtés.
— Tu sais que nous payons une chambre ? se moqua-t-il gentiment en la dévisageant.
— Hum…

Elle s'étira et se rassit alors qu'elle s'était instinctivement recroquevillée sur le siège en bois.
— Allez, viens… lui lança-t-il d'une voix douce en lui prenant la main.

Un instant de flottement et elle serra les doigts pour se remettre sur ses pieds. Ils refirent le chemin inverse sans s'être lâchés, en silence, mais très proches. En passant, elle prit sur l'étroite banquette arrière le petit sac de voyage qu'elle avait amené et monta au premier, son acolyte sur les talons, un peu comme s'il avait peur qu'elle s'enfuie. Une fois à l'étage, le sac déposé sur le bureau, elle se retourna et buta contre un Signac au regard suggestif. De sa main valide, il lui caressa l'ovale du visage, le regard fermé :

— Pourquoi tu es partie aussi vite ? Je me suis fait un sang d'encre… Tu devrais me faire confiance, Gwen…

Pour toute réponse et pour ne pas lui mentir plus encore, elle se dressa sur la pointe des pieds et l'embrassa sur les lèvres comme une invitation à aller plus loin. Il répondit au baiser avec passion avant de la soulever et de la porter sans effort jusqu'au lit où il l'allongea avec précaution. Au-dessus d'elle, il la dévisagea à la recherche d'une réponse, hésita alors que leur regard fusionnait puis se pencha à son oreille et lui murmura un « je t'aime » qui la fit frissonner et sourire avec quelque chose dans le regard qu'il n'y avait jamais vu avant, une sorte de tendresse immense qui l'interpella. Elle le serra contre elle, le fit basculer et le déshabilla. Sans comprendre pourquoi, cette fois elle croyait à l'aveu et voulait lui démontrer qu'elle partageait ses sentiments sans avoir à prononcer les trois mots fatidiques : trop tôt… Elle ne les avait énoncés qu'une seule fois et son partenaire l'avait trahie. Pas question de faire la même erreur… surtout après ce qu'il lui avait fait subir après la mort de son frère.

Le soleil se leva sans qu'ils aient fermé l'œil. Collés l'un à l'autre, ils s'écoutaient respirer, tout simplement, se dévisageaient, heureux. Il la pressa soudain plus fort et l'embrassa à nouveau comme s'il avait peur qu'elle le repousse. Elle répondit instantanément à son élan en riant et, de longues minutes plus tard, lorsqu'ils s'apaisèrent enfin, c'est lui qui se détacha sans envie.

— On va déjeuner avant de retourner chez Robard ?

— Je te suis… dans la salle de bains ?

— Je suis pas contre… murmura-t-il en lui prenant la main et en l'entraînant dans la pièce attenante, le regard luisant.

Trois quarts d'heure plus tard, ils descendaient dans la cuisine. Il n'était pas encore 8h et le propriétaire n'avait pas encore préparé le petit-déjeuner. En quelques minutes, ils avaient tout installé sur la terrasse et se servaient le café dans la bonne humeur.

— Tu me dis ce que tu comptes trouver chez Robard ? Et d'abord, pourquoi tu veux y retourner ?

— Tu as lu l'ordre de mission reçu par le chef du groupe qui a convoyé les tableaux, n'est-ce pas ?

— La lettre ? Oui...

— Or le fils de Joseph Viochot, le chef du groupe, a toujours pensé que son père avait été trahi. La question étant de savoir qui et pourquoi... Dans le journal de La Moucherie que Marta m'a transmis, j'ai appris d'abord que La Moucherie a bien réceptionné les tableaux et les a cachés dans un lieu spécialement aménagé dans ce bâtiment, probablement sous l'ancien pigeonnier aujourd'hui disparu. Ensuite qu'il sentait qu'il y avait anguille sous roche même si l'ordre de mission semblait normal et que, méfiant, il est très vite parti de Malfarat avec sa famille. Du coup, j'ai tenté de découvrir qui était le responsable du réseau sur Lyon. Et là, surprise... Il s'agissait du père de Georges Robard, Hilaire Robard, très impliqué dans la résistance sur le centre de la France.

— Tu crois qu'il aurait trahi l'un de ses hommes ?

— Non, pas logique. En revanche durant la même période, son fils, Georges, jouait les messagers pour le réseau. Et là, je me dis que le gamin a pu tomber entre les mains de la Gestapo ou de la Milice et, pour s'en sortir, révéler l'arrivée de Viochot à Lyon. Il avait accès aux infos, donc...

— Tu crois ?

— Ben disons que c'est une forte probabilité... ou une hypothèse sérieuse si tu préfères... d'autant que Georges Robard était devenu, au fil des ans, un ami proche du fils du résistant trahi et qu'il l'aidait, soi-disant, à retrouver les tableaux pour prouver que son père ne les avait pas dérobés. Tu parles... Je crois que Robard cherchait, lui aussi, à mettre la main sur les œuvres d'art et se servait de son « ami » pour ça.

— Et donc ? lui demanda-t-il en avalant une énième gorgée de café.

— Il semblerait que pour retrouver les tableaux, Robard ait eu un atout dans sa manche, un gus ayant toute latitude pour poser des questions...

— Peut-être un privé ?

— Hum... Mais j'ai aussi appris que Robard avait eu un fils illégitime avec une Anglaise dans les années 60...

— Et tu te dis que si Robard, vers la fin de sa vie, avait voulu le retrouver et s'il lui avait demandé de faire cette enquête pour lui...

— Voilà… Donc nous y allons pour, qui sait, trouver des photos, des lettres et en sus, interroger le vieux serviteur qui devait en savoir long sur son employeur…

— J'en déduis que tu n'as pas de nom ?

— Tu as tout compris…

— Bon… Et tu as réussi à obtenir d'autres infos sur l'affaire ?

— La fille qui traînait depuis quelque temps avec Marta s'appelait Elena. Mais je n'en sais pas plus. Et toi, tu sais si Alban a été retrouvé ?

— Sean ne m'a rien dit, non… Tu crois pas que ce pourrait être lui, l'allié de Robard ?

— Je crois surtout que si Marta a assassiné Solange Alban, elle a également assassiné son mari ou qu'il croupit quelque part sans espoir de secours si les cadavres de Châteauneuf sont bien ceux des deux Tchèques…

Il l'observa, sourcils froncés, concerné :

— Ça va aller ? s'enquit-il d'une voix douce. C'était ton amie et…

— Mon amie ? Non… Marta était une relation, sans plus. Comme ce fut le cas de Gisèle. Je n'ai pas d'ami, Yvon… lui avoua-t-elle non sans une certaine ironie en portant une tartine à la bouche pour se donner contenance et de faux airs détachés. Tu devrais le savoir…

Lui fronça les yeux, soupira, hésita, mais resta finalement silencieux. Ils terminèrent le repas, enfoncés dans leurs pensées.

Moins d'une demi-heure plus tard, ils prenaient la route. Direction Ciry-le-Noble.

*

La ferme aux tuiles vernissées. Le portail menant à la propriété était fermé par une chaîne et des scellés que Signac fit sauter.

L'A110 roula au pas jusque dans la cour, le policier à pied derrière. Elle sortit de voiture et observa la façade aux volets clos, le regard illisible : le vieux serviteur à l'évidence chassé d'un domaine sur lequel il n'avait aucun droit, elle espérait trouver dans les papiers ou les cartons de Robard une trace intéressante concernant son fils.

Afin d'assurer la légalité de l'intrusion et de la fouille, elle laissa son compagnon déverrouiller la porte, passa des gants et entra dans le hall agréablement frais.

— Tu prends le rez-de-chaussée ? s'enquit Yvon après plus d'une heure de silence. Je prends l'étage…

Elle acquiesça et, sans plus s'occuper de son compagnon toujours très mal à l'aise, passa dans la vaste salle à manger et son décor kitch cadrant mal avec le compte en banque du personnage. L'odeur de spray désinfectant mêlé d'urine semblait accrochée aux murs comme une tapisserie invisible. La mort du vieillard ne l'avait en aucun cas atténuée. Elle soupira, effleura des yeux le mobilier avant de se décider. Le bahut, d'abord, déjà fouillé par la police. Elle vérifia les caches possibles : dessous des tiroirs, panneaux intérieurs… rien d'intéressant dans un fatras hétéroclite de morceaux de ficelle, de stylos vides, de trombones rouillés et d'élastiques, de notes manuscrites aux trois quarts effacées, de cartes de visite cornées et de tickets oubliés.
Le ménage était fait superficiellement, sûrement par le majordome trop âgé pour entretenir correctement une maison pareille. Elle s'allongea et regarda sous le meuble puis sous la table et les chaises…
Rien. Non, s'il y avait quelque chose, c'était ailleurs… En haut, le policier ne prenait pas de pincettes et fouillait sans se poser de questions.

Un sourire en coin et elle tira un fauteuil pour s'y asseoir. Où cacherait-elle des documents *très* personnels ? Derrière les tableaux… Des reproductions de qualité moyenne, mal encadrées… Pourquoi pas ?
Elle se releva et décrocha toutes les peintures. Pas plus… Du coup, elle passa dans le jardin d'hiver, vérifia le bassin et sa structure (*qui sait si une cache n'y avait pas été aménagée ?*), le mobilier, les pots et les bacs en bois… Rien.
Abandonné au milieu, le fauteuil roulant du grabataire, son assise inconfortable en skaï gris souris. Elle s'y installa, testa les accoudoirs (*sait-on jamais*) puis jeta un œil à nouveau autour d'elle : rien de rien de rien de rien ! Son « hypothèse sérieuse » prenait l'eau… Robard avait peut-être menti à son soi-disant grand ami au sujet de son fils illégitime et du gus qu'il avait mis sur le coup pour retrouver les tableaux… Plausible, en fin de compte…

Elle se remit sur ses pieds, repassa par la grande salle pour se retrouver dans le hall. Là encore un mobilier sans intérêt, succinct. Elle vérifia les tableaux, les consoles, les guéridons, les deux fauteuils crapauds au velours bordeaux usé jusqu'à la trame avant d'entrer dans ce qui servait de cuisine. Pourquoi serait-il allé cacher des photos ou des documents dans cette pièce dans laquelle il n'était, peut-être, jamais entré ? Idiot, mais bon…

Tout y passa : placards, tiroirs, table, chaises, évier, four, cuisinière... Attenant, une sorte de cagibi où s'entassaient des conserves, des bocaux, des boîtes en fer blanc de pâtes, de riz, et de farine, de la vaisselle, des moules à gâteau et même, au fond, un piège à souris vide.
Elle choisit une boîte de farine, la soupesa, fronça les sourcils et l'ouvrit : à l'intérieur, un sachet plastique rempli de farine... Elle le retira et découvrit sous le leurre, un énorme rouleau de billets de banque, des coupures roses de 500 euros et jaunes de 200... Elle les compta... 25.000 euros ! Fichtre !
Du coup, elle passa au contenant suivant, une boîte aux couleurs accrocheuses de Banania. Même montage : sous le cacao, de vieilles photos d'identité... Pourquoi les cacher ?

Elle les posa sur la table et poursuivit ses recherches : dans la suivante, enveloppés dans du papier bulle, dix Napoléon... Elle avait trouvé le coffre-fort du vieux Robard... ou celui du serviteur qui avait volé son maître tout au long de sa vie ? Dans une autre, longue et plate, bleu canard et jaune labélisée « Bêtises de Cambrai », d'autres clichés. Toutes étaient mêlées à des contenants « normaux », renfermant farine, pois chiches, lentilles et coquillettes. Au fond, sur une étagère un peu plus haute à laquelle elle accéda en grimpant sur une chaise, une pharmacie avec un large panel de médicaments allant du Paracétamol au sirop pour la toux en passant par des anti-inflammatoires, des suppositoires à la glycérine et des flacons de mercurochrome à la date limite depuis longtemps dépassée. Une grande boîte en fer au logo écaillé bleu, blanc et orange de Tricostéril...
Son cœur bondit de satisfaction : à l'intérieur, des lettres... Enfin ! Elle avait peut-être trouvé ce qu'elle cherchait !

Elle redescendit de son perchoir, étala toutes ses trouvailles sur la table en chêne pour en faire l'inventaire puis décida de commencer par les lettres : plus parlant que des photographies anonymes.
Toutes étaient adressées à Georges Robard... Des amies de passage qui lui reprochaient son manque d'engagement, deux reconnaissances de dettes signées par un dénommé Boilevant pour un montant de 50.000 francs chacune... jamais réglées, à l'évidence. Une seule était signée d'un H entrelacé avec un R, son père qui lui rappelait fermement les devoirs d'un fils (*impossible de connaître le fond de l'histoire*). Une, plus ancienne, ressemblait à s'y méprendre à l'ordre de mission reçu par Joseph Viochot... à part la date, l'heure et la signature... Cet ordre-là était ainsi rédigé sur un papier qui avait moins subi les affres du temps,

mais dont l'écriture était plus difficile à déchiffrer, comme si le support de mauvaise qualité avait bu l'encre :

« Pour la Question de font Chapelle ji serai le Dimanche 9 Courant
14h
Ne manqueS paS di Etre ce Jour
ValReilGer »

Même code, à l'évidence. Cette fois, elle était certaine d'être devant l'ordre de mission véritable, jamais transmis à Viochot.
Le messager était bien le traître… Au lieu d'être au rendez-vous le 14 février (jour de la Saint-Valentin d'où le Val de la signature) à 9h, il s'y était présenté la veille, le 13 (jour de la St-Gilbert… d'où le Gil de la signature). Une écriture différente, une encre différente : peut-être ce qui avait mis la puce à l'oreille de La Moucherie.

En comparant les écritures, elle en conclut, sans l'ombre d'un doute, que l'ordre de mission qu'elle avait devant les yeux avait été rédigé par Hilaire Robard. Il lui fallait un exemplaire de l'écriture du fils… Les petits mots dans le tiroir du buffet de la salle à manger. Elle retourna donc sur ses pas, farfouilla, puis retira un dos d'enveloppe avec l'adresse manuscrite du propriétaire, regagna la cuisine et effectua la comparaison : bingo ! La lettre retrouvée dans la couverture du journal de La Moucherie était bien de la main de Georges ! Elle avait sous les yeux la preuve de la trahison de Georges Robard… Son intuition ne l'avait pas trompée. Puis elle délaissa la lettre pour les photographies… de sombres inconnus en noir et blanc, poses convenues, sourires figés sur fond neutre ou décor papier.

— Gwen ! Regarde ce que j'ai trouvé !

Elle leva la tête et contempla son partenaire, fier de lui, puis une enveloppe et une lettre dépliée avec une photographie couleur attachée par un trombone.

… Une lettre de la maîtresse de Robard. Je crois qu'on a enfin une piste concernant le fils illégitime !

Elle prit le papier et plissa le front en observant l'écriture.

— Tu as vu la date du cachet de la poste ? On distingue clairement l'année… 1969… Et sur le cliché, la fille a quoi ? Entre vingt et trente ans… Ce qui fait, en toute logique qu'on a une petite chance de la retrouver en vie et que son rejeton doit avoir quoi, aujourd'hui… 54 ans ? On avance, là ! Vas-y, lis !

"Georgy, Darling,

J'ai eu peur de ta réaction et de celle de ton père quand je t'ai dit que j'avais perdu mon travail à l'école. Nous avions convenu d'être complètement indépendants l'un de l'autre en termes de revenus, et de devoir compter sur ta richesse pour vivre avec toi... J'étais perdue... Je suis partie sans te dire que j'étais enceinte de toi. Pardonne-moi, Darling, ma lâcheté. Ton père aurait-il accepté cette mésalliance ? Je ne pense pas qu'il l'aurait fait... Tu es père... père d'un adorable bébé que j'ai appelé Johan... Il a ton menton et tes yeux. Mais je ne te demande rien. Je n'exige rien. Johan ne connaîtra la vérité qu'à ma mort. Ce sera alors à lui et à toi de décider.
Je t'aime même si tu refuses de me croire, Alice"

Elle leva un sourcil et sourit :
— La piste du fils illégitime pourrait tenir la route, remarqua-t-elle en relisant la lettre puis en regardant le dos de l'enveloppe, sans adresse.
— On peut pas tout avoir, reprit Signac, néanmoins satisfait. Et toi ? Tu as quelque chose ?
— Hum… La preuve que le résistant, Joseph Viochot, a bien été trahi par Georges Robard. Regarde…

À son tour de lui passer les éléments accréditant son hypothèse.
— Tu avais raison… Georges Robard était un traître et utilisait le fils Viochot pour récupérer les toiles. Belle pourriture ! Reste à mettre la main sur le type que Robard employait… Tu as trouvé quelque chose à ce sujet ?
— Non.
— Moi, pas plus… Et que dalle sur le nom de ce Johan ou de sa mère, Alice…
— Ça, à la limite, pas très compliqué… Robard habitait Lyon à l'époque… La lettre est datée de janvier 69… Alice était lectrice dans un lycée… On n'a qu'à chercher dans les archives de l'Éducation nationale une Alice, anglaise, lectrice en… disons 68 dans un lycée privé de Lyon ou de ses environs…
— Évidemment… Et je présume que je dois m'y coller, plaisanta Yvon, mi-figue, mi-raisin…
— Ben dans la mesure où la FSE a accès à toutes les archives…

Du coup, il grogna, sortit son portable et contacta la personne qui s'occupait exclusivement des recherches archives à la FSE. Un œil sur la légiste à présent concentrée sur la photo couleur du bébé, il se lança dès que l'autre accepta la communication en mettant le haut-parleur :

— Salut, César… Ça boome ?

— *Mouais…*

— Oui ? Bon… J'ai besoin de toi… Il me faudrait le nom de famille d'une Anglaise qui résidait en France en 67 et 68, partie en 69. Elle était lectrice dans un bahut privé sur Lyon ou les environs. Son prénom était Alice. A priori, elle aurait eu un fils non reconnu par le père qui pourrait résider aujourd'hui en France. Tu pourrais me trouver ça ?

— *Là, je suis blindé en demandes, Yvon ! Il te faut tes infos pour quand ?*

— Ben pour très vite, comme d'hab…

— *Ça va pas être possible… Je ne sais plus où donner de la tête…*

— Ton prix sera le mien… et tu fais passer ma demande en priorité…

— *Tu connais mon faible pour l'aquavit… un triple cask…*

— Je t'en offre deux bouteilles pour la peine si tu m'as ces infos en rapide…

— *Deux bouteilles ? De ma marque préférée ? D'ac. Je te rappelle…*

Il raccrocha, satisfait.

— C'est qui, ce César ? Je ne le connais pas… fit Gwen, intriguée.

— Un ancien de la Crime mis au placard après un tabassage et que Sean a récupéré il y a un mois. Il picole sec, mais pas au boulot : Sean est très strict, tu le connais. C'est un bon gars… Sa femme l'a quitté en emportant ses trois mioches sous le bras, son chien et ses économies… Il a pété les plombs…

— S'il fait le job, répliqua-t-elle en haussant les épaules avec indifférence.

Il soupira, hésita puis décida de crever l'abcès :

— Gwen… Je suis vraiment désolé…

Elle leva les yeux à la recherche d'une explication à ses excuses.

— Pourquoi ? murmura-t-elle, soudain sur ses gardes.

— Parce que c'est ma faute si tu t'es isolée, si tu n'as aucun ami… Je t'ai pourri la vie depuis qu'on se connaît… Je me suis appliqué à te détruire… à t'écarter de l'équipe, des collègues, des rares mecs qui te tournaient autour… Je crevais de jalousie… Pardon.

Elle le dévisagea, mais ne dit rien et reprit l'observation de la photo couleur. Du coup, il contourna la table et se plaça à quelques centimètres à peine d'elle.
— Gwen, s'il te plaît…

Elle inspira à fond avant de revenir à lui :
— Pas important, Yvon. Laisse tomber…
— Mais si, c'est important… Pour moi, pour nous…
— Le passé reste le passé. Inutile d'en reparler.

Mal à l'aise, il lui prit le visage, scruta ses traits si particuliers puis lui déposa un baiser sur les lèvres auquel elle répondit sans arrière-pensées avant de reprendre l'inspection du cliché, front plissé.
— Quoi ? Tu as trouvé quelque chose ? Qu'est-ce qu'elle a, cette photo ? Tu connais la fille ?
— Non… Mais…
— Mais quoi ?
— Regarde bien ce visage…

Il saisit la photographie et la détailla à la recherche d'une explication : joli minois un peu maigre encadré par des cheveux blonds ondulés, des yeux verts, un nez aquilin. Dans ses bras, un bébé aux cheveux blonds et aux joues rebondies.
— Non… Je vois pas… Quoique… Maintenant que tu le dis… Ce regard… ça me dit quelque chose… C'est vague, mais…
— Même chose pour moi… C'est bizarre.
— Hum… Ça va nous revenir, tu vas voir… Bon, tu penses en avoir terminé ou tu veux poursuivre ?
— Pour moi, c'est OK. Et pour toi ?
— Pareil : j'ai tout fouillé et j'ai trouvé que ça, planqué entre la tête de lit et un morceau de tapisserie décollée. On y va ? Vu l'heure, je t'invite au resto ? S'il te plaît, poursuivit-il d'une voix légèrement suppliante alors qu'il sentait qu'elle allait refuser.
— Si tu veux, mais arrête de te sentir coupable, Yvon. Je ne suis pas quelqu'un avec qui on se lie, ni même avec qui on sort faire la fête. Je ne suis pas la copine sympa qu'on aime inviter, mais plutôt la nana louche qui fout la trouille et qu'on évite autant que

possible… et ça depuis ma plus tendre enfance. Alors, le regard des gens m'indiffère, Yvon. J'assume ma vie…

— Oui… Ça je l'ai compris…

Elle lui sourit, prit en photo chaque cliché avant d'enfermer toutes ses trouvailles dans un sac transparent de congélation trouvé dans un tiroir. Puis ils quittèrent ensemble les lieux. Signac posa de nouveaux scellés, regagna à ses côtés la sportive et monta côté passager, comme toujours.

— Tu me dirais qui t'a acheté cette beauté ? lui demanda-t-il en caressant le revêtement du tableau de bord.

— Si je te disais « mon amant du moment » ? lui lança-t-elle d'une voix légèrement ironique.

Pris de court, il ouvrit la bouche et la referma, le regard noir étreint de jalousie. Drôle comme cette simple idée de la partager le rendait fou. Comme elle ne lui en disait pas plus, il détourna la tête pour ne pas lui montrer son trouble tandis qu'elle démarrait. Deux trop longues minutes plus tard, incapable de taire plus son ressentiment, il remarqua d'une voix faussement compréhensive, l'attention apparemment happée par le paysage :

— Je… Enfin tu as un mec… Je comprends pas pourquoi j'en ai même pas envisagé la possibilité… Une femme comme toi… Et puis, tu ne pouvais pas prédire ce qui allait se passer entre nous… Tu vas faire quoi ?

Elle plissa le front, surprise par la question. Du coup, il reprit :

… Tu vas le larguer ou bien tu considères que notre liaison n'est pas sérieuse et…

Sa voix dérapa d'émotion tandis qu'il était incapable de terminer sa phrase.

… Je vois bien que tu as changé pour lui… poursuivit-il, je suis pas aveugle… Ce nouveau look très chic et sexy, ces vêtements hors de prix, l'anneau à ton doigt, la voiture… Je fais pas le poids, c'est sûr… d'autant que le passé ne plaide pas en ma faveur… J'ai été con de penser que toi et moi, on pouvait…

— Arrête, Yvon, fit-elle en l'observant du coin de l'œil. Comment peux-tu croire un seul instant que je pourrais tromper mon mec pour une aventure sans lendemain ? Je constate que tu as une excellente opinion de moi…

— Qu'est-ce que tu veux dire ?

— Simplement que je n'ai pas de petit ami en ce moment à part toi… Je t'ai menti… Cette voiture, ce nouveau look sont en adéquation avec mon nouveau moi… et avec de nouvelles fonctions au sein de la Confrérie. Un cadeau offert pour mes services…
— Oh… Généreux, dis donc ! Alors pour nous…

Elle haussa les épaules :
— Nous, c'est nous… jusqu'à ce que l'un de nous décide le contraire, et je suis prête à parier que ce sera toi qui, en premier, jetteras l'éponge face à mon caractère impossible, à mes mystères et à mes absences inexpliquées…
— Tu crois ça ? répliqua-t-il en la dévisageant, cette fois. Si tu veux, on peut prendre les paris, je suis d'accord ! Qu'est-ce que tu dirais si on fixait les règles dès à présent ?
— Je t'écoute…
— Je sais, au fond de moi, que je peux te faire une confiance aveugle, que tu ne me trahiras pas… Je te promets de ne jamais te poser de questions concernant ces fameuses absences inexpliquées et ces mystères dont tu me parles. Je te promets d'être toujours là en cas de pépin, de te soutenir et de t'aider. Mais de ton côté, tu dois me promettre de ne pas prendre de risques inconsidérés et de me faire enfin confiance…
— Deal, Yvon. Tu sais pouvoir compter sur moi. Je ne te demande rien, ni emploi du temps, ni confidences. Mais je ne t'accompagnerai jamais à des dîners entre potes, ou en boîte… Tu restes libre de tes soirées. Je ne veux pas connaître tes amis ou tes ex. ou même le reste de ta famille. Mais aucune question sur la Confrérie. Et, s'il te plaît, le jour où tu sens que tu as envie d'aller voir ailleurs, dis-le-moi *avant* de passer à l'acte…

Surpris, il acquiesça néanmoins, soudain heureux de ce pacte qui les unissait plus solidement à présent.
— Deal, Gwen. Je te le promets. Ah, tiens regarde ! Une pizzeria ! s'exclama-t-il alors qu'ils traversaient de part en part une petite bourgade dont aucun d'eux n'avait relevé le nom. Ça te dit ?
— Pourquoi pas…

Elle gara son bolide contre le trottoir, coupa le contact, déboucla sa ceinture, se tourna vers son équipier, se pencha et l'embrassa avec spontanéité. Décidément, leur collaboration n'en finissait pas de l'étonner. Un grand moment plus tard, ils poussaient la porte du restaurant et s'attablaient, d'excellente humeur.

⋆

Charlieu, à nouveau en milieu d'après-midi. Le parking face à la gendarmerie. Ils avaient décidé de passer voir si l'équipe de Cavaignac avait avancé sur l'affaire et Gwen s'était laissé convaincre d'accompagner son équipier.

Ils poussèrent donc la porte vitrée neuve encore à demi cachée par les échafaudages et pénétrèrent dans le hall puis dans l'open-space, surpris du changement : tout était net et neuf à présent. Les murs repeints, le mobilier endommagé changé… Belle efficacité.

Le capitaine, penché sur l'épaule de son lieutenant, leva la tête, sourit et s'avança.

— Tiens, Commissaire ! Je ne vous attendais plus ! Mademoiselle… Toujours dans la région ?
— En pointillé, répliqua-t-elle en échangeant un regard avec Signac.
— Je vois. Vous avez avancé ? demanda-t-il encore à l'attention du policier.
— Pas mal, oui. Et vous avec le casseur du manoir ?
— Justement… Il s'est mis à table. Il a été embauché, entre guillemets, par l'un de ses potes de poker, un dénommé Nolan Delay, un…
— … chasseur d'œuvres d'art, compléta St-Cyrq en esquissant une moue ironique.
— Vous le connaissez ? s'enquit le lieutenant qui s'était avancé, intéressé par la conversation.
— En effet.
— Et vous savez où le trouver ? reprit son supérieur en la dévisageant.
— À ce que j'en sais, il bouge pas mal. Je ne sais pas où il habite.
— Tu crois pouvoir le contacter ? réagit immédiatement Yvon en se tournant vers elle.

Elle soupira puis acquiesça en sortant son portable, chercha un nom, et écrivit un court SMS avant de couper la communication.

— Il n'y a plus qu'à attendre, murmura-t-elle en rappelant la photo couleur de l'Anglaise et de son bébé, perturbée par ce détail sur lequel elle ne parvenait pas à mettre le doigt.
— Vous le connaissez d'où ? lui demanda Cavaignac soupçonneux, intrigué par cette relation finalement très opportune et très suspecte.
— Nos chemins se sont croisés il y a quelques années… lui répondit-elle sèchement du tac au tac, agacée. Vous me passez les menottes, Capitaine, ou j'ai droit au bénéfice du doute ?
— Qu'allez-vous chercher ? Pas question de vous suspecter, voyons… C'est juste que…

Elle haussa les épaules ce qui interrompit la remarque gênée. Mais pour reprendre contenance, le militaire rebondit après s'être gratté la gorge pour s'éclaircir la voix :

… n'y pensez plus. Au fait, où en est votre enquête sur la mort des filles ? Bien sûr, la FSE nous a repris l'affaire, mais j'aime bien avoir des retours sur une investigation que j'ai commencée. Et comme je n'ai plus de contact avec votre équipier, Glenn Mortimer, je crois, ou du collègue de la PJ de Lyon…

— Johan ne vous a pas tenu au courant ? s'étonna Yvon, interloqué par cette absence de transparence.
— Johan… murmura Gwen pensivement, immédiatement reprise par son équipier, yeux écarquillés sous le coup de l'évidence.
— Merde ! Belcham ! Ce petit truc… c'est son regard ! Les yeux un peu trop écartés…
— Je ne sais pas pourquoi je ne l'ai pas vu plus tôt… Johan Belcham souffre d'une malformation appelée hypertélorisme[63], une maladie génétique portée par le chromosome X, sa mère, Alice. À vérifier, quand même…
— Yep !

Il dégaina son portable et appela son collègue aux fichiers en mettant le haut-parleur.

— Eh, César ! Dis, tu as mes infos ?
— *Pas encore… Tu sais, remonter jusqu'à la fin des années 60 dans des dossiers pas encore numérisés avec juste un prénom, sans nom*

[63] Malformation crânienne marquée par un écartement excessif des orbites

d'établissement… J'ai l'habitude de faire des miracles, mais à ce point…

— Tu vas être content ! J'ai un nom à présent et une date plus précise… La femme s'appelait Alice Belcham. Elle a été virée en 1968.

— *Ah ben voilà !!! Attends, j'ai les dossiers papier de cette année-là devant moi… Voyons… Voilà… Alice Belcham… Lycée du Parc… Elle n'a pas été virée pour faute, mais à la demande du député-maire de l'époque, Hilaire Robard.*

— Tiens, tiens… Tu es le meilleur, César… Merci !

— *J'espère que tu n'oublieras pas ma petite gratification, hein ?*

— T'inquiète ! Je passe commande immédiatement !

Il coupa la communication et croisa les yeux satisfaits de la légiste.

— Ça te dirait d'aller papoter avec Johan Belcham ? lui demanda-t-il en souriant en coin.

— Ce serait plutôt au capitaine Cavaignac de t'accompagner, lui fit-elle remarquer.

— C'est sûr, rebondit le gendarme sur la brèche immédiatement. Je vous suis, Signac. Et puis, c'est une affaire de police…

À l'évidence, le militaire écartait la détective d'une enquête très officielle pouvant mettre en cause un policier avec lequel il avait travaillé qui plus est.

— Bon… Tu me préviens si tu as des nouvelles de ton chasseur d'œuvres d'art ?

— Bien sûr.

Elle lui adressa un clin d'œil et quitta les lieux sans plus s'occuper d'eux.

— Drôle de fille, constata l'officier en la suivant des yeux. Plutôt mignonne, hein ? Elle et vous… sous-entendit-il, sourire coquin sur les lèvres.

— Qu'allez-vous chercher ? grinça Yvon, soudain énervé par la lueur qu'il décelait dans le regard du lieutenant qui s'était joint à eux. De toute façon, elle est prise. Bon, Capitaine, on y va ?

— Je vous suis. Le temps de me changer… Mieux d'y aller en civil, n'est-ce pas ?

Le capitaine s'éclipsa. Pour éviter le lieutenant un peu trop lourd à son goût, il sortit prendre l'air. Il chercha le coupé sur le parking et soupira en constatant qu'elle n'y était plus : Gwen ne s'était pas attardée. Où était-elle, à présent… Et il comprit soudain combien ce serait compliqué de ne lui poser aucune question sur ses activités ou ses allées et venues…

★

Lyon, en début de soirée.

Un appel à la PJ leur apprit que le policier était en congé depuis près de quinze jours puis un autre chez lui, sans réponse, les convainquit que Belcham était en vadrouille. D'un commun accord, ils décidèrent de fouiller son logement à l'évidence vide, certes illégalement, mais la FSE était au-dessus des lois françaises.
Un appartement au second du 11 rue des Marronniers, en plein centre-ville, à deux pas de la place Bellecour.
Facile d'entrer dans le hall de l'immeuble puis dans le logement : du haut de gamme, avec plafonds hauts, moulures, et beau mobilier. Rien à voir avec un appartement classique de flic, même capitaine. Belcham avait de l'argent. Évident.

Tous deux enfilèrent des gants et démarrèrent une perquise méticuleuse et aussi silencieuse que possible pour ne pas ameuter les voisins.
Une photo de sa mère, Alice, avec trente bonnes années de plus que sur le cliché découvert chez Georges Robard, exposée sur le chevet de la chambre, une autre de son père, un compte en banque en gros déficit de plus de 25000 euros, un frigo vide, rien dans la poubelle…
Dans les classeurs alignés au-dessus du bureau, ils découvrirent un acte de propriété de l'appartement à son nom, mais une copie du paiement effectué par le père de Johan Belcham ainsi que le bordereau de plusieurs virements destinés à renflouer le compte symptomatiquement à découvert du flic. De récents et fréquents retraits en liquide, de 2 à 5000 euros… Peut-être un chantage ou des pertes aux jeux ?

— Un peu léger comme trouvailles, grogna Yvon en reposant un dossier de factures. Il a bien un véhicule… soupira-t-il en tournant sur lui-même en recherchant autre chose à se mettre sous la dent.
— Je m'en charge ! s'exclama le gendarme en téléphonant à sa brigade. Si Belcham joue, il doit être connu dans les casinos du coin, qu'en pensez-vous ?
— Excellente idée ! Je vois ça…

Tous les deux s'assirent, portable accroché à l'oreille, concentrés sur leur recherche de nouvelles pistes.

Un quart d'heure plus tard, le gendarme rangeait son portable, satisfait. Il attendit que Signac mette un terme à sa conversation pour se lancer avec une évidente satisfaction :

— Le capitaine Belcham a une Audi A3. J'ai demandé une recherche de véhicule dans le secteur de Charlieu et j'ai effectué un signalement auprès des collègues, aux frontières et aux aéroports. Toute la brigade est sur les dents. Vous pensez vraiment que notre collègue est derrière toutes ces victimes ?
— Tout le désigne, à présent, c'est un fait.
— Tout ce que vous m'avez relaté... Incroyable tout de même de penser un flic capable de monter une machinerie pareille pour quelques tableaux...
— Mouais...
— Et vous, vous avez quelque chose ?
— Non, rien... Cet argent ne lui servait pas à jouer...
— Et si c'était pour se payer les services de ce chasseur d'œuvres d'art ?
— Possible, oui... Quoique ce genre de type doive prendre un pourcentage sur les œuvres retrouvées, mais bon...

Il reconnecta son appareil pour appeler son équipière un peu trop silencieuse à son goût. Elle décrocha au bout de quatre tonalités, signe qu'elle était occupée ailleurs.

— *Oui ?*
— Tu as eu des news de Delay ?
— *Il est en face de moi.*
— Tu as fait vite ! Tu pourrais lui demander si Belcham lui a versé de l'argent pour l'amener à l'aider à retrouver les toiles.
— *Tu as entendu la question, Nolan...*
— *La réponse est non,* fit une voix d'homme très calme. *Nous avons un contrat écrit : je dois recevoir 10% de la valeur des toiles retrouvées... Mais dans la mesure où elles sont toujours dans la nature...*
— *Tu as ta réponse, Yvon. Autre chose ?*
— Une idée de l'endroit où on peut le contacter ? Il n'est pas chez lui.

— *Aucune,* lâcha à nouveau le dénommé Delay. *C'est lui qui me contacte tous les deux jours pour savoir si j'ai avancé dans mon enquête. Il m'a appelé hier soir, plus impatient que d'habitude. Mais je t'ai déjà tout raconté, Arti.*

— *Tu peux tout répéter au commissaire Signac, s'il te plaît ?*

— *Si tu veux… C'est Georges Robard qui m'a contacté, il y a un peu plus d'un an : il était à la recherche d'une série de toiles dérobées lors de la Seconde Guerre mondiale. Il avait des faits et des noms. Un bon point de départ. On s'est mis d'accord pour mon paiement. J'ai réussi à établir que les résistants étaient bien arrivés à bon port à Malfarat et que tous étaient repartis les mains vides et que donc, c'est bien leur contact à Malfarat, La Moucherie, qui avait réceptionné le chargement. J'ai également appris que La Moucherie avait commandé des travaux pour le mettre à l'abri. On a mis la main sur une sorte de plan et Johan m'a mis en contact avec un mec pour qu'il s'introduise dans le manoir et qu'il le fouille de fond en comble, mais il n'a rien trouvé. Depuis, on cherche…*

— Le numéro de portable de Belcham ?

— *Un instant…*

Il devait chercher le contact :

— *Voilà… 06 02 01 51 13. Autre chose ?*

— Pas plus. Merci.

— *Pas de quoi, Commissaire. Encore un peu de champagne, Arti ?*

— *Je veux bien, merci. Yvon, si tu n'as plus de question, je te rappelle…*

Plus personne à l'autre bout du fil, le laissant pantois et gorge nouée de jalousie d'autant que le gendarme souriait, ironique :

— Dites donc, votre privée n'a pas l'air de s'en faire… Repas au champagne et probablement foie gras et chandelles… Drôle de façon de mener l'enquête !

— On n'a plus rien à faire ici, Capitaine, grinça Signac sèchement, la rage au cœur.

— Oh, je vois… se moqua le militaire en le regardant en coin.

— Qu'allez-vous chercher, Cavaignac ?

Il se referma comme une huître. Elle avait raison… Jamais il n'accepterait de rester à l'écart de sa vie et de ne rien savoir…

LE FILS PRODIGUE

Signac et Cavaignac étaient rentrés à la brigade depuis presque une heure, et Yvon pensait regagner ses pénates au manoir en espérant y retrouver Gwen lorsque le lieutenant, au téléphone depuis un petit moment, se précipita vers eux, complètement excité :

— Ça y est, on l'a ! explosa le rouquin, rouge comme une écrevisse.

— Qui ça ? répliqua plus calmement son supérieur en le dévisageant.

— Le flic de la PJ de Lyon, Belcham ! L'équipe du labo repartait sur Lyon avec Philibert et Jacky pour mettre en place un contrôle routier avec les collègues du Creusot à l'entrée de Montceau-les-Mines lorsqu'à la sortie 15 de la E607, bam ! Qui arrive sur eux ? Le sieur Belcham qui n'a d'ailleurs fait aucune difficulté pour s'arrêter à la demande des copains, mais lorsqu'on lui a passé les menottes, ça lui a fait tout drôle ! Ils le ramènent... Si c'est pas du pot, Capitaine !

— C'est bon, Lieutenant. Allez vérifier que la salle d'interrogatoire est opérationnelle...

— À vos ordres, couina le rouquin, soudain contrit.

Puis il se tourna vers le flic de la FSE :

— Vous restez, je présume ?

— Évidemment. J'aimerais mener l'interrogatoire à vos côtés...

— Je n'y vois pas d'inconvénient, au contraire d'ailleurs.

— Et j'aimerais également que mon équipière soit présente.

— Vous croyez qu'elle sera d'attaque après sa petite sauterie avec son copain chasseur d'œuvres d'art ?

— On va bien voir...

Il sortit son portable en se demandant véritablement si elle allait décrocher, l'imaginant nue en pâmoison aux côtés de son ami sur un lit lambda. Sa jalousie à fleur de peau, il cliqua sur l'ancien (et le seul) numéro qu'il avait et attendit, la gorge serrée.

— *Oui ?* fit son équipière d'une voix pensive.
— Une équipe du capitaine Cavaignac vient de serrer Belcham. Ils le ramènent à la brigade. Si tu es dans le coin et que tu es libre… Tu peux venir, si tu veux…
— *Je suis au manoir. J'arrive,* l'informa-t-elle rapidement.

Elle raccrocha sans plus de blablas. Rien n'indiquait qu'elle n'était pas seule. Il se faisait des films… S'il voulait la garder, il devrait apprendre à la laisser vivre.

Il prenait un café avec le chef de la brigade et lui rappelait les différents éléments en sa possession concernant l'affaire lorsque St-Cyrq entra, accrochant tous les regards sur son passage : faut dire qu'elle avait du « chien » à présent avec le maquillage classe, ses cheveux courts légèrement ondulés, sa tunique bohème qui camouflait parfaitement ses tatouages et ses jeans taille haute brodés de grand couturier. Exit la légiste gothique aux piercings omniprésents et disgracieux. Sans même s'en apercevoir (ou s'en préoccuper), elle approcha des deux hommes, sourire aux lèvres.
— Il n'est pas encore arrivé, l'informa Signac en la dévisageant. Tu veux un café ?
— Non, merci… Vous avez fait vite pour le retrouver !
— Un coup de chance. Et comme il ne se méfiait pas du tout, son interpellation s'est déroulée sans encombre, intervint l'officier de gendarmerie, satisfait de la performance de ses hommes.
— Et toi, alors ? Delay, ça a donné quoi ?
— Des infos des plus intéressantes… S'il a été contacté il y a un an comme il te l'a dit, Robard recherchait les tableaux depuis un bon moment déjà. Il pense qu'il n'agissait pas seul et avait des « associés » très impatients. Mais depuis sa mort, personne ne l'a contacté afin de poursuivre l'enquête. Du coup, il reste seul sur le coup. Néanmoins, considérant ce que nous savons déjà des différents protagonistes, je suis persuadée que Robard et son fils n'étaient pas seuls sur le coup…
— Alban et Roquebrune, hein, lâcha Yvon, un sourire au coin des lèvres.
— Exactement… et je crois même que si au départ, beau-fils et beau-père étaient associés, l'appât du gain en a fait des adversaires, surtout depuis que Roquebrune avait récupéré le journal de La Moucherie.

— On connaît la valeur des œuvres concernées ? s'enquit le gendarme, front plissé.
— Plusieurs centaines de millions d'euros, avec un Dürer et un Monet dans le lot…
— Fichtre ! Je comprends mieux pourquoi tous ces vautours se battent ! s'exclama l'officier en se passant une main dans sa barbe bien taillée. Et votre copain n'a vraiment aucune idée du lieu où les toiles seraient cachées ?
— Aucune. Il avait un maigre espoir en envoyant son loufiat fouiller le manoir, mais comme l'autre est revenu bredouille…
— Et vous ?

Elle leva un sourcil, faussement surprise de la question.
— Moi ?
— Oui, est-ce que vous auriez une idée de l'endroit où La Moucherie aurait caché les toiles ?

Elle échangea un regard avec son partenaire (*qui eut soudain la certitude qu'elle savait !*) et esquissa une moue vague.
— Non, Capitaine, mentit-elle avec son aplomb coutumier. Et vous ?
— Pas plus. Comment le pourrais-je ? remarqua-t-il d'une voix où transparaissait une vague amertume. Je ne suis pas censé m'occuper de cette affaire de disparition de tableaux… Vous avez contacté l'OCBC ?
— La FSE est en charge du dossier. Pourquoi l'aurais-je fait ? Les toilettes ? demanda-t-elle sans attendre sa réaction.
— Euh… Au fond du couloir, à droite.

Elle acquiesça et s'éloigna des deux hommes sans se presser.

Deux minutes plus tard, Belcham faisait son apparition, furieux, encadré par deux gendarmes.
— Qu'est-ce que ça veut dire ! grinça le personnage en avançant droit sur l'officier. Il suffisait de me le demander et je serais venu, mais comme ça , entre deux gendarmes avec les menottes ! C'est…
— Suivez-nous, lança le patron des lieux en lui montrant le chemin d'un geste directif tout en raflant au passage, sur son bureau, une chemise cartonnée rouge plutôt volumineuse.

L'autre maugréa quelques mots sans doute fort désobligeants, mais obéit. Une petite minute plus tard, il entrait dans une pièce de 10 m^2, peinte en gris souris, meublée d'une table et de deux chaises. Une caméra était installée dans le coin opposé à la porte.

Le policier s'assit dos à la sortie et Cavaignac juste en face, le dossier de l'enquête à côté tandis que Signac restait près de la porte, adossé à la cloison, bras croisés sur la poitrine.

— Ravi de vous revoir, Capitaine, fit le gendarme sans ironie.

— Désolé si je ne vous retourne pas le compliment, grogna le flic, poings serrés. Alors, si vous me disiez ce que vous me reprochez, hein ? C'est quoi, ces menottes ?

— J'y viens, Capitaine… murmura son interlocuteur en ouvrant le dossier. Donc, vous vous appelez Johan Belcham, né à Birmingham, au Royaume-Uni, en février 1969, le 27. Votre mère, Alice Belcham décédée, sans père déclaré, vous avez été élevé en France. Vous êtes capitaine à la PJ de Lyon. Célibataire, sans enfant… Je n'ai pas fait d'erreur ?

— Non, et alors ?

— Pas d'erreur, vous dites ? Figurez-vous que nous avons appris que votre père n'était autre que Georges Robard.

— Qu'est-ce que vous racontez ? couina-t-il, pris de court. C'est quoi, ce piège ?

— Pas un piège, Capitaine, mais bien la réalité…

Et pour appuyer ses affirmations, il plaça devant le prévenu le plastique protégeant la lettre de sa mère, puis la photographie couleur.

… Qu'avez-vous à répondre à ça ?

— Bon, oui, d'accord et après ? s'énerva Belcham après un court silence de réflexion, en repoussant vers le gendarme les deux preuves. C'est pas un crime d'avoir un père, que je sache !

— Non, bien sûr… Mais ce qui est sans doute plus répréhensible, c'est votre rôle dans une affaire qui, jusqu'à présent, a fait au moins cinq victimes…

— De quoi voulez-vous parler ? rétorqua l'autre en regardant, pour la première fois, le flic de la FSE derrière lui. C'est quoi, ce délire ? Si je suis intervenu dans votre secteur, c'est pour coincer un tueur en série, rien d'autre… Alors quoi ? Vous croyez que je suis cet assassin qui court toujours, je vous rappelle…

— Loin de nous cette idée… d'autant que l'affaire est bouclée à présent. Non, Capitaine… Parlez-nous de l'obsession de votre père pour retrouver des tableaux disparus durant la Seconde

Guerre mondiale, de Nolan Delay, d'un dénommé Kerval que vous lui avez recommandé pour mettre le manoir de Malfarat à sac afin de les retrouver sur la foi d'un plan que vous avait passé votre père...

— Je ne vois pas ce qu'il y a de répréhensible dans tout ça, riposta le flic très au fait des méthodes d'interrogatoire. Je ne nie pas l'obsession de Georges... un truc hérité de son père... Je ne nie pas non plus avoir fait appel à monsieur Delay, bien connu dans le milieu de l'art pour ses coups d'éclat. Quant à Kerval, certes... J'ai appris qu'il a tout démoli pour un résultat égal à zéro... J'ai eu tort, j'en conviens et je suis prêt à rembourser le propriétaire... Après, quoi ? J'ai tué personne, que je sache ? Cette histoire, c'est juste une chasse au trésor avec quelques aléas désagréables. Et après ? En quoi ça vous donne le droit de me passer les menottes ?

— Où étiez-vous, il y a trois jours ? Votre supérieur nous a dit que vous n'êtes pas allé bosser, ce jour-là...

— J'étais en congé. Ça faisait des mois que je n'avais pas pris une journée... Et alors ?

— Je répète donc ma question... Où étiez-vous, il y a trois jours ?

— Je suis resté chez moi à faire la grasse matinée et à bouquiner...

— Chez vous ? Mais ça fait une paye que vous n'y êtes plus allé, chez vous, Capitaine ! Et en perquisitionnant, on a retrouvé ceci, poursuivit-il en posant devant lui les relevés de banque.

— Oui, bon... Mon père avait à cœur de réparer ses torts et me versait de l'argent. Où est le mal ?

— Et ces retraits, c'était pour quoi ?

— Je joue... Qu'est-ce que vous voulez, personne n'est parfait !

— Au casino ?

— Dans des clubs privés... Plus simple...

— Donc, si vous n'étiez pas chez vous...

— D'accord, je l'avoue, je me suis baladé toute la journée ; je suis allé chez mon père... J'ai réglé ses gages au serviteur et j'ai fermé la maison...

— Pourquoi ne pas nous l'avoir dit plus tôt ?

— Parce que je ne vois pas ce que ça peut faire que je sois resté chez moi ou pas !

Un silence : Cavaignac dévisageait le flic à la recherche d'une trace de mensonge ou d'une faille. Pas rien, tout de même, d'accuser un flic, bien noté par ses chefs qui plus est...

Du coup, c'est Yvon qui reprit le flambeau en s'approchant, voix neutre, « poker face[64] » :

— Votre père possédait-il une arme ?

— Non… enfin, peut-être… Comment voulez-vous que je le sache ? Nous nous étions retrouvés, certes, mais nous n'étions pas si proches que ça…

Cette façon qu'il avait d'utiliser l'adverbe « certes » à tout bout de champ était agaçant.

— … Parlez-nous de Laurent Matecchi…

— Un ancien tôlard qui lui servait à la fois d'homme à tout faire et de garde du corps… Il a disparu juste après la mort de mon père. Il était dans la place lorsque je suis allé le voir la première fois. Du genre très désagréable et très possessif. Lui, il avait sûrement une arme… Sinon, il y a quelqu'un qui pourrait vous renseigner… Un copain de longue date de mon père… Victor… Victor Viochot. Demandez-le-lui ! Ne me demandez pas où il crèche, j'en sais rien du tout. Mais son adresse doit forcément être dans les papiers de mon père. D'ailleurs, ce Viochot était également sur le coup pour les tableaux…

— Et le nom de Marta Svobodà te rappelle quelque chose ?

Un temps d'arrêt, presque malgré lui, vite compensé par une voix aux accents de vérité sans relever le tutoiement :

— Svobodà ? Non… Je vois pas… C'est qui ?

— Tu connais, bien sûr, Alban et Roquebrune… poursuivit Signac sans se démonter en changeant de protagoniste.

— Ben comme vous… Ils avaient un lien avec le meurtre des filles sur lesquelles j'enquêtais… Quel lien avec mon père ? Ne me dites pas qu'il trempait là-dedans ! s'insurgea-t-il sur un ton de fausset.

— Vous avez déjà rencontré Roquebrune, surnommé R^2, chez votre père, n'est-ce pas ?

— Non… Si je l'y avais vu, je l'aurais serré aussi sec ! La pourriture qui a fait enlever votre collègue !

Vocabulaire moins châtié qui était sûrement là pour souligner son indignation et la véracité de son affirmation.

---

[64] Ne montrant aucune émotion

— Là, vous n'avez rien du tout contre moi, pas vrai ? J'ai répondu à toutes vos questions, j'ai totalement collaboré... Qu'est-ce que vous voulez de plus ? Que je vous dise ce que je ne sais pas ? Ou peut-être que je m'accuse de tous ces meurtres que vous avez évoqués et pourquoi pas, de celui de mon père, puisque vous y êtes ! Je n'ai rien fait ! Vous entendez, tous les deux ? Rien ! Et quand bien même... Vous avez des preuves d'une quelconque culpabilité ? Non, pas vrai ? Alors, vous m'enlevez les menottes et je m'en vais, compris ?

Un instant de flottement où les deux enquêteurs cherchaient un moyen de le coincer : compliqué avec ce qu'ils avaient. Du coup, Yvon leva la tête vers la caméra en espérant que Gwen soit de l'autre côté, en observatrice attentive, avec une idée lumineuse pour le faire craquer. Il échangea ensuite un regard avec le gendarme et tous deux s'éclipsèrent, laissant un planton pour garder la porte.

— Qu'est-ce qu'on fait ? s'enquit Cavaignac, franchement ennuyé. Vous avez une idée parce que dans l'état actuel, notre absence de preuves nous oblige à le relâcher...

— Je sais... Venez...

Il l'entraîna jusqu'à la salle de contrôle où ils découvrirent le grand rouquin toujours aussi rouge assis derrière l'écran et, à l'écart, Gwen au téléphone. Elle observa les nouveaux venus avant de reporter son attention sur l'image retransmise de la salle d'interrogatoire.

— Tu as une idée pour le coincer ? s'enquit Yvon à l'adresse de son équipière qui leva un index pour lui demander un instant.

Les trois autres se regardèrent, mi-moqueurs, mi-agacés. Devant leurs yeux, le flic très digne, sûr de son fait, attendait la suite, pensif.

— Je vous remercie pour toutes ces précisions. Bonne soirée.

— ...

— Merci.

Elle interrompit la communication et sourit à Yvon qui l'observait.

— Je viens d'avoir Victor Viochot au téléphone. Belcham connaissait l'existence d'un certain nombre d'armes non déclarées ayant appartenu à son grand-père, Hilaire Robard... dont un 7,65

Browning, deux PA 35[65](calibre 7,65 également), et un Walter P38[66] qui aurait appartenu à un officier allemand. Le résistant avait également conservé en toute illégalité une caisse d'explosifs. Donc il ment, leur affirma-t-elle, ironique.

— Et les deux femmes de Châteauneuf ont été exécutées par un 7,65 Browning et l'explosif utilisé pour effacer les traces étaient du C2… remarqua le rouquin, à présent écarlate… à se demander s'il n'était pas sur le point d'exploser.

— Exactement ! surenchérit le Capitaine. Suffit de le prouver : vous faites venir Viochot et…

— Pas question, l'interrompit St-Cyrq d'une voix tranchante. Victor Viochot ne doit pas apparaître dans la procédure… Et même si vous l'ameniez ici pour une confrontation ou une déposition, il ne vous dirait rien.

— Drôle d'indic que vous avez là ! grinça le gendarme mécontent. Donc, c'est comme si nous n'avions rien !

— Oui et non… Nous pourrions tenter quelque chose… Enfin, si vous êtes d'accord, Capitaine…

— Qu'est-ce que vous avez en tête ?

— J'aimerais voir Belcham seule à seul…

— Vraiment ? Et qu'est-ce que vous comptez faire ? Vous n'êtes pas habilitée à l'interroger et…

— Je peux te parler ? demanda la légiste à un Signac pas vraiment surpris de la demande.

Il acquiesça et sortit à sa suite. La porte refermée, il la dévisagea, intrigué.

— Je t'écoute, murmura-t-il, le front plissé.

— Belcham fait partie de la Confrérie… Parrainé par son père… Comme son père avant lui. Il sait qui je suis… Ça pourrait le déstabiliser et vous permettre d'obtenir des aveux…

— Qu'est-ce qui te fait croire que, justement, ça ne va pas le conforter dans son idée qu'il ne risque rien, protégé à la fois par son boulot de flic et par son appartenance à votre organisation ?

Elle sourit.

---

[65] Le pistolet 1935 A ou 35 A (A pour Alsace) fut utilisé par l'armée française de 1937 à 1962. Calibre 7,65

[66] Adopté en 1938 par l'armée allemande et utilisé durant la Seconde Guerre mondiale. Calibre 9 mm et 7,65

— Tu me fais confiance ?
— Bien sûr, mais…
— Qu'est-ce que tu risques ? De toute façon, dans l'état actuel de vos preuves, vous ne pouvez que le laisser sortir…
— D'accord…

Il rouvrit la porte de la salle de surveillance et s'adressa à un Cavaignac fâché d'être tenu à l'écart.
— Capitaine, on la laisse interroger seule le prévenu. Elle a une idée qui pourrait bien marcher.
— Vous en prenez la responsabilité, Commissaire.
— Pas de problème. On n'a pas d'autre choix que de tenter le tout pour le tout…

Franchement peu enthousiaste, le militaire se plia à la volonté de l'envoyé de la FSE. Mais si ça n'avait tenu qu'à lui…
Tous se tournèrent vers l'écran au moment où la porte s'ouvrait…

★

Gwen parcourut le couloir menant à la salle d'interrogatoire sans se presser, mais le regard illisible. Elle n'avait pas le choix. Belcham n'aurait jamais dû tomber entre les mains des gendarmes, mais plutôt de l'équipe de la Confrérie lancée à ses trousses : pas à la justice conventionnelle de se prononcer sur le devenir du personnage. Du coup, le jugement devait se dérouler au grand jour, avec témoins, mais sans que ceux-ci se doutent de quoi que ce soit… Pas simple, surtout avec Yvon devant l'écran qui ne manquerait pas de lui poser ensuite une myriade de questions.

Elle inspira à fond puis ouvrit la porte et demanda au planton de les laisser seuls. Belcham, qui avait tourné la tête, prêt à s'insurger à nouveau des brimades subies, se leva d'un bond comme s'il venait de voir le diable en personne et recula jusqu'au fond de la salle sans jamais lui tourner le dos. Gros effet ! Elle savait, à présent, comment faire passer le message.
— Vous ! miaula le flic, très pâle.

Elle leva un sourcil et croisa les bras en prenant garde de laisser bien visibles les deux anneaux. La vue de la rangée de diamants noirs et de rubis finit le travail de sape : le teint du bonhomme passa au vert olive tandis que ses jambes semblaient ne plus souhaiter le soutenir.

Elle esquissa un pas vers lui, sourire froid et regard menthe glaciale rivé sur sa proie.

— Capitaine ! Commissaire ! hurla-t-il paniqué, mains en avant comme si cela pouvait empêcher l'Exécutrice d'avancer. Je vais tout vous dire ! Je le jure ! Tout, vous entendez ! Mais faites-la sortir ! Ne me laissez pas seul avec elle ! Capitaiiiiiine ! glapit-il, suppliant. C'est moi qui ai tué Svobodà et sa copine à Châteauneuf ! C'est moiiiii ! hurla-t-il à nouveau. Elles étaient sur mes talons ! Elles voulaient m'éliminer. J'ai fait que me défendre ! Vous entendez ! C'était de la légitime défense ! Vous entendez !! couina-t-il, la voix éraillée par l'afflux d'émotions. Je vous signe tout ce que vous voulez, mais s'il vous plaît, faites-la sortir !

Un très léger mouvement des sourcils sur le visage féminin et il se reprit, en coulissant le long de la cloison pour garder de la distance.

... D'accord, d'accord, c'était pas de la légitime défense ! Pas vraiment, en tout cas... C'est vrai qu'elles voulaient ma peau, mais c'est parce qu'elles avaient découvert que j'étais avec Bresky quand Gisèle est mort... C'était pas ma faute, vous entendez ! C'est Bresky qui s'est énervé ! Pas-ma-faute ! brailla-t-il en détachant chaque mot. S'il vous plaît, Capitaiiiine ! J'ai avoué, non ?!

Comme l'Exécutrice avançait encore, à l'évidence irritée par ses jérémiades, il jeta dans la balance tout le reste d'une seule traite, sans reprendre son souffle :

... Mon père avait gardé de sa période résistance tout un arsenal. Oui, j'en connaissais l'existence. J'ai utilisé mes contacts pour repérer les deux femmes et j'ai placé un traceur sur leur caisse : un jeu d'enfant. Je ne leur aurais fait aucun mal si elles ne s'étaient pas acharnées ! Ça, je le jure ! Mais elles sont venues chez moi, d'abord puis chez mon père où elles ont interrogé le vieux serviteur. J'ai eu peur ! C'est humain, non, Capitaiiine ! Mettez-vous à ma place ! Deux foldingues, à vos trousses, d'anciennes tueuses du KGB ! Vous auriez fait quoi, hein ? J'ai pris le Browning, l'explosif et je les ai suivies jusqu'à Chapelle... Là, je les ai vues, hein ! La brune a exécuté Roquebrune sans sourciller ! Je les ai suivies jusqu'au cimetière : elles devaient avoir rendez-vous avec quelqu'un. J'ai pas attendu pour les prendre par surprise : j'ai fait ce que j'avais à faire. Une balle dans le buffet et j'ai laissé l'explosif avec un minuteur. Et puis je me suis barré, un tracteur arrivait. Tout a explosé comme prévu. J'avais pas le choix ! S'il vous plaît, Capitaiiine ! Faites-la sortir et je signe mes aveux… Capitaiiine !!!

La porte de la salle se rouvrit, laissant passer le capitaine interloqué, et Yvon, franchement surpris, qui poussa son équipière très ironique dehors. Un dernier regard, particulièrement suggestif, et elle quitta la pièce, les laissant avec un prévenu désormais très coopératif, pressé de se mettre sous la protection de la Justice ordinaire. Pour être certain de rester en vie, il allait demander une cellule en haute sécurité. Suffisant ? Probablement pas si son plaidoyer n'avait pas convaincu la femme.

— Asseyez-vous ! ordonna Cavaignac en prenant place.

L'autre obéit, plus mort que vif, ses yeux passant du commissaire au capitaine, remplis de terreur, mais également d'un espoir qu'ils ne comprenaient décidément pas.

… Bien, reprenez du début…

★

Gwen quitta la brigade, satisfaite, l'esprit déjà tourné sur la suite. Et la suite, c'était les tableaux…

HYPOTHÈSES, DÉDUCTIONS ET PLUS…

Il était tard lorsqu'elle pénétra dans la cour du manoir. Toute l'allée était éclairée en signe de bienvenue.

Elle sourit et gara son véhicule devant le bâtiment. Elle s'apprêtait à entrer dans le B&B lorsqu'une voix masculine l'interpella :
— Mademoiselle ?

Elle se retourna pour faire face au propriétaire.
…Je voulais savoir si tout se passe bien. Je sais que le confort n'est plus au top depuis le vandalisme, mais j'espère que vous et votre compagnon êtes satisfaits néanmoins de votre séjour.
— Absolument. Tout est parfait, ne vous inquiétez pas.
— Bien. Combien de temps pensez-vous garder la suite ?
— Encore un jour ou deux, pas plus. Au fait, j'aurais quelques questions à vous poser au sujet de votre manoir… J'ai tenté de vous voir à de nombreuses reprises, mais vous êtes très pris…
— Demain ? lui demanda le retraité avec un sourire avenant.
— Maintenant, c'est possible ? Je n'en ai que pour quelques minutes…
— Si vous voulez… Un café ?
— Avec plaisir, merci… fit-elle en lui emboîtant le pas.

Ils s'assirent dans la cuisine de la grande bâtisse et elle posa sa première question alors qu'il lui tendait une tasse de moka.
— Je crois que vous avez racheté cette propriété, il y a environ 30 ans, n'est-ce pas ?
— En effet. À l'époque, le château à côté était vide, et ce bâtiment était transformé en ferme. J'ai entièrement restauré le manoir bâti vers 1550 pour lui rendre l'aspect qu'il avait au XVIe siècle, intérieur et extérieur, bien sûr. Il manquait une tour, que je n'ai pas connue, qui donnait accès au dortoir de la salle des gardes qui

est le bâtiment en face que j'occupe lorsque je loue le manoir pour mes chambres d'hôtes.

— Je vois... Superbe restauration !

— Merci. Mais quand on est passionné...

— Les Allemands ont séjourné dans le château ou peut-être au manoir durant la Seconde Guerre mondiale ?

— Non. Comme je vous l'ai dit, le château était vide et le manoir transformé en ferme indigne de leur intérêt. Ils ont installé leur kommandantur à Roanne.

— Je vois. Pour faire ces travaux, vous avez dû faire appel à des experts, des architectes spécialisés, que sais-je...

— En effet. Plusieurs sont venus. Ils ont sondé les murs, vérifié les fondations, ont fait des prélèvements... enfin, la procédure pour restaurer de vieilles pierres.

— Toutes des entreprises du pays ?

— Non... L'une d'elles était basée dans la région parisienne, il me semble... Ils s'étaient présentés spontanément. Ils avaient entendu parler du chantier et ils sont venus me proposer leurs services. Je n'ai d'ailleurs pas retenu leur devis beaucoup trop élevé.

— Vous vous souvenez du nom de la boîte ?

— Non... et je n'ai pas conservé leur documentation. Je suppose que vous pourrez trouver toutes les informations sur Internet... Mais c'était du sérieux : ils sont venus avec de l'appareillage de pointe. Impressionnant.

— C'était quand ? Il y a trente ans ?

— Non... il y a quoi ? Un peu moins de deux ans : je voulais réaménager la cave, en dégager les voûtes... Au fait, si vous souhaitez les visiter, demain par exemple... Mais pourquoi toutes ces questions ? Un souci ? Vous croyez que ça a un lien avec le vandale qui a saccagé le manoir ?

— Possible. Je vous remercie de m'avoir consacré un peu de votre temps à cette heure avancée de la soirée.

— Je vous en prie.

Elle se leva, mettant ainsi fin à leur conversation. Elle remonta dans la chambre, convaincue que cette fameuse boîte d'architecte n'était qu'un leurre destiné à obtenir du propriétaire la permission de fouiller partout, de sonder le bâtiment à la recherche de la fameuse pièce secrète construite par les compagnons durant la guerre. L'avaient-ils trouvée ? Rien de moins sûr...

Allongée sur le lit de leur chambre à Malfarat, la tête reposant sur ses bras, les yeux rivés sur les poutres du plafond, elle se repassait l'imbroglio d'événements qui l'avait amenée jusque-là. Commencée par la disparition de son amie Nina puis l'enlèvement de Manuela Alban, l'enquête l'avait tirée irrémédiablement sur les traces des tableaux volés. Quelles étaient les pistes suivies par Alban, Roquebrune, Robard puis Delay ?

1) Il y avait le journal de La Moucherie, l'ordre de mission falsifié et le vrai pointant Georges Robard comme le traître qui avait livré Joseph Viochot aux Allemands.
2) Il y avait Nina, seule descendante avec Victor Viochot du groupe ayant convoyé les toiles, mais qui ne savait rien.
3) Il y avait le plan qu'avait récupéré Natacha Chrin, mais qui n'avait mené qu'à désigner le manoir de Malfarat comme dernière cache du butin sans permettre de le retrouver.
4) Il y avait la réapparition du « *Christ de douleur* », la toile reçue en paiement par La Moucherie.
5) Et puis, il y avait les personnalités en présence… toutes appâtées par la promesse d'un gain hors norme, toutes sans la moindre conscience, allant du prêteur sur gages sans états d'âme au chef d'un réseau de traite des blanches en passant par des traîtres, un ripou, d'anciennes espionnes déterminées à venger leur boss, ou de petites frappes sans envergure…

Mais aucune piste sérieuse, un peu comme si les tableaux s'étaient envolés ou n'avaient jamais existé. Si les œuvres avaient quitté leur cachette, qui les avait retrouvées ? Et quand ? Les hypothèses tournaient dans sa tête comme une ronde sans issue.

Un bruit dans l'escalier en bois qui grinçait sous le poids du corps de son visiteur puis sur le palier. Alban ? Marta l'avait éliminé. Yvon ? Déjà ?

Elle regarda sa montre et soupira : elle n'avait pas vu le temps passer. Il était presque cinq heures du matin. Elle avait dû s'endormir.
Elle tourna la tête lorsqu'il se plaça dans l'encadrement de la porte, sourcils froncés.

— Je ne pensais pas que tu serais restée, remarqua-t-il d'une voix fraîche.
— Vraiment ? Pourquoi ?

— Après ce qui s'est passé dans la salle d'interrogatoire...

Elle esquissa un sourire ironique.

— Je t'avais dit que ça marcherait...

— Ça n'a pas marché, Gwen, ça a... (il chercha le mot, sans vraiment le trouver) exploser ! Le mec n'a eu qu'une seule exigence, être incarcéré au plus vite en quartier de haute sécurité et s'est déballonné dès que Cavaignac, franchement interloqué, le lui a promis.

— Tant mieux... De quoi tu te plains ?

— J'ai besoin de comprendre, c'est tout... Pourquoi cette terreur en te voyant ? Vous aviez déjà bossé ensemble, non, puisque vous étiez à l'IML pour Nina...

— Hum, acquiesça-t-elle sans se départir de son sourire.

— Et donc ? Qu'est-ce qui s'est passé entre vous pour que tu lui inspires une terreur pareille ?

— Il fait partie de la Confrérie, moi aussi... C'est aussi simple que ça...

— Mais pas suffisant... S'il te plaît, Gwen...

— Disons qu'il est au bas de l'échelle et que j'occupe un échelon un peu plus élevé de cette même échelle. La Confrérie ne peut pas laisser passer un assassin... l'un des siens, qui plus est impliqué dans la mort de deux autres de ses membres. Il sait que mon devoir est d'en informer le Conseil... Il a peur du Jugement...

— Tu veux dire que tu l'as dénoncé !

— Aucun assassin dans nos rangs, Yvon. C'est notre loi. Si tu ne m'approuves pas, c'est bien dommage, mais je t'ai averti... Ma vie en dehors de nous deux ne te concerne pas... En tout cas, pas encore.

Du coup, elle se leva et quitta le lit, visiblement irritée par la réaction du policier.

— Je vois, murmura celui-ci, contrarié. Tu ne me fais pas assez confiance pour m'expliquer vraiment ce qui s'est passé, pas vrai ? Et tu ne me diras rien de ce fameux jugement auquel il s'expose désormais !

Elle fronça les sourcils, glissa sa tablette et son portable dans son petit sac de voyage et le ferma d'un geste décidé.

— ... Qu'est-ce que tu fais ?

— Je m'en vais, Yvon. Je sais que c'est compliqué pour toi, mais tu vois, j'ai cru à nous deux... et à ce contrat moral que tu as validé, il n'y a pas si longtemps. Ton enquête est terminée, non ? Sean va être content. Bye...

Elle s'approcha, décidée à passer et, ainsi, mettre fin à leur liaison. Mais il ne bougea pas, interdit par la résolution de sa partenaire et par la foule de sentiments qui l'assaillaient à présent.

— Je veux pas que tu partes, lança-t-il comme une évidence.

— Et pourtant, Yvon... Je m'en vais.

— Non, attends... lui murmura-t-il en lui saisissant le bras avec douceur. Je suis désolé.

Il se pencha et l'embrassa. Elle répondit au baiser avec cette perpétuelle attirance qu'elle ressentait à ses côtés avant de s'écarter.

— Belcham a été déféré ou tu restes encore pour finaliser l'interrogatoire ? lui demanda-t-elle en le dévisageant.

— Après ce qui s'est passé, je ne sais pas si je peux...

Cette fois, exaspérée, elle le bouscula, le prenant ainsi par surprise, et dévala l'escalier à toute allure. Elle balança son sac sur la banquette arrière et démarra sur les chapeaux de roue au moment où Signac apparaissait sur le seuil de la bâtisse, trop tard pour empêcher son départ. Il hurla son prénom avant de se laisser choir sur la première marche du petit escalier : il l'avait perdue.

★

Gwen accéléra et se retrouva sur la route en direction de Paris, les larmes aux yeux. Elle y avait cru... Elle inspira à fond pour reprendre le contrôle de ses émotions puis se força à repenser aux tableaux.

Presque onze heures du matin. Un trafic ultra chargé autour de la capitale. Après s'être rafraîchie et restaurée, elle passa dans sa salle de gymnastique : lorsqu'elle avait un problème à résoudre, c'était là qu'elle trouvait l'inspiration, en poussant son corps dans ses retranchements. Exit Yvon Signac. Exit la FSE et Sheridan qui avait été prévenu qu'elle poursuivait la piste des tableaux seule. Lui l'avertit que la Garda avait ramené Manuela en France et qu'après avoir été interrogée par l'équipe, elle était rentrée chez elle sans leur apprendre plus que ce qu'ils savaient déjà : son amant, Claudio Ferreri et elle avaient eu envie de quitter la France et pour obtenir de l'argent du père Alban très remonté, ils avaient échafaudé un pseudo-enlèvement. Pour les faux papiers et le montage de l'arnaque, ils avaient fait appel à Ronan Roquebrune, le demi-frère de Manuela. Mais lorsque Claudio avait disparu dans la nature, Roquebrune l'avait envoyée en Espagne, soi-disant pour la mettre à l'abri de la colère de son père. Elle était alors tombée sous la coupe de Rafael Barberà, un déjanté qui l'avait mise sur le trottoir.

La fille revenait de loin, traumatisée par l'expérience et les mois de violence. Quant à Glenn et à ses deux acolytes, ils étaient toujours entendus par la police et devaient, à terme, reprendre leur place au sein de la FSE « normale ».

Trempée de sueur, elle arrêta soudain le mouvement qu'elle effectuait sur une poutre, l'esprit beaucoup plus clair fixé à présent sur une évidence : elle savait où trouver les tableaux ! Enfin… peut-être.

Un coup d'œil à sa montre : quatre heures de l'après-midi. Pas question de tarder. Un quart d'heure plus tard, elle s'engageait dans le trafic au volant de sa petite citadine compacte.

Pourquoi n'y avait-elle pas pensé plus tôt ? Qui était dans le paysage depuis le début de l'enquête ? Qui était à même d'écouler des tableaux de cette valeur et donc d'avoir un réseau à la hauteur ? Qui exposait dans son bureau des œuvres d'artistes mineurs (peut-être même des reproductions sans intérêt) alors que le reste de sa marchandise était du top qualité ? Qui était en contact à la fois avec Bresky (donc Alban/Roquebrune) et Belcham (donc Robard & Co.) ? Qui sinon Gisèle, le premier marchand d'art de la capitale et le premier usurier ? Pourquoi n'y avait-elle pas pensé plus tôt ?

Saint-Ouen, une bonne heure plus tard. Le marché Biron commençait à se dépeupler. Elle traversa le passage et s'arrêta devant le rideau baissé de l'antiquaire.

Comme quelques jours plus tôt, elle fut à l'intérieur en deux coups de cuillère à pot comme avait coutume de dire feu son père adoptif. L'alarme coupée, la porte verrouillée derrière elle pour éviter toute mauvaise surprise, elle vérifia les tableaux exposés dans le bas de la boutique puis grimpa l'escalier quatre à quatre et poussa la porte du bureau privé. Elle se planta au milieu de la pièce et promena son regard sur les toiles accrochées.

Elle en choisit enfin une, enfila des gants en latex, la décrocha et caressa la surface sombre du bout des doigts : une huile sur papier de Ramon Casas… enfin, à la facture, une reproduction aux dimensions incorrectes. Elle le posa sur le bureau à l'envers, et observa le support… Le cœur battant, elle retira délicatement le cadre puis décolla la peinture pour découvrir le Monet. Sous le coup de l'émotion, elle caressa les couleurs, les larmes aux yeux, heureuse de tenir pareille beauté.

Comment l'antiquaire était-il entré en possession des tableaux ? Qui les lui avait remis ? Alban ? Roquebrune ? La fameuse entreprise parisienne venue sur les lieux deux ans plus tôt sous couvert d'expertise en vue de travaux ? Probablement. Et elle était soudain prête à parier que Gisèle, fine mouche, était derrière l'affaire, et avait coiffé tous les autres concurrents sur le poteau. Comment ?

Elle ne le saurait sans doute jamais, tous les protagonistes assassinés.

Elle se ressaisit très vite, sortit son portable, vérifia sa liste de contacts puis sourit en portant son téléphone à l'oreille. Elle allait restituer les toiles volées, bien entendu, non sans en tirer une jolie récompense de la part de l'État italien, seul assureur de ses musées nationaux (ceux-ci incapables de payer les polices d'assurance exorbitantes pour les œuvres exposées). Et pour cela l'État français allait servir d'intermédiaire. Quant au *« Christ de Douleur »*, jamais restitué à l'usurier (décédé trop tôt), elle le gardait en guise de dédommagement.

Moins d'une heure plus tard, record battu, le patron de l'OCBC était sur place avec l'expert du Louvre et le conservateur du musée. Puis arrivèrent le fourgon blindé et l'escorte pour les œuvres d'art, Sean Sheridan en tête, averti par la légiste : pas question de le laisser à l'écart.

ÉPILOGUE
I

— Je vous remercie, Maître, pour l'enquête que vous avez diligentée. Et voici pour vos honoraires, fit une belle blonde aux yeux de biche surlignés d'un trait d'eye-liner.
— Je ne veux pas de cet argent, mademoiselle Alban. Votre père est un ami. Je lui dois beaucoup et si ces informations peuvent vous permettre de retrouver sa trace, j'en serai trop heureux, rétorqua le bonhomme en complet noir trois pièces, cheveux blancs un peu rares sur le sommet du crâne.

Le personnage n'avait rien de sympathique : trop maigre peut-être, ou le nez un peu trop long, difficile à dire. Quant à la fille, d'une petite vingtaine d'années : la jupe un peu trop courte, le visage un peu trop fardé, le regard un peu trop gris pour une gamine un peu trop jeune pour le look… Autant de détails qui ne parvenaient pas à casser l'impression indéfinissable qu'elle dégageait.
— Je vous raccompagne… poursuivit-elle sur un ton mielleux.
— Ne vous dérangez pas, je connais le chemin… Je souhaite que vous retrouviez Raoul rapidement. Et, surtout, n'hésitez pas, je reste à votre entière disposition.

Un sourire de remerciement donna le signal de départ de l'avocat.

La porte se referma sur un claquement. À l'instant, un barbeau d'une quarantaine d'années, fringué comme un frimeur, grosse gourmette en or au poignet pour faire le pendant à l'énorme chevalière portée à l'auriculaire, petite moustache fine à la Errol Flynn, sortit d'une pièce latérale, sourire satisfait aux lèvres.
— Tu as été parfaite, ma poule ! Absolument parfaite ! miaula le bellâtre avec un accent castillan à couper au couteau.
— Merci, Rafaelito. Mais tu es un bon professeur…

Elle s'assit sur un fauteuil à sa portée, croisa les jambes fuselées avec un petit quelque chose propre à enflammer les sens du sieur Rafael qui s'assit immédiatement sur l'accoudoir, tout près du décolleté plongeant, et ouvrit le dossier.

— Tiens, regarde… Il est dit là qu'ils étaient deux enquêteurs sur l'affaire : un certain Yvon Signac, commissaire à la FSE et une détective privée, Alexandra Gaillard…
— La FSE ? C'est quoi comme service, ça ? demanda l'Espagnol, en se lissant la moustache.
— Aucune idée… Une brigade quelconque, qu'est-ce que ça peut faire ? Regarde, il y a l'adresse du flic…
— T'as pas changé d'avis ?

L'homme semblait hésitant.

— Pourquoi j'aurais changé d'avis, hein ?
— Ben s'attaquer à des flics… plus encore à un commissaire dont on ne sait rien qui plus est… ça me semble risqué…
— Je veux ces deux pourritures, Rafaelito ! Tu m'as compris ? À cause d'eux, mon demi-frère et ma mère sont morts ! Mon père a disparu… Je les veux ! crisa la fille les poings serrés et la mâchoire crispée.
— Bon, bon… Ne te mets pas dans cet état, ma poulette. Je donne des ordres pour faire enlever ton flic. Ensuite, ça sera un jeu d'enfant de faire rappliquer sa copine détective…

Soudain ravie par la décision de son « jules », elle se retourna, l'attrapa par le col et le fit basculer sur elle, la bouche gourmande : toujours bien de raviver certains… liens…

⋆

Presque trois mois que l'affaire Alban/Roquebrune/Robard était terminée. 81 jours que Gwen Saint-Cyrq était partie fâchée, qu'elle ne prenait aucun de ses appels et ignorait ses SMS. Elle avait retrouvé les tableaux, mais lui n'avait pas participé à leur découverte. Certainement à sa demande, Sean l'avait tenu à l'écart, l'envoyant en Allemagne pour gérer une extradition avec Europol. Pas un jour sans penser à elle, à ce qu'il n'aurait jamais dû dire, à tenter de trouver une solution pour la récupérer… Pas une heure sans regarder son portable dans l'espoir d'y découvrir, enfin, un mot de pardon.

Ce matin-là, il rentrait épuisé de 48 h de surveillance, l'esprit ailleurs. Un mec le bouscula à l'entrée de son immeuble… Tout son corps se tétanisa sous l'effet d'une forte décharge électrique et il s'écroula, inconscient.

★

— Commissaire Signac… murmura une voix déformée à son oreille. Vous m'entendez ?
— Oui… gémit-il, l'esprit complètement embrouillé, embourbé dans une sorte de brouillard douloureux.

Tout autour de lui était confus, intangible, irréel. Impossible de bouger. Seules ses lèvres semblaient libres de leur mouvement.
— Vous avez été enlevé… Torturé… Souvenez-vous…

Il plissa le front. Instantanément les images d'une violence extrême imprimèrent son esprit. Il avait mal… Tellement mal… Et il hurla en tentant de se débattre sans y parvenir…
— *Elle* va revenir…
— Non… souffla le policier en secouant la tête, paniqué.
— Mais si… Je suis de votre côté, Commissaire… Vous avez si mal… Prenez cette arme…

Il baissa les yeux pour constater qu'il était assis, couvert de sang, sa main gauche inerte, probablement brisée. On lui glissait un revolver dans la main droite…
— *Elle* va entrer, Commissaire… Vous avez une chance de vous échapper, une seule… Tirez pour tuer… et vous vivrez…
— Je tire… répéta le policier en ne distinguant ni son interlocutrice ni l'endroit où il se trouvait. Je tire… et je peux partir…

Ses paupières lourdes à peine ouvertes, son champ de vision étriqué, la douleur intolérable qui lui tordait le corps et les membres, il s'obligea à focaliser son attention sur une porte rouge. *Elle* allait entrer… *Elle* mourrait et il était libre…

★

— Tu es certain que ça va marcher ? s'enquit la blonde à son mec (*notez que je n'emploie pas le mot « mac »*) sans quitter des yeux le flic assis sur une chaise en fer, au milieu d'un garage abandonné.

— Avec le cocktail de DMT/Mescaline que je lui fais prendre depuis quatre jours, je peux t'assurer que si tu lui demandais de se jeter du haut de la tour Eiffel, il le ferait en pensant qu'il est devenu un oiseau… Il fera ce que tu lui demandes de faire, ma poule… Aucun doute à ce sujet… Là, il a vraiment mal… Son corps lui affirme qu'il a été torturé, qu'il est faible… Il voit du sang sur lui, les plaies ouvertes sur sa chair… Il est à point…

— Bon… Mais qu'est-ce qu'elle fabrique ! s'impatienta la tueuse par procuration.

— T'inquiète… Après le SMS que je lui ai envoyé, même s'ils se détestent, elle viendra…

Peu convaincue, la femme contempla son bras armé, un sourire froid aux lèvres : dans quelques petites minutes, elle aurait sa vengeance…

⋆

Gwen Saint-Cyrq relut le SMS envoyé du portable de Signac, sourcils froncés. Rien à voir avec les précédents. Pas de demande de pardon, de mots d'excuse, de demande de rendez-vous, mais un message laconique « *J'ai retrouvé Alban. On est dans la merde. Rejoins-moi au 23 rte N6 Brunoy, ancien garage* ».

Comment pouvait-il avoir retrouvé le financier éliminé par Marta et sa copine, Elena ? Et puis Yvon ne lui aurait jamais envoyé ce genre de message.

Anormal.

Elle passa immédiatement un coup de fil pour s'assurer d'un soutien. Et pour cela, elle faisait appel aux deux loufiats qui s'étaient attaqués à elle, trompés par Roquebrune, les dénommés Phil et Chris qui ne demandaient qu'à se faire pardonner leur bévue et à retrouver leur place perdue au sein de l'Organisation.

Elle se changea rapidement, prit une arme et quitta l'hôtel particulier au volant de sa petite citadine. Une heure et demie de trajet, le sud de Paris très encombré.

La N6, enfin, et un parking à un kilomètre en amont du lieu de rendez-vous. Une moto et deux hommes en combinaison intégrale noire et casque rivé sur la tête. Elle se gara à leur hauteur et sortit de son véhicule.

— Madame, lâcha le premier en relevant la visière. Merci pour cette nouvelle chance que vous nous donnez…
— Ne la gâchez pas, répliqua-t-elle sur un ton neutre. J'ai regardé un peu le net. Il s'agit d'un garage en vente. Il doit y avoir une seconde issue, sur l'arrière. En tout cas, c'est ce qui est signalé sur l'annonce de l'agence qui s'occupe du local. L'un de vous passe par-derrière, l'autre reste dehors côté entrée principale. Personne ne doit quitter le garage à part cet homme, leur ordonna-t-elle en leur montrant le visage de son ancien équipier.
— Vous pensez à quoi ?
— Un traquenard… monté par qui, je n'en sais rien. Mais puisqu'il est fait mention de Raoul Alban, ce pourrait être sa fille ou un associé de l'ombre que je n'ai pas chopé… Des questions ?
— Non, Madame, couina l'autre, à l'évidence stressé de mal faire.
— S'il m'arrivait quelque chose, vous savez quoi faire ?

Tous deux acquiescèrent.

… Dans ce cas… J'y vais. Et je compte sur vous.

Elle remonta en voiture, la moto juste après elle. Qu'allait-elle trouver dans ce garage ?

⋆

La porte rouge s'ouvrit dans un grincement désagréable. Le cœur du policier se mit à battre la chamade, projetant une grosse quantité d'adrénaline dans son corps qu'il sentait amoindri. *Elle* entrait…

Il ne voyait rien dans le contrejour, à peine une silhouette noire. Tout autour, le flou. La tête lourde, il cherchait à faire le point sur sa cible… Ne pas la rater…

— *Elle est là pour toi… Tire…* murmura à nouveau la voix dans son oreille. *C'est ton unique chance de rester en vie… Tire…*

Pourtant, il hésitait, un peu comme si son 6e sens lui commandait de ne rien faire.

La silhouette menaçante se rapprochait. À présent, il voyait sa tête sans visage, une boule noire effrayante couverte de bestioles gluantes et munie d'une ouverture sur l'avant de laquelle sortaient des tentacules terminés par des crochets affamés.
La chose n'avait rien d'humain… Informe, elle émettait des sons indistincts de succion.
— Ne bouge plus, hurla-t-il d'une voix haineuse.

Mais la chose refusait d'obéir, comblant lentement l'espace qui les séparait, ses griffes démesurées tendues dans sa direction. Et toujours ces onomatopées, comme des grincements de dents ou le cri d'une craie sur un tableau noir. Plus le choix… Il voulait vivre… Vivre...
Rassemblant le peu de forces qu'il lui restait, il leva son bras et pressa la gâchette : un claquement puis un second, un troisième et un quatrième derrière lui, et deux autres devant. Il ne comprenait pas ce qui se passait, épuisé par l'effort fourni. Il avait tiré… *La chose* avait disparu… Il allait vivre…

Soudain tout tourna et il perdit connaissance.

II

Sean Sheridan et deux de ses lieutenants pénétrèrent dans le garage comme un coup de vent, revolver au poing. Ils avaient fait vite, mais pas assez, à l'évidence pour répondre à l'appel urgent de St-Cyrq lui exposant la situation. Depuis quatre jours, Signac restait introuvable et l'ancienne légiste s'apprêtait, sur la foi d'un SMS douteux, à intervenir sans support.

La première chose qu'ils virent, c'est une large tache de sang à quelques pas de l'entrée puis, à une dizaine de mètres derrière, un corps recroquevillé. Sur le côté, deux autres silhouettes immobiles sur le sol.

La sortie de secours s'ouvrit à son tour, laissant passer deux autres policiers, sur leurs gardes. Une femme blonde en blouson de cuir noir s'approcha des deux sur le côté tandis que Sean vérifiait le sang… pas encore sec… avant de retourner le corps devant lui : son bras droit, Yvon Signac, inconscient, le visage déformé par les coups, une arme serrée dans la main droite.

Deux doigts sur la carotide le rassurèrent : il vivait. Mais en se penchant vers le semi-automatique, il comprit qu'il venait de servir.

— Ces deux-là sont morts ! annonça la fille en les dévisageant. C'est Manuela Alban et son maquereau, Barberà… deux balles dans le buffet et une dans la tête.

— Rien dans les bureaux ! annonça l'un de ceux qui étaient passés par-derrière. Tout est clair.

— Clothilde, appelle le SAMU et la PTS[67]. Même si je sais ce qui a dû se passer, je préfère en être certain.

Accroupi à côté du commissaire, il lui souleva une paupière puis lui remonta les manches : il avait été drogué… et pas qu'un peu considérant son état léthargique et le nombre affolant de piqûres.

Il se releva et sortit : la suite aux techniciens de la scientifique et à ses adjoints ; il avait, lui, un coup de fil à passer des plus urgents.

[67] Police Technique et Scientifique

★

Une semaine plus tard…

Yvon Signac ouvrit les paupières et gémit à la violence de la lumière qui lui blessa instantanément les pupilles. Il avait l'impression que tout son corps était passé sous un rouleau compresseur. Son sang lui battait douloureusement les tempes ; il se sentait nauséeux. Mais quel cauchemar !

Cette chambre… Pas la sienne… Celle d'un hôpital, à l'évidence… Que lui était-il donc arrivé ?

Un visage le contemplait, sourcils froncés, mine concernée par son état de santé. Il mit une bonne minute à le reconnaître : Sheridan… son patron…

— Enfin réveillé ! remarqua l'Irlandais en esquissant un trop vague sourire. Comment tu te sens ?
— C'est pas la forme… Qu'est-ce qui s'est passé ? Pourquoi je suis ici ?
— On en reparlera dans quelques jours lorsque tu seras plus en forme. En attendant, repose-toi…

Le grand gaillard blond se leva du fauteuil installé à côté du lit. Yvon le retint d'un geste, découvrant ainsi la perfusion accrochée au creux de son bras.

— Non, attends ! Je dois savoir…
— Très bien, murmura l'autre en se rasseyant. Ton dernier souvenir ?
— Euh… La surveillance de l'immeuble du dealer… Je suis rentré chez moi, crevé… Enfin, je crois… Je ne m'en souviens pas, en fait…
— Tu t'es fait enlever, mon vieux, par la fille Alban et son souteneur espagnol, Barberà… En perquisitionnant chez la fille, on a découvert un dossier te concernant et concernant l'affaire des tableaux. On pense qu'elle te croyait coupable avec Gwen de la mort de ses parents et de son demi-frère, et qu'elle a voulu se venger…
— C'est vrai ? J'ai beau chercher, j'ai l'impression que ma cervelle s'est vidée de tous ses souvenirs immédiats…
— C'est normal… Tu as été drogué avec un cocktail détonnant de DMT et de Mescaline qui t'a fait perdre tout discernement. Tu

ne savais plus ce que tu faisais… Ils ont réussi à altérer ta vision de la réalité et à la remplacer par une autre…

— Ah bon ? murmura Signac, perplexe. J'ai des images de cauchemar qui me reviennent… Un être informe, des bruits distordus, la douleur des coups, du sang…

— D'après le médecin qui t'a pris en charge ici, il s'en est fallu d'un cheveu pour que tu y passes. À un moment, il nous a même prévenus qu'il y avait une chance non négligeable pour que ton cerveau, trop endommagé, refuse de te réveiller…

— Une chance, alors, que je sois encore en vie… Alban et Barberà sont où ? Vous les avez chopés ou ils sont en cavale ?

— Ils sont morts.

— Ah bon ? L'arrestation a été mouvementée ?

— Pas vraiment non… fit l'Irlandais en soupirant.

À l'évidence, il tournait autour du pot et malgré le mal de tête carabiné qui amoindrissait ses facultés de réflexion, Yvon s'insurgea :

— Si tu me disais exactement ce qui s'est passé ? Y a un truc que tu me caches, c'est quoi ? C'est moi qui les ai flingués de sang-froid ? J'ai fait quelque chose de légalement répréhensible ?

Une ultime hésitation avant de lui lancer froidement, sans plus prendre de gants :

— Tu as flingué Gwen…

…

Tous mes remerciements au propriétaire du manoir de Malfarat qui m'a ouvert ses portes sans la moindre hésitation, a joué le jeu et m'a fourni de nombreuses informations concernant sa propriété et son histoire...

Goethes Leichen

Paul Kohl, geboren 1937 in Köln, studierte Germanistik und Theaterwissenschaft. Er war Buchhändler und Mitarbeiter bei Fernsehproduktionen. Heute ist er Hörfunk- und Buchautor und schreibt vorwiegend über geschichtliche und sozialkritische Themen. Seit 1970 lebt und arbeitet er in Berlin. 2014 erhielt er den Axel-Eggebrecht-Preis für sein Lebenswerk als Autor für Hörfunkfeatures.

Dieses Buch ist ein Roman. Dennoch sind die meisten Personen nicht frei erfunden, sondern existierten wirklich. Ihre Handlungen beruhen auf einem historischen Hintergrund.

PAUL KOHL

GOETHES LEICHEN

HISTORISCHER KRIMINALROMAN

emons:

Bibliografische Information der Deutschen Nationalbibliothek
Die Deutsche Nationalbibliothek verzeichnet diese Publikation in der Deutschen Nationalbibliografie; detaillierte bibliografische Daten sind im Internet über http://dnb.d-nb.de abrufbar.

Umschlagmotive: fotolia.com/artefacti, shutterstock.com/STILLFX, shutterstock.com/Andrii Muzyka, shutterstock.com/mart
Umschlaggestaltung: Nina Schäfer
Gestaltung Innenteil: César Satz & Grafik GmbH, Köln
Lektorat: Marit Obsen
Druck und Bindung: CPI – Clausen & Bosse, Leck
Printed in Germany 2015
ISBN 978-3-95451-716-9
Historischer Kriminalroman
Originalausgabe

Unsere moralische und politische Welt ist
mit unterirdischen Gängen, Kellern und Cloaken miniret,
an deren Zusammenhang wohl niemand denkt und sinnt.

Johann Wolfgang Goethe, Weimar 1781

EINS

Seinen Arbeitstag an diesem Donnerstag, dem 20. November 1783, begann der Archivar Hofrat Christian Kestner ruhig wie immer. Er war frisch rasiert, auf seinen Wangen duftete noch das aufgetragene Eau de Cologne, und sein weißes, von Lotte gestärktes und gebügeltes Hemd knisterte unter seinem Jackett. Bedächtig sortierte er die vor ihm liegende Arbeit. Neue Archivgesetze mussten in die bestehende Gesetzessammlung eingegliedert werden, Anträge für Restaurierungen alter, brüchiger Bücher aus dem 15. Jahrhundert geprüft, neue Dokumente in den Bestand aufgenommen und mit Signaturen versehen werden. Gemeinsam mit seinen Kollegen war Kestner mit Engagement, mit Gewissenhaftigkeit und auch mit Liebe zu seinem Beruf bemüht, in seinem Archiv des Kurfürstentums Hannover Ordnung zu halten. Sorgfalt war sein oberstes Gebot.

Bevor er jedoch mit der Erledigung der Aufgaben begann, zog er wie üblich die schwarzen Ärmelschoner über seine Manschetten, brühte in seiner Kanne einen duftenden Minzetee auf und genoss den ersten Schluck aus seiner Tasse.

Mit der Ruhe war es schlagartig vorbei, als der Archivleiter Hubertsen seinen Raum betrat. Seit zehn Jahren war Hubertsen Kestners direkter Chef, seit er von Wetzlar nach Hannover übergesiedelt war. Sie verstanden sich gut.

Wie immer, wenn Hubertsen für Kestner einen besonderen Auftrag hatte, strich er mit dem Zeigefinger über sein dünnes Menjoubärtchen. »Sie sind der richtige Mann für Weimar«, sagte er. »Durch Ihre Frau Gemahlin haben Sie eine besondere Beziehung zu Goethe.«

Nun kam schon wieder diese Geschichte, die Kestner seit elf Jahren anhing wie eine Schleppe, die er nicht loswurde.

»Sie können die Handschrift am Montag in der Fürstlichen Bibliothek abholen. Man erwartet Sie.« Mit diesen Worten legte er Kestner die Vollmacht des Archivs und eine in grüne Seide gebundene Mappe auf den Tisch.

Kestner kannte den Inhalt der Mappe. Er schlug sie trotzdem auf. Vor ihm lag die umfangreiche, seit Jahren andauernde Korrespondenz seines Archivs mit der Fürstlichen Bibliothek in Weimar. Obenauf der kunstvolle kolorierte Kupferstich, den ein unbekannter Künstler vor vielen Jahren angefertigt hatte. Eine Kopie des kostbaren Originals von 1575 aus der Handschriftensammlung seines Kurfürsten Georg III., das dieser vor langer Zeit an die Fürstliche Bibliothek ausgeliehen hatte. Der Welfe, der durch Geburt auch König von Großbritannien war, hatte eine Leidenschaft für Botanik und sammelte alle möglichen Darstellungen von Blumen. Besonders von exotischen Blüten.

Kestner nahm den Kupferstich in die Hand, der bis ins letzte Detail die Kostbarkeit des Originals wiedergab. Die Abbildungen der verschiedenfarbigen Rosen, der Orchideen, Malven, Lilien, Gladiolen wirkten so echt, dass man glaubte, ihren Duft riechen zu können. Ornamente verzierten die Initialen und Versalien der erklärenden Schriften seitlich der Blumen und Blüten. Der gesamte Kupferstich wurde von schmückenden Blättergirlanden umrahmt. Er war wunderschön. Wie herrlich musste da erst das farbige Original aussehen, das er nun abholen sollte. Kestner freute sich darauf, diese Kostbarkeit in den Händen zu halten.

Schon vor langer Zeit hatte bewiesen werden können, dass Georg III. und damit der hannoversche Hof der rechtmäßige Eigentümer dieser Preziose war. Doch Weimar hatte den Anspruch Hannovers immer wieder abgestritten. Depeschen waren hin- und hergegangen. Nach langem Gezerre hatte die Fürstliche Bibliothek endlich die Eigentumsrechte bestätigt und der Rückgabe zugestimmt. Nur der Übergabetermin hatte noch bestimmt werden müssen. Auch das war schwierig gewesen. Als Gründe für die Verzögerung hatte Weimar Umbauarbeiten in der Bibliothek angegeben, eine Umgruppierung der Bestände und so manches andere. Nun hatte man also als endgültiges Datum Montag, den 24. November, genannt.

Er freute sich auch darauf, endlich einmal Weimar zu besuchen. Er war noch nie in diesem berühmten Ort gewesen und neugierig, Goethes Wahlheimat kennenzulernen. So hatte er auch Gelegenheit, die großartige Fürstliche Bibliothek zu besichtigen, über die er schon so viel gehört und gelesen hatte. Für ihn als heimlichen Literaten war der Besuch einer jeden historischen Bibliothek ein aufregendes Erlebnis. Und nun sollte er gerade diesen Weimarer Prunkbau persönlich erleben.

Ein bitterer Tropfen fiel in seinen süßen Wein, als der Archivleiter bestimmte, er solle mit seinem Assistenten Lorenz Petersen reisen.

»Warum gerade mit Lorenz?«

»Er muss das lernen. Er hat Potenzial, läuft aber noch in die falsche Richtung. Liest zu viel wirres Zeug. Bringen Sie ihn auf Kurs. Nehmen Sie ihn in Zucht. Geben Sie seinem Schiffchen die nötige Richtung.«

Dass er mit Lorenz verreisen sollte, passte Kestner gar nicht. Nicht mit diesem jungen Spund. Er war zwar ein netter Kerl, aber mit seinen dreiundzwanzig Jahren noch ein Luftikus. In den wenigen Wochen, seit er im Hofarchiv tätig war, hatte er zwar insgesamt nur ein paar Tage bei Kestner gearbeitet. Die übrige Zeit war er den Kollegen in den anderen Abteilungen zugeteilt. Doch mit ungezügeltem Interesse am Gegenstand seiner Ausbildung tat sich Lorenz in keiner Weise hervor. Er war aus Celle gekommen und sollte nach dem Wunsch seiner Eltern etwas Anständiges lernen. Ausgerechnet Archivwesen. Dafür war er nach Kestners Meinung überhaupt nicht geeignet. Lorenz war froh, endlich aus den Zwängen seines strengen Elternhauses ausgebrochen zu sein, und trieb im hannoverschen Hofarchiv nur närrischen Unfug. Anstatt Archivgesetze, Katalogisierung, Provenienzforschung und Restaurierungspraktiken zu lernen, verschlang der schwarzhaarige Wuschelkopf mit den dunklen, lebhaften Augen begeistert revolutionäre Pamphlete. Dazu die neuesten aufwieglerischen Agitationen aus Frankreich, die in deutscher Übersetzung auch im Kurfürstentum Hannover zirkulierten. Ein Heftchen nach dem anderen saugte er auf. Revolution, das war seine Parole. Mit diesem Wirrkopf sollte er nun nach Weimar.

Eine Ablehnung war zwecklos. Der Archivleiter hatte schon für beide Kutschplätze und die Zimmer im Hotel »Zum Weißen Schwan« reservieren lassen.

»Sicher werden Sie auch Goethe besuchen«, sagte Hubertsen

lächelnd. Kestner sah ihm an, dass er ihn um diese Begegnung beneidete. Auch er hätte dem berühmten Dichter gern einmal die Hand gedrückt. »Sie sind doch mit ihm eng befreundet. Und auch familiär verbunden. Machen Sie sich reisefertig. Morgen geht es los. Ich freue mich schon darauf, dieses Original endlich in Händen zu halten und in unseren Bestand einzufügen.«

Kestner informierte Lorenz Petersen und verbot seinem Assistenten, irgendeinen Aufruf zur Revolution oder Verherrlichung der Demokratie mit auf die Reise zu nehmen und in der Kutsche zu lesen.

»Aber meinen Schubart nehme ich mit.«

»Kommt nicht in Frage«, entschied Kestner. Auf das Lesen von Schubarts »Teutscher Chronik 1777« stand Zuchthaus. Für seine politische Schrift saß Daniel Schubart seit Jahren eingekerkert auf dem Asperg.

»Ich verstecke ihn in meiner Reisetasche.«

»Da schon gar nicht. Bei einer Kontrolle werden sie ihn finden.«

»Wo dann?«

Kestner war nachsichtig und riet Lorenz, dieses Pulver in seiner Unterhose zu verstecken.

»Hoffentlich machen sie in Weimar keine Leibesvisitation.«

»Wirst du Wolfgang treffen?«, fragte Lotte, als sie Kestners Reisetasche packte.

»Natürlich werde ich ihn sehen«, versicherte er ihr. Schließlich waren sie Freunde. Auch wenn sie vor elf Jahren persönliche Rivalen gewesen waren und sich seit neun Jahren nicht mehr gesehen hatten. Er freute sich auf ein Wiedersehen mit ihm. Es würde so vieles zu erzählen geben.

Sogleich machte sich sein neunjähriger Sohn daran, seinem Patenonkel in Weimar mit Buntstiften ein Briefchen zu schreiben: »Lieber Onkel Wolfgang, wie geht es Dir? Mir geht es gut. Ich finde Dein Gedicht ›Heidenröslein‹ sehr schön und habe es auswendig gelernt und in der Klasse vor allen Schülern aufgesagt. Lieben Gruß. Dein Patenkind Wolfgang.«

Goethe hatte ihnen 1773 für ihre Heirat die Eheringe geschenkt und später für ihren Erstgeborenen Georg, der ein Jahr danach zur

Welt kam, die Patenschaft übernommen. Es verstand sich, dass er Goethe zuliebe auch auf den Namen Wolfgang getauft wurde. Dazu hatte Goethe seinem Patenkind einen goldenen Taufdukaten mit der Prägung »1749« geschenkt. Es war jene Goldmünze, die Goethe zu seinem eigenen Geburtstag erhalten hatte. Er hatte sie nur weitergereicht.

Beim Gedanken an ein Wiedersehen mit Goethe stand Kestner wieder vor Augen, wie das damals gewesen war, vor elf Jahren in Wetzlar. Lottes Liebschaft mit Goethe im Sommer 1772.

Kestner hatte als Gesandter des Reichskammergerichts in Wetzlar eine gute Stellung gehabt und musste für Gerichtsvisitationen oft verreisen. Als Revisor prüfte er unangemeldet bei Gerichten sich hinschleppende Prozesse auf ihre korrekte Führung und überwachte die hygienischen und strafrechtlichen Zustände in Zuchthäusern. Oft hatte er zu spüren bekommen, dass er bei den Kontrollierten äußerst unbeliebt war.

Eines Tages war dieser junge Goethe aus Frankfurt zum Reichskammergericht gekommen, um juristische Praxis zu lernen, geschickt von seinem reichen Vater. Ein verwöhntes dreiundzwanzigjähriges Kerlchen, den Kopf voller dichterischer Spinnereien. Die Jurisprudenz kümmerte ihn einen Dreck. Mit seinen Kumpanen zog er durch die Wirtshäuser, schäkerte mit den Mädchen, legte sich in die Wiesen und deklamierte Homer und Ovid. Dieser junge Goethe hatte sich in seine Lotte verliebt. In seine blonde, hübsche neunzehnjährige Charlotte Buff. Sie waren seit Langem verlobt. Einander fest versprochen. Das wusste Goethe, hatte sich aber nicht darum geschert und sich trotzdem in sie verliebt.

Goethe hatte anfangs Lotte mehr geliebt als sie ihn. Sie musste sich als Verlobte und Mütterchen ihrer zehn kleinen Geschwister zurückhalten. Lottes Mutter war kurz zuvor gestorben, so war sie gezwungen, ihre Geschwister zu versorgen und den Haushalt zu bewältigen. Doch die Liebe hatte auch sie erfasst. Sie war hin- und hergerissen zwischen zwei Männern. Da war einerseits der stürmische, in den Wolken schwebende Goethe, zu dem sie sich auch wegen ihrer musischen Veranlagung leidenschaftlich hingezogen fühlte – und andererseits Kestner, der um zwölf Jahre Ältere, Vernünftige mit seiner sicheren beruflichen Stellung, der ihr eine stabile Zukunft bot und immerhin ihr Verlobter war, den sie bald heiraten würde.

Während Kestner sich verbissen durch Akten wühlen musste, hatte Goethe genügend Gelegenheit gehabt, sich mit Lotte zu treffen, mit ihr im Garten Bohnen und Himbeeren zu pflücken und ihr so manches zärtliche Wort zuzuflüstern. Kestner hatte gelitten, hatte Lotte zu verstehen gegeben, dass sie zu ihm gehörte, und Goethe klargemacht, dass er sich betreffs ihrer keine Flausen in den Kopf setzen sollte.

Drei Monate hatte die Liebe der beiden gedauert. Für Kestner eine endlos lange Zeit, in der er ihre Affäre zähneknirschend erduldet hatte.

Dann, im September 1772, war Goethe aus Wetzlar geflohen. Nach drei Monaten Liebesrausch war er plötzlich weg gewesen und hatte Lotte und Kestner nichts als einen Zettel hinterlassen: »Leben Sie beide wohl. Adieu!«

Goethe hatte nur hin und wieder ihre Hand geküsst, einmal auch ihren Mund. Das hatte Lotte ihrem Kestner artig gebeichtet. Außer ihrer Leidenschaft – mehr war nicht gewesen. Trotzdem war Kestner über Goethes Abreise froh gewesen und erleichtert. Lotte aber hatte noch oft von ihm gesprochen.

Bei seiner überstürzten Abreise aus Wetzlar hatte Goethe seine Perücke liegen lassen. Kestner hatte sie wegwerfen wollen. Nichts mehr sollte an diesen Wirbelwind erinnern. Aber Lotte wollte sie bewahren. Wozu? Das ging Kestner nicht in den Kopf. Lotte legte die Perücke auf den Stuhl, auf dem ihr Liebhaber gesessen hatte. Wiederholt warf Kestner die Perücke in eine Ecke und nahm demonstrativ auf diesem Stuhl Platz. Eines Morgens entdeckten sie, dass ihre Katze in der Perücke gejungt hatte. Vier winzige Kätzchen mit noch verklebten Augen kauerten in der wollenen Schale. Die Katze, halb über sie gestreckt, leckte sie ab.

Später hatte Kestner in Lottes Büchern gepresste, getrocknete Blumen entdeckt. Blumen, die ihr Geliebter ihr einst schenkte. Er hatte die Gebilde herausgenommen und weggeworfen.

»Nimmst du auch deine Reisepistolen mit?«, fragte Lotte und hielt die beiden Waffen mit dem eisernen Lauf und dem Nussholzgriff hoch.

Diese Pistolen! Sofort sah Kestner wieder Jerusalem in seinem Blut liegen.

»Nimmst du sie mit?«, fragte sie nochmals.

Kestner zögerte. Seit jenem Oktober vor elf Jahren hatte er seine beiden Pistolen nicht mehr angefasst und sie in ihrem Holzkasten weit hinten im Wäscheschrank versteckt. Er konnte sie nicht mehr berühren. Er hatte das Gefühl, es mit giftigen Schlangen zu tun zu haben, die sofort zubeißen würden, wenn er es versuchte. Während seiner Inspektionsreisen hätte er sie des Öfteren gut gebrauchen können, etwa als er einmal in der Kutsche von Räubern überfallen wurde oder als in einem Gasthaus Diebe in seine Kammer eindringen wollten.

»Ja oder nein?«, wollte Lotte wissen.

Kestner blickte auf die Pistolen in ihren Händen und sah wieder eine davon im Blut neben Jerusalems zerschossenem Kopf liegen. Das Bild verfolgte ihn seit Jahren. Bei ihrem Umzug von Wetzlar nach Hannover hatte Lotte die Dinger mitgenommen, jetzt wieder hervorgeholt und hielt sie abwartend in die Luft.

»Was ist nun?« Lotte war ungeduldig, sie wollte mit dem Packen fertig werden.

Kestner zögerte immer noch.

»Du wirst sie brauchen während der Reise«, sagte Lotte. »Auch in Weimar gibt es böse Menschen.«

Böse Menschen in Weimar, das konnte er sich gar nicht vorstellen. Außerdem würde er gegen sie auf keinen Fall die Waffe einsetzen. Das widersprach seinem Grundsatz der Gewaltlosigkeit.

Lotte sah ihm an, was er dachte. »Du würdest dich wohl lieber erschießen lassen, als dich zu wehren. Sei nicht so fromm!«

Er mochte ihre realistische Einschätzung und überwand sich.

»Steck sie in die Manteltaschen«, entschied er. »Und dazu die Munition.«

Streng genommen hätte er seine Reisepistolen damals in Wetzlar Jerusalem gar nicht leihen dürfen. Das war gegen die Vorschrift. Aber er war überzeugt gewesen, dass Jerusalem wirklich verreisen musste und sich dafür die Waffen auslieh. Einmal unkorrekt gehandelt, und schon brach die Katastrophe herein. Natürlich hatte er nicht wissen können, dass Jerusalem sich damit erschießen wollte. Trotzdem fühlte er sich schuldig an seinem Tod.

Der dreiundzwanzigjährige Karl Wilhelm Jerusalem war 1772 kurz vor dem gleichaltrigen Goethe als Praktikant zum Reichskammergericht gekommen und wie dieser überhaupt nicht an seiner juristischen Ausbildung interessiert gewesen. Prozessführung zu studieren war ihm völlig schnuppe. Er fühlte sich sehr fremd in Wetzlar, hatte keine Freunde und lief immer nur allein herum. Auch mit Goethe und Kestner hatte er keinen Kontakt. Im Kontrast zur Melancholie, in der er versank, kleidete sich der blonde Jüngling extravagant wie sonst keiner. Stets trug er einen blauen Rock mit blinkenden Messingknöpfen, eine gelbe Weste und gelbe lederne Kniehosen, dazu halbhohe braune Stulpenstiefel.

Zur gleichen Zeit, da sich Goethe in die verlobte Charlotte verliebte, verliebte sich Jerusalem in die verheiratete Elisabeth, die Ehefrau des kurpfälzischen Legationssekretärs Herdt. Wie bei Goethe eine aussichtslose Liebe. Elisabeth Herdt verbot ihm schließlich sogar das Haus. Das stürzte Jerusalem in schwarze Verzweiflung.

Einen Monat nach Goethes Flucht aus Wetzlar bat er Kestner, ihm seine Reisepistolen zu leihen, unter dem Vorwand, verreisen zu müssen. Obwohl Kestner diesen Praktikanten kaum kannte, händigte er ihm seine beiden Pistolen aus.

Am nächsten Morgen wurde Kestner in die Wohnung Jerusalems gerufen. Was er dort gesehen hatte, verfolgte ihn bis heute. Jerusalem lag vollständig angekleidet und in seinen braunen Stulpenstiefeln auf dem Bett. Sein blauer Rock, seine gelbe Weste und die lederne Kniehose waren über und über mit Blut beschmiert und sein Kopf durch den Schuss völlig entstellt. Auf dem Boden seines Zimmers breitete sich von seinem Schreibtisch bis zum Fenster eine große Lache getrockneten Blutes aus.

Dort, auf dem Boden neben dem Schreibtisch, hatte der Hausmeister Jerusalem am Morgen entdeckt. Er röchelte noch. Der Hausmeister rief einen Arzt. Der konnte Jerusalem jedoch nicht mehr retten und stellte fest: Er hatte sich in der Nacht mit der Pistole durch das rechte Auge in den Kopf geschossen, war auf den Boden gestürzt, hatte sich zum Fenster und wieder zurück zum Schreibtisch gewälzt. Der Arzt und der Hausmeister legten ihn samt der Pistole auf sein Bett, dann starb er.

Kurz nach diesem schrecklichen Erlebnis schrieb Kestner einen ausführlichen, bewegten Bericht über Jerusalems Selbstmord an Goethe nach Frankfurt, und Goethe dankte ihm für die genaue Schilderung.

Eine Obduktion bestätigte, dass sich der Selbstmörder mit Kestners Pistole erschossen hatte. Kestner wurde stark gerügt, weil er seine Dienstwaffen einem Fremden ausgeliehen hatte, und er musste eine hohe Strafe zahlen. Nur unter einer strengen Auflage erhielt er seine Reisepistolen zurück. Noch immer quälte ihn der Gedanke, dass Jerusalem durch seine Waffe aus dem Leben schied.

Am Palmsonntag des darauffolgenden Jahres heirateten Kestner und Lotte mit Goethes Eheringen. Er war zweiunddreißig und sie zwanzig. Im selben Jahr 1773 eröffnete sich für Kestner ein gewaltiger Karrieresprung. Er wurde zum Archivsekretär und Hofrat am kurfürstlichen Hof Hannover berufen. Also Umzug von Wetzlar nach Hannover.

Im Mai 1774 brachte Lotte ihren ersten Sohn zur Welt, für den Goethe die Patenschaft übernahm und den sie ihm zuliebe auch Wolfgang tauften.

Im Herbst desselben Jahres gab es auf der Leipziger Buchmesse eine Sensation. Anonym war ein Briefroman erschienen: »Die Leiden des jungen Werthers«. Natürlich wurde schnell bekannt, wer der Autor war: ein fünfundzwanzig Jahre junger Mann aus Frankfurt. Ein gewisser Johann Wolfgang Goethe, bereits berühmt durch sein Schauspiel »Götz von Berlichingen«, das ein Jahr zuvor erschienen war.

Bald erhielten Kestner und Lotte in Hannover ein vom Dichter signiertes Exemplar. Aus der kurzen Liebesepisode mit Lotte hatte Goethe in seinem »Werther« eine Riesengeschichte gemacht. Alles völlig übertrieben und das meiste falsch dargestellt. Er hatte es in seiner Phantasie so beschrieben, wie er es sich in seiner Leidenschaft gewünscht hatte. War eben ein Dichter.

Werthers Lotte war ganz anders als Kestners wirkliche Lotte.

Bei Goethe glänzten ihre Augen tiefschwarz. Seine Lotte hatte blaue Augen. Im »Werther« spielte Lotte auf dem Spinett. Dazu hätte seine Lotte gar keine Zeit gehabt. Sie hatte sich um die zehn Geschwister kümmern müssen. Außerdem besaß sie gar kein Spinett. Sie war auch nicht so temperamentvoll wie die Lotte im »Werther«. Sie war ruhiger, ein Hausmütterchen. Aber das hätte natürlich nicht in einen heißblütigen Liebesroman gepasst. Da musste das Erlebte ein bisschen angepasst und hin und her geschoben werden. Dichtung statt Wahrheit.

Und das Wichtigste: Im Briefroman erschoss sich Lottes Liebhaber Werther. In Wirklichkeit aber hatte sich ein anderer erschossen. Nämlich der Jurapraktikant Karl Wilhelm Jerusalem. Allerdings auch wegen einer Liebesaffäre. Den Bericht, den Kestner über den Selbstmord an Goethe geschickt hatte, hatte dieser Wort für Wort für seine Beschreibung verwendet. So war der Suizid Jerusalems zum Suizid des jungen Werthers geworden. Auch Jerusalems Kleider legte der Dichter seinem Werther an.

Der Briefroman wurde für Goethe zu einem sensationellen Erfolg. Viel verdiente er damit nicht, aber er wurde dadurch noch berühmter, als er durch seinen »Götz« ohnehin schon war. Ein wahres »Werther-Fieber« griff um sich. Junge Männer kleideten sich in blauem Frack mit blinkenden Messingknöpfen, mit gelber Weste, lederner gelber Kniehose und halbhohen braunen Stulpenstiefeln. Es gab ein Parfüm Eau-de-Werther, Werther-Fächer, Werther-Ziertüchlein, Werther-Medaillons, Werther-Tassen, Werther-Krüge, Werther-Schnitzel.

Auch Lotte war durch das Buch berühmt geworden. Ihre Bekanntheit aber geriet ihr zum Fluch. Alle wollten plötzlich diese Lotte sehen. Fremde Menschen drangen ins Haus ein, um einen neugierigen Blick auf Werthers Lotte zu werfen. Immer wieder musste sie die Gaffer hinausdrängen. Auch heute noch, neun Jahre nach Erscheinen.

Kestner war von diesem Ansturm verschont geblieben. Im »Werther« hieß Lottes Verlobter nicht Kestner, sondern Albert. Er kam also in diesem Bestseller gar nicht vor.

Was er nicht begreifen konnte: So viele junge Menschen, Männer und Mädchen, hatten sich nach der Lektüre des »Werther«

erschossen, ertränkt, erhängt. Eine Selbstmordseuche war ausgebrochen. Das ging ihm nicht in den Kopf. Nach dem Lesen dieses Romans brachte man sich doch nicht um.

Lange hatte Kestner es Goethe verübelt, dass dieser ihn in der Figur des Albert so unvorteilhaft dargestellt hatte. So fad und langweilig, so blass und tranig. So war Kestner gar nicht gewesen. Er hatte sich verfälscht gefühlt und sich bei ihm beschwert. Geantwortet hatte Goethe ihm in vielen Briefen, dass er Albert aus dramaturgischen Gründen so kontrastreich zu Lotte gestalten musste. Er habe einen Kontrapunkt zu Lotte schaffen wollen. Das hatte Kestner eingesehen und ihm vergeben.

Bald darauf hatte Goethe ihnen geschrieben, dass er an einem neuen Stück mit dem Titel »Faust« arbeitete. Darin ließ er einen ganz besonderen Teufel auftreten, den er Mephistopheles nannte. Es werde aber noch eine Weile dauern, bis sein »Faust« fertig sei und gedruckt werden könne. Vorerst sei sein Werk nur ein Fragment. Doch seinen Mephisto mit seinen hinterhältigen Teufeleien sehe er bereits ganz deutlich vor sich.

Aus Goethes weiteren Briefen, die er Lotte und Kestner aus Weimar sehr ausführlich nach Hannover geschrieben hatte, wussten sie, was für eine Karriere er inzwischen gemacht hatte. Da Goethe mit dem Erscheinen des »Werther« ein berühmter Mann geworden war, hatte der achtzehnjährige Herzog Carl August ihn, den acht Jahre älteren Dichter, 1775 zu sich nach Weimar geholt. Das Schloss des Herzogs war ein Jahr zuvor abgebrannt, sein Herzogtum völlig bankrott, der ihn umgebende Adel korrupt. Carl August benötigte Glanz für seinen Hof, eine Berühmtheit, die seinen Hofstaat schmückte. Um Goethe in Weimar zu halten, überfütterte der jugendliche Herrscher ihn mit Privilegien und Staatsämtern. Goethe wurde sein intimster Freund. Er machte ihn zum Mitglied des Geheimen Rats im Geheimen Consilium, dem engsten Beratergremium der Regierung, das in letzter Instanz über alle Geschäfte des Herzogtums entschied, ernannte ihn zum Kriegsminister und Finanzminister und adelte ihn. Johann Wolfgang Goethe war nun ein »von Goethe« und ließ sich mit »Exzellenz« anreden. Dazu organisierte er am Hof als Maître de Plaisir Maskenbälle, Redouten, Theatervorstellungen.

Was für eine Karriere! Im Gegensatz zu Kestner, dem Hofarchivar, aber immerhin Hofrat. Dabei hatten sie am selben Tag Geburtstag.

Und Goethe hatte nun auch eine neue Geliebte: die Freifrau Charlotte von Stein. Wieder eine Lotte.

ZWEI

Kestner hasste Reisen mit der Kutsche. Sie rissen ihn jedes Mal völlig aus seinem gewohnten Alltag heraus. Kutschreisen bedeuteten ein Einzwängen zwischen unangenehmen Fremden in engen, rumpelnden Kästen auf harten Holzbänken, schlechtes, teures Essen in den Gasthöfen, schmutzige, kalte Betten. Er musste froh sein, wenn er sich unterwegs keine Flöhe, Wanzen oder Läuse einfing. Und nach jeder Rückkehr benötigte er ein paar Tage, um wieder in seine geordneten Zustände zurückzufinden. Am liebsten wollte er ganz darauf verzichten. Als Gesandter des Reichskammergerichts musste er früher oft zu Inspektionsvisiten verreisen. Nun hatte er keine Lust mehr, sich solchen Strapazen auszusetzen.

Jetzt aber musste er nach Weimar. Es half nichts. Auftrag war Auftrag, und Dienst war Dienst.

Während Lotte weiter seine Reisetasche packte, seine Wäsche faltete und sie sorgfältig verstaute, studierte Kestner in einem kleinen Hausatlas die bevorstehende Strecke. Wie immer wollte er sich ordentlich vorbereiten und alles genau wissen. Sie führte über Seesen und Osterode westlich am Harz entlang, dann an der Südseite des Harzes über Nordhausen bis Sangerhausen und schließlich nach Süden über Sömmerda und Erfurt nach Weimar. Mit Grausen sah er der Kutschfahrt entgegen. Drei Tage hin, drei Tage zurück. Sechs Tage lang nur Mühsal und Unannehmlichkeiten. Er sehnte jetzt schon die Stunde herbei, in der er nach dieser Tour wieder bei Lotte und in seinem Archiv ankommen würde.

Als Kind hatte Kestner oft voller Reisefieber den bepackten Kutschen nachgesehen. Einmal in so einem Wagen durchs Land fahren! Durch das ganze Kurfürstentum hindurch, von einer Grenze zur anderen. Davon träumte er als Kind. Stundenlang trieb er sich damals mit seinen Freunden an der Poststation herum und bestaunte die großen, schnaubenden Pferde und die merkwürdigen Reisenden mit ihren Hüten und sonderbaren Gepäckstücken. Allzeit bereit, für ein paar Kreuzer die kleinen Gepäckstücke flink in das Hotel zu tragen, was sie gerade schnappen konnten. Doch immer wieder hatten die Lakaien des Hotels sie weggestoßen. Sie hatten sich das Kleingeld selbst verdienen wollen.

Lorenz freute sich auf die Reise. Er nahm sie als Abenteuer. Für ihn war es das erste Mal, eine so lange und weite Reise zu unternehmen. Von seinem Elternhaus in Celle war er noch nie weiter in die Welt gekommen als bis Hannover. Weimar bedeutete ihm nichts. Er wusste gar nicht, wo es lag. Auch von Goethe hielt Lorenz wenig. Eigentlich nichts. Er kannte nichts von ihm. Aus Gerüchten, die in Celle und Hannover herumschwirrten, wusste er nur, dass der junge Dichter wohl einmal eine Liebschaft mit der damaligen Verlobten seines Chefs gehabt hatte. Aber Schiller kannte Lorenz, besonders seine »Räuber«.

Der erste Tag bis Osterode verlief ohne besondere Zwischenfälle. Zwar rumpelte und holperte die Kutsche über die gepflasterten, oft löchrigen Chausseen, dass Kestner die Stöße schmerzhaft bis in seine Hüften spürte und sich an der Sitzkante festhalten musste. Aber das war normal.

Am Anfang machte sich Lorenz ein Vergnügen daraus, sich neben den Kutscher auf den Bock zu setzen und für kurze Zeit selbst die Zügel in der Hand zu halten. Bald aber kam er völlig verfroren zurück in den Wagen und erzählte, dass er den Kutscher ein paarmal habe wecken müssen, weil dieser eingeschlafen war.

Unterwegs stiegen immer wieder Reisende aus, neue kamen hinzu. Der Erträglichste war der Mann, der den lieben langen Tag lang allen erzählte, wo er schon überall gewesen war. In Hamburg, in Heidelberg, in Ulm, sogar auf der Wartburg. Und einmal sei er über die Alpen nach Venedig gefahren. Da wäre die Kutsche, als die Pferde scheuten, beinahe in eine tiefe Schlucht gestürzt. Die Zuhörer schauderte es. Zuletzt sei er in Leipzig auf der Buchmesse gewesen. »Nichts mehr los«, kritisierte er. »Früher war dort viel mehr los und alles viel besser.«

In Osterode wurden sie im Gasthof »Zum Goldenen Horn« einquartiert. Als Kestner und Lorenz die Gaststube betraten, hätte es sie beinahe umgehauen. Aus dem völlig überfüllten Raum schlugen ihnen Rufe, Schreie, Lachen, Trompetenstöße und Gebrüll entgegen, das Gesang sein sollte. Es war ein Getöse, als wollte man die Gaststätte einstürzen lassen. Die Menschen, die den Lärm verursachten, konnten sie kaum erkennen. Die enge Stube war eingetaucht in dichten Tabakrauch und den düsteren gelblichen Schein der Laternen, die von der niedrigen Decke herabhingen.

Nachdem sie sich mit den anderen Reisenden zum Tresen durchgekämpft und nach ihren Schlafkammern erkundigt hatten, schrie ihnen die Wirtin entgegen: »Schützenfest! Alles belegt! Mal sehen, wo wir noch Platz schaffen! Schützenfest! Taubenschießen!« Dabei füllte sie einen Bierkrug nach dem anderen. Notfalls sollten sie auf den Dielen im Flur schlafen oder, wenn sie Glück hatten, zusammen mit mehreren Fremden in einem Doppelbett.

Bis die Verteilung der Schlafplätze geklärt war, mussten sich Kestner und Lorenz auf die letzte Kante einer langen Holzbank hocken, auf der sich breite Leiber drängten. Dicke Frauen schleppten bis zum Rand gefüllte Bierkrüge zu den Tischen und knallten sie auf die Holzplatten. Immer wieder wurden mit Essen vollgepackte Teller dazwischengestellt. Kestner und Lorenz konnten gebratene Tauben, Klöße und Kraut erkennen.

Schnell leerten sich die Krüge und die Teller und füllten sich die Leiber. Der Hunger stach in Kestners und Lorenz' Mägen, so bestellten auch sie Taubenbraten. Er war zäh, und in der undefinierbaren Soße schwammen Flaumfederchen. Sie ließen die Hälfte stehen und hatten nur noch den Wunsch, irgendwo schlafen zu können. Der infernalische Lärm aus Gegröle und Blechmusik um sie herum steigerte sich ins Monströse, und manchmal hatten sie den Eindruck, als würden Teller und Krüge durch die Luft fliegen.

Schließlich führte sie der Wirt in eine Kammer im ersten Stock. In einem Doppelbett schnarchten bereits drei halb ausgezogene Männer. Sie mussten sich dazwischenlegen.

Im Schlaf küsste der Mann neben Kestner dessen Hände und murmelte »Mariechen, Mariechen«, und der Mann neben Lorenz umarmte ihn mehrmals sehr eng. Sie waren froh, als die Nacht endlich vorüber war und sie weiterreisen konnten.

Ab Osterode sprang der Teufel aus dem Weihwasserbecken. Da stieg eine feine Dame in einem weißen Pelzmantel zu. Ihr wulstiges Unterkinn hing tief herab. Kaum war die Kutsche abgefahren, knöpfte sie ihren Pelzmantel auf. Zum Vorschein kam ein hoch aufgestapelter Busen unter einem Brusttuch, an dessen Saum sich Häkeleien reihten, die an Türmchen erinnerten. Und unter dem Brusttuch kam ein dicker Mops zum Vorschein, der sich an ihren Busen schmiegte. Das Mitnehmen von Hunden in die Kutsche war verboten. Die Dame interessierte das nicht, sie holte ihn hervor und quetschte ihn auf die Holzbank zwischen sich und Lorenz. Es dauerte nicht lange, da kotzte der Mops auf die Bank, direkt neben Lorenz. Noch rechtzeitig genug konnte er in der letzten Sekunde aufspringen.

»Er kann das Schaukeln nicht vertragen«, erklärte die Dame.

»Wir auch nicht!«, rief Lorenz erbost. »Deshalb kotzen wir noch lange nicht die Sitze voll.«

Mit angezogenen Knien musste er sich zwischen die Füße der Reisenden auf den Boden hocken. Um sich den Anblick der verdreckten Schuhe zu ersparen, schloss Lorenz die Augen.

Der säuerliche, ekelerregende Gestank in der Kutsche war unerträglich. Da kramte eine andere, sehr magere Dame ihren Flakon mit Riechwasser hervor. Ihr Gesicht schien nur aus einem Mund zwischen den beiden Ohren zu bestehen und in der Mitte aus einem gewaltigen Nasenkolben. Mit zitternden Händen schraubte sie ihr Riechfläschchen auf und verschüttete durch das Ruckeln des Wagens den gesamten Inhalt. Sofort überfielen alle heftige Hustenanfälle.

»Immerhin besser als der Kotzegestank«, bemerkte sie spitz.

Um die Parfümstinkerei zu verdrängen, zündete sich der Mann neben ihr eine dicke Zigarre an, obwohl das Rauchen in der Kutsche streng verboten war. Von erneuten Hustenanfällen geschüttelt, empörten sich die Reisenden über den Qualm. Der Zigarrenraucher versuchte sie zu beruhigen: »Das Aroma meines Tabaks duftet unvergleichlich besser als diese Parfümverpestung.«

Die Dame mit dem leeren Flakon geriet außer sich, verlor ihre Contenance und schlug mit ihrem Handtäschchen auf den Raucher ein. Dabei fiel seine Zigarrenasche auf ihr Seidenkleid.

Sie explodierte vor Wut.

Hundekotze, Parfümgestank, Zigarrenrauch. In der Kutsche konnte man kaum noch atmen. Ein Öffnen der Fenster war nicht möglich. Dafür war es draußen zu kalt. Erst bei der Mittagsrast in Nordhausen wischte man den vollgekotzten Sitz notdürftig ab, streute Sägemehl darüber und durchlüftete den Wagen. Dass die Dame mit dem Mops wieder zusteigen durfte, war nur durch eine saftige Bestechung des Kutschers möglich. Lorenz konnte sich in das Sägemehl auf seiner Bank setzen, holte ein kleines Büchlein hervor, las darin und kicherte. Als er wieder mal laut auflachte, stellte Kestner beiläufig fest: »Du scheinst dich ja mächtig zu amüsieren.«

Lorenz nickte, las weiter und gluckste vor Vergnügen.

»Was liest du denn da?«, wollte Kestner wissen.

Er zeigte ihm die Titelseite. »›Freuden des jungen Werthers‹. Ist sehr lustig.«

Kestner kannte diese Satire von Nicolai. Seine Erlebnisse damals mit Goethe waren nicht sehr lustig. Lorenz gibbelte weiter vor sich hin.

Spät am Abend kamen sie in Sangerhausen an. Das war ihre zweite Übernachtungsstation. Im »Adler« herrschten nicht so höllische Zustände wie im »Goldenen Horn«. Das Gasthaus war längst nicht so überfüllt. Trotzdem, die gebratene Leber, die Kartoffeln und der Rotkohl waren fast kalt. Immerhin erhielten sie in einer kleinen Kammer zwei getrennte Betten. Die waren viel zu schmal und zu kurz und die Kammer nicht geheizt.

Bei entsprechender Zuzahlung hätte Kestner besseres Essen, bequemere Betten und geheizte Zimmer haben können. Immerhin war es Ende November. Doch dafür hatte er nicht genügend Geld. Sein Reisebudget war sehr streng kalkuliert.

Am nächsten Morgen mussten sie in aller Frühe weiter. Sie hatten keine Zeit, sich aus der Blechschüssel zu waschen. Zum hastigen Frühstück gab es nur einen Kanten Brot und einen Schluck Bier. In der Dunkelheit und Morgenkälte stiegen nach ihnen auch wieder die Dame mit dem Mops, die Frau mit dem Parfümflakon und der Zigarrenraucher zu.

Nur noch ein Tag bis Weimar. So lange mussten Kestner und Lorenz durchhalten.

Es kam zwar zu keinem neuen Streit zwischen Mopsdame, Flakonfrau und Raucher, aber Kestner hatte von der ganzen Reise jetzt schon genug. Dreimal am Tag Pferdewechsel. Dabei jeweils eine Stunde Aufenthalt. Der Halt konnte genutzt werden, um die Toiletten aufzusuchen. Falls diese Aborte überhaupt zu betreten waren. Oft kamen Kestner, Lorenz und die anderen Reisenden mit zusammengekniffenen Gesichtern zur Kutsche zurück. Schon beim Öffnen der Klotüren hatte es ihnen das Bedürfnis verschlagen, sich zu entleeren. Sie waren gezwungen, es bis zum nächsten Halt auszuhalten. Wenn es gar nicht mehr anders ging, mussten sich die Männer unterwegs an einen Baum stellen und die Damen sich hinter entfernten Büschen verstecken.

Während der gesamten Fahrt wurden immer wieder neue Beträge verlangt: Chausseegeld, Brückengeld, Futtergeld für die Pferde, Ausspanngeld, Einspanngeld. Bei jedem Halt, ob zur Mittagsrast oder zur Übernachtung, drängten Händler sie dazu, aus ihren Bauchläden bunte Bänder, Souvenirs, Schuhcreme, Bürsten oder Abführpulver zu kaufen. Sie verfolgten die Reisenden bis in die Gasthäuser, klammerten sich an sie bis zu ihren Eintragungen in die Fremdenbücher. Manchmal sogar bis in ihre Kammern.

In der letzten Station in Erfurt wollte ein feiner Herr zusteigen. Seiner Uniform nach war er ein preußischer Offizier. Doch die Kutsche war voll besetzt. Um für ihn Platz zu machen, musste der Mann aussteigen, der allen von seinen Reisen erzählt hatte. Seine Proteste waren vergebens. Er musste zurückbleiben.

Als Einziger der Reisenden durfte dieser würdige Offizier seine große Reisetasche mit in die Kutsche nehmen. Schon bald gab es im Wagen zwischen dem Zigarrenraucher und dem Preußen eine Schlägerei. Die Mitreisenden schrien aus den Fenstern: »Halt! Halt!«

Der Kutscher hörte nicht. Wahrscheinlich war er wieder im Suff auf dem Bock eingeschlafen.

Da nahm Kestner seine beiden Reisepistolen, lud sie und schoss damit aus dem Fenster in die Luft. Das hörte der Kutscher. Der Wagen hielt an. Mit schwerer Zunge drohte der Kutscher dem Zigarrenraucher, ihn auf die Chaussee zu werfen, sollte er sich nochmals mit dem feinen Herrn prügeln. Lallend wies er ihn zurecht: »Man schlägt sich nicht mit einem Adeligen. Schon gar nicht mit einem von Wolfsburg!«

Lorenz wunderte sich gar nicht, dass dieser Mensch ein Adeliger war. Er kannte diese Sorte aus der »Teutschen Chronik« seines Schubart. Darin wurden sie oft in ihrer Selbstherrlichkeit beschrieben.

Ohne Achsenbruch, ohne Raubüberfall, ohne Umwerfen des Wagens, wie es Kestner früher hin und wieder bei seinen Inspektionsreisen passiert war, kamen sie am Abend endlich in Weimar an.

DREI

Beim Erfurter Tor musste die Kutsche anhalten. Endlich war Kestner am Ziel. Noch nicht ganz. Aber knapp davor.

Kestners und Lorenz' Rücken und Beine schmerzten höllisch. Sie fühlten sich wie gerädert. Es war dunkel und kalt. Noch immer regnete es. Schon seit Sangerhausen, ihrer letzten Übernachtung, regnete es ununterbrochen.

Kestner holte seine silberne Taschenuhr aus der Hose hervor: Acht Uhr. Oben auf dem Dach hörte er den Kutscher herumtrampeln. Er löste die Gurte und warf die Reisetaschen und Koffer hinunter auf die Erde. Dass sie nun im Matsch lagen, darauf kam es bei dem strömenden Regen auch nicht mehr an. Das Gepäck war schon den ganzen Tag vom Regen durchnässt worden.

Kestner schaute zum Fenster hinaus. Er sah ein mächtiges Stück einer alten Stadtmauer, zwei gewaltige Rundtürme und einige Husaren, die auf ihren Pferden im Kreis um die Kutsche standen. Sie waren mit Gewehren, Pistolen und umgegürteten Patronentaschen bewaffnet. Wollten sie verhindern, dass jemand floh?

Sehr merkwürdig.

In der Nähe der Kutsche stand eine Portechaise, und daneben verharrten zwei Träger in weiten Regenumhängen, die Kapuzen über den Kopf gezogen. Sicher warteten sie auf ihren Herrn.

Der Kutscher band den vier Pferden Hafersäcke um. Sie hatten weißen Schaum ums Maul. Während sie fraßen, wischte er ihnen den Schweiß von den Leibern. Er wusste, dass es jetzt etwas dauern würde.

Ein Zöllner kam aus dem Torhäuschen und forderte die Pässe der Reisenden. Alle machten sich zum Aussteigen bereit, rückten ihre Hüte zurecht, wickelten ihre Schals um den Hals, knöpften ihre Jacken und Mäntel zu. Doch der Zöllner wies sie an, sitzen zu bleiben.

Als Ersten bat er den preußischen Offizier, ihn zu begleiten. Jenen Adeligen von Wolfsburg, der sich in Erfurt Platz verschaffen ließ, der als Einziger seine große Reisetasche mit in die Kutsche nehmen durfte und sich mit dem Zigarrenraucher geprügelt hatte. Er nahm sein Reiserouleau vom Kopf, ein gepolsterter Lederwulst als Schlagschutz gegen die Erschütterung des Wagens, ergriff seine Tasche und übergab sie den Trägern seiner Portechaise. Seine Habe wurde nicht durchsucht. Diplomatengepäck. Kaum dass er in das Zollhäuschen gegangen war, kam er schon wieder heraus und bestieg die bereitstehende Portechaise. Die Träger hoben die Stangen an und trugen ihn im Laufschritt davon.

Dann rief der Zöllner die übrigen Reisenden einzeln auf. Die Dame mit dem Mops, die Dame mit dem Riechfläschchen, den Zigarrenraucher. Jeder suchte sich nach und nach aus dem Gepäckhaufen seine Bagage heraus und folgte dem Zöllner in sein Häuschen.

Es dauerte lange, bis ein jeder wieder herauskam, zurück in den Wagen stieg und der Kutscher das Gepäck wieder auf dem Dach verschnürte. Kestner und Lorenz waren als Letzte an der Reihe. Sie wollten dem Zöllner gemeinsam in die Amtsstube folgen, doch der Zöllner wehrte Lorenz ab: »Jeder einzeln.«

Das passte Kestner gar nicht. Er wollte zusammen mit Lorenz zur Kontrolle. Er wollte verhindern, dass man in dessen Unterwäsche Schubarts »Teutsche Chronik« fand und dass der Tollkopf von den neuen republikanischen Ideen schwärmte. Da hätte man ihn gleich festgenommen.

Nochmals bat er den Zöllner um die Begleitung seines Assistenten. Der aber wiederholte streng: »Jeder einzeln.« Kestner musste sich fügen. Sich fügen fiel Kestner sonst nicht schwer. Sich zu beugen und unterzuordnen hatte man ihm im Leben und im Beruf eingepaukt. Jetzt aber ärgerte er sich über diese Zurechtweisung. Er musste ohne Lorenz in die Zollstube.

Auf einem Holzpult lag aufgeschlagen ein großes Buch. Für das Tintenfässchen und die Federkiele waren im oberen Rand des Pultes Vertiefungen eingekerbt. Ein Schreiber zog mit seiner Feder feine Linien über die Seiten. Neben dem Pult stand ein kleiner Mann in einem schwarzen Umhang mit Fuchspelzkragen und einer Anstecknadel in Form einer Raute. Auf der Anstecknadel funkelte ein silberner Blitz. Sein schütteres, hellbraun verblichenes Haar hatte er vom exakt gezogenen Seitenscheitel quer über seinen Kopf gekämmt, um seine Halbglatze zu bedecken. Sein restliches Haar war fest über die Schläfen senkrecht nach unten bis zu den Ohren gebürstet. Er hatte dunkle, tief liegende Augen wie kleine Schweinsäuglein. Seine hellen Brauen waren an den äußeren Enden bis zu den Augenwinkeln nach unten gewachsen. Seine Oberlippe stand etwas vor, und seine klobige Nase sah aus wie eine Kartoffel. Er hatte ein maskenhaftes Gesicht, glatt rasiert und ohne Ausdruck. Auf dem linken Wangenknochen saß eine winzige Warze. Der ganze Mensch sah aus, als wäre er aus einem Eisblock gehauen. Kestner fröstelte, als er neben ihm stand. Hinter dem Kerl standen stramm zwei Wachsoldaten, die Gewehre mit aufgesteckten Bajonetten in der Hand, die Kolben auf den Boden gestützt und um die Hüften schwere Patronentaschen.

Der Zöllner übergab dem Schreiber Kestners Pass. Mit langsamer, sorgfältiger Schrift, wobei er immer wieder seine Feder in das Tintenfass eintauchte und sie behutsam abstrich, kratzte er in sein Buch: »Johann Christian Kestner. Geboren 1741. Hofrat. Hofarchivar des Kurfürstentums Hannover. Protestantisch. Verheiratet. Haarfarbe: blond. Augenfarbe: blau. Unveränderliche Kennzeichen: keine.«

Kestners unveränderliche Kennzeichen waren nicht in seinem Pass eingetragen. Seinen Fleiß, seine Ordnungsliebe, seinen Rechtseifer und seinen Gerechtigkeitsdrang, seine Pedanterie und seine Liebe zur Literatur, auch dass er als Jugendlicher Gedichte geschrieben hatte, trug er woanders mit sich.

»Wohnhaft in Hannover«, kratzte der Schreiber mit seiner Feder aufs Papier.

Dieses Wort »wohnhaft« störte Kestner immer schon. In seiner Wohnung lebte er nicht in Haft. Als Gesandter des Wetzlarer Reichskammergerichts hatte er früher für die Haft anderer gesorgt.

»Unterkunft?«, fragte der Zöllner.

»Hotel ›Zum Weißen Schwan‹.«

Während der Schreiber alles säuberlich in seinem Buch notierte, beobachtete der Mann im schwarzen Umhang die Eintragungen.

»Der Zweck der Reise?«

»Besuch der Fürstlichen Bibliothek.«

»So, so, Fürstliche Bibliothek«, stellte der Glattrasierte neben dem Pult mit sanfter, öliger Stimme fest. Kestner war irritiert, dass ein so unangenehmer Kerl eine so samtene Stimme haben konnte, und ärgerte sich, dass er sich einmischte.

»Warum?«, wollte der Zöllner wissen.

»Das geht Sie nichts an.«

»Warum?«, pochte der Zöllner auf Antwort.

»Im Auftrag des Kurfürstentums Hannover«, erklärte Kestner laut und richtete sich auf. Der eingeschüchterte Zöllner kuschte.

»So, so, Kurfürstentum Hannover«, bemerkte der Fuchskragen süffisant.

Wieder ärgerte sich Kestner über diesen Kerl. Seine Einmischungen gingen ihm auf die Nerven. Wie er die Eintragungen in das Buch ausspähte, wie er ihm mit seinen kleinen Schweinsaugen die Angaben über seine Person abluchste, machte ihn rasend. Was hatte der hier zu suchen?

Wie immer, wenn Kestner sich ärgerte, begann auch jetzt wieder der Nerv in seiner linken Wange zu zwicken. Er drückte seinen Zeigefinger dagegen, rieb die Haut über dem Nerv, aber das Jucken ließ nicht nach. Es wurde nur noch stärker.

Dieses Beißen des Nervs hatte er schon seit seiner Studentenzeit in Tübingen. Aus einem dummen Ehrgeiz heraus hatte er sich damals einer schlagenden Verbindung angeschlossen. Eigentlich hasste er die Degenschlägerei. Dieses martialische Gebrülle mit Gesichtsmaske und Brustschutz. Das heldenhafte Posieren, wenn einem ein Schmiss geschlagen wurde. Und das dünkelhafte Tragen einer solchen Narbe, als würde sie denjenigen zu einem besonderen Stand erheben. Zum Akademikerstand. Das alles war ihm zuwider. Und trotzdem hatte er sich in die schlagende Verbindung aufnehmen lassen. Hatte nicht abseits stehen wollen. Wollte in die Studentengesellschaft aufgenommen werden. Wollte dazugehören.

Schon bei seiner ersten Mensur auf dem Paukboden hatte ihn der Degen seines Kommilitonen an der Wange gestreift. Zwar nur sehr leicht, aber es entstand ein kleiner Schmiss, der bald zuwuchs und keine Narbe hinterließ. Seither biss ihn der Nerv an dieser Stelle, wenn er sich über etwas aufregte. Ein Arzt hatte ihm eine Salbe verschrieben, um den Nerv zu beruhigen. Er musste sie nur auf der Haut verreiben, und schon löste sich das Jucken auf. Jetzt aber konnte er seine Wange unmöglich mit der Salbe einreiben. Wie sähe das aus vor den anderen, die ihn so abschätzig beäugten. Er, der Abgesandte des Kurfürstentums, musste sich seine Wange einsalben! Er hätte sich lächerlich gemacht.

»Politische Schriften? Flugschriften?«, fragte der Zöllner.

»Nein.«

Ihm fiel Lorenz' Agitationsbüchlein ein, die »Teutsche Chronik«. Bevor Lorenz zur Kontrolle geholt wurde, musste er diese Broschüre schnell an sich nehmen.

»Schmuggelware?«

»Nein.«

Schmugglergut und Flugschriften in der Reisetasche mit sich führen, wer macht denn so was?, dachte Kestner, während er seinen Pass einsteckte.

»Waffen?«

Mit Schrecken fielen ihm seine beiden Reisepistolen ein, die er in den Manteltaschen trug. Er musste sie melden.

»Ja.«

»Was für Waffen?«

Kestner holte die Pistolen hervor.

»So, so, Pistolen«, flötete der Fuchskragen.

Verärgert drehte sich Kestner zu ihm um.

»Beschlagnahmt«, verkündete der Zöllner.

Kestner protestierte. »Reisepistolen sind erlaubt.«

»Nicht in Weimar«, säuselte der Fuchskragen in hohen Tönen.

Einer der Wachsoldaten nahm die Pistolen an sich. Kestner weigerte sich, seine Reisepistolen beschlagnahmen zu lassen.

»Reisepistolen sind überall erlaubt.«

»Nicht in Weimar«, wiederholte der Fuchskragen mit seiner ekelhaft weichen Stimme.

Es half nichts. Kestner musste seine beiden Pistolen abgeben und erhielt dafür vom Zöllner eine Quittung.

»Beim Verlassen der Stadt werden Sie Ihr Spielzeug zurückerhalten«, erklärte der Widerling und griente zufrieden.

Spielzeug! Der arme Jerusalem hatte sich damit in den Kopf geschossen. Sein Leben beendet, mit fünfundzwanzig Jahren. Spielzeug! Kestner spürte, wie er vor Wut rot wurde. Er musste sich zusammenreißen, dieser grinsenden Visage nicht einen Fausthieb zu verpassen.

Einerseits war er empört, dass man ihm die Pistolen wegnahm. Andererseits war er erleichtert, dadurch ein Unglück vermieden zu haben. Er wäre nämlich bei der nächsten Frechheit dieses Kerls fähig gewesen, ihm in einem Wutanfall eine Kugel in den Wanst zu knallen.

»Sonst noch Gepäck?«

»Nein.«

Nachdem Kestner widerwillig die deftige Torpassage gezahlt hatte, konnte er gehen. Vor der Kutsche wartete Lorenz auf ihn. Kestner eilte auf ihn zu.

»Schnell, deinen Schubart. Her damit! So einen Sprengstoff am Leib! Willst du uns beide ins Zuchthaus bringen? Und nimm dich vor dem Fuchspelz da drin in Acht.«

Lorenz hatte sein Büchlein aus Angst vor einer Leibesvisitation schon heimlich aus der Unterhose hervorgeholt, stellte sich dicht neben Kestner und schob ihm hastig die Broschüre in die Manteltasche. In dem Moment rief der Zöllner Lorenz herbei.

»Keine Agitation«, flüsterte Kestner ihm noch zu, dann musste Lorenz mit seiner Reisetasche zur Kontrolle.

Auch bei ihm dauerte die Registrierung lange. Endlich kam er aus der Amtsstube. Anscheinend hatte er den Mund gehalten. Sonst wäre er in Begleitung der beiden Soldaten herausgekommen, und ihre Reise wäre beendet gewesen.

Zum Abschluss durchsuchten zwei der Husaren den Kasten am Ende der Kutsche nach zollpflichtigen Waren, fanden nichts und warfen den Deckel mit einem heftigen Schlag wieder zu. Der Kutscher schrie sie an. Sie hätten das Holz und das Schloss beschädigen können. Die Husaren scherten sich einen Dreck darum.

Endlich durften sie durch das Tor in die Stadt hineinfahren. Auf einem Feldweg. Immer wieder drohten die Räder in der völlig aufgeweichten Erde stecken zu bleiben. Die Pferde hatten Mühe, voranzukommen. Der Wagen schwankte beängstigend und schlingerte durch die engen, winkligen Gassen.

Durch das regennasse Fenster konnte Kestner in der Dunkelheit niedrige, hässliche Häuschen erkennen, oft nur Hütten. Viele waren baufällig und durch Balken abgestützt. Wie können darin Menschen wohnen?, fragte er sich. In seinem Hannover gab es stabile, gepflegte Häuser und gepflasterte Straßen.

Abgemagerte Hunde trotteten neben dem Wagen her. Die Chaise musste anhalten. In der Finsternis stand eine entlaufene Kuh im Weg. Auch das gab es in Hannover nicht. Hannover war eine ordentliche Stadt. Da stand nachts keine Kuh auf der Straße. Erst als der Kutscher das bockende Vieh fluchend und mit Peitschenschlägen zur Seite gedrückt hatte, konnten sie weiter. Wieder schlitterte der Wagen im Schlamm hin und her. Wackelte so heftig, dass sie sich an den Griffen festhalten mussten, um nicht von den Sitzen zu rutschen. Das also war Weimar. Diesen berühmten Ort hatte sich Kestner anders vorgestellt.

Schließlich stand die Kutsche. Endstation. Poststation. Daneben lud das Hotel »Zum Elephant« zur Logis ein. Lakaien in Livree standen mit großen Schirmen am Portal zum Empfang bereit.

Die Reisenden kletterten aus dem Wagen und schauten sich auf dem dunklen Marktplatz um. Sofort waren sie von bettelnden Kindern umringt und von kleinen Jungen, die ihr Gepäck für ein paar Kreuzer ins Hotel schleppen wollten. Lakaien verscheuchten die kleinen Helfer, und der Kutscher vertrieb sie mit seiner Peitsche.

Nach Erhalt ihres Gepäcks verschwanden alle anderen im Hotel »Elephant«. Kestner und Lorenz mussten im Regen weiter zum »Weißen Schwan« am Frauenplan.

Kestner drückte seinen Filzhut tief ins Gesicht und trat vom Trittbrett auf die Erde. Da datschte er in der Dunkelheit mit beiden Schuhen in einen großen Fladen Kuhscheiße. Dass ihm das passieren musste! Stets war er auf Sauberkeit bedacht, und nun dieser stinkende Brei an seinen Schuhen. Kein schöner Empfang.

Lorenz lachte.

»Was gibt es da zu lachen?«

»Mit diesem Dreck wird man Sie nicht ins Hotel reinlassen.«

Sosehr er sich die Scheiße abstreifen wollte, sie blieb an den Sohlen kleben. Er watete in eine Pfütze in der Hoffnung, sie würde sich lösen. Vergebens.

In Hannover hatte man ihm den Weg vom Marktplatz zum »Weißen Schwan« erklärt. Ganz einfach: Nach links zur alten Stadtmauer, vorbei am Frauentor mit seinem mächtigen Rundturm. Nicht zu verfehlen. Dann ein bisschen geradeaus, und schon würde er das große helle Eckhaus »Zum Weißen Schwan« am Frauenplan sehen. Ganz dicht beim Goethehaus.

Doch jetzt in der Dunkelheit und im Regen geriet er mit Lorenz in enge, krumme Gassen. Nur hin und wieder warf eine Fischtranlaterne einen dämmrigen Schein auf die Erde. Zu beiden Seiten wieder die niedrigen Häuschen aus Bruchsteinen oder Fachwerk mit Lehm zwischen den Balken. Kein Licht hinter den kleinen Fensterscheiben. Einige Häuschen riss man ab. Davor standen Baugerüste. Ihnen blieb nur ein schmaler Pfad. Nirgends eine alte Stadtmauer, nirgends ein Frauentor mit einem Rundturm. Sie hatten sich verlaufen.

Sie irrten umher. Kein Mensch war zu sehen, sie konnten niemanden fragen. Nur streunende Hunde schlichen hinter ihnen her. Sie mussten zurück.

Um vor dem Regen etwas geschützt zu sein, schleppten sie sich dicht an den Hauswänden entlang. Da schrie jemand ein Stockwerk über ihnen: »Kopf weg!«, und schon klatschte dicht vor Kestner der Inhalt eines Nachttopfes auf die Gasse.

Fast hätte ihn der nächtliche Abgang aus dem Enddarm eines Weimarers getroffen. Scheiße an den Schuhen und nun beinahe Kot und Pisse auf Kopf und Schultern? Was für ein Willkommensgruß für den Hofrat des Hofarchivs und Abgesandten des Kurfürstentums Hannover!

Das sollte Weimar sein? Für Kestner unbegreiflich.

Lorenz parierte seinen Missmut mit triumphierender Stimme: »Die Revolution wird das ändern.«

Nach längerem Herumirren stand auf einmal der mehrstöckige »Weiße Schwan« vor ihnen. Wie eine gespenstige Erscheinung war er in der Dunkelheit aus dem Regendunst aufgetaucht. Dicht beim Goethehaus. Das also sollte ihre Unterkunft sein. Am Eingang schimmerte ein silbernes Schild: »Inhaberin Mathilde Pfotenhauer«.

»Sie wird Ihnen auf die Pfoten hauen mit Ihrem Dreck an den Sohlen«, prophezeite Lorenz.

Bevor sie das Hotel betraten, zog sich Kestner die stinkenden Schuhe aus, wickelte sie in eine alte Zeitung aus Hannover und klemmte das Bündel unter den Arm. Er nahm seinen Filzhut vom Kopf und betrat in Socken den Empfangsraum.

Drinnen wartete hinter dem Tresen bereits die Wirtin auf sie. Und neben ihr stand wieder der Kerl im schwarzen Umhang mit dem Fuchskragen und der Anstecknadel mit dem silbernen Pfeil. Sein auffallend glatt rasiertes Gesicht glänzte im Licht der umstehenden Öllampen wie Wachs, dabei trat die winzige Warze auf seinem linken Wangenknochen deutlich hervor.

Wieso ist dieser Bursche auch hier?, fragte sich Kestner verärgert. Ist er ein Spitzel, der die Fremden ausspäht? Und wie konnte er so schnell vom Erfurter Tor hierherkommen? Da fiel Kestner ein, dass er sich mit Lorenz auf dem Weg von der Poststation zum Hotel verlaufen hatte und viel länger gebraucht hatte als normalerweise.

Die Wirtin hatte gerade etwas gegessen, sie kaute noch, wischte sich die Hände an ihrer grauen, fleckigen Schürze ab und streifte sich dunkle Strähnen aus dem Gesicht.

»So spät? Warte schon ewig auf Sie«, warf sie ihnen vor.

Kestner wollte ihr erklären, dass sie sich verirrt hatten, doch sie ließ ihn nicht zu Wort kommen und deutete auf seine Socken und das Zeitungsbündel unter seinem Arm.

»Was soll das denn?«

Ihm war es peinlich, zu antworten, und er druckste herum. Er musste auch nichts erklären. Sie roch, was geschehen war. Anscheinend kam das hier öfters vor.

»Das nehmen Sie nicht mit ins Zimmer«, befahl die Pfotenhauer energisch.

Er musste sein Bündel neben einen Müllkasten vor die Tür legen. Wenn seine Schuhe morgen weg waren, was machte er dann? In Socken konnte er doch nicht in die Fürstliche Bibliothek.

Herrisch klopfte sie auf das Gästebuch. »Eintragen.«

Er war froh, dass man ihn in Weimar nicht kannte. Alle kannten Albert, den Verlobten der Lotte im »Werther«. Aber nicht Lottes damaligen wirklichen Verlobten Christian Kestner. Sein Name war den Weimarern kein Begriff. Gott sei Dank.

Auch jetzt beobachtete der Fuchskragen wieder seine Eintragung und unterstellte mit sanftmütiger Stimme: »Sicher kommen Sie zu unserem Jahrmarktsfest.«

»Nein.«

»Oder um sich die Enthauptung anzusehen?«

Wieder dieser einschmeichelnde Ton, der gar nicht zu seinem eisigen Gesicht passte.

»Nein.«

Kestner wunderte sich. Was für eine Enthauptung? Jetzt wollte er aber nicht danach fragen. Und diesen Kerl schon gar nicht. Mit dieser Kreatur wollte er sich nicht in ein Gespräch verwickeln.

»So könnten Sie sowieso nicht zur Köpfung gehen«, bemerkte die Pfotenhauer mit einem spöttischen Blick auf seine Socken.

Der Fuchskragen griente. »Wohl dem, der festes Schuhwerk hat in dieser Zeit.«

Diese Bemerkung machte Kestner diese Kröte noch widerlicher, er tat aber so, als hätte er sie nicht gehört.

Die Wirtin nahm vom Brett einen Schlüssel, vom Tresen eine Öllampe und führte Kestner und Lorenz mit dem flackernden Licht hinauf in den ersten Stock. Einen Hotelburschen konnte sie sich anscheinend nicht leisten.

Auf dem Treppenabsatz angekommen, wies sie auf eine hölzerne Tür. »Der Abort«, sagte sie knapp. »Wenn Sie in der Gaststube noch etwas essen wollen, geht nicht. Die Küche hat schon zu.«

Sie betraten das reservierte Zimmer. In dem kleinen, schäbig eingerichteten Raum gab es nur einen schmalen Schrank, ein rundes Tischchen, zwei Stühle, zwei schmale Betten mit dünnen Decken und ein kleines Waschbecken, darüber ein winziger verkalkter Hahn, am Haken kein Handtuch. Auf einem Waschtisch stand eine Emailleschüssel mit einem Porzellankrug.

»Die Pötte stehen unter dem Bett«, sagte die Wirtin.

Als Kestner zu einem der Betten ging, um nachzusehen, ob sich darunter tatsächlich ein Nachttopf befand, knarrten die vertrockneten Dielen. Er bückte sich, sah einen Topf, um ihn herum dicke Staubflusen wie kleine Wolken.

Im Zimmer war es kalt.

»Zum Aufwärmen können Sie morgen nach unten kommen. Da haben wir einen Ofen.«

»Und das Zimmer für meinen Begleiter?«, fragte Kestner.

»Wir haben für Sie beide nur dieses hier.«

Ein gemeinsames Zimmer mit Lorenz, das gefiel ihm gar nicht. Kestner wollte getrennte Zimmer. Hätte er der Wirtin gesagt, dass er der Mann von Lotte war, hätte er sicherlich sofort zwei Einzelzimmer, dazu noch bessere erhalten. Doch er beließ es dabei. Zumal Lorenz sich bereits auf eines der Betten geworfen hatte und darauf wippte. Es krachte beängstigend.

Kestner zeigte auf eine zweite Tür im Zimmer. »Wohin führt diese Tür?«

»Ins Nebenzimmer.«

»Dann nehme ich es für meinen Begleiter.«

»Belegt. Wir sind ausgebucht. Viele sind zur Köpfung angereist.«

»Was für eine Enthauptung?«, fragte Kestner nun doch.

»Da wird die Kindsmörderin geköpft. Die Höhn. Am Freitag.«

Wer war die Höhn? Und warum dieses Urteil? Kestner wusste, dass der Herzog keine Todesurteile mehr duldete. Auch nicht wegen Kindsmord. Er war strikt dagegen. Und trotzdem gab es nun diese Enthauptung. Wie war das möglich?

Die Wirtin schüttelte den Porzellankrug. Er war leer.

»Warum hat sie ihr Kind umgebracht?«, wollte Kestner wissen.

»Ich bring neues Wasser.«

»Warum hat sie das gemacht?«

»Hat den Tod verdient. Strafe muss sein. Junges Ding. Dumme Kuh. Nicht verheiratet. Magd in der Niedermühle. Direkt nach der Geburt mit dem Messer in den Hals gestochen. Dann im Bettstroh erstickt. Der Knirps war noch nass. Die Augen noch zu. Der Geselle, das Schwein, hat ihr das Kind gemacht, ist dann abgehauen. Da gibt's nur eins für die Mörderin: Kopf ab.«

»Wie Sie daherreden, unmöglich«, ereiferte sich Lorenz, immer noch auf dem Bett wippend.

»Das sagt jeder im Ort«, gab die Wirtin zurück. »Alle wissen davon. War Stadtgespräch. Sieben Monate lang mussten wir sie im Zuchthaus durchfüttern. Endlich kurzer Prozess. Gut, dass sie bald weg ist. Ich hole Wasser.«

»Heißes Wasser«, bat Kestner.

»Nicht mehr. Zu spät.«

»Und eine Lampe«, verlangte Lorenz.

»Und frische Handtücher«, rief Kestner ihr hinterher.

Als sie weg war, prüfte Kestner, ob die Tür zum Nebenzimmer verschlossen war. Sie ließ sich öffnen. Man konnte zwischen den Räumen hin- und herspazieren. Lorenz sprang vom Bett auf, wollte in das Zimmer, wollte sehen, wie es darin aussah. Kestner hielt ihn zurück.

»Das macht man nicht. Gehört sich nicht.«

»Und wenn dort ein Mörder ist?«

»Du hast zu viele Räuberromane gelesen.«

»Der uns nachts absticht, während wir schlafen?«

»Unsinn.«

»Das ist schon öfter passiert.«

Kestner zog die Schublade seines Nachtkastens auf, wie er es immer machte, bevor er sich in einem neuen Hotelzimmer einrichtete. Oft hatten Gäste darin etwas liegen lassen. Er fand wie üblich eine Bibel, doch auch einen ausgeschnittenen Zeitungsartikel des »Weimarischen Wöchentlichen Anzeigers«. Er nahm ihn heraus. Er war von gestern, Samstag, den 22. November. Kestner las: »Zwei Morde in Weimar. Vor drei Tagen geschahen in Weimar zwei entsetzliche Morde. Der Schmied Konrad Bertold wurde in seiner Schmiede mit einem Hammer erschlagen und gefesselt in seiner Esse verbrannt. Der Bauer Jörg Jäckel wurde beim Melken rücklings mit einer Mistgabel erstochen. Die Täter sind noch nicht gefasst.«

Zwei Menschen waren in Weimar ermordet worden, kurz bevor er mit Lorenz von Hannover abgereist war. Und die Mörder waren noch nicht gefasst. Kestner reichte den Artikel Lorenz. Sein Assistent wurde blass, während er las.

In dem Moment kam die Wirtin mit dem vollen Krug zurück, in der anderen Hand eine zweite Öllampe und unter dem Arm zwei kleine Handtücher.

»Die Tür ist nicht verschlossen«, sagte Kestner. »Schließen Sie sie ab.«

»Hab keinen Schlüssel.«

»Und wenn nachts jemand zu uns hereinkommt?«, warf ihr Lorenz vor.

Die Pfotenhauer war empört. »Wir sind ein anständiges Haus.«

Kestner hielt ihr den Artikel hin. »Zwei Morde in Weimar!«

»Das passiert hier öfters.«

»Der Artikel lag in meiner Nachttischschublade. War das Zimmer vor unserer Ankunft vermietet? Gestern? Hat gestern jemand in diesem Bett geschlafen?«

»Zuletzt am Donnerstag.«

Der Vormieter konnte die Zeitung also nicht in seiner Schublade vergessen haben. Sie war ja erst gestern erschienen. »Haben Sie mir den Artikel in die Schublade gelegt?«, wollte Kestner wissen.

»Nein. Ich nicht.«

»Wer dann?«

»Wird jemand gewesen sein.«

»Wer wohnt da nebenan?«

»Geht Sie nichts an.«

»Geht uns schon was an«, maulte Lorenz.

Wortlos verließ sie das Zimmer.

Kestner und Lorenz wurde es unheimlich zumute. Der Vormieter konnte die Zeitung nicht hinterlassen haben, und die Pfotenhauer hatte sie auch nicht in die Schublade gelegt. Wer dann? Wer außer der Wirtin wusste, dass dieses Zimmer für sie reserviert war und dass sie heute einzogen?

Vielleicht dieser widerliche Fuchspelz da unten. Bei ihrer Kontrolle und Registrierung im Zollhäuschen hatte er erfahren, dass sie in diesem Hotel logieren würden. Er war vor ihnen hier gewesen, hätte also in ihr Zimmer gehen und die Zeitungsmeldung in den Nachtkasten legen können. Aber warum? Was hatten Kestner und Lorenz mit diesen Morden zu tun? Dem Text nach waren der Schmied und der Bauer vor vier Tagen ermordet worden. Warum wurden sie umgebracht? Von wem? Und warum sollten sie über diese Morde informiert werden?

»Vielleicht zur Warnung«, mutmaßte Lorenz.

»Warnung wovor?«

»Dass wir uns in diese Angelegenheit nicht einmischen sollen.«

»Du spinnst. Wir haben hier anderes zu tun.«

Immer wieder schaute Kestner auf die Tür zum Nebenzimmer. In ihm stieg ein Verdacht hoch.

»Vielleicht haust dieser Widerling da nebenan. Mir geht der Bursche allmählich auf die Nerven.«

»Mir schon längst«, bestätigte Lorenz. »Na, Prost Mahlzeit.« Er seufzte resigniert und zeigte auf den Waschtisch.

Sie schoben den schweren Waschtisch mit der Marmorplatte vor den Zugang. Sicher war sicher. Durch die Nebentür konnte nun niemand mehr ins Zimmer, und die andere Tür konnte man verschließen. Beruhigt waren sie trotzdem nicht.

Um auf andere Gedanken zu kommen, nahmen sie aus ihren Reisetaschen ihre Kleider, die auf dem Kutschendach völlig durchnässt worden waren, und breiteten sie auf den Holzdielen zum Trocknen aus. Da die Gaststube schon geschlossen war, holten sie die letzten Reste ihres Reiseproviants hervor: Brot, Käse, Wurst, Gurken, zwei Flaschen Bier. Hungrig setzten sie sich an das kleine wackelige Tischchen, griffen zu, aßen und tranken.

Kestner sah sich seinen wuscheligen Assistenten an, wie er da vor sich hin kaute. Mit ihm musste er also morgen zur Fürstlichen Bibliothek. Eigentlich wusste er wenig über seinen jungen Praktikanten. Er wusste nichts Persönliches über ihn. Nichts über seine Eltern, nichts über seine beruflichen Ziele. So begann er zuerst vorsichtig nach seiner Heimatstadt Celle zu fragen.

»Ach, Celle«, sagte Lorenz abschätzig, »vergessen Sie Celle, dieses Schnarchnest.«

»Wieso?«

»Ein Juristen- und Beamtenkaff. So ordentlich und anständig, dass es einem davon schlecht werden kann. Mein Vater gab mir den Dusch zu lesen, nur weil er in Celle geboren wurde. Ich sollte seine ›Moralischen Briefe zur Bildung des Herzens‹ lesen und seine ›Briefe zur Bildung des Geschmacks‹. Pah – da hab ich lieber Schillers ›Räuber‹ gelesen, wie die in den Wäldern hausen. Mein Vater arbeitet im Celler Oberappellationsgericht in der Registratur. Sein Wunsch war es immer, mal Richter am Oberappellationsgericht zu werden. Oder wenigstens Beisitzer. Wird er aber nie schaffen. Er wollte, dass ich es zu was Höherem bringe als er. Deshalb sollte ich als Rechtspraktikant zum Reichskammergericht nach Wetzlar gehen. Er hätte mir nach meiner Ausbildung dort eine Anstellung an seinem Celler Oberappellationsgericht zugeschanzt. Dazu hatte ich aber überhaupt keine Lust. Ich wollte nicht ein Leben lang als Juristenhengst wiehernd durch die Paragrafen galoppieren. Das mit Wetzlar hat sich jedoch schnell zerschlagen. Gott sei Dank. Außerdem war Wetzlar viel zu weit weg von Celle. Meine Eltern bestanden darauf, dass ich weiter jedes Wochenende zu ihnen kommen sollte. Da haben sie überlegt: Was liegt näher? Hannover zum Beispiel. So kam ich zu Ihnen zum Archiv. Ich wollte da gar nicht hin.«

»Du wolltest gar nicht zum Hofarchiv?« Kestner fiel vor Enttäuschung die Kinnlade herunter. Er legte sein Brot und die Gurke beiseite. Das Essen schmeckte ihm nicht mehr.

»Ich bin nur bei Ihnen, weil meine Eltern unbedingt wollten, dass ich jedes Wochenende nach Celle kommen kann.«

»Deine Ausbildung bei uns ist also nur eine Entfernungssache?« Kestner konnte es immer noch nicht fassen. Alle Mühen, die er und seine Kollegen für diesen Praktikanten auf sich nahmen – nur weil ihn seine Eltern so nah wie möglich bei sich haben wollten? Jetzt war ihm auch klar, warum dieser Lorenz im Hofarchiv keinen Ehrgeiz zeigte, im Grunde nichts lernen wollte und nur Unsinn trieb. »Wie stellst du dir dann deinen beruflichen Werdegang vor?«

»Gar nicht.«

»Hast du kein Ziel?«

»Doch.«

»Was für ein Ziel?«

»Ich will ein wildes Leben führen. Voller Abenteuer. Ich werde mich schon durchschlagen.«

»Wie denn?«, fragte Kestner.

»Mit meinen Freunden werde ich in den Wäldern eine demokratische Republik gründen. Ein freies Leben wollen wir führen. Unabhängig von allen. Keine Bevormundung mehr. Wir wollen leben wie Schillers ›Räuber‹.«

Die einen imitieren den Werther, dachte Kestner, die anderen die Räuber.

»Und wovon wollt ihr leben?«, fragte er.

»Von der Jagd«, erklärte Lorenz überzeugt.

»Du weißt, dass Wilderei im Herzogtum verboten ist. Das Wild gehört dem Herzog.«

»Das Wild gehört allen. Auch uns. Wir werden auch vom Fischfang leben.«

»Du weißt, dass auch Fischfang verboten ist. Jeder Fisch gehört dem Herzog.«

»Auch die Fische gehören allen.«

»Ihr werdet im Zuchthaus landen.«

»Das kann uns nicht von unseren Plänen abhalten.«

»Das Zuchthaus schreckt dich nicht?«

»Da werden wir dann in guter Gesellschaft sein. Und neue Bündnisse knüpfen. Aber vorerst muss ich noch jedes Wochenende zu meinen Eltern nach Celle. Ich muss meiner Mutter meine schmutzige Wäsche bringen. Bei ihr liegt dann schon die frisch gewaschene Wäsche von letzter Woche bereit. Gestärkt und gebügelt, damit ich bei Ihnen anständig aussehe. Jedes Mal rügt sie mich, weil ich immer noch nicht beim Friseur war und meine Haare so verwildert sind. Sie schüttelt nur den Kopf über meine Ideen über mein Leben in den Wäldern und sieht mich mitleidig an. ›Was soll nur aus dir werden?‹, fragt sie dann. Sie macht sich Sorgen um mich. Völlig unbegründet. Ich werde schon durchs Leben kommen. Mein Vater fragt mich jedes Mal, wie weit ich bin mit meiner Ausbildung bei Ihnen. Ich weiß gar nicht, was ich da berichten soll. Meistens schwindle ich ihm was vor. Aber er merkt das sofort. Immer dieses Rechenschaftablegen. Meine Besuche bei meinen Eltern sind mir ein Graus. Manchmal fahr ich gar nicht hin und laufe in Hannover in der alten Wäsche herum. Jedes Wochenende in der Kutsche nach Celle, da sträubt sich alles in mir. Bin für jede Strecke einen halben Tag unterwegs. Da bleibe ich lieber in Hannover im Ledigenheim.«

Lorenz stand auf, nahm seine »Teutsche Chronik« und verkroch sich damit ungewaschen in sein Bett.

»Ich lese Ihnen mal was vor«, erklärte er und begann zu lesen: »Der Geist des Aufruhrs ist auch in die Provinzen Frankreichs eingedrungen. Die Bauern in Reims empörten sich über die Fruchtteuerung, die nur durch die abscheuliche Gewinnsucht der Kornwucherer so hoch angewachsen ist, dass es den Untertanen unerträglich fällt. In Versailles ist das Volk ebenfalls in Aufruhr. Am meisten befürchtet man den Aufruhr in Paris, wo beinahe eine halbe Million Menschen wohnen.«

»Hör auf damit«, forderte Kestner und griff nach dem letzten Stück Brot und Wurst. »Wenn dich einer hört. Vielleicht der nebenan.«

Lorenz winkte ab und las weiter. »Man hat bereits Maßnahmen ergriffen, um diesem Aufruhr vorzubeugen. An verschiedenen Plätzen der Stadt stehen Soldaten in Bereitschaft. Es sind hundertzwanzig Aufrührer ergriffen worden, mit denen man sehr hart verfährt. Der Geist der Unruhe steckt auch den Bauern in Böhmen im Kopfe. Sie versagten ihrer Obrigkeit alle schuldigen Frondienste und rotteten sich an verschiedenen Orten zusammen. Ihre Anzahl ist mittlerweile auf bis zu vierzigtausend Mann angewachsen. Bei Prag hat die Obrigkeit tausend ihrer Anführer festgenommen und den Scharfrichtern zugeführt. Mit dem Erfolg, dass die Bauern sich mit Äxten, Dreschflegeln und Flinten bewaffnet haben.« Er sah auf. »Es geht also los«, kündigte er Kestner an.

»Deinen Schubart hat man eingekerkert. Wegen politischer Aufwiegelei. Pass auf, dass es dir nicht auch so geht.«

»Pah – die können mich mal«, nuschelte Lorenz verächtlich und verschlang beim trüben Schein seiner Öllampe Seite für Seite, während ihr Rauch die Luft verpestete.

Bald machte sich auch Kestner bereit, schlafen zu gehen. Aus dem Krug goss er das kalte Wasser in die Schüssel und wusch sich sparsam mit seinem Schwamm. »Katzenwäsche«, rügte Lotte die Kinder, wenn sie sich so kniepig wuschen.

Er war froh, dass Lotte nicht mit nach Weimar gekommen war. Sie hatte mit den Kindern genug zu tun. Auch war er davon überzeugt, dass ein Wiedersehen mit ihrem früheren Liebhaber nur Unglück gebracht hätte. So eine Reise in die Vergangenheit wäre nicht gut gewesen. Ihre Liebe zu Goethe war vorbei. Abgestandene Suppen wärmt man nicht auf.

Lorenz fiel das Büchlein aus der Hand. Er war eingeschlafen. Kestner ging zu ihm rüber und pustete die Öllampe auf seinem Nachttisch aus.

Er zog den Pyjama über seine lange Unterhose, versteckte seine Geldbörse und seine in grüne Seide eingebundene Mappe mit dem schönen Kupferstich unter dem Kopfkissen, verstaute seine Brille sorgfältig in ihrem mit Samt gefütterten Futteral, legte es auf den Nachttisch und stellte das kleine eingerahmte Medaillon daneben, das Lotte und ihn an ihrem Hochzeitstag darstellte. Dann zog er seine Taschenuhr auf, platzierte sie neben Futteral und Medaillon und ringelte die silberne Kette um sie herum. Schließlich löschte er auch seine Lampe, kauerte sich in sein kaltes Bett und raffte die dünne Decke über sich.

Wenn er die Augen schloss, spürte er noch immer die Droschke auf den elenden Landstraßen nach rechts und nach links schwanken, als würde sie umkippen, spürte ihr Rütteln und Schütteln und wie sie in ein tiefes Loch krachte, sodass alle einen Achsenbruch befürchteten.

Morgen früh ging es also zur Fürstlichen Bibliothek. Er freute sich darauf, das kostbare Original der Handschrift endlich in seinen Händen zu halten.

Doch Kestner schlief schlecht in dieser Nacht. Immer wieder wachte er auf, konnte nicht mehr einschlafen, wälzte sich in seinem Bett hin und her. Es war kälter geworden. Das spürte er am ganzen Leib. Er fror und versuchte, sich enger in seine dünne Decke einzuwickeln. Er fror trotzdem. Lorenz dagegen schlief ruhig und fest, schnarchte leicht. Ein Ton, als würde man mit den Fingernägeln über eine Raspel streichen.

Irgendwann sah Kestner durch den Spalt der Seitentür einen Lichtschimmer aufglimmen. Jemand war nebenan. Er hielt den Atem an und lauschte. Nichts zu hören. Nur sein Herz pochte ihm in den Ohren. Er lauschte lange. Noch immer war kein Geräusch zu hören. Keine Schritte, keine Stimmen, kein Rücken von Möbeln. Wer war da? Und warum rührte derjenige sich nicht?

Nun konnte er erst recht nicht mehr einschlafen. Hätte er irgendetwas gehört, er wäre erleichtert gewesen. Er hätte an den Geräuschen erkennen können, was dieser Mensch trieb. Aber die völlige Stille jagte seinen Puls hoch.

Kestner hielt es im Bett nicht mehr aus. Er warf die Decke beiseite, tastete sich im Dunkeln vorsichtig, um keinen Lärm zu machen, zur Seitentür, beugte sich über den davorgeschobenen Waschtisch, die Hände auf die kalte Marmorplatte gestützt, und drückte sein Ohr an den Türspalt. Angestrengt horchte er. Nichts.

Das machte ihn ganz verrückt. Der Mensch da nebenan musste doch irgendetwas tun.

Seine nackten Füße wurden kalt. Als er von einem Fuß auf den anderen trat, knarrten die Dielen unter ihm. Das hatte der nebenan sicher gehört, ging nun auch zur Tür und lauschte seinerseits am Türspalt. Schnell tappte Kestner zurück in die Mitte des Zimmers.

Murmelnd drehte sich Lorenz in seinem Bett um und schlief weiter. Er beneidete ihn.

Kestner ging zum Fenster. Er sah, dass draußen Schneeregen fiel. Die matschigen Flocken blieben kurz auf dem erdigen Platz vor dem Hotel liegen, sickerten dann nach und nach in den Boden. Der Frauenplan war völlig leer. Auch keine herumschleichenden Hunde. Vom neblig-feuchten Dunst eingehüllt lag das lang gestreckte Goethehaus in einem sanften Bogen breit da. In der Mitte führten flache Steinstufen zum Hauptportal hinauf, links und rechts davon erkannte er in den Seitenflügeln die beiden schräg gestreiften Einfahrtstore für Kutschen. Eine Reihe von Fenstern säumte das Parterre, die Beletage und das Mansardengeschoss. Wirklich ein schönes Gebäude. Dort drüben also residierte sein einstiger persönlicher Rivale, der große Goethe, Dichter, Staatsmann, Minister, Geheimrat, Junggeselle. Umsorgt von seinen Dienern und zahlreichem weiteren Personal. Seine Exzellenz, sein Freund Wolfgang.

Alles war still. Der Schneeregen sank lautlos zu Boden. Kestner tastete sich auf seinen nackten, kalten Füßen zurück ins Bett. Nebenan brannte immer noch Licht.

Irgendwann schlief er dann doch ein.

VIER

Lorenz rüttelte Kestner an der Schulter.

»Aufstehen!«

Es war hell im Zimmer. Kestner konnte sich kaum bewegen. Er war steif vor Kälte, die Knochen taten ihm weh. Es fiel ihm schwer, aufzustehen. Er musste sich dazu zwingen.

Der halb blinde Spiegel über dem Waschbecken zeigte ihm sein ungepflegtes Gesicht. Das war er nicht gewohnt. Kurz vor der Abreise hatte er sich noch rasiert, dann während der ganzen Reise nicht mehr. In den beiden Absteigen war dazu keine Gelegenheit gewesen. Mit der Hand strich er sich über die Wangen und spürte seine harten Bartstoppeln. Er hatte das Gefühl, mehr und mehr zu verwildern. Bevor er seine Arbeit in der Fürstlichen Bibliothek begann, musste er zu einem Barbier. In der Bibliothek wollte er ordentlich erscheinen. Sonst würde man ihn dort nicht ernst nehmen. Außerdem fühlte er sich auch viel wohler und sicherer im Auftreten, wenn er frisch rasiert war und ihn eine leichte Brise Eau de Cologne umwehte. Auch sein Haar musste er sich beim Barbier in Fasson bringen lassen. Die lange Kutschfahrt hatte seinen blonden Schopf völlig zerzaust und verklebt.

Er machte sich fertig, holte unter dem Kopfkissen seine Geldbörse hervor, dazu die grüne Mappe und verstaute beides in seiner Ledertasche. Dann nahm er seine verdreckten Schuhe vom Hoteleingang und kratzte die inzwischen getrocknete, aber immer noch stinkende Kruste an einem eisernen Elefantenrücken ab. Ein Elefant als Schuhabkratzer, das hatte sich die Pfotenhauer wohl als Attacke gegen das konkurrierende Hotel »Elephant« ausgedacht. Umgekehrt konnte sich Kestner beim ersten Etablissement am Platze als Revanche keinen weißen Schwan als Schuhabkratzer vorstellen.

Auf das Frühstück in der Gaststube hätten sie verzichten können. In Gotha und in Göttingen hatte er vor Jahren ein ordentliches Frühstück bekommen. Guten Kaffee, knuspriges Gebäck und Brot, Butter, Marmelade, Käse, Schinken. Sogar ein gekochtes Ei. Hier aber: der Kaffee eine lauwarme Plörre, das Brot nass, der Käse alt, die Wurst angetrocknet. Sonst nichts. Die Hälfte ließen sie stehen.

Beim Verlassen des Hotels stand wieder dieser Kerl am Empfangstresen. Schon so früh am Morgen. Lauernd fragte er: »Haben Sie gut geschlafen diese Nacht?«

Kestner juckte die Faust in der Tasche, und er zwang sich zu einem Lächeln. »Danke. Sehr gut.«

Was machte der Kerl hier? War er in der Nacht im Zimmer nebenan gewesen?

Als sie vor dem Hotel standen, flüsterte Lorenz: »Das ist der Teufel.«

»Unsinn«, wehrte Kestner ab.

»Er ist der Teufel und saust über uns durch die Lüfte.«

Unwillkürlich blickte Kestner nach oben. Schneeregen fiel auf seine Brillengläser. Er wischte sie mit seinem Taschentuch trocken, knüpfte seinen Mantel zu und wickelte seinen Wollschal enger um den Hals. Lorenz trug nur eine Leinenjacke.

»Willst du so den ganzen Tag herumlaufen? Du holst dir den Tod.«

»Tod und Teufel.« Lorenz nickte abenteuerlustig. »Das passt zusammen.«

Auf dem Platz war um einen großen Brunnen ein Zwiebelmarkt aufgebaut. Hausfrauen drängten sich an den zweirädrigen, gekippten Karren, auf denen vollgepackte Kisten standen. Die Bäuerinnen hielten ihre Waagen in der Hand, in der einen Schale die Gewichte, in der anderen die Schale mit den Zwiebeln.

Ein Bediensteter bahnte sich mit befehlenden Gesten den Weg durch die Menge hindurch, hinter ihm folgte ein Mann mit wichtigtuerischem Blick. Über seiner Mantille trug er eine Ordensschärpe. Anscheinend ein hohes Tier. Neben ihm befleißigte sich trippelnd ein zweiter Diener, einen großen schwarzen Schirm über seinen Herrn zu halten.

Die Umstehenden nahmen ihre Hüte und Mützen vom Kopf, die Marktfrauen zogen ihre Kopftücher ab. Alle verbeugten sich. Kestner behielt seinen Filzhut auf und Lorenz seine Mütze. Sie verbeugten sich nicht.

Kestner wollte sich das Goethehaus aus der Nähe ansehen und

ging darauf zu. Auf dem erdigen Platz musste er darauf achten, nicht in eine der riesigen Pfützen zu treten.

Vor dem Hauptportal des Hauses stand eine Portechaise, daneben warteten in Regenumhänge eingehüllt zwei Träger, die Kapuzen über die Köpfe gezogen. Es war dieselbe Portechaise, in die bei ihrer Ankunft gestern Abend am Erfurter Tor der preußische Offizier gestiegen war.

Jetzt war er anscheinend bei Goethe. Kestner fragte sich gerade, was dieser von Wolfsburg wohl bei ihm wollte, da zog über den Frauenplan ein Leichenzug, direkt am Goethehaus vorbei. Vorneweg ein Geistlicher mit zwei Ministranten, dahinter vier Träger mit einem einfachen Holzsarg auf den Schultern. Der Sarg war auffallend kurz. Wurde darin ein besonders kleiner Erwachsener begraben? Es folgten etwa zehn Trauernde, alle in Schwarz gekleidet. An der Spitze ein großer, stämmiger Mann, ihm zur Seite eine dicke Frau mit weißen Barthaaren auf der Oberlippe und auf dem Kinn. Hinter den beiden ein junger Bursche und eine junge Frau. Anscheinend Knecht und Magd.

Plötzlich flogen Steine in Goethes Parterrefenster. Die Scheiben zerbarsten klirrend. Kestner blieb erschrocken stehen. Lorenz grinste. Wieder wurden aus dem Trauerzug Steine in Goethes Fenster geworfen.

Kestner fragte den kräftigen Mann an der Spitze des Zuges: »Warum werden die Scheiben eingeworfen?«

»Hat schon seinen Grund«, bekam er zur Antwort.

»Wer wird beerdigt?«, wollte Kestner wissen.

»Mein Geselle.«

Die dicke Frau neben ihm tönte: »Rache. Das hat er nun davon, der Drecksack!«

Kestner war verstört. Goethe, ein Drecksack? Das konnte nicht sein. Und warum Rache? Wofür? Er wandte sich an die beiden jungen Leute. »Was für eine Rache?«

»Fragen Sie den Müller.«

»Woran ist denn der Geselle gestorben?«

»Wurde erschossen. Bei den Preußen.«

»Wieso bei den Preußen?«

»Da liegen noch mehr auf dem Friedhof«, sagte der Bursche hastig, und sie eilten dem Müller und dessen Frau hinterher. Kestner schaute ihnen nach, immer noch den Schreck in den Knochen.

»Die Revolution beginnt«, meinte Lorenz befriedigt.

»Quatsch«, widersprach Kestner. »Das ist eine Flegelei. Das macht man nicht.«

Aus dem Portal stürmte ein Diener in grüner Livree und kehrte rasch die Scherben auf eine Schaufel. Kestner ging zu ihm und fragte: »Warum wurden Goethe die Scheiben eingeworfen?«

Der Livrierte erhob sich. Zorn stand in seinen Augen.

»Elendes Pack! Pöbel! Ins Zuchthaus mit ihnen!«

Dann verschwand er ohne ein weiteres Wort mit seiner Schaufel voll Scherben im Haus. Kestner wartete darauf, dass Goethe hinter den eingeschmissenen Scheiben erschien. Kein Goethe zu sehen.

Warum hatten sie ihm die Scheiben eingeworfen? Wenn er ihn besuchte, würde er es erfahren. Jetzt musste er zu einem Barbier.

Vom Frauenplan gingen sie in Richtung Frauentor. Nun sah er die alte Stadtmauer und den mächtigen Rundturm, den sie in der Nacht verfehlt hatten. Und direkt daneben eine Barbierstube mit dem herausgehängten silbernen Becken.

Lorenz war es egal, wie er aussah mit seinem Wuschelkopf und seinem blonden Flaum um Wange und Kinn. Er wollte hinter dem Trauerzug her, wollte wissen, warum in Preußen Thüringer Burschen erschossen wurden. Kestner begriff nicht, wie er sich mit seinem schlampigen Äußeren wohlfühlen konnte, doch er ließ ihn laufen. Unter der Bedingung, in einer halben Stunde wieder hier zu sein. Lorenz rannte los, und Kestner betrat die Barbierstube.

Ein älterer, hagerer Herr mit grauem, nach hinten zu einem Zopf zusammengebundenen Haar schüttelte soeben den Frisierumhang des vorangegangenen Kunden aus. Dabei rüttelte er das Tuch so zaghaft, als würde er sich vor den herabfallenden Haarbüscheln ekeln. Mit einer zittrigen Handbewegung wies er auf seinen lederbezogenen Frisierstuhl.

»Darf ich bitten?«

Kaum hatte sich Kestner darauf niedergelassen, band der Barbier ihm das Tuch um, an dem immer noch die Haarschnipsel des anderen Kunden klebten, und klemmte ihm einen kratzigen

Papierkragen zwischen Haut und Hemd. Vor ihm hing an der Wand über dem Spiegel ein großes eingerahmtes Gemälde: das prächtige Weimarer Schloss vor dem Brand. Neben dem Spiegel sahen Kestner zwei Holzständer mit Perücken an. Mehrere Brennscheren lagen auf einem Gitter, unter dem rötliche Glut glomm. Daneben priesen sich auf dem Waschbeckenrand einige Flaschen zum Haarefärben an.

Schon war der Barbier mit Kamm und Schere bewaffnet und fuhr damit um Kestners Kopf herum.

»Dürfte ich um die Güte und Gefälligkeit ersuchen, mir zu sagen, wie Sie Ihr Haar wünschen? Waschen? Legen? Locken brennen? Hängende Wellen? Nachfärben? Rasur?«

»Die beiden Rollen über den Ohren neu brennen, das Haar im Nacken schulterlang belassen und Rasur.«

»Sonst nichts?« Die Stimme des Barbiers klang beleidigt. Er war enttäuscht, ließ Kamm und Schere sinken. »Wie Sie wünschen. Unverzüglich. Bitte recht sehr um Vergebung, wenn meine Frage mehr Wünsche Ihrerseits erhoffte. Der Kunde vor Ihnen, der auf diesem Stuhl saß, war ein Soldat unserer Garde, ein recht ungehobelter Knecht, wenn ich mir dieses Urteil erlauben darf. Er bestand darauf, den Schädel radikal zu scheren, bis auf einen Zentimeter. Welch ein Graus! Was für ein Angriff auf mein Haarkunstgewerbe! Dabei hielt er seine Büchse fest in der Hand und stieß damit fordernd auf meine Fliesen.«

Kestner wurde ungeduldig. »Also wie gesagt, dann Rasur. Ich habe noch zu tun.«

»Gewiss, gewiss. Unverzüglich. Ganz dem Herrn zu Diensten.« Eifrig stäubte er Kestners blondes Haar mit Wasserdunst ein, kämmte es in Strähnen nach unten und hantierte klappernd mit seiner Schere.

Kestner sah dem Barbier an, dass ihm der vorangegangene Kunde keine Ruhe ließ. Während er mit Kamm und Schere in seiner Frisur geschäftig hantierte, an seinen Koteletten schnippelte, sein Haar bändigte und ihm die Locken über seinen Ohren neu brannte, sprudelte es aus ihm heraus: »Ich hätte dem Militär nicht widersprechen dürfen. Es ist nicht ratsam, dieser Gattung von Kreatur zu kontradiktieren. Man muss sich vor ihnen hüten. Sie haben sich dazu auserkoren, in der Stadt für Ordnung zu sorgen. Wer sich ihnen nicht fügt, um den ist es geschehen.«

Jetzt horchte Kestner auf.

»Wie meinen Sie das?«

Der Barbier rubbelte Haarwasser in seine Frisur, glättete sie penibel und ging mit einem Parfümzerstäuber hurtig über sein vollbrachtes Werk.

»Es gab in unserer Stadt einige absonderliche Evenements. Einer unserer ehrlichen Schmiedemeister namens Konrad Bertold und ein fleißiger Bauer namens Jörg Jäckel wurden auf unerklärliche, bestialische Weise vom Leben in den Tod gebracht.«

»Ich habe darüber in einem Artikel gelesen.«

»Wie sind Menschen zu solch blutrünstigen Taten fähig? Unbegreiflich.«

An einem Lederriemen schärfte der Barbier das Rasiermesser, schlug in einem Schälchen den Rasierschaum auf und klatschte ihn mit kurzen Pinselschlägen auf Kestners Wangen und Kinn.

»Dazu sind in letzter Zeit einige junge Burschen wie vom Erdboden verschwunden. Und nicht nur junge. Auch ältere, angesehene Bürger unserer Stadt. Man munkelt da so einiges, wenn ich mich so ausdrücken darf.«

»Zum Beispiel?«

Der Barbier senkte leicht seine Stimme. »Eine Art Säuberung geht um in der Stadt. Selbst ernannte eiserne Besen treiben ihr Wesen. Inopportune Denkungsart soll im Keim erstickt werden. Und schon fanden sich Schmied und Bauer im Jenseits.« Er setzte sein Messer an Kestners Kehle und begann zu schaben. »Der Herr kommt wohl aus der Ferne?«

»Aus Hannover.«

»Glücklich wäre ich, wenn der Herr sich in unserem Städtchen vergnüglich behagen könnte. Wenn ich mir erlauben darf, Ihnen eine Empfehlung mit auf den Weg zu geben …«

Kestner war gespannt, was nun folgen würde.

»… dann würde ich mir gestatten, Ihnen zur Vorsicht zu raten, sich davor zu hüten, in ein Loch zu fallen.«

Das Rasiermesser fuhr über Kestners rechte Wange. Er spürte die Schärfe des Metalls auf der Haut und hatte Angst, dass die

Klinge in einem Grübchen hängen bleiben und einschneiden würde. Doch der Barbier führte sie sorgsam darüber hinweg.

»In was für ein Loch?«, fragte er, als der Barbier zur linken Wange wechselte.

»Nun ja, gewissermaßen in einen Abgrund von Unannehmlichkeiten, aus dem herauszukommen bislang nicht jedem gelungen ist, trotz Hilfeleistung nahestehender Freunde.«

»Was für ein Abgrund?«

»Nun ja, es ist doch so: Man hört sich um, man fragt nach diesem und jenem, und schon hat man den Teufel im Nacken. Der Diable ist sogleich nicht zu erkennen, gibt sich freundlich und höflich. Doch grinsend zieht er sein Opfer hinab in seine Hölle. Und Teufel und Höllen gibt es hier genug. Des Nachts brennt Licht in leeren Zimmern, als würden Gespenster darin spuken. Schlafenden erscheint eine schwarze Gestalt. Der Leibhaftige selbst!«

Die Klinge schabte über Kestners Oberlippe. Direkt unter seiner Nase. Kestner konnte das Metall des Messers riechen.

»Sollten Sie bis zum Ende der Woche hier verweilen, werden Sie ein Missvergnügen erdulden müssen. In den nächsten Tagen wird die Seele einer erbarmungswürdigen Magd in die Ewigkeit einkehren, so Gott sie gnädig aufnimmt. Eine Himmelfahrt mit abgetrenntem Kopf. Ist das nicht entsetzlich? Verzeihen Sie meine aufbrandende Wallung.«

Kestner hatte etwas Angst, dass auch die Hand des Barbiers in Wallung geraten und ausrutschen könnte.

»Zudem verschwinden auf rätselhafte Weise Neugeborene. Mich würde es nicht wundern, wenn mit einem Male Knochensplitterchen in frisch gebackenem Brot auftauchen würden.«

Kestner riss entsetzt die Augen auf.

»In einem Keller des ausgebrannten Schlosses soll es in Gläsern präparierte Gehirne geben, die den verschwundenen Kindern und Männern gehörten. Eingelegt in Spiritus. Gerüchte. Nichts Genaues weiß man nicht. Keiner, der davon berichtet, hat diese Gehirne gesehen. Und die sie gesehen haben, können nicht mehr davon berichten. Dennoch bezweifelt kaum jemand, dass es sie geben könnte. Und all dies geschieht in einer Stadt, die sich glücklich schätzt, einen berühmten Dichterfürsten und erhabenen Gelehrten ihr Eigen nennen zu dürfen.«

Kestner schauderte es, als er sich die in Spiritus eingelegten Gehirne vorstellte.

»Wer macht so was?«, fragte er mit belegter Stimme.

»Man munkelt so dies und das. Wahrscheinlich sind es nur krankhafte Phantasien von Irren. Vielleicht gibt es die Präparate aber wirklich. Wer weiß?«

»Warum wird das gemacht?«

»Da könnte es so manche Gründe geben.«

»Zum Beispiel?«

»Dunkel ist das Leben, ist der Tod«, orakelte der Barbier und beendete die Rasur.

Kestner atmete auf. Er war ohne Verletzung davongekommen.

Der Barbier wischte ihm den restlichen Schaum von den Wangen und vom Kinn, tätschelte, patschte, klatschte sie und legte eine kühlende Kompresse darum. Aus einer Dose schmierte er eine Paste in seine Handflächen und hielt sie an Kestners Schläfen. »Wünschen der Herr Pomade ins Haar?«

»Nein, um Gottes willen, nichts davon!«

Kestner fürchtete, dass, wenn er sich durch das Haar strich, die Pomade an seinen Fingern klebte und er in der Bibliothek damit die Papiere bekleckerte.

Enttäuscht strich der Barbier die Paste mit einem Holzspachtel zurück in die Dose und präsentierte mit einem Handspiegel den Hinterkopf seines Kunden zur Kontrolle. Kestner war mit seinem Aussehen zufrieden. Der Tag konnte beginnen, die Arbeit ihren Lauf nehmen. Er drückte dem Haarkünstler einige Münzen in die Hand und verließ geschniegelt das Etablissement.

In dem Moment kam Lorenz herbeigeeilt.

»Und?«, fragte er ihn. »Hast du etwas erfahren?«

»Vorgestern gab es eine ähnliche Beerdigung. Und nächste Woche wieder eine. Alles Rückkehrer, Heimkehrer aus Preußen.«

Kestner zog seine Taschenuhr hervor. »Wir müssen uns beeilen.«

»Noch etwas«, sagte Lorenz.

»Was?«

»Im Trauerzug war auch der Kerl im schwarzen Umhang.«

»Der Fuchskragen? Du musst dich getäuscht haben.«

»Ich hab ihn gesehen! Sicher weiß er, wer die Scheiben eingeworfen hat.«

»Schnüffelt dieser Kerl denn überall herum?«

Kestner konnte das nicht begreifen. Als sie das Hotel verlassen hatten, war er dort gewesen und hatte gefragt, ob er gut geschlafen habe. Jetzt war er bei dem Trauerzug dabei. Was hatte er mit dieser Beerdigung zu tun?

Vor der Barbierstube drängte ihnen eine blökende Schafherde entgegen. Voran ein Knabe mit einem Stöckchen. Die dicht zusammengepferchte Herde füllte die enge Gasse; Kestner und Lorenz mussten sich in einen Hauseingang zwängen, um die Tiere vorbeizulassen.

»Sicher hat er sich jetzt in ein Schaf verwandelt und zieht blökend an uns vorüber«, argwöhnte Lorenz.

Kestner schüttelte den Kopf über seinen Assistenten.

Nachdem die Herde vorübergetrottet war, bedeckten dicke schwarze Kötteln den Erdweg.

»Die Scheiße stammt auch von ihm«, behauptete Lorenz.

Kestner stakste vorsichtig zwischen den Kötteln hindurch, Lorenz sprang über sie hinweg. Sogleich stürzten sich Hühner auf die schwarzen Bällchen und pickten daraus Futter.

Als sie über den Marktplatz gingen, schlug die Stadtglocke am Rathausgiebel zwölf. Dabei bewegten sich drei große Blechfiguren. Die Hauptfigur in der Mitte war ein Türke in einem bunten Kostüm; er trug in der linken Hand eine Schelle und in der rechten Hand einen Stock. Bei jedem Glockenklang schlug er mit seinem Stab auf die Schelle. Die beiden anderen Figuren stellten zwei Ziegenböcke dar, die auf ihren Hinterbeinen standen und ihm bei jedem Glockenschlag die Hörner in die Hüfte stießen. Dabei riss der Türke vor Schmerz jedes Mal seinen Mund weit auf.

Kestner und Lorenz schauten eine Weile zu, dann mussten sie weiter, am öden Fürstenhaus vorbei, das einem Verwaltungsgebäude glich und vor dem Pferdekarren standen, beladen mit Baumaterial. Schon sahen sie den mehrgeschossigen Prunkbau der Bibliothek, das ehemalige »Grüne Schloss«, benannt nach seinem grünen Kupferdach. Über einen Wassergraben führte eine kleine

Steinbrücke zum großen Eingangstor. Das also war der berühmte Büchertempel.

Sie waren nur ein paar Meter von diesem Heiligtum der Literatur entfernt, da preschte eine Kalesche mit zwei Pferden dicht an ihnen vorbei und raste durch eine tiefe, schmutzige Pfütze. Sie konnten nicht schnell genug ausweichen, das schlammige Wasser spritzte beiden bis zur Hüfte. Kestners Mantel wurde verdreckt und Lorenz' Hose versaut. Wütend schrie Kestner der Kalesche hinterher, doch sie jagte weiter. Er war fassungslos. Je mehr er versuchte, den Schmutz vom Mantel zu wischen, umso mehr rieb er ihn in das Tuch hinein. Lorenz nahm die Sache gelassen. Er wollte abwarten, bis der Schlamm getrocknet war, und ihn dann abkratzen.

Da hatte sich Kestner beim Barbier extra frisch machen, sich sauber herausputzen lassen – und nun das. Wie sah er aus! So voller Dreck konnte er doch nicht das kostbare Original von 1575 aus der Sammlung seines Kurfürsten Georg III. in Empfang nehmen! Unmöglich. Er als Abgesandter des Archivs des hannoverschen Hofes in so einem Zustand – eine Katastrophe!

Lorenz konnte sich ein Lachen kaum verkneifen. Das ärgerte Kestner. Beinahe hätte er ihm eine runtergehauen.

Kestner überlegte, ob er erst seinen Mantel irgendwie reinigen und morgen für die Übergabe der Preziose noch mal wiederkommen sollte.

»Quatsch«, entschied Lorenz. »Wir gehen jetzt da rein und nehmen das Ding und fertig.«

Wieder fühlte sich Kestner in seiner Überzeugung bestätigt, dass dieser Lorenz nicht der geeignete Assistent für ihn war, schon gar nicht für diese Reise.

»Was soll's?«, fuhr Lorenz fort. »Ihre Hände sind sauber. Mehr braucht's nicht, um das Stück anzufassen. Also los.«

Kestner kroch immer mehr in sich hinein, wurde immer kleiner. Unwillig blieb er stehen. Da packte ihn Lorenz an der Hand und zog ihn zur Bibliothek. Kestner ließ es sich gefallen, und während er auf dem Steinbrückchen über den Wassergraben zum Eingangstor ging, überlegte er sich Dutzende von Entschuldigungen für sein Aussehen.

Sie betraten ein großes, weiß getünchtes Vestibül mit Stuckornamenten an den Wänden und an der Decke. Zierliche Rocailles schmückten die Fensterrahmen. An einem Barocktischchen trug ein älterer, nobler Herr mit einer Feder etwas in ein dickes Buch ein. Als er Kestner und Lorenz erblickte, nahm er seine randlose Brille ab, erhob sich, schritt auf sie zu und begrüßte sie freundlich.

Kestner entschuldigte sich untertänig für sein verschmutztes Aussehen, was der Herr vornehm überging, und reichte ihm seine Vollmacht. Der Großmütige setzte seine Brille auf und las bedächtig den Text.

»Ach ja, Herr Hofrat, diese Angelegenheit«, erinnerte er sich und zog an einer Klingelschnur. »Ich bitte Sie um einen Augenblick Geduld. Wenn Sie die Freundlichkeit haben würden, sich einstweilen hier niederzulassen.« Er deutete auf eine rote Chaiselongue.

Kestner zog seinen verdreckten Mantel aus, um den Samtbezug nicht zu beschmutzen; Lorenz breitete seine bunte Schnäuzfahne aus und setzte sich darauf. Während sie warteten, konnten sie an der gegenüberliegenden Wand zwei große, in Goldrahmen eingefasste Gemälde betrachten: Bildnisse der Herzoginmutter Anna Amalia und ihres Sohnes Herzog Carl August. In prächtige Kleider gehüllt saß Anna Amalia in einem Sessel und hielt in der Hand auf ihren Knien ein geöffnetes Buch. Gern hätte Kestner gewusst, was die Herzoginmutter da gerade las. Der Herzog stand an einen Felsblock gelehnt in der freien Natur. Er trug eine schwarze Jacke, grüne Hosen, Reitstiefel mit Sporen und roten Stulpen. Standbein gerade, das Spielbein etwas angewinkelt nach vorne gestellt. Den Hals mit einem weißen Tuch umwickelt, als hätte er Mumps. Mit seinen Froschaugen blickte er glupschäugig in die Ferne.

Ein kleiner Mann in einer hellblauen Livree kam herbeigeeilt und riss sie aus ihrer Betrachtung. Der noble Herr überreichte ihm Kestners Vollmacht, der kleine Livrierte las, worum es ging, und verbeugte sich beflissen vor ihnen. »Gestatten Sie, dass ich Sie geleite. Darf ich vorausgehen?«

Er führte sie durch mehrere Kabinette, in denen große Globen auf massiven Ständern thronten, und zeigte im Vorübergehen auf eine bis zum oberen Rand der Fenster hinaufragende prachtvolle Standuhr. »Unsere berühmte Lebensuhr«, bemerkte er kurz.

In einem anderen Kabinett stand die Figur eines bunten Harlekins mit einer Trommel. Sofort stürzte sich Lorenz darauf. »Kann man den aufziehen? Ich will ihn trommeln hören.«

Kestner war diese Unziemlichkeit peinlich, er drängte ihn vom Harlekin weg.

Dann standen sie auf einmal im Heiligen Gral der Literatur: Im hellen Tageslicht vor ihnen der ovale Rokokosaal! Wie angewurzelt blieb Kestner stehen. So etwas hatte er noch nie gesehen. Drei Etagen hoch bis zum Mansardengeschoss reichten die Regale voller Bücher, gebunden in Leder mit Goldprägungen. Die Regale leuchteten in lichtem Blau, ihre Einfassungen waren mit Kapitellen verziert. Und auf jeder Etage rundum Galerien.

Kestner und Lorenz standen auf dem glänzenden braunen Holzboden und waren umgeben von Podesten mit weißen Büsten und Statuen. Kestner kam aus dem Staunen nicht mehr heraus, er konnte sich gar nicht losreißen. Seinen beschmutzten Mantel unterm Arm hatte er ganz vergessen.

Lorenz sagte nur: »Sieht gut aus.«

»Bitte folgen Sie mir weiter«, bat der Livrierte.

Über eine Treppe wurden sie in ein hellblau tapeziertes Büro geführt. Wieder verneigte sich der Livrierte, bat um ein Quäntchen Geduld und verschwand flink durch eine Tapetentür. Kestner und Lorenz hatten nun Zeit, die Porträts zu betrachten, die ringsum die Wände bedeckten. Sie sahen den Baumeister der Bibliothek, den Bibliotheksgründer, seine nachfolgenden Leiter und die Baumeister der Umbauten und Erweiterungen. Bald öffnete sich die Tapetentür wieder, und sie wurden von einem dritten Herrn in einem grauen Kittel höflich begrüßt. Sein Alter war nicht annähernd zu erraten. Alles war grau an diesem Bibliotheksangestellten. Seine Haare, seine Gesichtshaut, seine Augen, alles grau wie sein Kittel. Sonst fand Kestner die Farbe schön und schätzte ihre Nuancen. Schattierungen von Grau hatten für ihn immer etwas Vornehmes, Feines, Dezentes. Doch das Grau der Bibliotheksgestalt, die da vor ihm stand, hatte die Farbe von Asche, von etwas Totem. Sogar seine Stimme klang leblos grau, als er Kestner geschäftsmäßig mitteilte: »Mein Adlatus hat mich über Ihr Begehr in Kenntnis gesetzt. Der Herr Bibliotheksleiter ist im Momentum unabkömmlich und lässt sich entschuldigen. Ich bin beauftragt, statt seiner zu sprechen und Ihnen zu sagen: Das von Ihnen gewünschte Original wurde an Seine Exzellenz Geheimrat von Goethe ausgeliehen. Seine Exzellenz war so sehr an den Blumenbildern interessiert, an den Formen der Blüten und Blätter, dass er sich die Darstellungen für seine Botanikforschung genauer anzusehen wünschte. Wir sahen keinen Grund, ihm die Ausleihe zu verweigern.«

Kestner war wie vor den Kopf gestoßen. Sein Original nicht mehr in der Fürstlichen Bibliothek? Ausgeliehen? An Wolfgang! Und das, obwohl sein Kommen erwartet worden war. Kestner wurde es heiß und kalt zugleich. Seine kostbare Preziose einfach so weitergegeben, als wäre es nur ein Blatt Papier, das man einem anderen überlässt, weil er es eben zufällig haben will. Seine wertvolle Handschrift, die er abholen sollte, weg.

Er spürte, wie sein Kopf knallrot anschwoll. Er musste nach Luft ringen. »Hören Sie!«, platzte es aus ihm heraus, dabei musste er sich zusammenreißen und durfte nicht lospoltern. Schließlich befand er sich in der altehrwürdigen Fürstlichen Bibliothek, umgeben von den Dutzenden von Porträts der Baumeister, Bibliotheksgründer, Mitbegründer und Bibliotheksleiter. Gezähmt von der Würde des Raumes presste er in unterdrücktem Zorn hervor: »Sie haben mich für heute aus Hannover hierherbestellt. Mit der Zusicherung, das Original liege zur Abholung bereit! Nun teilen Sie mir mit, die Handschrift befinde sich gar nicht mehr in der Bibliothek. Können Sie mir erklären, warum Sie mich dennoch haben kommen lassen, mir vergeblich diese weite Reise zugemutet haben?«

Der graue Mann trat von einem Fuß auf den anderen, wobei seine ganze Erscheinung noch mehr zu einem Aschegebilde dahinschmolz. »Ich bedaure Ihre Unannehmlichkeiten. Die Einladung, Ihr Eigentum abholen zu können, wurde von einem Kollegen verfasst – in Unkenntnis dessen, dass die Handschrift unterdessen gewandert ist.«

Kestner musste sich zusammenreißen, nicht unflätig zu werden. »Dann schicken Sie umgehend einen Boten zu Goethe, um das Original bei ihm abzuholen«, forderte er.

Noch während er sprach, fragte er sich angstvoll, wie dieser Bote mit dem kostbaren Blatt unterwegs umgehen würde? Es womöglich knicken, zusammenfalten, einrollen, in Zeitungspapier wickeln und unter den Umhang klemmen? Es nass regnen lassen? Der Bursche wüsste ja gar nicht, was er da in Händen hielt. Kestner wurde klar, er musste die Handschrift selbst abholen, damit sie nicht durch einen groben Lakaien beschädigt würde.

»Es könnte schwer werden, Ihr Original durch einen Boten bei Goethe abholen zu lassen«, entgegnete der Graukittel.

»Warum?«

»Vielleicht ist der Herr Geheimrat zurzeit auf Reisen, wie es oft geschieht. Oder zu dienstlichen Gesprächen beim Herzog im Fürstenhaus oder in einem seiner Schlösser in der Umgebung.«

Schon bei den ersten Worten dieser Aschegestalt hatte Kestners Nerv wieder zu jucken begonnen. Wie immer, wenn Ärger in ihm aufstieg, stach er ihm in die Haut. Insbesondere jetzt, bei diesem Ärgernis. Eine Frechheit, zu behaupten, die Handschrift liege abholbereit vor, ihn drei Tage reisen zu lassen und ihm nun mitzuteilen, sie sei ausgeliehen.

Der Nerv brannte in Kestners Wange. Er strich mit der Hand über den schmerzenden Punkt. Es half nichts. Wenn er draußen war, musste er die Stelle mit der Salbe einreiben.

Er verstand nicht, warum diese uralte Wunde seines unsichtbaren Schmisses aus seiner Tübinger Zeit ihn immer noch peinigte. Als wäre es nicht schon genug, seine Preziose nicht zu erhalten, musste auch noch dieser blöde Nerv dazukommen!

»Die zu Recht verlangte Rückgabe des Unikats können Sie selbstverständlich persönlich beim Herrn Geheimrat einfordern«, versuchte der Graukittel, ihn zu besänftigen. »Seine Exzellenz wird sich dem nicht verschließen.«

Das wäre ja noch schöner, wenn Seine Exzellenz die Herausgabe verweigern würde!, revoltierte es in Kestner.

Der Graukittel reichte Kestner seine Vollmacht zurück und verneigte sich. Kestner verabschiedete sich nicht; er ließ ihn stehen und verließ mit Lorenz wütend und grußlos den Raum.

Das war also das Ergebnis seiner so sehnsüchtig herbeigewünschten Aushändigung seines kostbaren Originals. Endlich war er in dieser berühmten Fürstlichen Bibliothek, von der er seit Jahrzehnten träumte, sie einmal besuchen zu können. Und nun diese Abfuhr.

Als sie vor dem Tor auf dem Steinbrückchen standen, bilanzierte Lorenz: »Na, was hab ich gesagt? War doch egal, in welchem Zustand wir da reingingen. Wir haben sowieso nichts bekommen.«

Auf dem Weg zu Goethe besuchte Kestner die Weinhandlung Bertuch unter den Rathausarkaden, um eine gute Flasche Rotwein zu kaufen. Für Wolfgang. Im Regal entdeckte er eine Flasche mit dem Namen »Mephisto« auf dem Etikett. Darüber war eine rote, grinsende Teufelsfigur abgebildet, mit Hörnern auf dem Kopf, einem langen Schwanz mit einer Quaste am Ende und einem Bockshuf am linken Fuß. In der linken Hand hielt der Teufel Tinte und Feder, in der rechten eine dreizackige Mistgabel, auf die ein Büchlein aufgespießt war. Als Rebsorte war angegeben: »Satansköttel«.

Kestner überlegte, ob er diesen besonderen Rotwein Goethe mitbringen sollte. Das Etikett erinnerte ihn an das, was sein Freund ihm und Lotte vor einigen Jahren über seine neue Dichtung geschrieben hatte, den »Faust«. Darin ging es auch um einen Teufel, den Mephistopheles. Und der spießte nun das Werk eines Dichters auf seine Mistgabel. Doch nach einem Jux, nach einem spaßigen Überraschungsgeschenk war ihm in seiner Enttäuschung und nach all dem Ärger nicht mehr zumute. So entschied er sich für einen süffigen Roten aus Rheinhessen. Aus Goethes Briefen wusste er, dass sein Freund diese Sorte besonders gern trank. Kestner wählte den Jahrgang 1775. Das Jahr, in dem Goethe vom Herzog nach Weimar geholt worden war.

Als er mit Lorenz am Frauenplan ankam, blieb Kestner einen Moment stehen. So viele hatten sich vor Goethes Haus versammelt! Ein ganzer Pulk Neugieriger hoffte, er würde sich am Fenster zeigen. Alle wollten den berühmten Dichter sehen. Viele waren in Werther-Kostüme gekleidet. In blauem Frack, gelber Weste, gelber Hose und Stulpenstiefeln.

»Albernes Volk«, knurrte Kestner. »Imitieren den Werther.«

»Was wollen die alle hier?«, fragte Lorenz verwundert.

»Vielleicht Autogramme. Hat ja immer einen Stapel Karten bereitliegen, die sein Diener herausreicht.«

Mit Lorenz drängte er sich durch die Menschenmenge zu den beiden Fenstern, die man heute Vormittag eingeworfen hatte. Die

Scheiben waren bereits durch neues Glas ersetzt worden; der Kitt war noch hell und feucht.

Er stieg die wenigen Steinstufen zum Eichenportal hinauf und zog an dem golden glänzenden Löwenkopf an der Eisenstange. Innen ertönte eine dunkle Glocke. Nach einer Weile wurde die Pforte geöffnet. Ein Diener in grüner Livree erschien. Jener Diener, der heute Vormittag auf dem Pflaster die Scherben auf seine Schaufel gekehrt hatte.

»Sind Sie Herr Seidel?«, fragte Kestner. »Philipp Seidel?«

Kestner kannte den Namen durch Goethes Briefe. Er wusste, dass ein Philipp Seidel, der schon in jungen Jahren bei Goethes Vater in Frankfurt als Sekretär gedient hatte, als enger Vertrauter Wolfgangs in alle Liebesgeschichten des Dichters eingeweiht war, als Erster seinen »Werther« kopiert und dass Goethe ihn als Diener und Sekretär mit nach Weimar genommen hatte. Hier erledigte er alle seine Geschäfte. Er war sein Kassenwart, sein Kalender, sein Kummerkasten und sein Haushaltsorganisator.

Der Diener nickte. Sogleich drängten Menschengruppen heran, die etwas von dem Gespräch aufschnappen wollten.

»Ich bin Kestner. Christian Kestner.«

»Der Gatte von Lotte?«

»Der bin ich.«

»Wo ist denn Ihre Frau Gemahlin?«

»Sie ist in Hannover geblieben.«

»Nein, so was.« Seidel schlug die Hände zusammen. »Dabei hätte ich die berühmte Dame so gern einmal kennengelernt.«

Die Neugierigen zwängten sich immer dichter heran.

»Kommen Sie rein«, sagte Seidel. »Schnell die Tür zu. Sonst sind die gleich alle im Haus.«

Und schon waren Kestner, Lorenz und Seidel im Vestibül, die Eichentür schnappte hinter ihnen zu.

»Ach Gott«, freute sich Seidel. »Ach Gott. Der echte Albert steht vor mir.«

Er fasste Kestner mit beiden Händen an den Schultern und hieß ihn in Weimar willkommen. Er fragte, warum denn die Frau Gemahlin nicht mitgekommen sei, wie sich der kleine Wolfgang machte, wie es ihm und Lotte in Hannover gehe und was ihn nach so vielen Jahren nach Weimar führe. Kestner erklärte ihm den Grund seiner Reise.

»Ach ja«, sagte Seidel bedenklich. »Dieses Blatt mit den Blumen. Darüber müssen Sie mit dem Geheimrat persönlich sprechen. Bedauerlicherweise ist Seine Exzellenz jedoch nicht präsent. Er ist in seinem Gartenhaus an der Ilm. Er hat dort zu tun.«

Kestner fragte nach dem Weg.

»Von hier die Seifengasse hinunter zur Ilm, über die Floßbrücke, dann sehen Sie es schon.«

Die Flasche Wein und das Briefchen seines Sohnes wollte Kestner Goethe im Gartenhaus überreichen. Von Seidel wollte er wissen: »Warum hat man seine Scheiben eingeworfen?«

Seidels Gesicht verdunkelte sich schlagartig. Zorn kochte in ihm hoch. »Elendes Pack! Pöbel! Ins Zuchthaus mit ihnen!«

Mehr war nicht aus ihm herauszubekommen.

Als Kestner und Lorenz das Haus verließen und durch die Menschenmenge schritten, bewunderten die Neugierigen die beiden, weil sie die Gnade und das Glück gehabt hatten, eingelassen zu werden, und sei es nur für so kurze Zeit. Vereinzelt hörte Kestner gemurmelte Worte: »Müssen besondere Leute sein.«

Sie schritten über eine Felsentreppe den Abhang zur Ilm, zur Floßbrücke hinab und kamen an einem Gedenkstein vorbei. Kestner las den eingemeißelten Namen »Christiane Henriette von Laßberg«. Wer war das?

In der Nähe rechte ein Parkarbeiter das nasse, glitschige Laub vom Weg. Kestner fragte ihn nach der Laßberg. Der schnauzbärtige Arbeiter stützte sich auf seinen Rechen und erzählte ihm die Geschichte von damals, wobei er immer wieder sein buntes Schnupftuch aus seinem blauen Kittel hervorzerrte und sich kräftig schnäuzte.

»Die Laßberg war aus Weimar. Hat sich mit achtzehn von der Floßbrücke in die Ilm gestürzt. Vor fünf Jahren, im Januar. Aus Liebeskummer. Gefunden hat man sie unten am Wehr. Beim Stiedten-Vorwerk, wo die Stein wohnt. Die Freifrau. Da hat man sie herausgefischt, die Tote. War völlig erstarrt. Am Abend vorher war sie ins eisige Wasser gesprungen. In ihrem Kleid fand man ein aufgeweichtes Büchlein. Den ›Werther‹ vom Goethe. Den Geheimrat hat man aus seinem Gartenhaus geholt, direkt da drüben. Er ist gleich zu ihren Eltern. War ihm wohl peinlich, dass sie sich wegen seines ›Werther‹ umgebracht hat. So war das.« Der Parkarbeiter machte sich wieder daran, das nasse Laub vom Weg zu rechen.

Noch ein Selbstmord wegen Goethes »Werther«, dachte Kestner. So viele junge Menschen hatten sich nach dieser Lektüre das Leben genommen. Warum nur?

»Hast du den ›Werther‹ gelesen?«, fragte er Lorenz.

Der schüttelte den Kopf.

»Du würdest dich auch nicht danach umbringen.«

»Bin doch nicht blöd.«

Sie gingen an den hängenden Weiden am Fluss entlang. Das Gatter zur Floßbrücke stand offen. Die Brücke war eigentlich nur ein Steg mit einem dünnen Geländer aus Holzlatten an beiden Seiten. Kestner blieb einen Moment stehen, fasste das wackelnde Geländer an und betrachtete die ruhig fließende, nicht sehr tiefe Ilm. Da war die Laßberg hineingesprungen. Im Januar. Ins eisige Wasser.

»Darin kann man doch nicht ersaufen«, mäkelte Lorenz.

»Aber im Eis erfrieren.«

Sie gingen quer über die nassen Wiesen, und die Feuchtigkeit drang durch ihre Schuhe bis auf die Füße. Schon von Weitem sahen sie in Goethes Garten grauen Rauch aufsteigen. Schließlich standen sie am Lattenzaun, vor ihnen das zweistöckige Gartenhaus. An der Vorderseite hingen vertrocknete Efeuranken am Spaliergitter. Ein steiles Schindeldach ragte in den Himmel. Und hinter dem Haus reihten sich auf einem Hang entlaubte Obstbäume. Vorne im Garten war ein zugedeckter Ziehbrunnen und ein paar Meter weiter auf dem Kies ein Steinkubus, auf dem eine Kugel balancierte. Links hinten loderte zwischen Gestrüpp und Gebüsch ein Feuer, von dem der graue, manchmal schwarze Rauch hochstieg, den sie aus der Ferne gesehen hatten. Bei einer Windböe zog er flach über den Garten.

Kestner konnte durch das Gehölz einen Gärtner in einem abgeschabten Arbeitskittel sehen, in derben Stiefeln und mit einer

Kappe auf dem Kopf. Er schürte das Feuer. Erst nach einer Weile erkannte Kestner ihn. Es war kein Gärtner, es war Goethe selbst, der da etwas verbrannte. Nun schleppte ein Mann mit einer umgebundenen Schürze einen großen, schweren Korb aus dem Gartenhaus und trug ihn zum Feuer. Anscheinend ein Diener. Beide Männer packten gemeinsam den Korb an den Griffen und schütteten den Inhalt in die Flammen. Der Korb war vollgepackt mit Papieren. Goethe verbrannte Papiere! Was für Papiere waren das?

Wieder stieg dicker Rauch empor. Der Diener schleppte einen zweiten, dann einen dritten Korb voller Papiere heran, und Goethe kippte alles in das Feuer und fachte es immer wieder an, indem er mit einem langen Stock darin herumstocherte.

Irgendwann schaute der Diener zum Zaun und sah Kestner und Lorenz dort stehen. Er machte Goethe auf sie aufmerksam, und nun blickte auch er zu ihnen herüber und sprach kurz mit dem Diener.

Der Diener kam auf sie zu und forderte sie auf: »Gehen Sie weiter. Hier gibt es nichts zu sehen.«

»Sagen Sie dem Herrn Geheimrat, ein alter Bekannter möchte ihn sprechen«, erklärte Kestner. »Christian Kestner. Der Mann von Lotte aus Wetzlar. Er kennt mich.«

Der Diener stutzte, betrachtete ihn neugierig, ging zurück zu Goethe und gab das ihm Aufgetragene weiter.

Goethe blickte nun wieder zum Zaun, wischte sich die Hände an seinem Arbeitskittel ab und tapste mit seinen kurzen Beinen in abgehackten Schritten quer durch den Garten direkt auf sie zu.

Kestners Herz klopfte heftig.

Lorenz starrte den Heranstapfenden an. »Ist das der Goethe?«, fragte er überrascht. Offensichtlich hatte er sich den Weimarer Großkopferten ganz anders vorgestellt. In dem abgeschabten Kittel, Ascheflocken auf der Kappe, derbe Stiefel an den Füßen und das Gesicht von Ruß verschmiert, sah Goethe eher aus wie ein Arbeiter in einem Bergwerk.

An Lorenz' erstauntem Gesicht konnte Kestner ablesen, dass sein Assistent nicht glauben konnte, dass dies der Dichterfürst, der Geheimrat, der mächtige Mann des Herzogs, die ehrwürdige Exzellenz war.

»Christian!«, begrüßte Goethe Kestner, durch seine leicht gekrümmte Adlernase schnaubend.

»Wolfgang!«

Kestner freute sich, ihn wiederzusehen. Über den Lattenzaun hinweg reichten sie sich die Hände.

»Was für eine Überraschung. Warum hast du dich nicht angemeldet? Ich hätte verreist sein können. Und wer ist dein junger Begleiter?«, fragte Goethe in breitem frankfurterischen Dialekt.

Kestner stellte Lorenz vor, und auch sie reichten sich die Hände, diesmal durch den Lattenzaun hindurch.

»Ich hab dir etwas mitgebracht.«

Aus seiner Ledertasche holte Kestner das Briefchen seines Sohnes und übergab es Goethe.

»›Für Onkel Wolfgang von Wolfgang‹«, las Goethe vom Umschlag ab. Er steckte ihn in die große Brusttasche seines Kittels. »Werd ihn nach der Arbeit lesen«, erklärte er.

Kestner holte den roten Rheinhessen Jahrgang 1775 hervor.

»Mein Lieblingsgesöff«, sagte Goethe und klopfte mit seinen Fingerknöcheln dreimal an die Flasche. »Danke. Werd ich mir schmecken lassen.« Die Flasche steckte er zu dem Briefchen in die Brusttasche. Ungeduldig sah er immer wieder zurück zum Feuer. Der Diener hatte inzwischen zwei weitere volle Körbe aus dem Gartenhaus herangeschleppt. Goethe gab ihm ein Zeichen, dass er nun kommen würde, um mit ihm weiter die Papiere in die Flammen zu werfen. »Warum bist du hier?«, fragte er Kestner.

Der erzählte ihm die ganze Geschichte mit der Handschrift und dass man ihn von der Fürstlichen Bibliothek zu ihm geschickt habe, weil die Bibliothek dieses wertvolle Blatt an ihn ausgeliehen habe und er es von ihm abholen sollte.

»Ach ja, diese Handschrift«, sinnierte Goethe.

Kestner erinnerte sich an den gleichen bedenklichen Tonfall, als Goethes Diener Seidel zu ihm sagte: »Ach ja, dieses Blatt mit den Blumen.«

»Ich habe sie nicht.«

»Nicht?« Kestner war entsetzt.

»Ich habe sie an das Gericht weitergegeben.«

»An das Gericht? Warum?«

»Das Gericht muss die Eigentumsrechte klären.«

Kestner wurde blass. Wieder zwickte ihn der Nerv unter der Haut. Wieder versuchte er, den Nerv zu beruhigen, indem er mit dem Zeigefinger die Stelle leicht massierte. Doch das Beißen wurde immer schlimmer. Vor Goethe konnte er doch nicht seine Wange mit der Salbe einreiben. Er wollte nicht als kranker Mann vor ihm stehen. Außerdem hätte er gar nicht zur Salbe greifen können. Das Döschen lag im Hotel. So erduldete er den stechenden Schmerz und stammelte: »Der Eigentümer ist längst geklärt.«

»Nein, nein«, wehrte Goethe ab.

»Der Eigentümer ist Hannover. Der hannoversche Hof. Wir. Das Archiv!«

Goethe lächelte milde. »Du irrst. Das ist noch offen.«

Kestner musste sich Mühe geben, gegenüber seinem Freund nicht zu heftig zu werden, und beharrte: »Ich habe die schriftliche Bestätigung der Bibliothek, dass wir der Eigentümer sind.«

Wieder lächelte Goethe milde. »Die Bibliothek, die Bibliothek, sie sagt viel, wenn sie eine lästige Sache loswerden will.«

Seine Worte dröhnten in Kestners Ohren wie ein grollendes Gewitter.

»Gewiss kannst du dich beim Gericht erkundigen, um zu erfahren, wie weit sie mit ihren Prüfungen gekommen sind. Aber ich fürchte, dort ist noch nicht viel geschehen.«

Kestner wurde es schlecht bei Goethes Worten. Er fiel in sich zusammen. Der Nerv kniff ihn immer ärger. Er drückte mit dem Finger auf die schmerzhafte Stelle in der Wange und ärgerte sich, dass er das Salbendöschen im Hotel vergessen hatte.

Goethe bemerkte, dass Kestner in sich zusammensank, und lud ihn und seinen Assistenten als Entschädigung zu seiner Audienz ein. Für übermorgen, Mittwoch, nachmittags um vier.

»Es wäre mir eine Freude, euch bei dieser Cour begrüßen zu dürfen«, komplimentierte er und verordnete im selben Atemzug: »Frack ist Pflicht.«

Natürlich hatte Kestner keinen Frack dabei. Er war auf Dienstreise. Außerdem hätte er in seine Reisetasche keinen Frack hineinquetschen können. Und Lorenz als Praktikant besaß überhaupt keinen. Doch Goethe bestand auf dieser Kleidervorschrift.

»Das ist die Etikette.«

Als die beiden immer noch sprachlos vor ihm standen, gewährte er ihnen Rabatt: »Nun gut. Ausnahmsweise werde ich bei euch mit dem Protokoll nachsichtig sein. Nun muss ich wieder an die Arbeit.«

Sie verabschiedeten sich recht kühl und gingen auseinander. Nach diesen Schlägen hatte Kestner überhaupt keine Lust, bei Goethes Audienz anzutanzen. Sollten andere dort ihre Pirouetten drehen. Bis zu den Fußsohlen war er enttäuscht von seinem Freund. Keine Erkundigung nach Lotte, wie es ihnen in Hannover gehe und was der kleine Wolfgang mache. Immerhin war er sein Patenonkel.

Nur Missachtung der Rechtsansprüche seines hannoverschen Hofes und Frackzwang.

Als sie sich der Ilm näherten, zeigte Lorenz über die Wiesen zum Steg. »Da drüben ist wieder diese Spinne.«

Tatsächlich stand da eine dunkle Gestalt im schwarzen Umhang. Der Fuchskragen. Im nächsten Moment verschwand er über den Steg zwischen den Bäumen am Hang, wo sich der Gedenkstein für die Laßberg befand.

Sie kamen an der Felsentreppe an und drehten sich um. Die Dämmerung senkte sich auf die Wiesen nieder und mit ihr ein kalter Nebel. Die hohen Bäume und, entfernt dahinter, Goethes Gartenhaus waren von dem Halbdunkel und dem Nebelschleier eingehüllt. Aus Goethes Garten stieg immer noch weißer Rauch auf. Wieder fragte sich Kestner, was sein Freund da wohl verbrannte?

Auch über der Ilm lag dichter Dunst, wie eine Decke aus Watte. Das Wasser war kaum zu sehen. Die Weiden am Fluss konnte man nur erahnen. Im Baumgeäst über ihnen schwiegen die Vögel. Die Wipfel bewegten sich nicht, sie formten gegen das letzte Dämmerlicht bizarre Gebilde am Abendhimmel. Stille herrschte um sie herum. Nur ab und zu drang aus der Stadt das ferne Bellen eines Hundes zu ihnen herüber.

FÜNF

Der Weg zum Gericht führte sie wieder durch die enge, erdige Windische Gasse, vorbei an den Baugerüsten, hinter denen alte Häuschen abgerissen wurden. Hier waren sie vorgestern auf dem Weg zum Hotel in der Dunkelheit herumgeirrt.

Am Ende der Gasse mussten sie rechts abbiegen und auf Brettern die »Lotte« überqueren, ein stinkendes Abwasserrinnsal. Von Wetzlarer Kollegen hatte Kestner gehört, dass diese dunkle Brühe sich durch den gesamten Ort wälzte. Die Weimarer schütteten ihre Fäkalien, die Wäschereien ihre Seifenlauge und die anliegenden Bauern ihre Stalljauche hinein. Warum dieses übel riechende Gewässer ausgerechnet »Lotte« hieß, konnte er sich nicht erklären.

Kaum hatten sie die Kloake hinter sich gelassen, stand vor ihnen der hässliche, alte Klotz des Gerichtsgebäudes.

Im Treppenaus blätterte der Putz von den Wänden, mit Mull umwickelte Rohre ragten aus dem Mauerwerk, überall hatten sich riesige Wasserflecken gebildet. Oben im Flur stockten ihre Schritte. Was sie hier sahen, zwang sie, einen Moment lang stehen zu bleiben. Kestner verschlug es den Atem. Während seiner Wetzlarer Zeit hatte er von seinen Kollegen nach deren Rückkehr von Weimarer Gerichtsvisitationen oft gehört, dass dort katastrophale Zustände herrschten. Mehrfach hatte das Reichskammergericht dem Gerichtspräsidenten strengste Rügen erteilt, ohne je eine Antwort zu erhalten. Doch was er nun sah, übertraf alle damaligen Berichte.

Auf dem Boden lagen Haufen von Akten. Schräg aneinandergelehnte Aktentürme drohten jeden Moment umzukippen. Dossiers waren mit Schnüren nur locker zusammengehalten, die meisten jedoch ohne Kordel halb geöffnet. Papiere quollen heraus und vermischten sich mit herausgefallenen Dokumenten anderer Akten. Kestner beugte sich vor und streifte mit dem Zeigefinger über einen der grauen Konvolutdeckel. Zäher, schmieriger Staub klebte an seiner Fingerkuppe. Zustände waren das, Zustände! Sollte sich hier in diesem Sauhaufen auch seine gesuchte Handschrift befinden? Das kostbare, über zweihundert Jahre alte Original mit all den wundervollen farbigen Blumenzeichnungen?

Zwischen den Dokumentengebirgen zu beiden Seiten des Flurs huschten Sekretäre, Referenten und Aktendiener von Tür zu Tür. Viele in schmuddeliger Kleidung. Einer dieser ungepflegten Aktendiener kam ihnen entgegen. Mit beiden Händen schleppte er bis unters Kinn geklemmt einen Stapel zerzauster Papiere, seine Füße steckten in Pantoffeln.

Kestner fragte ihn nach dem Büro des Gerichtspräsidenten. Während der Mann mit einem Fuß nach seinem halb verlorenen Pantoffel angelte, wies er mit dem Kopf auf eine Tür.

Kestner klopfte an, dann trat er mit Lorenz ein. Sie standen in einem geräumigen Salon. Durch zwei große, von Stuckblattwerk umrankte Fenster fiel mattes Novemberlicht auf das glänzende Parkett und auf die mit Stuck verzierten Wände. An einer Seite des Salons war ein riesiger farbiger Wandteppich aufgespannt. Heimkehr von der Jagd mit Pferden. Auf dem prächtigsten Hengst ritt ein Fürst, um ihn herum seine Jäger und Treiber und ihre Beute: tote Hirsche, Rehe, Wildschweine, Fasane, umhechelt von blutgierigen Hunden.

Auf einem Kanapee gegenüber dem Wandbehang fläzte sich breitbeinig der Gerichtspräsident. Seine weiße Lockenperücke war verrutscht. Über ihm das protzige Porträt des Herzogs, dessen fettes Gesicht der Fleischmasse des Präsidentengesichtes sehr ähnelte. Ein livrierter Sekretär buckelte vor seinem Herrn. Daneben thronte in einem Fauteuil eine aufgetakelte Dame mit einer hochgesteckten Frisur. Sie trug Lederstiefelchen mit hohen Absätzen. Auf ihrem Schoß streichelte sie einen schwarzen, haarlosen Hund mit einer zusammengedrückten Schnauze wie eine Quetsche, als wäre er gegen eine Mauer gerannt. Weißer Speichel tropfte in Fäden aus seinem Maul.

Der Gerichtspräsident blieb auf seinem Kanapee ausgebreitet und begrüßte sie nicht. Auch als Kestner sich vorstellte, ihm erklärte, dass er im Auftrag des hannoverschen Hofarchivs und auf Empfehlung Goethes komme und ihm seine Vollmacht reichen wollte, war er daran nicht interessiert.

In Kestner begann es zu brodeln. Diese Missachtung seiner

Position ärgerte ihn. Nur mit Mühe konnte er die Wut über diese Erniedrigung unterdrücken.

In dem Moment sprang das hässliche Vieh vom Schoß der Dame, tippelte auf Kestner zu und schnüffelte an seinen Schuhen und am inzwischen gesäuberten Mantel.

Kestner mochte keine Hunde. Diese Sorte schon gar nicht. Die Dame rief ihren Köter zurück, der sofort wieder auf ihren Schoß hopste. Sie streichelte ihn und gab ihm Süßigkeiten. Sabbernd schleckte er sie aus ihrer Hand.

Kestner wiederholte den Grund seines Kommens. Der Präsident stutzte einen Moment, dann wies er seinen Sekretär an, das Papier zu holen. Der Livrierte schlurfte hinaus.

»Dauert das noch lang?«, drängelte die Dame, die immer noch ihren Schmatzer fütterte.

»Bis das Papier kommt?«

»Bis wir endlich gehen können. Die Droschke wartet schon.«

Anstelle einer Antwort wuchtete sich der Präsident aus seinem Kanapee, rückte seine Perücke zurecht, zog seine Hose hoch, straffte seinen schwarzen Rock und verließ mit der Dame und ihrem Vieh den Raum, ohne Abschied.

Kestner und Lorenz mussten auf den Sekretär warten. Der kam und kam nicht. Was war los? Warum dauerte das so lang?

Nach einer Weile kehrte der Livrierte zurück. Ohne Handschrift.

»Bedaure«, murmelte er nachlässig. »Das Blatt ist heute nicht auffindbar.«

»Nicht auffindbar?«, brauste Kestner auf.

»Heute nicht auffindbar«, korrigierte ihn der Sekretär. »Wenn Sie morgen wiederkommen, werden wir Ihnen die Sache vorlegen können.«

In Kestner kochte es. Morgen also wiederkommen. Einen Tag verloren, schon wieder! Was sollte er nun machen, da er den ganzen Tag über Zeit hatte?

Ihm fielen die beiden Morde an dem Schmied und dem Bauern ein, von denen der Barbier gesprochen und über die er in dem Zeitungsartikel gelesen hatte. Da in ihm immer noch der Wetzlarer Gerichtsrevisor steckte und rumorte, verlangte er Einsicht in die

Ermittlungsakten über diese Morde. Diese Fälle wollte er sich als ehemaliger Prozessprüfer ansehen.

Der Sekretär wünschte seine Legitimation zu sehen. Aus Anhänglichkeit und Pedanterie trug Kestner seine alte Legitimation aus der Wetzlarer Zeit immer noch bei sich und reichte sie dem Sekretär.

»Alle Akten der Fälle Bertold und Jäckel«, forderte Kestner energisch. »Umstände der Tat, Datum, Uhrzeit, Aussagen von Zeugen, Berichte über die Tatwerkzeuge, Fahndungsaufrufe, Beschreibung der Täter, sämtliche Protokolle über Festnahmen, Vernehmungen, Tatmotive, Verhandlungen, Urteile. Alles.«

Wieder mussten Kestner und Lorenz lange warten, bis der Sekretär zurückkam. Wieder erschien er mit leeren Händen.

»Die Protokolle sind nicht mehr vorhanden«, nuschelte er tranig.

»Warum nicht?«

»Die Akten wurden vernichtet.«

»Vernichtet? Die Morde sind doch erst vergangene Woche geschehen! Da können doch die Akten nicht jetzt schon vernichtet werden.«

»In diesen Fällen wohl.«

»Wer hat die Akten vernichtet?«

»Irgendjemand.«

Kestner sah Goethe vor sich, wie dieser mit seinem Diener körbeweise Papiere verbrannte. Hatte er die Protokolle vernichtet?

»Wer hat das angeordnet?«

»Der Herr Gerichtspräsident.«

»Warum?«

»Die Fälle haben sich erledigt.«

»Erledigt?«

»Erledigt«, wiederholte der Sekretär und schlurfte zu seinem Katzentisch, um sich wieder an seine Arbeit zu machen. Mit seinem Federkiel kratzte er über ein Papier, ohne sich weiter um Kestner und Lorenz zu kümmern.

Für Kestner war es unverständlich, dass die Ermittlungsakten so schnell vernichtet worden waren. Deponierte man sie hier nicht in einem Archiv? Und warum hatten sich die Fälle innerhalb einer Woche erledigt?

»Hat man die Täter gefasst?«

Keine Antwort vom Sekretär. Nur das Kratzen seines Federkiels war zu hören.

»Sitzen sie im Zuchthaus?«

Wieder keine Antwort vom Sekretär. Er kratzte weiter.

Kestner wurde wütend. »Ich habe Sie etwas gefragt!«

Der Sekretär drehte ihm den Rücken zu und schwieg.

Eine Frechheit, wie dieser Lümmel ihn behandelte. Sein Leben lang war Kestner um Disziplin und Korrektheit bemüht gewesen, jetzt drohte sein Korsett zu platzen. Schon wollte er diesen Flegel packen, ihn schütteln, ihm sogar ins Gesicht schlagen, da zupfte ihn Lorenz am Ärmel.

»Gehen wir«, sagte er leise, und Kestner besann sich.

Es war wohl auch das Beste, sonst wäre noch ein Unglück passiert. Der Gedanke, diesen Bengel morgen wiedersehen zu müssen, ekelte ihn.

Als sie an der Pförtnerloge vorbeigingen, sahen sie daneben den Fuchskragen im schwarzen Umhang stehen. Sein glatt rasiertes Gesicht mit den kleinen, tief liegenden Schweinsaugen hatte etwas Maskenhaftes, sein Blick war lauernd. Was machte der schon wieder hier? Überall trieb er sich herum wie ein böser Geist.

»So fleißig schon am Morgen?«, grüßte er mit butteriger Stimme, doch sein Gesicht blieb regungslos.

Sie beachteten ihn nicht.

Draußen in der Gasse hielt sich Lorenz die Nase zu. »Diese aasige Kreatur stinkt. Die Geier sollen ihn fressen.«

Dass die Ermittlungsakten auf Anordnung des Gerichtspräsidenten so schnell vernichtet worden waren, daran konnte Kestner nicht glauben. Noch dazu Morde betreffend, die eben erst begangen wurden. Kein Gericht vernichtete Unterlagen nach so kurzer Tatzeit. Es sei denn, man wollte etwas vertuschen, geheim halten, die Täter schützen. Die ganze Angelegenheit war ihm suspekt.

In ihm keimte ein übler Verdacht. Vielleicht gab es gar keine Akten über diese beiden Mordfälle. Vielleicht wurde gar nicht ermittelt, weil die Täter geschützt werden mussten. Warum mussten die Täter geschützt werden? Das wollte er jetzt wissen.

Sie hatten den ganzen Tag Zeit. Kestner entschied, zu den

Angehörigen der Ermordeten zu gehen. Von ihnen wollte er hören, wie es zu den Morden gekommen war. Vielleicht wussten sie auch, wer die Täter waren und warum sie geschützt werden mussten.

Weimar wurde für ihn immer dunkler. Seine kostbare Handschrift, die für ihn in der Fürstlichen Bibliothek bereitliegen sollte, war an Goethe ausgeliehen worden. Goethe hatte sie an das Gericht weitergegeben, da die Eigentumsrechte angeblich doch noch nicht geklärt waren. Im Gericht war sie nicht auffindbar. Er sollte morgen wiederkommen. Und nun diese Geschichte mit den nicht vorhandenen Ermittlungsakten.

Wie dunkel würde Weimar noch werden?

Die Schmiede des ermordeten Konrad Bertold befand sich in der Frauenplangasse Ecke Frauentorgasse. Auf dem Weg dorthin mussten sie wieder zurück durch die Windische Gasse, vorbei an den Baugerüsten.

Plötzlich riss Lorenz Kestner zur Seite. Zwei Ziegelsteine schlugen dicht vor Kestner auf die Erde. Beinahe hätten sie ihn erschlagen. Beide schauten nach oben. Niemand war auf dem Gerüst zu sehen. Die Ziegelsteine konnten sich nicht aus der Wand gelöst haben. Dann wären sie direkt an der Fassade niedergekracht. Vielleicht waren sie einem Arbeiter oben auf den Brettern aus der Hand gefallen. Aber über ihnen war kein Arbeiter zu sehen. Sehr sonderbar. Jemand musste die Steine absichtlich auf ihn geworfen haben und dann schnell verschwunden sein.

Auch Lorenz war blass geworden. »Hätte ich Sie nicht im letzten Moment weggerissen …«

»… wäre ich erschlagen worden«, ergänzte Kestner und bedankte sich bei ihm. »Bist doch ein guter Assistent.«

Den ganzen Weg über spekulierten sie: Wer war das? Wer wollte ihn erschlagen? Warum? Der Kerl im schwarzen Umhang, der überall auftauchte und übertrieben freundlich grüßte? Ein Beauftragter des Gerichtspräsidenten? Jemand, dem es nicht passte, dass Kestner den Mordfällen nachging?

An der Frauenplangasse Ecke Frauentorgasse waren an einer Toreinfahrt ein altes Hufeisen und ein Schmiedehammer angebracht.

Der Stiel wies in einen Hof, umgeben von Fachwerkfassaden. In einer Ecke befand sich eine leere Bretterschütte, wahrscheinlich für Kohlen, daneben ein offen stehendes Holztor.

Kestner und Lorenz sahen sich um. Da öffneten sich in den Fachwerkfassaden um sie herum einige Fenster; Bewohner schauten heraus. Ein junger Mann trat in den Hof. Er streifte sich durch seine rötlich blonden Haare, rückte seine blaue Jacke zurecht und stellte sich vor. »Bertold. Veith.«

Kestner nannte ihm den Grund ihres Besuchs.

»Endlich kommt jemand«, sagte Veith. »Seit einer Woche hat sich keiner um die Ermordung meines Vaters gekümmert.«

Er deutete auf die leere Bretterschütte. »Sofort nach seinem Tod haben die Nachbarn die Kohlen für die Schmiede geklaut.«

Dabei schaute er zu den Menschen in den Fenstern hinauf; schnell schlossen sie ihre Fenster.

»Ich möchte mir die Schmiede ansehen«, sagte Kestner.

Sie gingen durch das offen stehende Holztor in den dunklen Raum der Schmiede. Kestner und Lorenz sahen die verrußte Esse, den schwarzen Rauchfang, den Löschtrog, den Amboss. Sonst war alles leer.

»Das Übrige haben die Nachbarn weggeschleppt und an die Hofschmiede verkauft.«

»Konnten Sie nichts dagegen tun?«

»Durfte ich nicht. Berufsverbot. Obwohl ich der Geselle meines Vaters war. Als Strafe für seine Gesinnung hat man mir verboten, die Schmiede weiterzuführen. Gerichtsbeschluss. Jetzt verrottet der Rest.«

»Was für eine Gesinnung?«

»Sag ich Ihnen in der Wohnung.«

»Wo ist der Mord passiert?«

Veith führte Kestner und Lorenz zum Amboss.

»Hier.« Er wischte sich mit dem Handrücken Tränen aus den Augen. »Sie haben ihm von hinten mit einem Hammer den Kopf eingeschlagen. Während er am Amboss stand.«

»War er allein in der Schmiede?«

»Ja. Ich war gerade in der Wohnung. Das haben sie abgepasst. Nach der Zertrümmerung seines Schädels haben sie ihm die Hände auf den Rücken gebunden und ihn bäuchlings in die Esse gelegt. In die Flammen. Da ist er verbrannt.«

»Waren es mehrere Täter?«

»Er war groß und kräftig. Es müssen mindestens zwei gewesen sein.«

»Wann haben Sie seinen Tod entdeckt?«

»Der Vater sollte zum Essen kommen. Er kam aber nicht. Ich wollte ihn holen, da hab ich ihn in der Esse liegen sehen. Verkohlt, den Hinterkopf eingeschlagen. Das Feuer brannte noch. Ich schüttete einen Eimer Wasser in die Flammen und zog ihn heraus. Da fiel er halb auseinander. Ich hatte nur ein Bein in der Hand.«

»Warum wurde Ihr Vater getötet?«

»Kommen Sie mit in die Wohnung.«

Sie gingen mit ihm über den Hof zu einem Hintereingang neben einem hölzernen Klohäuschen.

Veith Bertolds Parterrewohnung war klein. An einigen Stellen brach an den Wänden der Putz ab. Strohspreu und Lehmmasse lagen frei. Die ganze Wohnung war vollgestellt mit Puppen. Überall verschieden große Puppen, gebastelt aus Wollstrümpfen, bunten Stoffresten, Bändern, Knopfaugen und Holzwolle.

»Meine Mutter hat die Puppen gemacht. Neben Kochen, Waschen und Putzen hat sie diese Puppen gemacht. Stundenlang. Bis in die Nacht hinein.«

Auf dem Schuhschränkchen im Flur, auf den Fensterbrettern, dem Diwan, der Kommode, der Anrichte des Küchenschrankes, auf dem Schrank standen, hockten, lagen Puppen. Lorenz fasste eine davon an. Die Holzwolle darin knisterte.

»Sie hat die Puppen von Personen angefertigt, von denen sie ahnte, dass sie bald sterben würden«, erklärte Veith. »Und wenn sie die Puppe fertig hatte, starb die Person tatsächlich.«

Kestner stand die Ungläubigkeit im Gesicht. Lorenz stockte der Atem.

Veith ging mit ihnen in die Schlafkammer und nahm eine Puppe vom Ehebett. Sie trug eine lederne Schürze und hielt einen Hammer in der Faust.

»Das ist mein Vater. Sie hat die Puppe kurz vor seinem Tod gebastelt. Vergangene Woche ist es dann passiert«, sagte er und legte die Puppe zurück auf das Bett. Dann ging er mit ihnen zurück in die Wohnstube und zeigte auf das Fensterbrett: »Das ist der Bauer Jäckel mit seiner Heugabel. Er wurde am selben Tag umgebracht.«

Daneben stand eine Figur, die einen jungen Burschen in weißer Müllerkluft darstellte. Veith bemerkte Kestners fragenden Blick.

»Das ist der Müllergeselle Niklas von der Niedermühle. Sie machte ihn, bevor er von der Mühle abgeholt und an die preußische Armee verkauft wurde. In einer Kiste kam er zurück und wurde gestern hier beerdigt. Mutter hatte auch seinen Tod vorausgesehen.«

Von der Kommode nahm er die Puppe einer jungen Frau, eine ärmliche Magd mit Kopftuch und Putzkittel.

»Das ist die Katharina Höhn von der Niedermühle, die im April ihr Neugeborenes tötete. Meine Mutter ahnte schon damals, dass sie enthauptet werden wird. Am Freitag ist es so weit. Sie hat die Tode all dieser Menschen vorausgesehen. Ich habe Angst, dass sie auch von mir eine Puppe macht. Viele hatten ihr verboten, von ihnen eine Puppe zu basteln. Sie wollten noch nicht sterben.«

Veith öffnete eine Holzkiste mit breiten Eisenbeschlägen. Sie war voller Schmiedewerkzeuge.

»Die haben wir nach dem Tod des Vaters hierhergeschafft. Mit den Hämmern sollen nicht noch mehr Menschen erschlagen werden.« Er nahm einen schweren Schmiedehammer heraus und zeigte ihn Kestner. Der Eisenkopf und der Stielansatz waren mit Blut verkrustet. »Damit haben sie meinem Vater den Schädel zertrümmert. Sie haben den Hammer einfach liegen lassen.«

»Wurde er nicht von der Polizei beschlagnahmt?«

»Die Polizei ist gar nicht gekommen.«

»Er hätte als Beweisstück dienen können.«

»Keiner ist gekommen.«

»Haben Sie Strafanzeige gegen Unbekannt gestellt?«

»Wollte ich. Bei der Polizei.«

»Und?«

»Dort sagte man mir, ich solle das Maul halten. Man drohte mir eine Strafe an, wenn ich damit noch mal komme. Dann würden sie mich festnehmen und herausfinden, dass ich den Vater selbst umgebracht habe, um seine Schmiede übernehmen zu können. Das musste ich mir anhören.«

»Warum wurde Ihr Vater umgebracht?«

»Sicher bin ich nicht, aber ich kann's mir denken.«

»Also?«

»Wie alle anderen musste auch mein Vater Frondienst leisten. Unbezahlt natürlich.«

»Das heißt?«

»Er musste ohne Bezahlung die Pferde der Adeligen am Hof beschlagen. Alle Pferde. Immer wieder. Die Hufeisen und die Arbeitszeit, alles ohne Bezahlung. Das konnte er sich nicht leisten. Wir mussten doch von etwas leben! Da weigerte er sich.«

»Dafür wird man doch nicht umgebracht.«

»Dafür nicht.«

»Sondern?«

»Da war noch eine andere Sache.«

»Was?«

»Aus Wut gegen die Fronarbeit sympathisierte er mit den Republikanern. Mit diesen neuen Ideen aus Frankreich. Hier gibt es einen Geheimbund. Da trifft man sich heimlich und redet von Revolution. Mein Vater war in diesem Geheimbund.«

Nun bekam Lorenz große Ohren. »Was ist das für ein Geheimbund?«, wollte er von Veith wissen.

»Es gibt sie auch in Jena, Gotha und Eisenach. Wollen den ganzen Adel und den Herzog mitsamt dem Hof abschaffen. So ein Unsinn.«

»Wieso Unsinn?«, erregte sich Lorenz.

Kestner wies ihn zurecht: »Soll er sich wie sein Vater erschlagen lassen?«

»Das ist Spinnerei«, wehrte Veith ab. »Es ist unmöglich. Meine Mutter und ich haben immer gesagt: ›Lass das sein. Du machst dir nur Feinde. Du ruinierst die Schmiede.‹ Aber nein, er hielt an seiner Überzeugung fest. Bald darauf wurde er erschlagen und verbrannt.«

»Haben Sie einen Verdacht, wer die Täter waren?«

»Verdacht, Verdacht – da gibt's viele.«

»Zum Beispiel?«, bohrte Kestner.

»Alle, die am Hof festhalten. Die von ihm profitieren. Wenn der Hof weg ist, haben sie nichts mehr, wovon sie leben können. Die Polizei unternimmt natürlich nichts, um die Täter zu fassen.«

»Ich muss mal«, sagte Lorenz. »Kann ich bei Ihnen aufs Klo?«

Veith zeigte auf eine niedrige Holztür, Lorenz verschwand dahinter.

»Wo wurde Ihr Vater beerdigt?«, erkundigte sich Kestner.

»Auf dem Jakobskirchhof. Direkt neben Jäckel. Die Begräbnisse fanden am selben Tag statt. Vergangenen Donnerstag. Einen Tag nach ihrer Ermordung.«

»So schnell?«

»So schnell.«

»Das ist ungewöhnlich.«

»Ja. Sehr ungewöhnlich. Aber in diesem Fall war's so. Es kamen Massen von Leuten, um meinem Vater und dem Jäckel das letzte Geleit zu geben. Alles Freunde vom Geheimbund. Und etwas abseits standen viele Soldaten. Sie sollten wohl einen Aufruhr verhindern.«

»Von was leben Sie jetzt, wenn Sie nicht mehr als Schmied arbeiten dürfen?«

»Seit auch der Jäckel tot ist, arbeite ich bei der Bäuerin als Knecht auf dem Hof.«

Als Lorenz zurückkam, hielt er eine Puppe hoch. Einen Soldaten mit einem Gewehr aus Pappe im Anschlag. Die zusammengenähte Uniform war angebrannt, schwarze Ränder überall, und auf dem Kopf hatte er eine kleine Mütze, wie sie die Militärs trugen.

Kestner nahm die Figur in die Hand, betrachtete den angebrannten Uniformfetzen und den Stoff, aus dem die Mütze genäht war.

»Das angebrannte Tuch fanden wir neben der Esse«, sagte Veith. »Stammt von einem Uniformärmel. Hatte Feuer gefangen. Und die Militärmütze haben wir von der Jäckel bekommen. Nach dem Tod ihres Mannes. Der Jäckel hat wohl um sich geschlagen und dem Mörder die Mütze vom Kopf gehauen. In dem Moment trat die Kuh mit ihrem Huf darauf. Trat sie in den Mist.«

»Die Mörder waren also Soldaten«, stellte Kestner fest.

Veith zeigte auf die Puppe. »Die hat meine Mutter nach Vaters

Tod gemacht. Sie können sie mitnehmen. Bin froh, wenn sie aus dem Haus ist.«

»Woher weiß Ihre Mutter, dass die Menschen, von denen sie diese Puppen macht, bald sterben werden?«

»Sie sieht es. Mit ihrem inneren Auge.«

»Der Soldat, zu dem diese Puppe gehört, lebt er noch?«

»Keine Ahnung.«

»Ist Ihre Mutter eine Hellseherin?«

»Sie hat so eine Ader.«

Vielleicht hatte die Frau nicht nur die Morde, sondern auch die Mörder ihres Mannes und des Bauern gesehen? Kestner wehrte sich gegen diese Überlegung. Hellseherei, Blödsinn. Er war Realist und als Jurist auf rationales Denken gedrillt. Trotzdem ließ ihn der Gedanke nicht los.

»Hat sie auch die Mörder gesehen?«, fragte er.

Veith schüttelte leicht den Kopf. »Darüber hat sie etwas gesagt. Jedoch nur sehr vage. Ich konnte damit nichts anfangen.«

»Was hat sie gesagt?«, wollte Kestner wissen.

»Sie können sie selbst fragen. Sie bastelt nebenan eine neue Puppe. Einen Mann.«

»Was für einen Mann?«

»Vielleicht sagt sie es Ihnen. Kommen Sie.«

Sie betraten eine kleine Kammer. Veith blieb an der Tür stehen.

An über zwei Stuhllehnen gelegten Brettern, die als Tisch dienten, saß eine alte Frau mit kleinen, tief liegenden Augen, eine Schere zwischen den Fingern. Vor ihr lagen alte Wollstrümpfe, Schnüre, Holzwolle, Stofffetzen, Nähzeug, ein Häufchen Sägemehl und eine halb fertige Puppe. Zu erkennen war ein Mann mit einem knochigen Gesicht und langen schwarzen Haaren aus Rosshaar. Sein Körper und seine Beine waren noch nackt. Aus einem blauen Stoff nähte sie für ihn gerade ein Hemd mit kleinen Knöpfchen.

Sie sah kurz auf und grüßte Kestner und Lorenz, als wären sie gute Bekannte, die erst gestern hier gewesen waren. Dann wandte sie sich wieder ihrer Arbeit zu.

»Muss mich beeilen«, murmelte sie.

»Wer ist diese Puppe?«, fragte Kestner.

»Kluger Mann. Weiß viel. Weiß viel. Weiß alles. Früher viel

beschäftigt. Jetzt nicht mehr. Hat jetzt Zeit. Nicht mehr lange. Muss mich beeilen.«

Sie sprach die Worte vor sich hin, ohne aufzusehen.

Dieser Mann, der so viel wusste, interessierte Kestner. Ihn musste er treffen. Vielleicht konnte er ihm einiges erklären. Die Steinwürfe in Goethes Fenster, die Sache mit den Rekruten für Preußen, die Allgegenwart dieses ekelhaften, freundlich lächelnden Fuchskragens, die nicht vorhandenen Ermittlungsakten bei Gericht, Goethes Verbrennen von Papieren, die Attacke auf ihn mit den Ziegelsteinen. Alles sehr merkwürdige Ereignisse. Wenn dieser Mann ihm darüber berichten könnte …

»Wie heißt er?«

Sie hielt das halb fertige Hemd probehalber vor die Puppe und antwortete nicht. Kestner wiederholte seine Frage. Sie murmelte einen Namen, den er nicht verstehen konnte. Er klang wie Leder oder Zeder. Auch als er sie bat, den Namen zu wiederholen, kam von ihr nur Unverständliches.

»Wo wohnt er?«

Kestner war auf die Antwort gespannt.

»Viele Papiere. Viele Flaschen. Viel Unordnung. Alles durcheinander«, brabbelte sie.

Sie nähte das Hemd fertig und zog es der Puppe über die mit Sägemehl gefüllten Arme.

»Kennen Sie ihn? Haben Sie ihn gesehen?«

»Sehe immer.«

Kestner und Lorenz schauten sich an. Beide dachten dasselbe: Entweder die Alte spinnt, oder sie ist wirklich eine Hellseherin. Lorenz hielt ihr die Soldatenpuppe hin.

»Haben Sie auch diesen Kerl gesehen?«

Ohne aufzusehen, nuschelte sie: »Sehe sie alle.«

»Die Mörder Ihres Mannes, wie sahen sie aus?«, drängte Kestner.

»Viel Uniform, viel Uniform«, kam es von ihren Lippen. Mehr sagte sie nicht, und Kestner und Lorenz gaben es auf, sie zu fragen.

Veith Bertold begleitete sie hinaus in den Hof, wo sie sich von ihm verabschiedeten. Die Puppe des Soldaten nahmen sie mit.

»Komische Alte«, meinte Lorenz, als sie wieder auf der Gasse standen.

Kestner aber war nachdenklich geworden. Trotz seiner Skepsis gegenüber der Hellseherei. In ihm gärte es.

»Diesen Mann, diesen Leder oder Zeder, der angeblich alles weiß, den will ich treffen. Bevor es zu spät ist.«

»Unmöglich«, wandte Lorenz ein. »Wir haben keinen Namen, keine Adresse. Mich interessiert viel mehr dieser Geheimbund, in dem der Schmied war. Der Sache geh ich nach.«

»Das lässt du sein«, widersprach Kestner. »Viel zu gefährlich.«

Lorenz ließ nicht locker. »Vielleicht erfahren wir dort etwas über diesen Mann, der alles weiß. Vielleicht treffen wir ihn dort.«

»Wir müssen anders an ihn rankommen. Reden wir zuerst mit der Jäckel.«

Der Bauernhof lag in der Gasse Am Bache. In der Nähe des abgebrannten Schlosses. Als sie in die Kleine Schlossgasse traten, krachte hinter ihnen ein Schuss. Dicht neben Kestner schlug eine Kugel in eine gemauerte Hauswand. Blitzschnell zerrte Lorenz ihn am Arm zur Seite, in den Schutz eines Hauseingangs. Wieder mal.

»Du wirst immer besser«, stammelte Kestner, kalkbleich im Gesicht. Es knallte noch mal, drei weitere Kugeln schlugen neben ihm in die Hauswand ein, das Mauerwerk splitterte. Sie schauten zurück. Niemand war zu sehen. Eine Weile wagten sie nicht weiterzugehen.

»Jemand hat etwas dagegen, dass wir zu diesem Bauernhof gehen«, brachte Lorenz mühsam hervor, mit ebenfalls weißem Antlitz. »Besser, wir kehren um.«

»Wir müssen da hin«, forderte Kestner.

»Und wenn man uns abknallt?« Lorenz' Stimme zitterte.

»Mich, nicht dich.« Auch Kestner stand die Angst in den Augen.

Sie beschlossen, das letzte Stück des Weges im Zickzack zu laufen. Kestner rannte los, Lorenz hinterher. Kinder kamen ihnen entgegen, blieben stehen, lachten, sahen ihnen nach, feixten über ihre Bocksprünge.

Vor dem Holzgatter des Hofes mussten sie wieder die »Lotte« überqueren. Hier schimmerte sie gelb. Vom Schweinestall hinter dem Holzzaun floss die Gülle in das Abwasserrinnsal. Beinahe wären sie auf den glitschigen Planken über der Kloake ausgerutscht.

Die Kühe hatten auf ihrem Weg aus dem Stall ihre Fladen auf den Bohlen breit getreten. Brauner Brei bedeckte sie.

Kestner klopfte an die alte Haustür. Lange tat sich nichts. Sie warteten, Kestner klopfte nochmals, jetzt lauter. Dann öffnete sich die Tür; ein kleines, halb angekleidetes Mädchen kaute an einem Kanten Brot und schaute sie ernst an.

»Kann ich die Bäuerin sprechen?«, fragte Kestner.

»Die Mama ist im Stall.«

»Wo ist der Stall?«

»Da durchn Zaun.«

Kestner und Lorenz öffneten das Gatter, das etwas schief in den Angeln hing. An der einen Seite eines erdigen Platzes stand eine Scheune, daneben war ein Karren aufgebockt. Im Hintergrund putzten an einem kleinen Teich Gänse ihr Gefieder. An der anderen Seite war rechts ein Stall, davor ein Misthaufen, auf dem Hühner herumpickten. Sie betraten den Stall. Seitlich des Mittelgangs prusteten zwei Ochsen in einer Bucht, daneben rappelten in einem Verschlag ein paar Ziegen zwischen den Brettern, ein paar Meter weiter lagen Schweine in einem Koben. Gegenüber zählten sie hinter Futterkrippen fünf Kühe. Sie wandten ihnen die Köpfe zu, als sie eintraten. Zwischen ihren Läufen strich eine graue Katze umher. In einer Ecke stand ein Melkschemel.

Im Stall war es warm. Dumpf roch es nach Stroh und Heu. Die Kühe fraßen aus den Krippen, schnaubten, ihre Kiefer mahlten, die Ketten um ihre Hälse klirrten leise. Im hinteren Teil des Mittelganges warf die Bäuerin mit der Gabel den Kühen Heu in die Krippen. Als sie Kestner und Lorenz näher kommen hörte, drehte sich die Bäuerin um. Sie stützte die Gabel auf den Steinboden und starrte sie erschrocken an.

»Was machen Sie hier?« Ihre Stimme klang barsch.

Kestner und Lorenz gingen auf sie zu und stellten sich vor.

»Frau Jäckel?«

Sie nickte. »Worum geht's?« Immer noch war ihr Ton abweisend.

Als Kestner ihr erklärte, warum sie hier waren, holte sie wortlos den Melkschemel aus der Ecke hervor, schob eine Schubkarre heran, kippte sie um und deutete mit der Hand darauf: Sie sollten sich setzen. Kestner und Lorenz hockten sich auf die umgekippte Schubkarre. Sie wischte ihre Hände an der schmutzigen Schürze ab und schob ihren Haarknoten am Hinterkopf hoch. Dann ließ sie sich auf dem Schemel nieder und schaute auf die Puppe in Lorenz' Hand.

»Die haben Sie vom Veith?«

Lorenz nickte.

»Ja, die Mütze, diese Mütze …« Sie redete nicht weiter.

»Wie war das vergangene Woche?«, fragte Kestner.

Es dauerte eine Weile, bis sie sprechen wollte. Immer wieder sah sie zu den fressenden, schnaubenden Kühen hinüber. Ab und zu stieß eines der Tiere ein dunkles Brummen hervor.

»Das war so …«, begann sie endlich. Sie zögerte, stand auf, ging zu dem Koben und schüttete den Schweinen aus einem Eimer etwas in den Trog. Als sie zurückkam, blieb sie einen Moment vor dem Schemel stehen, dann setzte sie sich langsam wieder. »Das war so …«, begann sie aufs Neue. Und schon wieder stockte sie. Mit erhobenem Schwanz kam die graue Katze elegant heranstolziert und schmiegte sich an ihre derben Lederschuhe. Die Bäuerin stieß sie mit einem harten Seitenhieb beiseite.

Warum ist sie so grob zu ihr?, fragte sich Kestner verwundert.

»Vorige Woche, vorige Woche …« Sie schaute zu den beiden Ochsen. Abermals stand sie auf, ging zu den Tieren und klinkte bei beiden die Eisenhaken an den Halsriemen in die Ringe ihrer Bucht.

Was hat sie nur, dass sie nicht reden will?, überlegte Kestner. Lorenz wurde unruhig. Kestner legte ihm die Hand aufs Knie.

Diesmal blieb die Bäuerin bei ihrer Rückkehr breitbeinig vor dem Schemel stehen. Sie setzte sich nicht. Sie blieb wie ein Baumstumpf einfach stehen. Auf einmal riss sie sich ihre Schürze vom Leib, schleuderte sie auf den Schemel und schrie: »Da auf dem Schemel, da hat er gesessen! Auf diesem Schemel.«

Ihre Stimme überschlug sich. Sie schrie weiter: »Da drüben bei den Kühen hat er gesessen. Gemolken, die Stirn an den Bauch der Kuh gedrückt. Und dann, plötzlich, hatte er die Mistgabel im Rücken! Die spitzen Zinken, tief in seinem Rücken. Von hinten zugestochen. Mit Wucht in den Leib. Tief hinein!«

Sie musste nach Atem schnappen. Keuchte schwer. Bekam kaum Luft. Röchelte. Sie warf die Arme hoch, als wollte sie nach etwas greifen.

Kestner und Lorenz fürchteten, sie würde zusammenbrechen, sprangen auf, wollten sie halten, aber sie schlug um sich und sank auf den Schemel.

Wasser, dachte Kestner. Sie braucht Wasser.

Doch die Jäckel war jetzt ganz still. Sie begann wieder gleichmäßig zu atmen. Mit Schweiß auf der Stirn ließen sich die beiden auf ihrer umgedrehten Schubkarre nieder.

Sie hielt beide Hände vors Gesicht. Es waren abgearbeitete Hände. Rissige, mit Schorf bedeckte Haut. Schrumpelig. Wie alte Baumrinden. Dunkel, fast schwarz. Am Zucken ihrer Schultern erkannten Kestner und Lorenz, dass sie weinte. Dann brach sie in lautes Schluchzen aus, weinte ihren Schmerz heraus. Ihre Schultern sprangen auf und nieder. Die Kühe rasselten mit ihren Ketten, die Ziegen stießen ihre Hörner an die Verschläge.

Erst nach und nach beruhigten sich die Jäckel und das Vieh. Kestner und Lorenz hockten wie gelähmt auf ihrer Schubkarre. Sie hörten ihr eigenes Blut in den Ohren rauschen. Dann war irgendwann alles still.

Keiner bewegte sich.

Nach langer Zeit fing die Jäckel an zu murmeln. »Bei der Kuh hab ich ihn gefunden«, leierte sie monoton. »Er lag im Stroh. Die Zinken im Rücken. Der Schemel umgekippt. Der Eimer umgeworfen daneben. Die Milch im Stroh verschüttet. Die Kuh stampfte neben seinem Leib. Riss an der Kette. Trat immer wieder auf die Mütze. Mit dem Hinterhuf. In den Mist. Er hatte sie ihm wohl beim Kampf vom Kopf geschlagen.«

»Warum wurde Ihr Mann umgebracht?«

»Er musste für den Herzog rackern. Fronarbeit. Seit Jahren. Wie die anderen Bauern auch. Musste unsere Ernte abliefern. Dem Fürstenhof. Und der ganzen Adelsbande. Unser Gemüse, das Obst, die Eier, die Milch. Unsere Kartoffeln. Den Weizen. Den Roggen. Alles unbezahlt. Uns blieb kaum noch was. Mit den beiden Ochsen musste er im Wald Holz schlagen. Brennholz für den Herzog und das Adelspack. Auch für diesen Goethe und die anderen Geheimräte. Zuletzt musste er im Ilmpark arbeiten. Zwölf Stunden am Tag. Mitten in der Ernte. Sind wir denn die Sklaven des Herzogs? Ja, sind wir. So ist es.« Sie schüttelte betrübt den Kopf. »Ich allein konnte die Ernte nicht einfahren. Alles verfaulte auf den Äckern, auf den Feldern. Wir konnten nichts mehr an den Hof liefern. Wurden bestraft wegen Abgabeverweigerung. Immer wieder protestierten wir gegen die Fronarbeit. Genau wie all die anderen Bauern, die Bäcker, Handwerker. Übergaben dem Hof Bittschriften. Von Schreibern zu Papier gebracht. Man drohte ihnen: Beim nächsten Mal würde man sie ins Zuchthaus stecken. Wir galten als Aufwiegler, Volksverhetzer. Da schlossen sich alle zusammen. Zu einem geheimen Bund. Nannten ihn ›Freunde der neuen Republik‹. Wollten den Hof stürzen. Wollten frei sein. Auch der Schmied war dabei. Der Bertold Konrad. Und mein Mann. Ich hatte Angst. Ich wollte da nie hin. In den geheimen Versammlungen waren Spitzel des Herzogs. Hab zu ihm gesagt: ›Lass es sein. Lass es sein.‹ Aber er hat nicht auf mich gehört.«

»Wo treffen sich die ›Freunde der neuen Republik‹?«, wollte Lorenz wissen.

»Sie wechseln ständig ihren Treffpunkt. Aus Angst vor Verfolgung und Verhaftung. Es muss ja alles geheim bleiben.«

»Und damals, als Ihr Mann dabei war?«, drängte Lorenz.

»Im Keller vom Stadtbrauhaus. Als geschlossene Gesellschaft. Da fiel es nicht auf. Nach einem dieser Treffen fand ich meinen Mann im Stall.«

»Und heute? Wo treffen sie sich heute?«

Kestner war Lorenz' Frage unangenehm.

Die Jäckel winkte ab. »Will ich gar nicht wissen.«

Nach einer Weile erkundigte sich Kestner vorsichtig: »Haben Sie einen Verdacht, wer ihn getötet hat?«

Sie deutete auf die Puppe in Lorenz' Hand. »Der mit der Mütze war's. Will es genauer gar nicht wissen.«

»Warum nicht?«

»Sonst schlag ich den tot. Dann werd ich geköpft wie die Höhn.«

Kestner schwieg. Er konnte sie gut verstehen.

Als sie sich von der Jäckel verabschiedeten, sagte sie: »Nie werden Sie aufdecken, wer der Mörder war. Oder wer den Bertold umgebracht hat. Die halten alle dicht. Da gibt es geheime Absprachen, konspirative Zusammenschlüsse, Verschwörungen, Komplotte, unterirdische Gänge, die man nicht sieht. Ganz Weimar ist von ihnen durchzogen.«

»Kennen Sie einen Mann, der Leder oder Zeder oder so ähnlich heißt?«, fragte Kestner. »Die Veith hat von ihm gesprochen.«

»Ach die Alte, die spinnt. Die quatscht viel.«

Sie gingen durch das Holzgatter und standen wieder vor der stinkenden »Lotte«. Im Abwasser schwammen dunkle, ekelhafte Klumpen. Nicht zu erkennen, was das war. Kot oder Fleischfetzen oder Mistbrocken. Sie starrten auf die dunkle Brühe.

So eine widerwärtige Kloake hatte er auch im Gericht vorgefunden. Keine Ermittlungsakten über die beiden Morde.

Nach allem, was sie von Veith und der Jäckel erfahren hatten, war Kestner nun sicher, dass in diesen Mordfällen gar nicht ermittelt wurde. Im Fall, dass die Mörder tatsächlich Militärs waren, durften gegen sie keine Verfahren eingeleitet werden. Demnach durfte es auch keine Protokolle geben. Worüber nichts Schriftliches existierte, das hatte es nie gegeben. Und wo es keine Morde gab, gab es auch keine Täter. So einfach war das.

»Das mit den unterirdischen Gängen, das interessiert mich«, sagte Lorenz. »In die müssen wir rein.«

»Da können wir gar nicht rein, weil es sie konkret nicht gibt. Die Jäckel meinte das symbolisch. Unsichtbare Gänge, Denunziationen, geheime Absprachen, Komplotte. Ein Netzwerk aus konspirativen Befehlen.«

»Das diese schwarze Spinne webt? Seit wir hier sind, taucht er überall auf, hat wohl seine Finger im Spiel.«

»Möglich.«

»Und wenn es doch Höhlen unter der Stadt gibt?«, beharrte Lorenz.

Kestner hörte nicht auf ihn und sinnierte, noch aufgewühlt von der Schilderung der Jäckel: »Wer hat den Bauern umgebracht?«

»Ich weiß es«, behauptete Lorenz.

»Woher?«

»Es steht in meinem Gehirn.«

»Wer denn?«

»Der Bauer und der Schmied wurden umgebracht, weil sie die Fronarbeit verweigerten. Weil sie sich den neuen Republikanern anschlossen. Also handelt es sich um politische Morde. Angeordnet von Leuten, denen diese Gesinnung nicht passte. Leute vom Hof. Von der Regierung. Missliebige mussten beseitigt werden. Und beseitigt hat sie das Militär. Auf Befehl von oben.«

»Beweise«, wandte Kestner ein. »Wir haben keine Beweise. Ohne Beweise kannst du nichts behaupten.«

»Wir haben den angebrannten Uniformstoff und das Tuch der Soldatenmütze.«

»Trotzdem wissen wir nicht, wer die Täter waren. Militärisch kleiden können sich viele.«

»Jedenfalls laufen sie frei herum.«

Eine aufgeblähte tote Katze trieb in der Kloake vorbei. Ihr Fell hatte sich von der weißen Haut abgelöst. Kestner starrte auf den Kadaver.

»Wenn wir den schnappen könnten, der die Ziegel auf mich geworfen und auf mich geschossen hat, hätten wir vielleicht was in der Hand.«

»Ich weiß, wie wir an die Mörder rankommen«, sagte Lorenz.

Kestner überhörte seine Worte und wollte weitergehen. Doch Lorenz hielt ihn zurück und wiederholte: »Ich weiß, wie wir an die Mörder rankommen.«

»Da bin ich aber gespannt.«

»Wir müssen in diesen Geheimbund.«

»Du bist verrückt.«

»Wir müssen in die Versammlung, in der sich die Widerständler treffen. Wo sie ihre Aktionen gegen den Herzog, den Hof, gegen die Adeligen planen. Dort schleichen sich auch die Spitzel des Herzogs ein. Sie müssen doch ausspähen, was die Bürger vorhaben. Müssen ihre nächsten Opfer wählen. Wen sie als Nächstes beseitigen. Wir müssen in den Keller vom Stadtbrauhaus.«

»Da haben sie sich früher getroffen. Heute woanders.«

»Wir müssen eben herausbekommen, wo sie sich jetzt treffen.«

»Auch dann kommen wir da gar nicht rein. Als Fremde.«

»Wir müssen jemanden finden, der uns vertraut und uns reinschleust.«

»Schlag dir das aus dem Kopf.«

»Da spioniert sicher auch diese Drecksau, die die Ziegel geworfen und geschossen hat. Dann haben wir ihn«, beharrte Lorenz. »Wir müssen da rein. Ich komm da rein. Irgendwie.«

»Mach keinen Ärger.«

»Vielleicht kann Veith uns helfen«, schlug Lorenz vor.

»Unmöglich. Er lehnt den Geheimbund ab. Und die Jäckel auch.«

»Oder Ihr Freund Goethe.«

»Der schon gar nicht.«

Eine Weile schwiegen beide. Keiner wusste, wie es weitergehen sollte. Die trübe Kloake vor ihnen wälzte sich träge dahin. In der Brühe schwammen Klumpen, bei denen nicht zu erkennen war, was das früher einmal war. Vielleicht Gedärme, Häute, Steinkot.

»Gehirne«, murmelte Lorenz beim Anblick der Klumpen. »Vielleicht waren das Gehirne.«

»Du spinnst.« Kestner schüttelte sich. Zugleich musste er an das Gemunkel des Barbiers denken. Präparierte Gehirne in einem Keller im abgebrannten Schloss. Eingelegt in Spiritus in Gläsern.

»Wenn man aus ihnen die Gedanken herausfiltern könnte«, phantasierte Lorenz weiter. »Was sie früher mal gedacht haben – vielleicht hätten wir dann Spuren.«

»Total übergeschnappt, mein Assistent.«

Kestner wollte sich abwenden, da rief Lorenz erregt: »Ich hab's! Wir müssen in die Höhle, in das Loch, wo sich die Mörder treffen.«

Kestner musste erneut an den Barbier denken, der ihn davor gewarnt hatte, in ein Loch zu fallen, in einen Abgrund.

»Im Loch nach giftigen Schlangen greifen ist tödlich.«

»Uns bleibt gar nichts anderes übrig.«

Kestner lehnte Lorenz' Vorschlag kategorisch ab. Das kam nicht in Frage. »Außerdem weißt du ja überhaupt nicht, wo sie sich treffen.«

»Es muss doch in diesem gottverfluchten Kaff jemanden geben, der uns dahin führt!«, regte sich Lorenz auf und beschloss gleich darauf abrupt: »Nach so vielen Leichen muss ich jetzt erst mal was essen.«

Kestner war der Appetit vergangen, dennoch willigte er ein.

Auf dem Weg zum Gasthaus »Sonne« in der Breitengasse mussten sie unter einem Haus durch einen Durchlass hindurch. Als sie in das Dunkel hineintraten, sahen sie am anderen Ende, an die Wand gelehnt, die Silhouette eines Mannes im Umhang.

»Da lauert die Schlange«, sagte Lorenz. »Die schwarze Spinne.«

Wieso ist dieser Kerl schon wieder da?, pochte es in Kestners Kopf. Hatte er auf sie gewartet? Woher wusste er, dass sie hier durchmussten?

»Sicher hat er mit diesen Morden zu tun«, unkte Lorenz. »Und es passt ihm nicht, dass Sie darüber ermitteln.«

In Kestners Kopf pochte es weiter: Falls der Fuchskragen derjenige war, der auf ihn geschossen hatte, knallte er ihn jetzt ab, wenn sie an ihm vorbeigingen.

»Besser, wir kehren um«, schlug Lorenz vor.

Sie nahmen den Umweg über den Marktplatz. An der Seite, dort, wo sie in die Breitengasse zur »Sonne« einbogen, wurde gerade ein Holzpodium aufgebaut. Kestner fragte einen Arbeiter: »Wofür dieses Podest?«

»Da wird das Todesurteil gegen die Kindsmörderin verkündet. Am Freitag.«

Auf der anderen Seite des Platzes baute man die Buden für das Jahrmarktsfest auf.

»Morgen müssen wir wieder zum Gericht«, kündigte Kestner im Weitergehen an. »Die Handschrift abholen. Dabei will ich mir die Akte Höhn ansehen.«

Als Kestner und Lorenz in die niedrige Wirtsstube des Gasthauses »Sonne« eintraten, verstummten die Gespräche der wenigen Gäste, die auf den Bänken vor ihren Tellern und Biergläsern hockten. Geduckt sahen sie sich die beiden Fremden an: Freund oder Feind?

Kestner und Lorenz ließen sich auf einer Eckbank nieder.

Die Wirtsstube war ein alter, gemütlicher Raum, in dem es gut roch. Die schweren Deckenbalken mit ihren breiten Spalten bogen sich etwas und schimmerten dunkel vom Tabakrauch, den Essensdünsten und vielleicht auch von den vielen Gesprächen, die während der vergangenen hundert Jahre von den Holztischen zu ihnen aufgestiegen waren. An den Holztäfelungen der Wände hingen eingerahmte Urkunden. Preisverleihungen für Taubenschießen, Gesangsvereine und Kaninchenzucht. Dazu standen auf Wandbrettern die entsprechenden Pokale.

Eine Karte gab es nicht. Die Serviererin zählte auf, was es zu essen gab. Lorenz bestellte Thüringer Klöße mit Soße und Kartoffeln und zum Nachtisch Apfelkompott mit Zimt. Kestner war die Rehkeule eingelegt in Burgunder, gespickt mit Nelken und geschmort in Sahne viel zu teuer. Das konnte er sich nicht leisten. Er musste sparsam umgehen mit seinem Reisegeld für beide. Er bat nur um eine Brennsuppe mit Kartoffeln.

Aufmerksam belauschten die Gäste, was sie bestellten, und setzten ihre Unterhaltungen erst fort, als die gefüllten Teller auf dem Tisch standen und sie zugriffen.

Das Essen war gut. Es schmeckte ihnen. Auch wenn Kestner anfangs meinte, ihm sei der Appetit vergangen, bestellte er einen zweiten Teller heißer Brennsuppe. Nach so einem Tag tat es wohl, endlich etwas Warmes im Bauch zu haben.

Zurück im Hotel stellten sie fest, dass die Pfotenhauer den Waschtisch von der Seitentür auf seinen alten Platz zurückgeschoben hatte. Der Bewohner des Nebenzimmers hatte den ganzen Tag über in ihrem Raum herumschnüffeln können. Sie sahen nach, ob ihnen etwas fehlte.

Es war alles da, aber sie bildeten sich ein, im Zimmer einen fremden Geruch zu erschnuppern. Irgendetwas hing in der Luft. Davon waren sie überzeugt. Wieder rückten sie den Waschtisch mit der schweren Marmorplatte vor die Seitentür, um in der Nacht sicher zu sein.

Als Kestner die Schublade seines Nachtkastens öffnete, um seine darin verstauten Schuhspanner herauszunehmen, kullerte etwas Hartes über das Holz. Er griff danach und hielt eine glänzende Patrone zwischen den Fingern. Er zeigte sie Lorenz. Erschrocken betrachteten sie das Projektil. Dazu lag wieder ein ausgeschnittener Artikel des »Weimarischen Wöchentlichen Anzeigers« vom letzten Samstag in der Schublade. Dieses Mal über ein Taubenschießen, das in den nächsten Tagen im Ort stattfinden sollte.

Lorenz drehte die Patrone hin und her und fragte: »Sollen wir die Tauben sein?«

»Willst du dich noch immer in dieses Loch einschleichen, wo sich die Mörder treffen?«, fragte Kestner zurück.

Sie mussten die Patrone der Pfotenhauer zeigen, von ihr eine Erklärung fordern. Kestner schloss das Zimmer ab und steckte den Schlüssel ein. In der Eingangsdiele hielt er ihr das Geschoss und den Zeitungsartikel hin. Heftig stritt sie ab, diese Dinge in die Schublade gelegt zu haben.

»Wer dann?«

Statt einer Antwort verbot sie ihnen, den Waschtisch wieder vor die unverschlossene Seitentür zu schieben.

Wieder oben angelangt, wollte Kestner die Zimmertür aufsperren. Sie war nur angelehnt.

Wie war das möglich? Er hatte sie abgeschlossen. Wieso stand sie jetzt offen? Jemand musste eingedrungen sein, während sie unten bei der Wirtin waren. Aber wie? Ein gruseliges Gefühl rieselte beiden den Rücken herab.

Wieder durchsuchten sie ihre Wertsachen. Alles noch da.

Wie schon in den beiden vorangegangenen Nächten sperrte Kestner ihre Zimmertür von innen zu und ließ den Schlüssel im Schloss stecken. Dazu stellte er ihre beiden Stühle übereinandergestapelt davor. Im Fall, dass jemand durch die abgeschlossene Tür einzudringen versuchte, mussten sie umfallen. Das Poltern würde sie wecken.

An diesem Abend hatte Lorenz keine Lust, noch irgendetwas zu lesen. Als sie die Lampen löschten, wünschten sich beide, dass die Nacht schnell vorübergehen würde.

In der Nacht blieb es ruhig. Kein Licht im Nebenzimmer. Kein Umstürzen der Stühle. Kein Fremder drang in ihr Zimmer ein. Der unheimliche Geruch aber blieb.

SECHS

Auf dem Weg zum Gericht ging der Schneeregen, der in der Nacht eingesetzt hatte, in Nieselregen über. Kestner zog seinen Filzhut tief ins Gesicht. Lorenz lieh sich Kestners Schal und legte ihn als Kopftuch um. Sie achteten darauf, nicht in tiefe Wasserlöcher zu tappen und nicht wieder von einer vorbeirasenden Kutsche nass gespritzt zu werden.

Eine Gruppe von sonderbaren Männern kam ihnen entgegen. Sie sahen verwahrlost aus, verwildert und abgerissen. Ihre spärliche Kleidung war völlig durchnässt. Angeführt wurden sie von einem kräftigen Mann in schwarzer Ledermontur, der einen dicken Knüppel in der Hand hielt.

Kestner und Lorenz betrachteten die vorüberziehenden Männer. An den Füßen trugen sie Galoschen und Ketten. Sie waren an den Knöcheln zusammengekettet und konnten nur mühsam vorankommen. Ihnen folgte ein zweiter Mann, ebenfalls in Ledermontur. Immer wieder trieb er sie mit seinem Prügel an.

»Zuchthäusler«, sagte Kestner. Bei seinen Visitationen in Gotha und Apolda hatte er auch solche Arbeitskolonnen gesehen.

»Das muss aufhören«, empörte sich Lorenz.

Kurz vor der Stelle, an der sie wie gestern auf Brettern die »Lotte« überqueren mussten, sahen sie an einer Hauswand ein großes Plakat kleben. In schwarzer Schrift stand da: »Aufforderung! Die Bewohner der Stadt Weimar und der umliegenden Orte werden auf das Dringlichste aufgefordert, am Freitag, den 28. November, um elf Uhr der Urteilsverkündung über die Schwarze Tat der Johanna Katharina Höhn auf dem Marktplatze und ihrer Hinrichtung vor dem Erfurter Tore beizuwohnen. Möge das Beschauen dieser Strafe allen zur Abschreckung solcher sündigen Übeltat dienen. Der Rat der Stadt zu Weimar.«

»Soll wohl ein großes Spektakel werden«, meinte Lorenz.

Auch im Gerichtseingang hing ein solches Plakat, das zur Besichtigung der Urteilsverkündung und der Hinrichtung der Höhn aufforderte.

»Diese Prozessakte will ich mir ansehen«, sagte Kestner, während er mit Lorenz die Stufen zum oberen Flur hinaufschritt.

Als sie beim Gerichtspräsidenten eintraten, zuckte der Sekretär zusammen. Er hockte an seinem Katzentisch und schnippelte mit einem Messer an Federkielen herum. Beinahe hätte er sich beim Anblick der beiden vor Schreck in den Finger geschnitten.

»Wo ist der Präsident?«, fragte Kestner.

Langsam erhob er sich von seinem Hocker, wand sich wie ein Wurm. Er war unrasiert, seine Haare standen wirr zur Seite, seine Ärmelschoner waren verrutscht, die Finger mit Tinte verschmiert.

»Der Herr Gerichtspräsident ist verreist.«

Das war Kestner ganz recht. Er wollte den Mann nach seinem gestrigen flegelhaften Verhalten sowieso nicht wiedersehen.

»Und die Handschrift? Wo ist sie?«

Stotternd brachte der Sekretär hervor: »Ich habe nachforschen lassen und musste zu meinem großen Bedauern feststellen, dass sich Ihr gewünschtes Schriftstück nicht mehr in unserem Besitz befindet.«

Kestner glaubte, nicht richtig gehört zu haben.

»Das ist unmöglich!«, fuhr er den Sekretär wütend an. »Goethe sagte mir, er habe die Handschrift dem Gericht übergeben.«

»Das trifft zu. Hier hatte sie sich auch befunden. Bis vor Kurzem.«

»Wo ist sie jetzt?«

»Wir haben sie auf Verlangen an Bertuchs Blumenmanufaktur weitergereicht.«

»Warum?«

»Man war dort an den Blumenmustern interessiert.«

Kestner konnte es nicht fassen. Er rang nach Atem.

»Sie haben sie einfach der Manufaktur überlassen? Nur weil man dort an den Blumen interessiert war?«

»So ist es«, brabbelte der Sekretär, ging zu seinem Katzentisch und wollte sich wieder an die Arbeit machen.

Kestner war ein friedlicher Mensch. Aber jetzt wollte er ihn am liebsten erwürgen. Er schrie diesen Federkielwetzer an: »Bin ich hier bei Gericht oder in einer Gaunerhöhle? Bei einer Hehlerbande, die fremdes Eigentum einfach so verteilt, als gehörte es ihnen?«

Der Schreiberling schrumpfte zu einer erbärmlichen Kreatur zusammen, wurde fast durchsichtig. Ein Luftzug hätte diesen Wurm umblasen können. Er winselte: »Natürlich können Sie Ihr Dokument jederzeit in der Blumenmanufaktur abholen.«

»Wo befindet sie sich?« Kestners Stimme war heiser.

»Am Baumgarten. In der Nähe vom Schweinemarkt.«

»Wie lange geht man dorthin?«

»Eine halbe Stunde.«

Kestner sah auf seine Taschenuhr. Zehn Uhr. Um vier mussten sie bei Goethe sein, zur Audienz. Bis dahin konnte er es schaffen, die Akte Höhn einzusehen und anschließend bei der Blumenmanufaktur endlich seine Handschrift abzuholen.

»Dann will ich jetzt die Akte Höhn einsehen«, entschied Kestner. »Katharina Höhn. Oder ist über diesen Prozess auch keine Akte angelegt worden?«

Erleichtert atmete der Sekretär auf. »Darüber wurden sogar mehrere Dossiers erstellt.«

»Ach sieh an. Tatsächlich?«

Der Sekretär bemerkte Kestners Spott nicht. Er nickte untertänig.

»Dann will ich sie haben. Alle. Sofort.«

Gehorsam eilte er aus dem Raum. Erstaunlich schnell kehrte er zurück, den Arm voller Schriftstücke, und zeigte auf einen Nebenraum.

»Im Besprechungszimmer des Herrn Präsidenten können Sie ungestört Einsicht nehmen.«

Kestner und Lorenz folgten ihm.

Das Besprechungszimmer des Herrn Präsidenten war eine komfortable Einrichtung. In einer Ecke ein breiter Diwan, in der anderen Ecke ein Tisch mit Intarsien aus Elfenbein und Perlmutt, umgeben von mehreren Ledersesseln, neben einem der Sessel eine dicke Hundedecke mit einem Wassernapf, ein gläsernes Schränkchen mit Zigarrenkistchen, Cognacflaschen, Likörflaschen und Gläsern. Und an der Wand abermals ein großes Gemälde des feisten Herzogs.

Der Sekretär legte die Dossiers auf die kostbare Tischplatte. Als er den Raum verlassen hatte, sah sich Lorenz um. »Hübsch hat's der Herr Präsident«, stellte er fest. »Da werde ich mir gleich einen Cognac genehmigen und mir eine Zigarre anstecken.«

»Das wirst du schön bleiben lassen«, wies ihn Kestner zurecht.

»Revolutionäre schlürfen immer Cognac und rauchen dicke Zigarren«, gab Lorenz grinsend zurück.

»Schluss jetzt. An die Arbeit.«

»Sie, nicht ich.« Aus seiner Jackentasche holte Lorenz sein Büchlein, warf sich auf den Diwan und begann zu schmökern.

»Keine ›Teutsche Chronik‹!«, ermahnte ihn Kestner. »Erst recht nicht hier im Gericht. Sonst kommen wir nicht mehr raus.«

Lorenz machte eine besänftigende Handbewegung. »Nicht die ›Teutsche Chronik‹.«

Beruhigt ließ sich Kestner in einem der Ledersessel nieder, sortierte die Dossiers und öffnete die Pappeordner.

Zuoberst fand er den Lebenslauf der Katharina Höhn und eine Zusammenfassung ihrer Aussagen während der Verhöre. Kestner las: »Die heute vierundzwanzigjährige Johanna Katharina Höhn wurde am 15. April 1759 in Tannroda in Thüringen geboren. Sie hatte einen sechs Jahre älteren Bruder, Johann Heinrich, und eine drei Jahre ältere Schwester, Anna Maria. Ihr Vater Johann Friedrich war bei ihrer Geburt sechsunddreißig Jahre alt. Ihre Mutter Christiana Sophia starb früh an einem Darmdurchbruch. Katharina war zu der Zeit drei Jahre alt. Der Vater heiratete wieder, eine Katharina Elisabeth. Aus dieser zweiten Ehe gingen zwei Kinder hervor. Die Stiefmutter starb, als Katharina dreizehn war. Todesursache: Infektion. Der Vater heiratete ein drittes Mal, die Witwe Anna Elisabeth. Mit ihr bekam er vier weitere Kinder. Bald konnte er Katharina, sie war vierzehn, nicht mehr miternähren. Sie musste aus dem Haus und verdingte sich einige Jahre als Dienstmagd in einem Haushalt in Weimar. Später arbeitete sie als Magd in der Niedermühle, ebenfalls in Weimar. Bis zu ihrer Festnahme am 11. April 1783.«

Kestner legte die Blätter beiseite. Das also war ihr Leben gewesen, bevor man sie verhaftet und eingesperrt hatte. Ab dem dritten Lebensjahr war sie ohne Mutter aufgewachsen und dem Vater bald ein lästiges Anhängsel geworden.

Aus weiteren Notizen ging hervor: Als Ältere hatte sie für die kleinen Halbgeschwister sorgen müssen. Lieblosigkeit, Vernachlässigungen und Züchtigungen durch ihre Stiefmütter verdunkelten ihren Alltag. Die beiden älteren Geschwister, ihr Bruder und ihre Schwester aus der ersten Ehe, beschützten sie nicht. Sie ließen sie in ihrer Not allein. Für ihren Vater existierte sie nicht. Nach dem Verlassen des Hauses war sie mit vierzehn ganz auf sich gestellt. Von da an hatte sie ihr eigenes Geld verdienen müssen. Der Vater war froh gewesen, dass sie aus dem Haus war.

Lorenz rutschte auf dem Diwan hin und her. Die ganze Zeit schon hatte er in seinem Büchlein geblättert und immer wieder etwas gemurmelt. Auch jetzt las er halblaut in sich hinein.

Irritiert drehte sich Kestner um. »Was liest du denn da wieder?«, fragte er verärgert. »So kann ich nicht arbeiten.«

»Ich hab hier was Schönes.« Er las Kestner vor: »Kein Apfel ist so rot und rund wie ihr Gesicht und Wangen. Wie Rosenblätter ist ihr Mund, dran Honigtropfen hangen. Ihre Augen sind so hell und klar wie Rebhühneraugen. Sie könnten, ach, fürwahr des Nachts als Sterne taugen.«

»Was ist das?«

»Schubart. Gedichte.«

»Lass mich in Ruh«, sagte Kestner und versenkte sich wieder in die Protokolle.

»Als Magd in der Niedermühle wurde Katharina Höhn im Juli 1782 schwanger. Der Müller Bluhm und die Müllerin gaben an, ihr Geselle Ruprecht Meidner habe sie vergewaltigt und geschwängert. Am späten Vormittag des 11. April 1783 setzten ihre Wehen ein. Am selben Tag gebar sie mittags zwischen zwölf und ein Uhr in ihrer dunklen, fensterlosen Kammer im Strohbett liegend einen Knaben. Vier Tage vor ihrem vierundzwanzigsten Geburtstag. Bei der Geburt war sie allein. Sie ließ das Neugeborene etwa eine Viertelstunde an der Nabelschnur hängen, dann tastete sie in der Dunkelheit nach einem Messer und durchschnitt damit die Nabelschnur. Daraufhin stieß sie das Messer dreimal in den Hals des Kindes. Da sie in der Finsternis nicht sehen konnte, ob das Kind tatsächlich tot war, drückte sie es in das Stroh ihres Bettes, um es zu ersticken, deckte es mit Stroh zu und blieb daneben liegen. Stunden später kam die Müllerin Bluhm in ihre Kammer, um sie endlich zur Arbeit zu holen. Die Höhn zeigte ihr ihr totes Kind im Stroh. Die Müllerin benachrichtigte ihren Mann, den Besitzer der Mühle, die Polizei und den Pfarrer. Sogleich versammelten sich alle in der Kammer der Höhn. Über Gesellen verfügte der Müller zum Zeitpunkt der Kindstötung vorübergehend nicht. Der Geselle Ruprecht Meidner hatte die Mühle eines Nachts Anfang April überraschend verlassen und ist seither spurlos verschwunden. Kurz darauf war der Geselle Niklas Gründlein durch einen Werber an die preußische Armee verkauft und abgeholt worden. Der neue Geselle Bartel Hertel trat erst Mitte April seine Stellung an.«

Aus verschiedenen Vermerken in den Prozessakten ergab sich für Kestner folgendes Bild: In der Kammer war es zu einem Streit mit dem Pfarrer gekommen. Der Kirchenmann weigerte sich, den Leichnam des Neugeborenen auf seinem Friedhof zu bestatten, da es sich um ein uneheliches, ungetauftes, somit sündiges Kind handelte. Dieser Streit wurde jedoch gegenstandslos, als der Müller Bluhm sich anbot, die Kindsleiche ordnungsgemäß zur Universität Jena bringen zu lassen. Dort sollte sie, wie üblich, in der Anatomie von Medizinstudenten zu Lehrzwecken obduziert werden. Der Müller nahm die Kindsleiche an sich, womit sich der Streit erledigt hatte.

Noch in derselben Stunde war Johanna Katharina Höhn durch den Polizisten festgenommen worden. Sie leistete keinen Widerstand. An den Händen gefesselt, wurde sie zunächst dem Gericht zu Weimar und später zur weiteren Untersuchung dem dortigen Zuchthaus zugeführt. Bei wiederholten Verhören des mehrere Monate andauernden Prozesses gestand die Höhn mehrfach ihre Tat, widerrief bis zum Schluss nichts und bekannte sich schuldig.

Als Begründung gab sie an, ihr Neugeborenes in Angst und Panik getötet zu haben. Die Schande und die öffentlichen Beschimpfungen, denen sie mit einem unehelichen Kind ausgesetzt wäre, habe sie nicht ertragen können. Auch hätte sie bei ihrem äußerst geringen Lohn das Kind nicht ernähren können. Eine Heirat mit einem Mann, der das Kind als seines angenommen hätte, war ihr in ihrem Stand als Magd jedoch verboten. So habe sie sich nach der Geburt ihres Kindes in einer für sie unüberwindlichen Situation befunden. In ihrer Überforderung und tiefsten Not, unfähig, einen klaren Gedanken zu fassen, habe sie in ihrer

Verzweiflung keinen anderen Ausweg gesehen, als ihre Leibesfrucht spontan zu beseitigen.

Die Höhn hatte außerdem ausgesagt, sie könne sich nicht mehr daran erinnern, ob sie ihr Kind lebendig oder tot geboren hatte. Bei der Geburt sei sie so voller Angst und Verwirrung gewesen, dass sie nicht bemerkt habe, ob das Kind weinte und sich bewegte oder stumm und bewegungslos war. Sie könne auch nicht sagen, ob das Kind geschrien oder gezappelt habe, als sie das Messer dreimal in seinen Hals stieß. Folglich hatte ihr amtlich bestellter Verteidiger zu ihrer Entlastung angegeben, dass es keineswegs erwiesen sei, dass das Kind lebend zur Welt kam. Sollte es tot geboren worden sein, so habe die Höhn keinen Mord begangen und sei somit keine Kindsmörderin. Sie dürfe daher nicht zum Tode verurteilt werden.

Beim Lesen der Aktennotizen fiel Kestner etwas Seltsames auf: Nach mehrfacher Nachfrage des Verteidigers bei der Anatomie in Jena, was die Sektion der Kindsleiche ergeben habe – ob es sich also um eine Totgeburt handelte oder das Kind lebend geboren wurde –, teilte die Jenaer Anatomie mit, sie habe keine Kindsleiche zur Obduktion erhalten. Obwohl der Müller Bluhm versprochen hatte, die Kindsleiche nach Jena schaffen zu lassen.

»Ach ja, das wär schön«, seufzte Lorenz.

Sein Gebrabbel störte Kestner bei der Arbeit. Wieder drehte er sich zu ihm um.

»Was ist los?«

Lorenz las vor: »Mädel, 's ist Winter. O wärst du schon mein, schlüpft ich ins blähende Bettlein hinein. Nähm dich, mein herziges Liebchen, in Arm, trotzte dem Winter. Denn Liebe macht warm.«

»Jetzt hör auf mit deinem Schubart«, grantelte Kestner. »Ich muss mich konzentrieren.«

Er blätterte in den Akten hin und her. Tatsächlich war kein Obduktionsbericht vorhanden.

So hatte das Leben der Höhn allein von den Schöffen und dem Richter abgehangen. Davon, ob sie die Höhn freisprechen oder sie schuldig sprechen würden. Sie verurteilten sie.

Wo aber war die Leiche des Neugeborenen geblieben? Der Müller hatte zugesichert, sie nach Jena bringen zu lassen. Hatte er sie stattdessen vergraben? Wo hatte er das Kind verscharrt?

Kestner suchte die Urteilsbegründung der Schöffen und des Richters. Auch sie fehlte. Überhaupt fehlten in dem Protokoll mehrere Seiten. Warum? So vieles an diesem Fall war schleierhaft. Es fehlte etwa die Klarstellung, ob der Geselle Ruprecht Meidner wirklich der Vater des Kindes war. Das behaupteten der Müller Bluhm und die Müllerin. Aber war das die Wahrheit? Warum hatte Ruprecht die Mühle Anfang April so plötzlich verlassen? Warum blieb er verschwunden? Hatte man ihn nicht aufgespürt und vernommen, um seine Meinung zu hören? Kein Wort davon in den Unterlagen. Nur das Todesurteil des Richters Eckardt war in voller Länge vorhanden. Darin wurden die Angaben der Höhn, des Müllers und der Müllerin wiederholt.

Nach allem, was Kestner in den Akten gelesen hatte, zweifelte er die Rechtmäßigkeit des Urteils an.

Rätselhaft war auch, warum überhaupt ein Todesurteil gefällt worden war. Er wusste, dass der Herzog keine Hinrichtungen wegen Kindsmordes mehr duldete. Vor einiger Zeit hatte er zwei Kindsmörderinnen vor dem Tode bewahrt und sie begnadigt. Und trotzdem nun dieser Urteilsspruch gegen den Wunsch des Herzogs. Warum? Sehr merkwürdig. Wer hatte ihn dazu überredet? Wer hatte ihn dazu gebracht, gegen seine Überzeugung zu handeln?

Er musste zum Herzog. Er musste bei ihm erreichen, dass er auch die Höhn begnadigte. Zu Goethe wollte er am Nachmittag ohnehin. Er war Geheimrat im Consilium, dem engsten Beraterkreis des Herzogs. Dazu hatte er mehrere Ministerämter inne. Er würde eine Begnadigung der Höhn bewirken können.

Doch zuerst musste Kestner jetzt zur Höhn. Er wollte sie im Zuchthaus besuchen und mit ihr reden. Vielleicht konnte sie einiges aufklären. Hoffentlich sprach sie überhaupt mit ihm.

»Los, Lorenz«, befahl Kestner und riss seinen Assistenten aus dessen amüsanter Lektüre. »Wir müssen ins Zuchthaus.«

»Kommen wir da wieder raus?«

»Wenn du dich anständig benimmst.«

Der abstoßende Klinkerbau des Zuchthauses, eine ehemalige Kaserne, befand sich direkt neben dem Gericht. Vor der großen Eisenpforte lümmelte ein Wachposten mit geschultertem Gewehr.

»Wohin?«

»Zum Direktor.«

Kestner zeigte seine abgelaufene Wetzlarer Legitimation, Lorenz seinen Ausweis. Der Uniformierte stierte lange auf die Dokumente, glotzte auf die Vorderseiten, dann auf die Rückseiten, wendete sie hin und her. Er fixierte ihre Gesichter, dann die Unterschrift des Präsidenten des Reichskammergerichts und die Stempel. Schließlich rief er einen anderen Uniformierten herbei, der sie zum Zuchthausdirektor führen sollte, und öffnete das Türchen, das in die Pforte eingelassen war. Kestner und Lorenz wurden zu einem unmittelbar dahinter liegenden Amtszimmer geleitet. Auf einem Schild an der Tür stand in geschwungener Schrift: »Premsler. Zuchthausinspektor«. Sie traten ein, immer noch den Uniformierten im Rücken. An einer Aktenablage sortierte eine magere Frau mit einem knöchernen Gesicht einen Stoß Papiere. Ihr graues Haar war zu einem Kranz gebunden. Sie starrte sie an. Ihre spitze Hakennase schien zu zittern. Wieder zeigten sie ihre Papiere.

»Ich muss Inspektor Premsler sprechen.«

»Sind Sie angemeldet?«

»Nein.«

Wortlos verschwand sie mit ihren Ausweisen in einem Nebenraum, kam nach einiger Zeit wieder hervor und forderte sie auf einzutreten.

Hinter einem Rokokoschreibtisch wuchtete sich kauend ein dicker Mann aus einem Sessel, versteckte schnell etwas in einer Schublade und reichte Kestner die Ausweise zurück. Immer noch kauend fragte er mit vollem Mund: »Ja, und?«

»Ich möchte mit Frau Katharina Höhn sprechen«, verlangte Kestner.

Der Inspektor holte mit dem Zeigefinger Essensreste zwischen seinen Zähnen hervor.

»Die am Freitag geköpft wird? Warum?«

»Anordnung vom Reichskammergericht«, flunkerte Kestner.

»Stimmt was nicht?« Der Inspektor fingerte immer noch.

»Da ist noch einiges zu klären.«

»Da ist nichts zu klären.«

Endlich hatte er den letzten Rest seines Essens zwischen den Zähnen gefunden und schmierte ihn an seinen schwarzen Rock. Widerstrebend führte er sie in einen kleinen Innenhof. Einige Häftlinge zersägten dort Baumstämme und hackten Holz.

»Brennholz«, sagte Premsler knapp. »Für den Hof.«

»Auch für Goethe?«, erkundigte sich Lorenz.

Kestner war Lorenz' Frage peinlich. Er hatte ihm versprochen, sich anständig zu benehmen.

»Natürlich.«

»Für ihn privat?«

»So was fragt man nicht«, wies Kestner Lorenz zurecht.

Andere Häftlinge flochten Vogelkäfige aus Weidenzweigen, standen in Gruppen zusammen oder kauerten in den Mauerecken.

»Die wurden wegen Aufsässigkeit festgenommen oder wegen Bettelei oder weil sie ihre Abgaben nicht geliefert haben«, erklärte Premsler. »Und das dahinten sind aufrührerische Studenten.«

»Wie hoch sind ihre Haftstrafen?«, fragte Kestner.

»Die bleiben nicht lange. Preußische Werber dürfen sich von Zeit zu Zeit was Brauchbares aussuchen und nehmen sie mit. Natürlich gegen Zahlung.«

Sie betraten das Gebäude. Faulige, modrige Luft schlug ihnen entgegen. Kestner wusste von ehemaligen Kollegen, dass das Weimarer Zuchthaus als Seuchenherd bekannt war.

Während sie über einen langen Flur gingen, schlenderten um sie herum Sträflinge hin und her. Die Zellentüren standen offen.

»Haben Sie keine Schließer?«

»Geldmangel«, sagte Premsler. »Jeder kann herumlaufen, wie er will. Wir haben nur einen Häftling als Aufseher.«

»Weswegen wurde er verurteilt?«

»Totschlag.«

Vor ihnen prügelte sich ein anscheinend Geistesgestörter mit einem Sträfling. Premsler schritt ein, trennte die beiden und führte den immer noch Tobenden mit hartem Griff in einen Raum.

Kestner nutzte die Gelegenheit und öffnete eine nahe Eisentür. Dunkelheit stand vor ihm. Im ersten Augenblick konnte er nichts erkennen. Erst als sich seine Augen an die Düsternis gewöhnten, sah er hoch oben unter der Decke eine schmale Fensterluke, durch die ein fahler Schimmer in den Raum fiel. Stöhnen und Wimmern erfüllte die süßliche Luft. Lorenz wich zurück.

Auf dem Boden nahm Kestner Schemen wahr und trat näher heran. Halb nackte Leiber lagen auf dem Steinboden, manche mit Kartoffelsäcken und speckigen Pferdedecken bedeckt. Siechende. Ihre schrundige Haut war mit Schorf und Schmutz, mit offenen Wunden und Kot überkrustet. In dem Moment stürmte Premsler herein.

»Das ist unsere Krankenabteilung. Manche tragen wir auch zum Sterben hierher.« Devot fügte er mit Blick auf Kestner, den vermeintlichen Gesandten des Reichskammergerichts, hinzu: »Ich bitte Sie, in Ihrem Rapport deutlich zu vermerken, dass wir Anstrengungen unternommen haben, den momentanen Zustand zu verbessern.«

»Wo ist denn hier der Arzt?«

»Wir haben keinen Arzt.«

»Warum nicht?«

»Dazu fehlt uns das Geld. Wir sind jedoch bemüht, eine Besoldung für ihn zu beschaffen. Auch das bitte ich Sie in Ihrem Bericht zu betonen, damit kein schlechtes Licht auf uns fällt. Wir sind stets darum besorgt, allseits Verbesserungen durchzuführen.«

Kestner schwieg. Auf dem Flur kamen sie an einer anderen Eisentür vorbei, hinter der jemand vor Schmerzen brüllte. Lorenz blieb vor Entsetzen starr stehen. Die Schreie waren grauenhaft. Sie fuhren Kestner und Lorenz durch Mark und Bein.

Kestner wusste, dass im Herzogtum Folter erlaubt war. Er wusste es von seinen früheren Inspektionsreisen. Block, Daumenschrauben, Streckbank waren legale Methoden. Alles erlaubt. Er hatte jedoch keine spezielle Vollmacht mehr, zu kontrollieren, ob die Folterungen auch vorschriftsmäßig durchgeführt wurden. Also konnte er nicht in die Kammer, um die Tortur zu überprüfen.

Wieder brüllte der Mensch vor Schmerzen.

»Da wird jemand gefoltert«, fuhr Lorenz Premsler an. »Das ist unmöglich! Da muss ich rein.«

Er wollte die Tür aufreißen, in die Kammer stürmen, die Folter verhindern. Premsler fiel ihm in den Arm und versuchte, ihn abzudrängen. Doch Lorenz ließ die Klinke nicht los und rüttelte daran. Die Eisentür war verschlossen.

»Ich muss da rein!«

Auch Kestner trat dazwischen und wollte Lorenz wegstoßen.

»Bist du verrückt?«, schrie er ihn an. »Willst du, dass man dich hier einkerkert?«

Erst als Kestner ihn mit einem kräftigen Fausthieb an die Schulter boxte, ließ Lorenz die Klinke los. Entgeistert starrte er Kestner an. Einen Faustschlag an seine Schulter, das hatte sein Chef noch nie gewagt.

»Wir sprechen uns noch.« Kestners Augen funkelten wütend.

»Wenn Sie noch mal Schwierigkeiten machen, da ist der Ausgang. Dann ist Ihr Besuch beendet«, drohte Premsler.

Kestner entschuldigte sich bei ihm für das ungehörige Benehmen seines jungen, unerfahrenen Assistenten. Er werde ihn zur Rechenschaft ziehen und ihm beibringen, wie man sich in einer solchen Anstalt zu verhalten habe. Für ihn sei es seine erste Inspektionsreise. Er habe noch nie ein Zuchthaus von innen gesehen und müsse noch viel lernen.

Während er den Inspektor um Nachsicht bat, sah er Lorenz an, dass dieser von ihm enttäuscht war. Nachdem er ihm zweimal das Leben gerettet hatte, nun dieser Faustschlag. An Lorenz' Gesicht konnte er ablesen, was in dem Wirrkopf vorging: Kestner hätte mit ihm in die Kammer eindringen und den Gefolterten befreien müssen! Anders konnte man keine Revolution beginnen. Doch Kestner musste zuallererst Premsler besänftigen. Er musste doch zur Höhn. Das war ihm jetzt das Wichtigste.

Premsler zeigte sich nachsichtig und führte die beiden weiter den Gang entlang. Lorenz trottete ihm und Kestner trotzig hinterher. Ruhig und unbeeindruckt, als seien die Schreie des Gefolterten eine Selbstverständlichkeit in diesem Bau, erklärte der Inspektor: »Im Sommer ist Wecken um vier, im Winter um fünf. Dann zwölf Stunden Arbeit. Die meisten Sträflinge werden von Firmen gemietet, und die setzen sie ein zum Kloakenreinigen, zum Steinschlagen für den Straßenbau. Zum Ausheben von Gräbern auf dem Friedhof. Zum Mattenflechten, Strohschneiden. Was die Firmen mit den Häftlingen machen, ist ihre Sache. Natürlich pressen sie sie aus. Wie Sie wissen, können wir dagegen nichts machen. Mit dem Lohn, den die Betriebe an das Zuchthaus zahlen, finanziert die Anstalt das Essen für die Restlichen hier. Oft passiert es, dass die Zuchthäusler auf dem Weg zu ihrer Arbeit Bürger anbetteln. Ist natürlich verboten. Die kommen dann hier in Extra-Arrest.«

Schließlich gelangten sie in einen kleinen Raum, in dem etwa dreißig Verurteilte auf dem Steinboden kauerten oder lagen. Frauen und Männer zusammen. Kranke neben Gesunden.

»Diebe, Landstreicher, Vagabunden, Bettlergesindel. Alle für die Öffentlichkeit gefährlichen Subjekte. Im Winter können wir nicht alle Räume heizen. Nicht genug Brennmaterial. Dann müssen alle mit Ausnahme einiger Sonderfälle in diesen Raum. Das ist nur der Rest der Häftlinge. Die meisten sind draußen auf Arbeit. Unseren neuesten Zugang können Sie gerade nicht sehen. Der befindet sich in Untersuchungshaft. Ein prominenter Gast. Der Müller unserer Niedermühle. Der Bluhm. Hat die Fenster vom Geheimrat Goethe eingeworfen. So was macht man nicht. Ist unanständig. Die Fenster von unserem Geheimrat einschmeißen! Unmöglich! Aber der Geheimrat wird sicher seine Freilassung verfügen. Die Mühle steht ohne ihn still. Und die Weimarer müssen doch ihr täglich Brot bekommen.«

Premsler hob den Arm und zeigte in eine hintere Ecke. »Da drüben ist sie. Die in dem grauen Sackkleid.«

Auf dem Steinboden kauerte eine junge Frau mit angezogenen Beinen, die Stirn auf die Knie gestützt.

»Lassen Sie uns allein«, sagte Kestner zu Premsler und ging mit Lorenz zwischen den herumliegenden Häftlingen hindurch zur Höhn. Als er vor ihr stand, blickte sie nicht auf. Zusammengesunken blieb sie hocken. Die Arme hatte sie um ihre Knie geschlungen.

Lorenz ließ sich neben ihr auf den Steinplatten nieder, schaute sie an. Ihr völlig verdrecktes Kleid aus grauem Rupfen bedeckte ihren gesamten Körper. Ihre weizenblonden Haare waren verfilzt und hingen in fetten Strähnen vom Kopf herab. Sie blickte noch immer nicht auf.

Kestner nannte seinen Namen, sagte, woher er kam. Er reichte ihr die Hand. Sie beachtete sie nicht.

»Ich habe Ihre Akte gelesen«, sagte er. Er konnte nicht verhindern, dass seine Stimme belegt klang.

Sie schwieg.

»Vielleicht kann ich Sie rausholen.«

Nun hob sie den Kopf. Ihr Gesicht war schmal, bleich und eingefallen. Es war über und über mit Sommersprossen übersät. Verständnislos schaute sie ihn an. Der Blick ihrer hellen türkisfarbenen Augen war wässrig getrübt.

»Ich versuche, dass Sie begnadigt werden.«

Fassungslosigkeit lag in ihrem Blick.

»Ich gehe zum Herzog.«

Staunen. Dann verdunkelte sich ihr Blick.

»Es ist aus«, stammelte sie. »Es ist aus.«

»Gar nichts ist aus.« Er ergriff ihre Hände. Sie waren eiskalt. Die Höhn ließ ihre Hände in seinen ruhen.

Eine ältere Frau kam heran. Auch sie war verwahrlost, hatte nur Fetzen am Leib. Über ihr faltiges Gesicht zogen sich lange Wunden, als sei sie geschlagen worden. Sie stellte sich dicht vor sie hin. »Habt ihr was miteinander?« Sie grinste lüstern.

Kestner scheuchte sie weg. Wieder zur Höhn gewandt, fragte er: »Wie war das mit dem Kind bei der Geburt? Haben Sie es tot geboren oder lebte es?«

Tränen liefen an ihren Wangen herab. Sie löste ihre Hände aus seinen und wischte sich mit den Handrücken über das Gesicht.

»Wie war das?«

Sie schluchzte und stöhnte.

»Weiß es nicht.« Schreiend wiederholte sie: »Weiß es nicht!«

Kestner versuchte, sie zu beruhigen. »Vielleicht kann ich Sie hier herausholen. Aber dazu muss ich wissen, ob das Kind bei der Geburt tot war oder lebte.«

Sie schüttelte den Kopf.

»Hat es sich bewegt?«

Sie steckte ihren Kopf zwischen die Knie und jammerte: »War finster in der Kammer. Konnte nichts sehen.«

»Mittags um zwölf?«

»Hatte kein Fenster, meine Kammer, die Tür war zu.«

»Hat es geschrien?«

»War stumm.«

»War es tot?«

»Kann mich nicht erinnern. War so voller Angst und Panik«, lallte sie.

»Bitte erinnern Sie sich.«

Sie schluchzte und wimmerte: »Weiß nicht. Weiß nicht. Alles schwarz.«

»Wo ist Ihr Kind begraben?«

»Irgendwo.« Das Wort ging in ihren Tränen unter.

Immer wieder kamen Sträflinge heran, stellten sich dicht neben sie, wollten hören, was sie da redeten. Kestner schickte sie weg. Doch sie gingen nicht weg, rückten noch näher heran. Erst als er sie resolut vertrieb, trollten sie sich langsam. Bald darauf kamen andere und wollten sehen, was es da gab. Es war sehr ungewöhnlich, dass ein Fremder sich hier neben eine Verurteilte hockte und mit ihr so freundlich sprach. Das machte neugierig.

Kestner versuchte, ein anderes Thema anzusprechen. Vielleicht konnte sie sich später an ihr Kind erinnern.

»Wie war das mit Ihrer Mutter und Ihren beiden Stiefmüttern?«

»Hab meine Mutter kaum gekannt. War ja erst drei, als sie starb. Kann mich nur erinnern, dass sie sehr lieb war zu mir. Das spüre ich noch. Hab auch meine erste Stiefmutter nicht lang erlebt. Ist bald nach der Heirat gestorben. Vater war verzweifelt. Hat ein drittes Mal geheiratet. So hatte ich die zweite Stiefmutter. Eine böse Frau. Mein Vater war unglücklich, litt. Sagte: ›Nicht unter jedem Häubchen steckt ein Täubchen.‹ Sagte auch: ›Heirat ist eine zugedeckte Schüssel. Diesmal sind Nesseln drin.‹ Kann mich noch gut daran erinnern. Hat mir Angst gemacht, selbst mal zu heiraten.«

»Was geschah dann?«

»Mein Vater konnte mich nicht mehr ernähren. Da musste ich aus dem Haus. Zuerst putzen und waschen bei einer Familie, dann als Magd bei Bluhm in der Niedermühle.«

»Dort begegneten Sie Ruprecht Meidner.«

»Da waren zwei Gesellen. Der Niklas und der Ruprecht. Beide nur ein bisschen älter als ich. Beide sehr anständig. Hab mich mit ihnen gut vertragen. Besonders den Ruprecht mochte ich sehr. Wollte mich gern haben. Hat es bei mir immer wieder versucht, war aber nie aufdringlich. Hab ihn abgewiesen. Konnte mir doch kein Kind leisten in meiner Stellung. Einmal, im Dezember, kam er in der Nacht in meine Kammer. Er legte sich einfach auf meine Strohpritsche neben mich, wollte mich haben. Ich wehrte ihn ab. Gestand ihm, dass ich schon ein Kind im Bauch habe, schon im fünften Monat. Er war entsetzt. ›Von wem? Vom Niklas?‹, fragte er. – ›Nicht von ihm.‹ – ›Von wem dann? Von wem?‹ Ich wollte es nicht sagen. Schämte mich. Sofort ließ er von mir ab, stand auf und machte mir Vorwürfe, ob ich denn verrückt sei, mir ein Kind machen zu lassen. Wütend ging er hinaus. Hat mich danach nicht wieder angerührt.«

»In den Akten steht, dass das Kind vom Ruprecht ist.«

»Ist gelogen.«

»Nicht vom Ruprecht?«

»Vom Bluhm ist es! Vom Bluhm!«

»Bei Ihrer Vernehmung behaupteten der Müller und die Müllerin aber, es sei vom Ruprecht.«

»Weil sie ihm das Kind zuschieben wollten. Der Bluhm hat mich vergewaltigt!«

Ein magerer Lümmel, dem die Rippen aus der Brust heraustraten, stellte sich dicht vor sie hin. Er war nur mit einer schmutzigen Unterhose bekleidet und führte grunzend wie ein Schwein einen Veitstanz vor ihnen auf. Dabei stieß er immer wieder seinen Unterleib nach vorne, zerrte mit den Fingern seine Lippen auseinander, zeigte seine schwarzen Zahnstummel, seine Zahnlücken und quiekte dabei. Kestner jagte ihn weg.

»Der Bluhm hat mir das Kind gemacht. Im Juli im vergangenen Jahr.«

»Wie kam es dazu?«

Die Höhn hielt ihre Hände vors Gesicht. Sie weinte. Sie mochte es nicht erzählen. Sie schämte sich.

»Bitte sagen Sie es mir. Es ist wichtig. Vielleicht können wir noch alles ändern.«

Lange schwieg sie. Dann nahm sie die Hände vom Gesicht und begann stockend zu erzählen.

»In der Nacht kam der Bluhm in meine Kammer. Er stürzte sich auf mich. Hab mich gewehrt, um mich geschlagen, geschrien.

Biss in seine Hand, die mir den Mund zuhielt. Strampelte, brüllte weiter. Wollte, dass alle mein Geschrei hören. Neben dem Strohbett brannte auf einer alten, umgedrehten Mehlkiste meine kleine Öllampe. Ich warf sie um. Hoffte, dass mein Strohbett Feuer fangen, dass alles brennen würde. Dass die ganze Mühle abbrannte. Das hätte mich gerettet. Aber er stellte die Lampe beiseite und drang brutal in mich ein. So brutal. Wie ein Stier. Ich schrie vor Schmerz. War noch Jungfrau.«

»Haben Sie das dem Gericht gesagt?«

»Alles gesagt. Immer wieder.«

»Es steht nichts davon in den Protokollen.«

»Sie haben mir nicht geglaubt. Der Bluhm ist der Herr der Getreidemühle. Ich nur seine Magd. Sie haben nur dem Müller und der Müllerin geglaubt. Mir nicht.«

»Haben Sie Zeugen für die Vergewaltigung?«

»Die Bluhmin. Hatte wohl mein Geschrei gehört. Kam an die Tür. Schaute zu, wie ihr Mann in mich drang, wie ich mich wehrte, um mich schlug, schrie. Wie ich den Müller mit den Füßen wegstrampeln wollte. Hab gesehen, wie sich die Bluhmin mit ihrem Tuch immer wieder den Mund abwischte. Hat starken Speichelfluss. Keine Minute vergeht, ohne dass ihr der Speichel aus dem Maul läuft. Während ihr Mann mich vergewaltigte, schaute sie zu und wischte ihren herausfließenden Speichel ab. Warf ihr Tuch auf den Boden, schloss die Tür und ging. Als der Bluhm fertig war mit mir, holte er sich ihr Speicheltuch, wischte sich damit seinen dicken Schwanz ab. War vollgeschmiert von seinem Gespritzten und von meinem Blut. War ja noch Jungfrau. Alles war blutig. Sein Schwanz, meine Schenkel, mein Nachtkleid, das Stroh. Wie Feuer brannte die Wunde in mir. Er warf das Tuch mit seiner Soße und meinem Blut neben das Stroh, zog seine Hose hoch und ging runter zur Bluhmin.«

»Haben Sie das Tuch an sich genommen?«

»Unter der Mehlkiste neben dem Bett war im Boden ein Brett. Das konnte man hochheben. Durch ein Astloch. Hab das Brett hochgehoben und das Tuch darunter versteckt. Wollte mit seinem Zeug beweisen, dass er mich vergewaltigt hat. Wollte mit dem Speichel der Bluhmin beweisen, dass sie zugeschaut hat.«

»Haben Sie das Tuch dem Gericht vorgelegt?«
»Nein.«
»Warum nicht?«
»Hatte Angst, der Bluhm schlägt mich tot.«
»Wo ist das Tuch jetzt?«
»Noch unter dem Brett.«
»Sie wurden im April verhaftet. Jetzt ist Ende November. Sicher hat es der Müller weggenommen.«
»Er weiß nicht, dass es dort liegt.«
Dieses Tuch war für Kestner der Beweis dafür, dass die Höhn die Wahrheit sagte und der Müller der Vater des Kindes war. Ihm war außerdem klar, dass die Gerichtsmedizin der Universität Jena auch bei Vorlage des Tuches nicht genau feststellen konnte, von wem Sperma, Speichel und Blut stammten. Wahrscheinlich waren die Spuren im Tuch nach so langer Zeit ohnehin nicht mehr erkennbar. Trotzdem musste er schnellstens in die Kammer der Höhn und dieses Tuch an sich nehmen. Vielleicht konnte man in Jena irgendetwas damit anfangen. Dann würden der Müller und die Müllerin wegen Falschaussagen und der Müller wegen Vergewaltigung angeklagt werden. Er musste zur Niedermühle, in die Kammer der Höhn.
»Im Januar hatte ich schon einen dicken Bauch. Im Februar noch dicker. Konnte mich kaum noch bücken. Die Bluhmin sah auf meine Kugel und trieb mich zur Arbeit an. Hat mich nicht geschont. Mein Kind passte ihr nicht. Eine Frau mit Kind stört. Ist lästig. Das Kind muss ernährt und umsorgt werden. Aber die Bluhmin brauchte mich als Arbeitskraft. Boden scheuern, Kohlen, Holz schleppen. Ich musste gehorchen. Brauchte den Lohn. Musste doch von etwas leben. Sie hoffte, ich würde durch die schwere Arbeit mein Kind verlieren. Aber es blieb. Was sollte nun werden mit mir und dem Kind? Der Ruprecht wollte helfen, aber er hatte nicht das Geld, um für uns zu sorgen. Viele Nächte lang konnte ich nicht schlafen. War verzweifelt. Ich ging zur Bluhmin. Sagte: ›Dein Mann hat mir das Kind gemacht. Ihr müsst für das Kind sorgen.‹ Sie schimpfte: ›Dein freches Maul! Dein Ruprecht war's. Mach dich an die Arbeit!‹ Ich weinte: ›Dein Mann hat mich vergewaltigt und mir das Kind eingespritzt.‹ Sie: ›Wenn du das noch mal sagst, werfen wir dich in die Ilm!‹«

So wenig die Höhn am Anfang reden wollte, jetzt sprudelte alles aus ihr heraus, als sei in ihr eine Schleuse geöffnet worden. Sicher hatte sie in den vergangenen sieben Monaten niemanden gehabt, dem sie ihr Herz ausschütten konnte. Kestner glaubte auch zu bemerken, dass das Sprechen sie erleichterte. Dass es ihr guttat, sich ihre Not von der Seele zu reden.

»Und der Ruprecht?«, fragte Kestner. »Was sagte er zu der Unterstellung des Müllers, das Kind sei von ihm?«

»Der Ruprecht drohte: ›Mit dem Müller rechne ich noch ab. Verlass dich drauf.‹ Ich sagte: ›Lass es sein. Hat keinen Sinn. Der macht mit uns, was er will.‹ Der Ruprecht aber hat geschworen: ›Den werde ich vernichten.‹ Dann war er Anfang April plötzlich weg. Ist einfach abgehauen. Ohne Abschied. Und hat mich allein gelassen. Im neunten Monat. Weiß nicht, wo er hin ist. Der Bluhm war froh, dass er weg war. Auch die Bluhmin. ›Sieh zu, wie du mit dem Bankert zurechtkommst‹, sagte sie nur. Wenige Tage später war auch der Niklas weg. Abgeholt vom Werber. Verkauft an die Preußen. Der Bluhm tobte. War nun ganz ohne Gesellen. Bald darauf kam das Kind. Ein Knäblein. War nass und weich und zart. Dann hab ich's getan. Was hätte ich denn anderes machen sollen? Die Mutter fehlte mir. Ich war von allen verlassen. Jetzt bin ich hier.« Die Höhn schluchzte, brach in Tränen aus. »Niemand hat mich besucht. Nicht mein Vater, nicht mein Bruder, meine Schwester, nicht meine Stiefmutter. Auch nicht der Ruprecht. Hat sicher Angst, dass man ihn festnimmt. Als angeblichen Vater.«

»Wo ist der Ruprecht jetzt?«

»Weiß nicht.«

»Er müsste aussagen, dass der Müller Sie geschwängert hat.«

»Zu spät«, sagte sie mit einer schwachen Handbewegung. »Zu spät.«

»Nichts ist zu spät«, versuchte er, ihr Mut einzureden.

Zwischen ihren Brüsten zog sie ein zerknittertes Blatt Papier hervor. »Mein Abschiedsbrief«, murmelte sie und drückte ihm die Seite in die Hand.

Kestner faltete das Papier auseinander. Ihre Schrift war fest, die Zeilen, geschrieben mit Tintenblei, gerade, wie mit dem Lineal gezogen.

»Lieber Vater, lieber Bruder Heinrich, liebe Schwester Maria. Ich grüße euch und bitte um Verzeihung, wenn ich euch einmal gekränkt habe. Ich grüße mein Knäblein im Himmel, das auf mich herabschaut und lächelt. Bald werde ich bei ihm sein und es zärtlich in meine Arme schließen. Wenn wir nicht auf Erden zusammen leben konnten, so werden wir im Himmel glücklich sein. Nun muss ich enden. Bald schlägt die Stunde. Dann sind auch meine Leiden beendet. Betet für mich. Bald bin ich nicht mehr auf dieser Welt und werde woanders froh sein.«

Sie sah Kestner an. Auf ihrem bleichen Gesicht traten die unzähligen Sommersprossen noch deutlicher hervor und leuchteten. Sie bat ihn, ihr zu erlauben, ihm nach ihrem Tode als Geist erscheinen zu dürfen. Sie wolle ihm beweisen, dass sie unsterblich war.

Kestner glaubte nicht an die Unsterblichkeit. Dafür war er zu nüchtern. Man hatte ihm beigebracht, rational zu denken. Trotzdem erlaubte er es ihr. In der festen Überzeugung, dass es nicht geschehen konnte.

Zufrieden mit seiner Erlaubnis erhob sie sich. Aufrecht stand sie vor ihm, musste sich jedoch an der Wand abstützen. Ihr Hals war mager und faltig, ihre Hüften schmal, ihr Körper zerbrechlich. Sie reichte ihm beide Hände. Eine war warm, die andere eiskalt.

Auf einmal umschlang sie ihn mit beiden Armen, presste ihn fest an sich und schrie ihm ins Ohr: »Rette mich! Rette mich! Will nicht sterben. Will leben! Wie die anderen auch. Dieses Schwert! Dieser Schlag! Der Tod! Habe Angst, zu sterben. Solche Angst! Rette mich. Rette mich!«

Sie lockerte ihre Umklammerung und glitt langsam, immer noch mit den Händen nach ihm greifend, auf den Steinboden zurück. Während sie an ihm herabrutschte, versuchte Kestner, sie zu halten. Doch ihre Arme entglitten ihm, sie hatte nicht die Kraft, sich an ihm festzuhalten.

Schließlich kniete sie auf dem Boden, ohne ihn anzuschauen.

»Ich hol Sie raus«, sagte Kestner.

Lorenz hatte die ganze Zeit geschwiegen und sie nur angeschaut.

Kestner strich ihr über den Kopf. Dann verließen sie sie.

»Die Frau muss begnadigt werden«, sagte Lorenz entschieden.

»Deshalb gehen wir jetzt zum Goethe. Zu seiner Audienz. Er muss die Höhn begnadigen.«

Es blieben ihnen nur noch eineinhalb Tage. Heute und morgen. Wenn Goethe wollte, konnte er trotz der kurzen Zeit eine Begnadigung erreichen. Kestner war überzeugt, dass sein Freund Wolfgang bis morgen Abend bei seinem Herzog eine Begnadigung durchsetzen konnte.

»Und die Blumenmanufaktur?«, fragte Lorenz.

»Die Handschrift kann warten. Die Begnadigung nicht. Das ist jetzt wichtiger. Es eilt. Die Handschrift holen wir morgen.«

Am Ausgang fragte Premsler: »Und? Was sagt sie?«

»Sie ist verzweifelt.«

»Klar. Drei Tage bevor man ihr den Kopf abschlägt.«

Er führte sie zurück zur Eisenpforte. Als sie draußen standen, glitt immer noch Schneeregen vom Himmel herab, verweht von Windböen.

Auch an der Klinkerwand des Zuchthauses klebte eines der Plakate, die an die Bevölkerung appellierten, die Enthauptung zu besichtigen. Auch hier trompeteten große schwarze Lettern: »Aufforderung! Die Bewohner der Stadt Weimar und der umliegenden Orte werden auf das Dringlichste aufgefordert, am Freitag, den 28. November, um elf Uhr der Urteilsverkündung über die Schwarze Tat der Johanna Katharina Höhn auf dem Marktplatze und ihrer Hinrichtung vor dem Erfurter Tore beizuwohnen.«

Als könnte er so die Hinrichtung der Höhn verhindern, versuchte Kestner, das Plakat abzureißen. Mit beiden Händen zog er an dem dicken Papier. Lorenz half ihm dabei. Ihm war es eine Lust, diese Aufforderung an die Bevölkerung zu zerstören. Doch das Plakat war zu fest an die Mauer geklebt. Kestner hatte am Ende nur einen Fetzen davon in der Hand, den er missmutig in seine Manteltasche stopfte.

Lorenz dagegen stellte sich breitbeinig vor den Rest des Plakates, zerriss seinen Papierfetzen demonstrativ in kleine Stücke, warf sie in den Schneeregen und rief laut: »Schande über das Gericht! Begnadigung für die Höhn!«

Kestner freute sich insgeheim über die gellende Forderung. Selbst hätte er so etwas nie gewagt.

Beim Weggehen sah sich Kestner scheu um, ob ihn jemand beim verbotenen Abreißen dieser amtlichen Ankündigung beobachtet hatte. Zugleich ärgerte er sich über sich, dass in ihm so viel Rechtsgehorsam steckte. Die Standpauke, die er Lorenz wegen seines Verhaltens vor der Folterkammer angekündigt hatte, ließ er sein. Er wollte nicht nachtreten. Außerdem konnte er seinen Assistenten gut verstehen und gab ihm insgeheim recht. Auch er war der Meinung, dass jegliche Folter verboten werden müsste. Er musste an sein schlechtes Gewissen denken, als er die Folterschreie hinter der Eisentür gehört hatte, und dass er sich am liebten weggedrückt hätte.

Nachdem Goethe den von der Bibliothek bestätigten Rechtsanspruch des hannoverschen Hofes auf die kostbare Handschrift angezweifelt und ihm gnädigerweise erlaubt hatte, ohne Frack bei seiner Audienz zu erscheinen, hatte Kestner keine Lust mehr auf ein Wiedersehen. Nach dieser enttäuschenden Begegnung am Gartenzaun wollte er nichts mehr mit ihm zu tun haben.

Nun aber musste er zu ihm. Er musste ihn bitten, einen Gnadenerlass für die Höhn zu erwirken. Trotz allem.

Auf dem Weg zu Goethe fuhr ein Ochsenkarren, vollgehäuft mit Stallmist, vor Kestner und Lorenz. Immer wieder verlor er große Teile seiner Ladung. Sie mussten darauf achten, nicht hineinzutreten.

Als sie am Frauenplan ankamen, stand wieder eine Menge Leute vor dem Haus. Wollten sie alle zu Goethes Audienz? Kestner hatte geglaubt, er sei mit nur wenigen anderen eingeladen worden und könne abgeschieden und allein mit Goethe sprechen. Und nun drängte sich ein ganzer Pulk vor dem Portal. Junge Männer in blauem Frack, in gelben Westen und gelben Kniehosen, dazu halbhohe braune Stulpenstiefel. Die Werther-Tracht, die Goethe sich von Jerusalem abgeguckt hatte. Einerseits fand Kestner es kindisch, dass die Anbeter des Großdichters sich derart albern kostümierten. Andererseits erinnerte es ihn an Jerusalem, und er dachte mit Trauer und Schmerz daran, wie die Leiden dieses jungen Mannes dazu geführt hatten, sich in Wetzlar mit Kestners Reisepistole zu erschießen.

Auch jetzt stand wieder die Portechaise vor dem Hauptportal, die Kestner schon vor zwei Tagen an dieser Stelle gesehen hatte. Kurz darauf schritt jener preußische Offizier, der Adelige von Wolfsburg, heraus, den er während der Kutschfahrt erlebt hatte. Gemessenen Schrittes stieg er die Steinstufen herab und stolzierte würdig zu seiner Portechaise, derweil die Menge ehrerbietig zur Seite wich. Kaum hatte er darin Platz genommen, trugen ihn die Träger eilig davon. Wieder fragte sich Kestner, was dieser von Wolfsburg wohl mit Goethe zu besprechen hatte. Was für Geschäfte trieb er mit Goethe?

»Kungelbande«, zischte Lorenz.

»Pst, wenn dich einer hört.«

»Und wenn schon.«

Nach einer Weile öffnete der Diener Seidel, dieses Mal in blauer Livree mit goldenen Knöpfen und weiß gestreifter Weste, die große Eichentür, und die Gäste schritten durch die Pforte hindurch in die Empfangshalle wie zu einem Heiligtum. Seidel half gemeinsam mit einem anderen Diener beim Ablegen der Garderobe. Schnell reihten sich an den großen vergoldeten Haken Pelerinen, Mantillen und darüber Zylinder, Kappen, Mützen. Die Damen behielten ihre großen farbigen Hüte und Hauben auf ihren Frisuren festgesteckt, da es zu viel Mühe machte, sie wieder ordentlich zu fixieren.

Unter den Audienzbesuchern entdeckte Kestner auch den dicken Zigarrenraucher aus der Kutsche und die Dame im Pelzmantel, deren Mops Lorenz' Sitz vollgekotzt hatte. Auch jetzt paffte der Raucher eine dicke Zigarre, und die Dame trug wieder ihren Mops im Arm. Aus Goethes Briefen wusste Kestner, dass er Raucher und Hunde hasste. Und nun kamen zu seiner Audienz dieser Zigarrenraucher und die Dame mit ihrem fetten Mops daher! Gespannt wartete er, was passieren würde.

Seidel wies die beiden zurück, als sie an der Reihe waren, ihre Garderobe abzulegen, er verweigerte ihnen den Zutritt.

»Seine Exzellenz duldet keine Raucher und Hunde.«

Die beiden protestierten heftig.

»Ich komme extra aus Osterode hierher«, empörte sich die Dame.

»Ich auch aus Osterode, nur für den Dichter«, schimpfte der Raucher.

Es half nichts, sie mussten gehen.

Als die beiden draußen waren, lästerte Seidel für Kestner hörbar: »Diese Touristen! Wollen in Weimar nur die Enthauptung und Goethe sehen.«

Kestner nahm seinen Reisemantel selbst ab und hängte ihn an einen Haken. Da entdeckte er einen schwarzen Umhang mit Fuchspelzkragen und einer Anstecknadel, dieser Raute mit dem silbernen Blitz. Als hätte ihn jemand gestochen, zog er seine Hand zurück. Diese Giftkröte, hier? Was machte er bei Goethe? Was hatte er hier zu suchen?

»Sag ich doch: Kungelbande«, zischte Lorenz wieder, der den Umhang ebenfalls bemerkt hatte. »Seine Exzellenz, der von Wolfsburg und der Spitzel.«

Kestner und Lorenz sahen sich verstohlen um. Der Fuchskragen war nirgends zu sehen. Wahrscheinlich wurde er schon mit den ersten Gästen in der Beletage in den Empfangssalon eingelassen.

Als Letzte der Besucherschar traten auch Kestner und Lorenz in den Salon. Es war ein schlichter heller Raum mit einer Stuckdecke, von der ein golden glänzender Kronleuchter mit Dutzenden von Kerzen herabhing. Auch um die großen Fenster rankte sich Stuckwerk. In strengen Reihen waren Stühle aufgestellt, vor denen die Gäste standen und schwiegen. Keiner wagte sich zu setzen, bevor der Meister erschien. Ihnen gegenüber befand sich eine weiße Flügeltür und seitlich davon ein Rokokotischchen, dahinter ein breiter Sessel. Auf dem Tisch lagen ein Buch und vier große Steine. Daneben waren eine Flasche Rotwein und ein Glas serviert.

Mit Ausnahme der jüngeren Männer in den Werther-Kostümen trugen die Herren schwarzen Frack mit Auszeichnungen und Medaillen und weiße Plastrons. An ihren ernsten Mienen war zu erkennen, dass sie sich der Bedeutung dieses Momentes voll bewusst waren und das bevorstehende Erlebnis noch lange in sich tragen und ihren Urenkeln davon berichten würden. Die Damen hatten sich in wallende Seidenkleider gehüllt, elegante Schleier um ihre Schultern drapiert und über die Arme lange weiße Handschuhe gezogen. Ihre mal fetten Gesichter mit breitem Doppelkinn, mal knochigen Antlitze, manche einer Schnabelente ähnelnd, strahlten in freudiger Erwartung. Auch für sie würde das Ereignis dieser Stunde über Jahre der Gesprächsstoff ihrer Teerunden sein.

Kestners und Lorenz' Hosen waren an den Knien ausgebeult, ihre Schuhe staubig. Sie trugen keine geplätteten Westen, nur zerknitterte Hemden, die an ihrer Haut klebten. Sie kamen vom Zuchthaus, von der Höhn. Sie hatten nur diese Reisekleidung. Sie waren seit Tagen unterwegs und verschwitzt, trotz der Kälte draußen.

Wieder blickte Kestner in die andächtig schweigende Runde und hielt Ausschau nach dem Fuchskragen. Der Kerl musste hier irgendwo sein, wenn sein Umhang unten hing.

»Wo ist er denn?«, raunte er.

»Sie können ihn nicht sehen«, flüsterte Lorenz.

»Wieso nicht?«

»Er nistet in den Köpfen dieser Gesellschaft.«

»Du mit deiner Phantasie.«

»Keine Phantasie. Dem trau ich alles zu.«

Seidel trat vor die Wartenden. »Seine Exzellenz wird alsbald erscheinen«, verkündete er mit gedämpfter Stimme.

Eine Pendeluhr schlug vornehm vier Mal. Seidel öffnete die große weiße Flügeltür, und als habe er dahinter schon für seinen Auftritt bereitgestanden, betrat Goethe mit feierlicher Miene den Salon. Auf seinen kurzen Beinen tapste er in abgehackten Schritten nach vorne.

Die Besucher verneigten sich. Kestner und Lorenz verneigten sich nicht. Mit einer kleinen, kantigen Handbewegung, bei der Goethes weiße gekräuselte Manschette wie ein Dirigentenstab den Einsatz gab, signalisierte er seinem Publikum, es könne sich nun auf den Stühlen niederlassen. Folgsam setzten sich alle.

Wie auf einer Theaterbühne stand Goethe mit verschlossenem Gesicht vor ihnen, im feinen schwarzen Frack, mit weißer Weste, weißem Spitzenhemd, schwarzer Hose, schwarzen Stiefeln. Um den Hals trug er ein locker gelegtes Tuch aus Batist mit goldener Spange. Auf seiner Brust glänzte ein großer silberner Ordensstern. Er hielt seine Hände vor dem Bauch verschränkt, drehte mit den Daumen kleine Kreise und schnaufte durch seine dicke, etwas gebogene Adlernase. Seine großen, dunklen, weit geöffneten Augen – das rechte saß niedriger als das linke – blickten lebhaft in die Menge. Sein langes schwarz gefärbtes Haar hatte er hochfrisiert, um seine Stirne deutlicher hervortreten zu lassen, und hinten zu einem lockeren Zopf zusammengebunden. Es war neu gebrannt, onduliert und gepudert und über den Ohren zu einer Rolle gedreht.

Dann ertönte seine Stimme. Im vollen Bariton parlierte er über das Wetter, über die trüben Novembertage, über das frühe Dunkelwerden und die Hoffnung auf das Frühjahr, über das Pferdegetrappel vor seinem Haus, das laute Glockengeläute der beiden Kirchen, das ihn störe, über die Schnecken im Garten, die im Sommer seine Salatköpfe angefressen hatten. Das alles trug er wie eine Litanei in einem auf- und abschwellenden Singsang vor. Kestner fiel auf, dass er sich wohl selbst gern reden hörte und sich Mühe gab, den berühmten Mann zu spielen und zu repräsentieren.

Alle lauschten andächtig, hingen gebannt an seinen Lippen, zwischen denen jedoch nur konventionelles Geplapper und banale Floskeln hervorquollen. Als Nächstes mäkelte er über das zunehmende Reisen von Hinz und Kunz, weil anscheinend jeder glaubte, immer und überall hinreisen zu müssen.

Meinte er damit ihn, Kestner, der von Hannover die weite Reise hierher unternommen hatte, um die Handschrift abzuholen, bisher aber nur hin- und hergeschickt worden war, auch von dem, der da vorne tönte? Kestner fühlte sich angegriffen und war pikiert.

Goethe tapste stocksteif zu dem Tischchen, hob mit eckigen Bewegungen zwei der vier Steine in die Höhe und zeigte sie den andächtig Versammelten. Mit bitterem Ton berichtete er seinen Verehrern, dass Gesindel diese Steine am Montagmorgen aus einem Trauerzug heraus in seine Parterrefenster geworfen habe und er sich diese unverschämte Attacke nicht erklären könne. Empörung schwappte durch den Salon, die Gäste forderten ihn auf, diesen Pöbel zu beseitigen und ins Zuchthaus zu werfen. Goethe stimmte ihnen zu und beruhigte sie mit der Versicherung, der Schurke sei bereits festgenommen und seiner verdienten Strafe zugeführt worden.

Wieder gab er mit der Hand ein kleines, kantiges Zeichen, unübersehbar durch seine weiße gekräuselte Manschette. Dieses

Mal galt es seinem Diener Seidel. Sofort eilte er wie Goethe mit tapsenden Schritten herbei und rückte in eckigen Bewegungen den Sessel hinter dem Tischchen zurecht. Es war deutlich zu sehen, dass er seinen Dienstherrn nachahmte.

Langsam ließ sich Goethe auf dem Sessel nieder, wobei er leise stöhnte. Noch ein kurzes Zeichen, und Seidel schenkte ihm mit steifen Bewegungen aus der Flasche rubinrot funkelnden Wein ins Glas. Gierig trank Goethe das Glas in zwei Schlucken leer. Seidel füllte es erneut, und wieder leerte Goethe es wie ein Verdurstender. Dann wischte er sich mit dem Handrücken den Mund ab, und plötzlich war er ein anderer. Seine Miene strahlte freudig, seine dunklen Augen blitzten listig, und er rutschte quirlig auf dem Polster hin und her. Lebhaft und über sich selbst amüsiert begann er, lustige Anekdoten zu erzählen. Wie er dem braven Wieland mit einer magischen Teufelserscheinung Todesangst einjagte. Wie er nachts mit dem Herzog die Weinfässer eines Wirtes die Gasse hinabrollen ließ, bis sie an Hausecken zerschellten und der ausströmende Wein das Pflaster überschwemmte. Wie er und der Herzog mit ihren Pistolen in einem Pferdestall um die Wette schossen, die Gäule in Panik aus dem Stall galoppierten und der Bauer sie einen Tag lang wieder einfangen musste. Wie er ebenfalls mit dem Herzog an einem kleinen See badenden Mädchen die Kleider am Ufer stahl und die nackten Grazien sie erst gegen einen Kuss für jedes einzelne Kleidungsstück zurückerhielten.

Dabei steigerte er sich mit jedem neuen Schluck Wein und immer derberen und drastischeren Ausdrücken so sehr in seine Geschichten hinein, dass das Publikum aus dem Staunen und Glucksen nicht mehr herauskam. Es konnte nicht fassen, dass dies derselbe Mann war, der eben noch so würdig und majestätisch vor ihnen gestanden hatte. Nach jeder Anekdote lachte er schallend, schlug in seinen Lachkrämpfen mit der flachen Hand auf seine Schenkel und auf die Tischplatte, dass Flasche und Glas tanzten. Da mussten auch seine Verehrer vor Lachen laut losprusten. Nicht lange, und seine Gäste klopften sich ebenfalls kreischend auf die Schenkel und krümmten sich vor Lachen auf ihren Stühlen.

Er genoss es, wie sich seine Zuhörer grölend wälzten und sich die Lachtränen aus den Augen wischten, wobei die Damen ihre

Schminke mit dem Puder verschmierten und die Doppelkinne und dicken Busen der dralleren Gäste wabbelten.

Ganz abrupt wurde er wieder ernst und klopfte mit den Fingerknöcheln auf den Tisch. Mit einer herrischen Geste verbat er sich jedes weitere Lachen. Sofort verstummten alle. Einige hielten sich noch kichernd den Bauch.

Die erste Flasche Wein hatte er inzwischen ausgetrunken. Servil offerierte ihm Seidel eine zweite bereitstehende Flasche, brachte ein neues Glas und füllte es mit dem neuen Rotwein.

Wieder trank Goethe begierig wie ein Süchtiger das Glas fast leer, Seidel füllte nach. Dann nahm er das vor ihm liegende Manuskript, schlug es auf und las daraus vor. Es war sein Schauspiel »Iphigenie auf Tauris«. Er las die Szene, in der der Taurerkönig Thoas Iphigenies Bruder Orest und dessen Freund Pylades begnadigt und nicht hinrichten lässt, weil sie seine Insel betreten haben. Er las das Erbarmen des Königs mit sonorer, tiefer Stimme, legte viel Pathos in die Schilderung, deklamierte, donnerte an den besonders bedeutungsvollen Passagen. Seine Stimme schwoll an, schwoll ab, erhob sich wieder feierlich, oft salbungsvoll und schwülstig. Während er las und ein Glas nach dem anderen leerte, wurde sein Gesicht immer dunkler. Man sah ihm an, dass er von seiner Dichtung sehr ergriffen war.

Das Publikum hörte immer weniger auf den Inhalt, sondern lauschte nur noch den Modulationen seiner Stimme. Vieles klang dabei unfreiwillig sehr komisch.

Als sich eine pompöse Stelle besonders komisch anhörte, kicherte eine Dame. Goethes große Augen blitzten böse auf. Er legte sofort sein Manuskript beiseite und verfügte: »Ich lese nicht weiter.«

Erst nachdem sich die Dame erhoben und sich unterwürfig entschuldigt hatte und die Gesellschaft ihn inständig bat, doch weiterzulesen, sagte er gütig: »Na schön«, nahm seine »Iphigenie« wieder in die Hand und deklamierte weiter. Doch die Stimmung war dahin, und alle wünschten, dass er bald enden würde.

Goethe spürte das, schob nach einer Minute seine Blätter weg und gab das Zeichen zum Aufbruch. Stühle wurden gerückt, und fast alle stürmten zum Dichter, hielten ihm Exemplare seines

»Werther« und seines »Götz von Berlichingen« hin und baten um ein Autogramm des Meisters. Nun wieder lächelnd schrieb er mit einem grünen Stift großzügig Autogramme in ihre Bücher. Die zufriedenen Gäste dankten Seiner Exzellenz mit Bücklingen und Abschiedskomplimenten.

Kestner wartete ab, bis alle anderen Gäste gegangen waren. Dann trat er an ihn heran.

»Wolfgang, ich muss mit dir reden.«

»Meine Zeit ist sehr knapp bemessen. Aber ein paar Augenblicke werde ich für dich erübrigen. – Seidel, geleite diesen Herrn und den jungen Mann in den kleinen Salon nebenan.«

Im Besucherzimmer wies Seidel auf eine schmale Bank. »Ich bitte Sie, sich hier bis zum alsbaldigen Erscheinen Seiner Exzellenz zu gedulden.«

Die Wände waren vollgehängt mit eingerahmten Bildnissen. Von allen berühmten Besuchern ließ Goethe während ihres Gesprächs von einem Zeichner mit schwarzer Kreide Porträts anfertigen. Die meisten der Dargestellten kannte Kestner nicht, er glaubte aber, Wieland, Lavater und Herder zu erkennen.

»Werden wir jetzt auch gezeichnet?«, fragte Lorenz.

»Wir sind nicht berühmt.«

»Bei dem möchte ich auch gar nicht an der Wand hängen«, maulte Lorenz.

Kestner erinnerte sich an eine Kneipe in Hannover, in der auch eine Menge Porträts hingen. Von Straßenkehrern, Müllkutschern, Nachtwächtern und Postillions, die dort regelmäßig ihr Bier tranken.

Eine halbe Stunde mussten Kestner und Lorenz warten, bis Goethe erschien, die Taschenuhr in der Hand, als wollte er die Gesprächszeit stoppen. Sein Gesicht war immer noch dunkel vom Wein. Ohne Umschweife brachte Kestner seine Bitte vor. Er möge bei all der Macht, über die er verfügte, beim Herzog für die Höhn einen Gnadenerlass bewirken.

»Die Zeit drängt. Übermorgen soll sie enthauptet werden.«

Goethe stutzte, trat einen Schritt zurück und schwieg.

Kestner berichtete ihm, dass er bei der Höhn im Zuchthaus gewesen sei und sie ihm von ihrem Leben erzählt habe. Er erklärte, es sei gar nicht bewiesen, dass sie ihr Kind getötet habe. Vielleicht sei es schon bei der Geburt tot gewesen. Bei einer Totgeburt könne sie doch nicht wegen Mordes hingerichtet werden.

Unaufmerksam hörte Goethe zu. Er schien an ganz andere Dinge zu denken und sagte schließlich zerstreut: »Steht nicht in meiner Macht. Sie ist gerichtet. Punktum.«

»Du bist Geheimer Rat, Minister, der engste Freund des Herzogs – da muss es dir doch möglich sein, die Höhn zu begnadigen!«

»Sie ist gerichtet«, wiederholte Goethe knapp. »Sie ist die Erste nicht. Dixit.«

Kestner ließ nicht locker. »Eben hast du aus deiner Dichtung vorgelesen, dass Thoas Orest und Pylades nicht hinrichten ließ. Seine Gnade kann doch auch deine Gnade für die Höhn sein. Bitte.«

»Das hat nichts mit der Wirklichkeit zu tun.«

»Warum schreibst du es dann, wenn du in Wirklichkeit ganz anders handelst?«

»Dichtung ist nicht Leben. Ist nicht Wahrheit. Ist Dichtung.«

»Also nur Papier.«

Kestner verstand seinen Wolfgang nicht. Diese Kälte. Diese Erbarmungslosigkeit. Wie sehr hatte er sich verändert seit Wetzlar. Hatte sein Freund inzwischen ein Herz aus Stein? Er versuchte es erneut und machte ihn darauf aufmerksam, dass der Herzog keine Todesurteile wegen Kindsmordes mehr duldete. Und der Herzog sei immerhin sein Dienstherr, sein direkter Chef.

»Da musst du dich an den Herzog wenden«, erwiderte Goethe kühl.

Kestner gab es auf. Das Herz dieses Menschen, der da vor ihm stand, war nicht zu erweichen.

Bevor Kestner ihn verließ, fragte er Goethe noch, warum der Schmied und der Bauer ermordet wurden, warum man die Akten über diese Morde vernichtet hatte. Ob die Täter zur Fahndung ausgeschrieben wurden oder ein Haftbefehl ergangen war. Ob überhaupt Ermittlungen eingeleitet wurden.

»Frag das Gericht«, antwortete Goethe.

»Da war ich schon. Man weiß dort nichts«, sagte Kestner und fragte, warum man seine Scheiben eingeworfen hatte.

»Pöbel«, meinte Goethe mit einer abschätzigen Handbewegung.

So ganz ohne Antwort wollte Kestner das Haus nicht verlassen, und so erkundigte er sich als Letztes, was es mit dem Müllerburschen auf sich hatte, der bei den Preußen erschossen wurde, und warum auf dem Friedhof noch mehr Erschossene lagen.

Goethes Augen verdunkelten sich. Ihm wurden Kestners Fragen lästig. »Es ist nun mal das Schicksal von Soldaten, im Felde zu fallen. Übrigens ist die Audienz längst beendet.«

Kestner fiel auf, dass Goethe ihm nie in die Augen sah. Während er ihm in die Augen blickte, sah Goethe immer an ihm vorbei. Zum Abschied reichte er Kestner jetzt nicht mal die Hand, sondern ging einfach hinaus. Kestner und Lorenz sahen sich fassungslos an.

Sogleich eilte Seidel herbei und führte sie hinab zur Garderobe.

Auf der Treppe taumelte Kestner etwas und musste sich am goldenen Geländer festhalten.

»Ist Ihnen unwohl?«, fragte Seidel besorgt.

Stumm wehrte Kestner ab.

Als sie vor dem Haus auf dem Frauenplan standen, brauchte Kestner eine Weile, um wieder ins Gleichgewicht zu kommen.

»Was jetzt?«, fragte Lorenz.

»Zum Herzog. Wenn sein Günstling nicht will, muss der Chef wollen.«

»In die Höhle des Löwen?«

»Mitten hinein. Sofort.«

Auf dem Weg zum Fürstenhaus paukte Kestner Lorenz ein, wie er den sechsundzwanzigjährigen Herzog anzureden hatte, wenn sie ihm gleich gegenüberstanden: »Verbeugung und dann ›Euer Hochfürstliche Durchlaucht‹ oder ›Serenissimus Clementissime Regens‹ oder ›Durchlauchtigster Herzog, Gnädigst Regierender Landesfürst und Herr‹.«

Lorenz verzog abschätzig den Mund. Kestner befürchtete, er könnte sich einen entsetzlichen Fauxpas erlauben. Und das bei Carl August, der von sich nur im Pluralis Majestatis sprach: »Wir verkünden«, »Uns ist zu Ohren gekommen«. Seine Herrschaft sah er »von Gottes Gnaden«, auch wenn er von seiner Mutter Amalie in diese Position geschoben worden war. Mit achtzehn war er Herzog von Sachsen-Weimar-Eisenach, Fürst, Land- und Markgraf von zahlreichen Territorien geworden. Dabei hatte er überhaupt keine Lust gehabt, dieses bankrotte Herzogtum zu regieren. Viel lieber ging er mit seinem nur wenig älteren Kumpel Goethe auf die Jagd, ritt mit ihm ohne Sattel und Zügel über die Felder, amüsierte sich in den Dörfern mit den Mägden und verbrachte die Nächte mit Saufgelagen.

Vor dem Fürstenhaus hatte sich eine Menge lärmender junger Männer angesammelt. Alles Jugendliche. Sie trugen lange Haare, wilde Mähnen und trotz Ende November offene Hemden. Auf Stangen hoben sie Tafeln und Plakate hoch. Kestner und Lorenz lasen: »Jenaer Studenten fordern: Weg mit der Fronarbeit!« – »Weg mit dem Menschenhandel!« – »Keine Bespitzelung unserer Freunde!« – »Nieder mit dem Herzog und seiner Clique!« und: »Demokratie jetzt!«

Laut skandierten sie die Parolen, immer und immer wieder. Einige Passanten stimmten ihnen zu, andere empörten sich über diese Rabauken, riefen: »Ins Zuchthaus mit euch!«

Kestner und Lorenz hielten sich fern. Sie ahnten, was passieren könnte. Und schon geschah es: Polizisten und Milizen stürmten heran, prügelten auf die Studenten und die sympathisierenden Passanten ein, trieben sie auseinander. Viele blieben verletzt auf dem Platz liegen. Die Uniformierten schleppten sie weg. Die Tafeln und Plakate wurden eingesammelt und auf eine Karre geworfen. Schnell hatten sich alle zerstreut, der Platz war leer, als wäre nichts geschehen.

Am Fürstenhaus selbst herrschte reges Treiben. Bauern luden von Pferdekarren Steine, Balken und Bretter ab und schleppten sie ins Gebäude, andere schafften aus dem Bau große Körbe voller Schutt heraus und kippten sie auf die Karren.

Vor neun Jahren war das etwas entfernt gegenüberliegende Schloss durch einen Blitzschlag abgebrannt und stand seitdem nur als Ruine da und verrottete. Nach dem Brand hatte man das schmucklose, triste Verwaltungsgebäude der Landesvertretungen in aller Eile provisorisch und notdürftig zum neuen Regierungssitz umgebaut und es Fürstenhaus genannt. Baumängel wurden mit der Ausrede abgetan, die Unterbringung des bald darauf neu gekürten Herzogs samt einem kleinen Teil seines Hofes sei nur vorübergehend. Doch seit mittlerweile acht Jahren, seit dem Regierungsantritt des damals achtzehnjährigen Carl August, regierte der junge Herzog in diesem Provisorium und residierte hier mit seiner Gemahlin Luise und seinem engeren Hofstaat. Der größte Teil des Hofes lebte in über die Stadt verteilten schlösschenartigen Bauten, die man Paläste nannte.

Damals hatte man geglaubt, das Schloss werde in kürzester Zeit wieder aufgebaut sein und der Herzog könne bald in die neue Pracht einziehen. Aber der Schlossneubau hatte sich hingezogen. Es fehlte an Geld. Das Herzogtum war bankrott, die Staatskasse leer. Und im Provisorium Fürstenhaus mussten immer wieder Reparaturen und Renovierungen vorgenommen werden. So ging das Jahr für Jahr.

Auch jetzt, als Kestner und Lorenz vor dem Fürstenhaus standen, war es eine einzige Baustelle. Über Planken balancierten sie in die Eingangshalle. Auch hier Bauarbeiten. Gerüste bis zur Decke. Ein Teil der Decke war heruntergebrochen, weil einige Balken verfault waren. Neue Balken mussten eingezogen werden. Die Luft roch nach abgeschlagenem Mörtel und faulem Holz. Zwischen Schutt, neuem Baumaterial und den Arbeitern stakten livrierte Diener, Schreiber, Küchenjungen, Wäscherinnen, Pagen, Kammerherren. Einige hastig, andere bummelten herum, schauten zur Decke hinauf und sahen den Arbeitern zu.

Wo sollte Kestner hier den Herzog finden? Er fragte einen alten, unrasierten Diener in einer abgeschabten Livree, bei der fast alle Knöpfe fehlten. Statt einer Auskunft streckte der Mann seine Hand aus und bettelte Kestner an. Er fragte einen jungen Pagen in ebenfalls abgetragener Livree. Der kramte aus seiner Hosentasche ein Medaillon und bat Kestner, es ihm abzukaufen. Kestner lehnte ab und wollte weitergehen. Doch der Page lief ihm nach, zupfte ihn am Ärmel, forderte frech, das Medaillon zu kaufen, und verlangte dafür auch noch einen unverschämt hohen Preis. Als Kestner ihn abschüttelte, beschimpfte er ihn und Lorenz als Gesindel.

Schließlich empfahl ihm ein magerer Schreiber, den Ballsaal zu durchqueren und in einem der anschließenden Kabinette sein Glück zu versuchen.

Sie durchquerten den Ballsaal, in dem die Hofdamen noch vor einiger Zeit auf Maskenbällen als Schäferinnen, Gärtnerinnen, Nymphen und ihre Kavaliere als Toreros, Faune, Pierrots kostümiert über das Parkett gerauscht waren. Derlei Redouten waren neben der Jagd eine der Lieblingsvergnügungen des Herzogs und seines unüberschaubaren Hofstaates. Nun aber rissen Bauern das Parkett auf und legten es neu an.

Der Saal glich einem aufgewühlten Exerzierplatz. Staub wirbelte durch die Luft. Die gläsernen Lüster mit ihren abgebrannten Kerzen an der Decke waren kaum zu erkennen.

Beim Bau hatte man auf den Boden Sand, Kiesel und Lehm geschüttet und darüber das Parkett verlegt. Durch das unterschiedliche Füllmaterial hatte sich das Parkett mit der Zeit gesenkt und gewölbt. Als bei einem Ball schließlich eine Hofdame stürzte und eine andere ihren Schuh verlor, wurde die Renovierung der Tanzfläche beschlossen. Nun mussten Bauern den Boden mit neuem Sand auffüllen, ihn glätten und darüber ein neues Parkett verlegen.

Am Ende des Ballsaals war der Ausgang mit Brettern versperrt. Sie mussten einen anderen Weg suchen und gelangten auf einen breiten Flur. Zu beiden Seiten hatte man über die Büsten und Skulpturen grobe Jutesäcke gestülpt und Decken über die Gemälde und Spiegel gehängt. Schaufeln und Hacken lagen kreuz und quer auf dem Boden.

Ein Kammerherr kam ihnen sehr beschäftigt entgegengeeilt. Auf Kestners Frage, wo denn hier der Herzog anzutreffen sei, wies er stumm auf eine offen stehende Flügeltür. Sie traten ein und fanden sich in einem Spielsalon wieder, in dem grobe Balken eine sich neigende Wand abstützten. Der Salon war hell erleuchtet. Es stank nach verbranntem Lampenöl.

Um vier große Spieltische drängte sich eine feine Hofgesellschaft, vornehme Damen und Herren, wobei die Damen saßen, die Herren meistens standen. Die Damen trugen wehende pfirsichfarbene Seidenkleider mit schwarzen Spitzenvolants, cremefarbene Jupes aus Pelz, ausladende Reifröcke aus blauem Damast, Courschleppen und Boas. Dazu lange Handschuhe aus bestickter Seide. Ihre hochdrapierten Frisuren wurden gekrönt von Spitzenhäubchen oder großen Hüten, geschmückt mit seidenen Kunstblumen, mit imitierten Rosen und Orchideen und künstlichen Hagebutten und Kirschen. Hin und wieder legten sie aus Farbtöpfchen Wangenrouge zwischen Schönheitspflästerchen auf.

Die meisten Herren waren in modische Justaucorps gekleidet, taillierte Röcke aus farbigem Brokat oder Seide, die am Oberkörper eng anlagen, sich ab der Hüfte weiteten und deren Schöße abstanden. Verziert waren sie mit silbern glänzenden Tressen, Borten und Epauletten. Auf der Brust leuchteten weiße, plissierte Jabots. An den Handgelenken traten ebenfalls weiße Spitzenmanschetten hervor. Als Beinkleider trugen die Männer dunkle Kniehosen und hellbraune Strümpfe, die ihre Waden plastisch hervortreten ließen. Um ihre Hälse hatten sie locker seidene, weiße Binden gelegt, und als Kopfschmuck dienten ihnen hellgrau gepuderte Haarbeutelperücken. Einige Herren fingerten aus Döschen Schnupftabak und zogen ihn geräuschvoll in ihre Nasen.

Dazwischen eilten dienstbeflissene Pagen hin und her, balgten sich Kinder oder spielten Seilspringen. Dürre Windspiele standen mit hängenden Ohren gelangweilt zwischen den Stühlen, fette Möpse fraßen aus Näpfen, und riesige Doggen lagen hingestreckt auf dicken Teppichen.

Lorenz sah auf die Herrschaft und sprach vor sich hin: »Es kennen Ihro Gnaden Redouten, Maskeraden, die Prüden und Koketten an ihren Toiletten. Sie sprechen mit der Base Französisch durch die Nase. Sie können das Volk beschimpfen, vornehm mit Nasen rümpfen, den Bürger stolz verachten. Und die nach Änd'rung trachten, bestraft ihr frecher Tadel. Sie sind von Adel.«

»Wo hast du das wieder her?«

»Schubart. Gedichte.«

»Kein Wort mehr. Hier schon gar nicht.«

Sie warfen einen Blick auf einen der mit grünem Velours bespannten Tische. Die Spieler schoben bunte Holzklötzchen hin und her, stapelten sie zu kleinen Türmen und schoben sie von einem Spieler zum anderen.

Kestner blickte in die Runde, hielt Ausschau nach dem jungen Herzog. Von den bisher gesehenen Gemälden wusste er, wie er aussah. Doch nirgends war sein breites, glupschäugiges Gesicht zu sehen. Ein Page in zeisiggrüner Livree deutete auf Kestners Nachfrage zum Spieltisch nebenan.

»Dort neben der Oberhofmeisterin, der Gräfin Giannini, hat sich der Oberhofmarschall platziert. Er weiß, wo sich seine Durchlaucht aufhält.«

Breit saß der stämmige, schon in die Jahre gekommene Oberhofmarschall in seiner Galauniform mit Orden und Bändern da. Sein grobes Gesicht war von Blattern zerrissen und seine große Stumpfnase von schwarzen Poren wie von Kratern übersät. Seinen Mund hielt er weit geöffnet, als würde er sonst keine Luft bekommen, und fuhr darin mit seiner dicken Zunge im Kreis herum. Über seinem massiven Schädel wölbte sich eine zerzauste, stark gepuderte Perücke. Neben ihm glotzte die Gräfin Giannini mit ihren hervortretenden Augen, umkränzt von faltigen Ringen, auf den Spieltisch. Um ihren gespitzten Mund wuchsen schwarze Barthaare wie kleine Stacheln.

Kestner wartete, bis der Oberhofmarschall sein Spiel beendet hatte, und brachte dann untertänig hervor: »Ich bitte, seine Hochfürstliche Durchlaucht sprechen zu dürfen.«

»In welcher Angelegenheit?«, erkundigte sich der Oberhofmarschall barsch.

»Ich bitte Seine Hoheit um die Begnadigung der verurteilten Katharina Höhn.«

»Die am Freitag geköpft wird?«

Kestner nickte.

»Serenissimus Clementissime Regens ist zur Jagd ausgeritten.«

»Und wann wird Serenissimus Clementissime Regens mich empfangen können?«

»Wenn er von der Jagd zurückgekehrt ist.«

»Und wann wird Seine Durchlaucht zurückgekehrt sein?«

»Am Freitag spätabends.«

Damit wandte sich der Oberhofmarschall wieder dem Spieltisch zu.

Kestner hatte das Gefühl, das Blut würde aus seinem Körper weichen und mit ihm seine Kräfte schwinden. Kurz musste er sich an der Rückenlehne des damastbezogenen Sessels festhalten, auf dem der Oberhofmarschall thronte.

Am Freitag spätabends. Da war es für die Höhn zu spät.

Was nun? Ein bitterer Geschmack stand Kestner im Gaumen. Mit schweren Schritten verließ er den Spielsalon, gefolgt von Lorenz.

Als sie durch den Ballsaal und die Eingangshalle zurückgingen, über Bretter, Sandhaufen und Balken stiegen, stellte Lorenz zornig fest: »Zur Jagd ausgeritten ist Seine Durchlaucht. Dass ich nicht lache! Abgehauen ist er. Weil er während der Hinrichtung nicht in der Stadt sein will, die feige Sau. Will mit seinem Todesurteil nicht konfrontiert werden. Dafür knallt er jetzt Hirsche ab. Zeit, dass hier aufgeräumt wird.«

»Mäßige dich«, wies ihn Kestner in die Schranken.

»Ist doch wahr! Alles, was wir bisher erlebt haben – da schwillt mir der Kamm. Und Ihr Goethe, der selbstgefällige Popanz, hatte auch nicht die geringste Lust, sich für die Höhn einzusetzen. Saubande!«

Kestner widersprach ihm nicht.

Goethe abgehakt, der Herzog abwesend. Wer blieb da noch, um die Höhn zu retten?

Kestner erinnerte sich, in der Akte Höhn im Urteilsspruch gelesen zu haben, dass der Scharfrichter Wittig die Enthauptung durchführen würde. Kestner kannte Wittig. Vor zehn Jahren hatte er ihn einmal in Apolda während einer seiner Prozessprüfungen als Gesandter des Reichskammergerichts getroffen und lange mit ihm gesprochen. Wittig hatte damals einen jungen Deserteur enthaupten müssen und verbittert über das Schicksal dieses jungen Menschen geklagt, dessen Leben er auslöschen musste. So wusste er, dass Wittig seinen Beruf als Scharfrichter hasste und alle Verurteilten am liebsten laufen ließe. Er hatte ein Herz für die Menschen, die er durch sein Schwert töten musste.

Kestner war klar, dass es nicht in Wittigs Macht stand, eine Begnadigung der Höhn zu bewirken. Aber vielleicht wusste er eine Möglichkeit, wie sie wenigstens einen Aufschub der Hinrichtung erreichen konnten, um nach der Rückkehr des Herzogs diesen doch noch umzustimmen.

Es blieb ihnen nur noch ein Tag. Kestner musste zu ihm. Er musste diesen allerletzten Versuch wagen.

Lorenz blieb plötzlich stehen.

In der Eingangshalle schritt eine Gruppe von jungen Frauen und Mädchen auf die Treppe zu. Sie trugen große Körbe, gefüllt mit Kunstblumen. Eines der Mädchen kam nahe an Lorenz vorbei. Es war ein sehr hübsches Mädchen. Ihr schlichtes rosafarbenes Kleid war unter ihren Brüsten gerafft und fiel mit schönem Faltenwurf bis zu ihren Knöcheln hinab. Braune Korkenzieherlocken hingen über ihre schmalen Schultern. In ihr Haar hatte sie ein buntes Band geflochten. Ihre vollen, ungeschminkten Lippen glänzten. Wie aus Milch und Honig schien ihr freundliches, zartes Gesicht. Sie war sehr appetitlich anzusehen.

Als sie neben Lorenz vorbeiging, ließ sie aus ihrem Korb eine weiße Orchidee zu Boden fallen. Schnell hob Lorenz sie auf. Die Blüten waren aus Seide mit einem Draht in der Mitte, an dem sich Lorenz beinahe gestochen hätte. Er reichte ihr die Blume zurück.

»Hast du sie gemacht?«

Sie sah ihn aus kastanienbraunen Augen an, über denen wunderschön gebogene Brauen lagen, und lächelte.

»Wir machen sie in unserer Werkstatt.«

Ihre Stimme klang warm und verführerisch. Sie bedankte sich bei ihm mit einem Knicks.

»Ich heiße Leonore«, sagte sie kokett und gab ihm die Hand, die Lorenz sofort ergriff.

»Bin Lorenz«, stammelte er.

Wie ein Wunder starrte er sie an. Dann eilte sie den vorausgegangenen Mädchen nach.

Lorenz wollte ihr hinterherlaufen, doch Kestner hielt ihn am Ärmel fest.

»Hiergeblieben.«

»Ich muss sie kennenlernen«, drängte Lorenz und wollte sich losreißen.

»Wenn wir morgen zu dieser Blumenmanufaktur gehen und die Handschrift abholen, kannst du sie wiedersehen. Zuvor müssen wir aber in aller Früh zum Scharfrichter. Vielleicht sieht er noch eine Möglichkeit für die Höhn.«

SIEBEN

Am nächsten Morgen eilten sie zuallererst zum Rathaus, um zu erfahren, wo der Scharfrichter wohnte.

»Direkt hinter dem Schlachthaus an der Ilm«, sagte man ihnen. »Nicht zu verfehlen.«

Mit ein paar Gramm Hoffnung, durch Wittig zumindest einen Aufschub der Hinrichtung zu erreichen, hasteten sie weiter.

Kestner wusste einiges über den Beruf eines Scharfrichters. Wittig hatte ihm viel darüber erzählt, als er ihn damals in Apolda getroffen hatte. Er hatte ihm auch anvertraut, dass sich nach einer Hinrichtung nicht selten herausstellte, dass er einen Unschuldigen exekutiert hatte. Das bedrückte ihn sehr. Zudem gab es trotz seiner Hinrichtungen nicht weniger Verbrechen. So hatte er über die Jahre begonnen, sich zu fragen, ob die Todesstrafe überhaupt einen Sinn hatte, und war zu der festen Überzeugung gelangt, dass die Todesstrafe grundsätzlich abgeschafft werden musste. Seinen Beruf übte er allein deshalb aus, weil er per Gesetz dazu verpflichtet war.

Von Enthauptungen durch das Schwert oder das Beil und Erhängungen allein konnte ein Scharfrichter nicht leben. Die Entlohnung der Städte für seine Einsätze war zu gering. Das war schon immer so gewesen, Scharfrichter und Henker hatten noch nie von ihrem Beruf leben können. Er war nur ein Nebenverdienst. So betrieben sie aus alter Tradition als Hauptberuf eine Abdeckerei. Damit verdienten sie den Lebensunterhalt für ihre Familie. Auch Wittig betrieb eine Abdeckerei, sie lag direkt an der Ilm. Ein Fluss, der stadtauswärts floss, war notwendig, um seine Abfälle in das fließende Gewässer werfen zu können. Die lösten sich mit der Zeit im Wasser auf, oder Tiere fraßen sie, ernährten sich davon, wurden fett. Oder das Zeug verfing sich in den Schaufelrädern der Niedermühle außerhalb der Stadt und blieb zwischen den Schaufelbrettern hängen. Der Müller Bluhm hatte sich beim Stadtrat sicher oft darüber beklagt. Vergebens.

Wittigs Abdeckerei war nicht der einzige Betrieb, der die Ilm als Müllgrube nutzte. Ganz in der Nähe befand sich das Schlachthaus.

Auch hier wurde der Abfall einfach in den Fluss geworfen. Für Wittig war die Nachbarschaft von Vorteil. Kadaverreste konnten zur weiteren Verwertung vom Schlachthaus direkt in seine Abdeckerei geschafft werden.

Kestner und Lorenz eilten durch das Kegeltor, dann an der Ilm entlang bis zum Schlachthaus.

Ekelerregender Gestank schlug ihnen entgegen. Schnell gingen sie vorüber. Hinter dem Schlachthaus sahen sie am Wasser schleimige Fleischfetzen an den Baumwurzeln hängen.

Bei der Abdeckerei stank es noch mehr als beim Schlachthaus. Dumpfsüßer Fleischgeruch hing in der Luft. Die Erde und die wenigen Gräser, die hier wuchsen, waren mit weißlichem Talg bedeckt.

Am Ilmufer standen zwei gemauerte Schuppen, in denen Maschinen rumorten. Zwischen den Bauten machte sich ein niedriger, dicker Schornstein breit, aus dem schwarzer Rauch hochstieg. Vor den Schuppentoren reihten sich mehrere große Metallwannen aneinander; sie waren gefüllt mit Eingeweiden und grauen Gedärmen. Hunde schlichen mit angelegten Ohren um die Wannen herum. Es wimmelte von Ratten.

Auf großen Holzgestängen waren Felle zum Trocknen gespannt. Daneben lagen in Holzbottichen abgehauene Hufe, Pfoten, Klauen. Viele von Blut überkrustet. Die Wannen, die Bottiche, die Holzgestänge, Eisenstangen, Metallgitter, alles, was herumstand oder -lag, war mit altem ranzigen Fett bedeckt. Sogar die Steinplatten des Weges. Leicht konnte man ausrutschen.

Neben einer Werkzeughütte stand Wittigs Bürohäuschen. Er musste ihr Kommen durch sein Fenster gesehen haben, denn als sie auf den kleinen Klinkerbau zugingen, trat er aus der Tür heraus.

Wittig war ein stämmiger, mittelgroßer Mann um die fünfzig. Sein breites Gesicht mit zwei tiefen Falten von der Nase bis zu den Mundwinkeln strahlte Gutmütigkeit aus. Über seiner Leinenjacke trug er weiße Metzgerkleidung, aber keine Schürze, und auf seinen etwas rötlichen, kurz geschnittenen Haaren saß schräg eine ballonartige Schirmmütze. Kestner glaubte sich zu erinnern, dass Wittig auch damals in Apolda diese Leinenjacke und Metzgerkleidung getragen hatte.

Wittig lächelte und reichte Kestner seine kräftige Hand. »Wieder mal im Lande?«, fragte er. »Sind Sie auch diesmal zur Prozessprüfung hier?« Er hatte ihre Begegnung nicht vergessen.

»Ich brauche Ihre Hilfe«, erwiderte Kestner und erklärte, warum er gekommen war.

Wittig runzelte betrübt die Stirn und sagte bedauernd: »Einen Aufschub der Hinrichtung kann ich nicht durchbringen. Dazu bin ich nicht ermächtigt.«

Kestner hatte es geahnt. Er hätte sich aber Vorwürfe gemacht, es nicht trotzdem versucht zu haben.

»Stünde es in meiner Macht«, fügte Wittig hinzu, »hätte ich gleich nach dem Urteilsspruch ein Begnadigungsgesuch oder eine Bitte um Aufschub eingereicht. Aber so …« Dabei zeigte er seine leeren Hände, um seine Machtlosigkeit zu bekunden. »Das Mädel tut mir so leid. Es ist schrecklich. Das Einzige, was ich für sie tun kann, ist, dass mir der erste Hieb sofort gelingt und sie so wenig wie möglich spürt. Dafür bete ich seit Tagen zu Gott. Er wird mir sicher gnädig sein.«

Hinter ihnen zog ein Pferd eine Karre auf den Hof. Ein Bauer sprang von seinem Sitz und ging auf Wittig zu.

»Meine Kuh«, klagte er. »Ist mir gestern Nacht krepiert. Pansendurchbruch. Jetzt hab ich nur noch vier.«

»Warum hast du mich nicht vorher gerufen? Vielleicht hätt ich was machen können. Wär auch in der Nacht gekommen.«

Der Bauer zuckte mit den Schultern. »Ist jetzt eh zu spät.«

»Fahr an das Tor ran«, sagte Wittig.

Der Bauer bugsierte sein Pferd mit der Karre dicht davor.

»Komm mit.«

Sie schoben das Tor auf und holten aus dem Schuppen eine schwere Metallrutsche, legten sie am Wagen an, zogen darüber die krepierte Kuh an den Beinen vom Karren und zerrten das Vieh in den Schuppen.

Lorenz stand mit offenem Mund daneben und starrte auf den Kadaver. Er hatte noch nie eine tote Kuh gesehen.

»Wird heute noch erledigt«, sagte Wittig zum Bauern. »Die Papiere kannst du übermorgen abholen. Morgen geht nicht, da hab ich zu tun.«

»Ach, die Höhn«, sagte der Bauer, stieg auf den Wagen, schlug die Zügel auf den Rücken seines Pferdes und fuhr davon.

»So geht das jeden Tag. Mal eine Kuh, mal ein Schaf, mal eine Ziege. Alle an irgendwas verendet. Schlimm wird es, wenn es eine Seuche gibt. Oder Hochwasser. Da geht viel Vieh drauf. Schweine, Kühe, Schafe, Ziegen, Gänse. Sogar Rösser. Da kommt alles auf einmal. Aber dafür bin ich ja da. Kommen Sie herein in meine Klause.«

Die niedrige Decke seines Büros war vollgehängt mit Zwiebeln und Knoblauchknollen, die an Schnüren aufgereiht waren.

»Sind meine medizinischen Assistenten«, sagte er und zeigte nach oben. »Mit denen heile ich fast alles.«

Kaum saßen sie um einen kleinen Tisch, schaute ein blonder Frauenkopf zur Tür herein.

»Darf ich den Herrschaften etwas zum Aufwärmen bringen?«, erkundigte sie sich. »Vielleicht eine frische Rinderbrühe?«

Kestner und Lorenz nickten dankbar.

»Für mich auch«, sagte Wittig.

Die Tür schloss sich wieder.

»Meine Frau, die gute Fee«, erklärte Wittig. »Ohne Mechthild könnte ich die ganze Hinrichterei nicht aushalten.« Er zeigte auf zwei große, eingerahmte Dokumente an der Wand. »Da hängt der Meisterbrief meines Vaters. Und daneben meiner. Später mal werden auch die Meisterbriefe meiner beiden Söhne da hängen. Sie sind jetzt schon meine Gehilfen. Ich lerne sie an. So geht das Amt von einer Generation auf die andere über. Bis es keine Todesstrafe mehr gibt. Aber das wird noch 'ne Weile dauern.«

Wieder öffnete sich die Tür, und Wittigs Frau Mechthild kam herein. Sie war schmal und zart und hielt vor ihrer Küchenschürze ein hölzernes Tablett, auf dem drei gefüllte Schalen standen. Vorsichtig stellte sie sie auf den Bürotisch und legte je einen großen Löffel dazu. Heiß dampfte die Rinderbrühe. Ihr kräftiger Geruch stieg ihnen in die Nasen.

»Vergelt's Gott«, sagte Wittigs Frau, verneigte sich leicht und schob ihr lose herabfallendes blondes Haar in den Nacken. Während sie rückwärts den Raum verließ und sich immer wieder leicht verneigte, bedankten sich Wittig und Kestner bei ihr und begannen, die heiße Brühe in sich hineinzulöffeln. Nur Lorenz zögerte und schaute auf die Stücke, die in der dunklen Fleischbrühe schwammen.

»Vom Schlachthof bekommen wir immer wieder Leckereien«, lobte Wittig. »Da werden wir gut versorgt.«

Nun zögerte Lorenz noch mehr, bis er misstrauisch den ersten und nur halb vollen Löffel probierte.

»Das Amt hab ich von meinem Vater Daniel geerbt«, erzählte Wittig. »Und der erbte es von seinem Vater. Wir sind eine alte Scharfrichterfamilie. Reicht weit zurück. Mein Vater hat mir alles beigebracht, die Struktur des Nackens ist das Wichtigste. Bei der Hinrichtung morgen muss ich genau die Stelle zwischen dem vierten und fünften Halswirbel treffen. Wo der Knorpel ist. Da komm ich mit dem Schwert am besten durch, und die Höhn muss nicht lange leiden. Hoffentlich geht alles gut. Kein Fehlstreich. Nur nicht danebenschlagen. Keine Metzelei. Mit einem Schlag sauber den Kopf vom Rumpf heben. Würde ich nicht beim ersten Mal treffen, wäre das für mich eine Schande. Dann würde das Publikum meutern. Das würde mich noch unsicherer machen. Mein Vater hatte bei seiner ersten Köpfung erst beim vierten Hieb getroffen. Da lag die Frau schon auf der Erde. Das Volk revoltierte und hätte beinahe die Richtstätte gestürmt. Das darf mir nicht passieren. Das Absetzen des Kopfes der Höhn muss beim ersten Hieb gelingen. Alles andere wäre Stümperei. Nicht würdig eines Wittig.«

Lorenz ließ seine Rinderbrühe mit den schwimmenden Stücken stehen.

»Kalt schmeckt sie nicht«, sagte Wittig. »Soll meine Frau sie aufwärmen?«

Lorenz wehrte ab.

»Schmeckt sie dir nicht?«, fragte Wittig enttäuscht.

Lorenz murmelte etwas Unverständliches. Wittig hatte schon verstanden und erzählte weiter.

»Mir ist nicht wohl für morgen. Obwohl ich seit Tagen übe. Mit meinen Kadavern, die hier eingeliefert werden. Bevorzugt bei Ziegen, wegen ihrer besonders starken Halswirbel. Was ich beachten muss: Nach jeder Exekution ist das Schwert schartig. So muss es vor jeder Exekution neu geschärft und geschliffen werden.

Assistiert wird mir von meinen beiden Söhnen. Von Gottlieb und Johann. Für morgen ist schon alles vorbereitet. Das Schwert. Der Korb. Die Schürze.«

»Kann ich Ihr Schwert sehen?«, fragte Lorenz.

Kestner war seine Frage peinlich.

»Das darf ich Ihnen nicht zeigen. Es ist bei uns Gesetz, dass vor der Hinrichtung kein Fremder das Richtschwert sehen darf. Das bringt Unglück. Es ist in meiner Schlafkammer eingeschlossen. In einer schwarzen, ledernen Scheide.«

»Wie sieht es denn aus?«, wollte Lorenz wissen.

»Wie soll es schon aussehen?«, versuchte Kestner, seine Neugierde beiseitezuwischen. »Ein Schwert eben.«

»Ein besonderes Schwert«, korrigierte Wittig. »Breit und schwer. Einen knappen Meter lang und über fünf Zentimeter breit. Mit einer Blutrinne. Der Schwertgriff ist mit Leder überzogen, damit die Hände nicht ausrutschen. Der Knauf und die Parierstange sind verziert. Man muss das Schwert mit beiden Händen fassen. Nur so kann man ausholen, und wird der Hieb kräftig.«

Während Wittig erzählte, beschäftigte Kestner eine Sache besonders: Wie würde die Höhn das Abschlagen ihres Kopfes erleben? Würde sie einen Schmerz verspüren, wenn die Schneide Haut, Muskulatur und Halswirbelsäule durchtrennte? Und: Würden ihre Augen nach dem Abschlagen des Kopfes noch sehen, ihre Ohren noch hören können, und sei es nur für eine kurze Zeit?

Kestner dachte nicht mehr daran, dass er Lorenz eben noch wegen seiner Neugier gerügt hatte, sondern fragte nun selbst nach dem, was ihn so beschäftigte.

Wittig erklärte in ruhigem Ton: »Ich bin davon überzeugt, dass der abgesetzte Kopf noch einige Sekunden lang sehen und hören, fühlen und denken kann. Denn durch den Hals und die Wirbelsäule gehen die meisten Nerven unseres Körpers. Da ist er am empfindlichsten. Da spürt man natürlich den Schmerz, wenn das Schwert alles durchtrennt. Während meiner Lehrzeit habe ich bei meinem Vater allerhand Merkwürdiges erlebt. Einmal bewegten sich bei einem Enthaupteten noch eine ganze Weile die Lippen, der Mund öffnete sich und schloss sich wieder. Mehrmals. Ein anderes Mal verzog eine Geköpfte ihr Gesicht. Ein anderer bewegte ein paarmal seine Augenlider. Und einmal habe ich sogar erlebt, dass ein Toter die Augen zur Seite bewegte, als krachend ein Brett auf der Richtstätte umfiel. Bei alldem gruselte es mich jedes Mal.«

Wieder öffnete sich die Tür, ein junger Mann schaute herein und entschuldigte sich: »Habe nicht gewusst, dass du Besuch hast.«

»Was gibt's denn?«, fragte Wittig.

»Im Hof ist ein Bauer mit seinem Gaul.«

»Ich komm sofort.«

Der junge Mann schloss die Tür, Wittig stand auf.

»Einer meiner beiden Söhne. Kommen Sie mit. Ich muss wieder den Doktor spielen.«

Auf dem Hof hielt ein Bauer sein Pferd am Zaumzeug.

Wittig streichelte den Hals des Tieres. »Was hat denn der gute Bursche?«

»Er lahmt.«

»Seit wann?«

»Seit einer Woche.«

»Warum bist du nicht gleich gekommen?«

»Ich brauchte den Gaul für die Arbeiten.«

»Dann mach ich mal.«

Wittig ließ das Pferd im Hof im Kreis gehen und beobachtete genau seinen Gang. Der linke Vorderlauf knickte bei jedem Tritt stark ein.

Wieder streichelte er den Hals des Tieres, redete beruhigend auf es ein, dann nahm er den linken Vorderlauf, klemmte das Hufgelenk zwischen seine Knie und riss kurz, aber kräftig daran.

Das Pferd zuckte zusammen und wollte seinen Huf zwischen Wittigs Knien herausziehen, doch er hielt fest und drückte das Gelenk mit einem Stoß zusammen. Dann erst ließ er den Lauf los. Das Pferd setzte seinen Huf auf die Erde und preschte über den Hof, wieder im Kreis herum. Kein Hinken mehr, kein Lahmen.

Der Bauer nahm seinen Gaul am Zaumzeug und führte ihn zu Wittig. »Was kriegste denn?«

Wittig winkte ab. »Schon gut.«

Als der Bauer mit seinem Pferd davonging, sagte Wittig: »So geht das oft. Mal kommt eine Bäuerin mit ihrer Ziege mit einem schlimm entzündeten Euter. Mal kommt ein Handwerker, der sich bös verletzt hat mit der Säge. Oder Männer mit entsetzlichen offenen Wunden, durch ihre Folterungen im Zuchthaus. Meistens aber holen mich die Leute. Dann muss ich einer Kuh beim Kalben helfen, einer Mutter beim Kindsbettfieber oder einem kleinen Kind, das zu ersticken droht. Und Wittig hilft, wenn er kann. Meistens kann er.«

»Wie heilen Sie? Was machen Sie da?«

»Ich lege nur meine Hand auf. Das hilft fast immer. Oder ich lege Kräuter auf. Reibe die Stelle mit Zwiebeln ein oder mit Knoblauch. Auch das ist Tradition in unserem Beruf. Scharfrichter haben oft heilende Hände, kennen sich aus mit den Heilkräften der Natur.«

Schon wollte Kestner ihn fragen, ob er nicht auch seinen zwickenden Nerv heilen könnte. Vielleicht brauchte er nur die Hand auf seine Wange legen, und Kestner wäre befreit von seinem Schmerz. Doch er ließ es sein. Das gelegentliche Piesacken seines stechenden Nervs schien ihm zu gering gegenüber den Leiden, von denen Wittig berichtete.

»Die Ärzte verfluchen mich«, fuhr Wittig fort. »Sie nennen mich Kurpfuscher, Kräuternarr, Scharlatan. Die so auf mich schimpfen, lasse ich nie in meine Schuppen. Sie würden sich nur das Maul zerreißen und über mich herziehen. Aber Sie beide lasse ich rein. Sie sollen sehen, was ich hier mit meinen Söhnen treibe, wenn wir nicht zu einer Hinrichtung müssen.«

Sie gingen über den Hof und traten in einen der Schuppen.

Lärm schlug ihnen entgegen. Dichter Dampf nahm Kestner und Lorenz fast den Atem. Die eisernen Bodenplatten waren nass und glitschig. Kohleöfen kochten übersprudelndes Wasser. Schüttelroste trennten kleine von großen dunklen Brocken. Dornenräder zerfetzten Wolliges. Walzen plätteten Häute. Stampfer schlugen Knochen zu Brei. In Kesseln siedete Fett.

Dazwischen lagen Stapel von abgezogenen Tierhäuten, Haufen von Knochen, Hufen und Hörnern. Und Berge von abgeschlagenen Tierköpfen. Köpfe von Schweinen, Schafen, Ziegen, Hunden. Auch Pferdeköpfe.

»Alles ein einziges Schlachtfeld«, sagte Wittig und deutete auf einige Haufen. »Die Häute und Felle gebe ich an Gerber für Leder. Aus dem Rosshaar von Schweif und Mähne machen Betriebe Polsterfüllungen und Pinsel. Aus dem Brei von Knochen und Hörnern sieden sie Leim oder machen daraus Dünger für die Felder. Aus dem Fett kochen sie Seife.« Er wandte sich wieder Kestner und Lorenz zu. »Sie sehen, alles hat seinen natürlichen Kreislauf. Die großen, nicht verwertbaren Abfälle landen in meiner Senkgrube. Die kleinen Reste werfe ich in die Ilm. Ich zeige Ihnen jetzt noch etwas.«

Er führte sie aus dem Schuppen und hinter sein Bürohäuschen, ans Ufer der Ilm. Hier hatte sich Wittig eine Laube gebaut. Sie war umgeben von grünem Efeu und Weinlaub. Auf einer Holzbank ließen sie sich nieder, vor ihnen floss ruhig die Ilm.

»Ich hab es ein Leben lang nur mit Kadavern und Leichen zu tun«, begann Wittig. »Ich hab genug davon. Ich will nicht mehr. Ich will nur noch in meiner Laube sitzen und auf das Wasser schauen. Das beruhigt mich. Aber auch da wird man nicht von Leichen verschont. Da trieb zum Beispiel vor fünf Jahren die junge Laßberg im Eis. Vielleicht kennen Sie ihre traurige Geschichte.«

Kestner nickte und erzählte ihm vom Bericht des Parkarbeiters, dem sie vor drei Tagen auf dem Weg zu Goethes Gartenhaus begegnet waren.

»Trotzdem ist mir die Ilm eine wohltuende Medizin. Ihr langsam dahinfließendes Wasser gibt mir Kraft. Den Enten und Schwänen zuzusehen, das ist schön. Dann muss ich nicht mehr an das Zermahlen der Kadaver denken und an das Abschlagen der Köpfe der Verurteilten.«

Wittig machte eine Pause.

»Ich wünsche so sehr, meinen verfluchten Beruf nicht mehr ausüben zu müssen. Ich wünsche so sehr, dass es keine Scharfrichter mehr gibt. Aber dafür müsste die Todesstrafe abgeschafft werden. Dafür müsste der Herzog ein neues Gesetz erlassen. Ich glaube wohl, dass er das wünscht. Aber der Hof, all die Adeligen und vor allem das Volk mit seinem Ruf nach Rache, sie hindern ihn daran. Und er ist zu schwach gegen diesen Block, der ihm entgegensteht. Er ist zu schwach, diese Wand zu durchbrechen. So muss ich weitermachen.«

Wieder machte er eine lange Pause.

»Hier erhole ich mich und versuche nach einer Hinrichtung wieder ins Gleichgewicht zu kommen. Ich möchte endlich mal von etwas anderem umgeben sein. Von frischer Luft, von Musik, von Bäumen. Ich muss mal wieder in den Wald gehen. Wenn da nicht auch wieder ein totes Tier liegt«, bemerkte er mit bitterem Lächeln.

Kestner konnte ihm das nachfühlen.

»Ich hab Ehrfurcht vor dem Leben und muss es trotzdem vernichten«, sagte Wittig traurig. »Manche glauben, der holt seine Gebühr im Rathaus ab und geht damit zufrieden nach Hause. So ist es nicht. Besonders im Fall der Höhn morgen. Ihr Todesurteil lässt mich nicht ruhen und treibt mich um. Es bedrückt mich wie ein Alb. Jede Nacht hockt der Inkubus auf meiner Brust und raubt mir den Schlaf. Der Herzog war gegen ihre Enthauptung. Und trotzdem muss ich der armen Höhn den Kopf abschlagen. Warum?« Er strich sich über die Stirn, als wollte er einen quälenden Gedanken wegwischen. »Ich habe von einer bösen Vermutung gehört. Dieser Goethe soll dahinterstecken.«

Kestner horchte auf. Goethe? Sein Freund Wolfgang? Was hatte er damit zu tun? Er sah Lorenz an. Der lächelte sarkastisch in sich hinein, als hätte er dem Geheimrat von Anfang an Derartiges zugetraut.

»Wieso Goethe?«, fragte Kestner zögernd.

»Es sind nur Gerüchte, die jedoch recht zuverlässig scheinen«, gab Wittig zu bedenken.

»Was für Gerüchte?«

»Es gibt da einen Mann, der hatte so etwas verlauten lassen. Fragen Sie ihn.«

»Wie heißt er?«

»Genau weiß ich es nicht. Sein Name klingt wie Leder oder Zeder.«

Kestner musste an Veiths Mutter denken, die eine Puppe von einem Mann gebastelt und dabei diese beiden Namen gemurmelt hatte. Nach ihrer Vision würde er bald sterben. Oder gar umgebracht werden. Warum? Und von wem? Er musste schleunigst zu ihm, bevor es zu spät war.

»Wo wohnt er?«, drängte Kestner. Auch Lorenz wurde unruhig und erwartete gespannt Wittigs Antwort.

»Auch das weiß ich nicht«, bedauerte Wittig.

Ein ungefährer Name eines Mannes, der irgendwo wohnte. Wie sollte er ihn erreichen? Ließ ihn denn dieses Weimar überhaupt nicht mehr los? Kestner hatte das Gefühl, in ein dunkles Labyrinth geraten zu sein, in dem er von einem Ort zum anderen irrte. Losgeschickt wurde er, um die angeblich bereitliegende Handschrift abzuholen. Und nun geriet er von einem Sumpf in den anderen.

Wittig sah auf seine Taschenuhr.

»Ich muss wieder weitermachen.«

Auch Kestner und Lorenz mussten weiter. Länger als geplant waren sie bei Wittig gewesen.

Beim Abschied überlegte Kestner kurz, ob er ihm für morgen viel Glück wünschen sollte, Glück für einen gelungenen ersten Hieb. Diesen Wunsch verbiss er sich jedoch mit zusammengepressten Lippen.

Jetzt mussten sie zur Niedermühle. In die ehemalige Kammer der Höhn. Kestner musste dieses Tuch haben, den Beweis, dass der Müller der Vater des Kindes war.

Lorenz schüttelte den Kopf. »Unmöglich. Nach so langer Zeit liegt der Fetzen nicht mehr unter dem Brett.«

»Wir müssen es trotzdem versuchen.«

»Und die Blumenmanufaktur?«, fragte Lorenz.

»Die Handschrift können wir am Nachmittag abholen.«

Kestner wusste, dass es verrückt war, in die Mühle gehen und dieses Wolltuch unter dem Brett hervorholen zu wollen. Dieses Tuch mit dem Sperma des Müllers, dem Speichel der Bluhmin und dem Blut der Höhn. Aber er wollte das Beweisstück auf jeden Fall sichern. Wenn es überhaupt noch vorhanden war. Daran zweifelte sein nüchterner Verstand. Immerhin hatte die Höhn das Tuch schon im Juli vergangenen Jahres unter diesem Brett versteckt. Jetzt war Ende November des darauffolgenden Jahres. Wahrscheinlich war es längst verrottet, von Mäusen zerfressen, oder der Müller hatte erfahren, wo es lag, und es vernichtet. Für Kestner, den Gerechtigkeitseiferer, dennoch kein Argument, die Angelegenheit auf sich beruhen zu lassen. Er musste dieses Corpus Delicti haben. Diesen Beweis, dass der Bluhm die Höhn geschwängert hatte und nicht Ruprecht. Und dass die Bluhmin zugesehen hatte, wie ihr Mann die Höhn vergewaltigte, dass sie Augenzeugin gewesen war.

Er wusste, dass es schwierig sein würde, den Müller und die Müllerin nach so langer Zeit noch vor Gericht zu bringen und anzuklagen. Trotzdem wollte er es versuchen. So war er, der rechtsbesessene Kestner. Wenn er einmal einem Unrecht auf der Spur war, ging er der Sache bis zur Aufklärung nach. Diese Hartnäckigkeit hatte man ihm bei seiner Ausbildung zum Revisor eingepaukt. Beharrlichkeit gehörte für ihn zum Recht wie das A zum Alphabet. Er konnte nicht anders.

»Jetzt wieder nicht zur Blumenmanufaktur?«, mäkelte Lorenz enttäuscht. Kestner sah ihm an, dass es ihm weniger um die Handschrift ging als vielmehr darum, schnellstens seine Leonore wiederzusehen.

Auf dem Weg zur Mühle stockte Lorenz immer wieder störrisch und schüttelte den Kopf. Deutlich spürte Kestner, dass er es für eine fixe Idee und für völligen Unsinn hielt, diesem Tuch hinterherzujagen. Kestner aber trieb ihn voran.

Vom Scharfrichter war es nicht weit bis zur Niedermühle. Immer an der Ilm entlang bis zum Wehr, wo sich der Fluss in die Ilm und die Mühllache aufteilte. Neben ihnen trieben ekelhafte Klumpen im Wasser. Wieder war nicht zu erkennen, ob es Fleischreste, Gedärme oder sonstige Eingeweide waren. Auch dicke Fettmassen schwammen im Wasser. Mengen von Gekröse hatten sich im Wurzelwerk der Bäume und Sträucher am Ufer verfangen und schlackerten in der Strömung hin und her. Darunter auch Innereien vom Schlachthof.

Unterwegs kritisierte Lorenz die komplizierte Enthauptungspraxis des Scharfrichters mit dem Schwert.

»Viel zu umständlich«, befand er. »Viel zu unsicher. Da kann so leicht etwas schiefgehen. Und dann ist der Schlamassel da. Auch für die Höhn eine Qual, wenn er nicht auf den ersten Hieb genau trifft. Das ist ja wie im Mittelalter.«

»Du weißt wieder alles besser«, wies ihn Kestner zurecht.

»Weiß ich auch«, beharrte Lorenz.

»Und? Hast du eine bessere Methode?«

»Ich überlege gerade.«

Kurz vor der Hofstedte mussten sie einmal mehr auf Planken die dunkle, stinkende »Lotte« überqueren. Sie mussten vorsichtig gehen, um nicht auf den glitschigen Hölzern auszurutschen und in die faulige Kloake zu plumpsen.

»Es müsste mechanisch gemacht werden«, sinnierte Lorenz. »Mit einer Maschine.«

Kestner sagte nichts zu seinen Spinnereien. Er dachte nur daran, wie er ohne Aufsehen zu erregen an das Wolltuch unter dem Brett gelangen und mit diesem Beweis Strafanzeige gegen den Müller und die Müllerin wegen Falschaussage und gegen den Müller wegen Vergewaltigung stellen konnte.

»Ein Fallbeil«, phantasierte Lorenz. »Das wär's. Das wär praktisch.«

»Also doch wieder ein Beil«, stellte Kestner fest.

Lorenz korrigierte ihn. »Eines, das herabfällt. Ein großes, verflucht scharfes Messer, das genau auf die richtige Stelle runtersaust. Ich seh das deutlich vor mir.«

»Pass lieber auf, dass du nicht in die Regenlöcher vor dir tappst. Deine Schuhe trocknen sonst heut nicht mehr.«

»Der Verurteilte liegt angeschnallt auf einem Brett. Auf dem Bauch. Das Gesicht nach unten. Über seinem Kopf ein hohes Gerüst. Ganz oben das große, schwere Messer. Es wird von einem Seil in Position gehalten. Der Nacken des Delinquenten müsste unbeweglich so liegen, dass das herabfallende Messer exakt die Stelle zwischen dem vierten und fünften Halswirbel trifft. Der Scharfrichter lässt das Seil los, das Beil saust nach unten – und schon ist es geschafft. Ohne lange mit einem Schwert herumzuprobieren.«

»Und das Ganze nennen wir dann den ›Petersen‹.«

»Warum nicht? Dann werde ich berühmt. Endlich mal. Mein Vater würde Augen machen, so groß wie der Celler Schlossplatz.«

Nachdem er kurz überlegt hatte, bestimmte Lorenz: »Nicht ›den Petersen‹, sondern ›die Petersen‹. Ist ja 'ne Maschine.«

Vor ihnen tauchten die hohen Gebäude der Niedermühle auf, der größten Getreidemühle Weimars. Drei große Bauten standen an der Mühllache. Wo hatte die Höhn wohl ihre Kammer gehabt?

Wahrscheinlich unter einem der Dachgeschosse.

Als sich Kestner und Lorenz im Hof der Anlage umsahen, war der Platz leer. Normalerweise hätten hier die Pferdefuhrwerke der Bauern stehen müssen, die Säcke voller Korn ablieferten, oder die Wagen der Bäckereien, die Mehl für ihre Betriebe abholten. Doch kein Karren war zu sehen. Es war auch kein Personal zu sehen. Die ganze Anlage war verwaist.

Normalerweise hätte man auch den Lärm der Mühle hören müssen. Kestner wusste, dass die Niedermühle zwei gewaltige Mahlwerke hatte. Nun war kein Knirschen der steinernen Mühlräder zu hören, kein Rauschen der ledernen Treibriemen, kein Rattern der eisernen Zahnräder.

Unter zwei großen hölzernen Radkästen sahen sie ein Stück der beiden mächtigen Mühlräder. Ihre Schaufeln bewegten sich nicht. Die Mühle stand still.

Das Einzige, was sie hörten, war das Schimpfen und Fluchen mehrerer Personen in einem Schuppen, dessen Tor offen stand. Kestner und Lorenz traten ein. Es war das Kornlager. In einer Ecke schippten zwei junge Frauen mit Kopftüchern und ein Bursche Korn von einem Haufen auf den anderen und stritten miteinander. Mehrere prall gefüllte Säcke waren geplatzt, und das Getreide lag auf dem Steinboden verstreut. Ringsum waren mit rohen Brettern voneinander abgetrennte Boxen, in denen sich volle Säcke stapelten. Mit Kreide stand an den Boxen »Roggen«, »Weizen«, »Gerste«, »Dinkel«, »Hafer« geschrieben.

Fluchend warf der Bursche, anscheinend ein Geselle, seine Schaufel weg und verließ die beiden Frauen. Er trug einen schmutzigen Arbeitsanzug und eine graue Stoffmütze, die ihm tief ins Gesicht ragte. Als er an ihnen vorbeiging, fragte Kestner ihn: »Wo war hier die Kammer der Katharina Höhn?«

Schwarze Bartstoppeln überwucherten die Wangen und das Kinn des Gesellen. Der Schirm seiner Mütze verdeckte seine Augen. Er rückte sie noch tiefer ins Gesicht.

»Die morgen geköpft wird?«

Kestner nickte.

»Musst die Müllerin fragen.«

»Wo find ich die Bluhmin?«

»Weiß nicht.« Er wandte sich ab und ging in eine Scheune auf der anderen Seite des Hofes.

»Hier möchte ich nicht arbeiten«, stellte Lorenz fest. »Unangenehme Bude.«

Nun entdeckten die beiden Frauen Kestner und Lorenz; sie schoben ihre Kopftücher zurecht und stützten sich auf ihre Schaufeln. Vor ihre schmuddelige, abgetragene Kleidung hatten sie Schürzen gebunden. Dem Aussehen nach waren sie Mägde.

Die ältere der Frauen, eine magere Gestalt mit hartem Gesicht, kam auf sie zu. »Was ist?«, wollte sie wissen.

Kestner stellte sich und Lorenz vor, zeigte ihr seinen seit Jahren abgelaufenen Ausweis des Reichskammergerichts, der sie sehr beeindruckte, und fragte nach der Kammer der Höhn.

»Gott bewahre«, jammerte sie und bekreuzigte sich. »Da geh ich nicht rein. Da sind böse Geister.«

»Was für böse Geister?«, fragte Lorenz.

»Weißt du das nicht? Über jedem Ort des Verbrechens schweben Rachegeister und zerfleischen den, der diesen Ort betritt. Gott bewahre, da geh ich nicht rein.«

Wieder bekreuzigte sie sich.

»Wer wohnt jetzt in der Kammer? Eine neue Magd?«

»Da will keine wohnen.«

»Ist die Kammer leer geblieben?«

»Seit April leer. Seit dem Mord.«

Dann eilte sie hinter dem Gesellen her und verschwand ebenfalls in der Scheune.

Die andere Magd, eine jüngere, dickliche, hatte zugehört, trat an Kestner heran und lächelte. Sie hatte pausbäckige Wangen und schwere Brüste. Ihr Kleid war an einer Schulter etwas herabgerutscht, sodass ihr weißer Brustansatz zu sehen war. Ihr draller Körper dampfte. Kestner roch den stechenden Schweiß unter ihren Achselhöhlen.

»Ich weiß, wo die Kammer ist«, trällerte sie lockend.

»Haben Sie keine Angst vor den bösen Geistern?«

»Quatsch, böse Geister. Was krieg ich dafür?«

Kestner überwand sich und entschied: »Einen Taler.«

Er hatte kaum noch Geld bei sich, aber einen Taler war ihm das

Tuch wert. Lorenz warf einen missbilligenden Blick auf Kestner. Die Magd hielt die Hand auf. Kestner kramte in seiner Börse, wobei sie genau luchste, wie viel er darin hatte. Zufrieden steckte sie den Taler in ihre schmutzige Schürze.

»Komm mit.«

Sie verließen das Kornlager und traten nebenan in einen alten Fachwerkbau. Auf einer engen, knarrenden Holzstiege stapften sie nach oben. Die Magd voran, wobei sie ihren runden Hintern vor Kestners Gesicht hielt. Zwei Stockwerke hoch stiegen sie, bis unters Dach. Auf einem dicken Querbalken las Kestner den eingeschnitzten Spruch: »O Herr, lass alles wohlgelingen.«

Na ja, dachte er, man wird ja sehen.

Schließlich standen sie vor einer Holztür. Die Magd stieß sie mit einem Tritt auf. Sie war unverschlossen. In dem halbdunklen Raum huschte eine Schar Mäuse in ihre Löcher.

Die Kammer konnte man mit drei Schritten durchqueren. Sie hatte kein Fenster. Man konnte nur etwas erkennen, wenn die Tür offen stand. Zu Kestners Füßen lag in einer Ecke an der Wand ein Lattenrahmen, angefüllt mit Stroh. Das also war das Bett, in dem sie ihr Neugeborenes getötet hatte. Angeblich. Und daneben stand tatsächlich noch die umgekippte Mehlkiste. Er schob sie beiseite und tastete auf den Brettern nach dem Astloch, von dem die Höhn gesprochen hatte. Er fand die Öffnung, steckte seinen Zeigefinger hinein und hob das Brett an. Ein leichtes Trappeln und Rascheln von Mäusen war zu hören. Kestner griff in den Hohlraum und spürte etwas Vermodertes. Er zog es heraus, wobei sein Fund halb auseinanderfiel.

Es war der Rest des Wolltuches, das die Höhn vor eineinhalb Jahren hier versteckt hatte. Jetzt hielt er einen staubigen, von Mäusen angefressenen Fetzen in der Hand, der zwischen seinen Fingern zerbröselte. Die getrockneten Flecken von Bluhms Sperma und die Blutkrusten der Höhn waren kaum zu erkennen, nicht mehr auseinanderzuhalten. Kestners gerichtsfähiges Corpus Delicti war zu einem verdorrten Plunder zerfallen. Ihm wurde es schlecht vor Enttäuschung.

Angeekelt schrie die Magd: »Was ist das denn?«

Schnell stopfte Kestner den Ramsch in eine mitgebrachte Papiertüte, quetschte sie in seine Hosentasche, klappte das Brett zurück in die Bodenlücke und schob die umgekippte Mehlkiste darüber. Er stutzte. Warum steckte er diesen Dreck ein? Er hätte ihn liegen lassen sollen. Hastig zog er die Papiertüte wieder heraus. Dabei zerriss sie. Eine Handvoll des staubigen Plunders rieselte in seine Hosentasche.

Nun hatte er dieses widerliche Zeug sogar in der Hose! Im Hotel musste er sie waschen lassen oder gleich ganz wegwerfen. Von seiner Pleite wollte er nichts am Leib haben.

»Das war's«, beschied ihn Lorenz knapp.

Kestner schwieg. Er gestand sich ein: Sein Assistent hatte recht, wieder mal. Das war's. Diese Missernte hätte er sich denken können. Was für einem Unsinn war er da aufgesessen? Er, der strenge Logiker, der nüchterne Analytiker hätte wissen müssen, dass nach eineinhalb Jahren von diesem Tuch nichts Verwertbares mehr übrig sein konnte. Mäuse, Milben, Spinnen, Holzwürmer, alle hatten daran gefressen und darauf ihren Kot hinterlassen.

Warum war er so versessen auf diesen Beweis gewesen? Was ging es ihn an, ob der Müller der Vater des toten Kindes war oder nicht? Die Höhn würde morgen aus dem Leben scheiden, und die Leiche des Kindes war verschwunden. Wohin verschwunden? Müsste er nicht wenigstens das herausfinden? Nein, nicht schon wieder eine neue Spurensuche. Nicht schon wieder hinter einer Sache herrennen, nur weil ihn sein Gerechtigkeitsfanatismus dazu trieb. Genug davon! Viel wichtiger war es jetzt, zur Blumenmanufaktur zu eilen und dort endlich das Original der Handschrift abzuholen.

»Ich weiß noch was«, verkündete die Magd verschwörerisch.

»Was wissen Sie?«

»Einen Taler«, forderte sie und hielt wieder die Hand auf.

»Was wissen Sie?«

»Wo das tote Kind geblieben ist.«

»Wo?«

»Einen Taler.« Sie streckte ihre Hand noch näher zu Kestner hin.

Wieder warf Lorenz Kestner einen rügenden Blick zu und gab ihm mit einer knappen Kopfbewegung zu verstehen: Nein. Trotzdem fragte Kestner: »Wieso wissen Sie das?«

»Ich hab's erlebt.«

Obwohl Kestner fast kein Geld mehr hatte, holte er wieder seine Börse hervor und legte der Magd einen weiteren Taler in die Hand. Lorenz fasste sich an den Kopf. Kestner sah, was er dachte: Nicht mehr zu retten, dieser Mensch.

»Also, wo ist die Kindesleiche?«

Freudig steckte sie den Taler zu ihrem ersten in die Schürze, klimperte mit beiden und erzählte: »Der Bluhm wusste, dass der Goethe dahintersteckte, dass man ihm den Niklas weggenommen hatte, zur Zwangsrekrutierung. Der Bluhm hatte einen Riesenzorres auf den Goethe. Er war fuchsteufelswild und wollte sich an ihm rächen. Außerdem hatte er mächtig Angst, man könnte feststellen, dass das Kind von ihm ist. Das tote Bündel musste verschwinden. Da nahm er die Kindsleiche an sich. Am Abend danach kam der Bluhm in meine Kammer. Er war mächtig angesoffen und nahm mich mal wieder heftig ran. Wie ein wilder Bulle, wie immer. Nachdem er mit mir fertig war und zufrieden seinen Stall zuknöpfte, sagte er: ›Ich hab's vergraben. Im Garten vom Goethe an der Ilm.‹«

Kestner bekam große Ohren. »Warum in Goethes Garten?«

»Damit man glaubt, das Kind ist von ihm, sollte man es irgendwann finden.«

»Liegt es noch dort?«

»Da liegt es bis heute. Na, was sagst du nun? Das war doch den Taler wert«, sagte sie und klimperte triumphierend mit ihren beiden Münzen.

Kestner musste an die Höhn denken und dass sie nicht wusste, wo ihr Kindchen geblieben war. Nun lag es also in Goethes Garten. Die Höhn würde es nie erfahren. Auch Goethe wusste nichts davon.

Er wischte sich über die Stirn. Begraben war begraben. Auf dem Friedhof hätte der Knirps sowieso nicht bestattet werden dürfen. Das duldete der Pfarrer nicht. Ein uneheliches, dazu noch ungetauftes, sündiges Kind hätte außerhalb des Friedhofs an der Mauer bestattet werden müssen. In ungeweihter Erde. Da lag es nun besser in Goethes Garten. Vielleicht würde es irgendwann einmal gefunden werden, wenn ein Diener neue Bäumchen oder Sträucher oder einen Rhododendron pflanzte. Kestner stellte sich vor, wie derjenige dann mit seiner Schaufel auf Knöchelchen stieß und entsetzt war. Er würde seinen Dienstherrn rufen, und gemeinsam würden sie sich die zarten Gebeine und den verwesten Klumpen ansehen, ihn begutachten und darüber rätseln, wem diese menschlichen Überreste gehörten. Und wer Goethe diese Leiche untergeschoben hatte. Der Staatsmann würde den Knochenfund seinem Geheimen Consilium melden müssen. Als Mitglied des Geheimen Rats konnte er es nicht zulassen, dass auf seinem Grundstück ein Leichnam vergraben lag. Er würde seinen Diener anweisen, ihn herauszunehmen, ihn irgendwo anders, vielleicht auf den Ilmwiesen, beizusetzen und an der Stelle ein kleines Holzkreuz in die Erde zu klopfen mit der Aufschrift »Unbekannt«. Vielleicht würde Goethe am Ende noch ein schönes Gedicht darüber schreiben. Über das kurze Leben des Menschen, seine Vergänglichkeit, über den frühen Tod. Irgendetwas Tröstliches.

Die Magd schien nicht die Absicht zu haben, mit ihnen die Kammer zu verlassen.

»Müssen Sie nicht wieder runter zur Arbeit?«, fragte Kestner. »Wird die Müllerin Sie nicht vermissen?«

»Die Bluhmin ist nicht da«, sagte sie. »Die holt den Bluhm vom Gefängnis ab.«

Kestner erinnerte sich daran, dass der Zuchthausdirektor Premsler bei ihrem gestrigen Besuch erwähnt hatte, der Müller säße in Untersuchungshaft, weil er Goethes Fenster eingeworfen hatte.

»Er wird entlassen?«

»Ist doch der Chef der größten Getreidemühle der Stadt. Eine wichtige Person.«

»Aber so schnell?«

»Die Mühle steht still. Beide Mahlwerke. Ohne Bluhm geht hier gar nichts. Aber der Geheimrat möchte seine Frühstückssemmeln haben. Da hat er den Bluhm begnadigt.«

Die Magd lächelte anzüglich und fasste Kestner zwischen die Oberschenkel. Er bekam einen knallroten Kopf. Lorenz wandte sich ab. Sie hockte sich auf die Mehlkiste, schob ihre Schürze und ihr Kleid weit über ihre dicken Knie und machte die Beine breit. Kestner wollte zurückweichen, doch schon packte sie ihn fest an seinen Hoden und am Penis und zog ihn zu sich heran.

»Noch einen Taler?«, fragte sie und grinste geil.

Kestner riss sich los. In dem Moment machte Lorenz ein warnendes Zeichen mit der Hand.

»Da ist was.«

Auf der Stiege hörten sie ein Geschimpfe und Gepolter. Jemand trampelte erbost die Treppen hoch. Die Magd zuckte ängstlich zusammen.

»O Gott, die Chefin!«

Schon stand ein dickes Weib in der offenen Tür. Ihr Gesicht war krebsrot vor Wut. Weiße Barthaare standen wie Stacheln auf ihrer Oberlippe und um ihr Kinn. Es war die Frau, die Kestner beim Einwerfen von Goethes Fenstern angeblafft hatte: »Das hat er nun davon, der Drecksack!«

»Was machst du hier?«, fuhr sie voller Zorn die Magd an. »Kaum bin ich aus dem Haus, faulenzt du herum.« Sie schlug auf sie ein und jagte sie die Treppe hinunter. Dann wandte sie sich wütend Kestner und Lorenz zu. »Und ihr? Was wollt ihr hier? Was schnüffelt ihr herum?«

Kestner wollte sich erklären, kam aber nicht dazu. Barsch fuhr sie ihm über den Mund: »Fremde Leut im Haus!«

Ihr puterrotes Gesicht schwoll an. Es drohte vor Rage zu platzen. Sie schnappte nach Luft.

»Raus mit euch!«, schrie die Bluhmin außer sich, wobei Speichel aus ihrem Mund spritzte. »Haut ab. Verschwindet! Sonst prügle ich euch raus.«

Als sie drohend einen Schritt auf Kestner zuging, stellte sich Lorenz zwischen die beiden.

Hastig verließen Kestner und Lorenz die Kammer, rannten, immer ein paar Stufen auf einmal nehmend, die Treppe hinab, während die Bluhmin hinter ihnen mit den Füßen nach ihnen trat.

Als sie außer Atem auf dem Hof ankamen, warf Kestner seine zerrissene Papiertüte mit dem vermoderten Wollfetzen in eine der Abfalltonnen. Schnell kontrollierte sie, was er da weggeworfen hatte. Noch aus der Entfernung hörten und sahen sie, wie die Bluhmin ihnen hinterherschimpfte und mit der Faust drohte.

»Blumenwerkstatt Bertuch« stand in leuchtend gelben Buchstaben über dem Eingang der prunkvollen Villa Am Baumgarten. Umkränzt war der Schriftzug mit farbigen Girlanden, rechts davon prangte eine große, aus Holz geschnitzte rote Rose. Endlich am Ziel, dachte Kestner freudig. Endlich konnte er seine wertvolle Handschrift in Empfang nehmen, nachdem er dafür in dieser Stadt drei Tage unterwegs gewesen war. Von der Fürstlichen Bibliothek weitergeschickt zu Goethe, von Goethe zum Gericht und vom Gericht zu dieser Blumenwerkstatt. Für den nun unmittelbar bevorstehenden feierlichen Moment hatte er, wie schon zu all den anderen versprochenen Übergaben, seine in grüne Seide gebundene Mappe mitgebracht.

Gleich nachdem er mit Lorenz den Vorraum betreten hatte, wurden sie von Karoline Bertuch, der Ehefrau des Chefs, empfangen. Schon bei ihrem Auftritt, als sie mit forschem Gang auf ihren hochhackigen Schuhen auf sie zuschritt, machte sie auf Kestner einen unangenehmen, resoluten Eindruck. Durch ihr wehendes Chiffonkleid, aus dem ihre Hüftknochen hervorstachen, konnte er ihren knochigen Körper erkennen. Sie erweckte den Anschein einer Dame mittleren Alters, war aber sichtlich wesentlich älter. Die zahlreichen tiefen Falten in ihrem herben Gesicht hatte sie mit bräunlichem Puder überdeckt, und durch ihr bis auf die Schultern fallendes blond gefärbtes Haar versprach sie sich wahrscheinlich ein jugendliches Aussehen. Man sah ihr an, dass sie es gewohnt war, bei feinen Gesellschaften zu repräsentieren und energisch den Ton anzugeben.

Sie reichte ihm die Hand und lächelte dabei wie ein Krokodil, kurz bevor es zuschnappt. Wieder einmal, wie schon jedes Mal davor, erklärte Kestner den Grund seines Kommens und reichte ihr seine Vollmacht, die sie nicht zur Kenntnis nahm.

Mit angestrengter Liebenswürdigkeit bat sie ihn um einen Moment Geduld. Sie schlug vor, die Zeit damit zu verbringen, die Qualität ihrer Produkte zu bewundern und den Mädchen bei der Arbeit zuzusehen. Für Lorenz eine willkommene Gelegenheit, seine Leonore wiederzusehen.

Die Bertuch führte sie in einen großen Saal, in dem an einem langen Tisch etwa dreißig Mädchen in weißer Kleidung und mit weißen Hauben saßen. Schlagartig verstummten ihre lebhaften Gespräche und ihr Gekicher. Alle blickten auf Kestner und Lorenz.

»Macht weiter«, ordnete die Chefin an, und sofort arbeiteten die Mädchen schweigend weiter.

Die Bertuch empfahl sich stumm und verschwand.

Nach Leonore brauchte Lorenz nicht lange suchen, schon winkte sie ihm zu. Er eilte zu ihr, setzte sich neben sie, und zwischen den beiden schien sich ein trautes Gespräch zu entwickeln.

Kestner trat näher an den langen Arbeitstisch heran und staunte über das, was er darauf sah.

Der Tisch war bedeckt mit halb fertigen Rosen, Kornblumen, Mohnblüten, Malven, Hyazinthen, Chrysanthemen, Margeriten. Überall lagen farbige Stoffe aus Seide, Taft, Samt, Satin, Leinen und bunte Papiere. Dazu verschieden große Scheren, Spulen mit Fäden und Draht, winzige Zangen, Stanzeisen, bauschige Wattewolken, getrocknete Kirschen und Hagebutten, Farbtöpfchen und feine Pinsel. In kleinen Stövchen glühten unter einem Gitter Kohlen, und auf dem Gitter wurden dünne Eisenstäbe und messerartige Flacheisen erwärmt. Neben jedem Mädchen lagen abstrakte, mit schwarzen Linien gezogene Schnittmuster und farbige Abbildungen von Blumen, Blütenkelchen und Blättern. Als leuchtende Vorgaben, nach denen sie ihre Kunstblumen herstellten.

Kestner sah den Mädchen fasziniert bei ihrer Arbeit zu. Die farbigen Stoffe bestrichen sie mit Leim und Stärke, damit sie getrocknet beim Schneiden nicht ausfransten. Mit kleinen Scheren schnitten sie aus den Stoffen und Papieren geschickt Blütenblätter und gezackte Blätter. Dann färbten sie die Blüten mit feinen Pinseln gelb, rot, lila, orange und die Blätter braun. Die Blütenblätter hielten sie mit Pinzetten fest, nahmen mit der anderen Hand von den Gittern über den glühenden Kohlen die angewärmten dünnen Eisenstäbe und wölbten, rollten und kräuselten damit die Blüten, bis sie in der gewünschten Form erstarrten. Als Nächstes drückten sie die angewärmten messerartigen Flacheisen auf die Blumenblätter und formten auf ihnen die verschiedensten Arten von Adern. Mit Nadel und Faden nähten sie die geformten Blütenkelche und die Blätter schließlich zusammen und steckten in die Sträuße als Dekoration getrocknete Kirschen und Hagebutten, präparierte Gräser und Knospen aus gefärbten Wattekügelchen. Am Ende durchstachen sie ihre Kunstwerke noch mit grünen Drähten, die

die Stängel bildeten, besprühten alles mit einer Appretur und parfümierten die Blüten mit einem Zerstäuber.

Eines der Mädchen glitt mit ihrer Ahle aus und stach sich in die Fingerkuppe. Sofort quoll ein Blutstropfen heraus und fiel auf ein gelbes Rosenblatt. Sie musste das gesamte Gebinde ihres fertigen Straußes auseinandernehmen und ein neues Rosenblatt einfügen. Das dauerte eine Weile, und sie musste sich beeilen, diesen Zeitverlust wieder aufzuholen. Die Mädchen waren gezwungen, im Akkord zu arbeiten und bis zum Abend eine vorgeschriebene Anzahl von montierten Gebilden vorzulegen. Viele der zarten Hände und Finger waren zerstochen, unter der Haut schimmerten rosa kleine Blutergüsse.

Über dem Arbeitstisch der Mädchen hing eingerahmt ein Text an der Wand. Kestner trat näher und las: »Denn wir halten es verdienstlich, lobenswürdig ganz und gar, dass unsere Blumen, glänzend künstlich, blühen fort das ganze Jahr. – Johann Wolfgang von Goethe.«

Seitlich standen auf einem Extratisch Körbe gefüllt mit fertigen Sträußen, vor allem Rosensträuße, mit kleinen Kränzen, langen Girlanden, üppigen Bouquets und Blumen für Hüte, für das Haar und die Kleider feiner Damen. Alles für den Hof und die Weimarer Adeligen. Daneben stapelten sich auf dem Boden große Kartons zum Transport der Kunstblumen an die Mode- und Galanteriehändler. Als Werbung prangte der Name »Blumenwerkstatt Bertuch Weimar« darauf, umrankt von Rosen und Girlanden.

Ein kleiner Diener in einem blauen Kittel kam in den Saal und eilte auf Kestner zu. Er trug eine Brille mit einem verbogenen Drahtgestell. Auf seinem Kopf ein exakt gezogener Mittelscheitel, zu dessen beiden Seiten er sein glattes schwarzes Haar straff nach hinten gekämmt hatte. Der krumme Brillendraht und sein akkurater Mittelscheitel standen in einem merkwürdigen Gegensatz zueinander.

»Die gnädige Frau Bertuch schickt mich zu Ihnen. Ich soll Ihnen etwas mitteilen.«

»Warum teilt sie es mir nicht persönlich mit?«

»Sie hat zu tun.«

»Wo ist die Handschrift?«, schoss es alarmiert aus Kestner heraus.

»Begeben wir uns nach draußen.«

Kestners Herz begann zu flattern. Er rief Lorenz heran, und sie folgten dem Diener in den Vorraum.

»Wo ist die Handschrift?«, drängte Kestner ahnungsvoll.

Der Diener sah ihn durch sein Drahtgestell gelassen an.

»Nun? So reden Sie! Was ist los?«

Kestner spürte, wie in seinem Körper das Blut zu brausen begann.

»Das Gericht hatte uns das Dokument zur Auswertung überlassen«, sagte der Blaukittel ruhig.

»Was für eine Auswertung?«

»Und da das Gericht uns die Handschrift zur Auswertung überlassen hatte«, fuhr er in geschäftsmäßigem Ton fort, »lässt Ihnen die gnädige Frau mitteilen …« Er machte eine kleine Pause und rückte seine Brille mit den spitzen Fingern zurecht.

»Mensch, reden Sie endlich!«

»Die gnädige Frau …«

»Herrgott, was denn nun?« Kestner war kurz davor, ihn an den Schultern zu packen und ihn zu schütteln, damit er endlich ausspuckte, was ihm aufgetragen wurde.

Da erklärte der Diener, als wäre es die selbstverständlichste Sache der Welt: »Die Handschrift gibt es nicht mehr.«

Mit einem Schlag war Kestners Kehle staubtrocken. Er hatte das Gefühl, sein Gaumen sei voller Kalk.

»Nicht mehr? Was soll das heißen?«

Der Blaukittel schwieg. Das konnte Kestner schon gar nicht vertragen. Wenn er jemanden fragte, hatte dieser auch zu antworten. Wieder stach der Nerv in seiner Wange. Wie eine spitze Nadel.

»Reden Sie!«

In Kestners Ohren begann ein Rauschen, ein Tosen. Dennoch hörte er deutlich, wie der Diener gänzlich unbeeindruckt erklärte: »Man hat das Dokument zerschnitten. Die Blumen herausgeschnitten. Als Muster für die Mädchen.«

Kestners Gehirn war wie betäubt.

»Und der Rest?«

»Den haben wir weggeworfen«, meinte der Blaukittel leichthin.

Da konnte Kestner nicht mehr an sich halten. Obwohl er ein

Mann strenger Selbstdisziplin und Beherrschung war, platzte er vor Wut und Zorn.

»Hören Sie! Hören Sie, Sie … Sie!«, schrie er dem krummen Drahtgestell und pedantischen Mittelscheitel ins Gesicht. »Ich komme vom Hofarchiv Hannover. Wissen Sie überhaupt, was das heißt, Archiv des Kurfürstentums Hannover? Wissen Sie das? Drei Tage war ich mit meinem Assistenten unterwegs. Um diese Handschrift abzuholen! Dieses eine, besondere Blatt aus der Sammlung des Kurfürsten Georg III. Wissen Sie überhaupt, wer Kurfürst Georg III. ist? Diese Handschrift ist über zweihundert Jahre alt! Sie ist das Eigentum des Kurfürstentums Hannover, und Sie haben die Frechheit, mir zu sagen, dass es diese Handschrift nicht mehr gibt? Dass diese Preziose zerschnitten worden ist? Dass man die Blumenabbildungen herausgeschnitten hat, für Vorlagen für die Mädchen? Das ist ungeheuerlich!«

Der Diener hörte sich Kestners Wutausbruch gleichgültig an, ohne eine Miene zu verziehen, und strich mit beiden Händen über seine glatten, straff gekämmten Haare. Als wollte er sich vergewissern, ob sein Mittelscheitel noch exakt saß, nachdem Kestner ihm so ins Gesicht geschrien hatte.

Aus den Augenwinkeln sah Kestner, wie sich die Türen um ihn herum einen Spalt öffneten und Köpfe herausschauten. Sein Schreien hatte das Personal neugierig gemacht. Als er sich zu ihnen umdrehte, verschwanden die Köpfe, die Türen aber blieben geöffnet.

»Sollen alle hören, was ich zu sagen habe!«, tobte Kestner. »Wie man hier mit dem kostbaren Eigentum anderer umgeht! Dass man hier eine so alte Handschrift einfach zerschneidet, ein so wertvolles Blatt mir nichts, dir nichts zerschnippelt und den Rest wegwirft. Unglaublich!«

Der Blaukittel blieb während Kestners Tobsuchtsanfall seelenruhig vor ihm stehen, schaute in die Luft und schob mit der Spitze seines Zeigefingers sanft den Drahtbügel näher an die Nasenwurzel. Das brachte Kestner noch mehr in Rage. Er war nahe daran, diesen Schurken an der Gurgel zu packen und ihn zu erwürgen. Er wurde von einer unbändigen Mordlust überwältigt, dem Wunsch, ihn mit seinen eigenen Händen zu erdrosseln, bis ihm die Augen herausfielen, ihm die Kehle zuzudrücken bis zum letzten Röcheln. Ihm den Hals umzudrehen, bis nur noch Schaum und Blut aus seinem Maul herausquollen, das wäre für Kestner in diesem Moment die größte Lust gewesen. Und alle hier sollten es sehen!

Er war wütend auf den Zöllner, der ihm seine Pistolen abgenommen hatte. Die hätte er jetzt nötig gehabt. Mit Genuss hätte er dem Blaukittel ein paar Kugeln in seine Visage geballert, dass das Gehirn nur so spritzte.

Lorenz, der die ganze Zeit über wie erstarrt neben ihm gestanden hatte, ergriff den Ärmel von Kestners Mantel und zog ihn einen Schritt zurück. Kestner kam zur Besinnung. Ernüchterung setzte ein. Nun war er froh, dass er seine Pistolen nicht bei sich hatte. Dem Zöllner war er insgeheim sogar dankbar, dass er ihm die Waffen weggenommen hatte. In seinem Wutrausch wäre er tatsächlich fähig gewesen, jemanden zu töten. Er erschrak über sich selbst.

Noch aufgewühlt vom Banausentum dieser Bude schrie er dem Halunken ins Gesicht: »Sagen Sie der Bertuch, Ihrer beschäftigten Schnepfe, dass das Kurfürstentum Hannover gegen sie Strafanzeige stellen wird. Wegen Vernichtung eines historischen Dokuments. Und auch gegen Sie. Das ist ein Saustall hier! Ein gottverfluchter Sauhaufen!«

Damit stürmte er bebend vor Zorn mit Lorenz aus dem Raum und schmiss krachend die Pforte hinter sich zu. Er zitterte am ganzen Leib, atmete schwer.

Lorenz staunte, dass Kestner zu so einem Wutausbruch fähig war. So kannte er ihn gar nicht. Er fand es sichtlich wunderbar, dass Kestner so getobt hatte.

Als sie auf der Gasse standen, taumelte Kestner etwas. Er musste sich erst mal setzen.

Gegenüber waren an einer Hauswand alte Holzkisten gestapelt. Verzweifelt ließ er sich auf ein paar davon niederfallen. Dabei krachten sie halb zusammen. Lorenz blieb neben ihm stehen. Die Erde war zu nass, um sich darauf zu setzen.

»Morgen früh reisen wir ab«, keuchte Kestner. Sein Nerv pochte hart. Als er mit dem Finger auf die Wange drückte, stach der Nerv noch mehr.

Er konnte es nicht fassen. Seine Handschrift einfach so zerschnitten, der Rest weggeworfen! Als wären diese Preziose und sein Hofarchiv und das Kurfürstentum Hannover und Georg III. nur einen Dreck wert. Was für eine Banausenbude. Scheißwerkstatt! Scheißblumen! Scheißweimar!

Wie sollte er jetzt mit leeren Händen zurückkehren nach Hannover? Unvorstellbar. Was würde man im Archiv dazu sagen? Und sein Archivleiter?

Noch nie in seinem Leben war er mit einem Auftrag gescheitert. Immer hatte er seine Order erfüllt. Zur vollsten Zufriedenheit seiner Chefs im Wetzlarer Reichskammergericht und im hannoverschen Archiv. Und nun dieses Desaster. Finsternis senkte sich über ihn.

Er wollte raus aus dieser Stadt. Raus aus diesem elenden Kaff. Wollte nicht mehr wissen, wer den Schmied und den Bauern ermordet hatte. Warum gegen die Täter nicht ermittelt wurde oder weshalb man ihn mit einem Ziegelstein erschlagen und mit einer Waffe abknallen wollte. Er wollte nicht mehr wissen, was es mit den unterirdischen Gängen auf sich hatte, von denen die Jäckel gesprochen hatte. Oder warum man junge Burschen nach Preußen verkaufte. Er wollte auch nicht mehr wissen, warum man Goethes Scheiben einwarf. Ihn wollte er sowieso nicht mehr sehen. Und auch nicht morgen zur Hinrichtung der Höhn gehen. Nicht mehr den Müller und die Müllerin anklagen wegen Falschaussage. Für die Höhn war es sowieso zu spät. Aus. Vorbei. Und wer dieser widerliche Kerl im schwarzen Umhang war, der ihn ständig verfolgte, wollte er auch nicht mehr wissen. Er wollte mit dieser Stadt nichts mehr zu tun haben. Nur noch raus aus diesem Kaff! Aus diesem Mistloch. Schnellstens zurück in sein Hannover.

»Morgen früh reisen wir ab«, wiederholte Kestner.

»Dann sehe ich Leonore nicht wieder«, klagte Lorenz.

»Deine Leonore, die meine Handschrift zerschnitten hat? Für ihre Blumenmuster«, giftete Kestner verbittert.

Lorenz wehrte sich und machte ihn darauf aufmerksam, dass er ihn im letzten Moment daran gehindert hatte, diesen Diener zu erwürgen.

»Sonst wären Sie auch im Zuchthaus gelandet.«

Stumm gestand sich Kestner das ein und war Lorenz dankbar, dass er ihn zur Besinnung gebracht hatte. Im Nachhinein begriff er ohnehin nicht, wie er sich zu diesem Wutausbruch hatte hinreißen lassen können. So eine Mordlust war ihm bis jetzt völlig fremd gewesen. Nie im Leben könnte er einen Menschen umbringen, hatte er bisher geglaubt. Und nun? Nun hätte er es doch getan, hatte kurz davor gestanden. Das erschreckte ihn sehr. Wie war das möglich? Affekt, fiel ihm ein. Kurzschluss im Gehirn. Er, der so auf Ordnung und Vernunft trainiert war, war kaum zu halten gewesen. Wie dünn war doch die Schutzschicht zwischen Vernunft und Wahn. Kestner schauderte es. Das durfte ihm nie wieder passieren.

Herzlich dankte er Lorenz für sein Eingreifen und dachte dabei auch daran, wie er ihm zuvor bereits zweimal das Leben gerettet hatte. Bei dem Wurf des Ziegelsteins und bei den Schüssen auf ihn.

»Wir müssen weiter«, sagte er dann und erhob sich stöhnend von den zusammengekrachten Kisten. »Wir müssen die Kutsche für morgen bestellen.«

»Ich warte auf Leonore«, entschied Lorenz. »Wir haben uns verabredet. Sie hat jetzt Pause.«

»Wann kommst du zurück?«

»Mal sehen.«

Im Hotel wurde Kestner von der Pfotenhauer sehr freundlich empfangen. Das überraschte ihn. Sonst war sie stets mürrisch und barsch. Aber jetzt: die Freundlichkeit in Person. Das machte ihn stutzig. Warum dieser Umschwung? Was war geschehen?

Um keine Zeit zu verlieren, bestellte er sofort für morgen, Freitag, den 28. November, zwei Kutschplätze. Für den ersten Postwagen, der in aller Frühe losfuhr.

»Wie schade, dass Sie schon abreisen wollen«, säuselte die Pfotenhauer. So hatte er sie noch nie erlebt.

»Ich muss zurück nach Hannover.«

»Wollen Sie unser schönes Jahrmarktsfest nicht miterleben?«

»Nein.«

»Und auch nicht die Köpfung der Höhn?«

»Nein.«

»Das ist wirklich sehr schade.«

Die Pfotenhauer strich mit dem Finger über die Eintragungen in der Reservierungsliste der Poststation und verkündete in bedauerndem Tonfall: »Es sind keine Plätze mehr frei. Alles belegt.«

»Wann ist wieder etwas frei?«

»Nicht in den nächsten Tagen. Nach dem Jahrmarktsfest und der Köpfung fahren alle wieder weg aus Weimar. Das Zimmer können Sie selbstverständlich so lange behalten, wie Sie wünschen.«

Kam er denn nie weg aus Weimar? Er fühlte sich wie in einem Topf gefangen, auf den man den Deckel geschlagen hatte.

»Wie schön, dass Sie noch bleiben«, sagte die Pfotenhauer und lächelte dabei.

Seit seiner Ankunft hatte er sie noch nie lächeln sehen. Skeptisch betrachtete er sie von der Seite.

»Warum schön?«

»Dann können Sie doch noch unsere Freifrau von Stein besuchen.«

Er begriff nicht. Warum sollte er Goethes Geliebte besuchen?

»Sie hat Sie eingeladen.«

Kestner war verblüfft. »Davon weiß ich nichts.«

»Heute kam Post für Sie«, flötete die Pfotenhauer. »Die Freifrau von Stein hat Ihnen ein Kärtchen geschickt. Durch einen Boten.« Sie griff in die Schublade ihres Anmeldepultes, holte ein weißes Kuvert aus Büttenpapier hervor und reichte es ihm. Der Umschlag war zerrissen und geöffnet.

»Wieso ist der Brief geöffnet?«, reklamierte Kestner.

»Hat wohl jemand aus Versehen aufgemacht.«

»Aus Versehen?«

»Kommt schon mal vor.«

Kestner betrachtete das Kuvert aus gehämmertem Büttenpapier. Fein säuberlich stand, mit Feder und grüner Tinte geschrieben, seine Anschrift darauf: Hofrat Johann Christian Kestner. Hotel »Zum Weißen Schwan«.

»Ich wusste gar nicht, dass Sie Hofrat sind«, trällerte die Pfotenhauer mit einer kleinen Verbeugung. »Hätte ich das gewusst … Sie haben Ihren Titel bei Ihrer Ankunft nicht eingetragen. Hätte ich das nur gewusst …«

Er drehte den Umschlag um. Auf der Rückseite schillerte der

Stempel ihres Wappens mit ihrem Namen, Charlotte Albertine Ernestine Freifrau von Stein. Er nahm das gelbliche Billet aus dickem handgeschöpften Bütten aus dem zerrissenen Kuvert und las: »Verehrter Hofrat Kestner. Es wäre mir eine große Freude und lebendiges Vergnügen, Sie am Sonnabend nachmittags gegen siebzehn Uhr bei mir zum Tee begrüßen und kennenlernen zu dürfen. Wenn Sie wünschen, kann mein Wagen Sie abholen. Schöne Grüße – Charlotte Freifrau von Stein. – Meine Adresse: Stiedten-Vorwerk.« Rechts oben war in das weiche Papier ebenfalls ihr Wappen in Relief eingeprägt.

Kestner ließ die Karte sinken. Warum lud die Stein ihn ein? Warum wollte sie ihn kennenlernen? Was steckte dahinter? Was wollte sie von ihm?

»Sie hat Sie für Samstag um fünf Uhr zum Tee eingeladen!«, rief die Pfotenhauer und freute sich überschwänglich.

Natürlich war sie es gewesen, die den Umschlag geöffnet und die Einladung gelesen hatte. Post durch Boten von einer so hohen und stadtbekannten Persönlichkeit an einen ihrer Gäste? Da musste sie doch sehen, was darin geschrieben stand! Noch dazu war die Botschaft an einen Hofrat gerichtet. Ihr Hotelgast musste also etwas Besonderes sein. Von der Freifrau eingeladen zu werden war für ihn eine große Ehre. Und dadurch, dass in ihrem Haus ein Hofrat logierte, der von der berühmten Charlotte Freifrau von Stein zum Tee empfangen wurde, war auch sie etwas Besonderes.

Deutlich war der Pfotenhauer anzusehen, wie geschmeichelt sie sich fühlte. Sie strahlte übers ganze Gesicht, als hätte sie einen wichtigen Preis erhalten.

Kestner war immer noch ratlos. Was wollte Charlotte von Stein von ihm? Woher wusste sie, dass er hier war?

»Nun stehen Sie nicht da wie ein begossener Pudel. Das wird ein großer Tag für Sie bei der Freifrau.« Augenzwinkernd flüsterte sie ihm zu: »Unser Geheimrat Goethe ist oft bei ihr, wenn ihr Mann auf Reisen ist.«

Kestner grübelte immer noch, was er bei der Stein sollte, was sie mit ihm vorhatte. Gewiss, es konnte nicht schaden, sich mit einer so einflussreichen Dame zu treffen, die die geheimsten Zustände dieser Stadt genauestens kannte.

Noch vor einer Stunde hatte er schnellstens rausgewollt aus dieser Stadt, und eben war er verärgert und enttäuscht gewesen, dass in den nächsten Tagen keine Kutschplätze mehr frei waren. Jetzt änderte er seine Meinung. Nun war ihm willkommen, noch Zeit zu haben, um die Stein zu treffen. Vielleicht kannte sie die Täter, die den Schmied und den Bauern ermordet hatten. Vielleicht wusste sie, warum gegen sie nicht ermittelt wurde, wer ihn auf dem Weg zu Bertold und zur Jäckel beseitigen wollte, warum man Goethes Scheiben einwarf und wer dieser widerliche Kerl im schwarzen Umhang war, der ihn ständig verfolgte.

Auf einmal konnte er es gar nicht mehr erwarten, die Stein zu treffen.

Siedend heiß fiel ihm ein, dass er für die Begnadigung der Höhn auch zur Stein hätte gehen müssen. Er wusste doch, dass sie Goethes Geliebte war. Womöglich hätte sie ihn überreden können, sich für die Höhn einzusetzen. Kestner wusste außerdem, dass sie engen Kontakt zum Hof unterhielt. Auch wenn der Herzog zur Jagd ausgeritten war, hätte sie bei jemand anderem am Hof vielleicht eine Begnadigung erreichen und die Höhn noch im letzten Moment retten können.

Dieses Versäumnis brannte schmerzhaft in ihm. Wie hatte er die Stein vergessen können? Jetzt noch zu ihr zu eilen, dafür war es zu spät. Morgen Vormittag um elf würde auf dem Marktplatz das Urteil verkündet werden und eine Stunde darauf das Schwert zuschlagen. Dann lägen Kopf und Rumpf getrennt.

Kestner nahm eines seiner Kärtchen aus seiner Tasche und schrieb darauf eine Antwort an die Freifrau: Er freue sich, sie kennenzulernen. Es sei jedoch nicht nötig, ihn mit ihrem Wagen abzuholen. Er wolle den Weg zu ihrem nahe liegenden Palais lieber zu Fuß zurücklegen. Den Text beendete er mit einem schwungvollen Gruß.

Ergeben bot sich die Pfotenhauer an, seine Karte der Freifrau zu überbringen, doch Kestner lehnte dankend ab. Er misstraute ihr. Das Kärtchen wollte er dem Diener oder der Zofe lieber selbst überreichen. Beleidigt, jedoch unverändert freundlich erklärte sie ihm den Weg. Hinter dem Hotel die Seifengasse in Richtung Ilm, vorbei an den Husarenställen gegenüber den Herzoglichen Gärten, dann nach rechts in einen Hof, da würde er schon das Gebäude Stiedten-Vorwerk sehen, in dem die Freifrau logierte. Er dankte ihr und trat hinaus in die Dunkelheit.

Dichter Schneeregen fiel vom Himmel, schnell bedeckten große, nasse Flocken seinen Mantel.

Er zog seinen Filzhut tiefer in die Stirn und schritt eilig voran. Die erdige Seifengasse war durch den Schneeregen aufgeweicht, und der Matsch schwappte unter seinen Schuhen.

Er kam am Holzbau der Husarenställe vorbei; von den Herzoglichen Gärten gegenüber war in der Dunkelheit nichts zu erkennen. Nachdem er den angekündigten Hof durchquert hatte, stand vor ihm das kleine, hübsche Palais der Stein. Am Portal ruckelte er am Glockenzug, bald darauf öffnete ein livrierter Diener und verbeugte sich. Kestner zog seinen Hut, stellte sich vor und bat ihn, sein Kärtchen an die Freifrau weiterzureichen. Mit seinen weiß behandschuhten Händen nahm der Livrierte das Billet entgegen und verbeugte sich erneut.

»Stets zu Diensten. Guten Abend.«

»Guten Abend«, wünschte auch Kestner, drückte seinen Hut gegen die Böen des Schneeregens wieder tief in seine Stirn und machte sich auf den Rückweg.

Bei den Husarenställen kam ihm ein Mann in einem weiten Mantel entgegen. Sein erster Gedanke: Wieder dieser Kerl! Schnell huschte er in eine der Stalleinfahrten. Von hier konnte er sehen, wie der Mann mit eiligen Schritten näher kam. Als er an Kestner vorbeiging, nahm er seinen breitkrempigen Hut vom Kopf, um die darauf angesammelten wässrigen Schneeflocken abzuschlagen. Es war Goethe! Kestner irrte sich nicht. Er war es tatsächlich. Deutlich erkannte er ihn an seinen großen Augen und an seiner Habichtsnase. Was machte er hier am Abend in der Seifengasse bei diesem Gestöber?

Kestner schaute hinter ihm her. Schon bald verschwand Goethe rechts in den Hof. Nun war klar: Er ging zur Stein. Nicht erstaunlich, sie war ja seine Geliebte. Oder hatte er Dringliches mit ihr zu besprechen, nachdem er bei ihm zur Audienz gewesen war?

In der Nacht konnte Kestner keinen Schlaf finden. In seinem Bett wälzte er sich hin und her. Kalt war es im Zimmer. Obwohl er sich seine dicken Wollsocken angezogen hatte, fror er an den Füßen. Auch in seine Schultern kroch die Kälte. Noch enger konnte er die dünne Decke nicht um sich wickeln. Sie war klamm und steif. Morgen würde er zwei geheizte, komfortable Zimmer erhalten. Eines für ihn allein und eines für Lorenz. Das hatte ihm die Pfotenhauer versprochen. Erstaunlich, was sein Titel und eine Einladung der Freifrau von Stein so alles bewirken konnten. Diese Nacht aber musste er noch durchhalten.

Lorenz war immer noch nicht zurückgekehrt. Es war schon weit nach Mitternacht. Wo blieb der Junge nur? Kestner machte sich Sorgen, dass ihm etwas zugestoßen sein könnte. Vielleicht war er in eine Demonstration geraten und hatte mit den Studenten Parolen skandiert: Nieder mit dem Herzogtum! Womöglich war er dabei von der Polizei festgenommen worden und wurde nun in einer Zelle verhört. Oder er war bei seiner Leonore geblieben.

Er konnte doch nicht schon nach dem ersten Treffen die Nacht mit ihr verbringen!

Kestner stand auf. Er sah nach, ob der Waschtisch mit der schweren Marmorplatte auch wirklich vor der Seitentür stand, damit niemand hereinkonnte. Kein Lichtschimmer drang aus dem Nebenzimmer durch den Türspalt. Dann vergewisserte er sich, dass die Zimmertür verschlossen war. Lorenz hatte einen eigenen Schlüssel. Er konnte während der Nacht herein.

Ruhelos ging er zum Fenster. Er schaute auf den nächtlichen Frauenplan und hoffte, Lorenz kommen zu sehen. Doch der dunkle Platz war leer. Kein Lorenz. Die Pfützen glänzten im fahlen Mondlicht, und Goethes Haus lag breit im silbernen Dämmerschein. Hinter keinem seiner Fenster brannte Licht. Keine Öllampe, keine Kerze. Alles war dunkel. Sicher schlief Seine Exzellenz jetzt tief und fest in warmen Daunen und schnarchte. Hatte er eine Nachtmütze auf dem Kopf? Trug er im Bett eine lange wollene Unterhose?

Lange schaute Kestner hinaus in die Dunkelheit, betrachtete den runden gelblichen Mond, der einem kleinen Pfannkuchen glich, umgeben von einem milchigen Schimmer. Er sah einige Sterne, doch keine Sternschnuppe, bei der er sich etwas wünschen konnte.

Er kroch zurück in sein Bett, und schließlich legte sich doch noch gnädig der Schlaf auf ihn und hüllte ihn ein.

Plötzlich wachte er auf. Sein erster Gedanke: Lorenz ist zurückgekehrt.

Es war nicht Lorenz.

Im dunklen Zimmer sah er eine Gestalt. Der Mann im schwarzen Umhang stand im Raum. Im silbernen Blitz auf seiner Anstecknadel spiegelte sich das Mondlicht. Es war der Kerl mit dem glatten Gesicht und den Schweinsaugen. Überall tauchte er auf. Bei seiner Ankunft in der Zöllnerstube, am Empfangstresen im Hotel, zwischen den Weiden an der Ilm bei Goethes Gartenhaus, beim Pförtner im Gericht. Er lauerte auf ihn wie eine Spinne, die ihr Netz webt. Und jetzt stand er mitten in der Nacht in seinem Zimmer. Wie kam er herein? Kestner vereiste.

»Gestatten Sie, dass ich mich vorstelle. Mephistopheles«, säuselte der Kerl. »Oder einfach Mephisto. Sie können auch Mephi zu mir sagen. Gut Freund.«

Mit einem Schlag war Kestner hellwach. Dieser Widerling, dieser Mistköter, der ihn seit seiner Ankunft überallhin verfolgte und ihn beinahe umgebracht hätte, war Mephisto? Der Mephisto, von dem Goethe ihm und Lotte in seinen Briefen aus Frankfurt geschrieben hatte? Er hatte ihnen darin mitgeteilt, dass er an einem neuen Stück arbeitete, dem »Faust«. Neben dem Gelehrten lasse er einen infernalischen Teufel auftreten, den er Mephisto nenne. Ihn gab es nicht. Er war eine Erfindung Goethes. Eine Phantasiegestalt seiner Dichtung.

»Das denken viele«, verkündete Mephisto ölig, als hätte er Kestners Gedanken erraten. »Doch mich gibt es wirklich. Wie Sie sehen, stehe ich leibhaftig vor Ihnen.«

Mephisto entschuldigte sich höflich, Kestners Nachtruhe zu stören. Er öffnete seine rechte Hand und ließ daraus vier Patronenhülsen auf den Holzboden fallen. Als sie aufschlugen, machten sie ein Geräusch, als würden Kiesel niederrieseln.

Waren das die Hülsen von den vier Geschossen, die auf ihn abgefeuert wurden, während er mit Lorenz zur Jäckel ging?

Mephisto griff unter seinen Umhang, holte zwei Klinkersteine hervor und legte sie sachte auf den Boden, damit sie keinen Lärm machten. Diesmal war Kestner sicher: Es waren die Ziegelsteine, die dicht vor ihm niedergekracht waren. Er war es also, der mich damit treffen wollte, dachte Kestner. Er hat auf mich geschossen. Warum wollte er verhindern, dass ich zu Bertold und zur Jäckel gehe?

»Was wollen Sie?«, brachte Kestner mühsam hervor. Er wunderte sich, dass seine Stimme nicht völlig versagte.

»Ich will mit Ihnen ein wenig plaudern.«

Der Kerl machte einen Schritt auf ihn zu. Kestner war immer noch wie gelähmt und unfähig, sich aufzurichten, geschweige denn ihn abzuwehren. Was hat er vor?, dachte er entsetzt. Holt er jetzt etwa unter seinem Umhang eine Pistole hervor und erschießt mich? Womöglich auch noch mit meiner Pistole, die ich im Zollhäuschen abgeben musste und mit der sich Jerusalem erschossen hatte. Wird er mich töten, als Vergeltung, weil ich meine Waffe damals Jerusalem geliehen habe?

»Manche nennen mich den Herrn der Ratten und der Mäuse, der Wanzen und der Läuse«, begann Mephisto mit einschmeichelnder Stimme. »Da kann ich nur lächeln. Ich bin viel mehr. Ich bin der Geist, der stets verneint. Der alles vernichtet, was entsteht, weil es nicht wert ist, dass es besteht. Ich liebe die Zerstörung, die Vernichtung. Aber immer wieder zirkuliert frisches Blut. Immer wieder sprießt neue Menschenbrut. Kaum hab ich das verdammte Zeug ausgelöscht, treibt die Saat neue Keime. Ich könnte rasend werden.«

Raus!, wollte Kestner schreien. Sofort raus aus meinem Zimmer. Verschwinden Sie! Doch er brachte nur ein schwaches Krächzen hervor. Er hatte das Gefühl, den Mund voller Gips zu haben.

Wieder trat Mephisto einen Schritt vor. Nun schaffte es Kestner, sich wenigstens halb aufzurichten. Würde der Kerl anstelle einer Pistole vielleicht ein Stilett hervorholen und es in seine Brust rammen? Voller Angst presste er sich an die Kalkwand in seinem Rücken. Er konnte Mephisto nicht ausweichen. Panik erfüllte ihn.

»Haben Sie Angst, dass ich Sie mit meinem Dolch ersteche? Wunderbar. Ich liebe es, wenn Menschen vor mir Angst haben. Ich genieße sie. Sie ist mein Lebenselixier. Wenn Menschen vor Angst krepieren, lebe ich auf.«

Mit seinen Schweinsäuglein sah er Kestner ausdruckslos an, während er sprach. Sein Pokergesicht war glatt wie eine Maske. Kestner rieselte es kalt den Rücken herab. In ihm rasten Entsetzen, Grauen, Todesangst.

Mit unverändert sanfter Stimme säuselte Mephisto: »Haben Sie Angst, dass ich Sie erwürge? Sie können beruhigt sein. Das mache ich später.«

Kestner blieb der Atem stehen. Er starrte auf die dunkle Silhouette mit dem funkelnden silbernen Blitz am Revers. Er wollte aufspringen, irgendetwas gegen diesen Kerl unternehmen, war aber immer noch unfähig, sich zu rühren. So sehr wünschte er, dass endlich Lorenz zur Tür hereinkäme und sich auf diese Giftkröte stürzte. Doch keine Schritte auf der Treppe, keine Schritte draußen auf dem Gang. Kein Öffnen der Tür und kein Lorenz. Herrgott, wo blieb der Herumtreiber bloß? Jetzt hätte er ihn gebraucht.

»Ihre Hoffnung, dass Lorenz zurückkommt, ist zwecklos. Er wird nicht kommen, solange ich hier bin. Dafür sorge ich. Ich habe ihn so verliebt in seine Leonore gemacht, dass er die Zeit vergisst.«

Immer noch war Kestners Gaumen staubtrocken. Er brachte keinen Ton hervor.

»Seien Sie so freundlich und rücken Sie ein wenig beiseite.«

Kestner hatte das Gefühl, hypnotisiert zu sein, und rückte, ohne es zu wollen, in seinem Bett etwas zur Seite. Mephisto raffte seinen Umhang zusammen und setzte sich ächzend auf die Bettkante. Ganz dicht neben ihn. Kestner glaubte, sein Gehirn würde sich im Kopf auflösen, sein Blut würde sieden und gleichzeitig vereisen. Er spürte Mephistos Körper durch die Bettdecke hindurch. Er konnte sich nicht noch enger an die Wand quetschen, ihm nicht mehr ausweichen. Er war ihm völlig ausgeliefert.

Erstach er ihn jetzt? Nur eine Armbewegung wäre nötig, und schon könnte der Dolch in seine Brust dringen. Oder erwürgte er ihn, wie er es angekündigt hatte? Er bräuchte nur seine beiden Hände ausstrecken, und schon könnten seine Finger Kestners Kehle zerquetschen.

»Warum machen Sie es mir so schwer?« Mephisto seufzte. »Es ist nicht leicht mit Ihnen. Immer sind Sie unterwegs, und ich muss hinter Ihnen her. Tun Sie mir den Gefallen, fahren Sie zurück nach Hannover. Zurück zu Ihrer Lotte. Dann kann ich mich wieder um andere kümmern. Wenn Sie länger bleiben, könnte das schlimm enden für Sie.«

Kestner konnte immer noch nicht sprechen.

»Sie müssen nicht reden«, flötete Mephisto sanft. »Nur zuhören. Wenn Sie ertragen, was ich sage. Gewähren Sie mir nur ein bisschen Zeit. Sie werden es nicht bereuen.«

Kestner hasste es, dass der Mistkerl auf einem Teil seiner Bettdecke hockte, und wollte das Tuch an sich ziehen.

»O Verzeihung«, entschuldigte sich Mephisto schleimig und erhob sich leicht. »Ich habe nicht darauf geachtet.«

Kestner zog die Decke unter ihm weg und überlegte eine Sekunde, ob er das Tuch über diese Gestalt werfen und sie damit erdrosseln sollte.

»Das wird Ihnen nicht gelingen, mein Lieber.« Mephisto grinste boshaft. »Dafür sind Sie leider zu tugendsam, zu anständig, zu redlich. Nicht hinterhältig, nicht schurkisch, niederträchtig genug.«

Tugend, Anstand und Redlichkeit hatte man Kestner schon oft vorgeworfen und damit ungerechterweise immer Harmlosigkeit gemeint. Das hatte ihn stets erzürnt. Auch jetzt wollte er gegen Mephisto angehen, doch der hob nur die Hand und sagte mitleidig: »Nehmen Sie nur mal Ihre Gewissenhaftigkeit, Ihre Rechtschaffenheit und Pflichterfüllung. Lächerlich. Warum wollten Sie unbedingt diese Handschrift zurückholen? Weshalb lag Ihnen so viel daran? Was haben Sie denn mit diesem Blatt zu tun? Es war doch nicht Ihr persönliches Eigentum. Es gehörte dem Archiv. Na und? Sicher, man hatte Sie losgeschickt, dieses Papier zu holen. Das Archiv hätte Ihnen aber auch einen anderen Auftrag erteilen können, und Sie hätten ihn wie ein Besessener erfüllt. Diese Handschrift, was war sie schon wert? Was hätte es Ihrem Archiv genützt, wenn es diese sogenannte Preziose zurückerhalten hätte? Gibt es dafür eine Summe, einen Preis? Mitnichten. Alles nur eingebildet, Phantasiezahlen. Diese Besitzgier ist völlig sinnlos. Eine Handschrift mehr oder weniger, was macht das schon? Beim Brand des Schlosses sind stapelweise wertvolle Handschriften verbrannt. Ich war der Blitz, der in das Schloss einschlug. Ich war das Feuer, das das Schloss vernichtet hat. Zugleich hockte ich auf dem Turm und jubelte vor Freude, als es lichterloh in Flammen stand. Man nennt mich nicht umsonst eine Spottgeburt aus Dreck und Feuer.«

Mephisto lehnte sich zu Kestner vor und lachte leise ein dunkles, kehliges Lachen. »Es war mir eine Lust, das Schloss niederbrennen zu sehen. Keiner weiß, was alles in den Flammen verloren ging. Welches ach so wertvolle Zeug sich in Rauch verwandelte oder als Asche zurückblieb. Keiner hat gewusst, was man besessen hatte. So hat auch keiner diese Dokumente vermisst. Als hätte es sie nie gegeben. Und wenn einmal Ihr Archiv in Hannover abbrennt, mitsamt den Inventarlisten, werden auch Sie nicht wissen, was Sie Großartiges besessen hatten, und nichts vermissen. Hunderte von großen Bibliotheken sind schon abgebrannt, mitsamt ihren kostbaren Handschriften auf Pergament. Die Asche hat der Wind in alle Richtungen verweht. Denken Sie nur an Alexandria. Verloren und vergessen. Warum also Ihre Jagd nach diesem Dokument? Sie sind einem Phantom hinterhergerannt. Gut, dass es sich in Scherengeschnipsel aufgelöst hat.«

Seine Worte rauschten an Kestners Ohren vorbei, als würde man sie mit eiskaltem Wasser übergießen. War der Kerl verrückt? Oder hatte er recht? Auf keinen Fall durfte er recht haben. Das verbot sich Kestner grundsätzlich. Dann hätte seine ganze Archivarbeit keinen Sinn. Was sollte er dann noch anfangen in seinem Leben?

Mephisto zeigte auf die in grüne Seide gebundene Mappe, die neben ihm auf dem Nachttisch lag. »Sie haben ja noch die Kopie Ihres zerschnittenen Papiers. Diesen wunderschönen farbigen Kupferstich.«

Wieso wusste er, dass der Kupferstich in der Mappe lag? Nie hatte er ihn gesehen, nie die Mappe in der Hand gehabt. Oder doch? War er vielleicht trotz des vorgeschobenen Waschtisches des Nachts, während er und Lorenz schliefen, durch die Seitentür oder gar durch die abgeschlossene Zimmertür hereingekommen und hatte in der Mappe geblättert?

»Bewahren Sie den Kupferstich gut auf. Kopien sind oft besser als das Original. Das tröstet.«

Mit einem leichten Stöhnen legte Mephisto seine Hand auf Kestners Knie. Ein eisiges Brennen stach durch das Gelenk.

»Warum wollen Sie wissen, wer den Schmied und den Bauern ermordet hat? Was haben Sie davon, wenn Sie es wissen? Ändert das die Welt? Wird sie dann besser? Was also soll Ihre Neugierde über diese beiden Morde? In jeden Quark graben Sie Ihre Nase. Warum? Ihr Drang nach Wissen ist aussichtslos. Sie wollen Fliegen fangen. Doch die sind schneller als Ihre Hand«, spottete Mephisto. »Und Sie tapsen hinterher. Wie heißt es so schön: ›Ich weiß zwar viel, doch will ich alles wissen.‹ Lachhaft«, höhnte er verächtlich. »Auf diese beiden Leichen kommt es auch nicht mehr an. Zwei mehr zu den Millionen Leichnamen auf dieser Erde. Wie viele Menschen wurden in all den Kriegen in all den Jahrhunderten getötet und verwesten auf den Schlachtfeldern! In späteren Zeiten wird es noch mehr und noch viel größere Abschlachtfelder geben. Dimensionen, die wir uns heute gar nicht vorstellen können. Und wie viele Milliarden starben auf diesem Planeten schon auf natürliche Weise, wurden in den Boden gesenkt und mit Erde zugeschüttet! Sie alle düngen die Felder, aus denen unsere Nahrung wächst. Unsere Erde ist eine Kugel aus zusammengepressten Leichen. Eine Mistkugel, die durch das Weltenall fliegt.«

Wie in einem Alptraum sah Kestner ihn auf dieser Leichenkugel hocken und mit wehendem Umhang am Mond vorbei zu den Sternen fliegen, bis hin zur Sonne, und in der Glut zerschmelzen.

»In Ihrer Mappe liegt auch ein Fetzen des Plakats, das Sie abreißen wollten«, sagte Mephisto nun wieder in mitleidvollem Ton. »Wie töricht von Ihnen zu glauben, Sie könnten die Enthauptung der Höhn verhindern, indem Sie dieses Plakat abreißen.«

Kestner erinnerte sich, dass er nach seinem Besuch im Zuchthaus das Plakat mit der Aufforderung zur Besichtigung der Hinrichtung der Höhn gemeinsam mit Lorenz von der Mauer reißen wollte. Nur einen Fetzen hatte er abrupfen können und ihn zum Kupferstich gelegt. Wieso wusste dieser Krake auch das? Ein weiterer Beweis dafür, dass er im Zimmer herumgeschnüffelt hatte.

»Warum wollten Sie das Leben der Höhn retten?«, klagte der Vernichtungsteufel weiter. »Was hat ihr Leben mit Ihrem Leben zu tun? Nichts. Was hätten Sie davon, wenn die Höhn begnadigt würde und überlebte? Würde dann die Welt besser werden? Hunderte solcher Mägde wurden schon geköpft, gehenkt, ertränkt.

Auf eine Magd mehr oder weniger kommt es doch nicht an. Es gibt so viele davon. Die Höhn wird aus der Welt verschwinden und bald vergessen sein.«

Empörung stieg in Kestner hoch. Diesen Zynismus konnte er nicht länger ertragen.

Mephisto schien seine Auflehnung gegen ihn zu spüren und sprach besänftigend auf ihn ein: »›Seele des Menschen, wie gleichst du dem Wasser! Schicksal des Menschen, wie gleichst du dem Wind!‹ Aus dem ›Gesang der Geister über den Wassern‹. Alle werden glauben, das sei von Goethe. Stimmt nicht. Es ist von mir. Auch das habe ich ihm eingeflüstert. Er hat's nur niedergeschrieben.« Zufriedenheit lag in seiner Stimme. »Und dann Ihre Schnüffelei in der Kammer der Höhn. Ihre Besessenheit, diesen alten Wollfetzen unter dem Brett hervorzuholen. Sie Stümper. Hatten Sie wirklich geglaubt, dieser vermoderte, von meinen Mäusen angefressene Lappen könne als Beweis gelten, um den Bluhm vor Gericht zu zerren? Sie Gerechtigkeitsphantast. Sie Schlafwandler des Rechts. Ich habe Ihnen aus der Ferne zugesehen, wie Sie sich abmühten, als Irrläufer Ihrer Gewissenhaftigkeit. Der Müller wird niemals wegen Vergewaltigung, Falschaussage oder wegen des Einwerfens von Goethes Fenster angeklagt werden. Ihr Eifer war einen Fliegendreck wert.«

Wieder beugte er sich zu ihm vor. Kestner spürte den kalten Atem dieses Teufels, der im eisigen Zimmer als weißer Dunst aus seinem Maul quoll.

»Stellen Sie sich vor, wir beide steigen auf den Turm der Stadtkirche und sehen hinab auf die vielen Weimarer unter uns. Wie Ameisen wimmeln sie umher. Lauter kleine Punkte. Und stellen Sie sich vor, Sie zerquetschen von oben mit einem langen Finger eine dieser Ameisen und löschen ihr Leben aus. Was würde das für Sie ändern? Nichts. Oder umgekehrt, Sie sind einer dieser kleinen Punkte da unten, und ich zerdrücke Sie mit meinem langen Finger. Was würde sich ändern in der Welt? Sicher, Ihre Lotte wäre verzweifelt. Sie könnte die Kinder nicht mehr allein ernähren. Sie würde um Sie trauern. Aber einmal müssen Sie sowieso sterben. Früher oder später. Daran ist nichts zu ändern. Auch am Ende wäre Ihre Lotte doch allein. Warum also nicht jetzt schon verschwinden von dieser Welt? Vielleicht schon in den nächsten Tagen, hier in Weimar. Könnte ja sein.«

Kestner weigerte sich, diese Worte zu hören. Er wollte sich die Ohren zudrücken, doch er hatte nicht die Kraft, seine Hände zu heben. Wie heißes Öl tropften die Worte in die Windungen seines Gehörgangs.

»Ich warne Sie, graben Sie nicht in Goethes Garten das Neugeborene aus. Lassen Sie es in der Erde. Stören Sie nicht die Würmer bei ihrer Arbeit. Sonst beschäftigen sie sich bald mit Ihnen. Und ich warne Sie, die Stein zu besuchen«, fügte er mit kaltem Hauch aus seinem Maul hinzu. »Gehen Sie nicht zu ihr.«

Woher wusste er, dass die Stein ihn eingeladen hatte? Hatte es ihm die Pfotenhauer verraten? Hatte nicht sie, sondern er das Kuvert geöffnet?

»Gehen Sie auch nicht zu diesem Menschen, den sie Ihnen empfehlen wird. Schnüffeln Sie nicht weiter in dieser Stadt herum. Wissen kann tödlich sein. Also stecken Sie Ihre Nase besser nicht in Angelegenheiten, die Sie nichts angehen. Es könnte sonst sein, dass Sie hier begraben werden. Noch hat meine Hand danebengeworfen, haben meine Kugeln Sie verfehlt. Absichtlich. Das nächste Mal ziele ich genau. Ich denke, Sie haben mich verstanden.« Mephisto erhob sich von Kestners Bettkante und richtete seinen Umhang. »Am Ende stellt Ihnen der Teufel doch ein Bein. Wir werden uns wiedersehen«, sagte er, lächelte milde und ging aus dem dunklen Zimmer. Er hinterließ keinen Schwefelgestank und hatte am linken Fuß keine Bocksklaue. Er ging ganz normal.

Die Tür ließ er offen stehen. Kestner hörte, wie er durch den Gang schritt und die Treppe hinabstieg.

Lange starrte er auf den Flur hinaus. Er wusste nicht, wie viel Zeit verging, bis er fähig war, aus dem Bett zu steigen und die Tür zu schließen. Dabei stolperte er über die beiden Ziegelsteine auf dem Boden und wäre auf den Patronenhülsen fast ausgerutscht.

Schließlich tappte er zum Fenster; er wollte sehen, ob Mephisto das Hotel verlassen hatte. Schnee rieselte herab und bedeckte den Platz mit weißem Flaum. Keine Fußabdrücke im Schnee. Hatte er das Hotel nicht verlassen? Steckte er hier noch irgendwo?

Verwirrt kehrte Kestner zurück ins Bett und redete sich ein, ein

Geist sei bei ihm gewesen. Die Erscheinung des Mephisto habe er sich nur eingebildet. Doch da lagen immer noch die beiden Ziegelsteine und die Patronenhülsen. Er war bei ihm im Zimmer gewesen. Leibhaftig. Er hatte zu ihm gesprochen. Er hatte ihn gewarnt, die Stein zu besuchen und den Mann, den sie ihm angeblich nennen würde.

Kestner konnte immer noch nicht glauben, dass Goethes teuflischer Mephisto tatsächlich existierte. Er wollte es nicht glauben. Doch überall trieb er sich herum. Jeder in Weimar schien ihn zu kennen. Der Zöllner, die Pfotenhauer, der Gerichtspförtner, Goethe. Es gab ihn also, wirklich und wahrhaftig.

Einmal hatte Kestner in einem psychologischen Gutachten über einen Mörder gelesen, der zu beurteilende Delinquent sei die Inkarnation des Bösen. Daran wollte er nicht glauben. Er wollte nicht akzeptieren, dass es eine Inkarnation des Bösen gab. In seiner Gesetzessammlung und in den Kommentaren, die er als Jurist in Wetzlar gepaukt hatte, kam inkarniertes Böses nicht vor.

Kestner beschloss, Mephisto zu ignorieren. Dieses Monstrum sollte in Goethes Phantasie bleiben und sich nicht in sein Leben einmischen. Er wollte weitermachen, als hätte es diesen Nachtbesuch nicht gegeben. Wollte Mephisto aus seiner Erinnerung löschen. Dabei wusste er, dass ihm das nicht gelingen würde.

Lorenz kam immer noch nicht zurück.

ACHT

Am nächsten Morgen fand Kestner einen Zettel auf seinem Nachttisch, geschrieben mit roter Tinte. Oder war es keine Tinte? Er las: »Es war mir ein Vergnügen.«

Wie kam dieser Zettel nach Mephistos Abgang auf den Nachttisch?

Dieses Mal musste Kestner Lorenz wach rütteln. Völlig verschlafen blinzelte er ihn aus verklebten Augen an.

»Wo warst du so lange?«

»Bei Leonore.«

»Die ganze Nacht?«

»Warum nicht?«

»Wie war's?«

Mit schwärmerischer Stimme rezitierte Lorenz:

»Kein Apfel ist so rot und rund wie ihr Gesicht und Wangen. Wie Rosenblätter ist ihr Mund, dran Honigtropfen hangen. Ihre Augen sind so hell und klar wie Rebhühneraugen. Sie könnten ach, fürwahr des Nachts als Sterne taugen.«

Kestner hörte sich seine Verse an.

»Na schön, das schreibt dein Schubart. Aber konkret?«

»Sie ist neunzehn und sehr lieb. Sie hat 'ne Menge Geschwister und muss sie miternähren. Muss Geld verdienen. Der Bertuch zahlt nur wenig. Vom Arbeiten hat sie zerstochene, wunde Finger. Sie schmerzten, als sie mir über die Wangen strich.«

»Immerhin hat sie damit meine Handschrift zerschnitten, als Muster für ihre Blumen«, ließ Kestner bitter fallen. »Was habt ihr gemacht?«

»Das geht Sie nichts an.«

Er hatte recht. Das ging ihn wirklich nichts an. Kestner entschuldigte sich. Er hielt Lorenz den Zettel hin. »›Es war mir ein Vergnügen.‹ Hast du das geschrieben?«

Lorenz verstand nicht, was Kestner meinte. »Wie sollte ich? Dass es mir ein Vergnügen mit Leonore war, schreib ich Ihnen doch nicht auf einen Zettel.«

»Dann war es Mephisto.«
»Welcher Mephisto?«
»Der widerliche Fuchskragen, der uns ständig verfolgt.«
»Er heißt Mephisto? Komischer Name.«
»Er war heute Nacht bei mir.«
Erschrocken richtete sich Lorenz im Bett auf. »Der Kerl war hier im Zimmer?«
Kestner zeigte auf die beiden Ziegelsteine und die Patronenhülsen auf dem Boden.
»Er war das? Wie kam er herein? Die Tür war abgeschlossen. Und vor der Seitentür stand der Waschtisch.«
»Vielleicht hatte er von der Pfotenhauer einen Schlüssel.«
»Was wollte er von Ihnen?«
»Er hat mir gedroht. Ich soll meine Nachforschungen sein lassen. Sonst endet es schlimm mit mir.«
»Dann wird's höchste Zeit, dass wir abhauen. Ohne dass ich Leonore noch mal sehe …«
»Wir reisen heute noch nicht ab.«
»Nein?« Jetzt war Lorenz hellwach. Freudig rief er aus: »Da kann ich Leonore heute doch noch sehen! Wann fahren wir denn dann?«
»Weiß ich noch nicht. Vorerst sind alle Kutschplätze belegt.«
Zufrieden legte Lorenz sich in die Kissen zurück. »Wie schön.«
»Und ab morgen bekommen wir zwei getrennte, komfortable Zimmer.«
»Wieso das?«
Kestner erklärte ihm die Sache mit der Einladung der Freifrau von Stein und dem Stimmungsumschwung der Pfotenhauer, da sie durch die Einladung erfahren hatte, dass er Hofrat war.
»Warum haben Sie ihr das nicht gleich gesagt? Da hätten wir uns das Ganze hier ersparen können.«
Wo er recht hat, hat er recht, dachte Kestner.
Von Lorenz erfuhr er, dass die Mädchen der Blumenwerkstatt heute arbeitsfrei erhalten hatten, damit sie zur Enthauptung gehen konnten. Sie sollten sehen, wie es ihnen erginge, wenn sie ihr Neugeborenes töteten wie die Höhn. Die Manufaktur gewährte diesen freien Tag zu ihrer Abschreckung.

Leonore und Lorenz hatten jedoch keine Lust, sich das Spektakel der Urteilsverkündung und der anschließenden Hinrichtung anzusehen. So hatten sie gestern beschlossen, stattdessen den Tag an der Ilm oder sonst wo zu genießen.

Die ganze Stadt war unterwegs. Aus allen Gassen strömten die Menschen zum Marktplatz. So viele wollten das Verkünden des Todesurteils über die Höhn und anschließend ihre Enthauptung auf dem Rabenstein miterleben. Kestner wollte sich ihre Hinrichtung nicht ansehen. Seine Versuche, ihre Begnadigung zu erreichen, waren eine Niederlage gewesen. Er war gescheitert. Sein Misserfolg deprimierte ihn.

Doch das Treffen mit der Stein sollte erst morgen Nachmittag stattfinden. Er hatte also noch den ganzen heutigen Tag Zeit. So mischte er sich, um irgendetwas zu unternehmen, in die dahinströmende Menge und ließ sich von ihr zum Marktplatz treiben. Dieses Mal allein. Ohne Lorenz. Der bummelte nun mit seiner Leonore an der Ilm entlang.

Zum ersten Mal seit langer Zeit schien wieder die Sonne. Nach dem Regen und dem Schnee und der Kälte der vergangenen Tage nun auf einmal blauer Himmel und Sonnenschein. Es war auch etwas warm geworden. Fast wie im beginnenden Frühling. Die schmutzigen Pfützen trockneten weg, Vögel zwitscherten in den kahlen Zweigen der Büsche und Bäume.

Der abrupte Wetterumschwung lockte noch mehr Menschen zum Hinrichtungsspektakel. Alle waren gut gelaunt und fröhlich. Auch wenn sie zu einem Todesurteil und zu einer Enthauptung strömten.

Kestner spürte die wärmende Sonne auf seinem Körper. Er knöpfte seinen Mantel auf, ließ ihn wehen, nahm seinen Schal vom Hals und steckte ihn in die Tasche. Immer wieder stieg in ihm das Erlebnis der vergangenen Nacht hoch. Ach, wäre es nur ein böser Traum gewesen. Er versuchte, die Erinnerung an den nächtlichen Besuch beiseitezuschieben.

Kestner kam an den Plakaten vorbei, die zur Besichtigung der Urteilsverkündung und Enthauptung aufforderten. Diese Aufrufe hatten gewirkt. Schon vor dem Marktplatz herrschte ein solches

Gedränge, dass die Menschen nicht mehr vorankamen und sich gegenseitig schubsten und stießen. Er brauchte nicht mehr aus eigenem Antrieb gehen, er wurde geschoben. Schließlich stand er mitten auf dem Platz, eingezwängt in dem Gewühl der Schaulustigen.

Er stand direkt neben dem Neptunbrunnen. Jugendliche waren auf den Neptun geklettert, um das Holzpodest für das Gericht noch besser sehen zu können. Kestner konnte das Podium auch von seiner niedrigeren Position aus gut sehen und auf der anderen Seite die Buden für das Jahrmarktsfest, das am Nachmittag beginnen sollte. Dann sollte es hier lustig zugehen.

Die Gerichtstribüne war weiträumig abgesperrt. Etwa hundert Soldaten hatten einen Schutzring gebildet. Zur Aufrechterhaltung der Ordnung, wie es hieß. Es sollte verhindert werden, dass die Weimarer während der Urteilsverkündung die Bretterbühne stürmten. Aber warum sollten sie? Sie waren doch anscheinend alle einverstanden mit diesem Urteil.

Auf dem Podest stand ein langer Tisch, bedeckt mit einem schwarzen Tuch. Dahinter vierzehn schwarze Stühle.

Kestner umschwirrte das Palaver der Menschenmenge. Lachen, gegenseitiges Zuwinken, Mützenschwenken. Was er an Gesprächen hören konnte, drehte sich um die Empörung über die neuen hohen Kartoffelpreise, die erhöhten Steuern für den Hof und die verknappte Brennholz- und Mehlzuteilung, die besonders den Bäckern zu schaffen machte.

Vor sich erkannte er die Mädchen der Blumenwerkstatt, die das kostbare Original seiner Handschrift zerschnitten hatten. Sie standen in einer Gruppe zusammen, schwatzten und lachten, beaufsichtigt von der Chefin Karoline Bertuch. Dieser Schnepfe mit ihrem blond gefärbten Haar. Auch diesmal war ihr Gesicht stark gepudert.

Die Glocken der Stadtkirche und der Schlosskirche begannen zu läuten. Ihr Klang wurde vom Wind bis hierher zum Marktplatz getragen und galt als Zeichen, dass es nun losgehen sollte. Die Menge verstummte. Und tatsächlich, in diesem Moment bestiegen der Richter, ein Schreiber, vier Schultheiße und acht Schöffen das Podium und nahmen auf den vierzehn schwarzen Stühlen Platz.

Ganz still wurde es, als ein Pferd einen Leiterwagen heranzog, auf dem angebunden die Höhn stand. Zwei Männer in schwarzer Kleidung lösten ihre Fesseln, stießen sie vom Wagen herab und führten sie die Stufen zum Podest hinauf, zu ihrem Richter. Der Kopf der Höhn war kahl geschoren, ihr Gesicht kalkweiß. Sie trug ein langes graues Sackkleid. Die weiten Ärmel hingen über ihre Hände.

Die vierzehn Gerichtsmitglieder erhoben sich von ihren Stühlen. Der Richter verkündete laut: »Ich gebiete Recht und verbiete Unrecht!« Dann forderte er die Höhn auf, ihr Geständnis zu wiederholen. Aufrecht stand sie da und wiederholte ihr Schuldgeständnis.

Daraufhin verlas der Richter das Todesurteil. Auch dabei blieb sie ruhig und gefasst.

Nach dem Spruch des Richters warfen die vierzehn ihre Stühle um, die laut krachend hinter ihnen auf die Holzplanken des Podestes fielen. Damit war das Urteil unwiderruflich.

Der Richter trat hervor, stellte sich vor die Höhn und hielt über ihr Haupt ein langes, dünnes Stöckchen. Er brach den Stab auseinander und warf das zerbrochene Hölzchen vor ihre Füße.

»Das war dein Leben«, sagte er laut, damit es alle hören konnten.

Mit einer zierlichen Bewegung verneigte sich die Höhn vor ihm. Dann führten die beiden Männer in Schwarz sie zurück auf den Leiterwagen, um sie zur Hinrichtungsstätte zu fahren. Das Pferd zog kräftig an.

Die meisten rannten schon vor dem Wagen zum Erfurter Tor, zum Rabenstein hinter der Stadtmauer, um einen guten Platz zu ergattern. Die Richtstätte, gelegen auf einer kleinen Anhöhe, war ein rundes, etwas zerfallenes Gemäuer, auf dessen Plattform Gras wuchs. Schon seit Jahrhunderten wurde auf diesem Richtplatz außerhalb der Stadtmauern gerädert, gehenkt und mit Beil oder Schwert geköpft.

Als Kestner in dem Massenandrang am Rabenstein eintraf, bildeten auch hier etwa hundert Soldaten einen Kordon um das Mauerwerk. Zur Absicherung der Hinrichtung. Die Veranstaltung durfte nicht durch das Anstürmen der Schaulustigen aus dem Ruder laufen.

Immer noch hörte man die Glocken der Stadt- und der Schlosskirche. Durch die Menschenmenge zwängten sich Händler, die Heiligenbildchen, Gebetbücher, Kruzifixe und Rosenkränze verkauften. Mit lautem Geschrei priesen sie ihre selig machende Ware an und trugen auf ihren Hüten Malereien von der Kreuzigung Christi und seiner Himmelfahrt.

Ganz in seiner Nähe hatte sich eine Schulklasse versammelt. Der Lehrer erklärte den etwa zehnjährigen Jungen etwas. Nicht alle lauschten andächtig seinen Worten. Viele äugten verstohlen zu der Mädchengruppe neben ihnen. Die gleichaltrigen Mädchen trugen eine uniformartige graue Kleidung. Anscheinend kamen sie aus dem Waisenhaus der Stadt, angeführt von einer Klosterschwester mit einer großen weißen Haube.

Etwas entfernt konnte Kestner die Dame im weißen Pelzmantel mit dem herabhängenden Unterkinn erkennen, deren Mops während der Kutschfahrt Lorenz' Sitz vollgekotzt hatte. Sie hielt ihren Mops an ihre Brust gedrückt und schien mit ihm zu sprechen, wobei sie mit dem Finger auf den Richtplatz deutete. In ihrer Nähe der Zigarrenraucher, der während der Fahrt die Kutsche vollgepafft hatte. Auch jetzt qualmte er eine dicke Zigarre, obwohl das Rauchen auf Straßen und Plätzen verboten war.

Außerdem war Kestner schon vor einer ganzen Weile ein Mann aufgefallen, der dicht hinter ihm stand. Er sah völlig unscheinbar aus, war korrekt gekleidet und machte einen ordentlichen Eindruck. Aber er strahlte etwas penetrant Unangenehmes aus, das Kestner wie eine Vibration auf seinem Körper spürte. In ihm schrillte eine Alarmglocke: Vorsicht! Taschendieb! Harmloses Aussehen, aber gefährlich. Er kannte solche Typen von den Jahrmärkten in Hannover.

Seine Ledertasche hatte Kestner vorsorglich im Hotel gelassen. Seine Börse war tief in seiner Hosentasche vergraben. Ebenso seine Taschenuhr. Dazu war sie mit einer kleinen Kette gesichert. Da konnte niemand ran. Auch in seinen Manteltaschen hatte Kestner nichts. Trotzdem knöpfte er seinen Mantel zu. Er wollte weg von dem Mann und zwängte sich durch die Menge ein paar Meter weiter. Der Kerl folgte ihm und stellte sich wieder dicht hinter ihn. Da hakten sich bei Kestner plötzlich zwei stark geschminkte, etwas ältere Frauen ein, die eine rechts, die andere links, und schmiegten ihre Leiber an ihn. Ihre schlaffen Brüste waren nur halb vom Stoff ihrer Kleider bedeckt. Sie lachten ihn an und drückten ihm Küsse auf die Wangen.

»Na Schätzchen, du gefällst uns«, hauchten sie mit verführerischer Stimme.

»Wie wär's mit uns?«, lockte die eine.

»Wir machen dir's sehr schön«, versprach die andere. »Wirst es nicht bereuen.«

Zwei Dirnen an seiner Seite und hinter ihm der Taschendieb. Ein Trio, um ihn auszurauben. Und das bei der Enthauptung der Höhn!

Kestner schob die beiden Weiber von sich weg und zwängte sich durch die Menschenmenge. Die drei ließen ihn ziehen und suchten sich das nächste Opfer.

Der Pferdekarren mit der Höhn kam durch die engen Gassen voller Menschen kaum hindurch. So hatten die Händler genügend Zeit für gute Geschäfte, die Taschendiebe Zeit für Beute und die Dirnen Gelegenheit, sich Männer zu ködern. Eine Enthauptung bei warmem Sonnenschein und Vorfrühlingswetter belebte das Geschäft. Fehlten nur noch die Eisverkäufer.

Dann war es so weit. Der Leiterwagen traf hinter dem Erfurter Tor ein. Die Höhn wurde von den beiden Männern in Schwarz vom Wagen herabgeholt und zur Richtstätte hinaufgeführt, nun begleitet von einem Geistlichen. Da der Richtplatz etwas erhöht war, konnten die dicht gedrängt stehenden Schaulustigen trotz der Absperrung gut sehen, was nun geschah. Dennoch begann ein Geschubse und Geschiebe. Jeder wollte sehen, wie der Kopf rollte.

Auf dem Gemäuer empfing Scharfrichter Wittig in seinem scharlachroten Mantel die Höhn mit einer Verbeugung. In der Hand hielt er sein langes Schwert. Auch die Höhn verneigte sich leicht. Rechts und links des Scharfrichters standen als Gehilfen seine zwei Söhne. Daneben ein geflochtener Weidenkorb für den abgeschlagenen Kopf und eine Metallwanne für den Rumpf.

Wie schon vor dem Gericht auf dem Marktplatz stand die Höhn auch jetzt fest und ruhig, als würde sie von Wittig keinen Schlag mit dem Schwert, sondern eine Auszeichnung, eine Ehrung empfangen. Sie drehte sich nicht zu den Schaulustigen um. Sie war ganz bei sich. Der Geistliche bat sie, mit ihm zu beten. Sie faltete die Hände und sprach mit klarer Stimme gemeinsam mit ihm das Gebet. An dessen Ende verkündete der Geistliche laut: »Der Sünde Lohn ist der Tod!« Dann verließ er die Richtstätte.

Nun begannen der Scharfrichter und seine beiden Söhne ihr Handwerk. Wittig reichte dem einen sein Schwert und seinen scharlachroten Mantel und erhielt im Gegenzug eine lederne Schürze. Wittig band sich die Schürze um, damit er nicht vollgespritzt wurde vom Blut, das aus Rumpf und Kopf herausschießen würde. Es war eine Schürze, wie sie die Schlachter trugen. Doch nicht weiß, sondern schwarz. Ihm wurde von seinem Sohn das Schwert zurückgereicht, und er bat die Höhn, niederzuknien und den Oberkörper aufzurichten.

Folgsam kniete sie nieder und richtete ihren Oberkörper auf. Wittigs Sohn und Gehilfe wollte ihr die weiße Augenbinde umlegen, doch sie wehrte ab. Sie wollte mit offenen Augen sterben. Wittig duldete es.

Nun trat der zweite Sohn heran, ein hochgewachsener Bursche, und hielt mit ausgestreckten Armen und großem Abstand den kahl geschorenen Kopf der Höhn fest. Sie durfte ihn nicht bewegen, wenn Wittig mit Wucht zuschlagen musste.

Wittig hob sein Schwert mit beiden Händen, holte weit aus, verharrte eine Sekunde, fixierte genau die Stelle zwischen den Nackenwirbeln, die er treffen musste, und schlug dann mit einem kräftigen Hieb der Höhn den Kopf ab.

Ihr Rumpf blieb noch eine kurze Weile aufrecht, aus ihrem Hals sprudelte das Blut im Rhythmus der letzten Herzschläge in heftigen Stößen hervor, dann kippte er nach vorne. Wittigs Sohn hielt noch immer mit beiden Händen ihren abgetrennten Kopf, aus dem ebenfalls in einem dicken Strom das Blut floss, und ließ ihn dann in den Weidenkorb fallen.

In dem Moment hörten die Glocken der beiden Kirchen auf zu läuten.

Die Zuschauer standen stumm und reglos da. Kein Hurra, kein Protest. Sie hatten ihr Spektakel gehabt. Noch eine Weile verharrten die Menschen, dann zerstreute sich die Menge.

Wittig war sichtlich erleichtert, dass ihm die Hinrichtung so gut gelungen war. Schon mit dem ersten Hieb den Kopf vom Rumpf getrennt. Er atmete auf.

Seine Söhne betteten den immer noch blutenden Rumpf der Höhn in die Metallwanne. Den Kopf legten sie aus dem Korb dazu. Wittig wischte das Blut von der Schneide seines Schwertes und band seine vollgespritzte Schürze ab. Morgen würde er zum Rathaus gehen und den Lohn für sich und seine Gehilfen abholen.

Die Söhne trugen die Wanne von der Richtstätte herab und luden sie auf den Leiterwagen, auf dem die Höhn herangefahren worden war. Später würden Rumpf und Kopf der Höhn in einem geschlossenen Wagen zur Universität nach Jena transportiert werden. Zur Anatomie. Dort wollte man ihre Leiche zum Studium der Medizinstudenten sezieren.

Das also war sie gewesen, die Hinrichtung der Höhn. Wieder fragte sich Kestner: Wenn der Herzog gegen die Todesstrafe war, warum hatte er sie dann nicht verhindert? Statt die Magd zu begnadigen, war er mit seinem Gefolge zur Jagd ausgeritten. Er hatte während der Hinrichtung nicht in Weimar sein wollen. Wer hatte sie gegen seinen Willen durchgesetzt?

Die Menge drängte zurück zum Marktplatz. Schon war von dort Musik zu hören. Trompeten, Hörner, Klarinetten und Trommeln. Das Jahrmarktsfest hatte begonnen. Auch Kestner ließ sich zum Marktplatz treiben. Vielleicht traf er dort Lorenz und seine Leonore.

Der Platz war vollgestellt mit grell bemalten Buden, zwischen denen Akrobaten ihre Kunststücke zeigten. Kestner war umgeben von Reifenspringern, Stelzengehern und Feuerschluckern, die fauchende Flammen ausspien. Dazwischen Trompeter und Paukenschläger, Scherenschleifer, Drehorgelspieler und Bänkelsänger, die an Schautafeln Moritaten vortrugen.

Er kam an einer Bretterbühne vorbei, auf der junge und alte Tänzerinnen in sehr kurzen Röckchen ihre Beine schwangen. Zahnlose alte Männer standen davor und kicherten. Daneben jauchzten Kinder vor einem Marionettentheater.

Ein Mann trug auf seiner Schulter einen Affen mit einem roten

Halsband. »Mein Affe kann sprechen«, rief er den Leuten zu. »Fragt ihn etwas. Er sagt die Wahrheit. Für drei Kreuzer.«

Jemand fragte: »Wann werde ich endlich reich?«

Der Affe spuckte ihm ins Gesicht.

»Da hast du die Wahrheit«, erklärte der Affenhalter und hielt dem Mann seine Hand hin, um die drei Kreuzer in Empfang zu nehmen.

An Buden wurde Bier ausgeschenkt, brutzelten Bratwürste und verbreiteten einen appetitmachenden Geruch. Dicht davor drängten sich die Menschen für Biere und Würste.

Vogelkäfige, geflochten aus Weidenzweigen, wurden angeboten. Es waren die Vogelbauer, die die Sträflinge im Hof des Zuchthauses geflochten hatten. Ein Harlekin schlug eine Trommel, und neben ihm führte ein Mann im schwarzen Frack mit Zylinder einen Tanzbären an der Leine, der zu den Trommelschlägen kleine Hopser machte. Auf einem Verkaufstisch waren Kasperlefiguren, Holzpuppen und schön bemaltes Blechspielzeug ausgebreitet. Daneben Alltagskram. Töpfe, Öllampen, Talglichter, Schaufeln, Besen, klobige Ratten- und Mausefallen, klebrige Wanzenfänger. Auch Galanteriewaren, Spitzendeckchen, Spitzenhäubchen.

Kestner kam an einem Stand vorbei, an dem Dutzende von kleinen bunten Fläschchen angeboten wurden. Hinter dem Tisch lockte eine junge schwarzhaarige Frau mit dunkel glühenden Augen mit einem merkwürdigen Singsang die Schaulustigen an. Sie öffnete einige der Fläschchen, roch daran, verdrehte betört die Augen und beschwor die Umstehenden: »Aphrodisiakum. Duftwasser, betörende Parfüms. Mägdelein, reibt euch damit ein! Es zieht die Burschen an wie Nektar die Bienen. Reibt euch damit ein, und ihr seid kein Nächtlein mehr allein.«

Verschämt kauften ein paar Mädchen ein Fläschchen und steckten es heimlich in ihre Röcke.

Wenige Schritte weiter blieb Kestner an einer Schießbude stehen. Als Zielscheiben waren Werther-Figuren in ihrem blauen und gelben Kostüm aufgestellt. Ein Offizier legte soeben eine Münze auf den Blechteller und nahm eine Flinte.

»Ein Kerl, der sich wegen eines Mädchens erschießt, ist ein Narr«, plusterte er sich auf. »Gut, dass der Bursche sich erschossen hat. Ein Narr weniger auf der Welt.«

Er legte an, zielte und knallte den Pappe-Werther mit einem Schuss ab.

Aus der Bude eines Zahnausreißers kamen gellende Schreie. Mit schmerzverzerrtem Gesicht stürmte eine Frau heraus, hielt ihren Zahn in der Hand, warf ihn weg und spuckte Blut, dass alle Umstehenden zur Seite sprangen.

Vor der mit gelben Sternen, Mond und Sonne bemalten nachtblauen Gardine seiner Zauberbude rief ein Magier laut in die Menge: »Heilung aller Übel des Leibes! Wundpflaster, Salben, Mixturen. Billig! Billig!«

Kestner sah sich so ein Pflaster an. Es war auf der Innenseite mit Eidotter, Bärlauch und zerquetschen Ameisen bestrichen. Der Magier redete auf ihn ein: »Kaufen Sie, kaufen Sie. Heilt Eiterbeulen, Furunkel und Krätze.«

Kestner legte das Pflaster weg. Sogleich fuchtelte der Magier mit seiner Wünschelrute vor ihm herum und schrie: »Sie haben den Gichtfluss! O Jammer! Den Gichtfluss!«

Kestner hatte nicht den Gichtfluss. Der Magier drückte ihm dennoch ein zugeklebtes Tütchen in die Hand.

»Das heilt. Das heilt sofort.«

»Was ist da drin?«, wollte Kestner wissen.

»Wunderkraft«, prophezeite der Magier. »Drei Tage um den Hals tragen, dann mit heißem Wasser aufgießen, den Sud bei geschlossenen Augen trinken. Das hilft sofort. Nur einen Kreuzer!«

Kestner riss das Tütchen auf. Heukrümel rieselten heraus. Der Magier tobte, forderte Schadenersatz, drohte ihm mit der Polizei. Kestner bestand darauf, die Polizei kommen zu lassen.

Da verschwand der Wunderheiler hinter seiner nachtblauen Gardine, hinter den Sternen, dem Mond und der Sonne seiner Zauberbude, und wollte von seiner Forderung nichts mehr wissen.

Ein paar Buden weiter machten Trompetensignale und Trommelwirbel Kestner neugierig, was es da zu sehen gab. Mitten in dem Trubel war ein Brettergerüst mit einem etwas zerfetzten roten Vorhang aufgebaut. Eine Komödiantenbühne. Seitlich des geschlossenen Vorhangs stieß ein Trompeter in sein Blech, neben ihm schlug ein Trommler kräftig auf die gespannte Schweinshaut.

Trompete und Trommel verstummten, ein Hanswurst hopste

mit einem Luftsprung auf die Bühnenbretter und verkündete: »Seitdem man in dieser Stadt so überreine Sitten hat, geschah in einer Mühle Entsetzliches für Gefühle. Oh schreckenvolle Tat, die sich zugetragen hat! Oh grauenhafte Sünde, die ich hier verkünde.«

Der Hanswurst schlug seine Pritsche auf seinen Oberschenkel, gab ein Zeichen, der Vorhang öffnete sich. Im Hintergrund war auf eine Pappwand eine ärmliche Kammer gemalt. Auf einem Strohbett saß zusammengekrümmt eine junge Frau im Büßerhemd. Neben ihr lag ein weißes Bündel. Um sie herum standen ein Müller, eine Müllerin und ein Henker mit einem großen Schwert.

Der Hanswurst zeigte mit seiner Pritsche auf die junge Frau im Büßerhemd und rief: »Da hockt ein armes Mägdelein, keine Eltern, kein Mann, ist ganz allein.«

Die junge Frau antwortete: »Doch mit 'nem unehelich Kind im Bauch.«

Der Hanswurst zum Publikum: »Das gibt's auch.« Er drehte sich zurück und zeigte auf die Figuren neben dem ärmlichen Lager aus Stroh: »Die Müllerin trieb sie zur Arbeit an.«

Die Müllerin trat hervor: »Ist meine Magd. Da muss sie ran. Hab genug zu tun den ganzen Tag. Konnt mich nicht kümmern um das Blag.«

Der Hanswurst: »Auch der Müller drückte sich davon.«

Der Müller trat vor: »Was da wuchs, ist der Hure Lohn. Hab nichts zu tun mit ihren Achs und Wehn.«

Der Hanswurst: »Das werden wir noch sehn.«

Die junge Frau klagte den Müller an: »Ich war völlig ohne Sünd. Das Kind im Leib, das war dein Kind.«

Der Müller wütete gegen sie: »Sag das noch einmal, Metze, ich schlag dich tot für dein Geschwätze.«

Die junge Frau jammerte verzweifelt: »Keiner half aus meiner Pein. Wusste nicht mehr aus noch ein. Da hab ich mein Kindlein, eh ich's bedacht, mit dem Küchenmesser umgebracht.«

Der Henker mit seinem großen Schwert trat vor und erklärte: »Der Geheime Rat, er hat beschlossen: Die Todesstraf' wird über dich ergossen. Da hilft kein Jammern und kein Zagen. Ich bin beordert, den Kopf dir abzuschlagen.«

Er warf die junge Frau auf das Strohbett und schlug ihr mit dem Schwert den Kopf ab.

Die Zuschauer zuckten zusammen.

Schnell wurde der Vorhang zugezogen, wieder blies der Trompeter, wirbelte der Trommler.

Der Hanswurst rief in die Menge: »Der erste Akt ist nun vollbracht. Es folgt der zweite – habet acht!«

Wieder schlug er die Pritsche auf seinen Oberschenkel, gab das Zeichen, wieder öffnete sich der Vorhang. Der Hintergrund zeigte nun einen schwarzen Himmel mit Mond und zerzausten Bäumen. Die beiden Musikanten bliesen durch einen Pappetrichter Windgeheul. Auf einem Steckenpferd imitierte der Müller Reiten, im Arm hielt er das weiße Bündel, das im ersten Akt auf dem Strohbett gelegen hatte.

Der Hanswurst rief in die Menge: »Wer reitet so spät durch Nacht und Wind?«

Der Müller auf seinem Steckenpferd: »Ich bin's, der Müller mit seinem Kind!«

Der Hanswurst zeigte auf das weiße Bündel. »Er hält den Säugling fest im Arm. Er ist schon tot, doch immer noch warm.«

Der Müller: »Er stammt von mir, darf niemand wissen, bekäm sonst schlimme Ärgernissen. Weg muss der Bankert, verschwinden sofort. Ich weiß dafür einen günstigen Ort.«

Er stieg von seinem Steckenpferd, warf das Bündel beiseite und griff zu einer bereitliegenden Schaufel.

»Ich schaufle schnell 'ne tiefe Grub, werfe hinein meinen toten Bub.«

Der Müller tat so, als würde er das Bündel in die Grube werfen, sie mit der Schaufel zuschütten, die Erde niedertreten und sie mit etwas zudecken.

Der Hanswurst rief dazu: »Er stampft die Erde fest mit seinem Schuh, deckt alles heimlich mit Unkraut zu.«

Wieder wurde der Vorhang zugezogen, wieder blies der Trompeter, wirbelte der Trommler.

Keine Reaktion im Publikum. Alle schwiegen staunend.

Der Hanswurst: »Der zweite Akt ist nun vollbracht. Es folgt der dritte – habet acht!«

Als sich der Vorhang öffnete, sah man im Hintergrund gemalte mittelalterliche Häuschen und ein Schloss.

Der Hanswurst: »Es gab in diesem schönen Kaff viel hübsche Burschen, alle brav. Das Land ist arm, der Herzog reich. Wie das kommt, das seht ihr gleich.«

In einem bunten, goldglänzend verzierten Kostüm trat der Herzog auf und breitete seine Arme aus.

»Will noch mehr haben, wie ein Scheich.«

Der Hanswurst mit wissend erhobener Pritsche: »Da rät ihm der Geheime Rat: Ernte deine reiche Saat. Fang ein die Burschen wie junge Hund', verkaufe dann für gold'ne Pfund unsere strammen Boys als Rekruten an die Preuß'!«

Der Herzog: »So füllen sich meine Schatullen reich.«

Mit übertriebener Geste wischte sich der Hanswurst Tränen aus den Augen und ergänzte: »Und auch die Gräber mit den Leich'. Fast täglich läutet hier ganz fein das Totenglöckelein.«

Der Herzog, scheinheilig betrübt: »Ach, wer hätte das gedacht, dass eine Schlacht so viele Tote macht?«

Plötzlich drangen bewaffnete Milizen auf die Bühne und brachen brutal die Vorstellung ab.

Der dicke Prinzipal der Theatertruppe stürmte hinter den Kulissen hervor, wollte die Milizen abwehren, doch sie stießen ihn beiseite, er stürzte auf die Bühnenbretter. Die Komödianten sprangen herbei, halfen ihrem Chef wieder auf die Beine und stritten sich heftig mit den Milizen.

Und schon begann eine wilde Schlägerei zwischen den Komödianten, dem Prinzipal, dem Hanswurst und den beiden Musikanten einerseits und den Milizen andererseits. Der Trompeter schlug den Soldaten sein Blech auf die Köpfe, der Trommler drosch mit seinen Stöcken auf sie ein, der Hanswurst klatschte seine Pritsche den Militärs ins Gesicht. Bei der Keilerei verloren die Schauspieler ihre Perücken und umgebundenen Bärte, flogen den Soldaten die Kappen vom Kopf, fielen ihnen die Gewehre aus den Händen. Ein Wunder, dass keine Schüsse knallten! Ein Teil der Kulissen kippte um, die Prügelnden trampelten darüber und schlugen nach allen Seiten um sich.

Die Zuschauer hatten ihren Riesenspaß daran, lachten, jubelten, kreischten vor Vergnügen, klatschten Beifall und schrien: »Zugabe! Zugabe!«

Am Ende führte die Miliz die Komödianten, die Musikanten, den Hanswurst und den Prinzipal ab. Das Publikum applaudierte dem Militär und rief: »Bravo!« Dann zerstreute es sich zufrieden und suchte die nächste Belustigung.

Kestner blieb wie angewurzelt stehen. So also ging es zu in dieser Stadt. Er hatte das Niederschlagen der Demonstration vor dem Fürstenhaus erlebt und die Verhaftung der Studenten. Und nun hatte die Miliz die Bühne gestürmt und die Komödianten festgenommen. Das wäre wieder Wasser auf Lorenz' Mühlen gewesen.

Kestner sah sich um. Aus den Gebäuden rings um das Jahrmarktsfest hingen knallbunte Fahnen und wehten in der untergehenden Sonne. Fahnen mit Wappen flatterten aus den Fenstern des Rathauses, der Hotels »Elephant« und »Erbprinz« und der Poststation.

Von einem Balkon des Rathauses bis zum obersten Stockwerk des gegenüberliegenden »Elephanten« war quer über den Marktplatz ein Seil gespannt. Darauf balancierte hoch über den Köpfen der Menschen ein Seiltänzer mit einer langen, gebogenen Stange. Alle schauten hinauf, hielten den Atem an, fürchteten, dass er abstürzen könnte, mitten hinein in die Menschenmenge. Doch auch den letzten Schritt schaffte der kühne Akrobat mit einem Sprung auf die Balkonbrüstung des Rathauses. Applaus brandete auf, die Zuschauer atmeten erleichtert durch, und vom Rathausbalkon ertönte eine triumphierende Fanfare.

Auf dem Rückweg zum Hotel kam Kestner beim Frauentor die Jagdgesellschaft des Herzogs entgegen. Auf schweißnassen Pferden, denen Schaum ums Maul stand und die mit goldenen Säumen geschmückt waren, ritten junge Herren in den verschiedensten Uniformen an ihm vorüber. An ihren Gürteln baumelten Pistolenhalfter und Gewehrhüllen, besetzt mit breiten goldenen Tressen. Dazu lange Hirschfänger. Sie trugen englische Mützen aus Samt, wie man sie bei Jockeys sah. Neben ihnen liefen ihre Jagdpagen und hechelte eine hysterisch kläffende Hundemeute.

Dann kam der Herzog auf seinem Pferd. Er thronte auf einem dunkelroten Sattel, darunter wölbte sich eine mit Brokat bestickte Schabracke. Auch sein Pferd war mit goldenen Säumen geschmückt und mit wehenden silbernen Bändern.

Zum ersten Mal sah Kestner nun diesen Herzog Carl August leibhaftig. Er war ein junger Bursche, klein, fett, mit kurzem Hals, einer dicken Nase und glotzenden Augen. Er sah bäurisch aus. Wie ein feister, verwöhnter Bengel. Auf dem Kopf trug er einen derben Jägerhut mit großen Fasanenfedern.

Als Leibgarde begleiteten ihn berittene Husaren in langen Lederhosen. Dahinter folgte ein offener Wagen. Er war vollgeladen mit geschossenen Rehen, Hirschen, Füchsen und Wildschweinen, von denen einige mit den Köpfen nach unten über den Wagenrand hingen.

Die heimkehrenden Besucher des Jahrmarktsfestes blieben am Wegesrand stehen, nahmen ihre Hüte und Mützen vom Kopf, die Frauen zogen ihre Tücher vom Haar. Alle verneigten sich tief.

Kestner behielt seinen Filzhut auf und verneigte sich nicht.

Kaum hatte er das Hotelfoyer betreten, hob die Pfotenhauer schon freudig den Zimmerschlüssel.

»Nummer 3, Herr Hofrat«, trällerte sie. »Erste Etage. Sehr schön. Sehr bequem. Hab Ihre Sachen schon umgeräumt.«

»Ein neues Zimmer?«

»Selbstverständlich. Sogar zwei. Auch für Ihren Assistenten ein Extrazimmer. Direkt nebeneinander. Sie werden sehr zufrieden sein.«

»Sie sagten bei unserer Ankunft, es sei alles ausgebucht.«

»Aber nicht für Sie, Herr Hofrat. Da findet sich immer eine Lösung. Ich gehe voraus.«

Sie stieg mit ihm zur ersten Etage hinauf. Das Zimmer Nummer 3 befand sich nah am Treppenaufgang. Sie schloss auf und öffnete weit die Tür. Im Raum war es angenehm warm.

Sie breitete einladend ihre Arme aus. »Nun, was sagen Sie dazu?«

Kestner war perplex. Ein großes Zimmer lag vor ihm, eingerichtet mit alten, massigen Möbeln, einem riesigen Teppich und schweren farbigen Gardinen vor beiden Fenstern. Sein Titel und die Einladung der Freifrau Charlotte von Stein zum Tee schienen wirklich Eindruck auf die Pfotenhauer gemacht zu haben.

Stolz führte sie ihn ins Zimmer und wies auf das breite Federbett, auf den ausladenden Schreibtisch, die Barocksessel, den wuchtigen Kleiderschrank mit Spiegeln in den Türen. Sie zeigte auf das große Waschbecken aus Porzellan mit einem silbern blinkenden Wasserhahn und den großen Spiegel darüber in einem Rokokorahmen. Stolz präsentierte sie ihm eine Dusche hinter einer gläsernen Schiebetür und eine Toilette in einem abschließbaren Kabinett. In einer Zimmerecke gab es sogar einen großen Kachelofen, daneben lagen aufgeschichtete Holzscheite.

»Ich hab schon mal Feuer gemacht, damit Sie es schön warm haben«, lobte sie sich.

So ein teures Zimmer konnte Kestner nicht bezahlen. So viel Geld hatte er nicht mehr. Die Pfotenhauer schien seine Befürchtung erraten zu haben und beruhigte ihn: »Über den Preis machen Sie sich mal keine Sorgen.« Sie lächelte. »Da werden wir uns schon einig.«

Sie öffnete den glänzenden Wasserhahn, drehte den Griff hin und her und hielt ihre Hand unter das fließende Wasser. »Warm – kalt – warm – kalt«, bestätigte sie und trocknete ihre Hand an einem flauschigen Handtuch ab, das neben dem Becken hing. »Nun, wie war die Köpfung?«, wollte sie wissen. »War's schön? Ich konnte ja nicht weg. Musste hierbleiben. Gern hätt ich gesehen, wie der Kopf rollt. Und wie war's auf dem Jahrmarktsfest? Haben Sie sich gut amüsiert? Machen Sie es sich bequem. Bleiben Sie, so lange Sie wollen.«

Jetzt, da er schnellstens wegwollte aus dieser Stadt, hatte sie ihm so ein Luxusquartier verschafft, nur weil sie erfahren hatte, dass er ein Hofrat war. Ihre übertriebene Freundlichkeit und Unterwürfigkeit ekelten ihn.

»Das Zimmer Ihres Herrn Assistenten befindet sich gleich nebenan. Sicher wird er auch heute Nacht wieder sehr spät zurückkehren. Auf dem Jahrmarktsfest wird er gewiss eine liebreizende Damenbekanntschaft gemacht haben.«

Beim Hinausgehen drehte sie sich noch einmal zu ihm um.

»Was mich ein wenig befremdet hat, Herr Hofrat«, begann sie zögernd.

Was kommt denn nun?, argwöhnte Kestner. Diese Schnüfflerin. Was hatte sie in seinen Unterlagen entdeckt?

»Die beiden Ziegelsteine und die vier Patronenhülsen ... Recht ungewöhnlich. Finden Sie nicht auch?«

»Fundstücke«, antwortete Kestner schnell. »Nichts Besonderes.«

Die Pfotenhauer nickte beflissen. Er sah ihr an, dass sie ihm nicht glaubte. Sollte ihr doch Mephisto erklären, was er damit vorgehabt hatte.

Als sie draußen war, stellte Kestner fest, dass sie alle seine Kleider sorgfältig auf Bügeln in den Schrank gehängt hatte. Auch seine Wäsche hatte sie schon in die Fächer gelegt, seine Toilettensachen auf dem Waschbecken zurechtgerückt, seine Arbeitsutensilien auf dem Schreibtisch ausgebreitet und seine Papiere danebengelegt. Das passte ihm gar nicht. Es missfiel ihm, dass sie seine persönlichen Sachen zwischen den Fingern gehabt hatte. Überall hatte sie herumgeschnüffelt.

Er ging zum Fenster, schob die schwere Gardine etwas beiseite und sah auf den dunklen Frauenplan hinab. Die letzten Besucher des Jahrmarkts kehrten in Gruppen oder einzeln zurück. Manche hielten bunte Luftballons an dünnen Schnüren in der Hand und trugen bizarre Hütchen auf den Köpfen.

Im Goethehaus brannte im Parterre noch eine Lampe. Vielleicht führte der Diener Seidel dort gerade Buch über die Geschäfte des Tages.

Kein Lorenz zu sehen. Kestner war gespannt, wann er dieses Mal zurückkommen würde.

NEUN

Am nächsten Morgen ging Kestner zu Lorenz ins Zimmer. Er saß fertig angezogen auf seinem Bett.

»Was ist passiert?«, fragte Kestner erschrocken, als er das große Pflaster unter Lorenz' linkem Auge sah. »Prügelei auf dem Jahrmarkt?«

»In der Wohnung von Leonore«, sagte Lorenz und zog das Pflaster halb ab. Verkrustetes Blut bedeckte eine große Platzwunde, und um die Wunde schimmerte bläulich ein dicker Bluterguss.

»Wieso in Leonores Wohnung?«, verlangte Kestner zu wissen. »Hat sie dir eine verpasst?«

»Ein Soldat hat zugeschlagen. Tut jetzt noch verdammt weh.«

»Nun sag schon. Was ist passiert?«, drängte Kestner.

»Eine wahnsinnige Geschichte. Erzähl ich Ihnen nachher. Muss erst mal frühstücken. Hab's nötig.«

Sie gingen hinunter in den Speiseraum. Auf ihrem Tisch breitete sich ein opulentes Frühstück aus. Nicht mehr das alte, verdorbene Zeug wie noch bis gestern, sondern duftender Bohnenkaffee, Wecken, Weißbrot, Butter, Wurst, Schinken, Honig, sogar weich gekochte Eier.

Während Lorenz sein Ei löffelte, konnte er es nicht fassen, nun in einem so vornehmen Zimmer zu wohnen.

»Nicht schlecht«, lobte Lorenz. »Da bleiben wir. Da geh'n wir nicht mehr weg.«

»Wir müssen. Ich kann das nicht bezahlen. Wird höchste Zeit, dass wir abhauen.«

»Ich muss bei Leonore bleiben. Vorerst wenigstens. Gerade jetzt, in ihrer Situation.«

»Nun erzähl endlich. Was ist passiert?«, forderte Kestner ungeduldig.

Lorenz biss kräftig in sein Schinkenbrot, kaute, schluckte, legte dabei immer wieder die Hand auf die Wunde um sein Auge und begann: »Nach dem Jahrmarktsfest ging ich mit Leonore zu ihr nach Hause. Als wir dort ankamen, war riesige Aufregung in der Wohnung. Ihre Eltern, ihre kleinen Geschwister und ihr älterer Bruder Lukas, der Student in Jena ist, waren verzweifelt, jammerten und weinten. Vier Männer standen in der Wohnung. Zwei Soldaten und dieser Offizier von Wolfsburg. Und daneben Ihr Freund Goethe. Der war auch da. Was wollen die alle hier?, dachte ich. Leonore mischte sich gleich ein, ›Was ist hier los?‹, wollte sie wissen. Es stellte sich heraus: Sie wollten ihren Bruder Lukas mitnehmen, ihn an die Preußen zu verkaufen. Das war los. Unmöglich! Ihr Vater schlug auf einen der beiden Soldaten ein, bekam aber von dem anderen einen solchen Hieb verpasst, dass er niedersank. Er hatte Glück, dass er nicht gleich erschossen wurde. Da hab ich mich auf den Schläger gestürzt, und schon hatte ich das Ding unter dem Auge sitzen. Im ersten Moment konnte ich kaum noch was sehen. Alles blutverschmiert. Leonores Mutter kniete vor dem Offizier auf dem Boden und flehte ihn an, ihr ihren Sohn zu lassen. Doch der von Wolfsburg beachtete sie gar nicht, er befahl den beiden Soldaten, endlich ihre Arbeit zu machen. Also rutschte Leonores Mutter auf ihren Knien zu Goethe und flehte auch ihn an. ›Meinen Lukas, meinen Sohn!‹, beschwor sie ihn. ›Nehmt ihn mir nicht weg! Er ist doch mein Sohn!‹«

»Was hat Goethe getan?«, fragte Kestner atemlos.

»Er beachtete sie nicht, stand nur da und zeichnete in seinem Block, ein Blatt nach dem anderen. Ich packte den von Wolfsburg am Kragen, schüttelte ihn, schrie ihm ins Gesicht: ›Lassen Sie den Lukas frei!‹ Wieder wurde ich weggestoßen. Die Soldaten drückten Lukas an die Wand. Einer hielt ihn fest, der andere nahm mit einem Stab seine Körpergröße und notierte sie in sein Büchlein. Leonore und ich redeten auf die Männer ein. Sie hörten uns gar nicht zu. Für sie waren wir bloß Dreck. Und der Goethe stand da und hat immer nur gezeichnet. Da riss ihm Leonore ein Blatt aus seinem Zeichenblock. Goethe wollte es aus ihrer Hand zerren, doch sie hielt die Faust fest zusammengeballt und trat ihm kräftig gegen sein Schienbein, dass er aufschrie.«

Kestners Augen weiteten sich vor Schreck. Dem Geheimen Rat gegen das Schienbein zu treten war ganz schön dreist, aber verständlich.

»Lukas musste auf einem Papier unterschreiben, dass er sich freiwillig zu den Rekruten meldet. Als er sich weigerte, schlug man ihm ins Gesicht. Daraufhin hat er doch unterschrieben. Die Soldaten fesselten ihn an den Händen und führten ihn ab. Die Mutter schrie vor Verzweiflung. Leonore und ich rannten mit hinaus, um ihn freizubekommen. Aussichtslos. Der Lukas war wie versteinert. Auf der Gasse stand ein Pferdewagen. Auf dem hockte schon eine Menge anderer Burschen. Alle waren an den Händen gefesselt. Den Lukas haben die Soldaten dazugestoßen. Dann fuhr der Wagen los. Leonore und ich sind hinter dem Wagen her. Bis zum Schweinemarkt. Bis zu den Scheunen. Da standen schon die Mütter und Väter der Burschen, die davor von den Soldaten abgeholt worden waren. Alle jammerten und weinten. Lukas und die anderen jungen Männer wurden vom Wagen abgeladen und hineingetrieben. Wir durften nicht mit rein. Man hat uns gesagt, morgen würden sie abgeholt werden. Nach Preußen. Also heute. Und warum das Ganze? Weil Lukas am Mittwoch zusammen mit seinen Kommilitonen vor dem Fürstenhaus demonstriert hat. Wir haben die Demonstration gesehen. Und wie sie aufgelöst wurde von der Miliz. Viele der Verhafteten sind jetzt in dieser Scheune. Der Lukas hatte noch früh genug abhauen können. Aber jemand hat ihn denunziert und verraten, dass er auch dabei war.«

Auffordernd sah Lorenz Kestner an. »Zu dieser Scheune, da müssen wir jetzt hin. Leonore wartet schon auf uns. Wir müssen den Lukas rausholen.«

»Wie stellst du dir das vor?«

»Weiß ich auch nicht. Müssen es versuchen. Ich hab Ihnen übrigens was mitgebracht.« Er legte ein zerknittertes Blatt auf den Frühstückstisch. »Hat mir Leonore gegeben.«

Kestner faltete das Blatt auseinander.

»Das ist die Zeichnung, die Leonore dem Goethe aus dem Block gerissen hat.«

Die Bleistiftzeichnung zeigte, wie die Soldaten Lukas an die Wand drückten, sein Körpermaß nahmen und wie Leonores Mutter vor dem von Wolfsburg auf dem Boden kniete, die Hände rang und ihn anflehte, ihren Sohn nicht mitzunehmen.

»Ist das tatsächlich von Goethe?«, fragte Kestner ungläubig.

»Ich war dabei«, bestätigte Lorenz. »Jetzt müssen wir los.«

Am Schweinemarkt reihte sich Scheune an Scheune. Die meisten waren aus Holz, ein paar wenige aus Bruchsteinen gebaut. Die Schindeln der Giebeldächer glänzten in der Sonne. Auf ein paar Dächern waren Wagenräder für Storchennester montiert. Vor einigen Holzscheunen standen Pferdefuhrwerke, von denen Bauern Rüben und Kartoffeln abluden und sie auf Schubkarren durch die großen Tore in das Innere der Stadel schoben.

Vor einer der Scheunen aus Stein hatten sich Frauen und Männer versammelt. Laut riefen sie: »Gebt unsere Söhne frei! Gebt unsere Söhne frei!«

Bewaffnete Soldaten bildeten einen Kordon um die Mütter und Väter und kreisten sie ein. Doch die Menschen ließen sich nicht einschüchtern und forderten weiter: »Lasst unsere Söhne raus!«

Als Kestner und Lorenz sich dem Bau näherten, löste sich Leonore aus dieser Umzingelung und kam ihnen entgegen. Lorenz eilte auf sie zu und umarmte sie. Abrupt blieb Kestner einen Moment stehen. Dieses Bild erinnerte ihn daran, wie er einmal seine Lotte und den jungen Goethe bei einer Umarmung überrascht hatte. Schnell schüttelte er die Erinnerung ab, ging auf Leonore zu und begrüßte sie.

Zuletzt hatte er sie in der Blumenwerkstatt gesehen. Da hatte sie auf ihn einen frischen, munteren Eindruck gemacht. Jetzt aber war sie niedergeschlagen und blass. Trotzdem sah sie hübsch aus mit ihren langen braunen Korkenzieherlocken und den kastanienfarbenen Augen.

Schwach reichte sie ihm die Hand. Dann strich sie sanft über das Pflaster unter Lorenz' Auge. »Was macht die Wunde? Tut's noch weh?«

Lorenz nahm ihre Hand und küsste sie.

Leonore berichtete, dass sie für ihren Bruder in einem Korb Brot, Bier, ein gebratenes Huhn und gekochte Eier gebracht hatte. Dazu seinen warmen Pullover, seine festen Schuhe und seinen Wollmantel. Sie durfte aber nicht in die Scheune hinein und hatte ihren Korb am Eingang abgeben müssen.

»Hoffentlich hat er alles bekommen.«

In dem Moment trugen zwei Diener eine Portechaise heran und setzten sie nahe bei ihnen ab. Aus ihr stieg jener preußische Offizier, den Kestner und Lorenz bereits auf ihrer Reise erlebt hatten und der kurz vor ihrer Audienz aus dem Goethehaus herausgekommen war.

»Da ist er wieder!«, schrie Lorenz.

»Der Hund war gestern mit seinen Leuten bei uns in der Wohnung und hat den Lukas mitgenommen«, jammerte Leonore.

Dieser Adelige von Wolfsburg war also tatsächlich ein Werber, der thüringische Burschen als Rekruten für Preußen gefangen nahm. Und das in Absprache mit Goethe. Kestner fühlte den Boden unter sich wanken.

Hastig eilte der von Wolfsburg an den Frauen und Männern vor der Scheune vorbei. Trotzdem gelang es einigen, ihn am Mantel zu fassen, um ihn niederzureißen. Er schlug wild um sich und verschwand schnell in der Scheune. Ein paar Väter versuchten daraufhin, seine Portechaise umzustürzen. Anfangs wollten die beiden Träger sie noch abwehren, doch als sie sahen, dass die Angreifer in der Überzahl waren, liefen sie davon. Nur herbeieilende Soldaten, die Warnschüsse in die Luft abfeuerten, konnten das Umwerfen der Chaise verhindern.

»Können Sie uns nicht helfen?«, flehte Leonore Kestner an. »Sie kennen doch diesen Goethe.« Tränen standen in ihren Augen.

Am liebsten wäre er im Boden versunken. Wie sollte er ihr helfen, wenn Goethe mit diesem Werber Geschäfte machte? Wolfgang würde ihn nur wieder abweisen, wie er es bei seiner Bitte um die Begnadigung der Höhn erlebt hatte.

Zwei Pferde zogen einen schwarzen Kastenwagen heran, begleitet von berittenen Husaren. Die Soldaten stießen die Mütter und Väter zur Seite, der Kutscher lenkte Gäule und Karren rückwärts an das Scheunentor heran, und schon wurden die ersten Burschen aus der Scheune heraus auf den Wagen getrieben. Im Laufschritt, ganz schnell. Die Menschen wollten zu ihren Söhnen, doch die Soldaten schlugen sie zurück. Leonore und Lorenz versuchten, Lukas zu erspähen. In der Menge war aber so ein Hin- und Hergeschubse, dass sie ihn nicht entdecken konnten.

Die Wagenklappe wurde zugeworfen und verriegelt, zwei Soldaten sprangen mit ihren Gewehren hinten auf den Wagen. Der Kutscher peitschte auf die Pferde ein, und sie preschten mit ihrer Karre durch die Menge hindurch und galoppierten über den Schweinemarkt davon, zu beiden Seiten beschützt von den berittenen Husaren. Viele der Mütter und Väter stürmten schreiend hinter dem Wagen her.

»Da müssen wir mit«, schrie Lorenz. »Den Lukas rausholen!«

Und schon rannten er und Leonore hinterdrein.

»Bleibt hier«, rief Kestner ihnen nach. »Das hat doch keinen Sinn!«

Dann verschwanden die beiden im Pulk der rennenden Menschen.

Der Schweinemarkt war nun leer. Nur am Brunnen in der Mitte des Platzes wusch eine Frau ihre Wäsche.

Da sah Kestner plötzlich Mephisto am Scheunentor stehen. Wie immer trug er diesen schwarzen Umhang. Wahrscheinlich hatte er schon die ganze Zeit dort gestanden, und Kestner hatte ihn nicht gesehen. Mephisto bewegte sich nicht und schaute direkt zu ihm herüber. Er beobachtete ihn.

Kestner überlegte, ob er zu ihm hinübergehen sollte und … und was? Sollte er ihn fragen, was er hier trieb? Lächerlich. Ihn zur Rede stellen? Absurd. Ihm ins Gesicht sagen, dass er auf seine Warnung, die Stein zu besuchen, pfiff? Dass er sich einen Dreck um sein Verbot scherte, zu dem Mann zu gehen, den die Stein ihm angeblich nennen würde? Oder ihm in die Fresse schlagen und ihm seine Spioniererei verbieten?

Weiter kam Kestner nicht mit seinen Überlegungen, denn der von Wolfsburg trat aus der Scheune heraus und ging auf Mephisto zu. Sie unterhielten sich freundschaftlich. Sie schienen sich gut zu kennen. Was besprachen sie? Verriet Mephisto dem Preußen neue Namen für seine Festnahmen?

Kestner hatte den Eindruck, dass die beiden mehrmals zu ihm herübersahen. Dann verabschiedeten sie sich wie gute Geschäftspartner, der Preuße bestieg seine Chaise und wurde von seinen Trägern im Laufschritt davongetragen. Und plötzlich war auch Mephisto weg. Wohin war er so schnell verschwunden? Er konnte doch nicht so einfach weg sein. Wie ein Gespenst war er erschienen, und wie ein Gespenst hatte er sich in Luft aufgelöst.

Kestner hatte Mühe, sich zu besinnen, was geschehen war. Er musste sich vergegenwärtigen, was er eben erlebt hatte. Seine Gedanken schwirrten ihm im Kopf herum. Aus seiner Manteltasche nahm er die Zeichnung, die ihm Lorenz beim Frühstück gegeben hatte. Seine Hände zitterten. Warum hatte Goethe das gezeichnet? Der Geheime Rat, der Minister, Seine Exzellenz, der Dichter, sein ehemaliger Rivale, seines Sohnes Onkel Wolfgang. Sicher nicht, um diese Skizze in seinen gesammelten Werken zu veröffentlichen. Warum dann? Für sein privates Archiv? Vielleicht, um sie dem Herzog, seinem Freund, als Beweis dafür vorzulegen, dass er seine Staatsgeschäfte ordnungsgemäß durchführen ließ. Was hatte er wohl sonst noch alles gezeichnet? Gern hätte Kestner seinen Zeichenblock durchgeblättert, um zu sehen, was darin abgebildet war.

Während er noch auf die Skizze sah, wurden Kühe über den Platz getrieben. Gemächlich trottete die Herde zum Brunnen und drängte die Frau mit ihrer Wäsche beiseite. Sie wollte die Kühe wegschieben, doch die Tiere wichen nicht, sie tauchten ihre Mäuler in das Wasser und soffen. Die Frau konnte gerade noch ihre Wäsche aus dem Brunnen angeln.

Der Bauer kam mit seinem Stöckchen dazu, sah seinem Vieh beim Saufen zu und stritt sich mit der Wäscherin. Dann trieb er seine Kühe weiter. Langsam trotteten sie über den Schweinemarkt und hinterließen große, dickflüssige Fladen. Die Frau wusch weiter ihre Wäsche.

Kestner wollte sich gerade zum Gehen wenden, da sah er Leonore zurückkommen. Müde schleppte sie sich heran. Sie hinkte. Er eilte ihr entgegen. Sie war verschwitzt, und ihre schönen Korkenzieherlocken hingen zerzaust und in Strähnen an ihr herab. Sie keuchte.

»Der Wagen war zu schnell. Ich konnte nicht mehr. Lorenz ist noch weitergerannt. Alles sinnlos.«

Kestner nahm sie in den Arm. Sie lehnte den Kopf an seine Schulter und weinte.

»Lukas wird in einer Kiste zurückkommen. Wie schon so viele.«

Sie schluchzte und zog die Nase hoch. Kestner gab ihr sein Taschentuch.

»Behalt es«, sagte er.

Sie schnäuzte sich kräftig und wischte sich die Tränen aus den Augenwinkeln.

»Wie soll ich denn jetzt noch für den Hof Blumen machen?«, jammerte sie. »Sie haben mir den Bruder weggenommen. Ich kann für den Hof nicht mehr arbeiten. Nicht mehr meine Finger für ihn zerstechen.«

Sie schwieg eine Weile, dann raffte sie sich auf. »Ich muss zurück zu meinen Eltern, zu meinen Geschwistern. Muss sehen, wie es meinem Vater geht und meiner Mutter.«

»Soll ich dich begleiten?«, fragte Kestner.

Sie schüttelte den Kopf. »Ich muss jetzt allein sein. Hoffentlich passiert Lorenz nichts. Ich hab Angst, dass sie ihn auch noch mitnehmen.«

Wieder flossen die Tränen. Sooft sie sie auch mit dem Handrücken abwischte, immer neue Tränen quollen aus ihren dunklen Augen.

»Bitte geben Sie mir Bescheid, wenn er zu Ihnen ins Hotel zurückgekehrt ist. Ich halt es sonst nicht aus.«

Sie nannte ihm ihre Adresse. Dann wandte sie sich ab und ging langsam davon.

Kestner sah auf seine Taschenuhr. Elf Uhr. Er hatte sich vorgenommen, im Restaurant seines Hotels zu Mittag zu essen. Dafür war es jetzt aber noch zu früh. Und bis zu seiner Einladung bei der Stein um fünf hatte er noch viel Zeit. Es regnete nicht. Nur ein paar Wolken zogen am Himmel vorüber. Die Luft war kühl, doch erträglich. Also beschloss er, sich ein wenig die Füße zu vertreten.

Als er über den großen Platz an der Jakobskirche schlenderte, kam er am Jakobskirchhof vorbei. Er wusste nicht mehr, von wem er gehört hatte, dass hier der Schmied und der Bauer beerdigt worden waren. So entschied er, sich ihre Gräber anzusehen.

Friedhöfe hatte Kestner schon immer gern besucht. Für ihn waren sie Parkanlagen mit Gedenksteinen der Geschichte. Er liebte es, von Grabplatten das überwuchernde Grünzeug beiseitezuschieben, Laub und Moos zu entfernen und die freigelegten

Namen, Daten und Berufe zu entziffern. Schon öfter hatte er dabei bekannte Namen entdeckt. Es gefiel ihm, den Zerfall von alten Friedhöfen anzusehen. Die stark geneigten, von Buschwerk überwachsenen Grabsteine, die jeden Moment ganz umzukippen drohten. Die mit Moos bedeckten Steinplatten, über die sich die lebendige Natur mit ihren Wurzeln ausbreitete. Oft war er sinnend vor efeuüberrankten Grabmälern stehen geblieben. Vor großen, trauernden Engeln mit mächtigen Flügeln. Weiß und aus Stein. Mit Gruseln hatte er bei seinen Friedhofsbesuchen versucht, sich vorzustellen, wie es wohl unten im Grab aussehen mochte. Gab es noch Krümel des vermoderten Holzsarges, Reste des zerfallenen Leichnams? Sicher lagen da in der Erde noch Gebeine. Knochen vom Schädel, von der Hüfte, von den Armen und Beinen. Aber genau hatte er sich das lieber nicht vorstellen wollen. Sonst hätte der schöne Park der Toten seinen Zauber verloren.

Von seiner Archivarbeit wusste Kestner, dass der Jakobskirchhof Weimars ältester Friedhof war. Er wusste auch, dass hier der berühmte Hofmaler Lucas Cranach der Ältere begraben lag. Doch wo war seine Ruhestätte? Er sah niemanden, den er danach fragen konnte. Vielleicht würde er durch Zufall darauf stoßen. Erst einmal wollte er die Gräber von Bertold und Jäckel finden.

Eine Weile lief er kreuz und quer zwischen den Gräbern umher. In der Nähe eines Mausoleums entdeckte er eine Grabsäule, in deren Platte der Name »Johann Franz August Zimmermann« eingemeißelt war. Dazu die Inschrift »Zimmergeselle, zu Tode gekommen bei Rettungsarbeiten während des Schlossbrandes 1774«.

Kestner erinnerte sich, dass Mephisto bei seinem Nachtbesuch triumphierend behauptet hatte, er sei der Blitz gewesen, der das Schloss niederbrennen ließ, und dass es ihm eine Lust gewesen war, zu sehen, wie das Schloss in Flammen aufging. Er war also auch schuld am Tod dieses Zimmergesellen.

Nur ein paar Schritte weiter fielen Kestner zwei Gräber auf, die vor noch nicht allzu langer Zeit angelegt worden waren. Er trat vor sie hin. Auf den Gräbern gab es noch keine Grabsteine. In die Erde hatte man zwei simple Holzkreuze geklopft, an die je ein Blechschild genagelt war. Auf dem einen stand, mit schwarzer

Farbe geschrieben, »Konrad Bertold« und auf dem anderen »Jörg Jäckel«. In Einmachgläsern steckten ein paar verwelkte braunrote Astern.

Hier also lagen der Schmied und der Bauer. Kestner bedauerte, beim Blumenstand am Friedhofseingang keine Blumen gekauft zu haben. Gern hätte er sie hier für die beiden niedergelegt.

Nahebei war ein frisches Grab angelegt worden. Der flache Hügel des Aushubs schimmerte noch feucht. Auch hier steckte nur ein schlichtes Holzkreuz mit einem Blechschild in der Erde. Darauf stand der Name »Niklas Gründlein«. Es war das Grab des Müllergesellen, den man am Montag beigesetzt hatte.

Plötzlich stand ein junger, verwilderter Mann neben ihm. Kestner erschrak. Der Bursche war etwa Mitte zwanzig, seine Hose und Jacke waren zerrissen und verdreckt. Die schwarzen Haare standen ihm wirr auf dem Kopf. Dunkle Bartstoppeln bedeckten Wangen und Kinn. Er sah aus, als hätte er seit Wochen im Wald geschlafen. Er zeigte auf das Holzkreuz.

»Da liegt der Niklas«, sagte er.

»Sie kennen ihn?«, fragte Kestner.

Er nickte. »War Geselle in der Niedermühle. Fünfundzwanzig Jahre alt. Da liegen noch mehr, die aus Preußen in einer Holzkiste zurückkamen, hat man mir gesagt. Den Niklas hatte man Anfang April aus der Mühle abgeholt. Zwangsrekrutiert.« Misstrauisch sah er Kestner von der Seite an. »Wer sind Sie denn?«, wollte er wissen.

Kestner nannte ihm seinen Namen.

»Sind Sie von der Polizei?«

»Ich habe mit der Polizei nichts zu tun.«

»Anwalt?«

»Kein Anwalt.«

»Auch nicht vom Gericht? Nicht vom Ort?«

Kestner wunderte sich, dass dieser Bursche das alles wissen wollte.

»Aus Hannover.«

»Und warum sind Sie hier?«

»Ich musste von der Bibliothek etwas abholen. Bin Archivar.«

Der junge Mann wirkte erleichtert.

»Und wer sind Sie?«, wollte Kestner nun seinerseits von ihm wissen.

Der Bursche druckste herum.

»Geheimnis?«, spottete Kestner provozierend.

Der Bursche zögerte immer noch.

»Wenn Sie es mir nicht sagen wollen, dann nicht.«

Da überwand er sich: »Meidner. Ruprecht Meidner. War Geselle in der Niedermühle. Zusammen mit dem Niklas.«

Kestner machte große Augen. Vor ihm stand jener Ruprecht, von dem ihm die Höhn erzählt hatte. Den der Bluhm und die Bluhmin vor Gericht als Vater ihres Kindes beschuldigt hatten. Als er seine Überraschung verwunden hatte, tat er so, als wüsste er nichts über ihn.

»Jetzt nicht mehr in der Mühle?«

Ruprecht schüttelte den Kopf. »Einen Tag bevor man den Niklas abgeholt hatte, war ich vom Bluhm abgehauen. Hatte Angst, dass man mich holt. Sind ja immer wieder Burschen gekrallt worden. Gut, dass ich getürmt bin. Würde sonst jetzt auch hier liegen.«

»Wohin sind Sie abgehauen?«

Ruprecht schwieg.

»Waren Sie gestern auch bei der Hinrichtung?«, fragte Kestner weiter.

»Um Himmels willen. Das konnte ich mir nicht ansehen.«

»Warum nicht?«

Ruprecht schwieg.

»Ich war dort.«

»Und? Wie war Kathrin? Wie hat sie's hingenommen?«, platzte es aus ihm heraus.

»Ein tapferes Mädel. Nach allem, was sie erlebt hat.«

»Sie kennen sie?«

»Ich war bei ihr im Zuchthaus. Hab mich um ihre Begnadigung bemüht.«

»Ach ja?«, gab Ruprecht erstaunt zurück.

»Bei Goethe und beim Herzog. Goethe lehnte ab, und der Herzog war zur Jagd.«

»Alles Ganoven.« Ruprecht winkte verächtlich ab. »Warum

haben Sie versucht, Kathrin begnadigen zu lassen? Sie war doch eine Fremde für Sie.«

»Es war nicht bewiesen, dass ihr Kind bei der Geburt lebte. Bei einer Totgeburt wäre sie keine Mörderin gewesen.«

Ruprecht trat einen Schritt zurück. »Das klingt aber sehr nach Anwalt.«

Kestner beruhigte ihn und versicherte, dass er wirklich nur Archivar sei, der sich ein bisschen in juristischen Dingen auskenne. »Außerdem hat mir das arme Mädel leidgetan«, fügte er hinzu.

Ein Stück entfernt sahen sich zwei Männer Gräber an. Kestner bemerkte, wie Ruprecht ängstlich zu ihnen hinüberschaute. Wovor hatte er Angst?

»Wenn Sie von der Mühle abgehauen sind, wohnen Sie dann überhaupt noch hier in Weimar?«

Ruprecht verneinte. »Bin jetzt nur heimlich in der Stadt.«

»Wieso heimlich?«

Wieder blickte Ruprecht Kestner prüfend an. Ihm war anzumerken, dass er überlegte, ob er ihm die Wahrheit sagen, ihm etwas anvertrauen durfte.

»Sie sind wirklich nicht von der Polizei?«

Erneut versicherte Kestner ihm, nur Archivar zu sein. Trotzdem fühlte er, dass Ruprecht immer noch überlegte, ob er offen sprechen sollte. Nun gut, dachte Kestner, wenn er es nicht sagen will, seine Sache. Er wird schon damit herausrücken, wenn ihm danach ist.

»Kathrin wird nicht auf dem Kirchhof liegen«, sagte Ruprecht nach einer Pause traurig. »Nur draußen, vor der Mauer. Ist ja angeblich eine Mörderin. Sie wird da ohne Kopf liegen. Nur der Rumpf. Auch die drei da drüben, der Bertold und der Jäckel und der Niklas, sind ohne Kopf begraben worden. Alle ohne Köpfe.«

Kestner verstand nicht.

»Nur ihre Körper liegen dort in der Erde. Die Köpfe fehlen. Sagt man.«

»Wer sagt das?«

»Die Leute. In Kneipen. Auf dem Markt.«

»Und woher wissen sie das?«

»Von den Sargmachern. Haben Anweisung bekommen, kürzere Särge zu machen. Nur für den Rumpf.«

»Wo sind die Köpfe geblieben?«

»Man munkelt so einiges. Da gibt es angeblich einen Spitzel, der wollte die Köpfe haben.«

Kestner wurde neugierig. »Ein Spitzel wollte die Köpfe haben? Wozu denn?«

»Ich weiß nicht, was er damit macht.«

»Wie heißt dieser Spitzel? Mephisto?«

»Ich weiß nicht.«

Kestner konnte das nicht begreifen. Warum wollte er die Köpfe haben? Was machte er mit ihnen? Kestner musste daran denken, wie er mit Lorenz nach dem Besuch bei der Jäckel vor der Kloake gestanden hatte und Lorenz meinte, es würden Gehirne vorbeischwimmen. Er hatte phantasiert, man müsste daraus die Gedanken der Menschen herausfiltern können, um zu erfahren, was sie früher mal gedacht hatten. Auch der Barbier hatte von Gehirnen gesprochen, die im Keller des abgebrannten Schlosses in Spiritus eingelegt waren. Kestner hatte das als Spekulation abgetan. Doch nun, als Ruprecht über die kopflosen Beerdigten und ihre verschwundenen Köpfe sprach, wurde ihm unheimlich zumute.

Mit einem Mal blickte Ruprecht Kestner offen ins Gesicht. »Nachdem Sie sich so für die Begnadigung der Kathrin eingesetzt haben … Ich denke, ich kann Ihnen trauen. Kommen Sie. Ich zeige Ihnen etwas.«

Er führte Kestner ein paar Gräber weiter zu einer halb ausgehobenen Grube.

»Da kommt der Bluhm rein«, kündigte er an. »Für die paar Reste, die von ihm übrig sind, brauchen sie nicht so tief graben. Das bisschen hat auch jetzt schon Platz.«

»Der Müller ist tot?«

»Mausetot.«

»Er wurde doch erst vorgestern aus dem Gefängnis entlassen.«

»Ja. Doch das war vorgestern. Nun hat er ausgemüllert.«

»Wieso ist er tot?«

»Nachdem er vom Zuchthaus zurückgekehrt ist, setzte er die Mühle wieder in Betrieb«, erklärte Ruprecht. »Die Räder müssen doch im Wasser laufen. Es klappert die Mühle am rauschenden Bach, klipp, klapp.«

»Und dann? Was ist passiert?«

»Dann hab ich ihn umgebracht«, sagte Ruprecht ruhig.

Kestner glaubte, eine akustische Täuschung würde in seinen Ohren klingen.

»Sie haben den Bluhm umgebracht?«

»So ist es. Gestern, am Freitag, nach Kathrins Enthauptung.« Ruprechts Stimme war immer noch ruhig und gefasst.

Kestner konnte es nicht fassen. »Sie haben den Bluhm umgebracht?«, wiederholte er ungläubig.

»Hab ich gemacht. Musste sein.«

»War er der Grund, weshalb Sie heimlich in die Stadt zurückgekehrt sind?«

Ruprecht nickte.

»Und wenn man Sie erkennt?«

»Na, wenn schon. Ich hab mein Ziel erreicht. Der Bluhm ist weg.«

»Man wird Sie zum Tode verurteilen. Wegen Mordes.«

»Dann geht's mir eben wie der Kathrin.«

»Ihnen macht das gar nichts aus?«

»Ich hab die Kathrin geliebt«, sagte Ruprecht leise. »Ich musste hierher. Musste ihr Grab sehen. Hab's auch gefunden. Es ist schon bereitet. Draußen vor dem Friedhof. An der Mauer. Irgendwo da hat man sicher auch ihr Kind begraben.«

Kestner sagte ihm nicht, was er von der Magd in der Niedermühle erfahren hatte. Dass der Müller das Knäblein sofort nach seiner Geburt heimlich in Goethes Garten verscharrt hatte.

»Warum haben Sie ihn umgebracht?«

»Aus Rache. Weil er Kathrin vergewaltigt und geschwängert hat.«

Kestner sagte nichts. Er überließ es Ruprecht, wie er mit seiner Tat umging. Er wollte nur wissen, wie es dazu gekommen war, und bat ihn, ihm die Geschichte zu erzählen.

»Ich hab die Kathrin wirklich geliebt«, wiederholte Ruprecht. »Und sie mochte mich auch gut leiden. Wir haben sogar über Heirat gesprochen. Aber das war unmöglich. Mein Lohn war viel zu gering für eine Ehe, und als Magd durfte sie nicht heiraten. Trotzdem haben wir solche Pläne gesponnen. Natürlich wollte ich sie auch haben. Aber sie hat mich immer abgewehrt. Hatte Angst, schwanger zu werden. Als sie mir später gestand, dass der Bluhm sie vergewaltigt und geschwängert hatte, war ich wie vor den Kopf gestoßen. Machte ihr Vorwürfe, dass sie mich so hintergangen hatte. Ich hatte sie doch geliebt! Sie weinte und jammerte, dass sie sich gegen diesen Bullen gewehrt habe, aber er sei eben kräftiger gewesen als sie. Da stellte ich den Bluhm zur Rede. Er schrie mich an: ›Du hast sie geschwängert. Du musst für das Kind sorgen. Du bist der Vater. Wenn du noch einmal behauptest, dass ich ihr das Kind gemacht habe, schlag ich dich tot.‹ Auch die Bluhmin behauptete, ich hätte Kathrin geschwängert. Sie machten mich für das Kind verantwortlich. Drohten, mich anzuzeigen, wenn ich mich nicht als Vater bekenne.«

Immer wieder sah sich Ruprecht ängstlich um, ob sich Friedhofsbesucher näherten. Erst als er feststellte, dass niemand in der Nähe war, erzählte er weiter.

»Ich hatte Angst, dass man mich zwingt, für das Kind aufzukommen, das gar nicht von mir war. Wusste gar nicht, wie ich es hätte ernähren sollen von meinem lächerlichen Lohn. Da bin ich dann Anfang April, kurz bevor Kathrins Kind kam, vom Bluhm abgehauen.«

»Sind Sie nicht abgehauen, weil Sie Angst hatten, an die Preußen verkauft zu werden?«

»Ja, das auch. Es waren so viele Burschen verschwunden in den vergangenen Monaten, und ich hatte Angst, dass man auch mich holen und an die Preußen verkaufen würde. Also bin ich weg und raus aus der Stadt. Trieb mich bei Bauern als Tagelöhner herum. Bald darauf hörte ich, dass einen Tag nach meiner Flucht preußische Werber den Niklas abgeholt hatten. Zwangsrekrutiert. Verkauft nach Preußen. Dann hörte ich, dass die Magd der Niedermühle ihr Kind nach der Geburt umgebracht hatte und im Zuchthaus auf den Prozess wartete. Ich wollte sie dort besuchen, hatte aber Angst, dass man mich festnimmt. Da hab ich mich weiter auf dem Land als Tagelöhner herumgetrieben. Wenn ich keine Arbeit hatte, schlief ich im Wald. Bis gestern. Es hatte sich überall herumgesprochen, dass die Kathrin am 28. November geköpft werden sollte. Nach der Hinrichtung ging ich heimlich in die Stadt, zur Niedermühle, zum Bluhm.«

Er machte eine kurze Pause, während der er einmal tief durchatmete. Dann erklärte er: »Die Bluhmin, die Mägde und die neuen Gesellen waren alle auf dem Jahrmarktsfest. So hat mich keiner gesehen. Ich bin gleich hinauf zum Mahlwerk, zum Bluhm. Er stand an der Gosse an der Schütte. Ich nahm eine Schaufel, schlug ihm mit der scharfen Kante hinterrücks eins über den Schädel und warf ihn ins Mahlwerk. Zwischen die Mühlsteine und das Getriebe. Über mir, im Balken eingeschnitzt, stand zu lesen: ›O Herr, lass alles wohlgelingen‹. Hat ja gut geklappt. Zwischen den Zahnrädern, Treibriemen und Mühlsteinen hat es ihn zerquetscht, zerfetzt und zerrissen.«

»Wie kamen Sie durch die Kontrolle an der Stadtmauer?«

»Es gibt Pfade, auf denen man unkontrolliert rein- und rausschleichen kann. Heute muss ich wieder raus, aufs Land.« Er verstummte und starrte auf den Boden vor seinen Füßen.

Kestner schwieg. Er ließ Ruprecht Zeit für seine Gedanken. Erst als der Bursche sich in Bewegung setzte und sie gemeinsam in Richtung Friedhofsausgang gingen, fragte er ihn: »Wie geht's nun weiter mit Ihnen? Irgendwann wird man Sie schnappen.«

Ruprecht zuckte mit den Schultern. »Es kommt, wie's kommt. Ich musste es tun.«

Kestner wünschte ihm viel Glück. Dann gingen sie auseinander.

Im Hotel hing Lorenz' Schlüssel am Brett. Er konnte also noch nicht zurückgekehrt sein. Trotzdem nahm Kestner, von Unruhe getrieben, den Schlüssel vom Haken und sah in Lorenz' Zimmer nach. Es war leer. Sicher kommt er bald, redete er sich ein.

Mittlerweile war es weit über Mittag. Kestner wurde es flau im Magen. Er musste etwas essen, um ihn zu beruhigen, und ging hinab in das einfach ausgestattete Restaurant. Sogleich kam die Pfotenhauer mit einer Speisekarte an und legte sie vor ihn auf den Tisch.

Es war das erste Mal, dass er im »Weißen Schwan« zu Mittag aß. Sonst war er um diese Zeit immer unterwegs gewesen.

»Schön, dass Sie unseren Mittagstisch kosten«, sagte sie höchst erfreut. »Geheimrat Goethe ist auch stets unser Stammgast. Heute hat er sich allerdings verspätet. Sicher trifft er noch ein.«

Um Himmels willen, nur das nicht, durchfuhr es Kestner. Hoffentlich kam er jetzt nicht. Er konnte doch nicht aufstehen und weglaufen.

»Der Geheimrat speist mit Vorliebe Froschschenkel, Krebse, Muscheln, Hummern, Austern. Wenn Sie davon etwas wünschen …«

Kestner winkte ab, sah auf den hinteren Teil der Speisekarte und bestellte nur Kohlsuppe und Thüringer Klöße mit Kraut.

»Sehr zu empfehlen«, nuschelte sie enttäuscht und verschwand mit der Karte in die Küche.

Bis das Essen kam, holte er sich aus dem Zeitungsfach den »Weimarischen Wöchentlichen Anzeiger«. Es war eine alte Ausgabe. Trotzdem blätterte er darin und las: »Auch weiterhin ist das Betteln in den Gassen verboten. Für Eltern, die ihre Kinder zum Betteln auf die Straße schicken, hat der Herzog eine Strafe von acht Tagen Zuchthaus oder Leibesstrafen bestimmt. Waisenkindern ist das Betteln ebenfalls verboten. Da nicht genügend Polizeikräfte zur Überwachung eingesetzt werden können, hat der Herzog verfügt, private Diener gegen Sold die Straßen kontrollieren zu lassen und bettelnde Kinder festzunehmen.«

Weiter hieß es: »Ebenso ist das Anlegen von Misthaufen in den Gassen verboten. Die Bauern sind gehalten, die Mistabfälle aus ihren Ställen in ihren Höfen abzulagern.«

Doch was er auch las, immer musste er an die Köpfe und an Lorenz denken.

Schon bald standen vor ihm eine Terrine mit deftiger, duftender Kohlsuppe und ein Teller mit dampfenden Klößen und Kraut. Gestern nach der Enthauptung der Höhn war es ihm unmöglich gewesen, überhaupt irgendetwas zu sich zu nehmen. Auch jetzt, als das verlockende Essen vor ihm stand, sah er immer nur die Hinrichtung und die begrabenen Rümpfe ohne Köpfe. Wo waren die Köpfe geblieben? Wo war Lorenz?

Ihm war der Appetit vergangen. Er aß nur widerwillig. Allein aus dem Grund, weil er etwas Ordentliches im Magen haben musste.

»Hat's geschmeckt?«, fragte die Pfotenhauer, als sie die leere Terrine und den Teller vom Tisch räumte.

»Ja, sehr«, log Kestner.

»Will ich doch meinen. Meine Küche ist bekannt für gutes Essen. Deshalb kommt auch der Herr Geheimrat immer zu mir.«

Dabei sah sie ihn von der Seite an und schien zu bemerken, dass ihn etwas bedrückte.

»Ärger gehabt?«, fragte sie.

Kestner nickte nur. Er wollte sie nicht auf die verschwundenen Köpfe und Mephisto ansprechen und auch nicht auf das Ausbleiben von Lorenz.

»Einen Cognac als Kummerlöser?«

Er dachte an seine Börse und lehnte ab.

»Geht aufs Haus.«

»Na, dann doch«, willigte Kestner ein.

Die Pfotenhauer wunderte sich sichtlich, dass ein Hofrat einen Cognac erst annimmt, wenn er nichts kostet. Sie stellte ihm ein gut gefülltes Gläschen hin und blieb neben ihm stehen. Das passte Kestner nicht. Sie soll gehen, wünschte er sich. Aber die Pfotenhauer blieb.

»Haben Sie's schon gehört? Man hat wieder eine Fuhre mit Gesindel abtransportiert. Nach Preußen. Sollen die doch mit dem Pack fertigwerden.«

Nach diesen Worten von ihr hatte er keine Lust mehr, ihren Cognac zu trinken, und starrte stumm auf die goldbraune Flüssigkeit im Glas.

»Na, kosten Sie schon«, forderte sie ihn auf. »Ist nicht vom Billigsten.«

Nun musste er trinken. Ihm blieb nichts anderes übrig. Mit einem Schluck schüttete er den Cognac in sich hinein. Dabei verschluckte er sich, musste husten. Der Alkohol brannte in seiner Kehle, es schüttelte ihn.

»Nicht alles auf einmal. Nach und nach«, ermahnte sie ihn.

Zugleich spürte er in seiner Brust und sogar in den Schultern eine aufsteigende wohlige Wärme. Wenigstens das.

»Die gnädige Freifrau von Stein wird Ihren Kummer sicher verschwinden lassen.«

Daran hatte er gar nicht mehr gedacht. Durch seine Sorge um Lorenz war Kestner nicht mehr in der Stimmung, sie zu besuchen.

Er wünschte nur noch, dass Lorenz zurückkam. Aber absagen konnte er ihr nicht. Er musste zu ihr.

»Geht's besser nach dem Cognac?«

Er nickte.

»Na, sehen Sie.«

Jetzt verließ sie endlich seinen Tisch und brachte das Geschirr in die Küche.

Am Nachmittag war Lorenz immer noch nicht zurückgekehrt. Mit dunklen Befürchtungen machte sich Kestner auf zur Stein. Den Weg kannte er ja schon von seiner Kartenübergabe zwei Abende zuvor. Der Matsch der erdigen Seifengasse war mittlerweile weggetrocknet, der Husarenstall sah trotz der Dämmerung nicht mehr so ganz finster aus wie beim ersten Mal, und deutlich konnte er nun die gepflegten Herzoglichen Gärten erkennen.

Im Hof angekommen, sah er im schwindenden Tageslicht das schöne Haus Stiedten-Vorwerk, das hübsche kleine Palais der Freifrau, diesmal in seiner ganzen Pracht. Jetzt nahm er auch wahr, dass neben dem Steinschen Palais der fürstliche Pferdestall angegliedert war und sich direkt dahinter das Fürstenhaus befand.

Kestner zog die Glocke. Nach einer Weile wurde die Pforte geöffnet. Der livrierte Diener, der vor zwei Tagen seine Karte entgegengenommen hatte, verbeugte sich.

»Die gnädige Frau erwartet Sie bereits.« Mit einer graziösen Handbewegung bat er Kestner einzutreten. »Ich darf vorausgehen.«

Kestner folgte ihm in eine Halle mit Marmorboden und Stuckornamenten an der Decke. In Nischen prunkten antike Statuen. Der Diener schritt über eine breite Treppe nach oben, Kestner einige Stufen hinter ihm. In der ersten Etage angekommen, deutete er auf eine Eichentür, eingefasst in einen geschnitzten Rahmen. Mit seinem Fingerknöchel des Zeigefingers, über dem sich sein weißer Handschuh spannte, klopfte er sachte gegen das Holz. Dann öffnete er, wies in das Innere eines Salons und verabschiedete sich von Kestner mit einer Verbeugung.

Kestner stand in einem lichtdurchfluteten strohgelben Gemach. Mit schwebendem Gang kam eine feingliedrige Dame von etwa vierzig Jahren auf ihn zu. Sie war klein, mager und trug ein weißes, wallendes Kleid aus dünnem Stoff. Ihr schwarzes, strähniges Haar war hoch nach oben drapiert und wurde von einer violetten Schleife zusammengehalten. Durch diese Hochfrisur wirkte Charlotte von Stein größer, als sie war. Über ihr knöchernes, scharf profiliertes Gesicht zogen sich feine Falten, bedeckt mit einem bräunlichen Puder und Rouge auf den Wangen. Anmutig reichte sie ihm ihre kühle Hand und schaute ihm mit großen dunklen Augen direkt ins Gesicht.

Das sollte Goethes neue Geliebte sein? So sagte man wenigstens. Es wurde ja viel herumgeklatscht in Weimar, Gerüchte flatterten wie Fledermäuse durch die Stadt.

»Sie also sind der Gatte von Lotte. Ich habe Sie mir ganz anders vorgestellt.«

Ihre Stimme klang rau, kräftig, derb. Ein Gegensatz zu ihrer zierlichen Figur. Kestner wollte fragen, wie sie sich ihn denn vorgestellt hatte, ließ es aber sein, um keine Peinlichkeit entstehen zu lassen.

»Nehmen wir doch Platz.«

Huldvoll deutete sie auf eine Ecke des Salons, in der ein Tischchen und zwei breite Sessel standen. Die Sesselpolster waren mit einem Stoff aus dunkelroten Rosenmustern bezogen und die geschwungenen Enden der Armlehnen mit geschnitztem Blattwerk verziert. Daneben streckte in einer Nische eine halb nackte Frauengestalt aus Gips ihre Hand aus. Kestner wartete, bis die Stein ihr ebenfalls mit dunkelroten Rosenmotiven bespanntes Fußbänkchen zurechtgerückt und sich gesetzt hatte, dann ließ auch er sich nieder.

Da saß sie nun schlicht und elegant ihm gegenüber, Goethes neue Geliebte, die mehrere Jahre älter war als er. Hinter ihr hing ein kostbarer Wandteppich mit der Darstellung der antiken Ruinen von Pompeji. Kestner musste an das abgebrannte Schloss denken. Schweigen. Die Pendule über einer großen, kostbaren Porzellanvase tickte vornehm.

Charlotte von Stein tippte mit einem Finger auf die goldene Klingelhaube, die neben ihr auf einem grazilen Tischchen stand. Schon bald darauf trat der Diener ein und servierte auf einem Tablett in dünnen Schalen Tee. Jasmintee. Dazu auf Tellerchen mit

Veilchenmuster für jeden ein dottergelbes Vanillequarktörtchen mit Eischnee, bestreut mit geschabten Mandeln.

Als der Livrierte den Salon verlassen hatte, herrschte wieder Schweigen. Dezent tickte die Konsoluhr. Kestner und Charlotte von Stein rührten mit kleinen Löffelchen in ihrem Tee, und das Porzellan klirrte leise. Mit einer graziösen Bewegung führte sie ihre Tasse zum Mund. Auch Kestner versuchte zu trinken. Der duftende Tee war ihm aber noch zu heiß. Dann kosteten beide immer noch schweigend die Quarktörtchen.

Schließlich begann die Stein zu Kestners großer Erleichterung mit der Konversation.

»Haben Sie schon unsere schöne Stadtglocke mit dem Matz im Rathausgiebel schlagen sehen und bewundert?«

»Ja, sehr schön. Aber wer ist Matz?«

»Der Türke in der Mitte.«

»Wieso heißt er Matz?«

»Auf dem Land nennen die Bauern ihre alten Ziegenböcke, die bald zum Schlachter gebracht werden müssen, Matz. Eine alte Sitte.«

Wieder nippte sie an ihrer Tasse. Auch Kestner konnte nun den Tee kosten.

»Von Goethe habe ich erfahren, dass Sie in der Stadt verweilen«, begann sie erneut. »Wie schön. Da durfte ich es nicht versäumen, Sie endlich kennenzulernen. Ich hörte über Sie und über Ihre Gemahlin Lotte immer nur aus Goethes Mund.«

Mein Gott, dachte Kestner, was hat er über uns erzählt? Was weiß er über uns, seit er vor elf Jahren aus Wetzlar geflüchtet war? Er fühlte sich plötzlich halb nackt wie die Gipsgrazie neben ihm und sackte etwas zusammen.

Sie schien sein Erschrecken bemerkt zu haben und fügte schnell hinzu: »Es war nur Gutes, was er mir berichtete.«

Neben ihm an der Wand hingen drei gerahmte Scherenschnitte aus schwarzem Glanzpapier. Die Profile kamen Kestner sehr bekannt vor.

»Sicher haben Sie die Porträts erkannt«, sagte Charlotte von Stein. »Sie stellen Sie dar, Ihre Gemahlin und Ihren kleinen Sohn Wolfgang.«

Lottes Locken und ihre feinen Wimpern waren hübsch geschnitten. Auch das niedliche Näschen seines Sohnes war treffend wiedergegeben. Nur sein eigenes biederes Profil mit dem abgeflachten Kinn, den ausdruckslosen Lippen und der hohen Stirn gefiel ihm nicht. Es hatte ihm schon damals nicht gefallen, als der Scherenschnitt gemacht wurde.

Da reiste er nun von Hannover hierher und traf seine Familie bei der Stein an der Wand. Wie waren die Scherenschnitte in ihren Besitz gelangt?

»Die kleinen Kunstwerke habe ich von Goethe erhalten.«

Kestner hatte die Scherenschnitte vor vielen Jahren anfertigen lassen und sie als Geschenk an Goethe geschickt. Warum hatte Wolfgang sie nicht behalten? Sie waren doch für ihn bestimmt gewesen und nicht für die Stein.

»Sind sie nicht hübsch?«

»Ja, sehr«, bestätigte Kestner etwas indigniert. Die Stein fragte eilig, um die peinliche Situation zu überspielen: »Ist Ihre Gattin Lotte nicht mit nach Weimar gekommen?«

Er erklärte ihr, dass Lotte mit den Kindern und dem Haushalt so viel zu tun habe, dass sie nicht verreisen konnte. Schon gar nicht für eine ganze Woche.

»Das verstehe ich gut«, erwiderte sie mit so heftigem Nicken, dass er fürchtete, ihre hochdrapierte Frisur könnte verrutschen. »Trotz meiner Dienerschaft war auch ich mit meinen Kindern stets vollauf beschäftigt. Schade ist es dennoch, dass Ihre Frau Gemahlin nicht mitkommen konnte. Es wäre für sie sicher schön gewesen, Goethe nach so langer Zeit einmal wiederzusehen. Ihn hätte diese Begegnung gewiss sehr erfreut. Auch ich hätte sie gern kennengelernt. Goethe hat so viel von Lotte geschwärmt.«

Auch das noch, dachte Kestner säuerlich. Wieder war er froh, dass Lotte in Wetzlar bleiben musste.

Die Stein nahm mit ihrem Löffelchen etwas von dem Vanillequarktörtchen. Auch Kestner ließ ein Stückchen des Gebäcks in seinem Mund zergehen.

»Goethe hat mir von Ihrem Besuch bei ihm und von Ihren Geschäften in der Stadt berichtet. Waren Sie denn mit Ihren Unternehmungen erfolgreich?«

Als Kestner mit seiner Antwort zögerte, gab sie zu bedenken: »Ach ja, es ist zuweilen schwierig, die Wahrheit über gewisse Dinge zu erkunden.« Und fügte hinzu: »Hat Goethe Ihnen nicht nützlich sein können?«

Kestner drückte sein Bedauern über die kühle Abfertigung durch Goethe bei dessen Audienz aus und darüber, dass sein Besuch keine Hilfe für ihn war.

»So ist er. So ist er geworden.« Sie seufzte. »Früher war er nicht so.«

Sie beobachtete, wie sich Kestner unruhig in seinem Sessel wand, und fragte schnell: »Wie geht es Ihnen? Wie geht es Lotte? Sind Sie glücklich verheiratet?«

Er kam gar nicht dazu, ihre Fragen zu beantworten, denn schon berichtete sie fast hastig von ihrer Ehe, wobei sich ein verbitterter Zug um ihren Mund legte.

»Seit zwanzig Jahren bin ich mit Josias verheiratet. Er ist sieben Jahre älter als ich und Oberstallmeister beim Herzog. Er ist verantwortlich für den Wagenpark, für den Marstall und das Gestüt des Herzogs. Einhundertdreißig Zug- und Reitpferde. Ständig ist er unterwegs. Zum Pferdekauf, zu den Gestüten und mit Carl August zu den Jagden. Immer muss er mit dem Herzog auf Reisen gehen. Ich bin viel allein und sehr einsam geworden. Ich will auch mit dem Hof immer weniger zu tun haben. Keine Aufrechten mehr, keine Vertrauten. Er besteht nur noch aus dreihundert Schmarotzern.«

Verbitterung klang aus ihrer Stimme, Verachtung stieg in ihrem Gesicht auf. Es färbte sich dunkel vor Zorn.

»Diese Cliquenwirtschaft. Ein ständiges Gerangel um Ämter und Positionen. Futterneid. Sie bespitzeln sich gegenseitig. Tun schön, lobhudeln eifrig, und kaum hat man sich umgedreht, versprühen sie Gift gegen einen und verleumden einen.«

Kestner war überrascht, dass sie ihm so offen darüber berichtete. Nur langsam beruhigte sie sich wieder.

Nach einer Pause fragte sie: »Haben Sie neben Wolfgang noch weitere Kinder?«

Kestner nickte und vertraute ihr an, dass Lotte in den vergangenen zehn Ehejahren fünf Kinder zur Welt gebracht hatte. Davon seien zwei Töchter bald nach der Geburt gestorben. Eine vor zwei Jahren und eine andere vor ein paar Wochen.

Die Stein seufzte. »Ach, wir Frauen. In den ersten zehn Jahren meiner Ehe habe ich sieben Kinder geboren. Fast jedes Jahr eines. Davon starben vier Töchter kurz nach der Geburt. Ein Sohn starb mit zwanzig Jahren. So bleiben mir heute noch zwei Söhne. Und vor acht Jahren kam dann ein neues Kind hinzu: Goethe.«

Kestner horchte auf.

»Sie haben richtig gehört. Ein großer, ungezogener Rüpel ohne Manieren. Obwohl er schon sechsundzwanzig war, als er hier ankam, im November '75. Er war ein Flegel. Er fluchte mit pöbelhaften Ausdrücken, spuckte. Wusch sich kaum. Kämmte sich nicht. Quelle horreur! Frauen behandelte er abschätzig. Er streunte mit dem wesentlich jüngeren Herzog umher. Ohne Sattel und Zügel ritten sie über die Felder und Wiesen und durch die Buchenwälder über den Ettersberg zur Ettersburg. Mit umgehängten weißen Bettlaken ritten sie nachts durch die Dörfer. Erschreckte Bauern bekreuzigen sich. In den Dörfern amüsierten sie sich mit den Mägden, betranken sich bis spät in die Nacht. Schossen auf dem Markt mit ihren Pistolen. Sie badeten nackt in der Ilm, auch im eiskalten Winter. Nachts schlugen sie an Hauseingängen ihr Wasser ab. Degoutant! Goethe warf Gläser aus den Fenstern des Fürstenhauses auf die Straße, wenn er sich mit dem Herzog betrank. Die Weimarer und besonders der Hof empörten sich über den Neuling und hassten ihn. Man zerriss sich das Maul. Doch Carl August hielt seine schützende Hand über diesen jungen Hund, der mit ihm herumtollte und jeden ansprang.«

Sie griff wieder zu ihrer Teetasse, trank aber nicht.

»Ich muss allerdings eingestehen: Er war der schönste, lebhafteste, feurigste, stürmischste, verführerischste und deshalb gefährlichste Mann für Frauenherzen, dem ich je begegnet bin. Viele Weimarer Mädchen und Frauen waren ihm verfallen. Aber ich habe ihn erzogen. Ich habe ihm Anstand und Manieren beigebracht. Eine zivilisierte Redeweise und gesellschaftliche Umgangsformen. Ich habe ihn für die Hofetikette zurechtgebogen. Er war vernarrt in mich. Er trug eine Haarsträhne von mir bei sich. Bestürmte mich mit Liebesbezeugungen, begehrte mich, wollte mich ganz besitzen.

Aber ich habe ihn stets abgewiesen. Ich bitte Sie, das geziemt sich doch nicht. Ich war schließlich seit zwanzig Jahren verheiratet, hatte meine Söhne, war dreiunddreißig und er sieben Jahre jünger. All das wollte er nicht akzeptieren. Hat nicht abgelassen von mir. Er war sehr aufdringlich. Bedenken Sie, ich war verheiratet. Nicht glücklich, aber unsere Ehe ging ihren Gang. Wie ein gemächlich fließendes Gewässer. Ohne große Emotionen. Ich wollte mich mit Goethe nicht echauffieren. Ich habe genug Leid erlebt.«

Kestner musste daran denken, dass auch Lotte mit ihm seit Langem verlobt gewesen war, als Goethe in Wetzlar heftig um ihre Liebe geworben und sie mit Liebesbeweisen bestürmt hatte. Aber immerhin war er nach drei Monaten aus Wetzlar geflohen. Kestner war darüber sehr erleichtert.

»Obwohl wir beide hier in Weimar lebten«, erzählte Charlotte von Stein weiter, »schrieb er mir fast täglich leidenschaftliche Briefe. Immer wieder las er mir Gedichte vor, die er über mich geschrieben hatte. Flammende Liebesgedichte. Er war mir oft sehr lästig. Gewiss, zuweilen war ich in ihn verliebt, habe dieses Gefühl aber sofort in mir unterdrückt. Goethe stilisierte mich zu einem Ideal. Wie er geliebte Frauen immer idealisiert hat. Schwärmerisch dichtet er ihnen Eigenschaften an, die sie nicht haben. Als seien sie silberne Schalen, in die der Dichter seine goldenen Äpfel legt. Er macht aus uns Frauen Kunstfiguren, die nichts mit den realen Personen zu tun haben, nach denen er sie formt. Auch mich hat er großartiger geschildert, als ich in Wirklichkeit bin. Er sieht in Frauen nur, was er sehen will.«

Kestner wurde ungeduldig. Hatte sie ihn kommen lassen, nur um ihm das zu erzählen?

Sie hielt einen Augenblick inne.

»Verzeihen Sie, ich habe nicht bedacht, dass vor mir ein Mann sitzt, dessen Lotte Goethe in seinem ›Werther‹ ebenfalls in den Himmel gehoben hat.«

Kestner beschwichtigte sie und stimmte ihr zu. Lotte sei damals, mit ihren neunzehn Jahren, als sie nach dem Tod ihrer Mutter für die vielen Geschwister sorgen musste, sehr realistisch, nüchtern und praktisch gewesen. Und nicht so leidenschaftlich, wie Goethe sie beschrieben hatte.

Wieder nahm er einen Schluck vom mittlerweile kalt gewordenen Jasmintee. Die Stein war nicht zu stoppen und erzählte und erzählte.

»Die meisten hier waren hingerissen von seinem ›Werther‹. Ich nicht. Ich mochte diese aufgeblasene Geschichte und die exaltierten Figuren nicht. Dafür bin ich zu nüchtern. Auch seinen ›Götz‹ mochte ich nicht. Er war mir zu ordinär. Als ich mich spöttisch darüber äußerte, hatte ich plötzlich viele Feinde. Mit Goethe habe ich nie über sein Werk gesprochen. Ich wollte ihn nicht verletzten. Und jetzt, seit er im Staatsdienst steht, Geheimer Rat, Kriegs- und Finanzminister ist … Außer ein paar Gedichten hat er seit Jahren nichts Vernünftiges mehr geschrieben. Nur ein paar Possen und Singspiele. Läppische Tändeleien. Seine Leser haben ihn fast vergessen. Die Verleger erwarten nichts mehr von ihm. Seine Freunde sprechen von ihm als einem verblühten Dichter. Ob von ihm noch etwas Wichtiges erscheinen wird, ist fraglich. Er gesteht mir oft, der Politiker habe den Dichter in ihm verdrängt. Sein poetischer Drang sei durch seine politischen Pflichten abgestorben. Seine Teilhabe an der Macht habe ihn korrumpiert. Und wer sich auf die Macht einließe, ohne selbst Herrscher zu sein, werde zum Narr.«

Sie musterte Kestner mit ernstem Blick. »Es ist tatsächlich so. Er hat sich so sehr an die Macht gewöhnt, dass er die Menschen nicht mehr wahrnimmt. Mehr und mehr hat sich ein eiserner Reifen um sein Herz gelegt, dass nichts Menschliches mehr durchdringen kann. Seine Offenheit anderen gegenüber und sein Mitgefühl welken täglich mehr. Das Beste für seine Dichtung wäre, Weimar so schnell wie möglich zu verlassen. Das erkennt er wohl. Einmal vertraute er mir heimlich an, dass er aus Weimar fliehen wolle. Er kam sogar mit einem Atlas zu mir und fuhr mit dem Finger über die Italienkarte. Dorthin wolle er, sagte er. Doch bisher ist er geblieben. Vielleicht flieht er tatsächlich eines Tages oder Nachts nach Italien. Wie er immer geflohen ist, wenn er keinen Ausweg mehr sah. Er muss diesen Hof verlassen, um wieder seine dichterische Kraft zu erlangen.«

Kestner hielt es nun nicht länger aus. Er ging in die Offensive, damit er nicht ganz umsonst gekommen war. Er fragte die Stein, warum man Goethes Fenster eingeworfen hatte. Warum gegen die Mörder des Schmieds und des Bauern nicht ermittelt wurde. Was Goethe mit dem preußischen Offizier für Geschäfte machte. Warum die Höhn gegen den Wunsch des Herzogs enthauptet wurde. Und wer dieser Mephisto war, der ihn überallhin verfolgte.

Zu den eingeworfenen Fenstern sagte sie nur: »Ja? Wirklich? Hat man? Darüber hat er mir noch gar nichts gesagt.«

Kestner glaubte ihr nicht.

Über die unterlassenen Ermittlungen zur Ermordung des Schmieds und des Bauern sagte sie: »Diese schreckliche Geschichte! Entsetzliche Dinge passieren heutzutage. Es wird schwierig sein, die Täter zu fassen. Ach, es wäre schön, wenn es gerecht zuginge auf der Welt und die Täter bestraft würden.«

Über den Verkauf der jungen Männer nach Preußen und Goethes und von Wolfsburgs Anteil daran wand sie sich heraus: »Es wird so viel geredet. Ich glaube das nicht.«

Auf seinen Einwand, er habe heute Vormittag selbst erlebt, wie die Burschen abtransportiert wurden, sagte sie nur: »Darüber kann ich nichts sagen.«

Zur Enthauptung der Höhn empfahl sie ihm: »Darüber müssen Sie mit Goethe reden.«

Kestner verzichtete darauf, ihr zu sagen, dass bei seinem Besuch Goethe diese Frage sichtlich unangenehm gewesen und er einer Antwort ausgewichen war.

Er hätte gedacht, dass eine Dame wie sie, mit ihren engen Kontakten zum Hof des Herzogs, bessere Auskünfte geben könnte.

Hinsichtlich seiner Frage nach Mephisto erklärte sie: »Ein übler Kerl. Ich kenne diese Figur aus Goethes Fragment, dem ›Faust‹, an dem er seit Jahren arbeitet. Ich war mehrmals dabei, als er aus den Blättern vorgelesen hat.«

»Ich meine den Mephisto, der sich in Weimar herumtreibt. Die reale Person.«

»Die gibt es nicht. Der Mephistopheles ist Goethes dichterische Erfindung.«

Glaubte sie das wirklich? Oder wollte sie sich nur vor einer Antwort drücken? Mephisto war leibhaftig bei ihm gewesen. Er hatte das nicht geträumt. Mephisto hatte die beiden Ziegelsteine und die Patronenhülsen in seinem Zimmer hinterlassen. Und nun behauptete die Stein, ihn würde es nicht geben. Er sei nur von Goethe erfunden. Kestner begann, ihr zu misstrauen.

Er fragte sich, warum Mephisto ihn wohl davor gewarnt hatte, die Stein zu besuchen? Bisher hatte sie ihm kein einziges Geheimnis verraten. Warum hatte sie ihn kommen lassen? Nur um ihm ihre Geschichte mit ihrem Goethe zu erzählen? Er ärgerte sich über sie, dass sie nicht herausrücken wollte mit der Sprache.

Da sagte sie leise: »Das mit dem Mephisto ist ein heißes Eisen. Beinahe hätte ich gesagt: Hufeisen. Fehlt nur noch, dass er Klauenabtritte hinterlässt.«

Kestner horchte auf. »Wie meinen Sie das?«, fragte er.

Sie wusste also doch mehr, als sie zugeben wollte.

»Ach nichts«, wehrte sie ab und bereute anscheinend, dass sie sich verplappert hatte.

Sie bemerkte seine Missstimmung, schlug einen versöhnlichen Ton an und lud ihn zu einer Redoute am Hof ein.

»Ein großes Evenement. Der ganze Hof wird versammelt sein. Der gesamte Adel. Verbunden mit einem Maskenball. Man wird sich amüsieren und tanzen. Auch Goethe wird tanzen. Jedoch, unter uns gesagt, er ist ein sehr schlechter Tänzer. Sehr linkisch. Kann kaum den Takt halten.«

Kestner lehnte dankend ab. Als Entschuldigung gab er an, dafür nicht die geeignete Robe aus Hannover mitgebracht zu haben.

»Ach was, die Etikette ist aufgelöst. Kommen Sie so, wie Sie sind. Höfische Formen gibt es nicht mehr. Oder kommen Sie morgen zu einer Vorstellung in unserem Liebhabertheater. Goethe bringt seine ›Iphigenie auf Tauris‹ zur Aufführung. Er selbst wird den Orest spielen. Und der Herzog den Pylades. Ist manchmal sehr komisch. Das dürfen Sie sich nicht entgehen lassen. Ich lade Sie herzlich ein.«

Auch das lehnte Kestner ab. Deutlich spürte er, dass die Stein das Gespräch beenden wollte.

»Nun gut, mein Lieber«, sagte sie und erhob sich aus ihrem Sessel. Auch Kestner stand auf. »Ich will Sie jedoch nicht so unzufrieden gehen lassen.«

Leichten Fußes schwebte sie zu ihrem fein verzierten Sekretär. »Den hat mir übrigens Goethe geschenkt«, erwähnte sie beiläufig.

Sie zog eine Schublade auf und holte daraus eine silberne Schatulle hervor. Aus der Schatulle nahm sie ein Privatbillet aus gehämmertem Büttenpapier.

»Vorgestern, am Abend, kam Goethe zu mir.«

Kestner musste daran denken, wie er ihn in der dunklen Seifengasse zu ihr gehen sah.

»Er besuchte mich nur, um mich zu drängen, Ihnen nicht eine gewisse Adresse zu nennen. Doch ich kann es nicht mit meinem Gewissen vereinbaren, sie Ihnen vorzuenthalten.«

Warum wollte Goethe nicht, dass sie Kestner eine gewisse Adresse nannte? Was wollte er damit verhindern? Sehr merkwürdig von Seiner Exzellenz, dem Herrn Geheimrat.

Schon Mephisto hatte Kestner bei seinem Nachtbesuch davor gewarnt, jenen Mann aufzusuchen, dessen Adresse die Stein ihm geben würde. Und nun wollte Goethe ihm diese Adresse ebenfalls verwehren. Gab es ein Bündnis zwischen Goethe und Mephisto? Eine Absprache zwischen den beiden, seine Begegnung mit jenem Mann zu verhindern?

Mit einem grünen Stift schrieb die Stein etwas auf das Billet und reichte es ihm.

»Hier ist die Adresse.«

Kestner las: »Silvester Feder, Feuergasse 7, Jakobsvorstadt.«

Ihm lief es kalt den Rücken hinunter.

»Leder oder Zeder«, hatte Veiths Mutter gemurmelt, als sie die Puppe mit dem blauen Hemd bastelte. Sie sollte den Mann darstellen, der bald tot sein würde. Hatte sie damit diesen Silvester Feder gemeint?

»Gehen Sie zu ihm«, ermunterte die Stein Kestner. »Sie werden es nicht bereuen. Er kann Ihnen einiges erzählen, wenn er möchte. Ich darf nicht.«

»Sie dürfen nicht?«

Lächelnd ging sie über seine Frage hinweg.

Wer hatte ihr verboten, mit ihm über seine Fragen zu sprechen? Sie war doch eine Freifrau. War sie nicht frei? Sie hatte einen hohen Stand am Hof. Wer sollte ihr verbieten, die Wahrheit zu sagen? Wem musste sich diese selbstständige Frau unterwerfen?

»Wenn Sie Goethe sehen, sagen Sie ihm nicht, dass Sie die

Anschrift von mir erhalten haben. Er würde mir sonst Malaisen bereiten. Ich möchte unser Verhältnis nicht noch mehr komplizieren.«

»Wer ist Silvester Feder?«, fragte Kestner.

»Das wird er Ihnen selbst sagen.«

Wieder tippte sie auf die goldene Klingelhaube. Sogleich erschien der Diener in der Tür.

»Mein Diener wird Sie hinausgeleiten.«

Sie reichten sich die Hand. Ihre Haut fühlte sich kühl und schrumpelig an. Es folgte eine leichte Verbeugung auf beiden Seiten, und bald darauf stand Kestner in der Dunkelheit auf der Seifengasse vor ihrem Palais.

Was war nun das Ergebnis seines Besuchs?, fragte er sich. Wieder eine Pleite. Wieder ein totaler Fehlschlag. Keine seiner Fragen hatte die Stein beantwortet. Sich immer nur mit allgemeinen Floskeln darum herumgedrückt. Mit dem Argument, sie dürfe nichts sagen. Hatte sie denn nicht den Mumm, Tacheles zu reden? Gab es in dieser Stadt nur Niederlagen für ihn? Nur Anrennen gegen unsichtbare Mauern? Die Vernichtung der Handschrift. Dazu das Ausbleiben von Lorenz. In welche Grube war er da gefallen?

Er musste an die Worte des Barbiers denken, der ihn davor gewarnt hatte, in ein Loch zu fallen, in einen Abgrund von Unannehmlichkeiten zu stürzen, aus dem herauszukommen nicht jedem gelingt.

Wie kam er aus dieser Falle wieder heraus?

Hätte es für ihn und Lorenz noch Kutschplätze gegeben, er wäre längst weg aus Weimar. Er würde jetzt zusammen mit Lorenz in der Kutsche nach Hannover sitzen. Er wäre unterwegs zu seiner Lotte und würde morgen Abend bei ihr eintreffen. Auf die Hinrichtung der Höhn, auf den Jahrmarkt und den Besuch bei der Stein hätte er gut verzichten können. Und er wäre auch diesen Mephisto los, der ihm im Nacken hockte.

Sicher würde Lorenz in seinem Zimmer auf ihn warten, wenn er ins Hotel zurückkehrte. Oder er würde in Pfotenhauers Restaurant sitzen und kräftig essen, ordentlich reinhauen, um sich zu stärken nach all dem Gerenne, um den Wagen einzuholen, auf dem man Lukas fortgebracht hatte. Heute Nacht mussten sie noch hierbleiben. Und dann nichts wie weg aus diesem verfluchten Weimar!

Kestner steckte seine Hände in die Manteltaschen und ertastete mit seinen Fingerspitzen das Kärtchen der Stein. Er griff danach. Als er es in der Hand hielt, hatte er das Gefühl, als würde ihr Billet vibrieren. Als würde es heiß zwischen seinen Fingern glühen. Nochmals las er die in grüner Handschrift geschriebene Adresse: »Silvester Feder, Feuergasse 7, Jakobsvorstadt.«

Wer war dieser Silvester Feder? Er musste ihn besuchen. Gleich morgen früh. Noch hatte er Zeit, bis wieder Plätze in einer Kutsche frei waren. Er musste zu ihm, bevor es zu spät war. Vielleicht war dieser Feder bald tot, wie es Veiths Mutter prophezeit hatte. Er pfiff auf Goethe, der verhindern wollte, dass die Stein ihm diese Adresse gab, und wünschte Mephisto zum Teufel, der ihn davor gewarnt hatte, diesen Feder zu besuchen. Der Mann war für ihn die letzte Chance, etwas Konkretes über die Vorgänge in dieser Stadt zu erfahren.

Zugleich gestand er sich ein, dass es ihn gar nicht mehr interessierte, wer den Schmied und den Bauer umgebracht hatte, warum man Goethes Fenster eingeschmissen hatte, wie es zur Enthauptung der Höhn gekommen war oder warum Leonores Bruder und die anderen Burschen an die Preußen verkauft wurden. Was ging ihn das alles an? Mephisto hatte recht. Was hatte er damit zu tun? Nichts. Sein kostbares Original war vernichtet. Das Ziel seiner Dienstreise damit erledigt. Trotzdem drängte es ihn, diesen Feder zu besuchen.

»Ist mein Assistent zurückgekehrt?«, war seine erste Frage im Hotel.

»Bedaure«, erwiderte die Pfotenhauer und zuckte mit den Schultern. »Der Herr ist noch nicht eingetroffen.«

»Sind Sie sicher?«

»Sein Schlüssel hängt seit dem Morgen am Brett.«

Jetzt beschlich Kestner Angst. Es war Abend, und Lorenz war immer noch weg. Er versuchte sich einzureden, dass er sicher bei seiner Leonore war. Daran zu glauben fiel ihm jedoch schwer. Irgendetwas musste passiert sein.

In der Nacht stand er immer wieder auf und sah durch das

Fenster auf den Frauenplan, ob Lorenz über den Platz zum Hotel kam. Aber kein Lorenz war zu sehen. Nur Hunde streunten in der Dunkelheit umher, suchten sich etwas zu fressen, pissten an den Brunnen und verschwanden wieder. Hin und wieder überquerten Männer mit Fackeln und Laternen den leeren Frauenplan.

Wo bleibt der Junge, wo bleibt er nur?, kreiste es wie ein Karussell in Kestners Kopf. Er traute es Lorenz zu, auf den Wagen gesprungen zu sein und versucht zu haben, Lukas herauszuholen. Dann hätte man ihn dazugepackt und nach Preußen geschafft.

ZEHN

Am nächsten Morgen war Lorenz immer noch nicht da. Sein Bett war unbenutzt, sein Frühstück unberührt. Immer noch redete sich Kestner ein, dass er bei Leonore geblieben war, um sie und ihre Eltern zu trösten.

»Sicher hat der junge Herr eine vergnügliche Nacht bei einem bezaubernden Fräulein verbracht«, sagte die Pfotenhauer augenzwinkernd und rückte Kestner Teller und Tasse zurecht. »In Weimar gibt es so viele hübsche Mädchen.«

Er antwortete nicht darauf, sondern griff nach dem »Weimarischen Wöchentlichen Anzeiger«, der auf dem Nebentisch lag. Es war die gestrige Ausgabe von Samstag, dem 29. November. Auf der Titelseite nahm ein Bericht über die Hinrichtung der Höhn großen Raum ein. Er las den Artikel nicht, überflog ihn nur. Alles, was sein Blick streifte, wusste er längst.

Kestner schlug die zweite Seite auf. Sogleich sprang ihm die Überschrift einer Meldung ins Gesicht: »Müllermeister Georg Bluhm tot!« Er las weiter.

»Gestern, am Freitag, den 28. November, kam der Müllermeister Georg Bluhm, Besitzer der Niedermühle zu Weimar, zu Tode. Nach ihrer Rückkehr vom Jahrmarktsfest fanden ihn seine Ehefrau Martha Bluhm, seine Gesellen und Mägde aufs Schrecklichste zugerichtet im Mahlwerk der Mühle. Verdächtig für die abscheuliche Tat ist ein etwa fünfundzwanzigjähriger Mann mit schwarzen, ungepflegten Haaren und in verkommener Kleidung. Ein Angler an der Mühllache hatte ihn beim Verlassen der Niedermühle beobachtet. Die Bürger der Stadt Weimar und der Umgebung werden gebeten, Hinweise über den Aufenthalt des Übeltäters der Polizei gegen Belohnung zu melden.«

Nichts würde er melden, entschied Kestner. Auch nicht gegen Belohnung, die er verdammt nötig hätte. Einen Dreck würde er tun. Er hatte genug von diesem Mistloch Weimar.

Dann durchfuhr ihn ein Schreck. Hatte ihn jemand gesehen, als er mit Ruprecht auf dem Friedhof war? Würde diese Person der Polizei melden, dass er mit dem Mörder in Verbindung stand? Dann hätte man ihn am Kragen. Als Mitwisser eines Mordes, vielleicht sogar als Mittäter, als Komplize. Im nächsten Moment sagte er sich: »Pfeif drauf«, und wischte seine Bedenken beiseite, zusammen mit den Krümeln auf dem Tisch, die beim Schneiden des Brotes abbröselten.

Kräftig biss er in seine dick mit Käse belegte Roggenbrotscheibe und kaute. Da knirschte es zwischen seinen Zähnen. Er griff mit Zeigefinger und Daumen in seinen vollen Mund und holte etwas Kleines, Hartes, Spitzes hervor. Er säuberte mit der Serviette seine Finger und das winzige Ding und setzte seine Brille auf. Genau betrachtete er seinen Fund. Es sah aus wie ein kleiner, scharfer Knochensplitter.

Ein Knochensplitterchen in seinem Brot? Unmöglich.

Er legte das unscheinbare Teilchen beiseite und biss nochmals in die Scheibe. Nun blieb etwas Weiches zwischen seinen Zähnen hängen. Mit einem Zahnstocher pulte er an der Stelle herum und hatte auf der Spitze des Hölzchens mehrere Stofffasern. Ein kleines Stückchen Stoff.

Wenn das scharfe Stück ein Knochensplitter war und diese Stofffasern zu einer Kleidung gehörten …

Automatisch musste Kestner an Bluhm denken, den Ruprecht ins Mahlwerk gestoßen hatte. Ihm wurde mulmig zumute, und er schob seinen Frühstücksteller angeekelt beiseite, rief nach der Pfotenhauer.

»Sie sind ja ganz käsig im Gesicht«, sagte sie. »Ist etwas nicht in Ordnung?«

»Wer liefert Ihnen das Brot?«

»Warum?«

»Wer liefert Ihnen das Brot?«

»Die Hofbäckerei.«

»Und von wem bekommt sie das Mehl?«

»Von der Niedermühle. Was ist denn los?«

Kestner zeigte ihr den Knochensplitter und das winzige Stückchen Stoff.

»Ja und?«, fragte die Pfotenhauer.

»Ja und?«, wiederholte er ihre Worte. »Mehr haben Sie dazu nicht zu sagen? Knochensplitter und Stoffreste in Ihrem Brot!«

»Weiß nicht, wie das da reinkam.«

»Aber ich weiß es.«

Im »Weimarischen Wöchentlichen Anzeiger« schlug er die Seite der Meldung über den Tod vom Müller Bluhm auf. »Da steht's«, sagte er und klopfte auf den Artikel. »Man fand ihn im Mahlwerk der Mühle.«

»Und?«

»Teile vom Müller gelangten ins Mehl. Vom Mehl ins Brot. Vom Brot in meinen Mund!«

»Soll ich Ihnen neues Bot bringen?«

»Nein danke«, lehnte Kestner ab. »Mir reicht's.«

»Seien Sie nicht so zimperlich. Wir hatten auch schon Mäuseschwänze im Brot. Da muss man nicht so kleinlich sein.«

Kestner stand auf, zog seinen Mantel über, nahm seine Tasche und gab ihr einen Zettel mit der Adresse von Feder.

»Wenn mein Assistent kommt, soll er mir zu dieser Adresse folgen. Da bin ich bis Mittag.«

Sie sah auf den Zettel.

»Üble Gegend«, sagte die Pfotenhauer und rümpfte abschätzig die Nase. »Vielleicht treffen Sie dort den Müllermörder. Fünfundzwanzig Jahre, schwarze wilde Haare, verkommene Kleidung. Dann melden Sie ihn. Auch dem gehört der Kopf abgeschlagen.«

Die Jakobsvorstadt befand sich im Osten der Stadt, um die Jakobskirche herum. Wieder schien wie schon gestern und auch bei der Enthauptung am Freitag die Sonne warm am wolkenlosen Himmel. Kaum zu glauben, dass es nur ein paar Tage zuvor geschneit hatte und elend kalt gewesen war. Und nun, Ende November, dieser Wetterumschwung mit vorfrühlingshaften Temperaturen. Kestner nahm seinen Wollschal vom Hals und knöpfte seinen Mantel auf.

Er kam an den Ratsteichen vorbei. Stinkende Tümpel, in denen jede Menge Unrat schwamm. Nicht zu erkennendes Zeug. Nur ein paar Enten paddelten in dem Dreck. Er hörte die Glocken der Stadtkirche und der Jakobskirche. Ihr Klang wehte über den Morast der Teiche. Gut gekleidete Weimarer kamen ihm entgegen. Wahrscheinlich Kirchgänger, die die Messen besuchten. Familien bummelten mit ihren Kindern, die in adrette Kleidchen gesteckt waren, an den stinkenden Tümpeln entlang. Einspännige offene Landauer mit feinen Herrschaften darin trabten zur Stadt hinaus, irgendwohin ins Grüne.

Er kam an den Fleischbänken vorbei, wo auch heute am Sonntag billiges Fleisch von verendeten Tieren an die Bevölkerung verkauft wurde. Der Andrang war sehr groß. Die Frauen trugen Körbe und Taschen bei sich und feilschten um die niedrigen Preise. Dann sah er den großen Platz mit der Jakobskirche. Hier musste irgendwo die Feuergasse sein. Ein paar Kirchgänger zeigten ihm den Weg.

Die Feuergasse war ein enger Durchlass zwischen alten, zerfallenen Häuschen. Nicht an allen Türen waren Hausnummern angebracht. Kestner suchte die Nummer 7. Er fragte eine Frau, die auf ihre Ellbogen gestützt im Fenster lag.

»Weiß ich nicht.«

Kestner ging weiter und kam zu einem schmalen Torbogen, aus dem ein alter Mann hervorkam. Auch ihn fragte er.

»Vielleicht da ganz hinten«, sagte der Alte und zeigte zum Ende der Gasse.

Kestner ging durch den Torbogen und geriet in eine dunkle Passage, in der es nach Urin stank und in der räderlose Handkarren den Weg versperrten. Er kam in einen kleinen, verkommenen Hinterhof. Überall lag Gerümpel herum. In der Mitte ragte ein alter Brunnen mit einer Handkurbel auf. An einer Hauswand lehnte eine Leiter. Sie führte zu einem Fenster im ersten Stock. Hatte diese Wohnung keinen Zugang über eine Haustreppe? Musste man über diese Leiter in das Zimmer klettern?

Er kam in einen zweiten, noch kleineren Hof. In einer Ecke lagen ein halb verbrannter Schrank und ein Bett. Es hatte hier wohl einen Wohnungsbrand gegeben, vermutete er. Dann versperrte eine Mauer die Gasse. Eine alte Frau kippte Müll in eine Ecke. Kestner fragte sie, wo Herr Feder wohnte. Stumm zeigte sie auf ein Parterrefenster, das innen mit einem Vorhang teilweise zugezogen war.

Die ramponierte hölzerne Eingangstür hing halb aus den Angeln und war nur angelehnt. Kestner drückte sie auf. Dabei musste er sie festhalten, damit sie nicht ganz aus den Angeln fiel.

Der Eingang des schmalen Treppenhauses war voller überquellender Müllsäcke und halb verbrannter Dielen.

Wohin hatte die Stein ihn nur geschickt? Kestner zweifelte daran, dass dies die richtige Adresse war. An der Sperrholztür, vor der er stand, war kein Name angebracht. Trotzdem klopfte er. Im Raum war nichts zu hören. Er klopfte nochmals, diesmal stärker.

Jetzt kam von innen eine unverständliche Stimme. Zögernd wollte er die Tür öffnen, doch durch ein Hindernis dahinter konnte er sie nur einen Spaltbreit aufdrücken. Ächzend zwängte er sich in den Raum. Obwohl draußen die pralle Sonne schien, lag das Zimmer im Halbdunkel. Es hatte nur ein Fenster, vor das zur Hälfte der Vorhang gezogen war, den er von außen gesehen hatte. Aus der hintersten Ecke des Zimmers drang aus dem Dämmerlicht eine heisere Männerstimme: »Kommen Sie rein.«

Kestner schloss die Tür und sah, weshalb sie kaum zu öffnen war. Stapel von Papieren und eine Menge Flaschen lagen auf dem Boden und versperrten den Zugang.

Inzwischen hatten sich Kestners Augen an das Halbdunkel gewöhnt. Er blickte sich um. Der Raum war zugestellt mit einer alten zerkratzten Kommode, die aussah, als hätten Dutzende von Katzen daran ihre Krallen gewetzt, mit einer durchgesessenen Ottomane, die vollgepackt war mit Papieren und deren Rahmenumspannung in Fransen herabhing, sowie mit einem alten Sessel, auf dem sich schmutzige Wäsche häufte. Daneben stand ein Stuhl mit einem Teller voller Essensreste, von denen eine Katze fraß. Überall lagen benutztes Geschirr, Wäschehaufen, Papiere und leere Weinflaschen herum. Ein einziges Chaos.

»Kommen Sie«, kam es wieder aus der Ecke.

Als Kestner einen Schritt in das Zimmer hinein machte, wäre er beinahe auf eine auf dem Boden liegende Flasche getreten und gestürzt. Scheppernd rollte sie unter die Ottomane. Aufgeschreckt huschten vier Katzen von der Ottomane, der Kommode, dem Sessel und dem Stuhl mit den Essensresten und verschwanden irgendwo.

Ganz hinten im Raum sah er in einer Nische ein aufgeschlagenes Bett und einen Tisch, an dem ein Mann saß. Kestner grüßte und ging auf ihn zu. Der Mann war etwa vierzig Jahre alt. Er blieb sitzen, rauchte einen Zigarillo und sah Kestner fragend an. Sein Gesicht war knochig. Seine Wangen eingefallen und mit Bartstoppeln bedeckt, als habe er sich seit Wochen nicht mehr rasiert. Seine dunklen, ungepflegten Haare hingen in Strähnen an ihm herab. Er trug ein blaues, zerknittertes Hemd.

Kestner musste an die Puppe denken, die Veiths Mutter bei seinem Besuch angefertigt hatte. Sie hatte ebenfalls lange dunkle Haare gehabt, und Veiths Mutter hatte für sie ein blaues Hemd genäht.

Vor dem Mann auf dem Tisch waren Papiere aufgehäuft, und auf den Papieren thronte eine große lilafarbene Porzellanschale, die ihm als Aschenbecher diente. Sie war randvoll mit Asche, Zigarilloresten und abgebrannten Streichhölzern. Sogar um die Schale herum sammelte sich Asche. Daneben stand ein halb geleertes Glas Rotwein.

»Sind Sie Herr Feder?«

Der Mann sah auf und nickte.

Kestner stellte sich vor und gab ihm das Kärtchen der Stein. Feder nahm es mit dünnen, feingliedrigen Fingern entgegen, die an den Spitzen dunkelbraun gefärbt waren vom Nikotin seiner Zigarillos. Lange betrachtete er die grüne Schrift.

»Die Gute«, sagte er schließlich leise und zündete seinen erloschenen Zigarillo erneut an. Das Hölzchen wollte er in seinen übervollen Aschenbecher werfen, warf es aber daneben und ließ es auf den Papieren liegen. Mit seiner raspeligen Stimme erklärte er: »Die Stein hat mir mitteilen lassen, nach was Sie sich erkundigen wollen, und überließ mir die Entscheidung, ob ich Sie aufkläre.«

»Sie sagte mir, sie dürfe nicht darüber sprechen.«

Feder zog an seinem Zigarillo und sah dem aufsteigenden Rauchfaden nach. »So ist es. Sie muss schweigen. Sie würde sonst einen Riesenskandal entfachen. Sie würde den ganzen Hof bloßstellen. Würde geächtet werden. Und ihr Mann würde seine hohe Position als Oberstallmeister verlieren.«

»Und Sie können mir das alles erklären?«

»Warum wollen Sie das alles überhaupt wissen? Sie bringen sich damit in Gefahr.«

»Seit ich danach frage, stoße ich auf Mauern.«

»Hat seine Gründe, dass man schweigt.«

»Welche?«

»Warum wollen Sie das wissen? Sie sind Hofarchivar in Hannover und haben mit alldem nichts zu tun. Warum stochern Sie in diesem Misthaufen herum?«

Kestner erklärte ihm, er kenne Goethe seit vielen Jahren und sei mit ihm befreundet. Da sei es doch verständlich, dass er wissen wolle, was er mit all diesen Geschehnissen zu tun habe. Umso mehr, da Goethe bei seinem Besuch seine Fragen abgewehrt hatte.

»Kann ich gut verstehen, dass er schweigt.« Feder lächelte und schwieg ebenfalls, zog an seinem Zigarillo, tippte die Asche auf den Haufen in der Schale. Sie rieselte daneben, auf die Papiere. »Setzen Sie sich.«

Kestner wollte seiner Aufforderung gern nachkommen. Doch wohin? Stuhl, Sessel, Ottomane, alles war vollgehäuft mit Papieren, Wäsche und Geschirr.

Feder stand auf, behielt seinen Zigarillo zwischen den Lippen, verscheuchte die zu den Essensresten zurückgekehrte Katze vom Stuhl, stellte den Teller auf den Boden und rückte den Stuhl an seinen Tisch heran.

»Bitte«, sagte er und kroch wieder hinter seinen Tisch. Kestner nahm auf dem Stuhl Platz.

Die Katzen kamen nach und nach aus ihren Verstecken hervor und schlichen um die Möbel herum. Eine sprang auf ihren angestammten Platz auf der Ottomane und rollte sich in einer Ecke zusammen. Eine andere sprang auf den Sessel, eine dritte fraß von dem Teller auf dem Boden die letzten Reste. Die vierte schnellte mit einem Satz auf Feders Schreibtisch, stelzte im Kreis darauf herum und ließ sich deutlich entfernt vom überfüllten Aschenbecher auf den Papieren nieder.

»Und woher kennen Sie die Antworten auf meine Fragen?«, erkundigte sich Kestner.

»Ich war Kopist.«

Kestner stutzte. Der Mann hieß Feder und war Kopist? Sehr komisch. Hatte man ihn aus Jux so genannt?

Feder sah ihm an, dass er sich über seinen Namen wunderte,

denn er entgegnete: »Ich heiße tatsächlich so. Kann nichts dafür. Wurde so getauft.«

»Bei wem waren Sie Kopist?«

»Bei Goethe.«

Kestner verschlug es die Sprache.

»Bei Goethe?«

»Sie haben richtig gehört. Beim Geheimrat, Staatsminister, Dichter. Bei Seiner Exzellenz.«

Kestner konnte es immer noch nicht glauben.

»Was ist so Besonderes daran? Goethe hat viele Kopisten. Ich war einer von ihnen. Zuständig für seine amtlichen Schriftstücke. Um seine Dichtung kümmerte sich der Philipp, der Seidel. Hab meinen Dienst quittiert. Konnte es nicht mehr aushalten bei ihm. Bin abgehauen vom Herrn Geheimrat. Seitdem hause ich in dieser Bude, saufe und rauche meine Zigarillos. Bei ihm hätte ich nicht rauchen dürfen. Er hasst Raucher wie die Pest. Der Seidel ist geblieben. Mich hat er durch einen anderen ersetzt. Besonders treue Hunde. Echte Untertanen. Aber ich konnte es nicht mehr aushalten bei ihm.«

»Warum nicht?«

»Erzähl ich Ihnen später.«

»Wann sind Sie von Goethe weg?«

»Vor beinahe einem Monat. Am 4. November. Jetzt lebe ich von einer kleinen Unterstützung der Armenhilfe. Das Krankenhaus bringt mir Reste aus der Hospitalküche.«

»Warum am 4. November?«

»Da hat's mir gereicht. Da hab ich meinen Dienst geschmissen.«

»Warum?«

»Hat viele Gründe.«

»Welche?«

»Sag ich Ihnen gleich.«

»Und warum ausgerechnet am 4. November?«

»Sag ich Ihnen auch gleich.«

»Wie sind Sie zu Goethe gekommen?«

»Ich bin gebürtiger Weimarer. Mein Vater war ein armer Bäcker. Ich wollte die Bäckerei nicht übernehmen. Da musste ich raus aus dem Haus. Durch Zufall fand ich Arbeit im Schloss.

Zuerst als Laufbursche, dann in der Registratur für den Einkauf der Backwaren. Brot, Semmeln, Gebäck. Auch von der Bäckerei meines Vaters. Ich stieg auf zum Schreiber in der Baukommission. Ressort Umbauten des Schlosses. Dort war ich bis zum Brand 1774. Danach war ich zwei Jahre arbeitslos. Bis Juni 1776. Als Goethe in den Staatsdienst eintrat, bewarb ich mich bei ihm. Zuerst als einfacher Diener. Er hatte schon den Philipp Seidel und den Christoph Sutor als Diener und als Sekretäre. Aber er brauchte wohl noch einen Handlanger. Da hat er mich eingestellt, und ich hab für seinen Alltag sorgen müssen. So wurde auch ich sein Diener und Sekretär.«

»Was mussten Sie als Diener und Sekretär machen?«

»Alles. Rund um die Uhr. Um Punkt sechs Uhr am Morgen das Frühstück reichen. Noch im Bett diktierte er mir Briefe. Exakt um zehn Uhr das zweite Frühstück und anschließend weitere Diktate. Briefe und amtliche Schreiben. Dann frühe Besucher empfangen. Auch sie musste ich versorgen mit Kaffee und Gebäck. Punkt ein Uhr das Mittagessen auftischen. Manchmal aß er allein, oft aber auch mit Gästen. Dann hielt der Herr Geheimrat Mittagsruhe. Danach musste ich ihn zu seinen Staatsgeschäften beim Herzog im Fürstenhaus begleiten. Durfte aber nicht mit in die herzoglichen Gemächer, musste im Foyer auf ihn warten. Bei seinen Abendmahlzeiten hieß es dann wieder auftischen, oft in großer Gesellschaft. Anschließend musste ich ihn bei seinen Ausfahrten begleiten, hinten auf dem Brett der Kutsche stehend. Und bei seinen Spaziergängen und Theaterbesuchen. Auch da musste ich stets abseits auf ihn warten. Spätestens um zehn Uhr war Nachtruhe. So ging das Tag für Tag.«

»Wann hat er denn geschrieben, wenn er immer mit diesem Tagesplan beschäftigt war?«

»In all der Zeit, die ich bei ihm war, hat er nichts Besonderes geschrieben. Nur Kleinkram. Possen, Singspiele. Krummholz.«

»Wie wurden Sie dann Kopist bei ihm?«

»Als er später auch noch den Johann Götze als Diener und Sekretär einstellte, sagte er zu mir: ›Da Sie eine so schöne Feder haben, soll Ihrer Akzeptanz als Kopist bei mir nichts im Wege stehen.‹ So wurde ich einer seiner Kopisten.«

Feder ergriff sein halb leeres Glas Rotwein und trank es in einem Zug aus.

»Als ich von Goethe wegging, nahm ich ein paar amtliche Dokumente mit. War natürlich verboten. Hab's trotzdem gemacht. War mir in dem Moment egal. Ich hab alles hier aufbewahrt. Irgendwann wird's der Goethe merken und mich schnappen. Ist mir aber auch egal.«

»Was für Dokumente?«

»Zeig ich Ihnen nachher. Weil Sie wissen wollen, wer den Schmied und den Bauer umgebracht hat.«

Er griff unter seinen Tisch, holte eine neue Flasche Wein hervor und zeigte Kestner das Etikett. »Saale-Unstrut. Sehr gut«, lobte er. »Nicht dieser Rheinhessen, den Goethe immer trinkt. Habe meine eigene Sorte.«

Langsam entkorkte er die bauchige Flasche und goss sein Glas aufs Neue voll. Der gluckernde Wein schimmerte dunkelrot. Feder atmete tief durch und trank mit einem kräftigen Zug das Glas halb leer. Stöhnend atmete er aus und wischte sich mit dem Ärmel seines blauen Hemdes über den Mund. »Wollen Sie auch Wein?«, fragte er Kestner und deutete auf ein leeres Glas auf dem Boden.

Kestner lehnte dankend ab. Am Sonntagvormittag Rotwein, undenkbar für ihn. Das hatte er noch nie gewagt. Er wäre den ganzen Tag beduselt, könnte keinen klaren Gedanken mehr fassen, und sein ganzer Tag wäre umgeworfen. Dazu noch aus diesem schmutzigen Glas auf dem Boden. Sicher hatten die Katzen daraus geschleckt. Es schüttelte ihn schon allein bei der Vorstellung.

»Ja, die Sache mit Bertold und Jäckel«, sagte Feder und wischte sich nochmals den Mund ab. »Es waren Soldaten des Herzogs.«

»Warum Soldaten?«

»Vielleicht auch Milizionäre, dieses gemischte Pack aus freiwilligen Söldnern. Oder Husaren, die Edelgarde des Herzogs. Oder einfache rekrutierte Soldaten. Jedenfalls Uniformierte im Dienst des Herzogtums. Sie hassen alle Aufständischen, die gegen die Fronarbeit protestieren. Sie hassen alle republikanisch gesinnten Bürger des Landes. Alle, die angefeuert durch die neuen revolutionären Parolen aus Frankreich den Adel, das Herzogtum und den Herzog beseitigen und eine Republik gründen wollen. Der Sturz des Herzogs? Eine Katastrophe für die Militärs. Sie würden ihren Brotgeber, ihren Ernährer verlieren. Ihre Existenz würde zusammenbrechen. Besonders die Husaren bangen um ihre Stellung. Sie sind das Elitekorps des Herzogs. Seine Leibgarde. Sie werden auch als Postillione eingesetzt, als Fackelträger beim Schlittschuhlaufen des Hofs, bei Pfändungen von Steuerrückständen und zum Eskortieren der verkauften Burschen nach Preußen. Aber auch die einfachen Soldaten fürchten, ihren Dienst zu verlieren. Um weiter im Brot zu bleiben, beseitigen die Militärs kurzerhand die Revoluzzer. Sie setzen alles daran, den Herzog und das Herzogtum zu schützen. Und da sie nichts anderes gelernt haben, als in Kriegen zu töten, töten sie weiter. Jeden, der ihrer Meinung nach das Herzogtum bedroht. Wir haben hier mehrere solcher Fälle.«

»Und die Regierung?«

»Die Regierung unternimmt natürlich nichts gegen sie. Weil die Soldaten ihr Regime schützen. Deshalb gibt es auch keine Ermittlungen gegen die Mörder. Wie schon einige andere vor ihnen verbreiteten der Bertold und der Jäckel unter den Weimarern die revolutionären republikanischen Ideale aus Frankreich. Verweigerten Fronarbeiten. Und riefen andere auf, dasselbe zu tun. Sie waren wichtige Mitglieder des Geheimbundes ›Freunde der neuen Republik‹. Bis Herzogtreue sie ausschalteten. Den einen in seiner Schmiede, den anderen in seinem Stall. Dass auch Goethe als Kriegsminister stillhält und nichts unternimmt gegen die mörderischen Soldaten, ist klar. Er ist der engste Freund und Günstling des Herzogs, der zweithöchstbezahlte Beamte des gesamten Herzogtums und als Geheimer Rat direkt dem Herzog unterstellt. Dazu geadelt. Ohne den Herzog wäre er nichts in Weimar. Versteht sich, dass er an diesem Regime festhält und die umstürzlerischen Absichten der Aufrührer hasst. Ihre republikanischen Bestrebungen sieht er als Bedrohung seiner Position. Würde es ihnen gelingen, das Herzogtum abzuschaffen, wäre auch er verloren. Also setzt er alles daran, diese aufkommende freiheitliche Bewegung im Keim zu ersticken.«

Feder zerdrückte seinen halb gerauchten Zigarillo im Aschehaufen seiner Porzellanschale.

»Er fürchtet auch die Jenaer Studenten mit ihren revolutionären

Ideen. Er hat Angst, sie könnten die Bevölkerung anstecken. Die Studenten waren immer schon widerspenstig. Er setzt Spitzel gegen sie ein. Zahlt dem Prorektor, den Dekanen, Assistenten und Pedellen Geld, damit sie sie beobachten und ihre Post kontrollieren. Für Goethe sind die aufrührerischen Studenten Unmündige, unruhige Köpfe ohne Vernunft, üble Subjekte, ein gesetzloser Haufen. Er verbietet ihre Studentenverbindungen. Verbietet ihre Demonstrationen und lässt sie niederschlagen. Die Anführer lässt er als Rekruten nach Preußen verkaufen und kassiert Geld dafür. – Wollen Sie noch mehr wissen?«, fragte Feder. »Könnte für Sie gefährlich werden.«

Kestner wurde es heiß. In was war er da hineingeraten? Wieder hörte er die Warnung des Barbiers, nicht in ein Loch zu fallen, in einen Abgrund, aus dem herauszukommen nicht jedem gelingt. Und die Drohung Mephistos, nicht weiter in dieser Stadt herumzuschnüffeln: Wissen kann tödlich sein.

»Vielleicht rede ich mich um Kopf und Kragen, wenn ich Ihnen das alles erzähle. Könnte auch für mich gefährlich werden.«

Sofort bot Kestner ihm an zu schweigen, nichts mehr zu verraten, wenn er dadurch sein Leben riskierte. Er wollte ihn auf keinen Fall in Gefahr bringen und war bereit zu gehen. Schon erhob er sich, da richtete sich auch Feder auf, legte seine Hand auf Kestners Schulter und drückte ihn zurück auf den Stuhl.

»Bleiben Sie sitzen. Sicher ist meine Befürchtung nur Einbildung, Phantasie. Ich hab wohl zu viel Wein getrunken. Da hab ich oft so verrückte Ideen. Muss man nicht ernst nehmen.«

Kestner dachte an die Puppe, die Veiths Mutter von Feder gemacht hatte. Und an ihre dunkle Ahnung, dass auch er sterben würde, wenn sie die Puppe fertig hatte. Er rang mit sich, ob er Feder erzählen sollte, was die Alte voraussah. Einerseits fühlte er sich verpflichtet, ihm diese Bedrohung mitzuteilen, andererseits wollte er ihn nicht ängstigen. Vielleicht war an ihrer Hellseherei nichts dran, und er hätte Feder unnötig verrückt gemacht. Kestners Herz schlug wie wahnsinnig. Es drängte ihn, Feder von der Alten zu berichten, dann wieder verkniff er sich, ihm von ihr zu erzählen. Schließlich stieß es ihm den Mund auf, und er berichtete von ihrer Prophezeiung.

Mit ruhiger Hand nahm Feder sein Glas und trank es leer.

»Die Alte spinnt«, sagte er dann. »Ich kenne die Bertold. Ich war bei ihr nach der Ermordung ihres Mannes. Ich kenne ihren Puppenwahn. Die ganze Wohnung ist voll von ihren Gespenstern. Ich habe mit ihr über ihre Ahnungen gesprochen. Totaler Humbug. Sie hat 'nen Vogel, und der zwitschert ihr allen möglichen Unsinn ins Gehirn. Dass kurz nach der Fertigstellung der Puppen ihr Mann und der Jäckel umgebracht wurden – Zufall. Purer Zufall.«

Jetzt wusste Kestner überhaupt nicht mehr, was er glauben sollte.

Auch Feder war einen Augenblick irritiert. Er schien den Faden seiner Enthüllungen verloren zu haben und schaute in sein leeres Glas, als würden darin die Reste liegen, über die er noch sprechen wollte.

Ruckartig griff er nach der Flasche, goss das Glas wieder randvoll und trank gierig wie ein Verdurstender.

»Da ist so viel, was ans Licht muss«, bestimmte er, nachdem er seinen Durst gelöscht hatte. »So viel, was bekannt werden muss. Schluss mit der Lobhudelei über Goethe. Die Wahrheit muss auf den Tisch. Streuen Sie es überall herum. Sie dürfen nur nicht sagen, dass ich es Ihnen verraten habe. Sonst bin ich dran.«

In seiner Aufgewühltheit vergaß er, einen neuen Zigarillo anzustecken.

»Diese Rekrutierungen …«

Jetzt hatte er seinen Faden wiedergefunden.

»Diese Rekrutierungen, ich habe sie bei Goethe bis zu meinem Weggang miterlebt. Musste ja die Listen der Verkäufe führen. Die Namen der Burschen und seine Einnahmen registrieren. Als Kriegsminister gehört der Verkauf von jungen Männern als Rekruten nach Preußen zu seinem Geschäft. Und als Finanzminister sorgt er für Einnahmen durch diesen Menschenhandel. Er füllt damit die leeren Kassen des Herzogs. Ihm zur Seite steht ein preußischer Werber, der hier durch die Lande zieht und Thüringer Burschen aufgreift. Der Leutnant von Wolfsburg. Ein preußischer Offizier. Er ist gut befreundet mit Goethe. Sie treffen sich oft. Der von Wolfsburg zieht durch die Zuchthäuser und sucht sich Häftlinge heraus. Einfache Sträflinge, die einsitzen wegen Diebstahls, Kartenspiels mit gezinkten Karten, Randalierens in Kneipen oder Zechprellerei, Landstreicherei. In den Zuchthäusern findet er auch Leute, die man zuvor auf den Straßen aufgegriffen hatte wegen Herumlungerns, Rauchens in der Öffentlichkeit, Bettelei oder verbotenen Musizierens. Auch Wanderkomödianten, weil sie missliebige Possen aufgeführt hatten. Sie müssen nur gesund sein und ein gewisses Körpermaß haben. Man ist froh, diese unnützen Untertanen loszuwerden. Sie fallen dann nicht länger der Gefängniskasse zur Last und bringen auch noch Geld ein. Oder der von Wolfsburg geht auf Hinweise von Spitzeln mit seinen Leuten gezielt in die Wohnungen der Bürger und holt die Söhne aus den Familien heraus. Da ist dann auch manchmal der Goethe dabei und macht Zeichnungen.«

Während Feder sprach, kramte er einen neuen Zigarillo hervor und zündete ihn an.

»Hat der von Wolfsburg genug Burschen für Preußen zusammen, wird abgerechnet. Ware gegen Geld. Pro Person zahlt er an Goethe fünf Taler. Das verdient ein Tagelöhner im Jahr. Goethe leitet den Erlös für diesen Menschenhandel an den Herzog weiter, und der steckt die Summe in seine Privatschatulle und verspielt das Geld am Spieltisch im Fürstenhaus. Alles Schwatzen über den Menschenhandel und die Fronarbeit ist verboten. Darauf steht Zuchthaus. Die Bürger werden aufgefordert, alle anzugeben, die öffentlich darüber diskutieren. Eine Aufforderung zum Denunzieren. Die Gastwirte müssen Aufwiegler melden. Tun sie es nicht, droht ihnen ebenfalls Zuchthaus. So schaut's aus.«

Benommen hörte sich Kestner alles an. Feders Bericht betäubte ihn nahezu. Immer wieder wischte er sich mit der Hand über sein Gesicht. Er wollte das Gehörte abstreifen, das sich wie klebrige Spinnweben über seinen Kopf legte.

»Kommen wir zu Ihrer Frage, wie das mit der Höhn war«, fuhr Feder fort. »Um es direkt zu sagen: Der Goethe ist schuld an ihrer Enthauptung.«

Kestner sah ihn fassungslos an.

»Das war letztlich auch der Grund, weshalb ich meinen Dienst bei ihm hingeschmissen hab. Es war so: Der Herzog hatte sich gegen die Todesstrafe ausgesprochen. Auch bei Kindsmord. Entscheiden ließ er im Fall der Höhn aber das Geheime Consilium.

Daumen rauf, Daumen runter. Wahrscheinlich war er mit seinen sechsundzwanzig Jahren zu feige für eine eigene Entscheidung. Da überließ er die Abstimmung seinen drei Geheimräten. So konnte er bei einem schlechten Ausgang seine Hände in Unschuld waschen und war fein raus. Friedrich von Fritsch, der Vorsitzende des Geheimen Rates, stand auf der Seite des Herzogs und votierte gegen die Todesstrafe und für eine Begnadigung der Höhn. Christian Schnauß widersprach dem Herzog und votierte für die Todesstrafe. So stand es also eins zu eins. Unentschieden. Jetzt kam es auf Goethe an. Er war das Zünglein an der Waage. Von seinem Votum hing ab, ob der Höhn der Kopf abgeschlagen werden würde. Obwohl sie ihr Kind möglicherweise tot geboren hatte, stellte auch er sich gegen den Wunsch des Herzogs und votierte für die Enthauptung der Höhn. Die Höhn hätte ohne Beweis dafür, dass ihr Knäblein bei der Geburt lebte, gar nicht zum Tode verurteilt werden dürfen. Aber nichts davon. Sie wurde enthauptet, durch Goethes Votum. Das war am 4. November 1783. An dem Tag bin ich weg vom Herrn Geheimrat. Da hat's mir gereicht.«

Kestner mochte nicht glauben, was er da eben gehört hatte. Sein und Lottes Wolfgang hatte sich erbarmungslos für Kopf ab entschieden? Das konnte nicht sein.

»Am Tag der Hinrichtung wollte ich nicht in der Stadt sein«, sagte Feder. »Ich bin an der Ilm herumgelaufen. Auch der Herzog floh aus der Stadt. Er ging zur Jagd.«

Wieder füllte er sein Glas randvoll, trank und rauchte seinen Zigarillo.

Kestner sah ihn immer noch fassungslos an.

»Interessant ist, dass es in Weimar davor schon einmal zwei ähnliche Fälle gab. Den der Maria Rost und den der Dorothea Altwein. Nur eine Woche vor dem angeblichen Kindsmord der Höhn gebar die einundzwanzigjährige, nicht verheiratete Maria Rost ein Mädchen. Eine Totgeburt. Das war bewiesen. Die Rost war Magd bei einem Papiermacher. Er war auch der Vater des Kindes. Ihr totes Neugeborenes versteckte sie unter einer Diele neben ihrer Schlafstätte auf einem Heuboden. Durch den Verwesungsgestank entdeckte man den Leichnam. Der Herzog ließ sie nicht zum Tode verurteilen, sondern zu einer lebenslänglichen Zuchthausstrafe. Zwei Jahre davor der andere Fall – Dorothea Altwein. Auch sie war knapp über zwanzig, nicht verheiratet und Dienstmagd eines Hofgärtners. Ihre Totgeburt brachte sie in der Küche ihres Dienstherrn zur Welt. Vor Gericht sagte sie aus, sie habe ihr totes Kind nach der Durchtrennung der Nabelschnur in die Ilm werfen wollen. Sie wurde zum Tode durch Ertränken verurteilt. Mit einem Hund, einem Hahn, einer Schlange und einer Katze sollte sie in einen Sack gesteckt und in der Ilm ertränkt werden. Schließlich wurde sie vom Herzog zu lebenslangem Zuchthaus begnadigt. Goethe hat alle Prozessprotokolle gegengezeichnet und die beiden Urteile unterschrieben.«

Mühsam erhob Feder sich von seinem Stuhl und schlurfte zur Ottomane. Kestner staunte, dass er sich nach diesen Mengen Wein überhaupt noch aufrecht halten konnte. Er verscheuchte die Katze und zog aus dem Papierstapel, auf dem sie es sich bequem gemacht hatte, einen Pappeumschlag hervor.

Schleppenden Schrittes kehrte er zum Tisch zurück, schob den Aschenbecher und die Weinflasche beiseite, wischte mit seinem Ärmel die verstreute Asche und den vergossenen Wein von der Tischplatte, öffnete den Pappeumschlag, zog daraus Dokumente hervor und breitete sie aus.

»Die meisten seiner Akten hat Goethe in seinem Garten verbrannt. Gemeinsam mit seinem Diener Sutor. Der war fürs Praktische zuständig. Goethe wusste wohl, warum er sie verbrannte.«

Kestner stand wieder vor Augen, wie Goethe vor einigen Tagen zwischen den Büschen in seinem Garten Körbe voller Papiere verbrannt hatte.

»Die hier konnte ich vorher noch beiseiteschaffen. Das hier zum Beispiel«, sagte Feder und griff einige der Blätter heraus, »sind seine Spitzelberichte für den Herzog, geführt unter ›Privat-Nachrichten‹. Detaillierte Rapporte, wann er wen ausspionieren ließ. Auftragserteilungen an die Pedelle, Referenten und Professoren der Universität Jena, die Studenten auszukundschaften. Und die Ergebnisse seiner Spitzel. Informationen über die geöffnete Post der Studenten. Dazu Berichte über einige seiner Maßnahmen gegen aufmüpfige Studenten. Verweise von der Universität Jena.

Verbote, an anderen Universitäten zu studieren. Sogar Verkäufe als Rekruten an die preußische Armee.«

Feder las einige Beurteilungen Goethes vor: »›Man ist einen unruhigen Kopf los.‹ – ›Wegschaffung schädlicher Studenten.‹ – ›Entfernung der gemeinschädlichen Taugenichtse.‹ – ›Sie sollen weggeschafft werden, um das Herzogtum zu reinigen.‹«

Kestner nahm die Blätter in die Hand. »Ist das wirklich Goethes Schrift?«, fragte er ungläubig.

»Seine eigenhändige«, bestätigte Feder. »Und das hier ist sein Dossier über seine Anordnungen zum Verkauf von Bürgern des Herzogtums als Rekruten an die preußische Armee. Bedingung des Menschenhandels war: Die Männer mussten jung sein, gesund, gut gewachsen und ein gewisses Mindestmaß an Körpergröße haben. Sie mussten wehrdiensttauglich sein. Goethe schrieb an den Herzog: ›Die Vagabunden, die sich in unserem fürstlichen Land herumtreiben, sollen festgenommen und an die Werber gegen Entgelt ausgeliefert werden.‹«

Er legte das Blatt, von dem er abgelesen hatte, zur Seite und griff nach einem anderen.

»Wie man Vieh verkauft für die Schlachtbank, so wurden die Unliebsamen für die preußischen Schlachten verkauft«, klagte er. »Nach und nach kehrten sie zurück. In einer Kiste. Sie liegen jetzt auf dem Friedhof. Das ist die Goethesche Entsorgungspraxis.«

Kestner wusste nichts darauf zu antworten.

»Hier habe ich ein Schreiben des preußischen Werbers von Wolfsburg«, sagte Feder und hob ein Blatt hoch. »Der Adelige beklagte sich bei Goethe, dass er bislang zu wenig Provision eingenommen habe, und bat ihn, mehr Burschen ankaufen zu dürfen, um seinen Verdienst aufzubessern. Der Herr Geheimrat hat ihm das erlaubt. – Und noch etwas muss ich Ihnen zeigen«, sagte Feder und blätterte in der Akte. »Betrifft die Höhn. Wichtig. Finde ich im Augenblick nicht.«

Anstelle des gesuchten Dokuments zog er eine Anordnung für das Militär hervor. Darin wies Goethe die Kommandanten an, gegen Aufwiegler und Volksverhetzer mit aller Macht hart vorzugehen und alle, die den Frondienst verweigerten, zum Widerstand aufriefen, sich in Geheimgesellschaften zusammenschlossen und das Fürstentum durch republikanische Irrlehren gefährdeten, notfalls zu »neutralisieren«. Er nannte sie eine Rotte, eine Pest, die im Finstern schleicht.

Jetzt fand Feder das Blatt, das er gesucht hatte. »Da ist es! Sein Votum für die Enthauptung der Höhn. Hier, wenn Sie es nicht glauben: handschriftlich von Goethe.«

Er reichte die Seite Kestner, der sie mit zitternden Händen entgegennahm. Immer wieder las er den Satz, mit dem Goethe für den Tod der Höhn gestimmt hatte. Immer wieder schaute er auf Goethes Handschrift. Er musste sich Mühe geben, zu glauben, was er da vor sich sah.

Warum hatte Wolfgang das getan? Warum hatte er sich nicht wie Fritsch für eine Begnadigung entschieden? Das wäre ihm doch möglich gewesen. Es wäre für ihn kein Schaden entstanden. Er stand unter keinem Zwang, war ein freier Mann. Warum hatte er dennoch für die Enthauptung der Höhn gestimmt?

Feder stellte seine leere Flasche neben sich auf den Boden und holte unter dem Tisch eine neue hervor. Nachdem er den dunkelrot funkelnden Wein bis zum Rand in sein Glas gegossen hatte, schob er es Kestner hin. Dabei verschüttete er einiges.

»Kosten Sie mal. Schmeckt verflucht lecker. Nehmen Sie mein Glas. Ich trinke aus der Flasche.«

Wieder lehnte Kestner dankend ab. Schnell griff Feder zu und stürzte den Wein in sich hinein.

»Und jetzt wollen Sie wissen, wer dieser Mephisto ist.«

Es folgte ein kräftiger Rülpser.

»Eine sehr rätselhafte Figur. Viele sagen, den Mephisto würde es als reale Person gar nicht geben. Er sei eine Figur in Goethes Dramenfragment ›Faust‹. Das stimmt. Als ich bei Goethe anfing zu arbeiten, habe ich seinen Entwurf gelesen. Er bestand aus einem Stapel von Blättern. Er hatte ihn aus Frankfurt mitgebracht. Darin gibt es einen Teufel, Mephistopheles. Ein höchst gemeines und gefährliches Subjekt. Andere sagen, dieser Mephisto sei eine Verkörperung des Bösen. Des Bösen in uns. Jeder trage dieses Böse in sich, es flüstere uns alles mögliche Grauenvolle ein. Wenn es in uns zu übermächtig werde, trete es aus uns heraus und erscheine uns als konkrete Person. Dieser Gedanke ist zwar faszinierend, aber daran glaube ich nicht. Den Kerl gibt es wirklich. Ich bin ihm oft genug begegnet.«

Feder schlug mit der Hand hastig durch die Luft, als wollte er etwas verscheuchen. Kestner hatte Angst, er könnte dabei die Weinflasche umstoßen.

»Er ist ein Spion des Herzogs«, fuhr Feder fort. »Überall schnüffelt er herum. Mephisto ist auch ein enger Vertrauter Goethes. Die zwei hängen zusammen wie Pech und Schwefel. Er bespitzelt die republikanisch Gesinnten und meldet sie der Miliz, den Soldaten und Husaren, damit sie ihre Arbeit erledigen. Er spürt die jungen Burschen auf, die er für den Verkauf nach Preußen brauchbar findet. Oft sitzt er auch im Geheimen Consilium im Fürstenhaus mit am Tisch. Zwischen Fritsch, Schnauß und Goethe. Sozusagen als vierter Mann. Wer weiß, was er ihnen da alles einflüstert. Man hat den Eindruck, er schläft nie und zieht wie eine Spinne im Netz die Fäden.«

Kestner musste an die Worte von Lorenz denken, der nach ihrem Besuch bei der Jäckel vom Netz gesprochen hatte, »das diese Spinne webt«.

»Es gibt Leute, die sagen, Goethe habe diesen Mephisto mit seinem unfertigen Stück aus Frankfurt eingeschleppt«, erzählte Feder und starrte sinnend auf die abgefallene Asche seines Zigarillos. »Andere behaupten, der Teufel habe in Weimar schon immer vielen im Leib gesteckt. Ich kenne Mephisto, seit ich bei Goethe als Kopist angefangen habe. Da erschien er immer unangemeldet. Auf einmal stand er da, blätterte in den Papieren und unterhielt sich mit Goethe. Was sie miteinander redeten, konnte ich nicht hören. Der Kerl sprach mit lautloser Stimme. Sehr merkwürdig. Unheimlich. Aber Goethe verstand ihn sehr gut, nickte und machte sich Notizen. In Protokollen, die ich abschreiben musste, habe ich gelesen, dass er Goethe vorgeschlagen hatte, in Ilmenau Kupfer- und Silberbergwerke zu gründen.«

Fahrig stand Feder auf und schaute auf einige der Papierstapel im Raum. Er suchte wohl das Blatt, das er kopiert hatte, gab es dann aber auf. Er setzte sich wieder und erzählte weiter.

»Mit den Bodenschätzen aus den Bergwerken könne man die bankrotte Staatskasse wieder füllen, hieß es. Dazu sollte die Ilm kanalisiert werden. Anstelle unseres schönen Flüsschens ein breiter Schifffahrtskanal. Und die Familien am Ufer sollten umgesiedelt und ihre Häuschen abgerissen werden. Die Sache hat sich aber Gott sei Dank als Pleite erwiesen. War kein Kupfer und Silber im Boden zu finden. So ist uns das schöne Ilmtal erhalten geblieben. Dann hat er dem Goethe eingeredet, anstelle der Münzen Papiergeld einzuführen. Ein Stück Papier und darauf eine Zahl. Was für eine verrückte Idee! Mit dem Schein und der Zahl darauf sollte man dann in Läden Waren einkaufen können. Ein Hexenzauber. Vielleicht wird aus dem Papiergeld später mal etwas. Ich werde es nicht mehr erleben.«

Gierig schenkte Feder erneut sein Glas voll und soff, als müsste er ein inneres Feuer löschen. Kestner wunderte sich, dass er nach diesen Mengen Rotwein noch nicht vom Stuhl gesackt war. Dass er nicht einmal lallte, sondern immer noch mit klarer Stimme weitersprach.

»Man weiß nicht, wo dieser Mephisto wohnt. Er muss aber doch irgendwo wohnen. Wahrscheinlich haust er in den geheimen Gängen unter der Stadt. Vielleicht hat er sich in diesem unterirdischen Labyrinth eingenistet wie eine Ratte. Man müsste die Höhlengänge zuschütten, damit er darin erstickt, wie ein Wurm verdorrt, zu Staub zerfällt und sich auflöst in seinem eigenen Dreck. Den Korken auf die Flasche hauen, damit er nicht mehr rauskommt.«

Dabei schlug Feder mit der flachen Hand so kräftig auf den Korken seiner Flasche, dass die Katze auf den Papieren auf seinem Tisch hochschreckte und einen Buckel machte.

»Goethe hat in einem seiner Briefe selbst von diesen unterirdischen Gängen geschrieben.«

Er schubste die Katze vom Papierstapel. Maunzend sprang sie auf den Boden. Mit zitternden Fingern zog er nach einigem Suchen ein Blatt hervor und gab es Kestner.

»Die Stelle, wo ich das Kreuz gemacht habe«, wies er ihn an.

Kestner las die Zeilen, geschrieben mit Feder und schwarzer Tinte: »Unsere moralische und politische Welt ist mit unterirdischen Gängen, Kellern und Cloaken miniret, an deren Zusammenhang wohl niemand denkt und sinnt.«

Dreimal las Kestner diesen Satz und musste an die Jäckel denken, die auch von unterirdischen Gängen gesprochen hatte.

»Was meint er damit?«, fragte Kestner und gab Feder das Blatt zurück.

»Er meint damit nicht die Abwässerkanäle, die unterirdischen Rinnsale und Kloaken, obwohl er dieses Wort gebraucht. Er meint die heimlichen Abstimmungen und verschwiegenen Kontakte. Den Nachrichtendienst zwischen dem Hof, dem Geheimen Rat, dem Adel, dem Militär, den vielen Spitzeln und Mephisto. Wenn durch die republikanischen Ideen aus Frankreich einmal offene Revolten in der Stadt ausbrechen, wird der Weimarer Erdboden einstürzen, wird alles zusammenbrechen. Dann müssen die geheimen Gänge offen liegen. Aber das wird noch eine Weile dauern. Dafür sorgen der Herzog, sein Hof mit all den Adeligen und der Geheime Rat mitsamt seinem Goethe.«

Feder schüttete den letzten Rest Rotwein aus seinem Glas in sich hinein. Dabei verdrehte er die Augen, schwankte beängstigend und musste sich an der Tischkante festhalten. Es dauerte eine Weile, bis er wieder sprechen konnte. Mit schwerer Zunge brachte er hervor: »Es gibt aber auch echte unterirdische Gänge unter der Stadt. Katakomben, Grüfte, Höhlen. Immer wieder verschwinden in diesen Verliesen Menschen. Nur selten kehren sie zurück. Mephisto lässt darin unbequeme Bürger verschwinden. Personen, die sich in seine Geschäfte einmischen. Die ihm zu neugierig sind.«

Kestner musste an Lorenz denken.

»Mein Assistent ist seit einem Tag verschwunden«, sagte er. »Er rannte gestern hinter einem Abtransport von Zwangsrekrutierten her und ist immer noch nicht zurück. Hat einen Gefangenen aus dem Wagen befreien wollen.«

»Unmöglich«, sagte Feder und schüttelte den Kopf.

»Den Bruder des Mädchens, in das er verliebt ist.«

»Ist Ihr Assistent so jung? So naiv? Einen Gefangenen aus dem Wagen befreien! Unmöglich. Ihr Assistent war eine gute Beute für Mephisto. Er sammelt seine Fänge in den Grüften der abgebrannten Schlossruine. Vielleicht hat er auch Ihren Assistenten da eingeschlossen.«

Obwohl Kestner die Pfotenhauer gebeten hatte, Lorenz nach seiner Rückkehr sofort hierherzuschicken, drängte es ihn nun doch, schleunigst zum Hotel zurückeilen. Vielleicht lag dort wenigstens eine Nachricht von ihm.

Feder spürte, dass Kestner aufbrechen wollte.

»Bleiben Sie noch einen Moment«, lallte er. »Ich hab etwas für Sie.«

Aus einem der Papierstapel kramte er ein eingerissenes Blatt heraus. Es war eine vergilbte Architekturzeichnung.

»Ein alter Bauplan vom Schloss. Noch aus meiner Zeit als Schreiber in der Baukommission, vor dem Brand. Das hier ist der Bauplan vom Kellergeschoss. Um Ihren Assistenten zu suchen, gehen Sie diesen Weg zum Schlosshof.«

Feder fuhr mit seinem zitternden Zeigefinger über das Papier, vorbei am Fürstenhaus, vorbei an der Bibliothek bis zum Wasserring des Burggrabens. Dann vorbei an der alten Hauptwache, über die kleine Brücke des Burggrabens in den großen Schlosshof.

»Wenn Sie durch diesen kleinen Torbogen gehen, über zusammengestürztes Gemäuer hinweg, kommen Sie in einen kleinen Innenhof. Er liegt direkt am Wasser des Burggrabens. Dort gibt es vergitterte Kellerluken im Mauerwerk der ausgebrannten Ruine. Der ganze Hof ist verschüttet durch die herabgebrochenen Fassaden. Um zu einer der Luken zu kommen, müssen Sie über die Trümmer klettern. Irgendwie werden Sie an eines der Fenstergitter rankommen. Und wenn Sie Glück haben, entdecken Sie in einem der Kellerlöcher Ihren Assistenten.«

»Und die anderen Räume?«, fragte Kestner und zeigte auf dem Plan auf mehrere Kammern.

»Das sind geheimnisvolle Grüfte«, brachte Feder mühsam hervor. »Ich kenne niemanden, der sie je betreten hat. Keiner weiß, was sich darin befindet.«

Kestner konnte Feder kaum noch verstehen, als dieser vor sich hin murmelte: »Mephistos verbotene Verliese. Seine geheimen Kammern. Wenn man nur hineinleuchten könnte in diese Finsternis! Weiß der Teufel, was er darin versteckt. Man wär sicher zu Tode erschrocken.« Deutlicher fügte er hinzu: »Nehmen Sie diesen Plan mit. Er wird Ihnen nützen.«

Es dauerte eine Weile, bis er das Blatt mit seinen vom Alkohol zitternden Händen sorgsam genau auf Kante zusammengefaltet hatte. Kestner sah ihm dabei zu, wunderte sich, dass er das Papier in seinem Suff noch so exakt knicken konnte, und steckte den Bauplan ein. Zum Abschied ergriff er Feders Hand. Sie war kalt und schlapp wie ein nasser Lappen.

Er musste nun los. Zurück zum Hotel. Um dort mit ein bisschen Glück endlich Lorenz anzutreffen.

Feder ließ Kestners Hand los und sank zurück auf seinen Stuhl. Mit verschwommenem Blick schaute er von unten hinauf zu Kestner und stammelte: »Vergangene Nacht war Mephisto bei mir. Hier in diesem Zimmer. Er kündete mir Ihren Besuch an und warnte mich, Ihnen Geheimnisse zu verraten.«

»Und trotzdem haben Sie mir alles erzählt?«

»Ich pfeif drauf. Wenn man vor solchen Leuten Angst hat, hat man schon verloren. Heute früh glaubte ich zuerst, seine nächtliche Erscheinung sei eine Vision gewesen, weil ich vom Abend zuvor noch angesoffen war. Aber dann fand ich einen Zettel von ihm auf dem Tisch. ›Gute Reise‹ wünschte er mir.«

»Was für eine Reise?«

»Keine Ahnung. Ich habe nicht die Absicht, zu verreisen.«

Kestners Knie wurden weich. Er hatte eine Ahnung.

Bevor er die Tür hinter sich schloss, drehte er sich noch einmal um und sah, wie Feder seinen Kopf auf den Tisch legte, zwischen die leere Flasche und die überquellende Ascheschale.

Im Hotel war Lorenz immer noch nicht eingetroffen. Sein Zimmerschlüssel hing am Haken. Sein Bett war unberührt. Er war nun einen Tag und eine Nacht verschwunden. Gestern um diese Zeit war er hinter dem Wagen hergerannt und hatte geschrien: »Da müssen wir mit! Den Lukas rausholen!«

Was für ein Dummkopf!

Was war mit ihm passiert? Vielleicht hatten die Husaren ihn geschnappt und der Polizei übergeben. Für sie war er ein Ausländer, Staatsbürger des Kurfürstentums Hannover. Sie könnten ihn als vermeintlichen ausländischen Spion festgenommen und verhört haben. Vielleicht wurde er ja über die Landesgrenze nach Hannover abgeschoben. Das wäre für ihn das beste Ende seines Abenteuers.

Oder man hatte ihn zu den anderen Burschen in den Wagen gepackt, und er war nun unterwegs nach Preußen. Als Zwangsrekrutierter wie die anderen.

Kestner wurde es heiß und kalt zugleich. Das wäre das schlimmste Ende. Wie hatte dieser Wirrkopf ihn nur in eine solche Situation bringen können! Ohne Lorenz konnte er unmöglich nach Hannover zurückkehren. Er hatte eine Sorgfaltspflicht gegenüber seinem Assistenten. Er würde zu Lorenz' Eltern nach Celle reisen und ihnen mitteilen müssen, dass ihr Sohn in Weimar verschwunden war. Er habe nicht genug aufgepasst auf ihn. Unvorstellbar, ihnen das sagen zu müssen. Und dann sein Chef, der Archivleiter, der ihn nach Weimar geschickt hatte. Kestner kam schon ohne die wertvolle Handschrift zurück. Und nun auch noch ohne Lorenz? Zwei Katastrophen auf einmal! Wie würde er dastehen im Archiv? Als totaler Versager. Als völlig untauglich für weitere Aufträge. Und was würde erst seine Lotte von ihm halten? Nicht auszudenken!

Der Schweiß stand ihm in dicken Tropfen auf der Stirn.

»So sind sie, die jungen Leut«, sagte die Pfotenhauer leichthin. »Hauen ab, wie es ihnen gefällt.«

Kestner musste in der Schlossruine nachsehen. Vielleicht hatte er Glück und konnte Lorenz in einem der Keller erspähen. Das sollte die Pfotenhauer aber nicht wissen. Er ließ seine Tasche mit seinen Unterlagen im Hotel und ging los.

Wie schon heute Vormittag schien die Sonne immer noch warm vom wolkenlosen Himmel. Hätte er nicht bis über beide Ohren in seinem Unglück gesteckt, wäre es für Kestner ein wunderschöner Sonntag gewesen. Die Menschen genossen die Sonnenstrahlen, bummelten über die Plätze oder entspannten sich in den Parkanlagen auf den Bänken, während ihre Kinder auf Rollern hin und her sausten und vor Vergnügen schrien. Auch jetzt am frühen Nachmittag läuteten wieder die Glocken der Stadtkirche und der Jakobskirche. Die Amseln zwitscherten in den Bäumen. Und alle glaubten für kurze Zeit, der Frühling sei gekommen. Für Kestner aber war es in seiner Angst um Lorenz Winter.

Er ging, wie von Feder empfohlen, am Fürstenhaus vorbei und an der Bibliothek, die er gar nicht ansehen mochte. Dann vorbei an der ehemaligen Hauptwache, in der sich ein Kramladen niedergelassen hatte, der allerlei Trödel anbot, auch gebrauchte Kleider. Er überquerte die kleine Brücke über dem Burggraben und sah hinab in das dunkle, fließende Wasser. Dann stand er auf dem großen Schlosshof. Wie eine gespenstische Kulisse umgaben ihn die ausgebrannten Ruinen.

Vor neun Jahren war in einer Nacht im Mai bei einem schweren Gewitter der Blitz in das Dach eines Seitenflügels eingeschlagen. Sofort hatte der Dachstuhl in Flammen gestanden, das Feuer auf die anderen Dächer übergegriffen, und noch in der Nacht hatten sich die Flammen durch alle Decken und Böden des gesamten Schlosses hindurchgefressen, bis zum Kellergeschoss.

Nun ragten von den beiden langen Seitenflügeln und dem Querflügel am Ende des Hofes nur noch die fensterlosen, vom Feuer geschwärzten Fassaden in die Höhe. Zum Teil waren die bröckelnden Mauern im Lauf der Jahre eingestürzt, der Rest war mit schweren Balken abgestützt worden. Einige Bereiche hatte man wegen weiterer Einsturzgefahr mit Brettern und Drahtzäunen abgesperrt. Doch die Weimarer scherten sich nicht um das Verbot und holten sich aus den immer wieder herabbrechenden Trümmern heraus, was sie brauchen konnten. Selbst nach so vielen Jahren schleppten sie aus den Schuttbergen immer noch verkohlte Ziegelsteine, verbogene Wasserrohre und verschmorte Kronleuchter und luden sie auf ihre Handkarren.

Kestner suchte an der Ruinenseite, die parallel zur Ilm stand, den kleinen Torbogen, von dem Feder gesprochen hatte. Dabei kam er an Schafställen, Ziegenverschlägen und Schweinebuchten vorbei, die Bauern in Mauerresten eingerichtet hatten. Endlich fand er den niedrigen Durchlass, schlüpfte hindurch und stand in dem kleinen Innenhof. Er war, wie Feder angekündigt hatte, zugeschüttet von herabgestürzten Deckenbalken, verkohlten Parkettresten und zerbrochenen Säulen.

Kestner kletterte über die Schuttberge, bis er tief unter sich das dahinfließende Wasser des Burggrabens sah. Eine Böschung bewachsen mit Büschen und Sträuchern führte steil zum Gewässer hinab, das an dieser Stelle seitlich an der dahinterliegenden Ilm vorbeiführte. Etwas entfernt konnte er die kleine Schlossbrücke sehen, die sich über den Burggraben spannte.

Er schaute sich um und entdeckte an einer Seite des Hofes tatsächlich tief gelegene Kellerluken. Vorsichtig kroch er an eine davon heran.

Um in den Kellerraum sehen zu können, legte er sich vor das Gitter auf den Bauch und schob die dichten, verstaubten Spinnweben zwischen den Eisenstäben beiseite.

Er erschrak. Im Keller sah er Menschen. Eine Gruppe von etwa zehn Personen. Ihrer verschlissenen Kleidung nach waren es Bauern und Arbeiter. Besser Gekleidete waren anscheinend Studenten. Sie sprachen nicht miteinander. Stumm hockten, lagen und kauerten sie zusammengekrümmt auf dem Betonboden. Kestner suchte Lorenz in der Gruppe. Er konnte ihn nirgends entdecken. Da hörte er über sich eine bekannte ölige Stimme.

»Sie halten Ausschau nach Ihrem Assistenten Lorenz.«

Kestner wandte sich um und sah nach oben. Über ihm stand Mephisto im schwarzen Umhang. Sein silberner Blitz funkelte auf der Anstecknadel. Sein glatt rasiertes, maskenhaftes Gesicht glänzte in der Sonne.

Kestner hatte das Gefühl, zu vereisen. Er wollte sich erheben, war aber unfähig, sich zu bewegen.

»Sie suchen vergebens.« Mephisto lächelte maliziös.

»Wo ist er?«, stieß Kestner hervor und wunderte sich, dass er einen Laut hervorbringen konnte.

»Sie werden es früh genug erfahren.«

»Wo ist er?«, wiederholte Kestner mit schwacher Stimme.

Wieder überzog ein höhnisches Lächeln Mephistos Mund mit der etwas vorstehenden Oberlippe.

»Willkommen in meinem Reich. Sie sind mir ein lieber Gast.«

Kestner wollte sich aufrichten, doch der kalte Blick aus Mephistos Schweinsaugen lähmte ihn, zwang ihn auf die Erde.

Sein Gegenüber hatte ein Vergnügen daran, ihn so hilflos liegen zu sehen, und spottete: »Von Zeit zu Zeit seh ich Sie gern und hüte mich, mit Ihnen zu brechen. Es ist gar hübsch, mit dem hannoverschen Herrn so freundlich über mein geheimes Reich zu sprechen. Sie können sich nun mit Verlaub erheben und meine unterirdischen Gänge erleben.«

Tatsächlich konnte Kestner nun aufstehen. Er wankte und musste sich an der geschwärzten Ziegelwand festhalten.

»Ihren Plan«, befahl Mephisto schneidend und streckte seine Hand aus.

Kestner tat so, als wisse er nicht, was er damit meinte. »Was für einen Plan?«, wollte er wissen.

»Fragen Sie nicht so dumm«, kam es scharf von Mephisto.

Woher wusste dieses Ekel, dass Feder ihm die Bauzeichnung gegeben hatte? Hatte er durch den halb zugezogenen Vorhang gespäht, als er vorhin bei ihm war?

»Her damit!«

Kestner blieb nichts anderes übrig, als in seine Manteltasche zu greifen und ihm das Blatt zu übergeben.

»Alles mein Werk«, erklärte Mephisto triumphierend und zeigte mit großer Geste ringsum auf die Ruinen. »Ich war der Blitz, der in das Schloss einschlug. Ich war das Feuer und bin stolz darauf. Zuerst stand das Dach des Seitenflügels in Flammen. Die brennenden Schindeln flogen durch die Luft. Der Wind trieb die Fackeln auf die anderen Dächer. Und schon brannten alle drei Dachstühle lichterloh. Was für eine Lust, der gefräßigen Feuersbrunst zuzusehen! Mein Herz hüpfte vor Freude. ›Das Schloss brennt!‹, schrien die Menschen und liefen zusammen. ›Das Schloss brennt!‹ Natürlich brannte das Schloss. Was denn sonst? Die Sturmglocken auf den beiden Kirchtürmen wurden geschlagen. Dann fraß sich das Feuer in das Schloss hinein. Brennende Balken und Decken krachten herab. Mutige Menschen stürzten sich in die Flammen und versuchten, so viel wie möglich aus dem Schloss zu retten. Darunter auch ein Zimmergeselle, der jetzt auf dem Friedhof liegt. Und Plünderer, die alles Brauchbare aus dem Schloss herausschleppten. Das Löschwasser der Spritzwagen verdampfte in der Hitze. Wild gewordene Pferde galoppierten im Kreis über den Schlosshof und zertraten die Schläuche. Die Wände brachen ein. Ganze Stockwerke stürzten in sich zusammen. Durch die Hitze zerbarsten die Scheiben der Fenster. Die glühend heißen Glasscherben flogen durch die Luft und bohrten sich in die Leiber der Gaffer. Die Flammen schlugen aus den Fensterhöhlen heraus, zischten und fauchten. Das Schloss glich einem feuerspeienden Berg. Mein Herz hüpfte im Leib. Was für eine Lust, zu sehen, wie die tobenden, gefräßigen Flammen alles verschlangen, was sie fassen konnten. Die Weimarer standen entsetzt um das Schloss. Wie eine riesige Fackel loderte es zum Himmel empor und erhellte die Nacht. Zwei Tage lang brannte das Schloss. Noch weitaus länger glühte die Ruine wie ein Ziegelofen. Am Ende waren da nur noch Asche und Trümmer. Wie es sich gehört. Ich war befriedigt. Denn alles Bestehende ist wert, dass es zugrunde geht. – Und nun hinab in mein Imperium! Sie wollten doch so gern wissen, was die unterirdischen Gänge sind. Sie dürfen sie kennenlernen. Bitte sehr.«

Mephisto stieß Kestner über den Schutt zu einer kleinen Eisentür auf der anderen Seite des Innenhofes und schlug mit dem Fuß gegen den Einlass. Ein Schlüssel knarrte, ein Riegel schlug gegen ein Eisen, und das Türchen öffnete sich. In einer Schafspelzjacke stand ein Hüne mit einem rosafarbenen Babygesicht vor ihnen. In der einen Hand hielt er einen Schlüsselbund, in der anderen eine Öllampe.

»Der Herr ist mein persönlicher Gast«, sagte Mephisto zu ihm. »Mach deinen Dienst.«

Der Hüne reichte Mephisto stumm Schlüsselbund und Lampe, nahm ein Seil, das von seinem Gürtel herabhing, und band es straff um Kestners Handgelenke. Der steife Strick schnitt hart in seine Haut, drang tief in sie ein. Ein brennender Schmerz umfing seine Gelenke. Dann riss der Hüne kurz und brutal am Strick, um die Festigkeit des Knotens zu überprüfen.

»Gute Führung durch den Untergrund«, wünschte Mephisto und griente, während der Schmerz wie Feuer in Kestners Handgelenke stach.

Der Hüne im Schafspelz zog ein schwarzes Tuch hervor und wollte es Kestner um die Augen binden. Er wehrte sich und schlug mit seinen gebundenen Händen um sich. Da versetzte ihm der Hüne mit der Faust einen so harten Schlag gegen seine Schulter, dass ihm übel wurde und er das Gefühl hatte, sein Gelenk sei ausgekugelt. Durch die betäubende Pein hatte er nun nicht mehr die Kraft, sich weiter zu wehren, und nahm es widerstandslos hin, dass der Hüne seine Augen verband. Dabei zerrte er das schwarze Tuch so eng um seinen Kopf, dass es in die Haut einschnitt.

ELF

Der Hüne zerrte Kestner am Seil durch die Eisentür und schlug sie hinter ihm zu.

Kestner hörte, wie der Schlüsselbund rasselte und sich ein Schlüssel mehrmals knarrend im Schloss drehte, bevor der Riegel hart gegen den Anschlag knallte. Kalte, feuchte Luft umwehte ihn.

Ruckartig wurde er vorwärtsgezogen, dem Hünen hinterher. Es ging eine Treppe hinab. Kestner musste Stufe um Stufe mit den Füßen ertasten, um nicht zu stürzen. Doch der Kerl hastete so schnell voran und riss immer wieder so hart am Seil, dass Kestner Stufen verfehlte und sich erst nach ein paar tapsenden Schritten fangen konnte. Dazu schmerzten seine Handgelenke, als würden sie über eine Flamme gehalten.

Immer tiefer ging es hinab. Mit den Fingern versuchte Kestner, wann immer der Hüne das Seil für einen kurzen Moment locker hängen ließ, das schwarze Tuch unter einem Auge anzuheben. Vergebens. Es war zu fest gebunden. Blind tastete er sich mit einem Ellbogen seitlich an der Wand entlang, bemüht, einen Halt zu finden. Das Mauerwerk war nass und glitschig. Doch schon riss der Kerl wieder am Seil, und Kestner stolperte weiter die Stufen hinunter. Nun waren sie auf einem ebenen Boden angekommen. Kies knirschte unter ihren Schuhen. Am Hall ihrer Schritte glaubte Kestner zu erkennen, dass sie durch ein Gewölbe gingen. Wieder suchte er Halt an der Wand. Er spürte große Feldsteine, über die Wasser rieselte. Sogleich riss der Hüne so heftig am Seil, dass Kestners Hände und Arme nach vorne flogen.

Kestner konnte nicht abschätzen, wie weit er durch das Gewölbe gezerrt wurde. Einmal ging es rechts in einen Gang hinein, dann schräg links nach unten. Die Luft wurde immer kälter und feuchter. Er begann zu frieren. Durch den Widerhall ihrer Schritte von den Wänden hatte er den Eindruck, das Gewölbe würde sich nun verengen. Er glaubte regelrecht zu fühlen, wie die Wände neben ihm dichter an ihn heranrückten und die Decke sich niedriger über ihn senkte.

Das Seil erschlaffte, und Kestner, der noch ein paar Schritte weiterging, stieß gegen den Hünen. Das Babygesicht maulte etwas Unverständliches.

Er hörte, wie der Kerl seine Öllampe auf den Boden stellte und ein Schloss öffnete. Eine Eisentür knirschte in den Angeln. Anscheinend waren sie am Ziel angekommen.

Dann wurde er in einen frostigen Raum gestoßen.

Der Hüne im Schafspelz löste das Seil von seinen Handgelenken. Es war eine Wohltat, die Hände wieder bewegen zu können. Trotzdem schmerzten die tiefen Einkerbungen des groben Stricks in seiner Haut noch sehr. Seine Gelenke waren geschwollen. Kestner rieb vorsichtig darüber, massierte sie leicht. Er konnte immer noch nicht sehen, wo er sich befand, und tastete mit den Fingern nach seiner Augenbinde. Grob schlug ihm der Hüne die Hände weg. Gleich darauf spürte er, wie an seinem Hinterkopf der zusammengezurrte Knoten des Tuches gelöst wurde. Endlich war es so weit, er nahm das schwarze Tuch von seinem Kopf.

Kestner rieb seine brennenden Augen. Wegen der zu straff gespannten Binde konnte er zunächst kaum etwas erkennen. Wie verschleiert sah er, wo er sich befand. Er stand in einem niedrigen, engen Keller ohne Fenster. Nur durch den flackernden Schein der Öllampe konnte er die Wände erkennen. Sie waren aus unbehauenen Feldsteinen gemauert und glänzten feucht. Er stand auf einem nassen Erdboden. Schon spürte er, wie die Nässe durch seine Schuhe kroch. In der Eisentür, durch die sie hereingekommen waren, befand sich ein kleines Loch, durch das man spähen konnte.

Der Hüne holte aus seiner Pelzjacke einen halben Laib Brot heraus und warf ihn Kestner vor die Füße. Dann drehte er sich um, verließ den Keller, schmiss krachend die Eisentür hinter sich zu und drehte mehrfach den Schlüssel im Schloss. Kurz hörte man noch seine Schritte draußen auf dem Kies. Dann war es still.

Kestner ging zur Tür und lugte durch das Loch im Eisen. Doch sosehr er auch zuerst das eine, dann das andere Auge anstrengte, nichts war zu sehen. Nichts als Schwärze. Er schlug mit den Fäusten gegen das Türblatt, trat mit den Schuhen dagegen, bis seine Zehen schmerzten. Der Hüne mit dem Babygesicht kam nicht zurück.

Kestner war allein in seinem Verlies. Es gab keine Pritsche, um darauf zu schlafen. Auch kein Brett, um nicht auf dem nassen Erdboden liegen zu müssen. Es gab keinen Tisch, keinen Stuhl. Auch keinen Hocker. Nur einen Blecheimer für die Notdurft. Aber kein Papier, um sich den Hintern abzuwischen.

Er nahm die qualmende Lampe vom Boden und neigte sie etwas, um zu sehen, wie viel Öl sich noch darin befand. Die kleine Wanne war nur noch einen Fingerbreit mit Öl bedeckt. Bald würde die Lampe verlöschen, dann wäre um ihn herum nur noch Finsternis.

Wie komme ich hier wieder raus?, rotierte es in seinem Kopf. Wie komme ich hier nur je wieder raus?

Mit der Öllampe leuchtete er in die Ecken seines Kerkers, um vielleicht eine Fluchtmöglichkeit zu entdecken.

An einer Wand konnte er ein seltsames massives Metallgestänge ausmachen. Es war im Mauerwerk festgeschraubt, größer als ein Mensch und hatte einen hölzernen, hoch gelegenen Sitz. Wenn man darauf saß, hatte man die Wand im Rücken. Auf Höhe der Brust hingen zwei breite, in den Stein eingelassene Lederriemen mit je einer Schnalle. Zu beiden Seiten der Sitzfläche waren Armlehnen mit Lederschlaufen in die Wand montiert. Dort, wo sich beim Sitzen der Hals befand, gab es einen in der Weite verstellbaren eisernen Ring. Er war durch eine seltsame Konstruktion mit einem großen Rad verbunden, das etwas von dem Gerüst abstand. Wenn man daran drehte, schloss sich der Eisenring immer enger um den Hals. Bis zum letzten Atemzug. Eine Stranguliermaschine, dröhnte es in Kestners Kopf. Ein Foltergerät, um Aussagen zu erzwingen.

Hatte man ihn hierhergebracht, um von ihm Geständnisse zu erpressen? Wollte man ihn hier strangulieren? Für welche Geständnisse? Er hatte nichts zu gestehen. Zu welchen Aussagen wollte man ihn zwingen? Er musste raus aus dieser Gruft! Sofort! Aber wie? Wieder leuchtete er mit der Lampe umher.

Da sah er im dämmrigen Schein an einer Wand direkt unter der Decke eine Luke. Sie war mit Eisenstäben vergittert. Wahrscheinlich ein Luftschacht. Er nahm den Scheißkübel, Gott sei Dank war er leer, stülpte ihn um, stellte ihn unter die Luke und stieg auf den Blecheimer.

Nun war er näher an der Öffnung und leuchtete in das Dunkel hinter dem Gitter. Was er sah, ließ seine Hoffnung schwinden.

Selbst wenn er die Stäbe wegreißen konnte, die Luke war zu schmal, um hindurchzukriechen.

Und selbst wenn es ihm gelänge, sich hindurchzuzwängen, und sich dort wirklich ein Luftschacht befand, wohin führte er? Vielleicht bliebe er auf halbem Weg stecken. Wer sollte ihn dann da herausholen?

Verzweifelt musste er feststellen: Kein Ausweg. Keine Fluchtmöglichkeit.

Auf einmal starrten ihn zwei funkelnde Augen an. Eine Ratte. Mit ihrer Schnauze schnupperte sie an den Gitterstäben. Dass Kestner ihr direkt in die Fratze leuchtete, störte das Vieh nicht.

Sofort kamen weitere Ratten ohne Scheu hinzu. Alle waren sehr dick und fett und mit Schlamm bedeckt. Dreist glotzten sie Kestner ins Gesicht. Leicht hätten sie zwischen den Stäben hindurch in sein Gesicht schnellen, ihm ein Stück aus seiner Wange reißen und in den Keller hinabspringen können.

Angst überfiel ihn. Sie stülpte sich über ihn. Er hatte das Gefühl, als würde sie ihm das Gehirn aussaugen.

Kestner wurde klar: Die Ratten hatten keine Eile. Sie konnten nachts kommen, während er schlief. Falls er in dieser Nacht überhaupt zur Ruhe käme. Sie konnten aber auch tagsüber kommen und um ihn herumwimmeln. Sie konnten jederzeit pfeifend zu ihm herabspringen, seine Schuhe annagen, unter seiner Hose an den Beinen hochkriechen, seine Waden anfressen. Sie konnten auf seine Schultern hüpfen, unter seinen Mantel schlüpfen, unter seinem Hemd über seinen Rücken kriechen, mit ihren Krallen Hautfetzen aus ihm herausreißen.

Er stieg zurück auf den Erdboden. Womit konnte er die Luke verschließen? Hier war kein Brett, keine Platte, kein Draht. Er rüttelte am Sitz des Stranguliergeräts. Das Holz war festgeschraubt. Er suchte an dem Foltergestell nach irgendeinem Teil, um den Ratten den Weg zu versperren. Alles war verschraubt, genietet, fest geschmiedet. Er hatte nichts, um sich zu schützen. Außerdem, wie sollte er selbst eine verfügbare Barriere vor dem Gitter anbringen? Er hatte kein Werkzeug, um sie zu befestigen.

Sein Blick fiel auf den halben Laib Brot auf der Erde. Sicher hatten die Ratten das Brot bereits erspäht. Schnell schob er es unter sein Hemd und drückte es gegen seinen Bauch.

Wieder stellte er sich die Frage: Wie kam er hier wieder raus? Kam er je wieder heraus aus diesem Grab?

Er musste an Lotte denken. Kurz vor seiner Abreise hatte sie ihm erzählt, sie habe gelesen, der französische Dramatiker und Librettist Bouilly hätte die Absicht, eine Befreiungsoper zu schreiben. Eine Oper gegen die politische Unterdrückung und für die Freiheit der Aufständischen, die in französischen Kerkern schmachteten. Die Oper sollte davon handeln, dass eine als Mann verkleidete Frau ihren gefangenen Gatten aus einem Kerker befreit. Vorbild für diese Rettungsaktion bei Bouilly war eine gewisse Madame de Tourraine, der es tatsächlich gelungen war, in einem Männerkostüm ihren Ehemann aus einem französischen Karzer herauszuschmuggeln.

So eine Befreiungsoper war gut und schön. Aber wer holte ihn aus diesem Rattenloch heraus? Dass seine verkleidete Lotte ihn befreite, war kaum anzunehmen.

Bouillys Oper sollte »Leonore« heißen. Doch auch Lorenz' Leonore würde ihn nicht befreien können.

Und Lorenz? Unmöglich.

Kestner musste etwas unternehmen. Noch einmal suchte er am Foltergerät ein Teil, das er abreißen konnte, um damit die Eisentür aufzubrechen. Doch wieder musste er feststellen: Keine Eisenstange, kein Metallbügel, keine Strebe, auch nicht der Eisenring für den Hals, nichts war zu lösen. Nichts konnte er wegbrechen, um damit die Tür aus den Angeln zu heben oder das Schloss zu zersplittern und zu knacken.

Kestner gab es auf. Er sah keine Möglichkeit mehr, aus dieser Grube herauszukommen. Er war verzweifelt und erschöpft, konnte sich kaum noch auf den Beinen halten. Irgendwo musste er sich niederlassen.

Der Erdboden um ihn herum war nass. Die einzige trockene Stelle, auf die er sich setzen konnte, war der Sitz des Stranguliergerätes. Er kletterte zum Brett hinauf, hockte sich auf das Holz und starrte vor sich hin. Keinen klaren Gedanken konnte er fassen. Alle seine Gedanken schwirrten hin und her wie Fledermäuse.

Er holte seine Taschenuhr hervor. Die Zeiger standen auf vier. Das konnte nicht sein. Es war bereits etwa vier Uhr gewesen, als der Hüne im Schafspelz das schwarze Tuch um seine Augen gebunden hatte. Es musste mittlerweile viel später sein. Wie spät war es jetzt?

Kestner zog seine Uhr an den kleinen, gezackten Kronen auf und hielt sie an sein Ohr. Kein Ticken. Warum lief sie nicht, obwohl er sie aufgezogen hatte? Seit er in die unterirdischen Gänge geführt worden war, hatte er keine Vorstellung mehr von Zeit.

Er versuchte, die Dauer der vergangenen Ereignisse zu rekonstruieren. Strengte sich an, sich zu erinnern, wie er in diese Gruft geraten war. Er war am Vormittag bei Feder gewesen. Feder hatte angedeutet, dass Lorenz in einem der Keller im Innenhof der Schlossruine gefangen sein könnte. Am Mittag hatte er Feder verlassen, war zum Hotel und dann zur Ruine gegangen, hatte ein Kellerfenster gefunden, sich auf den Bauch gelegt, die Spinnweben vom Gitter geschoben, im Keller eine Gruppe von Menschen gesehen; Lorenz war nicht dabei gewesen. Dann über ihm Mephisto. An einer Eisentür der Hüne mit dem Babygesicht und schließlich das schwarze Tuch über seinen Augen. Alles war dunkel. Seine Uhr war in der Finsternis stehen geblieben. Es gab keine Zeit mehr. Dunkelheit hüllte ihn ein.

Aus den Tiefen seiner Erinnerung tauchte dieser merkwürdige Ausspruch des Barbiers auf: »Dunkel ist das Leben, ist der Tod.« Was hatte er damit gemeint?

Plötzlich war da ein Gepfeife und Gefiepe, und Kestner wurde aus seiner Versunkenheit aufgeschreckt. Auf dem Boden um ihn herum wimmelten ein Dutzend Ratten. Er riss seine Füße hoch. In dem Moment spürte er, dass sich etwas in seinem Genick festkrallte. Er griff in seinen Nacken und hatte eine fette Ratte in der Hand. Sie war schleimig, strampelte und pfiff so grell, dass ihn der Ton in die Ohren stach. Voller Ekel schmetterte er sie auf den Boden, mitten hinein in das Gewimmel der anderen Ratten.

Drei dieser stinkenden Pestbiester hüpften auf seinen Schoß und wollten unter seinen Mantel schlüpfen. Sie hatten das Brot gerochen. Mit ihren Zähnen zerrten sie an seinem Hemd und wollten sich zum Brot durchkrallen.

Kestner sprang vom Sitz herab, schlug die Mistviecher aus dem Mantel heraus und trat mit den Schuhen nach, als sie auf den Boden stürzten. Er hatte nichts, um sie totzuschlagen. Kurz überlegte er, ob er seine Schuhe ausziehen sollte. Doch dann müsste er in Socken auf dem nassen Boden hinter ihnen herrennen, und sie würden beißen. Innerlich hörte er wieder die Stimme von Mephisto, der feixend am Hoteltresen gestanden und gemeint hatte: »Wohl dem, der festes Schuhwerk hat in dieser Zeit.«

Immer wieder trat Kestner wütend nach den Ratten, während er mühsam sein Brot unter dem Hemd festhielt. Ein paar der Viecher traf er mit solcher Wucht, dass sie einen Moment lang liegen blieben, sich dann aber wieder aufrappelten und fiepend mit den anderen über das Foltergestell zurück in die Luke huschten.

Es dauerte lange, bis sich Kestner beruhigt hatte. Er konnte sich nicht vorstellen, wie er die Nacht verbringen sollte. Auf dem Foltersitz konnte er nicht schlafen. Das Gestell war der Rattenpfad von der Luke zu ihm herab. Er wollte nicht wieder erleben, dass sie ihm ins Genick hüpften.

In einer der vier Mauerecken fand Kestner eine Stelle, die nicht völlig nass, nur etwas feucht war. Trotz der frostigen Kälte zog er seinen Mantel aus, wickelte ihn zusammen, legte ihn in die Mauerecke und setzte sich darauf. Angelehnt an die Wand versuchte er, die Nacht irgendwie hinter sich zu bringen.

»Aus der Tiefe rufe ich, Herr, zu Dir«, flüsterte er. Kestner war nicht religiös. Er war zwar protestantisch erzogen worden, aber er war nicht gläubig. Dennoch war ihm in seiner Not dieser Vers eingefallen. »Aus der Tiefe rufe ich, Herr, zu Dir.«

Er kannte diese Zeile eines Bibelpsalms aus einer Bach-Kantate. Vor langer Zeit hatte er sie gemeinsam mit Lotte bei einem Konzert gehört. Und nun tönte der Hilferuf in ihm. Lautlos bewegte er seine Lippen und sprach immer wieder stumm diese Klage, Wort für Wort.

Lange dämmerte er dahin. Er geriet in einen schwebenden Zustand und hatte das Gefühl, dass sein Körper sich auflöste. Er zerfaserte wie eine weiße Wolke am Himmel, bis nichts mehr von ihm übrig blieb. Körperlos glitt er dahin. Trieb er im Wasser? Schwebte er in der Luft? Alle Schwere war von ihm abgefallen.

Schon glaubte er, ihn würde es gar nicht mehr geben, da spürte er eine Bewegung an seinem Körper. Er wachte auf. Er war tatsächlich eingeschlafen. Spontan griff er nach seinem Brot. Es war weg. Nun war er hellwach.

Er sah, wie sich am Boden die Ratten keifend um das Brot stritten. Während er schlief, hatten sie es unter seinem Hemd hervorgeholt. Erstaunlich, dass er davon nicht aufgewacht war. Nun bekämpften sie sich zirpend, pfeifend, quietschend und rissen sich gegenseitig die Brotstücke aus den Mäulern. Sein Brot!

Mit dem Schrei »Mein Brot!« sprang er dazwischen, trat mit den Füßen nach allen Seiten, traf brutal einige der Bestien. Sie blieben kurz auf der Erde liegen, rafften sich dann aber wieder auf und flohen quietschend mit den anderen, jede ein Stück Brot im Maul, über das Foltergerät zurück in die Luke. Stille. Kestner nahm den zerfetzten Rest des Brotes vom Boden, riss Stücke davon ab, stopfte sie in seinen Mund und ließ sich wieder auf seinem zerknäulten Mantel in der Mauerecke nieder.

Weit entfernt hörte er die Turmuhr der Fürstlichen Bibliothek schlagen. Er zählte die Schläge.

Sie schlug zwölf Mal. Mitternacht. Die Fürstliche Bibliothek war so nah! Noch vor wenigen Tagen, am Montagvormittag, war er staunend durch die herrlichen Räume gegangen. Hatte die zierlichen Rocailles um die Fensterrahmen bewundert, die in Goldrahmen eingefassten Porträtgemälde von Anna Amalia und dem jungen Herzog bestaunt. Er war vor der berühmten Lebensuhr stehen geblieben und vor den weißen Büsten und Statuen auf den Podesten. Und im ovalen Rokokosaal war er überwältigt gewesen von den lichtblauen Bücherregalen mit ihren Kapitellen, in denen sich über mehrere Galerien die kostbaren, in Leder gebundenen Bücher mit den Goldprägungen aneinanderreihten.

Daran dachte Kestner, als er die Turmuhr der Bibliothek schlagen hörte, und hatte das Gefühl, das sei vor langer, langer Zeit gewesen. Nun hockte er hier in der Mauerecke auf dem kalten Erdboden dieses Kellers, und jederzeit konnten die Ratten wieder aus der Luke herausspringen und versuchen, in seine Kleidung zu kriechen.

Nach und nach wurde sein Mantel auf dem Boden feucht, bald

war er ganz durchnässt. Auch seine Hose wurde nass und klebte ihm am Hintern. Kestner blickte auf den trockenen Holzsitz des Foltergeräts.

Nun war es ihm egal, dass die Ratten dort leicht auf ihn hüpfen konnten. Auch in seiner Ecke konnten sie über ihn krabbeln. Mit Mühe zwang er sich aufzustehen, erklomm den Sitz und ließ sich auf dem trockenen Holz nieder.

Er starrte auf das langsam dahinschwindende Licht der Öllampe; sah, wie das Flämmchen kurz flackerte, wie ein schwarzer Rauchfaden aufstieg und die Lampe erlosch. Nun war es endgültig finster. Nur noch Schwärze um ihn herum.

Mephisto und der Hüne betraten den Keller. Mephisto lächelte und sagte: »Wie schön, dass Sie schon Platz genommen haben. Dann können wir ja gleich anfangen.«

Sein Handlanger mit dem Babygesicht zurrte zuerst Kestners Unterarme mit den Lederriemen auf den Armlehnen fest, dann fixierte er seine Füße. Er drückte seinen Oberkörper fest an die Wand hinter ihm und schnallte ihn mit den breiten Gurten daran fest. Dann legte er den Eisenring um Kestners Gurgel, trat an das große Rad seitlich des Foltergeräts und begann, es langsam zu drehen. Der Ring schloss sich enger um Kestners Kehle.

»Gestehst du?«, fragte Mephisto mit seiner sanften Stimme.

Kestner wusste nicht, was er gestehen sollte.

Der Hüne drehte das Rad ein Stück weiter. Der Ring um Kestners Hals wurde noch enger.

»Gestehst du?«, fragte Mephisto abermals und lächelte dabei.

Kestner wusste immer noch nicht, was er gestehen sollte.

»Wir machen so lange weiter, bis dir die Luft wegbleibt«, säuselte Mephisto. »Bis zum letzten Atemzug.«

Um Mephisto herum wimmelten die Ratten. Sie schienen ihn zu lieben. Sie sahen zu ihm auf, stellten sich auf ihre Hinterbeine und schmiegten sich an seine weichen Stiefel. Mephisto neigte sich zu ihnen herab, sprach freundlich zu ihnen und streichelte sie. Das gefiel ihnen.

Kestner musste daran denken, wie Mephisto sich ihm bei seinem Nachtbesuch vorstellt hatte: »Manche nennen mich den Herrn der Ratten und der Mäuse, der Wanzen und der Läuse.«

Mephisto wandte seine Aufmerksamkeit wieder Kestner zu.

»Gestehst du, dass du Jerusalem deine Reisepistolen gegeben hast?«

Das gestand Kestner. Woher wusste Mephisto von dieser Geschichte?

»Gestehst du, dass sich Jerusalem mit deiner Pistole erschossen hat?«

Auch das gestand er. Warum kam er jetzt mit dieser Katastrophe, die ihn seit Jahren quälte?

Er war überzeugt gewesen, dass dieser Praktikant wirklich verreisen wollte und sich dafür seine Waffen ausgeliehen hatte. Trotzdem fühlte er sich schuldig: Er hätte ihm die Pistolen nicht geben dürfen.

»Gestehst du, dass du schuld bist an seinem Tod?«

»Ja«, gestand Kestner.

»Gestehst du, dass du Jerusalem umgebracht hast?«

Nein! wollte Kestner schreien, hatte jedoch dazu keine Luft mehr.

Mephisto gab dem Hünen ein Zeichen. Er drehte weiter an dem Rad. Der Eisenring quetschte Kestners Hals noch mehr zusammen. Er konnte kaum noch atmen.

»Gestehst du, dass du damit den Tod verdienst hast?«

»Nein«, hauchte Kestner mit dem letzten Atem, den er noch hatte.

»Wenn wir dich erdrosselt haben, öffnen wir die Klappe zu deinen Füßen und stoßen deine Leiche hinab«, sagte Mephisto zufrieden. »Du wirst nicht mehr sehen können, was sich da unten befindet.«

Wieder ein kleiner Wink von ihm. Der Eisenring presste Kestners Kehlkopf in seinen Hals hinein. Er hörte es krachen. Der Kehlkopf drückte seine Luftröhre ab. Er bekam keine Luft mehr. Ihm wurde schwarz vor den Augen. Er japste, rang nach Luft.

»Nein!«, brüllte Kestner mit letzter Kraft. »Nein! Nein!«

Damit wachte Kestner auf. Sein Angstschrei hallte noch in seinen Ohren. Er brauchte eine Weile, um sich zu vergewissern, dass er nur geträumt hatte. Dass er nicht erdrosselt wurde, nicht angeschnallt war, dass er sich bewegen konnte.

Nachdem er sich von seinem Alptraum etwas erholt hatte, sprang er vom Holzsitz herab auf den Erdboden. Da klang es hohl unter seinen Füßen. Warum hatte er diesen hohlen Klang nicht bei seinem Sprung davor gehört? Vielleicht war er zu weit seitlich gesprungen. In der Finsternis tastete er den Boden ab und schob die Erde weg. Darunter spürte er etwas Hartes. Es war Metall. Eine Eisenplatte.

Das musste die Klappe sein, von der Mephisto in seinem Traum gesprochen hatte. Er klopfte auf die Platte. Tatsächlich klang es darunter hohl. Mit den Fingern fuhr er an den Rändern des rechteckigen Eisens entlang. Irgendwo musste man sie öffnen können. Dann hatte er einen Ring zwischen den Fingern. Er zog daran und konnte die Klappe hochziehen.

Warf man hier die Leichen der Strangulierten hinab? Ob sie nun gestanden hatten oder nicht. Er war überzeugt, dass man auch ihn nach seiner Erdrosselung dort hinunterwerfen würde.

Kestner fand es sehr seltsam, dass er im Traum auf diese Öffnung hingewiesen wurde. Noch dazu durch Mephisto, der ihn töten wollte. Ein Mörder nannte seiner Beute einen Fluchtweg – das passte nicht zusammen. Aber Träume waren ja meistens voller Widerspruch und nicht zu erklären. Womöglich war ihm tatsächlich im Traum seine Rettung erschienen.

Von einer Rettung hatte er schon einmal geträumt. In seiner Jugend, als er schwer krank in einem Hospital lag. Lungenentzündung, Herzembolie. Die Ärzte hatten ihn schon aufgegeben. Kränklich war er immer schon gewesen. Aber dieses Mal hatten die Ärzte heimlich geflüstert: »Da hilft nur noch beten.« Der junge Kestner hatte nicht gebetet. Er hatte Fieberträume. Darin war ihm ein wunderbarer Sonnentag erschienen. Er lag in einer blühenden Wiese, schaute zu den ziehenden Wolken hinauf und war glücklich. Am nächsten Morgen war er gesund aufgewacht. Die Ärzte schüttelten ungläubig die Köpfe.

Kestner hob die Eisenplatte noch höher und sah tief unten ein schwaches Licht. Woher kam dieser Dämmerschein? Er konnte einen Schacht erkennen, der fast ganz mit einer Metallrutsche ausgefüllt war. Im engen restlichen Teil des Schachtes waren in der Wand Eisenbügel eingelassen, auf denen man hinabsteigen konnte. Auch wenn er nicht wusste, wo er dort unten rauskommen würde, für ihn stand fest: Das war seine Chance, aus diesem Kerker zu fliehen. Er schlüpfte in die Öffnung hinein, tastete mit seinen Füßen nach den ersten Eisenbügeln, während er sich seitlich am Boden festhielt. Dann kletterte er Bügel für Bügel hinab. Unten angekommen, endete auch die Rutsche. Seitlich bog ein schmaler Gang ab. Irgendwohin musste dieser Weg führen. Entfernt schimmerte ein schwacher, waagrechter Lichtstrich. Als Kestner sich ihm näherte, sah er, dass der dämmrige Schein unter einer Tür herauskroch.

Noch ein paar tapsende Schritte, und er stand vor einer Metalltür, zu seinen Füßen der Lichtstreifen.

Mitten in der Nacht dieser Schimmer. Sehr merkwürdig.

Ängstlich wagte er, die Tür zu öffnen. Sie war nicht verschlossen. Vor ihm tat sich ein Gewölbe auf. Von der Decke streuten zwei Öllampen ihr spärliches Dämmerlicht in diese Höhle. Niemand war zu sehen. Warum brannten diese Lampen? War gerade jemand hier gewesen und kehrte gleich wieder zurück?

Er schloss die Tür hinter sich und sah sich um. Er befand sich in einer Kammer, die wie ein mittelalterliches Laboratorium ausgestattet war. Kestner kannte solche düsteren Werkstätten von alten Kupferstichen, die er in Hannover archivieren musste.

In der Mitte des Raumes stand ein Metalltisch. Daneben lagen auf einem Holztisch mehrere Werkzeuge. Kestner sah eine kleine Handsäge, einen Hammer, verschieden große Meißel, Zangen, Scheren und einen löffelartigen Schaber, wie man ihn benutzte, um einen Topf auszukratzen. Neben dem Werkzeug standen mehrere leere Einmachgläser. In einer Ecke des Raumes entdeckte Kestner auf Eisengestängen große Glaskolben, unter denen man Flammen entzünden konnte.

Wohin war er hier geraten? Im Dämmerschein sah er sich den Metalltisch genauer an. Die Ränder waren rundum etwas hochgebogen. Sehr seltsam für einen Tisch, dachte Kestner und streifte mit den Fingern an den Biegungen entlang. Da glitten seine Finger in eine Rille, die um den ganzen Tisch herumführte und am Ende in ein Loch mündete. Wohin führte diese Öffnung? Er bückte sich unter den Tisch und sah unter dem Loch auf dem Boden einen

Zinkeimer stehen, in dem etwas dickflüssiges Schwarzes schwappte. Kestner roch daran. Es war altes, geronnenes Blut.

Er richtete sich wieder auf und erkannte nun: Er stand vor einem Seziertisch. Die Rille um den Tisch war eine Blutrille und die Handsäge bei den Werkzeugen eine Knochensäge. Voller Schrecken wich er zurück und stieß dabei eine Gallone um. Ihr Flaschenhals brach ab, eine Flüssigkeit lief aus, ein ätherischer Dunst stieg auf. Es war Spiritus.

Kestner rannte aus dem Gewölbe. Die Metalltür ließ er offen stehen und tastete sich, den schwindenden Dämmerschein aus dem Gewölbe im Rücken, voller Panik an der Wand des Ganges entlang. Er hatte bald völlig die Orientierung verloren und stieß irgendwann erneut an eine Eisentür. Ohne zu überlegen, riss er sie auf und stand in einem zweiten Gewölbe, das durch Öllampen an den Wänden erstaunlich hell erleuchtet war. Zu seiner Erleichterung befand sich niemand in dieser Gruft.

Die Wände und der Boden bestanden aus glatt gestrichenem Beton. An der Längsseite des Raumes war ein Regal aus groben Brettern aufgebaut. Er trat näher. Dort reihten sich in drei langen Fächern dicht an dicht verschlossene Einmachgläser. Darin schwammen in klarer Flüssigkeit hellgraue, wulstige Massen. Sie bestanden aus Windungen, die aussahen wie schmale, zusammengedrückte Gedärme. Es waren Gehirne. Sie schwammen in Spiritus wie dem aus der Gallone, die er umgestoßen hatte.

In Gläsern eingelegte Gehirne. So etwas hatte Kestner noch nie gesehen. Ein Schauder durchrieselte ihn. Einmal hatte er gebackenes Hirn gegessen. Das Hirn eines Tieres. Es hatte würzig geschmeckt, nussig.

Auf den Gläsern klebten Etiketten mit Namen. Namen von Männern und Frauen. Es waren die Gehirne von Menschen. Drei Fächer voll mit Gläsern, in denen menschliche Gehirne schwammen. Hatte der Barbier also recht gehabt mit seinen Gerüchten. Kestner wurde es eisig kalt.

Er las auf den Etiketten einige Namen. Es waren ihm unbekannte Menschen. Doch dann las er: »Bertold, Konrad«, »Jäckel, Jörg«, »Höhn, Katharina«, »Gründlein, Niklas«. Wie kamen ihre Gehirne in diese Gläser?

Er nahm das Glas, auf dem »Bertold, Konrad« stand, um den Inhalt genauer anzusehen. Dabei hielt er es etwas schräg. Das Hirn schwappte im Spiritus auf und nieder.

»Nicht schütteln«, flehte eine dunkle Männerstimme.

War das die Stimme des Schmieds? Vor Schreck hätte Kestner das Glas beinahe fallen gelassen.

»Nicht schütteln«, klagte die Stimme wieder. »Sonst gerät meine Vergangenheit durcheinander.«

Schnell stellte er das Gefäß zurück ins Regal.

»Bertold? Der Schmied?«

»Ich bin's«, kam es aus dem Glas.

Kestner zitterte jetzt am ganzen Leib. Er konnte es nicht fassen, dass da vor ihm das Gehirn des Schmieds im Spiritus schwamm. Er raffte all seinen Mut zusammen und fragte mit belegter Stimme: »Wie kam Ihr Gehirn in dieses Glas?«

Aus dem Einmachglas klang es dumpf, aber deutlich: »Nachdem man mich erschlagen und in meiner Esse verbrannt hatte, ließ mich Mephisto in seine Werkstatt nebenan schaffen. Medicis sägten meinen Schädel auf, nahmen mein Gehirn heraus und übergaben es Mephisto. Für seine Sammlung.«

Mephistos Sammlung! In diesen unterirdischen Gängen!

Kestners Knie wurden weich. Schwindel stieg in ihm hoch. Schwarze, sich drehende Schleier schoben sich vor seine Augen. Der Atem blieb in seiner Kehle stecken. Ihm war, als würde er niedersinken. Im letzten Moment klammerte er sich an das Holzregal, um sich aufrecht zu halten, und musste sich zwingen, beim drohenden Niederstürzen nicht das gesamte Regal mit all den Gläsern mitzureißen.

Allmählich fing er sich wieder. Der Schwindel legte sich, die Schleier vor seinen Augen schwanden. Er konnte wieder atmen und denken. Er war wieder fähig zu fragen.

»Warum sammelt er Gehirne?«

»Um unsere Gedanken zu erfahren«, gurgelte die Stimme des Schmieds. »Alles filtert er aus unseren Gehirnen heraus. Was wir planten. Unsere Absichten, Ziele, Aktionen. Mit wem wir zusammenarbeiteten. Er destilliert aus unseren Gehirnen die Namen unserer Genossen, unserer politischen Freunde und

Mitverschwörer, die er noch nicht gefasst hat, und denunziert sie an die Miliz.«

Kestner musste daran denken, dass Mephisto ihm in seinem Traum gedroht hatte, ihn nach der Folter und seinem Tod durch Erwürgen über diese Rutsche hinabzustoßen. Wollte er in seinem Labor auch sein Gehirn herausnehmen und seine Gedanken und Pläne destillieren?

»Er hat alles aus unseren Gehirnen herausgeholt«, sprach Bertolds Gehirn weiter. »Er hat sie in eine Lauge eingelegt, und sie fingen an zu sprechen. Ohne dass wir es wollten. Ganz automatisch fing auch mein Hirn an, alle seine Fragen zu beantworten. Er hat es in der Lauge über einer kleinen Flamme erwärmt, und schon fing es an auszusagen, was er wissen wollte. Gegen meinen Willen. Ich konnte mich selbst nicht mehr steuern. Ich war machtlos. Er hat mein Hirn an bestimmten Stellen mit einem Stab eingedrückt, es zuckte, und schon fing das dumme Ding an auszuplaudern, was er wissen wollte. Er hat es mit einer farbigen Flüssigkeit übergossen, und schon begann dieses idiotische, weiche Gebilde, Dinge zu verraten, die ich im normalen Zustand nie gestanden hätte. Ich wollte es nicht. Ich konnte nichts dagegen tun. So hat er alles erfahren. Alles über unseren Widerstand gegen die Fronarbeit. Dass wir uns einig waren, nicht mehr ohne Bezahlung für den Hof, für das ganze Adelspack, für den Herzog zu arbeiten. An welchen geheimen Orten wir uns versammelten und welche Pläne wir dort besprachen, wie wir uns von dieser Knechtung befreien wollten. Dass wir den Herzog und sein Adelsgesindel stürzen wollten.«

»Wie wollten Sie sich befreien?«, fragte Kestner.

»Bei mir fing mein Widerstand gegen die Fronarbeit damit an, dass ich mich weigerte, weiterhin Eisenringe zu schmieden. Von einem aus dem Zuchthaus Entlassenen habe ich erfahren, dass man meine Eisenringe dazu benutzte, Gefangene daran anzuketten. Bis ihre Hände und Füße bis auf die Knochen durchgescheuert waren und bluteten. Da war bei mir Schluss. Von da an habe ich mich geweigert, noch einen einzigen Ring zu schmieden. Ich habe mich auch geweigert, für die Adeligen und Husaren weiter ohne Bezahlung Pferdehufe mit Hufeisen zu beschlagen. Bis die Soldaten kamen und mich an meinem Amboss von hinten niederschlugen.

Ich war noch nicht ganz tot, ich spürte, wie sie meine Hände am Rücken fesselten und mich in das Feuer meiner Esse warfen, wo ich verbrannte. Später, als mein Gehirn hier in diesem Glas schwamm, habe ich von den anderen Gehirnen erfahren, dass es über uns ein Foltergerät gibt, mit dem man Gefangene mit einem Halseisen erdrosselt. Einen Strangulierapparat, den ich gebaut habe, vor langer Zeit. Als ich den Auftrag erhielt, wusste ich nicht, wozu das Ding verwendet wird. Das war nicht zu erkennen. Ich musste nur ein Gestänge aus Streben schmieden, Zahnräder, einen verstellbaren Ring und ein Rad an einer Achse anbringen. Das hätte man für alles Mögliche verwenden können. Für eine Erntemaschine, eine Mühle oder für den Schlachthof. Da habe ich mir nichts dabei gedacht. Dass man die Teile zu einem Foltergerät zusammenbauen würde, hab ich damals nicht gewusst.«

Nur mit Mühe brachte Kestner hervor: »Ich habe Ihren Apparat da oben gesehen.«

»Wurden Sie damit gefoltert?«, fragte Bertolds Gehirn. »Mich wundert, dass Sie noch leben.«

Kestner musste wieder an seinen Traum denken. Wie der Hüne ihn an diesem Gerät festgeschnallt und wie Mephisto begonnen hatte, ihn zu foltern und ihn beinahe erdrosselt hätte. In seine Gedanken hinein drängte Bertolds Gehirn: »Waren Sie bei meinem Sohn, dem Veith? Wie geht es ihm? Darf er unsere Schmiede weiter betreiben? Das wäre wichtig für seine Existenz. Hoffentlich haben sie ihn nicht auch noch verhaftet. Haben Sie meine Frau gesehen? Wie geht es ihr? Ist sie gesund? Macht sie immer noch ihre Puppen? Hoffentlich bastelt sie nicht auch von meinem Sohn eine Puppe. Dann wär's aus mit ihm. Der Veith muss weiterleben.«

Bevor Kestner antworten konnte, fragte Bertolds Gehirn: »Haben Sie mein Grab besucht? Liegen Blumen darauf? Von meiner Frau und von Veith? Das würde mich beruhigen.«

»Besuchen Sie auch mein Grab«, hörte Kestner eine dumpfe Stimme sagen. Sie kam aus dem Glas neben Bertold.

Er sah auf das Etikett. Es war das Gehirn von Jörg Jäckel.

»Waren Sie bei meiner Frau? Hat Sie Ihnen erzählt, wie man mich umgebracht hat? Wie geht es ihr? Kommt sie mit dem Hof allein zurecht? Wie geht es meinem Töchterchen? Sind beide gesund? So oft hat mich meine Frau gewarnt, nicht bei dem Aufstand mitzumachen. Sie hatte vorausgesehen, wie es enden wird. Aber ich konnte die Fronarbeit nicht länger ertragen. Mitten in der Ernte wochenlang ohne Entgelt irgendwelche Arbeiten in den herzoglichen Parks und Bauarbeiten für die neuen Palais leisten. Das Korn und das Gras verrotteten auf den Feldern, weil wir die Ernte nicht einbringen konnten. Meine beiden Ochsen und meine zwei Pferde musste ich stattdessen für irgendwelche Transporte für den Hof einsetzen. Hätte ich mich nicht dagegen gewehrt, wäre unser Hof endgültig zugrunde gegangen. Ohnehin musste ich fast unsere ganze Ernte ohne Bezahlung an den Adel und an den Herzog abliefern. Unser Vieh brauchte aber das Futter. Und wir mussten auch von etwas leben. Was blieb mir anderes übrig, als an der Verschwörung teilzunehmen?«

»Kamen deshalb die Soldaten zu Ihnen? Weil Sie sich verschworen hatten?«, wollte Kestner wissen.

»Für unsere Absprachen hatten wir einen Geheimbund gegründet. Wir nannten uns ›Freunde der neuen Republik‹. Wir wollten das Herzogtum und den gesamten blutsaugerischen Adel abschaffen und den Herzog stürzen. Wir wollten frei sein. Eines Tages wurde sogar der Geheimrat Goethe Mitglied unseres Geheimbundes. Wir staunten nicht schlecht und dachten, er sei auf unserer Seite und wollte uns unterstützen. Doch bald fanden wir heraus, dass er nur beigetreten war, um unsere Ziele auszukundschaften. Er wollte hören, was wir bei unseren Treffen planten. Helfen wollte er nicht. Als wir ihn darum baten, hat er unseren Geheimbund schnell wieder verlassen. So war das mit dem Herrn Geheimrat. Und bald darauf hatte ich die Mistgabel im Rücken. Jetzt schwimmen unsere Gehirne in diesen Gläsern, und der Mephisto saugt unsere Gedanken aus uns heraus.«

Kestner ging zum nächsten Glas mit der Aufschrift »Katharina Höhn« und klopfte leicht an das Gefäß. Sogleich begann ihr Gehirn zu sprechen, mit einer feinen Stimme, wie er sie von seinem Besuch im Zuchthaus in Erinnerung hatte.

»Da sind Sie ja«, sagte es. »Schön, dass Sie mich besuchen. Das Abschlagen meines Kopfes hat fast nicht wehgetan. Nur ein kurzer Schmerz. Dann nichts mehr. Wittig hat seine Arbeit sehr gut gemacht. Dafür danke ich ihm. Als sein Sohn meinen Kopf hochhielt, habe ich alles genau gesehen. Die Massen, die sich um den Rabenstein drängten. Und Sie, der Sie mitten in der Menge standen. Sie waren so entsetzt über meine Enthauptung. Ihr Assistent war nicht dabei. Nach meiner Hinrichtung hat man meinen Körper nach Jena gekarrt. Zur Anatomie. Auch meinen Kopf. Da haben sie mein Gehirn herausgenommen und Mephisto übergeben. Er wollte darin herumspionieren und erfahren, ob ich an den Widerstandsaktionen gegen das Herzogtum beteiligt war. Dieser Tölpel. Ich musste mich mit meinem dicken Bauch bei der Bluhmin abrackern und war dann neun Monate im Zuchthaus. Wie soll ich mit den Aufrührern gemeinsame Sache gemacht haben? Ich weiß nicht, was er jetzt noch mit mir vorhat.«

Nach einer kurzen Pause fragte sie leise: »Wissen Sie, was aus meinem Kindchen geworden ist? Ich erinnere mich nur, dass in meiner Kammer der Pfarrer, der Polizist und der Bluhm darum stritten, was mit ihm geschehen soll. Der Pfarrer hatte sich geweigert, es auf dem Friedhof zu bestatten, und der Bluhm wollte es nach Jena bringen lassen. Dann wurde ich abgeführt. Ich wüsste so gern, wo es geblieben ist. Wenn Sie es wissen, sagen Sie es mir. Dann wäre ich beruhigt.«

Kestner brachte es nicht übers Herz, ihr die Wahrheit zu sagen. Dass der Müller die Kindsleiche in Goethes Garten vergraben hatte, konnte er ihr unmöglich gestehen.

Um ihr keinen Schmerz zuzufügen, log er.

»Sie können unbesorgt sein. Ihr Kind ruht selig neben dem Kirchhof.«

Ihr Gehirn schwieg eine Weile. Das irritierte Kestner. Hatte sie bemerkt, dass er log? Hatte sie es am Klang seiner Stimme bemerkt? Dabei hatte er sich bemüht, so überzeugend wie möglich zu sprechen. Nein, ihr Gehirn konnte ihn nicht bei seiner Lüge ertappt haben. Es konnte nur wissen, was es erlebt hatte. Alles andere lag im Dunkeln. Und wenn sie ihn bei ihrer Enthauptung in der Menge gesehen hatte, dann nur deshalb, weil in dem Moment ihr Kopf noch lebte.

»Es beruhigt mich sehr, dass mein Kind in Frieden ruht«, sagte die graue Gehirnmasse. »Wissen Sie auch, was aus Ruprecht geworden ist? Ich hatte ihn zuletzt gesehen, als er abgehauen ist, Anfang April. Kurz bevor das Kind kam. Wissen Sie, wie es ihm geht?«

Diesmal konnte er mit ruhigem Gewissen berichten, dass er ihren Ruprecht auf dem Friedhof getroffen hatte und dass er liebevoll an sie dachte. Er erzählte ihr alles, was er von ihm erfahren hatte, auch dass er den Müller als Rache für seine Vergewaltigung an ihr umgebracht hatte.

»Geschieht ihm recht«, sagte ihr Gehirn mit Genugtuung und fügte etwas trauriger hinzu: »Hoffentlich landet sein Gehirn nicht auch noch bei uns. Ich bin froh, dass im Glas neben mir das Gehirn eines guten alten Freundes ruht. Von Niklas. Wir sprechen oft von früher.« Dann beschwor sie ihn plötzlich: »Bleiben Sie nicht länger. Fliehen Sie. Fliehen Sie schnell, damit Mephisto nicht auch Ihr Gehirn herausnimmt und Ihre Gedanken aussaugt.«

»Kommen Sie auch zu mir«, bat das Gehirn im Glas daneben. »Ich bin der Gründlein Niklas. Auch ich kann Ihnen einiges berichten.«

»Verlieren Sie keine Zeit«, blubberte die Stimme der Höhn im Spiritus. »Fliehen Sie, bevor Mephisto Sie hier findet. Sonst sind Sie verloren.«

»Kommen Sie auch zu uns«, flehten nun mehrere Stimmen zugleich. »Hören Sie uns an.«

Doch die Höhn unterbrach sie und drängte: »Flüchten Sie, schnell! Sonst ist es zu spät. Leben Sie wohl. Adieu!«

Die Eisentür stand immer noch offen. Kestner rannte aus dem Gewölbe und geriet in einen dunklen, niedrigen Gang. Er tastete sich an den nassen Steinwänden entlang. Er musste schnellstens raus aus diesen unterirdischen Gängen. Mephisto sollte nicht auch ihm das Gehirn aus dem Schädel kratzen. Es nicht in Spiritus in einem Glas schwimmen lassen und seine Gedanken herausdestillieren. Dieser Teufel durfte sein Gehirn nicht zu fassen bekommen. Raus hier! Aber wie?

Kein Lichtschein war mehr zu sehen. Es war vollkommen finster um ihn herum. Obwohl es kalt war unter der Erde, begann Kestner zu schwitzen. Er strich sich über die Stirn. Sie war mit Schweiß bedeckt. Sein Hemd klebte an seinem Rücken, an den Schultern und an den Armen.

Am ganzen Körper trat ihm der Schweiß aus den Poren. Er atmete immer angestrengter. Musste mühsam die Luft in seine Lunge pumpen und wieder hervorpressen. Das Herz pochte ihm bis zum Hals, hämmerte bis in den Kopf. Er hatte das Gefühl, es würde über ihn hinausschlagen.

Er riss sich seinen verdreckten Mantel vom Leib. Sofort begann er zu frieren. Frost schüttelte ihn. Hastig zog er den nassen Mantel wieder an. Er lastete schwer auf seinen Schultern. Müdigkeit kroch in ihm hoch. Zuerst spürte er sie in seinen Füßen. Er hatte Mühe, den Boden vor sich zu ertasten. Dann erfasste die Schlaffheit seine Knie. Er hatte Angst, sie würden einknicken. Aber er musste doch weiter, musste raus aus diesem Loch. Mit letzter Kraft tapste er in der Schwärze vorwärts, musste sich dabei immer wieder an den Mauersteinen festhalten. Er hatte das Gefühl, die Wand würde nach rechts abbiegen, sich dann aber gleich wieder nach links krümmen. Irrte er in diesem Labyrinth im Kreis herum? Kam er nie wieder heraus aus dieser Falle?

Schwindel griff nach ihm. Panik bemächtigte sich seiner. Er durfte jetzt nicht niedersinken. Er musste weiter. Da griff er mit der Hand plötzlich ins Leere. Wie war das möglich? Er trat einen Schritt in die Finsternis hinein und stellte fest: Er stand in einer Mauernische. Mit seinen Füßen stieß er an einen Stein. Er war flach. Wieder erfasste ihn ein Taumel, und er sank nieder. Kraftlos hockte er auf dem Stein.

Seit er in dieser Gruft eingekerkert war, hatte er nichts gegessen außer dem Stück Brot, das er den Ratten entrissen hatte. Nichts getrunken. Er wusste nicht, wie lange er schon hier unten herumirrte. Wie viele Tage? Wie viele Nächte? Er hatte überhaupt kein Zeitgefühl mehr. Seine Uhr war stehen geblieben, als ihn dieser Kerl in den Keller gestoßen hatte. Das war um vier Uhr nachmittags gewesen. Aber an welchem Tag?

Ihm war, als würde er in dem flachen Stein versinken. Als würde er sich über ihm verschließen und ihn langsam versteinern. Ein Dämmern breitete sich in seinem Schädel aus. Zuerst war es nur ein grauer Nebel. Dann wurde der Dunst dunkler. Schließlich füllte Schwärze sein Gehirn wie eine Flüssigkeit.

Kestner wachte auf. Er hatte geschlafen. Wie lange er weggesunken war, konnte er nicht abschätzen. Um ihn herum herrschte Finsternis. War es draußen Tag? Oder Nacht? Schwerfällig versuchte er, seinen erstarrten Körper zu bewegen. Er fingerte nach dem Stein unter ihm, dann nach der nassen Mauer. Er glaubte mit einem Mal, entfernt das Rauschen von Wasser zu vernehmen. Ganz leise nur.

Wenn es da wirklich Wasser gab, dann musste es auch eine Öffnung geben.

Kestner steckte seinen Zeigefinger in den Mund und zog ihn wieder heraus. Er hielt den feuchten Finger in die Luft und spürte, wie er an einer Seite erkaltete. Von dort musste ein leichter Windhauch kommen.

Ächzend richtete er sich auf. Seine Glieder fühlten sich an wie eine zähe Teigmasse. Endlich gelang es ihm, aufrecht zu stehen. Er schaffte es, an der Mauer entlang in die Richtung zu tappen, aus der der Windhauch gekommen war. Nach einer Weile bildete er sich ein, in der Ferne einen diffusen Dämmerschein zu erkennen. Tatsächlich wurde dieser fahle Schimmer mit jedem Schritt deutlicher sichtbar, zuerst bleigrau, dann milchigweiß. Da bemerkte er, dass er mit seinen Füßen bis über die Knöchel im Wasser stand. Er ließ sich niederfallen und trank gierig aus dem Pfuhl. Das Wasser schmeckte ekelhaft. Doch das störte ihn nicht. Lechzend saugte sein Körper die Flüssigkeit auf. Er spürte, wie sie ihn belebte und ihm wieder etwas Kraft gab.

Kestner fasste wieder Mut. Vielleicht gab es doch eine Möglichkeit, aus Mephistos Reich zu fliehen, seinem Labyrinth zu entkommen, dem Tod zu entwischen, das Tageslicht wiederzusehen, womöglich sogar im Sonnenschein aufzutauchen. Je mehr er sich dem heller werdenden Schimmer näherte, je mehr das Rauschen des Wassers sich verstärkte und je tiefer das Wasser wurde, in dem er watete, desto mehr war er davon überzeugt, dass dort vorne eine Öffnung sein musste.

Das Wasser reichte mittlerweile bis zu seinen Knien. Bald stand er bis zu den Hüften im eiskalten Wasser. Vielleicht musste er am Ende noch schwimmen. Das würde er mit Freude hinnehmen, wenn er nur aus diesen unterirdischen Gängen herauskam. Sein Mantel trieb um ihn herum im Wasser, saugte sich voll. Mühsam zog er ihn vom Leib, wrang ihn aus und legte ihn über seine Schultern.

Er patschte weiter durch das eisige Wasser, das ihm nun bis zur Brust reichte. Schon spürte er seine halb erfrorenen Beine nicht mehr. Auch seine Hüfte schien nicht mehr zu existieren. Von seiner Brust abwärts war sein Körper wie abgestorben. Mechanisch watete er weiter auf das Licht zu. Jetzt konnte er einen Gewölbebogen erkennen, hinter dem der Schimmer lag.

Kestner biss die Zähne zusammen und stapfte weiter. Es waren nur noch wenige Meter bis zu dem Gewölbebogen. Er wunderte sich, dass er sich mit seinen abgestorbenen Beinen noch aufrecht halten konnte und nicht in die eisige Flut sank. Da sah er vor sich etwas im Wasser schwimmen. War es eine Ratte? Eine Wasserschlange? Nein, dafür war es zu klein. Es schwappte auf der Oberfläche auf und nieder. Er versuchte, mit seinen eiskalten, klammen Fingern danach zu greifen. Sie waren zu steif, um das Ding zu fassen, doch er gab nicht auf. Endlich gelang es ihm, den Gegenstand zu packen. Es war ein faustgroßes Korkenbündel an einer Schnur.

Tageslicht flirrte auf dem Wasser hinter dem Gewölbebogen. Es war nun hell genug, um die Prägung auf den mit Schnur umwickelten und zusammengeknüpften Korken lesen zu können. Dort stand »Saale-Unstrut«. Es war der Wein, den Feder getrunken hatte!

Feders Flaschenkorken, hier an eine Schnur gebunden? Wie war das möglich? Phantasierte er? Gaukelte ihm sein Gehirn eine Vision vor?

Kestner zog an der Schnur. Sie straffte sich und schnellte aus dem Wasser. Wo war sie festgebunden? Er zog nochmals. In dem Moment hörte er entfernt eine Stimme. Was sie sagte, klang wie E und Ä. Oder täuschten ihn seine Ohren? Waren es die Laute eines Tieres?

Da war es wieder, dieses E und Ä. Das war kein Tier. Es war eine kräftige Männerstimme! Sie rief immer wieder ein Wort, von dem Kestner nur die beiden Laute verstehen konnte.

Er straffte die Schnur, folgte ihr und erreichte mit dem Korkenbündel in der Hand den gemauerten Bogen. Da erkannte er, wo er war: Vor ihm floss das Gewässer des Burggrabens. Und über dem Burggraben stand die Sonne!

Er hatte nicht mehr geglaubt, aus dieser Totengruft lebend herauszukommen. Doch nun war er dem Kerker entronnen. Er war draußen! Er war frei. Sah Tageslicht, atmete frische Luft.

Wieder zog er an der Schnur, und dieses Mal wurde sie zurückgezerrt.

»Kestner! Kestner!«, hörte er die Männerstimme jetzt deutlich rufen. Es war Lorenz' Stimme.

Die Schnur führte ihn rechts um das Gemäuer herum, entgegen der Strömung im Burggraben. Das Wasser war hier nicht mehr so kalt wie in dem Gewölbe, reichte ihm aber immer noch bis zur Brust.

Jetzt sah er Lorenz. Er stand bei der kleinen Schlossbrücke auf einer steinernen Ufertreppe an der alten Schlossmauer und winkte, während er mit der anderen Hand das Ende der Schnur näher an sich heranzog.

Hier konnte Kestner nun die Böschung mit den Büschen und Sträuchern hinaufklettern. Seine Arme und Beine waren vom eisigen Wasser so gelähmt, sein Körper so entkräftet, dass er ein paarmal auf der nassen Erde der Böschung abrutschte und ins Wasser zurückglitt. Erst als er sich an Wurzeln und Zweigen festhalten konnte, schaffte er es, sicheren Boden unter die Füße zu bekommen. Zwischen Gestrüpp zwängte er sich an der Schlossmauer entlang, bis er schließlich die Ufertreppe erreichte und vor Lorenz stehen blieb. Das Wasser triefte von ihm herab.

»Kestner«, brachte Lorenz mühsam hervor.

»Lorenz«, keuchte Kestner.

Sie umarmten sich lange. Kestner weinte. Er lag in den Armen seines Assistenten und weinte vor Freude.

»Mensch, Chef«, sagte Lorenz. »Sachen machen Sie. Sachen. Wenn man Sie einmal allein lässt …«

Kestner schlotterte vor Kälte, zerrte seinen nassen Mantel weg, warf ihn neben sich und setzte sich auf die Steinstufen. Seine aufgeweichten Schuhe zog er nicht aus. Er hätte mit seinen geschwollenen Füßen nicht mehr hineinschlüpfen können.

Mit glasigem Blick starrte er auf die Brühe, die langsam an ihm vorbeifloss. Er konnte sein Glück immer noch nicht fassen: Er war den Krallen Mephistos entwichen.

Es dauerte eine Weile, bis er wieder sprechen konnte. Immer wieder dankte er Lorenz für seine Rettung und wollte wissen, wo er seit Samstag geblieben war.

Lorenz setzte sich neben Kestner und erzählte: »Ich wollte den Lukas heraushauen. Bin auf den Transport gesprungen, wollte die Tür aufreißen, da haben mich die Husaren festgenommen. Milizen haben mich zu einer Polizeistation gebracht, mich drei Tage und drei Nächte dort festgehalten und immer wieder verhört. Dann erschien der preußische Werber, dieser von Wolfsburg, und hat mich vermessen lassen. Ich war zu klein und zu schmächtig. Er konnte mich nicht brauchen. Da hat er mich laufen lassen.«

Kestner war erleichtert. Nicht nur dass Lorenz ihn hier gefunden hatte, er war auch selbst noch mal davongekommen. Seine wahnwitzige Befreiungsaktion hätte leicht anders ausgehen können.

»Das war heute Morgen. Ich also zurück zum Hotel, dachte, ich würde Sie dort finden. Die Pfotenhauer hat sich nicht gewundert, dass ich so lange weg war und fragte nur, ob's schön war mit dem Mädchen. Sie war aber erstaunt, dass auch Sie schon seit zwei Tagen nicht mehr im Hotel aufgetaucht sind, und fragte, ob Sie hier wohl ebenfalls eine Freundin haben. Dass Sie verschwunden waren, erschreckte mich wahnsinnig. Ich hatte Angst um Sie. Sofort dachte ich an diesen Mephisto, an die Ziegelsteine und die Schüsse. Ich musste schnellstens herausfinden, ob Ihnen etwas passiert war. Da gab mir die Pfotenhauer den Zettel, den Sie ihr gegeben hatten. Den mit der Adresse von Feder. Sie sagte, Sie seien zu ihm gegangen, vielleicht könne er mir sagen, wo ich Sie finde. Ich also dahin, in diese Chaosbude. Feder war dicke angesoffen. Durch seinen Alkoholschleier hindurch stierte er mich an. Dann schien er schlagartig ernüchtert zu sein und sagte mit klarer Stimme: ›Was machst du denn hier?‹ Er glotzte mich an, als sei ich ein Gespenst. ›Bist du nicht im Keller?‹, fragte er. Der Feder war fassungslos. Er erzählte mir, er habe vermutet, dass Mephisto mich in der Schlossruine in einen Keller gesteckt hatte, weil ich den Lukas befreien wollte. Deshalb habe er Sie zur Schlossruine geschickt, um mich durch ein Kellerfenster zu entdecken und mich irgendwie zu befreien.«

Lorenz lachte gackernd. »Verrückte Situation: Ich suchte Sie und erfuhr von Feder, dass umgekehrt Sie mich gesucht haben. Als ich ihm sagte, dass Sie seit zwei Tagen verschwunden sind, wurde ihm klar, dass nun Sie in diesen Katakomben eingekerkert waren. ›Den müssen wir rausholen‹, entschied er. Sein Dusel war wie weggeblasen. Ich habe noch nie erlebt, dass ein Angesoffener von einer Sekunde zur anderen plötzlich so nüchtern werden kann. ›Den müssen wir rausholen‹, wiederholte er. Aber wie? Da hatte er eine Idee. Ich war platt, dass er überhaupt noch denken konnte.«

Lorenz wies auf die Korken, die Kestner neben sich auf den Boden fallen gelassen hatte. »Er sammelte die Korken seiner Weinflaschen auf, band sie zu diesem Bündel zusammen und befestigte daran eine lange Schnur. Er sagte: ›Geh zur kleinen Schlossbrücke über den Burggraben. Stell dich auf die Ufertreppe an der Böschung vor der alten Schlossmauer und wirf das ins Wasser. Die Korken treiben dann mit der Strömung an der Schlossmauer entlang und in das Innere der Katakomben. Wenn du Glück hast. Und wenn der Kestner Glück hat, findet er das Bündel.‹ – Den ganzen Vormittag hab ich darauf gewartet, dass Sie die Korken entdecken und an der Schnur ziehen. Und immer wieder habe ich Ihren Namen gerufen. Endlich straffte sich die Schnur. Wie bei einem Fisch, der einen Köder geschluckt hat. Da wusste ich Bescheid. So war das.«

Schon zum dritten Mal hatte Lorenz ihm das Leben gerettet und ihn mit Feders Hilfe aus Mephistos Unterwelt herausgelotst.

»Und Sie?«, drängte Lorenz. »Was haben Sie in den Katakomben erlebt?«

»Später. Kann jetzt nicht«, murmelte Kestner, wobei ihm fast die Stimme versagte. Er war von all den Schrecken und Verzweiflungen in der Gruft noch zu verwirrt, um jetzt darüber zu berichten. Er hatte Mühe, seine Gedanken zu sortieren.

»Welcher Tag ist heute?«

»Dienstag«, sagte Lorenz.

Kestner strengte sich an nachzudenken.

»Dann war ich zwei Tage in diesem Loch. Wir müssen sofort zu Feder. Uns bei ihm bedanken.«

»Erst müssen Sie 'ne trockene Hose haben.«

Kestner hatte seine klatschnasse Hose über Lorenz' Bericht völlig vergessen. Sie klebte ihm an den Beinen und am Hintern. Er stand auf und versuchte, seine Taschenuhr daraus hervorzuzerren. Beinahe hätte er dabei die Kette abgerissen.

»Sie läuft wieder«, stellte Kestner erleichtert fest. »Sie läuft wieder.«

Lorenz verstand nicht. Kestner erklärte ihm, dass seine Uhr stehen geblieben war, in dem Moment, als er von Mephisto und seinem Knecht in das Verlies hinabgestoßen wurde.

»Mephisto war wohl überzeugt, dass Ihre Zeit abgelaufen war«, kommentierte Lorenz trocken und stand ebenfalls auf.

Kestner griff nach seinem Mantel und wickelte ihn zusammen. Er erinnerte sich daran, dass er in der ehemaligen Hauptwache vor dem Burggraben einen Kramladen mit gebrauchten Kleidern gesehen hatte. Vielleicht konnte er dort eine alte Hose kaufen.

Sie stiegen die Steintreppe hoch, überquerten die kleine Schlossbrücke und gingen am Burggraben entlang bis zur alten Hauptwache.

Der kleine Laden war vollgestopft mit gebrauchtem Plunder. Verbeulte Töpfe und Pfannen, alte Öllampen, kleine Puppenstuben, verrostete Vogelkäfige, zerrissene Mieder und Korsetts, Blecheimer. Dazwischen Stapel mit abgetragenen Kleidern.

Als der kleine, magere Trödler Kestners Hose sah, wusste er, was sein Kunde benötigte.

»Suchen Sie sich was Passendes aus«, sagte er und zeigte auf die Kleiderhaufen.

Kestner wühlte darin herum, zerrte eine Hose nach der anderen heraus, hielt sie vor sich, um zu sehen, ob sie ungefähr die richtige Größe hatte. Schließlich fand er eine dünne, ausgebeulte Leinenhose. Auch seine Unterhose war klatschnass. Als er jedoch die gebrauchten, schmutzigen Unterhosen sah, die hier verkauft wurden, ekelte er sich. So etwas wollte er nicht anziehen.

»Umziehen können Sie sich dahinten.« Der Verkäufer zeigte auf einen Holzverschlag in einer Ecke.

Es war das Klo, ein winziges Kabuff, in dem er kaum Platz hatte, seine Hose zu wechseln. Mit seinen verdreckten Schuhen konnte er nicht in die neue Hose steigen. Er zog also die Schuhe aus, riss sich seine nasse Hose von den Beinen, wrang seine nasse Unterhose aus und versuchte, in die Leinenhose zu schlüpfen. Seine Beine waren aber noch nass, sodass das Tuch immer wieder an den Füßen und Waden hängen blieb, woraufhin er das Gleichgewicht verlor und sich in dem engen Raum an den Wänden festhalten musste. Als er das ausgebeulte Ding endlich angezogen hatte, stellte er fest: Sie war oben viel zu weit und unten zu kurz. Egal, er musste ohnehin so schnell wie möglich weg aus dieser Stadt. Doch sosehr er sich abmühte, er kam danach nicht mehr in seine Schuhe rein. Das Leder war vollkommen aufgeweicht. Er musste auch neue Schuhe kaufen.

In nassen Socken, seine neue Hose mit den Händen festhaltend, trat Kestner aus dem Verschlag heraus. Es fehlten ihm noch ein Gürtel und neue Schuhe. An einem Nagel in der Wand wählte er einen Lederriemen aus und schlang ihn um seine Hüfte. In einem großen Karton lagen zusammengeworfen alte Frauen- und Männerschuhe, Stiefel, Stiefeletten, Sandalen, Galoschen. Kestner entschied sich für einen abgetragenen linken Lederschuh, der irgendwie passte. Trotz allen Wühlens fand er keinen rechten. So nahm er wieder einen linken Schuh seiner Größe, wenn auch von ganz anderer Art. Am Ende hatte er ein Paar linker unterschiedlicher Schuhe an den Füßen. Egal, er konnte darin gehen.

»Jetzt noch einen neuen Mantel«, sagte Lorenz und deutete auf einen Haken, an dem einige verschlissene Umhänge und Mäntel hingen. Kestner griff nach einem Wollmantel, der ihm weit über die Hände und nur bis zu den Knien reichte. Unwichtig, dachte er, Hauptsache, das Ding ist trocken.

Nun ging es ans Bezahlen. Seine restlichen Taler benötigte Kestner für die Hotelkosten und die Rückreise. Er bot dem Verkäufer seine silberne Taschenuhr an. Natürlich war sie viel zu wertvoll für die ausgebeulte Hose, das Paar linker, abgetragener Schuhe und den verschlissenen Mantel, doch ihm blieb nichts anderes übrig.

Der kleine Dürre begutachtete die Uhr, war mit dem Tausch sehr zufrieden und hängte sie zu den anderen Uhren an der Wand.

Kestner kam sich immer armseliger vor. In welchem abgerissenen Zustand kehrte er nach Hannover zurück! Noch dazu ohne die wertvolle Handschrift. Aber er war am Leben und nicht in Mephistos Gruft krepiert. Das immerhin war ein Erfolg.

»Ihre alten Sachen können Sie hierlassen«, sagte der Trödler. »Die Hose, den Mantel und Ihre Schuhe werde ich trocknen lassen. Dann sieht alles wieder aus wie neu.«

Kestner bezweifelte das. Mit Lorenz machte er sich auf zu Feder, um sich bei ihm zu bedanken.

Als sie in dem schäbigen Hinterhof voller Gerümpel standen, sahen sie, dass der Vorhang in Feders Parterrefenster nun ganz zugezogen war.

Die ramponierte hölzerne Eingangstür hing immer noch halb aus den Angeln und war nur angelehnt. Wie bei seinem letzten Besuch war der Eingang des schmalen Treppenhauses vollgepackt mit überquellenden Müllsäcken und halb verbrannten Dielen.

Kestner klopfte an Feders Sperrholztür. Von drinnen war nichts zu hören. Er klopfte noch mal, diesmal stärker. Wieder blieb es still. Langsam drückte er die Tür auf.

Süßlicher Verwesungsgeruch schlug ihnen entgegen. Dazu stechender Brandgeruch. Sie wagten nicht zu atmen. Lorenz hielt sich die Nase zu.

Im Zimmer war es vollkommen dunkel. Sie konnten nicht das Geringste sehen. Ekelerregender Fäulnisgestank stand in der Luft und erfüllte die ganze Stube. Mit angehaltenem Atem tappte Kestner zum Fenster, um den Vorhang zu öffnen. Dabei trat er in eine Flüssigkeit und stolperte über etwas Weiches. Hastig zog er das schwere Tuch beiseite und riss das Fenster weit auf. Nun schien die pralle Sonne in den Raum. Was sie sahen, ließ sie erstarren.

Feder saß auf seinem Stuhl, die Hände hinter dem Rücken zusammengebunden, den Oberkörper über den Tisch gebeugt. Sein Kopf lag zur Seite geneigt auf der Tischplatte. Während Lorenz immer noch fassungslos an der Tür stand, trat Kestner näher an den Tisch heran.

Feders Hinterkopf war eingeschlagen. Riesige Wunden klafften im Schädel, verklebt mit Blut und Haaren. Dazu war sein Kopf mit schwarzer Tinte übergossen und die große lilafarbene Porzellanschale über ihm ausgeleert worden, die Feder als Aschenbecher benutzt hatte. Zigarilloreste und Asche vermischten sich mit der Tinte und dem Blut. In einer Knochenspalte steckte eine seiner Schreibfedern.

Die Tischplatte war rund um Feders Kopf fingerdick mit Blut bedeckt. Neben ihm standen vier halb zertrümmerte Weinflaschen. Spitze Glaszacken säumten die Bruchstellen. Die Flaschenhälse und dicke Glasscherben lagen neben Feder auf dem Tisch.

Sein Gesicht war blutverschmiert, seine Augen weit geöffnet. Es sah aus, als würde er auf die dicke Blutlache vor sich starren. In seinem Mund steckte ein Knebel. Ein Band klebte darüber, es reichte bis zum Hinterkopf.

Kestner nahm das Klebeband ab und holte Feder den Knebel aus dem Mund. Dann zog er die Schreibfeder aus der Schädelspalte und legte sie neben seinen Kopf, zwischen die Scherben.

Er sah sich im Zimmer um. Die Ottomane war zur Seite gerückt, der Sessel und Feders Bett umgekippt, die Schubladen der alten, zerkratzten Kommode aufgerissen, zerschlagenes Geschirr und die schmutzige Wäsche verstreut.

Auf dem Boden lagen die vier Katzen mit steif ausgespreizten Beinen, hervorquellenden Augen und aufgeblähten Bäuchen. Ihre Schnauzen waren mit gelbem Schaum verschmiert. Die Täter hatten die Katzen vergiftet.

Der Bleicheimer neben Feders Tisch war angefüllt mit Asche von verbrannten Papieren. Kestner zog einige der nicht ganz verbrannten Blätter heraus. Es waren Goethes Dokumente, die Feder ihm gezeigt hatte.

Nun trat auch Lorenz näher. Kalkweiß war er im Gesicht und zitterte am ganzen Körper.

»Heute Morgen habe ich noch mit ihm gesprochen. Als er mir sagte, Sie würden mich in der Schlossruine suchen«, begann er mit rissiger Stimme. »Das war dieser Mephisto.«

»Es müssen mehrere Täter gewesen sein«, sagte Kestner. »Einer hielt ihn fest, ein anderer fesselte ihn und presste seinen Kopf auf die Tischplatte, während der Erste die Weinflaschen auf seinem Schädel zertrümmerte. Dann vergifteten sie die Katzen, durchwühlten sein

Zimmer und verbrannten im Eimer die Papiere. Während du mich befreit hast, haben sie ihn erschlagen.«

»Am besten, wir hauen schnell ab.« Lorenz schlotterte jetzt vor Angst. »Sonst beschuldigt man noch uns, die Tat begangen zu haben.«

Auch Kestner wollte weg von diesem Ort. Sie stiegen über die vergifteten Katzen hinweg, ließen den Vorhang offen, schauten ein letztes Mal zurück zu Feder in seinem Blut und zogen die Holztür hinter sich zu. Bevor sie das Haus verließen, suchten sie ihre Kleidung nach Blutflecken ab, die sie als Täter hinstellen könnten. Doch alles war sauber, nirgends ein dunkler Fleck zu sehen.

Auf ihrem Weg durch die enge Feuergasse bis zum Platz an der Jakobskirche begegnete ihnen niemand. Erst als sie auf den Platz traten und im Alltagsgewühl untertauchten, fühlten sie sich sicher. Um sie herum herrschte die übliche Geschäftigkeit wie sonst auch, so als wäre nichts geschehen. Marktfrauen zogen mit Karren voller Rüben vorüber, Kutschen mit Dienern auf dem hinteren Brett ratterten vorbei, eine Schweineherde wurde über den Platz getrieben, Kanzleiangestellte eilten hin und her, Bauarbeiter rührten an einer Mauer in ihrem Mörtel.

Kestner musste sich an diese Normalität erst wieder gewöhnen. Nach zwei Tagen und zwei Nächten voller Todesangst in dem Verlies zwischen Ratten, Stranguliergerät und sprechenden Gehirnen war es für ihn nicht leicht, den Betrieb um ihn herum als selbstverständlich hinzunehmen. Dazu waren er und Lorenz noch schockiert vom Anblick des eingeschlagenen Schädels und hatten nur einen Wunsch: Schnellstens weg aus dieser Stadt. Obwohl es Lorenz äußerst schwerfiel, sich von seiner Leonore zu trennen. Er nahm sich vor, sich heute Abend bei ihr zu Hause zu verabschieden.

Als sie beim »Weißen Schwan« eintrafen, stand ein schwarzer Kastenwagen mit zwei angespannten Pferden vor dem Hotel. Mit so einem Wagen waren die Zwangsrekrutierten von der Sammelstelle am Schweinemarkt abgeholt worden. Hinter so einem Wagen war Lorenz hergerannt und aufgesprungen, um Lukas herauszuhauen. Um den Wagen standen bewaffnete Husaren.

Kestner und Lorenz blieben stehen. Hatten sich in ihrem Hotel junge Burschen versteckt, die man nun herausholte, um sie abzutransportieren?

Nur zögerlich gingen sie weiter.

Sie betraten den Empfangsraum. Am Tresen stand die Pfotenhauer und daneben Mephisto in seinem Umhang mit dem Fuchspelz. Genau wie bei ihrer Ankunft vor einer Woche.

»Da sind Sie ja endlich«, maulte die Pfotenhauer.

»Sie können es mir verdanken, dass ich Sie entkommen ließ«, sagte Mephisto mit einem schmalen Grinsen. »Ich wollte keine Scherereien mit Ihrer Regierung. Sie dürfen mir die Füße küssen, dass ich Sie am Leben lasse. Hier, unterzeichnen Sie.«

Er schob Kestner ein Papier und einen Tintenstift hin. Kestner las, was auf dem Papier geschrieben stand: Er sollte absolutes Stillschweigen darüber bewahren, was er im Verlies gesehen hatte.

Einen Scheißdreck werde ich, entschied Kestner bei sich und unterschrieb. Aus Mephistos Stift floss rote Tinte.

»Sollten Sie sich nicht an unsere Vereinbarung halten, werde ich entsprechend handeln. Mein Arm reicht bis nach Hannover. Ich hatte Sie gewarnt, mit Feder zu sprechen. Sie wollten nicht hören. Auch ihn hatte ich gewarnt. Geschwätzigkeit endet tödlich. Nun los. Der Wagen wartet schon seit Stunden auf Sie.«

Kestner und Lorenz sahen sich an. Wieso wartete der Wagen auf sie?

»Dort steht Ihre Bagage«, blökte die Pfotenhauer und zeigte hinter den Tresen. »Ihre Zimmer habe ich geräumt. Da ist nichts mehr.«

Kestner und Lorenz, immer noch sprachlos, sahen hinter den Tresen. Da lag ihr gesamtes Gepäck, auf einen Haufen zusammengeworfen. Alle ihre Kleider waren in die Taschen gestopft.

Sie sahen nach, ob nichts fehlte. In Kestners Ledertasche, die er bei seinem Gang zur Schlossruine im Hotel gelassen hatte, befand sich noch die Mappe mit dem Kupferstich. Aber sein Pass war weg. Auch Lorenz' Pass war verschwunden.

»Die hab ich den Husaren übergeben«, knurrte die Pfotenhauer.

»Ausweisung aus dem Herzogtum«, verkündete Mephisto mit unbewegtem Gesicht. Selbst seine kleinen Schweinsäuglein blieben starr.

Kestner spürte, wie in seinen Adern anstelle von Blut Wut zirkulierte. Er verlangte eine Erklärung, forderte eine Begründung für dieses Vorgehen. Doch Mephisto schnitt ihm das Wort ab.

»Den Grund dafür kennen Sie genau«, sagte er scharf unter seiner vorstehenden Oberlippe.

Kestner bestand dennoch auf einer Auskunft.

»Los jetzt«, befahl Mephisto eisig.

Lorenz wollte auf Mephisto einschlagen, doch Kestner hielt ihn zurück. Zugleich forderte die Pfotenhauer: »Zahlen!«

Er kramte aus seiner Börse seine letzten Taler zusammen. Die Pfotenhauer wartete nicht, bis er die Münzen auf den Tresen legte, sondern riss sie ihm aus der Hand.

Kestner stand da in seinem verschlissenen Mantel, der ihm weit über die Hände und nur bis zu den Knien reichte, in seiner alten, ausgebeulten Hose, die ihm oben viel zu weit und unten zu kurz war, in zwei linken, unterschiedlichen Schuhen, ohne Uhr und ohne die kostbare Handschrift, für die er nach Weimar gekommen war.

»Nehmen Sie Ihr Zeug und folgen Sie mir«, ordnete Mephisto an.

Lorenz sträubte sich. Er wollte sich noch von Leonore verabschieden. Mephisto versetzte ihm mit der Faust einen Hieb in den Rücken, dass er vornüberfiel.

Kestner und Lorenz rafften ihr Gepäck zusammen. Mephisto führte sie hinaus zum Wagen.

Sofort liefen die Husaren herbei und stießen sie in den Gefangenenwagen. Zwei mit Pistolen, Gewehren und Patronentaschen Bewaffnete stiegen zu, ließen sich auf einer Holzbank gegenüber Kestner und Lorenz nieder und hielten ihre Gewehre mit aufgesteckten Bajonetten in den Händen. Und schon rumpelte der Wagen los. Kestner und Lorenz starrten stumm vor sich hin.

Nach einer Weile spürten sie durch das weiche Rutschen der Räder auf der erdigen Straße, dass sie aus Weimar herausfuhren. Bald darauf hielt der Kasten an. Draußen hörten sie Stimmen.

Sie mussten am Erfurter Tor angekommen sein. Die beiden Bewacher öffneten die Tür. Da erschien auch schon der Zöllner und schaute zu ihnen herein. Es war derselbe Mann, der Kestner und

Lorenz bei ihrer Ankunft kontrolliert hatte. Sie zeigten ihm Kestners und Lorenz' Pässe. Der Zöllner nickte und wollte wieder gehen.

»Und meine beiden Reisepistolen, die Sie mir abgenommen haben?«, fragte Kestner.

»Die bleiben hier.«

Damit wandte er sich ab, die beiden Husaren verschlossen die Tür, und weiter ging der Transport.

Zuerst war Kestner wütend, dass man ihm die Rückgabe seiner Pistolen verweigerte, dann war er darüber froh. Er wäre imstande gewesen, seine beiden Bewacher im Wagen zu erschießen, um mit Lorenz zu fliehen. Anklage wegen Doppelmordes, das hätte Kestner gerade noch gefehlt. Er hatte in Weimar genug Morde erlebt. Außerdem war er erleichtert, die beiden Waffen nie mehr in Händen halten zu müssen. Er hoffte, dadurch würde seine quälende Erinnerung an Jerusalem schwinden.

Das Holpern der Achsen verriet, dass sie nun auf der gepflasterten Chaussee fuhren.

Da fiel ihm ein, dass er Lotte versprochen hatte, ihr ein Geschenk aus Weimar mitzubringen, ein Souvenir. Das hatte er ganz vergessen. Wo war seine Gewissenhaftigkeit geblieben? Seine Zuverlässigkeit? Jetzt war es zu spät. Sie würde sicher enttäuscht sein. Wenn er ihr aber erzählte, wie es ihm in Weimar ergangen war, würde sie wohl Verständnis für seine Vergesslichkeit haben. Sie würde froh sein, dass er überhaupt lebend zurückkehrte.

»Gib mir deinen Schubart«, bat Kestner Lorenz leise.

»Sie wollen den Schubart lesen?«, flüsterte Lorenz zurück.

»Nicht die Gedichte. Die politischen Schriften.«

»Sie wollen sie hier lesen? So nah bei den beiden? Ist das nicht zu gefährlich?«

»Götz von Berlichingen.«

Lorenz verstand nicht.

»Die können mich am Arsch lecken.«

»So habe ich Sie ja noch nie reden hören«, entgegnete Lorenz völlig perplex. Aus seiner Tasche kramte er den Schubart und reichte ihn Kestner, der seine Brille aufsetzte, näher an das kleine Fenster heranrückte und sofort zu lesen begann. Lorenz kam aus dem Staunen nicht mehr heraus.

»Wenn der Bauer ärger als Vieh behandelt wird«, las Kestner, »wenn er in armseligen Lumpen unter deinem Moosdache hervorkriecht und hinterm Pfluge keucht, wenn ein Staat den Bauer schindet, bis weder Haut noch Fleisch an seinen Knochen sind, dann braucht sich der Staat nicht wundern, wenn der Bauer die Faust erhebt. Auch in Böhmen gärt den Bauern der Kopf vom Geist der Unruhe. Strick, Schwert und Zuchthaus können die Bauern nicht zwingen, ihren Herrschaften zu fronen. Zurückgehaltene Wut blitzt ihnen aus den Augen und wartet nur auf den Anlass, losbrechen zu können. Lieber am Galgen sterben, als von ewigen Frondiensten ausgemergelt ins Grab zu sinken, sagen die Bauern. Auch in Paris hat dieser Geist der Unruhe um sich gegriffen. Mühlen wurden geplündert und das Korn und Mehl weggenommen. Dreißigtausend königliche Truppen stehen vor Paris, und fünfzigtausend sind in andere Provinzen geschickt worden, um die Flamme des Aufruhrs zu dämpfen. Man hofft, die Felder nicht mit Untertanenblut zu düngen.«

Zwei Tage waren sie unterwegs bis zur Landesgrenze des Herzogtums. Einmal täglich warf man ihnen einen Laib getrockneten Brotes vor die Füße und stellte ihnen einen Krug Wasser hin. Für ihre Notdurft stand ein Eimer in der Wagenecke bereit. Sie fürchteten, er werde umkippen, falls der Kasten zu sehr schaukelte. Wenn ihre beiden Bewacher es nötig hatten, schlugen sie mit ihren Gewehrkolben an die Wand des Kutschers und hockten sich am Chausseegraben nieder.

Bei den Pferdewechseln mussten Kestner und Lorenz im Kasten bleiben, während die Husaren sich in den Gasthäusern stundenlang den Bauch vollstopften.

Endlich hielt der Wagen an der Landesgrenze in Nordhausen an. Die beiden Bewacher öffneten die Tür. Es war Tag. Draußen schneite es. Sie stießen Kestner und Lorenz von der Bank, warfen ihnen ihr Gepäck hinterher und gaben ihnen ihre Pässe zurück. Dann stiegen sie wieder in den Wagen. Der Kutscher schlug mit der Peitsche auf die Rücken der beiden Pferde. Das Gespann wendete, und der Wagen fuhr zurück nach Weimar.

Im Schneetreiben erkannten Kestner und Lorenz vor sich die

Poststation. Jetzt mussten sie sehen, wie sie von hier weiterkamen nach Hannover. Kestners Börse war leer. Wie sollte er den Kutscher und das Chausseegeld bezahlen? Er wehrte sich gegen den Gedanken, seinen schönen Kupferstich als Pfand zu hinterlassen.

Vielleicht besaß Lorenz noch ein paar Münzen. Das würde aber längst nicht ausreichen. Auch seine Uhr zu versetzen, das wollte Kestner ihm nicht zumuten. Blieb nur noch die Möglichkeit, dass das Archiv die beiden bei ihrer Ankunft in Hannover auslöste.

Für die Nacht, bis sie am Morgen mit einer Reisekutsche nach Hannover weiterfahren konnten, wies ihnen der Wirt den Pferdestall zu. Dort war es warm, und sie konnten auf Stroh schlafen. Die Wirtin hatte Mitleid mit ihnen und brachte ihnen vier Würste, Brot und eine Kanne Wein. Sie fühlten sich wie im Paradies. Kestner liebte den Geruch der Pferde, ihr Schnauben und das Mahlen ihrer Zähne, wenn sie den Hafer dazwischen zerrieben. Für Lorenz war es mal wieder ein Abenteuer, und er phantasierte, wie Schillers Räuber zu hausen.

Am nächsten Morgen ließ sich der Kutscher auf den Handel ein, vom Kurfürstlichen Hofarchiv sein Geld zu erhalten und vielleicht noch einen Batzen obendrauf.

So trafen Kestner und Lorenz endlich in Hannover ein. Der Kutscher erhielt seinen geforderten Lohn für die Fahrt und noch einiges dazu für den Hafer seiner Pferde, die Schmiere der Kutschachsen und – trotz des Alkoholverbots am Zügel – für Schnaps.

Lotte schloss ihren abgerissenen und verdreckten Ehemann freudig in die Arme. Gallebitter musste Kestner ihr und vor allem seinem Chef erklären, warum er ohne Handschrift zurückgekehrt war.

Kestner und Lorenz berichteten von Weimar, von den Zuständen dort, ihrer Odyssee durch Bibliothek, Gerichtsgebäude und Blumenmanufaktur, von den Morden, der Hinrichtung und vom Verhalten Goethes.

Über Mephisto, die sprechenden Gehirne in den Katakomben der Schlossruine und Feders Ende erzählten sie nichts. Sie hatten Angst, dass man ihnen nicht glauben würde, dass man sie für Spinner halten und sie für ihre Phantasien auslachen könnte.

Trotzdem ließ die Erinnerung an all dies die beiden nicht los.

So dauerte es sehr lange, bis Kestner wieder zu seinem gewohnten ruhigen und geordneten Arbeitsalltag zurückfinden konnte. Lorenz dagegen drängte ihn, bald wieder so eine abenteuerliche Reise mit ihm zu unternehmen.

Paul Kohl
NACHT ÜBER KÖLN
Broschur, 256 Seiten
ISBN 978-3-89705-832-3

»Der Autor verwöhnt seine Leser mit allen Zutaten, die einen Roman schmackhaft machen: straff und logisch erzählte Handlung, kluge Ermittler, witzige Dialoge und eine Lösung, die zufriedenstellt. Was dieses Buch zu einem echten Leckerbissen macht, sind die wunderbar gelungenen Schilderungen der Ereignisse im Köln des Jahres 1955.«
Rheinische Post

»Ein spannendes Stück Nachkriegsgeschichte im Krimiformat.«
Westdeutsche Zeitung

www.emons-verlag.de

PAUL KOHL
Nazigold
KRIMINALROMAN
emons: